10|18

12, AVENUE D'ITALIE. PARIS XIIIe

Sur l'auteur

Diplômée du MIT, de l'Antioch University (Los Angeles) et du Scripps Institute of Oceanography, sa première carrière a été scientifique : elle a travaillé comme sismologue et géophysicienne pour diverses sociétés. Elle enseigne aujourd'hui à l'UCLA Extension Writers' Programm et anime, par Internet, des ateliers d'écriture suivis par des femmes afghanes pendant lesquels elles peuvent s'exprimer et écrire librement (The Afghan Women's Writing Project). Conseillère juridique pour les réfugiés africains dans sa communauté, elle a également beaucoup travaillé avec des survivants du génocide rwandais. Auteure de fiction et de poésie, elle a remporté, en 2006, le Sharat Chandra Prize for Fiction pour son recueil de nouvelles *Love Letters from a Fat Man*. Elle est enfin marathonienne et triathlète (en compétitions Ironman), et travaille en tant que masseuse thérapeute. *Courir sur la faille* est son premier roman.

NAOMI BENARON

COURIR SUR LA FAILLE

Traduit de l'anglais (États-Unis)
par Pascale Haas

10|18

Titre original :
Running the Rift

Publié pour la première fois aux États-Unis sous le titre :
Running the Rift : A Novel
The geology of Ghosts, une nouvelle fondée sur un chapitre
de ce roman, fut d'abord publiée dans le *Munyori Literary Journal*.
Publié en accord avec Algonquin Books of Chapel Hill,
un département de Workman Publishing Company, Inc., New York.

ISBN 978-2-264-05899-7

Pour Mathilde Mukantabana et Alexandre Kimenyi,
dont la lumière illumine ces pages.
Ainsi que pour tous les survivants du génocide
rwandais qui m'ont prêté leurs voix ; et pour ceux
qui n'ont pas survécu, mais dont les voix continuent
à murmurer en moi.

Un génocide n'est pas une mauvaise broussaille qui s'élève sur deux ou trois racines ; mais sur un nœud de racines qui ont moisi sous terre sans personne pour le remarquer.

Jean HATZFELD, *Dans le nu de la vie.*
Claudine, survivante du génocide.

LIVRE I

EJO HASHIZE (HIER)

Izina ni ryo muntu.
Le nom d'un homme est ce qui le nomme.

1984

1

Jean-Patrick était réveillé et écoutait gronder l'orage quand son père entra dans la chambre et s'immobilisa près du lit. La pluie martelait les vitres et le toit en tôle. Il se serra contre son frère Roger pour se réchauffer en se rappelant que son père partait donner une conférence à Kigali. Il avait parlé d'une réunion de la plus haute importance ; des enseignants de tout le Rwanda seraient là.

« Je m'en vais, murmura Papa, sa voix couvrant à peine le bruit de la pluie. Uwimana ne va pas tarder à venir me chercher. » Si le directeur de l'école lui-même se déplaçait, ce devait être une conférence au sommet ! songea Jean-Patrick.

La flamme de la lanterne se reflétait dans les lunettes de son père et dessinait un triangle sur sa chemise blanche. La tempête avait dû provoquer une panne de courant, comme d'habitude. « Il faudra veiller à bien refermer l'enclos après avoir rentré le bétail, les garçons. Assurez-vous que la pluie n'a pas emporté de terre. » Il remonta la couverture sur leurs épaules. « Et toi, Roger, tu surveilleras les devoirs de ton frère. Je veux que vous ne fassiez de fautes ni l'un ni l'autre. »

Jean-Patrick se détourna d'un air renfrogné. Nul besoin que son frère surveille ses devoirs ; son père lui-même devait y regarder de très près avant d'y relever une erreur.

« Je serai de retour demain soir », dit Papa.

Appuyé sur les coudes, Jean-Patrick regarda son père s'éloigner vers l'entrée dans un pan de lumière jaune. Ses pas résonnèrent sur le ciment. « Sois prudent, lui dit-il. Imana bénisse ton voyage ! » *Gashogoro*, la saison des pluies, qui s'étendait de novembre à décembre, transformait souvent en bourbiers les routes autour de Cyangugu. Sur le chemin, il lui arrivait de s'enfoncer jusqu'aux chevilles dans la boue.

La pluie persista tout au long de la journée. Les rivières au lit gonflé déferlaient vers le lac Kivu, des torrents d'argile rouge dévalaient du haut des collines. Le temps que Jean-Patrick revienne de l'école, la boue avait teinté de rouille le bas de son pantalon. Une fois ses devoirs terminés, il prit son camion qu'il joua à faire rouler sur la galerie. Son père avait fabriqué l'*imodoka*[1] à l'aide de vieux cintres, de bouts de bois ou de métal et de morceaux de plastique muticolores.

Roger était si fier de sa nouvelle montre, cadeau d'un missionnaire *muzungu*, qu'il n'arrêtait pas de faire sonner l'alarme près de l'oreille de Jean-Patrick. La cloche annonçant la fin des cours retentit à Gihundwe, l'école où leur père enseignait. Les cris des élèves résonnèrent entre les bâtiments, un flot de sons étouffés par la pluie. Jean-Patrick imaginait déjà le jour où il quitterait l'école primaire et viendrait ajouter sa voix à celle des autres. Parfois, son impatience frisait la fièvre, une sensation qui ramenait l'écoulement du temps au rythme des secondes qu'égrenait la pendule.

« On ferait mieux d'aller rentrer le bétail, dit Roger. Si on attend la fin de l'orage, on sera encore là quand Papa reviendra. »

Ils enfilèrent un imperméable, des bottes en caoutchouc, puis prirent une badine dans l'entrée. « Allez, on fait la course ! » s'exclama Jean-Patrick, déjà parti avant que Roger ait eu le temps de réagir.

1. Voir le glossaire en fin de volume, page 475.

La rivalité entre les deux frères datait de cette année-là, depuis que Roger avait commencé à jouer au football le week-end dans le petit club des *Inzuki* – les Abeilles. Il allait courir dès que possible pour se maintenir au meilleur de sa forme et, souvent, il emmenait Jean-Patrick. Il lui avait appris à courir à reculons, à balancer ses bras et à développer une longue foulée.

Étant donné qu'ils habitaient à l'école, leur père laissait le bétail chez un cousin de leur mère qui vivait un peu plus loin. Jean-Patrick resta sur le bord de la route, moins creusé d'ornières. Chaque jour, il s'efforçait de parcourir quelques mètres supplémentaires avant que Roger ne le rattrape, seulement, là, c'était impossible. Quelle que fût la trajectoire qu'il choisît, la terre avalait ses bottes. Roger le dépassa avant même que les murs en brique rouge de Gihundwe ne se soient fondus dans la brume.

Jean-Patrick aperçut de loin le grand arc des cornes de l'*inyambo*, le bouvillon préféré de leur père. Derrière le voile flou de la pluie, les cornes inclinées en forme de lyre tournoyaient au-dessus du petit troupeau tels les bras d'un danseur *intore*. À leur approche, l'animal redressa la tête en clignant ses yeux d'un noir liquide. Jean-Patrick posa la main sur son dos et sentit frémir son flanc humide. Mené par l'*inyambo*, le troupeau se mit en marche vers les piquets branlants qui délimitaient l'enclos.

Arrivé devant la porte de Gihundwe avec une avance d'au moins dix mètres, Roger sortit sa montre. « Regarde… on a mis vingt-sept minutes trente-cinq secondes pour faire l'aller-retour ! J'ai chronométré. »

Jean-Patrick reprit son souffle. La boue collait à ses vêtements, à ses bottes, à ses mains. « Menteur ! Aucune montre ne peut nous chronométrer ! Passe-la-moi ! » Il la prit et vit le temps inscrit en gros chiffres, comme son frère l'avait dit.

De bonnes odeurs de viande au piment en train de mijoter sur le poêle à charbon leur parvinrent de la cabane où l'on faisait la cuisine. Ils se débarrassèrent de leurs bottes et de leurs imperméables avant d'entrer. Un air de *soukous* endiablé de Pepe Kalle passait à la radio. Leur petite sœur ébaucha quelques pas de *kwassa kwassa* en tenant Zachary dans les bras. Les jambes du petit garçon rebondissaient en rythme contre ses genoux.

« Dis donc, Jacqueline, tu danses collé-serré ! se moqua Jean-Patrick.

— Hé, qu'est-ce qui vous est arrivé ? dit-elle en se retournant vivement. Vous vous êtes noyés ? » Elle montrait la flaque d'eau boueuse qui s'étalait à leurs pieds.

Roger prit Zachary et ils se mirent à danser tous les trois. Jean-Patrick ondula des hanches comme il l'avait vu faire sur les cassettes vidéo. Il était toujours en train de se contorsionner lorsqu'on frappa à la porte, d'abord un coup discret, suivi d'autres plus forts qui ne cessèrent que quand il alla ouvrir et se retrouva face à deux policiers. Leur mère arriva précipitamment, Bébé Clémence attachée dans son dos.

« Nous avons le grand regret de vous apporter de mauvaises nouvelles. »

Le dos droit et très digne, leur mère servit du thé aux policiers. Quand Clémence se mit à pleurnicher, elle la prit pour la consoler. Zachary jouait par terre avec le camion comme si la seule chose qui distinguait cet après-midi d'un autre était qu'ils avaient de la visite.

Ils étaient six à voyager ensemble, expliquèrent les policiers, tous des directeurs et des préfets. L'*urubaho* hors de contrôle – comme toujours – avait descendu la colline à une vitesse excessive avec une charge beaucoup trop lourde pour un camion aussi peu solide. Il avait pris le virage du mauvais côté de la route et percuté de plein fouet la voiture qui arrivait en face. Deux personnes de Gihundwe avaient été tuées sur le coup – le père de Jean-Patrick et le préfet de discipline. On déplorait aussi deux autres morts et deux blessés graves. C'était un miracle qu'il y ait eu des survivants… Le chauffeur de l'*urubaho*, qui souffrait à peine d'une égratignure, avait à l'évidence trop bu. Il avait également heurté un jeune cycliste ; le sac de pommes de terre qu'il portait en travers de son guidon s'était répandu sur la route. On avait retrouvé le vélo, mais pas le garçon. Les falaises à pic étaient trop dangereuses pour entreprendre des recherches sous la pluie.

Les policiers firent claquer leur langue. C'était toujours les meilleurs du pays, ceux qui représentaient l'avenir du Rwanda, qui mouraient ainsi. Le corps était à l'hôpital de Gitarama. Avec leur permission, le directeur de Gihundwe le leur ramènerait.

Maman arrêta de bercer le bébé. « Uwimana n'était pas dans la voiture ? »

C'était un de ces curieux hasards dans lesquels il fallait voir *Ikiganza cy'Imana* – la Main de Dieu, répondirent les policiers. Une urgence de dernière minute l'ayant retenu à l'école, le directeur n'était pas parti. « Uwimana nous a demandé d'aller chercher sa femme au dispensaire dès qu'elle aura fini de recevoir ses patients.

— Angélique, soupira Maman d'une voix tremblante. Oui, je serais contente de la voir. »

Les policiers se levèrent. « On connaissait votre mari. C'était un brave homme… Merci pour le thé. »

Après leur départ, sa mère regarda par la fenêtre pendant si longtemps que Jean-Patrick s'approcha pour voir si quelqu'un n'était pas pris dans la tempête. Il croyait plus ou moins que, s'il fermait les yeux assez fort, il pourrait effacer cet après-midi d'un battement de cils, et quand il les rouvrirait, son père serait là rentré de voyage, les poches remplies comme chaque fois de petits biscuits.

Sa mère s'agenouilla près de lui. « Ne t'inquiète pas. Oncle Emmanuel sera désormais pour toi un père.

— Je le déteste ! Il est bête et il pue le poisson ! »

La brûlure de la gifle que lui donna sa mère lui fit monter les larmes aux yeux. « Sois respectueux envers mon frère. Il est ton aîné. »

Incapable de se retenir davantage, Jean-Patrick éclata en sanglots.

« Nous allons devoir être forts, dit Maman en le serrant contre elle. Pense à ton homonyme, Nkuba, le roi du Tonnerre. Il faut que tu te montres aussi courageux. »

La porte s'ouvrit, et Angélique entra, encore vêtue de sa blouse blanche de médecin. Sa mère s'effondra dans ses bras.

À minuit, la pluie avait cessé, la lune semblable à un œil flou derrière les nuages. Les voisins et la famille étaient arrivés en début de soirée en apportant des choses à boire et à manger. Les élèves et les professeurs de Gihundwe s'entassaient dans la petite maison. Le veilleur de nuit buvait du thé sur le pas de la porte.

On avait dressé la table avec la nappe réservée aux jours de fête. Il y avait des plats d'*ugali* et des morceaux de viande et de poisson en ragoût, des bols d'*isombe*, des bananes vertes et des haricots rouges, des bananes plantains grillées, des patates douces bouillies et de la cassave, des petits pois et des haricots verts sautés avec des tomates, des bouteilles de bière Primus et de l'*urwagwa* qu'Oncle Emmanuel préparait chez lui. Angélique n'avait pas arrêté de cuisiner, de servir du thé à leur mère et d'essuyer les larmes de tout le monde. Le courant était coupé. Les flammes vacillantes des bougies et des lanternes jetaient des ombres sur les murs. Jean-Patrick et Roger étaient assis par terre avec Jacqueline, qui donnait à Clémence de petits morceaux de ragoût dans des boulettes collantes d'*ugali*.

Une lumière dans le bureau de son père attira Jean-Patrick. Sous la lanterne qui éclairait la table de travail, le bois huilé avait l'air d'une peau élastique. Les livres qui l'entouraient le rassuraient. Des livres sur la physique, les mathématiques et la pédagogie. Il avait dû écrire quelque chose dans son journal, car son stylo était posé sur un cahier relié de cuir et le capuchon près d'une tasse de thé à moitié pleine, comme si d'une seconde à l'autre il allait entrer dans la pièce, tirer sa chaise et reprendre le stylo. Jean-Patrick approcha la tasse de ses lèvres et but une gorgée. La douceur soudaine qu'il ressentit le fit frissonner. Des résidus de feuilles de thé restèrent collés sur sa lèvre ; il les lécha pour sentir le dernier goût qu'avait eu son père dans la bouche. La maison gémit et s'installa dans la nuit.

Sa mère vint le rejoindre en portant de l'*urwagwa* sur un plateau. L'odeur suave de levure du vin de banane lui titilla les narines. « Tu es fatigué ? Tu peux aller te coucher, si tu veux. »

Jean-Patrick secoua la tête. Il revoyait son père assis là la veille au soir, en train de boire du thé en grignotant des cacahuètes. Il aurait quasiment pu tendre la main pour toucher le sel scintillant sur ses lèvres.

« Il a dû écrire le discours qu'il comptait faire à la réunion », dit Maman en caressant la couverture du journal.

Jean-Patrick lut ce qui était écrit sur la page : *Tout dans l'univers a une expression mathématique : l'équilibre d'une réaction chimique, la suite de Fibonacci d'une feuille d'arbre, la rencontre entre deux êtres humains. Il est important*... La phrase s'interrompait là. Il imagina un bruit dans les fourrés, son père posant son stylo pour jeter un coup d'œil par la fenêtre. À cet instant, il lui sembla que non seulement les paroles de son père mais le monde entier s'étaient figés comme ça en plein milieu d'une phrase.

Alors que les femmes remplissaient les bols vides et que les hommes continuaient à boire, certains se passant des bouteilles d'*urwagwa* en partageant la même paille, Uwimana arriva avec le cercueil. Un cortège de la famille paternelle de Ruhengeri le suivait. L'aube, couleur de cendre, s'engouffra par la porte dans leur sillage.

« Chère Jurida, dit Uwimana en prenant la main de leur mère. Quoi que ce soit dont vous ayez besoin, vous pouvez me le demander. Vous le savez, François était mon plus proche ami. »

Les gens se mirent en file pour dire au revoir. Jurida s'assit près du cercueil, entourée de sa famille et de celle de leur père. Les femmes entonnèrent leurs lamentations.

« Tu vas aller le voir ? demanda Roger en se serrant contre Jean-Patrick.

— Et toi ? » Ni l'un ni l'autre ne bougea. « On n'a qu'à y aller ensemble. »

Leur père portait un costume inhabituel. Des marques sombres s'étalaient sur son visage, et les angles que formait son corps paraissaient bizarres. Jean-Patrick ne parvint pas à approcher la main pour le toucher.

« Ce n'est plus ton papa. Ton papa, il est au ciel », murmura une petite voix. Jean-Patrick baissa les yeux et aperçut derrière lui Mathilde, la fille de son oncle. Elle glissa sa main dans la sienne. « Le jour où ma sœur est morte, c'est ce que ma maman m'a dit. J'avais peur, avant qu'elle m'ait dit ça. Je suis venue chez toi à Noël... tu te rappelles ? Tu m'as lu un livre. »

Évidemment que Jean-Patrick se le rappelait... La petite Mathilde avait la passion des livres et adorait écouter des histoires. Chaque fois que la famille de son oncle venait chez eux, elle se précipitait dans le bureau de son père en le tirant par la main et lui montrait le grand livre de contes dans la bibliothèque. « Nkuba, lis-moi celle sur ton fils, Mirabyo, le jour où il trouve Miseke, la Fille de l'Aube... » C'était toujours cette histoire qu'elle lui réclamait.

Avant même d'avoir été capable de déchiffrer les mots, Jean-Patrick la connaissait suffisamment pour la raconter. « Un jour, comme Miseke, tu éclateras de rire, et des perles jailliront de ta bouche, disait-il. Alors ton *umukunzi* – ton amoureux – saura qu'il a trouvé son grand amour. » Dès qu'il prononçait cette phrase, Mathilde éclatait de rire. « Tu vois ? enchaînait-il en tendant la main vers ses lèvres.

Des perles ! C'est ce que veut dire ton nom rwandais, Kamabera. » Et Mathilde riait de plus belle.

« Il faut que tu dises à ton papa que tu l'aimes, chuchota la petite fille. Comme ça, il sera heureux au ciel. » Elle se hissa sur la pointe des pieds pour regarder le défunt.

Jean-Patrick se tourna vers Roger et, ensemble, ils avancèrent vers le cercueil. Ils s'agenouillèrent pour réciter le passage favori de leur père dans l'Ecclésiaste.

« Quoi que ta main trouve à faire avec ta force, fais-le ; car il n'y a ni œuvre, ni pensée, ni science, ni sagesse... »

Jean-Patrick n'alla pas plus loin. S'il prononçait le mot *mort*, les larmes tacheraient sa belle chemise du dimanche.

Le jour des funérailles, Uwimana annula les cours, et tous les enseignants et les élèves de Gihundwe accompagnèrent le cercueil jusqu'à l'église. Des voitures remplies de gens serpentaient à travers les rues, suivies d'une foule qui allait à pied. Des enfants couraient sur les chemins sous la bruine glacée. La boue éclaboussait leurs jambes et leur short.

Un milan brun s'envola d'une branche et descendit en piqué ; son cri aigu s'accrocha à la brume. Jean-Patrick se demanda si l'âme de son père avait des ailes, comme sur les peintures d'anges à l'église. Sur le lac Kivu, le bouillard se levait. Les pêcheurs apparaissaient et disparaissaient dans une bande grise qui n'appartenait ni à l'eau ni au ciel. Les vaches aux longues cornes paissaient sur les collines verdoyantes. Dans les champs, des paysans regardèrent passer le cortège. Certains firent le signe de croix ; d'autres agitèrent la main en guise d'adieu.

Au lieu d'aller à la chapelle de Gihundwe, où la famille de Jean-Patrick venait prier tous les dimanches, ils se rendirent à l'église de Nkaka. Les harmonies du chœur et le battement régulier des tambours se déversaient par les portes grandes ouvertes. Tous les bancs et les chaises étaient occupés. Derrière eux, les gens se serraient, épaule contre épaule. Au-dessus du cercueil, la Vierge Marie versait des larmes de sang sur son manteau. La pâleur de sa peau et son cœur meurtri, la vibration des tambours et les claquements dans les mains, tout se combinait pour remplir Jean-Patrick de terreur. Il ferma les yeux et remonta le temps pour revenir à cet instant où, couché bien au chaud dans son lit, il avait souhaité à son père un bon voyage. Alors, reprenant son vœu, il lui demanda à la place de renoncer à partir.

1985

2

Bien qu'Uwimana leur ait promis qu'ils pourraient rester au pensionnat le temps qu'il trouve un nouveau préfet, Jean-Patrick s'attendait chaque jour à voir un homme au costume repassé monter le chemin et venir les chasser. Dans ses rêves, il entendait le nouveau préfet dire : *Je reprends le poste de votre père. Quittez ma maison !*

C'était le premier après-midi au ciel dégagé depuis le début d'*itumba*, la longue saison des pluies ; le soleil inondait le sol à l'endroit où Jean-Patrick et ses frères et sœurs s'étaient rassemblés pour profiter de la chaleur. Zachary jouait avec le camion en fil de fer, Jacqueline enfournait des cuillerées de bouillie de sorgho dans la bouche de Clémence, qui essayait d'attraper un rai de lumière tremblotant. Elle éclata de rire, et de la bouillie coula sur son menton.

Jean-Patrick s'était caché derrière un fauteuil. Au moment où Zachary passa devant lui, il bondit et rugit comme un lion, les mains tendues en avant telles des griffes. Au même instant, la fenêtre vola en éclats en projetant des morceaux de verre. Jean-Patrick crut que c'était sa faute avant de voir la pierre aux pieds de Zachary. Clémence se mit à hurler ; Jacqueline la serra tout contre elle. Jean-Patrick agrippa Zachary en le poussant loin de la fenêtre. Une deuxième vitre explosa ; si Jean-Patrick ne s'était pas baissé, la pierre l'aurait atteint à la tête.

« Serpents de Tutsis ! » Les cris venaient de derrière la porte. Des éclats de rire retentirent. Une pierre rebondit sur la façade de la maison. Leur mère arriva en courant pieds nus sur les débris de verre et prit Clémence dans les bras.

« La prochaine fois, on vous tuera ! » Les rires s'éloignèrent.

Un cri sauvage emplit la tête de Jean-Patrick sans qu'il comprenne tout de suite qu'il montait de sa gorge. Il se précipita dehors au moment où les garçons s'enfuyaient dans la brousse. Il leur jeta une pierre, puis attrapa un bâton posé contre le mur et s'élança à leur poursuite. Courant à perdre haleine, il suivit les rires de plus en plus lointains. Des cailloux s'enfoncèrent dans la plante de ses pieds. Au sommet d'une crête, il se protégea les yeux du soleil avec la main pour scruter la brousse. Rien ne bougeait. S'il apercevait les garçons, il était sûr qu'il les rattraperait. Et s'il les rattrapait, il se jura qu'il les tuerait.

Le terrain descendait en terrasses ondoyantes vers le lac Kivu. Des bananeraies parsemaient les broussailles, les feuilles brillantes d'humidité. Les plants de patates douces, d'un vert luxuriant après les pluies, recouvraient le moindre centimètre de terre. Jean-Patrick ramassa des cailloux et les lança l'un après l'autre. Les femmes en train de défricher les parcelles se redressèrent, appuyées sur leur houe.

« Hé, hé ! Tu te bats contre qui ? se moquèrent-elles. Des fantômes ? »

Jean-Patrick fit comme s'il n'avait rien entendu. Les jambes en feu, il pressa ses mains sur ses cuisses pour qu'elles cessent de trembler. Dès qu'il eut repris sa respiration, il redescendit en hâte vers la maison, au cas où les voyous auraient fait demi-tour et seraient revenus les attaquer. Plusieurs fois il se perdit sur les sentiers de chèvres qui débouchaient sur un nouveau dédale de végétation.

Le rouge du soleil couchant embrasait les nuages au-dessus du lac tandis que la chaleur diminuait. Il ne s'était pas rendu compte qu'il avait couru aussi loin ; il fallait qu'il se dépêche s'il voulait arriver avant la nuit tombante. La brousse s'étendait devant lui, le silence seulement rompu par les cris des barbions dans les arbres. *Qui-qui ?* Jean-Patrick était incapable de leur répondre. Alors qu'il repartait au pas de course, il se retrouva nez à nez avec Roger.

« Hé, mon vieux, qu'est-ce que tu fabriques ? » Son frère l'attrapa fermement par les épaules.

« Ces gars… ils nous ont jeté des pierres…

— Maman m'a raconté. Elle dit que tu es parti comme un fou à leur poursuite. C'est pour ça que je suis venu te chercher.

— Je n'ai pas vu leur tête, mais ils n'étaient pas de Gihundwe. Ils étaient vêtus de guenilles toutes crasseuses. » Jean-Patrick cracha par terre. « *Abaturage !* – des péquenauds ! »

Roger reprit son souffle. « Tu cours vite, dis donc… Je t'ai aperçu depuis là-bas, mais je n'ai pas réussi à te rattraper. Qu'est-ce que tu crois qu'aurait fait un gringalet comme toi contre une bande de voyous ? »

Jean-Patrick haussa les épaules. « J'ai pas réfléchi. J'ai juste couru.

— Comme un super héros, c'est ça ? » Roger tapota ses tibias tout écorchés et aperçut ses pieds nus en sang. « Un don pareil, tu devrais en prendre soin ! Tu n'en auras pas d'autre. »

Dans la lumière déclinante, Jean-Patrick ne vit pas si son frère plaisantait ou pas.

Quand ils rentrèrent chez eux, le soleil avait disparu. Jacqueline balayait les bris de verre sur le tapis. La porte du bureau était ouverte, et leur mère était en train d'emballer des papiers et des livres. Jacqueline leva la main pour le prévenir, mais Jean-Patrick se précipita dans la pièce. Un morceau de verre se ficha dans son pied.

« On doit partir, dit Maman, avec une expression de frayeur qu'il ne lui avait encore jamais vue.

— Pourquoi ? On est ici chez nous. » Il s'assit sur une chaise pour extraire le bout de verre. Les événements se succédaient beaucoup trop vite. Il n'arrivait plus à suivre.

Sa mère s'agenouilla près de lui. « Laisse-moi faire… » Doucement, elle prit son pied entre ses mains. « Nous vivons ici parce que Uwimana le veut bien. Et si quelqu'un venait mettre le feu à la maison ?

— Mais… c'est juste des gamins, Maman ! On ne va quand même pas avoir peur d'eux !

— Il y a des choses que tu ne comprends pas. Chaque fois que je crois que ce pays a changé, je me rends compte que rien ne change. Je suis contente que ton père ne soit pas là pour voir ça. »

Jean-Patrick ne comprit pas ce qu'elle voulait dire. « Si Papa était en vie, ce ne serait jamais arrivé.

— Voilà… » Une écharde de verre scintillait sur son doigt. « Je vais garder les livres de Papa pour toi. Tu les auras le jour où tu seras enseignant.

— Je ne peux plus être enseignant.

— Qui t'a dit ça ? C'est ce qu'était ton père.

— Papa ne peut plus m'aider. »

Elle ramassa le journal. Depuis sa mort, il était resté ouvert, tel qu'il l'avait laissé. « Tiens, prends-le. » Elle retira le stylo et referma le cahier.

Jean-Patrick les emporta dehors. Il ouvrit au hasard et essaya de lire, mais il faisait trop sombre. Ce dont il avait besoin, c'était que son père lui indique une piste, quelque chose qui l'aiderait à rassembler les éléments épars de l'après-midi.

Avant d'entrer à l'école primaire, Jean-Patrick ignorait ce que signifiait *Tutsi*. Le jour où l'instituteur avait dit « Tous les Tutsis, debout », il ne savait pas qu'il fallait qu'il se lève pour être compté et qu'il donne son nom. Roger avait dû le lui expliquer. Ce soir-là, quand Jean-Patrick avait déclaré : « Papa, je suis tutsi », son père l'avait regardé d'un œil étrange, puis il avait ri. Depuis ce jour, Jean-Patrick portait ce mot en lui, mais ce n'était qu'aujourd'hui, après les pierres lancées sur les fenêtres et les insultes, que ce souvenir lui revenait en mémoire.

Les premières étoiles clignotaient d'un air assoupi dans le visage sombre du ciel. Le générateur de Gihundwe entonna sa lamentation bourdonnante. Si Jean-Patrick avait eu des pouvoirs comme son homonyme, Nkuba, il aurait pu insuffler vie aux pages inertes, sentir la peau en cuir s'étirer sous ses doigts et prendre la forme d'un homme, entendre encore une fois battre le cœur vaillant de son père. Au lieu de quoi, il enfonça le stylo dans sa paume jusqu'à ce que le sang jaillisse. Puis il écrivit *François*, le nom chrétien de son père.

3

« On sera comme des mendiants », avait dit Roger, et bien que leur mère l'eût pincé en guise de réprimande, Jean-Patrick craignait qu'il n'eût raison. C'était la dernière semaine d'école. Il aurait bien voulu traîner les pieds dans la poussière, ralentir le temps pour qu'il passe moins vite et qu'ils ne soient pas obligés de déménager chez Oncle Emmanuel à la fin des cours. Certains jours, il devait se forcer pour se maintenir dans les premiers de la classe et rapporter à sa mère des devoirs sur lesquels il n'y avait pratiquement aucune correction.

Roger l'attendait sous l'immense ramure de l'acacia derrière la maison. Ils se penchèrent pour ôter leurs chaussures. Une pluie de pollen dégringola sur le sol en tourbillonnant.

Jean-Patrick retira un petit point jaune sur son short. « Maman nous tuerait si elle voyait qu'on va pieds nus à l'école.

— Autant demander à une vache d'abandonner ses veaux ! rétorqua Roger. Elle va pourtant devoir s'y habituer, une fois qu'on habitera chez l'oncle.

— Ne parle pas comme ça ! le rabroua Jean-Patrick. Tu n'en sais rien. »

Une chaussure dans chaque main, il partit vers l'école à petites foulées. Il restait encore cinq jours de classe, et six autres avant qu'il ne découvre si ce qu'appréhendait Roger était vrai. Ce jour-là, ils emballeraient leurs affaires et refermeraient pour la dernière fois la porte de la maison. En septembre, qui dormirait dans la chambre qu'il partageait avec son frère ? Qui écrirait sur le bureau de son père ?

« Il faut qu'on se dépêche, dit Roger en lui tapant les fesses avec sa chaussure. La sœur a dit que, aujourd'hui, elle aurait une surprise pour nous, tu te rappelles ? »

Jean-Patrick jeta un coup d'œil par-dessus son épaule. Depuis que les gamins avaient brisé les vitres, il regardait tout le temps s'il ne les apercevait pas. Quelquefois, il croyait les voir disparaître au milieu de la brousse dans un tourbillon de fumée. C'était évidemment absurde ; à moins qu'ils ne portent les mêmes hardes, il ne les reconnaîtrait probablement pas s'ils venaient lui serrer la main.

La surprise était qu'un célèbre athlète allait venir parler à la classe. Et pas n'importe lequel ! Il avait été sélectionné pour participer aux jeux Olympiques. Après que la sœur eut fait cette annonce, Jean-Patrick avait été incapable de se concentrer sur son travail. Ces dernières semaines, il n'aurait pas imaginé que quoi que ce soit puisse lui remonter le moral. Ni les livres de son père, ni les *igisafuria* et les patates cuites dans du lait que lui préparait sa mère, ni les chansons que Jacqueline écoutait à la radio, le volume au maximum. Néanmoins, la sœur avait réussi là où tout le reste avait échoué. Durant toute la matinée, il ne pensa à rien d'autre qu'au marathonien. Ses yeux fixaient la fenêtre en guettant le petit point qui se métamorphoserait en splendide voiture que conduirait l'athlète. Finalement, à la seconde même où il terminait ses additions, il vit une forme se matérialiser dans un nuage de poussière. Loin d'être splendide, la voiture était une banale Toyota, en rien différente de la centaine d'autres qui circulaient sur les routes. Un homme aussi fin qu'un papyrus déplia ses longues jambes dans la cour, se leva et s'étira.

Jean-Patrick s'était attendu à voir un homme imposant, or il était à peine plus grand que Roger. Il se demanda si c'était un Umutwa, un membre d'une des tribus de Pygmées qui vendait du lait et du beurre dans des pots en argile aux familles qui n'élevaient pas de bétail. Cette déception passagère s'évanouit dès qu'il le vit se déplacer ; il flottait plus qu'il ne marchait, comme si ses muscles étaient de l'eau. Il portait des lunettes de soleil et les pans de sa chemise claquaient au vent, des zèbres et des lions galopant sur le tissu luisant.

« *Muraho neza !* – Bonjour à tous ! dit l'athlète à la classe. Je m'appelle Télesphore Dusabe. Je représente le Rwanda aux jeux Olympiques dans l'épreuve du marathon. Et je suis très heureux d'être ici à Cyangugu pour m'adresser à vous aujourd'hui. » Jean-Patrick lui demanda d'écrire son nom au tableau, puis il le recopia dans son cahier en dessinant deux étoiles de chaque côté.

Télesphore leur raconta qu'il courait pieds nus sur les collines du Rwanda. « Nous appelons notre pays le pays des Mille Collines, dit-il, le visage comme éclairé de l'intérieur par une flamme, et je crois bien que je les ai toutes parcourues ! » Il parla de l'attrait des jeux Olympiques et de l'impression de voler qu'il ressentait parfois lorsqu'il courait.

Jean-Patrick leva la main. « Vous avez bien dit *parfois* ? Et le reste du temps ?

— Toi, tu es un malin ! répondit Télesphore en riant. Je vais te confier un secret. Quelquefois, j'arrive seulement à mettre un pied devant l'autre, mais, dans ces moments-là, je repense à la sensation qu'on éprouve quand on gagne. »

En voyant son regard fixé sur lui, Jean-Patrick fut pris d'un frisson. *La sensation qu'on éprouve quand on gagne*, se répéta-t-il dans sa tête. Il nota la phrase dans son cahier de calcul.

« Nous allons organiser une course », dit la sœur en prenant deux morceaux de carton épais derrière le bureau. Elle coupa le Scotch qui les reliait et brandit un poster de

Télesphore franchisssant la ligne d'arrivée lors d'une compétition officielle. « Et le gagnant aura notre athlète pour veiller sur lui ! » Elle sourit. « Ou notre gagnante ! »

Télesphore fit aligner les élèves dans la cour poussiéreuse derrière un trait qu'il traça sur le sol avec un bâton. « Placez-vous en fonction de votre âge, les plus jeunes devant. » Jean-Patrick se retrouva deux rangs avant la dernière ligne, et Roger sur celle-ci. Télesphore sortit deux blocs de bois de son sac de sport. « C'est comme ça qu'on donne le départ d'une course. Et maintenant, prenez vos marques ! »

Ce poster, Jean-Patrick le voulait à tout prix. Il le voulait plus qu'il n'avait désiré quoi que ce soit depuis un bon bout de temps. À l'instant où il entendit les blocs de bois claquer, pour la deuxième fois ce jour-là quelque chose bascula au fond de lui. Lorsqu'il étendit les jambes et courut vers l'extrémité du grillage, dépassant un élève après l'autre, la terre que foulaient ses pieds nus ne fut plus la même argile rouge qu'avant que Télesphore leur ait parlé. Et quand il arriva le premier, avec trois mètres d'avance sur Roger, il comprit qu'elle ne serait plus jamais la même.

« Regardez comme il est menu ! Courir lui est naturel ! » s'extasia Télesphore. Il releva ses lunettes sur son front en faisant signe à Jean-Patrick d'approcher. « Comment tu t'appelles ?

— Jean-Patrick Nkuba. »

L'athlète plissa les yeux à cause du soleil ; des petites rides apparurent tout autour. « Pas étonnant, alors… Tu sais de qui on t'a donné le nom ?

— C'est le dieu qui apporte le tonnerre, répondit Jean-Patrick.

— Oui… Nkuba, le Seigneur du Ciel, le Rapide. » Télesphore pointa son doigt au-dessous de l'œil gauche de Jean-Patrick. « Je le vois ici : le désir. Un jour, tu auras autant besoin de courir que de respirer. »

La sœur alla chercher le poster et le remit à Télesphore. Celui-ci le posa sur le carton qu'il tint en équilibre sur son genou et écrivit avec emphase : *À notre prochain héros olympique, Jean-Patrick Nkuba*. Puis il signa son nom d'une écriture tout en volutes – Télesphore Dusabe.

Jean-Patrick prit le poster et regarda vers les collines. Maintenant que les orages d'*itumba* étaient passés, les journées polies par les pluies resplendissaient d'un bleu étincelant. Sur les pentes des champs en terrasses, les femmes récoltaient les haricots et le sorgho. Les tiges ployaient sous le poids des baies, ornant de colliers de perles rouges le paysage luxuriant. Bientôt ce serait *iki*, la longue saison sèche, qui réchaufferait les jeunes plants cultivés pendant les pluies et les aiderait à se développer. Il ne restait plus que quatre jours avant qu'il quitte la maison de Gihundwe, mais Jean-Patrick n'avait pas envie d'y penser. Il se retourna vers l'athlète en ayant le sentiment que ce qu'il venait de lui dire était la vérité – une prophétie.

4

La dernière chose qu'il fit consista à rouler le poster de Télesphore Dusabe qu'il enveloppa dans deux couches de papier et attacha avec une ficelle. Après quoi il jeta un regard dans la pièce. Toute trace de la vie familiale avait été balayée comme la poussière que sa mère chassait à coups de balai.

Dehors, les abeilles bourdonnaient dans l'acacia. Leur mère avait cueilli les derniers haricots et tomates mûrs et quelques piments dans le jardin ; le moment était venu de semer une nouvelle récolte. Aider sa mère avait toujours été la tâche de Jean-Patrick, mais c'était la première fois dans son souvenir qu'ils ne s'étaient pas mis à genoux dans la terre pour planter. Comme la maison, le jardin paraissait nu – déjà oublié. Jean-Patrick mit son sac sur le dos et coinça le poste de radio sous son bras. Puis il sortit en suivant sa mère et referma la porte derrière lui.

Jacqueline, Zachary et plusieurs élèves de Gihundwe aidèrent Uwimana et Angélique à charger les affaires à l'arrière du camion.

Le directeur prit la main de sa mère dans la sienne. « Je voudrais bien te faire changer d'avis, Jurida. La maison va rester inoccupée jusqu'à la reprise de l'école. » Clémence, enveloppée dans un tissu sur le dos de sa mère, émit des petits bruits de baisers dans son sommeil.

« Je ne peux plus regarder ces fenêtres sans entendre le bruit du verre qui se brise, dit Maman en secouant la tête. La maison de mon frère est désormais la nôtre.

— François pensait qu'il n'existait plus de différences entre Hutus ou Tutsis. Ses élèves l'adoraient, et ses rêves nous ont donné de l'espoir. Un espoir auquel nous devons nous accrocher en dépit de ce qui se passe.

— Pour mon mari et pour toi, je tâcherai de garder cet espoir vivant. »

Angélique la serra dans ses bras, puis embrassa Jean-Patrick, Jacqueline et Zachary. « Gihundwe va sembler si vide sans vos voix pour remplir les jours ! dit-elle.

— On viendra vous rendre visite », promit Jacqueline. En la voyant se mordiller la lèvre, Jean-Patrick comprit que ses larmes n'étaient pas loin.

Angélique s'agenouilla devant lui en lui redressant le menton. « Tu reviendras quand tu entreras à l'école secondaire. Ce sera de nouveau chez toi, il faut que tu le saches.

— Viens, Jean-Patrick. » Uwimana ouvrit la portière du camion. « Assieds-toi à côté de moi.

— Je dois aider Roger à s'occuper du bétail. » Il prit l'écouteur de la radio et l'approcha de son oreille. « Hé, Jacqueline… ils passent ta chanson préférée ! » Il fit des grimaces de clown en imitant Pepe Kalle jusqu'à ce qu'ils éclatent tous les deux de rire.

« On fera comment pour écouter la radio chez Oncle Emmanuel ? Grâce au courant électrique d'Imana ? »

Jean-Patrick tripota les boutons en chantant quelques paroles à pleine voix. « Peut-être que l'oncle aura bientôt l'électricité. » Il coinça la radio et son sac entre deux matelas à l'arrière du camion. Puis il confia son poster de Télesphore à sa mère et dit au revoir avant de se mettre à son tour à pleurer.

Il resta planté là et attendit que le camion ne soit plus qu'un point dans un nuage rouge de poussière. Dès qu'il eut disparu, il partit en courant sur la route, où la vie continuait comme si rien n'avait changé. Des hommes gravissaient péniblement la colline, des sacs de sorgho ou de patates sur le guidon de leur vélo ou empilés à l'arrière de charrettes brinquebalantes. Des enfants tiraient des chèvres attachées à une ficelle, transportaient des jerricans remplis d'eau, trottinaient en portant sur la tête les fagots de bois qu'ils venaient de ramasser. Des femmes discutaient, allant ou revenant du marché, des bassines pleines de fruits et de légumes au sommet de leur crâne comme des chapeaux fantaisie.

Jean-Patrick n'était pas allé très loin lorsqu'un élève de Gihundwe l'interpella. « On a appris que vous partiez. Je suis vraiment désolé.

— Je reviendrai quand j'aurai passé mes examens. Et je serai élève ici », rétorqua Jean-Patrick, reprenant les propos d'Angélique. Il serra la main que le garçon lui tendait, puis s'éloigna en sprint, monta à l'assaut de la colline jusqu'à ce qu'il ait la poitrine en feu et que des petites étoiles se mettent à danser devant ses yeux.

Il retrouva Roger à l'ombre d'une bananeraie. Le bétail paissait sous les arbres, arrachant des touffes de jeunes *urubingo*. Le mâle *inyambo* se tenait à l'écart du troupeau, comme s'il savait qu'il était un descendant des vaches que possédaient jadis les rois. L'arc de ses cornes soutenait un pan de ciel et son pelage rouge sombre luisait au soleil. Sur sa tête s'étalaient deux taches blanches, tels deux pays sur une carte. Il arborait un collier de perles – bleu et blanc, comme ceux des danseurs *intore* –, dont les clochettes tintaient dès qu'il remuait la tête. Quand Jean-Patrick était petit, son père tenait sa main minuscule immobile pendant que le bouvillon y léchait le sucre de sa langue chaude et râpeuse.

Roger se retourna vers Gihundwe, le visage dissimulé sous le chapeau en feutre de leur père. Combien de dimanches l'avaient-ils vu mettre ce chapeau et prendre son bâton traditionnel sculpté en disant : « *Tugende*, mes fils. Allons nous promener. »

Comme s'il avait lu dans ses pensées, Roger effleura le bord du chapeau. « Tout est fini, maintenant... On ne sera rien de plus que des pêcheurs miséreux, on courra en étant tout sales et on mangera avec nos doigts comme les gamins de l'oncle. »

Jean-Patrick flatta la croupe poussiéreuse de l'*inyambo*. « On continuera à aller à l'école. Papa l'a toujours dit, et Maman l'a promis. De toute façon, Oncle Emmanuel n'est pas pauvre. Regarde tous ses bateaux !

— Allons, idiot, qui nous paiera l'école ? L'oncle a ses propres enfants à entretenir.

— Je ne suis pas idiot... Toi tu as déjà ta bourse pour aller à Kigali, et moi j'irai à Gihundwe. Et après, j'irai à l'université en Amérique. J'obtiendrai une bourse pour courir. Tout le monde fait ça, là-bas. »

En disant au garçon croisé sur le chemin qu'il reviendrait à Gihundwe, Jean-Patrick en avait douté, mais quand il entendit Roger le mettre au défi, les paroles d'Angélique se logèrent dans son cœur comme un prix qu'il était déterminé à réclamer, quoi qu'il lui en coûte. Il s'accroupit dans l'herbe ainsi que Télesphore l'avait montré à la classe. « Viens... Aujourd'hui, je crois bien que je vais te battre.

— Tu crois ? Tu vois cet arbre en haut de la colline ? Je te laisse une tête d'avance.

— Pas la peine ! » s'écria Jean-Patrick en s'élançant sur le sentier. Il s'appliqua à garder un rythme rapide en effectuant de longues foulées, comme son frère le lui avait appris. La brûlure familière envahit ses poumons, mais il poussa plus fort vers le sommet de la crête. Il sentait Roger dans son dos. Au moins jusqu'à l'arbre ! se dit-il. Il faut que je le batte jusqu'à l'arbre. Serrant les dents, il accéléra encore l'allure, mais son frère le rattrapa avant la dernière côte et se maintint sans peine à son niveau.

Juste avant d'atteindre l'arbre, Roger le doubla. « Tu ne me bats pas encore... mais tu n'en es pas loin ! J'ai dû faire un sacré effort ! N'empêche qu'il te faudra un bout de temps avant que tu me prennes la couronne.

— Tu dis n'importe quoi ! Je t'ai déjà battu une fois… le jour où Télesphore a organisé la course !

— Primo, tu es parti deux rangs devant moi. Secundo, le parcours était trop court pour que ça compte.

— Continuons à courir… Peut-être que je vais y arriver.

— Hé, je n'ai pas envie que tu t'écroules ! » Roger lui donna une tape sur la tête, puis l'aida à se relever.

Jean-Patrick entendit tinter les clochettes de l'*inyambo*. Il se retourna et vit le bouvillon trotter en tête du petit troupeau, aussi majestueux qu'un roi.

« Va doucement, dit Roger. Il ne faudrait pas qu'on perde le bétail en route. »

Les deux frères redescendirent d'un pas tranquille le long du sentier. Au loin brillait l'œil noir du lac Kivu.

Le temps qu'ils arrivent à Gashirabwoba, le village où vivait Oncle Emmanuel, Jean-Patrick avait les jambes aussi dures que de la pierre. Ils s'arrêtèrent sur une crête au-dessus de l'*urugo*. Sous le mur d'enceinte, deux eucalyptus dominant la forêt indiquaient le chemin. C'était déjà l'après-midi, une chaleur paresseuse les enveloppait. Des abeilles bourdonnaient dans les ruches perchées sur les hautes branches.

« On y est ! dit Roger. Descendons leur dire bonjour. »

Deux cyprès signalaient l'entrée dans la clôture tressée de feuilles de sorgho séchées et de tiges de maïs. Un champ de manioc recouvrait la pente. Sous un appentis, une pirogue était posée sur les deux moitiés d'un bidon de deux cents litres. Les filets qui pendaient entre les branches évoquaient d'étranges végétaux moussus. Les plaques de tôle ondulée appuyées contre le hangar reflétaient le soleil. La maison principale, à l'ombre d'un énorme jacaranda, était une construction de boue et de brique tentaculaire, comme si des pièces avaient poussé du corps central tels des bras et des jambes supplémentaires.

Depuis la dernière visite de Jean-Patrick, la porte et les montants des fenêtres avaient été repeints en bleu vif.

Une ribambelle d'enfants se précipita hors de la maison, menée par les deux petites jumelles de leur oncle, Clémentine et Clarisse, vêtues de robes identiques. Mathilde fonça vers eux, la radio de Jean-Patrick sous son bras. « Je t'attendais ! s'écria-t-elle en brandissant l'appareil. Dis, comment on fait pour écouter des chansons ? J'aimerais bien écouter la musique qu'ils passent le matin, *Indirimbo za buracyeye*. » Elle serra poliment la main de Roger et passa son bras libre autour de Jean-Patrick.

Une petite fille à la jupe en loques approcha et Mathilde la fit avancer. « C'est mon amie Olivette. Elle habite là-bas, dit-elle en montrant la crête d'où descendaient une femme et un petit garçon. Ah, voilà la maman d'Olivette et son frère Simon ! Maman a dit qu'il fallait rentrer le bétail dans l'enclos, le temps qu'il s'habitue. »

Les enfants entourèrent Jean-Patrick et Roger pendant qu'ils faisaient entrer le bétail, papotant tout en s'essuyant le nez d'un revers de manche.

Tante Esther arriva du jardin. « Soyez les bienvenus ! Vous êtes ici chez vous. » Elle portait un pagne flambant neuf décoré de poissons multicolores. Autour de ses cheveux coupés court, elle avait noué un fichu tissé de fils brillants qui captaient la lumière. Jean-Patrick se demanda si elle avait mis ses plus beaux habits en leur honneur. Entre ses pieds, un petit chien rouge, qui avait plus d'os que de chair, chassait une proie invisible. Quand Jean-Patrick voulut le caresser, il se sauva.

« Ne t'en fais pas, dit Tante Esther. Elle te suivra partout bien assez tôt ! »

La mère d'Olivette entra dans la cour. « *Ego ko Mana !* – oh mon Dieu ! s'exclama-t-elle. Regardez-moi ces freluquets ! » Elle posa son panier. Jean-Patrick aperçut des œufs bleus brillants, une petite citrouille de couleur pâle et une papaye géante. Elle serra Roger et Jean-Patrick dans ses bras. « Je vous ai apporté de quoi vous engraisser… »

Les mains en éventail autour de la bouche, elle appela son fils. « Simon ! Viens faire la connaissance de ces garçons ! Ne te comporte pas comme le *muturage* que tu es ! »

Simon haussa les épaules et s'éloigna de l'arbre auquel il était adossé. Lorsqu'il glissa sa main dans la sienne, Jean-Patrick la trouva aussi molle et froide que les poissons de l'oncle.

« Mukabera, ces garçons sont de brillants élèves... pas des maris pour ta fille », tint à préciser Tante Esther avant de l'embrasser trois fois sur les joues – sur la droite, puis sur la gauche, et de nouveau sur la droite.

La voisine partit d'un gigantesque éclat de rire qui découvrit ses dents tachées de brun à force de mâcher de la canne à sucre. « Tu as déjà vu un œuf de canard bleu ? » demanda-t-elle en se penchant vers Jean-Patrick.

Il fit signe que non et le prit dans sa main.

« Quand tu auras besoin d'avoir de la force, passe voir Mukabera, je t'en ferai cuire un, dit-elle en lui pinçant l'épaule. Et maintenant, il faut que tu ailles te reposer et moi que je retourne à mes champs. » Elle lui colla le panier dans les bras et remonta à grandes enjambées en haut de la colline. Simon la suivit en marmonnant quelque chose entre ses dents que Jean-Patrick ne comprit pas.

Jean-Patrick se tenait sur le seuil de la maison. L'odeur des lampes à pétrole lui tournait la tête. Le crépuscule peignait le lac d'une nuance aubergine, la brume brouillait l'horizon. D'énormes chauves-souris filaient entre les arbres. Il flottait dans l'air une odeur étrange, et sa maison lui manquait, à la fois sa clarté et le réconfort qu'offrait la lumière électrique.

Assis dans un fauteuil en plastique au milieu de la cour, Oncle Emmanuel réparait un filet, une bouteille d'*urwagwa* posée près de lui. L'aiguille allait et venait avec la vivacité d'un insecte. Il chantait une chanson et, quand il ne se rappelait plus les paroles, il regardait le lac en fredonnant, un sourire aux lèvres. Un de ses pieds chaussés de bottes en caoutchouc battait le rythme. Il but une gorgée de vin de banane. « J'ai fabriqué une nouvelle pirogue, dit-il. Maintenant que je vous ai toi et Roger pour m'aider, on va ramener davantage de poissons. »

Roger jeta un regard à son frère. Celui-ci fixait le sol.

« On lancera les pirogues ensemble et on tirera les filets entre les deux, poursuivit Emmanuel. Et je vais vous construire une maison. Vous voyez ces tôles ? Ce sera le toit.

— Hé, ça représente beaucoup d'argent… Tu n'étais pas obligé », dit Maman. Des larmes brillaient dans ses yeux. Jean-Patrick ne comprenait pas pourquoi elle était si fière d'une cabane aussi misérable.

Mathilde l'appela de la maison, le livre de contes de son père à la main. « Tu veux bien me lire l'histoire de Rutegaminsi et de la taupe ? »

Jean-Patrick s'installa avec elle sur le canapé. « *Ko Mana !* Tu veux toujours en savoir plus sur l'amour… Mais tu es maintenant une grande fille. Tu ne peux pas la lire toute seule ? »

Elle essaya de déchiffrer les lettres. « C'est pas facile… Je suis seulement en première année. »

Roger leva le nez de ses devoirs. « Tu aimes bien l'école ?

— Beaucoup. Sauf que, plus tard, je ne pourrai peut-être plus y aller.

— Pourquoi ? » Roger ferma son livre d'un claquement sec qui fit sursauter Jean-Patrick.

« Papa dit que les Tutsis doivent être les premiers en classe et que, même s'ils le sont, on ne les laisse pas entrer. »

Roger fronça les sourcils. « Ce n'est pas vrai. Hutus ou Tutsis, tout le monde peut y aller. Il faut payer, c'est tout. *Notre* père nous l'a dit. »

Oncle Emmanuel posa le filet et rentra dans la maison. « C'est ce qu'il vous a enseigné ? Vous pensez que, au Rwanda, Hutu et Tutsi c'est la même chose ?

— Papa était le préfet en charge des instituteurs à Gihundwe, répondit Roger. Il nous a dit que le président Habyarimana voulait l'égalité.

— Quel âge as-tu, Jean-Patrick ? demanda Emmanuel.

— Bientôt dix ans.

— Et toi, Roger ?

— Douze. J'aurai treize ans le mois prochain. Et *je* suis entré à l'école secondaire bien que je sois tutsi ! »

Jean-Patrick grimaça en voyant sa mère s'approcher. « Montre-toi respectueux dans la maison de ton oncle ! s'exclama-t-elle en donnant une claque à Roger au-dessus de l'oreille.

Emmanuel leva la main comme pour faire taire une assemblée avant de prononcer un discours. « Bon... Avez-vous entendu parler du dernier massacre, les garçons ? » Il adressa un regard furieux à leur mère.

« Quel massacre ?

— En 1973, l'année où Habyarimana a renversé Kayibanda. Partout dans le pays, des Hutus se sont levés pour tuer des Tutsis. Ils ont incendié notre maison et ont tué vos grands-parents et votre oncle, notre plus jeune frère. » Il se tourna vers Jean-Patrick. « Tu portes son nom. Personne ne vous en a jamais rien dit ? »

Jean-Patrick savait que l'expression horrifiée de Roger n'avait d'égale que la sienne. Chaque fois qu'ils posaient des questions sur leurs grands-parents, leur mère répondait : « Quand vous serez plus grands, vous comprendrez. » D'un seul coup, les événements survenus le mois précédent prirent tout leur sens : sa terreur quand les enfants avaient brisé les vitres, les cartons emballés à la hâte, ses remarques énigmatiques sur le fait que les choses changeaient en restant les mêmes...

Elle s'avança devant Emmanuel. « Pourquoi cherches-tu à leur faire peur ? Le passé, c'est le passé. Laisse-le en paix.

— Dormir debout est dangereux, Jurida. Tu es de retour à Gashirabwoba. Ici, nous vivons en faisant honneur au nom de notre village : *Peur de rien*. Désormais, inutile de garder des secrets. » Il montra la colline. « Parce que tu crois que ça ne va pas recommencer ?

— C'est impossible. Habyarimana ne le permettra pas.

— Regarde ce qui vous est arrivé... et sur le territoire de l'école, en plus ! »

Zachary déboula dans la pièce avec son *imodoka* en fil de fer, Clémentine et Clarisse sur ses talons. Emmanuel l'observa en secouant la tête. « La haine est trop profonde... Tôt ou tard, le gouvernement jugera commode de la laisser remonter à la surface. » Il tendit son poing fermé vers Jean-Patrick et Roger. « Ça, c'est la main de notre président. Et vous savez où sont les Tutsis ? » Il le déplia et tapota sa paume du bout du doigt. « Là où Habyarimana veut qu'on soit. Pour lui, on n'est rien d'autre que des *inyenzi* – des cancrelats. »

Roger tapa sur un insecte invisible. « Mais, Oncle Emmanuel, on ne peut pas écraser un cancrelat ! »

La lumière disparut en emportant le lac. Emmanuel partit à la pêche avec son voisin, Fulgence. Jean-Patrick sortit chercher la petite chienne dans les herbes. La forêt s'anima des sons des animaux nocturnes, de leurs odeurs musquées. Il repensa à ce qu'avait dit Emmanuel. Quel âge avait eu cet oncle inconnu quand il était mort ? L'âge qu'il avait aujourd'hui ? C'était curieux que sa mère lui ait donné le nom de son frère sans jamais lui en avoir parlé. Il imagina des enfants se faufiler dans la brousse en brandissant des torches au lieu de pierres. Il dut cligner des yeux pour chasser cette vision.

Siffler après la nuit tombée attirait le malheur – les gens de la campagne prétendaient que ça excitait les esprits malins –, aussi siffla-t-il en appelant : « Petite chienne ! »

Elle lui répondit en aboyant derrière un monticule de terre. Jean-Patrick lui tendit la sardine grillée qu'il avait mise dans sa poche. Elle huma l'air et s'avança en rampant sur le sol. Avant même que le poisson ne soit tombé par terre, la chienne le happa d'un coup de mâchoire.

Cette fois encore, il voulut lui caresser la tête, mais elle s'enfuit en trottinant.

Dès les premières lueurs, Jean-Patrick entrouvrit la porte de la cabane où il allait vivre avec Roger. Le sol était jonché de crottes de souris et de carapaces d'insectes. Il prit une balayette dans un coin pour enlever les toiles d'araignée. Une pluie de brindilles de paille dégringola sur lui.

« C'est les filles qui doivent faire ça... Laisse-moi t'aider. » Mathilde se tenait derrière lui, la petite chienne rouge à ses pieds. L'animal s'approcha, mais quand Jean-Patrick s'accroupit pour la caresser, elle recula d'un bond.

« Comment elle s'appelle ? »

Mathilde pouffa de rire. « Les chiens n'ont pas de nom ! » Elle mordit dans la cassave qu'elle tenait à la main.

« Eh bien, celui-là en aura un. Je vais l'appeler Pili, comme pili-pili.

— C'est pas un piment, c'est une chienne ! s'esclaffa la fillette.

— N'empêche que je lui ai donné une sardine au pili-pili, et ça lui a plu. »

Mathilde coupa un morceau de sa cassave. « Tiens... Un bout pour toi et un pour Pili. Si tu lui donnes ça à manger, elle va t'adorer ! »

Jean-Patrick se pencha d'un geste trop brusque et la chienne se carapata dans la cour.

« Ne t'en fais pas, elle reviendra. » Mathilde se faufila sous la porte. « Quand Papa aura arrangé ça, ce sera super ! Un vrai hôtel de luxe ! » Elle s'essuya les mains sur sa jupe. Sa peau avait une teinte dorée et ses cheveux auréolaient son front haut d'une coiffe duveteuse parsemée de poussière rouge. « Je viendrai étudier là, moi aussi. Papa va fabriquer des bureaux pour toi et Roger.

— Je crois qu'il n'a pas envie qu'on soit ici. Hier soir, il s'est fâché contre nous.

— Hé, tu as des yeux pour voir ou quoi ? Il ne parle que de ça depuis qu'on sait que vous allez venir. » Elle se pencha plus près. « Tous les soirs quand il part pêcher, il dit que c'est pour payer votre toit. Et que la tôle ondulée coûte aussi cher que l'or.

— Il a fait ça rien que pour nous ? » Jean-Patrick se sentit tout à coup minable d'avoir eu toutes ces pensées négatives.

« Papa dit qu'on va enfin avoir des frères. Il vous appelle ses fils. » Elle lui toucha le doigt. « Alors maintenant, tu dois m'appeler sœur… promis ?

— Promis. » Jean-Patrick lui passa la main dans les cheveux. Ils étaient aussi doux que de la plume.

1987

5

Du temps où son père était en vie, entrer à l'école secondaire lui avait paru facile. Il suffisait pour réussir d'avoir de bonnes notes. D'ailleurs, Roger avait bien travaillé et était maintenant à l'école de Kigali. Le jour de son départ, sa mère et sa tante avaient organisé en son honneur une grande fête où tous les voisins étaient venus discuter et manger. Jean-Patrick était très fier de son frère, mais en voyant son visage derrière la vitre du car tandis qu'il s'éloignait et leur faisait au revoir, il n'avait eu qu'une envie : courir le rattraper et le supplier de ne pas s'en aller.

Il se souvenait de ce premier soir à Gashirabwoba où Roger avait contredit leur oncle avec effronterie. Et bien qu'il regrettât de le reconnaître, son oncle avait eu raison. À cause des quotas scolaires imposés aux Tutsis, il lui faudrait être le premier de sa classe s'il voulait obtenir une bourse d'études. Autrement, il pourrait dire adieu à l'école secondaire. À présent qu'il avait passé l'examen national et un autre à Gihundwe, en veillant tard le soir et en étudiant jusqu'à ce que son menton s'affaisse sur sa poitrine, son avenir reposait entre les mains d'Imana. Il n'avait plus qu'à attendre. Et attendre encore.

Le 1er août, date où seraient annoncés les résultats, Jean-Patrick ne pensait toujours qu'à cela. Ce matin-là, il se réveilla de bonne heure et se leva sans bruit pour ne pas réveiller Zachary, qui partageait son lit depuis que Roger était parti. En cherchant la lanterne à tâtons dans l'obscurité, sa main effleura le dos de Pili ; il attrapa le museau tiède et humide dans sa main. Muni de sa lampe, il sortit dans un silence aussi noir que les profondeurs du lac Kivu. En cette période de congés scolaires, Jean-Patrick passait ses journées à la pêche avec Emmanuel. Étant donné que Fulgence et plusieurs cousins travaillaient pour lui, son oncle pouvait rester à la maison le soir pendant que son équipe partait pêcher.

Juste avant l'aube, Jean-Patrick et Emmanuel lancèrent les pirogues, puis aidèrent à décharger les dernières cargaisons de sardines qu'ils emporteraient au marché. Ils vérifièrent ensuite les lignes d'où ils remontèrent des tilapias. Jean-Patrick était désormais assez costaud pour manœuvrer la barque au milieu des courants rapides qui traversaient le lac en filant vers la rivière Rusizi et, plus loin, au Burundi.

Trois gros capitaines les attendaient au moment où ils atteignirent les bouteilles vertes en plastique qui signalaient leurs lignes. Ils attachèrent les pirogues que Jean-Patrick maintint bien droites contre le courant.

« Le Seigneur est bon ! » déclara Emmanuel. Il détacha un premier poisson de l'hameçon, puis enroula la ligne sur le moulinet. Un martin-pêcheur pourchassé par des corbeaux pies rasa la surface de l'eau avant de disparaître entre les arbres. Emmanuel remonta les deux autres poissons et les jeta dans la cale. « Si la pêche continue à donner comme ça, on pourra acheter un bateau à moteur à Noël !

— Je devrais bientôt recevoir des nouvelles de l'école, dit Jean-Patrick. Peut-être même aujourd'hui. »

Il songea aux commerces et aux cabarets où les radios marchaient à fond du lever au coucher du soleil. Les résultats aux examens seraient diffusés sur Radio Rwanda, mais son poste, avec son fil électrique inutile, demeurait muet sur l'étagère, et le transistor de son oncle avait rendu l'âme depuis un mois et n'avait toujours pas été remplacé. À moins d'avoir la chance d'entendre son nom par hasard dans la rue, il devrait attendre que les résultats soient envoyés par courrier.

Emmanuel se mit en caleçon, plongea et remonta avec un grand sourire. « Tu as dit quelque chose à propos de l'école ? » De nouveau, il disparut et refit surface en brandissant un essieu rouillé. Il le lança dans la cale et dit : « Ça vaut bien quelques centaines de francs… » Aussitôt il repartit sous l'eau et réapparut avec un anneau tout tordu. « Excuse-moi… Tu m'as parlé. Qu'est-ce que tu disais ?

— Ça n'a pas d'importance. »

L'après-midi, quand Jean-Patrick rentra, un gros carton trônait sur la table. « Ouvre-le », lui dit sa mère. Elle fit glisser le fer à repasser sur un pantalon d'où s'échappa l'odeur de la lessive Omo. Elle ajouta du charbon dans le fer à l'aide d'une pince. L'intérieur scintilla comme un champ de minuscules soleils. Avec si peu d'argent pour eux tous, sa mère passait ses matinées à faire le ménage, la lessive et le repassage chez des gens riches qui habitaient au bord du lac. L'après-midi, elle repassait le linge de la famille avec un fer à l'ancienne, sans bouton magique qui maintenait le sabot brûlant.

Dans le carton était emballé un transistor jaune citron. Jean-Patrick le sortit délicatement et le posa sur la table. « Je veux entendre annoncer ton nom quand tu gagneras cette bourse », dit sa mère, comme si sa réussite était déjà inscrite dans le ciel.

Il alluma la radio et tourna le bouton jusqu'à ce qu'il tombe sur Radio Rwanda. Il sentit la présence de son père toute proche murmurer : *Ntawiha icyo Imana itamuhaye* – personne ne peut se donner ce qu'Imana ne lui a pas donné.

« Et il y a autre chose, reprit sa mère. Tu n'as pas vu ? »

Derrière le carton était posé un paquet entouré d'une ficelle. En l'ouvrant, Jean-Patrick découvrit une paire de chaussures neuves, accompagnée d'un mot de son oncle écrit avec application : *Moi, je suis certain que tes nouvelles seront bonnes. Je suis très fier de toi.* Il les brandit en pleine lumière et vit son visage s'y refléter.

Le deuxième mercredi d'août, Jean-Patrick ouvrit les yeux avec une seule pensée en tête : les résultats seraient annoncés ce jour-là. Cependant, quand il alluma la radio, il n'en sortit que des crépitements et des crachouillis.

« Qu'est-ce que tu croyais ? » Sa mère mélangea du sucre dans du lait chaud qu'elle versa dans un thermos de thé. « Même Imana ne peut pas donner vie à Radio Rwanda avant l'heure dite ! »

À la pêche, Jean-Patrick ne tint pas en place de la journée. Il laissa tomber les hameçons au fond de la cale, renversa son thé et, arrivé près du rivage, sauta trop tôt dans l'eau où il s'enfonça jusqu'au cou.

« Hé, il n'y a pas le feu ! » Emmanuel le congédia d'un geste de la main. « C'est bon, file ! Je vais m'occuper des pirogues. »

En ville, il n'entendit aucune annonce sur aucune radio, mais, lorsqu'il aperçut le camion d'Uwimana garé en bas du chemin, son cœur fit un bond. Il savait que ce n'était pas bien de réclamer l'aide d'Imana, néanmoins il ne put s'en empêcher, encore et encore, jusqu'à la seconde où il franchit la porte.

Tante Esther, sa mère et Uwimana étaient en train de danser, le volume de la radio si fort que le haut-parleur grésillait. Clémence faisait tourbillonner Bébé Pauline, la petite dernière de son oncle et de sa tante. Une assiette de biscuits attendait sur la table, les mêmes que ceux qui remplissaient les poches de leur père lors des occasions spéciales. Zachary et les jumelles s'en enfournèrent plusieurs d'un coup dans la bouche.

« Félicitations ! » s'exclama Uwimana. Il s'approcha de Jean-Patrick en continuant à danser et lui prit les mains. « Tu es premier ! Ta note en sciences fait partie des trois pour cent les meilleures de tout le pays. Et des cinq pour cent en maths. Sois le bienvenu à Gihundwe ! »

S'il bougeait dans le mauvais sens ou s'il clignait des yeux trop de fois, Jean-Patrick avait peur que la nouvelle ne reparte dans la bouche d'Uwimana. « Premier ? Vous êtes sûr ? »

Sa mère et Uwimana éclatèrent de rire. « Je l'ai entendu de mes propres oreilles ! » s'exclama-t-elle. Elle dut forcer la voix pour couvrir la chanson entraînante de Papa Wemba. Jean-Patrick se laissa tomber sur une chaise et soupira comme s'il s'était retenu de respirer pendant des semaines.

« Qu'est-ce qui se passe ? » Oncle Emmanuel se tenait sur le pas de la porte, occupé à enlever ses bottes en caoutchouc.

« Il s'est classé premier ! » chantonna Tante Esther en entraînant Jean-Patrick dans une danse.

Emmanuel bondit tel un danseur *intore*. « Qu'est-ce que je t'avais dit ? Je savais bien que tu méritais ces chaussures... Tous les Tutsis sont fiers de toi !

— Aujourd'hui, ton père sourit, ajouta Maman.

— Et il y a une autre bonne nouvelle... » Un peu de sucre en poudre tomba sur le revers de la veste d'Uwimana. « Le nouveau préfet de discipline monte une équipe d'athlétisme. Je lui ai parlé de toi, et il se trouve que c'est un grand fan de ton frère. Il allait le week-end le voir jouer au foot avec les Inzuki.

— Vous saviez que Roger était le meilleur joueur de son école ? Il est à Kigali, où il joue dans un club.

— Mais oui, je le sais. Ta famille, c'est comme si c'était la nôtre. »

Et c'était la vérité. Le directeur et sa femme avaient été une présence constante. Ils leur apportaient des livres et des vêtements, venaient boire du thé... Combien de fois Uwimana s'était-il accroupi dans son costume trop grand pour jouer avec Zachary et Clémence ? Combien de fois Angélique, encore en blouse de médecin, était-elle passée après ses consultations pour leur apporter des médicaments et prendre soin d'eux ?

Jacqueline et Mathilde passèrent la porte en chaloupant des hanches. Mathilde leva les bras en l'air, les pouces dressés vers le plafond. « *Wabaye uwa mbere !* Tu es numéro un ! »

Jacqueline embrassa Jean-Patrick sur les joues. « Un petit voisin est arrivé dans les champs à toutes jambes pour nous prévenir.

— Moi, j'en ai jamais douté », dit Mathilde. Elle attrapa Jean-Patrick par les poignets et le fit tournoyer. « Mon frère est le garçon le plus intelligent de tout le Rwanda ! » chanta-t-elle. Puis, brusquement, elle se figea, et des larmes roulèrent sur ses joues.

« Pourquoi tu pleures ? s'étonna Jean-Patrick en essuyant ses larmes.

— Je n'ai pas envie que tu t'en ailles…

— Je ne m'en irai jamais, petite sœur. Je serai seulement là-bas, au pied de la colline. »

Uwimana le serra dans ses bras. « Je suis heureux que tu reviennes. Bienvenue chez toi ! »

Jean-Patrick attrapa le journal de son père sur l'étagère et s'assit sur son lit. Il le laissa s'ouvrir au hasard, comme si son père avait lui-même choisi la page. Il avait beau deviner certains thèmes, celle-ci était bourrée de formules scientifiques incompréhensibles. Bientôt, il commencerait à pouvoir les déchiffrer. L'idée lui emplissait le cœur de fierté.

Il passa à la dernière page. Une fois de plus, il imagina la chaise racler le sol, son père scruter l'obscurité derrière la fenêtre pour voir d'où venait le bruit qui avait interrompu le cours de ses pensées et poser son stylo, ce stylo que plus jamais il ne reprendrait.

« Papa… j'ai réussi », dit-il en guettant un murmure ou un bruissement dans les feuillages. Seul le silence lui répondit. Alors il ferma les yeux en respirant l'odeur de renfermé qui s'échappait du cahier, la même qu'il se souvenait avoir sentie quand son père le serrait contre lui.

À côté du journal se trouvait la boîte de lait en poudre dans laquelle Jean-Patrick rangeait la vieille montre de Roger. Le jour où il avait fini par le battre à la course, la montre avait été son trophée. Jean-Patrick avait cru que son frère serait fou de rage, au lieu de quoi il lui avait donné une tape dans le dos. « Tiens, avait-il dit en attachant la montre à son poignet. Tu l'as gagnée. »

Le bracelet était effiloché, le verre rayé, mais elle continuait à enregistrer ses progrès. Trente secondes pour aller jusqu'aux cyprès, trois minutes jusqu'au rocher en forme d'oiseau, dix-huit minutes jusqu'à l'école – il notait tous ses temps sur les dernières pages de son cahier. Ce soir-là, il écrirait à Roger pour lui annoncer la nouvelle. Il remit le chronomètre à zéro, puis enfila une chemise plus chaude. Pour l'instant, il allait sortir et pulvériser son record.

Il monta à toute allure au sommet de la crête. À mi-pente, il dut s'arrêter, les mains sur les genoux, les poumons vidés. Une brume rougeâtre recouvrait la brousse. Un touraco bleu prit son envol, le bec rouge et jaune semblable à une flamme. Une cloche tinta dans la clairière ; celle de l'*inyambo* de son père, qui le fixait d'un œil assoupi, une touffe d'herbe coincée entre les dents. Quand l'animal pencha la tête, ses cornes scintillèrent dans le soleil couchant. Jean-Patrick courut vers lui et caressa sa peau frémissante. Dans un éclair de clairvoyance qui le laissa stupéfait, il eut la sensation que son père vivait dans tout ce qui se trouvait alentour, et que le moindre souffle de vent contenait sa bénédiction.

6

Le jour de son départ à Gihundwe, il se réveilla dans une lumière éclatante en entendant un loriot de Percival siffler au loin. Bien qu'il n'en ait pas eu conscience, il avait dû finir par s'endormir. Il avait passé la nuit à rouvrir les yeux dans un sursaut, à toucher dans le noir son uniforme plié et à écouter la respiration paisible de Zachary. Ce serait la dernière fois avant longtemps qu'il l'entendrait. Tout doucement, il caressa le dos de son petit frère. Prenant soin de ne pas le réveiller, il attrapa ses habits, puis sortit dans l'air frais et remonta le chemin vers la maison, Pili sur ses talons, comme si elle savait qu'il allait bientôt partir.

Dans la cour, le linge fraîchement lavé était étendu sur le fil. Assise sur une natte devant la cuisine, Tante Esther était en train de piler du sorgho, un tas de baies rouges étalé à ses pieds. Mathilde et Jacqueline balayaient, le *scritch-scritch* des balais en paille accompagnant en rythme leurs mouvements. Dans le petit appentis délabré au fond de la cour, Jean-Patrick se déshabilla, après quoi il retint sa respiration et se renversa une bassine d'eau glacée sur le corps. À la seconde même, il se sentit réveillé.

Lorsqu'il ressortit, sa mère lui tendit une tasse de thé fumante. Des bulles de matière grasse de lait brillaient à la surface. « Bois », lui dit-elle. Le thé bien sucré avait un parfum de fleurs.

Jean-Patrick s'assit sur une chaise et regarda le matin émerger de l'obscurité. Les montagnes étincelaient de rouge tandis que la canopée passait peu à peu du vert sombre au bleu argenté. Il repensa à une remarque à propos de la danse de la vie qu'il avait lue dans le journal de son père. Partout autour de lui, elle était là... Il décida de graver cette impression dans sa mémoire de façon à la retrouver à son gré.

Ce soir-là, il dormirait dans un lit inconnu. Et le lendemain, il se réveillerait sans sentir Zachary contre lui ou Pili roulée en boule à ses pieds. Mathilde posa son balai et disparut dans la maison. La voir étudier à ses côtés tandis que ses pieds traçaient des cercles sur le sol dans le halo que projetait la lanterne allait lui manquer. À qui demanderait-elle de lui expliquer un problème de géométrie ou le sens d'une phrase en français ? Elle réapparut en portant un ballot de tissu.

« Tiens... je l'ai fait pour toi ! » Elle lui lança le balluchon sur les genoux.

Il contenait un petit chien rouge, dont l'odeur d'herbe était encore puissante dans les fibres. Il reconnut la queue recourbée en forme d'hameçon et les deux oreilles, l'une dressée, l'autre rabattue. « Mais... c'est Pili !

— Pour que tu ne sois pas sans elle. » Mathilde lui prit le tissu des mains et le déroula d'un coup sec. Il se transforma en un short d'athlétisme.

« C'est toi qui as fabriqué ça aussi ? » Jean-Patrick le mit devant ses hanches. « Hé... c'est super pro !

— J'en ai vu un au marché et je l'ai copié... Regarde à l'intérieur. »

Une poche était cousue dans la ceinture. « Qu'est-ce que c'est ?

— Pour cacher ton argent ou mettre ta carte d'identité quand tu iras courir », répondit-elle.

Jean-Patrick l'embrassa sur la joue. « Mon énorme tas d'argent !

— Quand tu partiras courir en Amérique, tu en cueilleras dans les arbres… On me l'a dit !

— Alors, c'est sûrement vrai. » Jean-Patrick but son thé, en savourant le goût sur sa langue. Un thé bien fort, à la fois amer et sucré.

Dans moins d'une heure, Uwimana et Angélique seraient là. Ils s'assiéraient autour du festin traditionnel qu'on préparait avant un voyage, puis ils monteraient avec lui dans le camion. Ils l'escorteraient lorsqu'il passerait sous l'arche des pins joliment décorée pour l'arrivée des nouveaux élèves, ainsi que le voulait la coutume. La statue de saint Kizito les accueillerait, comme elle l'avait accueilli du temps où il était petit et allait voir son père à l'école. L'excitation et la peur oscillaient en lui comme les deux plateaux d'une balance.

Au début du cours, seuls trois autres Tutsis se levèrent : Noël, un garçon à la peau claire de Gisenyi ; Jean-Marie, de Gitarama, qui bafouilla en donnant son nom ; et un dénommé Isaka, qui s'écria haut et fort : « Je viens de Bisesero, dans la province de Kibuye ! » Aussi fin qu'un fil de fer, il avait des mouvements rapides et nerveux. Jean-Patrick se demanda si son père avait exigé des Tutsis qu'ils se lèvent lorsqu'il était professeur.

Les salles de classe lui paraissaient plus petites et plus délabrées que dans son souvenir. Les garçons se serraient sur les bancs alignés devant les longues tables au bois éraflé taché d'encre. Les sons résonnaient, le moindre chuchotement amplifié par les murs et le sol en ciment.

Le crâne du prêtre luisait sous ses rares cheveux roux. Il avait le visage criblé de minuscules taches de son. Sa robe blanche lui donnait l'air d'une cigogne et, quand il prenait la parole, une boule montait et descendait dans sa gorge comme s'il venait d'avaler un poisson. Il attrapa une pile de livres et, avant de les donner au garçon assis au bout du premier rang, il effleura la couverture – un geste de tendresse que Jean-Patrick se rappela avoir vu faire à son père.

Dès que le prêtre commença son cours, son teint vira au rouge écrevisse. Jean-Patrick repensa au journal de son père, aux pages qu'il allait apprendre à déchiffrer. La salle de classe était baignée de lumière. Derrière la fenêtre, saint Kizito dominait Gihundwe du haut de son socle en brique, les bras grands ouverts en signe de bénédiction, le bois noir de sa peau tout brillant.

La piste du stade de Kamarampaka se réduisait à un chemin de terre autour du terrain de football. Les athlètes, pieds nus, attendaient que l'entraîneur libère les joueurs de foot. Un garçon visa le but et envoya le ballon hors du terrain. Jean-Patrick observa les mouvements fluides de l'entraîneur qui courut le récupérer en se disant qu'il pourrait beaucoup lui apprendre. Il étudia chacun des athlètes tour à tour. Seul Isaka l'inquiétait, le garçon tout maigre de Kibuye. Il avait une telle énergie qu'elle pourrait bien se transformer en rapidité sur la piste.

Un garçon trapu et grassouillet s'approcha et lui serra la main. Sous le soleil, sa peau luisait comme de l'encre bleu-noir. Il avait sous le nez une verrue parfaitement circulaire, comme si Dieu avait appliqué un rond de peinture avec le bout d'un pinceau. Jean-Patrick examina ses jambes : malgré son embonpoint, il avait des mollets forts et bien musclés.

« Je m'appelle Daniel. Je viens de Kigali. » Il lui sourit, et le bout de sa langue jaillit entre ses deux incisives comme un petit morceau de gomme rose. « Tu as déjà couru sur une piste ? »

Jean-Patrick s'étira les jambes. Les footballeurs avaient quitté le terrain et se reposaient dans l'herbe au fond du stade. « Pas sur une piste, non, mais j'ai pas mal couru. Avec mon frère, avant qu'il parte à l'école secondaire. » Il préférait ne pas en dire trop au cas où ce garçon aux jambes puissantes le surprendrait. Le coach leva la tête et croisa le regard de Jean-Patrick. Il sentit un picotement lui remonter des orteils jusqu'à la nuque.

« Je déteste courir, dit Daniel. Moi, ce qui me plaît, c'est le foot. » Il montra du menton l'entraîneur qui se dirigeait vers eux. « Après les essais, il m'a dit que j'étais un gros paresseux. Et que j'allais devoir souffrir avant qu'il me prenne dans son équipe. C'est quoi, ces sornettes ? »

Isaka venait de les rejoindre. « Moi, je n'ai pas envie de souffrir. Je cours déjà une longue distance pour venir à l'école. Pas très vite, mais longtemps. » Il envoya promener un peu de terre du bout de son orteil. « Le jour où j'ai passé les épreuves pour avoir la bourse du gouvernement, j'ai couru la moitié du parcours entre Kibuye et Cyangugu.

— Pourquoi tu n'as pas pris le car Onatracom ? » demanda Jean-Patrick en riant.

Isaka haussa les épaules. « Il était en panne. J'ai commencé à courir, et le car suivant est arrivé un bon moment après. » Un sourire s'étala sur son visage. « Mais, comme tu le vois, j'ai décroché ma bourse ! » Un coup de sifflet les fit sursauter. « Tiens, tiens, voilà le dur à cuire ! » dit Isaka.

Le coach portait un short blanc et un maillot de foot bleu et vert taché de sueur après l'entraînement laborieux. Ses cheveux coupés en brosse accentuaient les traits anguleux de son visage et la dureté de sa mâchoire. Jean-Patrick reconnut le logo Nike sur ses baskets.

« Soyez les bienvenus. » Le coach les emmena vers la piste. « Je m'appelle Rutembeza, je suis l'entraîneur et le préfet chargé de la discipline à Gihundwe, par conséquent, vous allez me voir souvent… surtout si vous vous comportez mal ! » Un cure-dent s'agitait au coin de sa bouche ; Jean-Patrick était incapable de dire s'il souriait ou s'il fronçait les sourcils. « Combien parmi vous sont tutsis ? » Jean-Patrick et Isaka levèrent la main. « Parfait… Vous serez bons en endurance. »

Isaka décocha un grand sourire à Jean-Patrick. Le coach sortit un chronomètre de sa poche. « Alignez-vous derrière ce trait. Allez-y… Faites un tour pour vous échauffer. »

Jean-Patrick dépassa très vite tout le monde. Chaque fois qu'il lui jetait un regard, Rutembeza l'observait avec cette même expression bizarre. Après l'échauffement, ils effectuèrent plusieurs sprints. Son excitation était telle que cette fois encore il arriva en tête. Il continua à regarder le coach, mais le rictus sur ses lèvres demeura le même.

« Et maintenant, un quatre cents mètres… Un tour de piste. Hé, toi !

— Moi ? rétorqua Jean-Patrick, espérant qu'il allait le féliciter.

— Oui, toi. La *cadence*, tu sais ce que ça veut dire ? »

Jean-Patrick voulut répondre, mais aucun mot ne lui vint.

« On dirait que non ! »

À mi-parcours, Jean-Patrick sentit sa poitrine se serrer et ses jambes l'abandonner – une sensation dont il ne comprenait pas la cause. Il dut faire appel à toute sa volonté pour continuer à courir. Isaka le dépassa. Puis un deuxième garçon, un troisième, et finalement Daniel, le grassouillet, qui le doubla à son allure paresseuse. Jean-Patrick décida de réagir quand une crampe le fit tomber à genoux.

Daniel s'arrêta et lui tendit la main pour l'aider à se relever.

Le coach donna un coup de sifflet. « Laisse-le ! On ne s'arrête jamais au milieu d'une course… Quant à toi, peu m'importe si tu dois ramper, mais termine ce tour de piste ! »

Jean-Patrick se força à se relever. À moitié par fierté, à moitié parce qu'il mourait d'envie de flanquer un coup de poing à l'entraîneur et à Daniel, il franchit la ligne en boitillant.

Coincé contre le hayon du camion de l'école, Jean-Patrick regardait passer les voitures en souhaitant disparaître. Les bavardages des élèves lui agressaient les oreilles. Daniel était accroupi près de lui. « Écoute, je suis désolé si je t'ai posé un problème. »

Jean-Patrick haussa les épaules. Un bus vert bondé les doubla en klaxonnant. À l'arrière était peint en bleu *IMANA IKINGA UKUBOKO* – le Seigneur nous préserve du danger. Une poule se sauva en lâchant un dicton bien à elle.

Le camion entra à Gihundwe. « Je suis ton voisin de dortoir, dit Daniel, sa langue jaillissant entre ses deux dents. J'ai vu que tu avais bien rangé tes affaires. Comme mon père est dans l'armée, on pourrait croire que je suis ordonné, mais, désolé, ce n'est pas du tout le cas… J'ai trois sœurs que mon désordre rend folles. Peut-être qu'on devrait tracer une ligne entre ton lit et le mien, histoire d'éviter que ma pagaille empiète sur ton bon ordre. »

Jean-Patrick rit malgré lui. « Peut-être bien qu'on dressera une barrière ! » plaisanta-t-il en sautant du camion. Encore ébranlé par sa défaillance, il ne prit pas garde et atterrit sur un pied dans une ornière. Sa cheville céda sous son poids, et il faillit tomber.

Une main ferme le rattrapa. « Ça va ? » Rutembeza lui serra le bras plus fort.

« Ça va. Je suis désolé pour ce qui s'est passé tout à l'heure…

— J'ai moi-même commis cette erreur. C'est très humiliant. » En voyant son regard, Jean-Patrick comprit qu'il n'avait pas choisi ce mot au hasard. « Comment tu as dit que tu t'appelais ?

— Jean-Patrick Nkuba. »

Le coach ôta le cure-dent de sa bouche et sourit. « Mais oui, le frère de Roger ! C'est un bon footballeur. Pourquoi tu ne joues pas au foot ? Au Rwanda, la course n'a pas d'avenir. Il vaut mieux pour ça aller au Kenya, ou en Tanzanie.

— Je veux aller aux jeux Olympiques », rétorqua Jean-Patrick. Les mots lui avaient échappé. Après sa piètre performance, ils paraissaient ridicules, et pourtant, le coach ne se moqua pas. Le soleil disparut derrière un banc de nuages. Il sentit la brise du soir traverser ses vêtements trempés de transpiration.

« Tu trembles... Tu ferais bien d'aller te sécher et te changer. »

Alors qu'il s'éloignait vers le dortoir, l'entraîneur le rappela. « Tu es doué, je le vois... Et tu ne manques pas de courage. Mais tu as encore beaucoup à apprendre. *Cadence*. Je veux que tu te répètes ce mot en dormant. » Les muscles de sa mâchoire se crispèrent et se détendirent tour à tour.

Ce sourire aurait pu vous couper en deux, songea Jean-Patrick, aussi facilement que vous souhaiter bonne journée ou bonne nuit.

1991

7

Jean-Patrick mit sa carte d'identité dans la poche de son short et remonta la fermeture Éclair de son blouson. Le jour où, quatre ans plus tôt, Mathilde avait pris l'initiative de coudre une poche à l'intérieur de son short, elle n'aurait pu se douter à quel point ce serait pratique. Pas plus qu'elle n'aurait pu prévoir les barrages sur les routes où militaires et policiers réclamaient les *indangamuntu* – les papiers d'identité – et harcelaient toute personne grande et mince au front haut et au visage étroit, des caractéristiques associées de façon systématique aux Tutsis.

« T'es prêt ? murmura Jean-Patrick.

— Oh, deux secondes ! grommela Daniel. Laisse-moi dormir encore deux secondes... »

Jean-Patrick le secoua. « Si on attend encore deux secondes, on ne sera pas revenus avant que quelqu'un soit levé et nous surprenne. »

Derrière la chapelle, ils se faufilèrent dans une brèche du mur et descendirent le long du chemin. Un peu plus d'un kilomètre les séparait du sentier forestier qui montait à flanc de colline ; ils savaient désormais à quelle vitesse aller et connaissaient suffisamment le terrain pour courir dans l'obscurité. Seuls le craquement d'une branche ou le bruissement d'un petit animal dans les taillis troublaient le silence. Courant à un rythme tranquille, Jean-Patrick secouait les doigts en guettant les signes dans ses jambes et ses poumons. Il se sentait en forme. Au bas du sentier, ils s'arrêtèrent pour récupérer un instant avant de démarrer l'entraînement fractionné.

« Tu vas y aller doucement, mon ami ? » Daniel lui posa la main sur l'épaule. « Il faut que tu gardes de l'énergie pour plus tard…

— Ça ira. Je te rattraperai au retour. N'oublie pas de courir !

— Fais attention ! lança Daniel. Mon père dit que partout les militaires ont l'ordre d'arrêter toute personne suspecte. »

Jean-Patrick n'avait pas besoin qu'on le lui rappelle… Il remit le chronomètre à zéro et s'élança. Il n'y avait pas de lune, mais il connaissait par cœur chaque ornière, chaque racine. Laissant le bruit rythmé de ses pas lui emplir la tête, il s'efforça de repousser tout ce qui le préoccupait. Aujourd'hui, le bourgmestre viendrait le voir courir au stade de Kamarampaka. S'il gagnait l'épreuve, il espérait qu'une personnalité aussi haut placée pourrait l'aider à réaliser son rêve olympique. Et peut-être lui ouvrir une des portes fermées à l'ensemble des Tutsis.

Que la vie puisse changer de façon aussi soudaine paraissait impossible. Depuis ce jour de l'an dernier où le prêtre était entré précipitamment dans la classe pour annoncer que des rebelles avaient attaqué le Rwanda, les rêves d'unité qu'avait caressés son père s'étaient évaporés aussi rapidement que la brume sous le soleil matinal. Les rebelles, en majorité des réfugiés tutsis qui avaient fui en Ouganda, s'étaient regroupés sous le nom de FPR – le Front patriotique rwandais. Oncle Emmanuel affirmait que c'était l'excuse qu'attendait le gouvernement pour attiser le venin anti-Tutsis, et, en dépit de ce que son père lui avait toujours enseigné, Jean-Patrick était tombé d'accord avec lui.

En une nuit, la totalité des Tutsis étaient devenus des *ibyitso* – des complices. Le président Habyarimana avait déclaré la guerre et annoncé des représailles. Les accusations proférées sur Radio Rwanda fusaient dans chaque boutique et cabaret. Deux cousins de sa tante avaient été arrêtés et des policiers avaient débarqué chez son oncle en l'accusant de soutenir le FPR. Ils avaient fouillé la maison de fond en comble en répandant sur le sol vêtements, ustensiles de cuisine et réserves du garde-manger.

À Gihundwe, les élèves qui hier encore avaient été leurs amis regardaient Jean-Patrick et les autres Tutsis comme s'ils s'étaient subitement transformés en diables. Les nouvelles sur les massacres tutsis se transmettaient par Radio Trottoir – le bouche-à-oreille.

« Qu'est-ce que je t'avais dit ? s'était exclamé Daniel. Mon père sait de quoi il parle ! » Chaque fois qu'il recevait une lettre, son ami avait une mise en garde déprimante à lui communiquer.

« On ne peut pas faire confiance aux ragots de trottoir », avait rétorqué Jean-Patrick d'un air dégoûté. Depuis, il avait néanmoins gardé un œil sur les bandes de gamins déguenillés qui vadrouillaient en ville autour de la place du marché.

Jean-Patrick accéléra l'allure. Il piqua un sprint jusqu'à la bananeraie, puis ralentit avant d'arriver au champ de manioc. Après le troisième intervalle, il ouvrit son blouson. À la fin du quatrième, il le noua autour de sa taille et fit demi-tour pour reprendre le parcours à l'envers. Les premières lueurs apparurent dans le ciel bleu lavande. La joie intense que lui procurait la vitesse en exploitant ses capacités à leur maximum se répandit dans tout son corps. Non sans un dernier et pénible effort, il rattrapa Daniel. « Tu es censé courir, pas marcher !

— Mais… c'est ce que je fais ! C'est juste que c'est pour toi comme si je marchais ! »

Ils allaient devoir accélérer s'ils voulaient être revenus à temps. C'était comme une sorte de jeu : frôler le risque de se faire prendre. Jean-Patrick lui donna une tape amicale sur les fesses. « Fais un petit effort, d'accord ? »

La grille était en vue. Le pouls battant aux oreilles, Jean-Patrick étira ses jambes en passant en mode jogging.

L'école nichée sous l'aile du sommeil était encore plongée dans le silence.

S'il n'avait pas fait aussi froid, Jean-Patrick se serait endormi dès le deuxième cours. Au troisième, le froid ne suffit plus. Son menton tomba sur sa poitrine, le réveillant en sursaut. Il secoua la tête et retira un de ses deux pulls. S'il voulait conserver sa bourse, il fallait qu'il fasse attention. Dans deux heures, il allait devoir gagner une course.

La dernière chose dont il se souvenait était d'avoir répondu à la question du Père Paul sur le système de classification des tilapias. Il avait confondu genre et espèce. Tous les jours, Jean-Patrick se récitait ses leçons pendant qu'il courait sur la piste. Le soir, il étudiait jusqu'à ce qu'il n'arrive plus à se concentrer, puis sombrait dans le sommeil comme un noyé. Le coach avait eu raison ; mieux aurait valu jouer au foot comme Roger. Au Rwanda, un footballeur avait au moins une chance de réussir.

Les graines de politique qu'avait semées leur oncle dans leur esprit avaient germé chez son frère. Il était à présent inscrit à l'université de Ruhengeri et espérait devenir journaliste. Pendant son temps libre, il écrivait dans un journal étudiant d'opposition. Chaque fois qu'il revenait à la maison, il apportait un exemplaire de *Kanguka* (« Réveil ») à leur oncle. Emmanuel le lisait de la première à la dernière page. « Le nom de ce journal me plaît, disait-il. C'est ce qu'il faut que tu fasses, Jean-Patrick… Ouvrir les yeux. Regarder ce qui se passe. » Mais dès qu'Emmanuel parlait de politique, Jean-Patrick n'avait qu'une envie : fermer les yeux et s'endormir.

Son père avait toujours affirmé que les Hutus et les Tutsis étaient un même peuple vivant dans le même pays. Le jour où Jean-Patrick avait marmonné *Je suis tutsi*, il lui avait demandé : « Qu'est-ce que ça signifie ? Peux-tu m'expliquer en quoi nous sommes différents ? »

Et il n'avait pas pu. Certains Hutus avaient la peau café au lait, les doigts longs et fins, les traits sculptés, tandis que certains Tutsis étaient petits, le visage rond, la peau café noir. S'il avait croisé Roger dans la rue, avec son corps puissant tout en muscles et sa petite taille, qu'en aurait-il déduit ? Ils étaient mélangés depuis d'innombrables années ; d'ailleurs, deux des sœurs de son père avaient épousé des Hutus. Leurs maris les aimaient-ils moins du fait que leur ethnie était mentionnée sur leur *indangamuntu* ?

C'était seulement lorsque les pierres avaient fait voler les vitres en éclats, et que le mot Tutsi avait été proféré comme une insulte, que Jean-Patrick s'était mis à faire une distinction entre les deux. Depuis le début de la guerre, son appartenance ethnique l'enveloppait telle une seconde peau. Et il avait beau essayer, il ne parvenait pas à s'en débarrasser.

« Sois fier ! lui disait son oncle. Ton héritage, c'est celui des *mwamis*, les rois des Tutsis. Sans l'ingérence des Belges, on serait encore gouvernés par un *mwami*. » Cependant, la fierté ne le protégeait en rien des regards furieux qu'on lui lançait au réfectoire, en classe ou dans la rue. Lorsqu'il était rentré chez lui le mois précédant Noël, il avait surpris Zachary en train de demander à Imana pourquoi il n'était pas né hutu.

Jean-Patrick changea de position sur le banc en bois dur et s'efforça de comprendre le diagramme que le Père Paul avait tracé au tableau. Apparemment, le cours avait abandonné le règne animal pour aborder la taxinomie des plantes. Jetant un coup d'œil à sa montre, il se projeta mentalement sur sa prochaine course. Il sentit le feu dans ses poumons, vit la ligne d'arrivée se rapprocher, le bourgmestre se lever pour l'acclamer… Un frisson, à la fois de peur et d'excitation, lui fit dresser les poils sur les bras. Il était encore dans sa bulle quand un déluge de coups frappés à la porte le ramena brusquement à l'instant présent. La porte s'ouvrit à la volée et une nuée de garçons se rua dans la classe.

« *Mana yanjye* – oh, mon Dieu ! ça commence ! murmura Daniel en tirant Jean-Patrick par la manche.

— Qu'est-ce que tu racontes comme bêtises ?

— Tu es aveugle ou quoi ? Ils viennent pour tuer des Tutsis. » Daniel lui serra le bras si fort qu'il faillit crier.

« Asseyez-vous, mon Père ! ordonna l'un des intrus. On va se charger de donner la suite du cours. »

Le Père Paul alla s'asseoir et ouvrit un livre.

Trois des garçons portaient la tenue rouge, jaune et vert d'un nouveau groupe qui s'était autoproclamé Pouvoir hutu. Jean-Patrick les avait vus traîner autour des cabarets et circuler en ville armés de machettes et de gourdins. Celui qui avait pris la parole portait un boubou aux mêmes couleurs que son pantalon. La tunique, taillée, semblait-il, dans un drapeau rwandais, lui descendait quasiment aux genoux et était si large qu'il nageait dedans. Un chapeau piqué d'un insigne à l'effigie du président Habyarimana était posé de guingois sur son crâne. Au moment où la lumière éclaira son visage, Jean-Patrick vit la balafre en zigzag qui lui barrait la joue et se souvint de son nom : Albert. Un jour, sa mère lui avait acheté un fer à charbon sur le marché où il vendait avec son père des appareils ménagers d'occasion. Oncle Emmanuel l'avait presque obligée à le rapporter parce qu'il ne lui faisait pas confiance.

Albert se percha sur le coin du bureau du Père Paul et tapa dans ses mains en levant les bras. « *Inyenzi*, debout ! » Personne ne bougea. « Quoi ? Il n'y a pas un seul cancrelat tutsi dans cette classe ? »

L'air vibra sous le poids de la question. *Sois fier*, lui souffla Oncle Emmanuel à l'oreille, tandis que Roger le poussait dans le dos. Jean-Patrick se leva.

« Tu es bête ou quoi ? chuchota Daniel. Reste assis ! »

Jean-Patrick s'écarta du banc, au cas où il serait obligé de fuir ou de se battre. « *Yego* – oui. Je suis tutsi.

— Nous aussi, on est tutsis », dirent Noël et Isaka. Ils se levèrent et se prirent par la main tout en brandissant leurs bras ainsi réunis.

Jean-Marie se tassa sur le banc. Penché au-dessus de son cahier, il fit semblant d'écrire jusqu'à ce que son crayon lui échappe des doigts. Les voyous encerclèrent les rangées de tables ; deux d'entre eux se postèrent devant Noël et Isaka, tandis qu'un troisième empoignait un grand garçon maigre en l'obligeant à se lever. « Hé, *inyenzi*, debout ! Tu as peur de quoi ?

— Laisse-le tranquille, il est hutu ! dit l'un de ses camarades de classe.

— Désolé, mon vieux. » Le garçon du Pouvoir hutu partit d'un grand éclat de rire, dévoilant des chicots gris complètement pourris. Il relâcha sa proie et s'approcha de Noël et d'Isaka d'une démarche avinée. « Alors vous êtes des cancrelats et fiers de l'être ? » Il saisit le bras de Noël et le lui retourna dans le dos en lui écrasant le visage sur la table. Jean-Patrick perçut un craquement. Noël se débattit pour redresser la tête. Du sang coulait de son nez.

« Lui aussi, il est tutsi ! » cria un élève du premier rang en désignant Jean-Marie.

Chicot Pourri força ce dernier à se lever. « Ben quoi, t'as avalé ta langue ? » Il le secoua jusqu'à ce qu'il se mette à pleurer.

Le Père Paul tourna la page de son livre en ajustant ses lunettes au bout de son nez.

Albert sauta de son perchoir et vint se planter devant Jean-Patrick, que la puanteur de son haleine fit reculer. « C'est toi le type qui court. » Il lui enfonça son pouce dans le stérnum.

« Oui, c'est moi », dit Jean-Patrick en souriant.

Son cœur battait à tout rompre contre ses côtes, le sang déferlait dans ses jambes comme s'il était sur la ligne de départ et attendait le signal. Albert le gifla et lui écrabouilla le pied d'un coup de botte. La douleur, fulgurante et instantanée, déclencha des éclairs devant ses yeux. Son genou s'affaissa, puis il s'effondra sur le banc.

Daniel le prit par l'épaule. « Il dit n'importe quoi à cause du manque de sommeil… Tout le monde ici sait qu'il est hutu ! Son père était le préfet des maîtres de cette école, et il aide toute la classe à faire ses devoirs… Hé, c'est pas vrai ? » Aucun des élèves n'osa le contredire.

Albert agrippa Daniel. « Est-ce que tu es un *icyitso* ? » Il fit un bruit méprisant avec sa bouche. « Imbécile, tu ne connais donc pas les Dix Commandements ? »

Jean-Patrick retint sa respiration. Depuis le mois de décembre, date à laquelle ils avaient été publiés pour la première fois dans le nouveau journal hutu *Kangura*, les Dix Commandements du Hutu avaient été diffusés à la radio, proclamés dans les rues et placardés sur les murs. *Est* icyitso *– traître –*, disaient-ils entre autres, *tout homme hutu qui a une épouse tutsie, une secrétaire tutsie ou qui fait des affaires avec un Tutsi. Les Tutsis sont inférieurs et doivent être tenus à l'écart de l'enseignement et des postes importants. Les Hutus, où qu'ils soient, doivent être unis, solidaires et préoccupés du sort de leurs frères, et être fermes et vigilants contre leur ennemi commun tutsi. Les Hutus doivent répandre cette doctrine partout où ils vont. Est traître tout Hutu qui persécutera son frère pour avoir lu, diffusé et enseigné cette idéologie.*

« Tu devrais connaître tes ennemis », enchaîna Albert. Il poussa Daniel contre Jean-Patrick et sauta sur le bureau où il se mit à marcher en tanguant de façon précaire. Il s'arrêta devant chacun des cinq élèves assis au premier rang. Mentalement, Jean-Patrick le poussa pour qu'il perde l'équilibre et se fracasse le crâne sur le sol.

« Je vais vous donner les dernières nouvelles de Radio Rwanda ! brailla Albert. Le FPR a attaqué Ruhengeri et massacré des centaines de Hutus innocents. Le Pouvoir hutu réclame vengeance ! »

Il sauta par terre et fit signe à ses amis, qui entraînèrent les Tutsis et Daniel à l'écart. Plusieurs élèves hutus se levèrent d'un bond, prêts à s'insurger contre les Tutsis. Jean-Patrick chercha désespérément un camarade qui se rangerait à leurs côtés, mais aucun ne réagit. Quant au Père Paul, il demeura assis derrière son bureau en continuant à lire tranquillement.

Les corps se pressèrent les uns contre les autres. Un livre atterrit sur le dos de Jean-Patrick avec une telle violence qu'il en perdit le souffle. Tandis que des poings le frappaient à la tête, il s'appliqua à protéger ses jambes et ses pieds. À cause de son pied douloureux, il avait de la peine à se tenir debout, et basculer son poids sur son autre jambe lui donna le vertige. Albert l'agrippa par son pull qu'il serra jusqu'à ce que le col l'étrangle, l'obligeant à lutter pour respirer. Du coin de l'œil, il vit qu'on soulevait Daniel comme un vulgaire sac de sorgho.

À cet instant, Uwimana entra en trombe dans la classe, suivi de deux policiers. Aussitôt, Jean-Patrick se revit dans son ancienne maison cet après-midi de décembre, le jour où ces deux mêmes hommes étaient venus leur annoncer la mort de son père.

« Lâchez ces garçons ! » tonna le directeur.

Albert desserra quelque peu son étreinte. Ses lèvres effleurèrent l'oreille de Jean-Patrick, qui sentit son haleine fétide chargée d'*urwagwa*. « Souviens-toi bien de moi, parce que je vais te tuer ! murmura Albert. Je te le promets !

— Cette école est encore la mienne, dit Uwimana. Votre justice n'est pas la bienvenue tant que je suis responsable. Sortez d'ici… tous ! »

Les voyous entourèrent Uwimana. Les policiers s'avancèrent, la main sur leur matraque.

« Fais gaffe, *icyitso* ! menaça Albert, un doigt pointé sur Uwimana. Le Pouvoir hutu a la mémoire longue. » Ils reculèrent vers la porte et les policiers les suivirent. En sortant, l'un d'eux adressa un salut discret à Jean-Patrick en levant les pouces.

Le Père Paul se racla la gorge et releva le nez de son livre tandis qu'Uwimana s'approchait du bureau. Le directeur ôta ses lunettes, les essuya, puis les remit en parlant au prêtre trop bas pour que Jean-Patrick comprenne ce qu'il disait.

« Que pouvais-je faire ? se défendit le Père Paul d'une voix forte. Ils étaient trop nombreux. Et ivres ! J'ai senti l'*urwagwa* d'ici !

— Les cours sont suspendus, déclara Uwimana. Les Tutsis et ceux qui sont blessés, restez là. »

Jean-Patrick s'appuya sur Daniel. « Aide-moi à marcher… Il faut que je soigne mon pied avant d'aller au stade. » Pendant qu'Uwimana s'occupait de Noël, Jean-Patrick prit appui sur Daniel et sortit en boitillant.

« Ils auraient pu te faire très mal pour avoir pris ma défense », dit-il. Quand il retira sa chaussure, une douleur fulgurante le fit transpirer à grosses gouttes. « Examine mon pied… J'ai peur de voir dans quel état il est.

— Aïe ! Il est tout enflé !

— Il faut qu'on trouve une bande… Je dois absolument faire cette course.

— Le Pouvoir hutu veut te tuer, et toi tu n'as qu'une idée en tête : aller courir !

— Pouvoir hutu, tu parles ! s'exclama Jean-Patrick en crachant dans l'herbe. Des semeurs de troubles, rien de plus… Je ne veux plus penser à ces types.

— Si tu tiens à survivre, tu ferais pourtant mieux d'y penser… Allons chercher le coach. » Daniel se releva et lui tendit la main.

De gros nuages gris acier s'étendaient au-dessus de la forêt en masquant le soleil. Jean-Patrick sentit dans l'air une odeur de graisse. Il renifla, et la puanteur l'assaillit : ce qui assombrissait le ciel n'était pas des nuages mais de la fumée. Des maisons brûlaient sur les collines. D'épaisses colonnes noires s'élevaient de tous les côtés. Des élèves et des enseignants sortirent précipitamment de l'école.

« Qu'est-ce qui se passe ? demanda un garçon.

— Ils crament les *inyenzi* un à un ! » répondit un autre en rigolant.

Jean-Patrick s'élançait dans l'intention de lui balancer son poing dans la figure lorsqu'un coup de klaxon le figea sur place.

« Monte ! » ordonna Uwimana. Le phare cassé du camion scintillait, semblable à un œil au beurre noir. Assis à côté du directeur, Noël avait la tête penchée en arrière et tenait un mouchoir rouge de sang sous son nez. Les élèves tutsis, la mine sombre, étaient serrés à l'arrière. « Isaka dit que tu es blessé. »

Jean-Patrick fit signe qu'il n'en était rien, mais Daniel s'interposa. « Oui, c'est vrai, monsieur, il est blessé…

— Alors, grimpe en vitesse ! Angélique te soignera. Tous les élèves tutsis vont passer la nuit chez moi. Je tiens à ne prendre aucun risque.

— Monsieur, il faut que je rentre chez moi tout de suite », dit Jean-Patrick en montrant les collines, paniqué. Vous pourriez demander au bourgmestre de venir un autre jour ?

— Ah, Jean-Patrick, ne te soucie pas de lui pour l'instant… La course est annulée, tout est annulé. Cyangugu est devenue folle. »

Au matin, Uwimana raccompagna Jean-Patrick à Gashirabwoba. Avec ses longues jambes, il lui était impossible de trouver une position confortable dans le camion. « Inutile d'aller passer une radio. Ils sont fracturés tous les deux, avait dit Angélique en lui bandant les orteils. Ainsi qu'un ou deux os du pied… Mais j'ai bien peur qu'on ne puisse rien faire de plus que de te bander et te donner des béquilles. »

La fumée des maisons incendiées s'était dissipée, laissant place à celle des feux de cuisine. Les routes et les collines grouillaient de la circulation matinale. Devant une cascade qui jaillissait entre les rochers, des enfants remplissaient des jerricans. Un petit garçon marchait sur la route en transportant deux bidons d'eau presque aussi gros que lui. Jean-Patrick n'était pas loin de se demander si la journée d'hier n'avait pas été qu'un mauvais rêve.

Le camion pétarada en montant poussivement la colline. Jean-Patrick scruta le paysage. Au-delà du panneau de bienvenue à Gashirabwoba, il aperçut une première ruine calcinée. Plus bas dans la vallée, près du bois d'eucalyptus où se tenaient les assemblées, il en compta une deuxième, puis une troisième. Son cœur se serra. Alors que le camion gravissait péniblement la côte, il ne quitta pas des yeux l'endroit où la propriété de son oncle devrait bientôt apparaître.

Il était si concentré qu'il ne vit pas son oncle et Mathilde avant qu'Uwimana ralentisse pour les interpeller. Quoique soulagé, il comprit que quelque chose n'allait pas. Oncle Emmanuel, qui aurait dû être parti depuis longtemps relever ses lignes, était en tenue de ville, avec sa veste et son chapeau à large bord. Et, à cette heure, Mathilde aurait dû être à l'école.

Tout excitée, elle sauta dans le camion. « Jean-Patrick... tu es sain et sauf ! *Ko Mana* – Mon Dieu ! On était tellement inquiets ! s'écria-t-elle en se jetant à son cou.

— Moi aussi. Au point que je n'ai pratiquement pas dormi de la nuit... Tout le monde va bien ?

— Oui, grâce au ciel ! répondit Oncle Emmanuel.

— Et la maison ?

— Intacte. Mais... et vous ? On a entendu dire qu'il y avait eu du grabuge à Gihundwe. On venait aux nouvelles. »

Mathilde poussa un cri en touchant le pied bandé de Jean-Patrick. « Tsss... Qu'est-ce qui t'est arrivé ? On t'a frappé ?

— Ce n'est pas grave », assura Jean-Patrick en basculant son poids sur l'autre jambe. Le moindre mouvement lui donnait envie de hurler.

« Qui t'a fait ça ? demanda Oncle Emmanuel.

— Oh, des gars de la ville... Mais ça va. »

Mathilde lui montra un bleu violacé sur son bras. « Moi aussi. Des filles de ma classe m'ont dit que c'était ma faute si les rebelles avaient attaqué et elles m'ont traitée d'*inyenzi*... Mais je m'en fiche, ça m'a pas fait très mal ! » Elle approcha ses lèvres de son oreille. « Je les ai fichues par terre pendant que la maîtresse regardait pas !

— Tu es brave », rétorqua tout bas Jean-Patrick. Il lui retira un brin d'herbe des cheveux. « C'est quoi, ça ?

— On est tout sales parce qu'on a dormi dans la forêt », expliqua Mathilde. Elle se frotta le crâne, des bouts de feuilles tombèrent sur son corsage.

« On a aperçu la fumée, expliqua Emmanuel. Du coup, j'ai expédié tout le monde dans la brousse. Et j'ai passé la nuit dans le fauteuil avec ma machette. Il n'était pas question que je laisse notre sécurité au hasard. »

Arrivé en bas du chemin, Uwimana alla chercher les béquilles à l'arrière du camion. Lourdes et en bois, elles étaient rembourrées à l'endroit où appuyer les bras, et les poignées nettement trop basses. Jean-Patrick s'obstina à gravir la côte avant qu'Oncle Emmanuel ait eu le temps de lui venir en aide. Tante Esther, Clémence et Jacqueline se précipitèrent à sa rencontre pour l'embrasser, Zachary et les jumelles à leur suite ; Clémentine le visage encore couvert de poussière, Clarisse avec une tong à un pied, l'autre à la main. Le bourdonnement des murmures familiaux enveloppa Jean-Patrick. Il ne se souvenait pas d'avoir été aussi heureux de l'entendre. S'attendant à voir sa mère venir le serrer dans ses bras d'une seconde à l'autre, il entra dans la maison, mais ne la vit nulle part.

« Où est Maman ? demanda-t-il, soudain repris d'appréhension.

— Elle est partie travailler. Aucun de nous ne voulait qu'elle y aille, mais qu'est-ce qu'on aurait pu faire ? répondit Tante Esther. Uwimana, venez donc manger avec nous… Il est déjà tard, on va enfin pouvoir s'asseoir.

— J'aimerais beaucoup, seulement, j'ai une école pleine de gamins exaltés dont il faut que j'aille m'occuper. J'ai conseillé à Jean-Patrick de rester ici se reposer. »

Écœuré, Jean-Patrick repensa à la course qu'il avait ratée. « Et avec le bourgmestre… qu'est-ce qui va se passer ?

— Il ne va pas s'en aller ! répondit Uwimana. Pas maintenant qu'il entend les pièces d'or tinter au fond de sa poche ! »

« Tu vois bien que j'avais raison, dit Emmanuel après le petit déjeuner. Habyarimana n'y changera rien. *Buhoro buhoro* – petit à petit –, les Hutus vont nous tuer jusqu'à ce qu'ils nous aient tous éliminés.

— Papa m'a toujours dit de faire confiance à Habyarimana, répliqua Jean-Patrick, sans grande conviction. Les troupes du FPR ne devraient pas semer le trouble...

— Écoute-toi parler ! On croirait entendre Radio Rwanda... Habyarimana n'est en rien différent de Kayibanda, le premier assassin à avoir gouverné ce pays... Si tu veux savoir, rien n'a changé depuis que les Hutus se sont soulevés contre les *mwamis* et les ont chassés. C'est à partir de ce moment-là qu'ils ont entrepris de nous massacrer, et ils n'ont plus arrêté. Le FPR, c'est *notre* peuple. Leurs familles ne se sont pas exilées par choix, elles ont fui pour rester en vie. Et ils ne sèment pas le trouble, comme tu dis. Ils veulent juste rentrer chez eux. »

Le malaise au sein de la famille peinait profondément Jean-Patrick. Qui avait raison ? Son oncle ou son père ? Chaque jour, la question le hantait davantage. Se levant tant bien que mal, il mit le chapeau de son père. Maintenant seulement qu'avait débuté la guerre et qu'avaient suivi les insultes et les coups, il comprenait qu'un chapeau de feutre et un bâton de berger désignaient un homme comme étant tutsi, un gardien de bétail que les Hutus agriculteurs méprisaient.

« Je vais chercher Maman... » Il prit ses béquilles et referma la porte en dépit des protestations de son oncle.

Il la trouva sur la route qui surplombait le lac, une bassine de fruits sur la tête. Il lui fit signe de la main et elle courut vers lui.

« *Mana yanjye*… Que t'est-il arrivé ?

— Un type du Pouvoir hutu m'a écrasé le pied. Il est cassé, mais ça va aller.

— Je vois bien que tu as mal… Reposons-nous une minute. » Ils s'assirent sur un tronc d'arbre et se partagèrent une mangue.

Jean-Patrick contempla la surface ridée du lac. « Pourquoi tu ne nous as jamais parlé de tes parents ? »

Dans les yeux de sa mère brillèrent les mêmes petits points cuivrés que dans ceux de Mathilde. « Au moment où Habyarimana a pris le pouvoir, ton père a pensé que c'en était fini des ennuis pour les Tutsis. Il a promis l'égalité pour tous, affirmé qu'il n'y aurait plus de massacres, et nous l'avons cru. Le passé était le passé. Papa a dit… pourquoi faire peur aux enfants ?

— Et toi, tu pensais quoi ?

— Il vous aimait tant… Il cherchait seulement à vous protéger. »

Ils restèrent là un moment à observer les pêcheurs, de minuscules grains de poivre sur la soupe du lac. Un silence serein s'installa dans la tête de Jean-Patrick. Il était épuisé à force de réfléchir, de s'escrimer à maintenir les plateaux de la balance en équilibre. Tout ce tumulte, c'était trop pour lui.

Sa mère renoua son fichu et posa l'*ignata* sur sa tête. Sur elle, ce simple rond de brindilles qui servait à porter une charge ressemblait à une couronne. « Tu te sens prêt à repartir, mon fils ?

— Oui, je crois que maintenant je peux marcher. »

Ils remontèrent la côte. Dans le ciel, la brise chassait les nuages violets gonflés de pluie.

« Et les parents de Papa ? Les Hutus les ont tués, eux aussi ?

— Les Hutus… On croirait entendre ton oncle ! Tous les Hutus ne sont pas des assassins. Ta grand-mère est morte d'un cancer. Et le chagrin a tué ton grand-père deux mois plus tard.

— Tu es donc d'accord avec Papa ? Les massacres appartiennent au passé ? »

Sa mère poussa un long soupir. « Je n'en sais rien. Quand les discours leur échauffent la tête et que les Hutus se mettent à incendier nos maisons, je me pose la question. » Elle le regarda droit dans les yeux. « Tu es assez grand pour comprendre, à présent. La peur me suit comme une ombre, partout où je vais. Je ne me rappelle pas avoir dormi tranquillement depuis l'époque où j'étais enfant. » Elle enjamba une ornière, la bassine en équilibre sur son *ignata*. « On ne peut jamais oublier qu'on est tutsis... C'est une malédiction, mais aussi une bénédiction. » Le buste incliné en avant, elle gravit la colline comme pour repousser un adversaire.

Jean-Patrick trouva sa cadence, plantant ses béquilles et lançant son corps afin de s'accorder au pas de sa mère. Le rembourrage des poignées s'effilochait. Au loin dans les parcelles, des femmes se courbaient et se déhanchaient au rythme de leur houe, les couleurs de leurs pagnes parsemant la grisaille de taches éclatantes. La campagne frémissait ; tout le monde attendait la pluie.

Il ne fallut guère longtemps avant que les forces gouvernementales repoussent le FPR ou que les ecchymoses de Jean-Patrick s'estompent et finissent par disparaître. Néanmoins, les incidents survenus le 23 janvier avaient profondément transformé Gihundwe. À l'école, comme dans l'ensemble du pays, la paix demeurait fragile. Les os de Jean-Patrick se ressoudaient. Après un mois de repos, deux semaines de jogging sans forcer et trois autres d'entraînement intensif, le coach lui dit : « Je pense que tu es prêt pour le bourgmestre. » L'entraînement venait de prendre fin, et il lui passait une huile mentholée sur les jambes. « Tes copains rebelles rendent la vie difficile à tout le monde. » Comme si c'était le FPR qui avait fait irruption dans la classe en chamboulant l'après-midi et qui lui avait écrabouillé le pied !

Un vent violent rabattait des détritus sur la piste. *Itumba*, la longue saison des pluies qui se prolongerait jusqu'à Pâques, frappait à la porte, et l'air était lourd d'humidité. Jean-Patrick embrassa du regard l'ovale de terre – l'endroit où il s'était senti le plus chez lui de toute sa vie. « Moi, le FPR ne m'intéresse pas. Ce qui m'intéresse, c'est courir. Et gagner. » Il attendit que Rutembeza le laisse partir en espérant qu'il ne lui parlerait plus de politique.

Un sourire éclaira le visage du coach. « Je t'aime bien, Jean-Patrick. Tu es un vrai guerrier. Je suis sûr que tu montreras au bourgmestre de quoi tu es fait.

— Alors vous pensez que je vais gagner ?

— Je suppose que tu as seulement commencé à gagner, répondit-il en l'aidant à se relever. OK, c'est bon pour aujourd'hui. »

Libéré, Jean-Patrick s'éloigna en joggant vers le camion devant lequel l'attendait Daniel. Ses rondeurs de bébé avaient fondu ; désormais, il était sec et robuste – comme un vrai footballeur. Au moins leur amitié avait-elle résisté, et il savait qu'il pouvait toujours compter dessus.

Alors qu'ils se dirigeaient vers le dortoir, Daniel l'attrapa par le bras. « On va marcher une minute ?

— Qu'est-ce qu'il y a ? » demanda Jean-Patrick en se réglant sur son pas.

Daniel l'entraîna vers la chapelle. « C'est sans doute rien, mais je préfère que tu sois au courant. On raconte qu'il est question d'exclure les Tutsis de l'école. »

Jean-Patrick avala péniblement sa salive. « Qui te l'a dit ?

— Personne… J'ai surpris les prêtres en train d'en parler. »

Le chemin lui sembla soudain s'assombrir et se rétrécir. « Jamais le directeur ne le permettra… pas plus que le coach. Il sait très bien que c'est moi que le bourgmestre vient voir courir.

— Justement, j'ai entendu la voix du coach. Il était avec eux.

— Tu auras mal compris », rétorqua Jean-Patrick, bouillonnant de rage. Sa mère avait raison de dire qu'être tutsi était une malédiction ! Pour ce qui était de la bénédiction, il n'était sûr de rien. En revanche, il était certain d'une chose : au Rwanda, c'étaient les Hutus qui buvaient la crème de l'*igicuba* – la cruche de lait. À la minute même, si Imana était descendu sur terre et lui avait demandé de choisir son ethnie, il ne savait pas trop quelle aurait été sa réponse.

« Tu ne m'as pas laissé terminer, reprit Daniel. Le coach a dit aussi que, à cause de toi – et seulement à cause de toi –, il ne pouvait pas être d'accord. »

8

Jean-Patrick referma son cahier et rangea ses livres. Étant donné que le Père avait retenu la classe plus longtemps que d'habitude, il allait devoir se dépêcher, sans quoi il se ferait engueuler. Alors qu'il fonçait vers la porte, il faillit se cogner à Rutembeza.

« Je me doutais que je te trouverais ici », dit ce dernier, qui portait un maillot de foot sur lequel était écrit « JOUER POUR GAGNER ». Il tendit à Jean-Patrick une paire de Nike vertes.

« C'est pour quoi faire ? » Quand il les prit dans ses mains, elles lui parurent aussi légères que l'air.

« Essaie-les. »

Jean-Patrick glissa un pied dans l'une. Sentant ses orteils buter contre quelque chose, il essaya de les faire entrer de force. Le coach éclata de rire. « J'avais oublié… il y a des chaussettes dedans ! »

Dès qu'il eut mis les chaussettes, fines et douces, ses pieds se faufilèrent dans les baskets comme dans du beurre. Il effectua quelques pas en sautillant. Les semelles étaient élastiques ; il suffisait qu'il appuie le bout de ses orteils pour quasiment décoller du sol, et ses talons étaient tenus avec fermeté comme dans une main.

« *Ko Mana*… Avec ça, je pourrais courir une éternité ! » Il palpa la matière étrange en attendant une explication du coach qui explorait à l'aide de son cure-dent un espace entre deux dents. « Elles sont à toi, alors il va falloir t'y habituer. Le mois prochain, j'emmène l'équipe pour une rencontre à Butare, dans un vrai stade. Je veux que tu te qualifies pour le championnat national qui se tiendra en juin à Kigali. Cette année, tu disputeras une compétition officielle. La rencontre opposera deux pays : le Rwanda et le Burundi. »

Un championnat national – son premier pas concret vers le voyage olympique ! Jean-Patrick savoura les deux mots, comme lorsque l'on se délecte de la première bouchée d'une pâtisserie au cœur fondant – et d'autant plus alléchante qu'il savait que d'autres suivraient.

Le coach lui toucha l'extrémité du pied. « Elles sont un peu grandes, mais, vu la vitesse à laquelle tu grandis, ce sera parfait dans une semaine. » Il relaça les baskets. « Si tes copains *inyenzi* arrêtaient de semer la pagaille, on n'aurait pas à se battre autant pour que tu sois reconnu...

— Ceux du FPR ne sont pas mes copains. Et je n'ai aucune envie de semer la pagaille. Je veux juste courir.

— Allons-y ! Monte devant avec moi. On doit discuter de plusieurs choses. »

Sur la route du stade, Jean-Patrick remua le pied à l'intérieur des Nike – *ses* Nike. D'abord les baskets, et maintenant cette place privilégiée à l'avant du camion... Chaque fois qu'il jetait un coup d'œil, le coach le fixait du regard, la bouche figée sur son habituel sourire impossible à interpréter. Jean-Patrick savait qu'il jouait avec lui, qu'il tissait le silence en un nœud d'impatience. Rutembeza accéléra pour dépasser une voiture qui roulait à faible allure, évitant de peu une collision de plein fouet avec un car. Sentant son estomac lui remonter dans la gorge, Jean-Patrick s'agrippa d'instinct à la poignée. Le coup de klaxon que lança le car résonna un bon moment derrière eux.

Le coach rit. « Je veux que tu te concentres sur la moyenne distance – notamment le huit cents mètres. Étant donné que ces trapus de Hutus ont plus de muscle dans un seul mollet que toi dans tout le corps, ils te laisseront sur le carreau dans les sprints plus courts. Tu ne ralentiras pas, quoi que je te dise, comme ça tu t'effaceras sur une plus longue distance, mais, vu ta détermination, sur deux tours de piste, tu es capable de t'accrocher et de gagner. »

Un nuage de poussière s'éleva sur la route. Jean-Patrick remonta sa vitre. C'était *umuhindo*, la courte saison des pluies ; dans les collines, les femmes plantaient les haricots, les petits pois et le maïs. À travers la brume, il aperçut le sommet des arbres qui longeaient le fond du stade, puis les panneaux de tôle rouillée au-dessus des tribunes, les murs, et enfin la ligne blanche d'un poteau de but. Le soleil de l'après-midi teintait de rose la façade de brique. Même au bout de quatre ans, cette vision lui donnait à chaque fois un petit coup au cœur.

« J'aime bien le huit cents mètres, mais je peux gagner sur n'importe quelle distance », assura Jean-Patrick en touchant la semelle de sa Nike pour se porter bonheur.

Le coach gara le camion sur une bande de gazon. « Laisse-moi décider, tu veux ? Toi, contente-toi de courir. » Il sortit son chronomètre et son sifflet de la boîte à gants. Les autres athlètes se dirigèrent vers la piste en traînant des pieds dans la poussière. « Je ferai de toi une star, mais pour ça, il faut que tu m'écoutes. Et que tu sois patient. » Il pointa l'index sur le sternum de Jean-Patrick. « *Buhoro buhoro ni rwo urugendo* – petit à petit l'oiseau fait son nid. » Jean-Patrick frissonna en reconnaissant la même expression que son oncle avait employée pour décrire comment les Hutus allaient éliminer les Tutsis de la surface de la terre.

À l'université nationale de Butare, la piste d'athlétisme de terre rouge bien entretenue entourait le terrain de football. Contrairement à celle du stade de Kamarampaka, le sol était parfaitement plat, et assez large pour aligner huit coureurs. Les spectateurs remplissaient les gradins et se répandaient jusque sur la pelouse. En voyant la foule, Jean-Patrick ressentit une bouffée d'adrénaline. Les athlètes couraient à petites foulées sur la piste, effectuaient des exercices et des sprints dans les lignes droites. Il observa un groupe de filles en train de faire des bonds et des échauffements sur la pelouse.

« On dirait que tu cherches à déterminer quel est leur genre et leur espèce, commenta Daniel.

— Je te parie que plusieurs parmi elles seraient capables de te battre.

— Fais gaffe ! Viens, on va s'échauffer ensemble... » Un bout de langue rose apparut entre ses deux incisives.

Isaka les rejoignit. « Hé, hé, hé... vous avez vu ça ? Je me demande combien il y a de coureurs sur le quinze cents mètres. »

Ils s'éloignèrent sur la piste. Au dernier tour, un groupe de coureurs se rapprocha d'eux par-derrière. Deux d'entre eux vinrent se placer de chaque côté, les deux autres restèrent sur leurs talons. Jean-Patrick leur adressa un petit signe de tête ; en guise de réponse, ils se contentèrent de réduire la distance qui les séparait. Il sentit ses poils se hérisser sur sa nuque.

« Y a un truc qui pue ! lança l'un d'eux en reniflant d'un air théâtral. Tu es bien Nkuba Jean-Patrick ? L'*inyenzi* de Cyangugu qui se prend pour une star ? »

Jean-Patrick accéléra l'allure. « Peut-être que j'en suis une...

— Tes cueilleurs de thé pensent peut-être que tu es bon, mais tu n'es encore jamais allé à Kigali !

— Ne dis pas n'importe quoi ! intervint Daniel. Moi j'en viens, de Kigali... »

Le garçon piqua un sprint pour les dépasser, puis se retourna. « Regarde-moi bien, *inyenzi* ! » cria-t-il. Son nez se tordit sur le côté, donnant à son visage un aspect asymétrique. « C'est tout ce que tu verras de nous... Et ensuite, tu ne verras plus que notre dos ! » Les quatre garçons explosèrent de rire avant de détaler vers la ligne droite.

Isaka les poursuivit et courut en les talonnant. Jean-Patrick accéléra à son tour.

« Reste concentré ! lui intima Daniel en le retenant. Ils cherchent à t'épuiser… Ils ont la trouille.

— Et ils ont raison. Parce que, si je suis un cancrelat, ça veut dire que j'ai six jambes pour courir ! » Il reporta son attention sur les filles. « Qui commence, elles ou nous ? »

Dans la finale du huit cents mètres, il ne resta que six concurrents, dont trois des quatre garçons de Kigali. Nez Tordu marmonna quelque chose à Jean-Patrick qui, ne comprenant pas, le regarda dans le blanc de l'œil en s'esclaffant. Le coach lui avait donné pour consigne de laisser Nez Tordu remporter la demi-finale. Et il avait obéi, bien que cela ait exigé de sa part une bonne dose de volonté. À présent, il allait prendre sa revanche.

Le commissaire donna le départ. Jean-Patrick démarra à vive allure. Il espérait laisser les types de Kigali derrière lui, mais, à l'amorce du virage, ils se retrouvèrent à courir en ligne tous les quatre. Nez Tordu le coinça contre un poteau. Jean-Patrick remonta. Deux des garçons disparurent du peloton de tête. Jean-Patrick eut beau accélérer encore, Nez Tordu s'accrocha.

Avant d'aborder le second tour, Nez Tordu avait pris du retard, de sorte que Jean-Patrick courut tout seul, la poitrine oppressée, les poumons en feu. Au moment où il passa la ligne avant d'attaquer le second tour, le coach planté au bord de la piste, le doigt crispé sur le chronomètre, lui fit signe de ralentir. Compris ! se dit Jean-Patrick. Néanmoins, ses jambes refusèrent de réagir. Ses nouvelles Nike lui semblaient de plomb. Il commença à perdre son rythme.

Le temps qu'il atteigne la dernière courbe, les trois gars de Kigali l'avaient remonté. Ils le cernèrent, sprintant dès qu'il sprintait, l'enfermant dès qu'il tentait une échappée. Le dernier virage approchait. Jean-Patrick chercha une ouverture en priant le ciel d'avoir la force d'en profiter. Les épaules se bousculaient, les coudes se heurtaient.

Plus que cent mètres à tenir. Allons-y ! se martela intérieurement Jean-Patrick comme s'ils étaient deux – le coureur dans sa tête, capable de voler, et le coureur dans son corps, à deux doigts de déclarer forfait. Nez Tordu le poussa au bord de la piste. Des cris d'encouragement s'élevèrent en vagues de la foule, tel un écho au fond d'un long couloir. Les gouttes de sueur qui dégoulinaient sur le visage de son rival lui éclaboussèrent le bras.

La ligne d'arrivée à peine en vue, Nez Tordu se déporta vers l'extérieur. C'était un peu plus qu'une suggestion, mais Jean-Patrick y vit comme un rayon de soleil transperçant la canopée. Il bondit en allongeant sa foulée. Un second souffle emplit ses poumons. Il passa la ligne avec une avance d'un demi-mètre, puis s'écroula, à bout de souffle. Le coach se précipita vers lui.

« Nkuba Jean-Patrick... Une quarante-huit onze ! annonça le présentateur. Un nouveau record scolaire battu de presque deux secondes... Les trois premiers coureurs ont pulvérisé l'ancien record. » Le stade exulta.

« Fais un tour d'honneur ! cria le coach. Tu vas aller au championnat national en juin ! »

Jean-Patrick se releva en titubant et alla effectuer un tour de piste. Exténué, il avait le vertige, tremblait. Une part de lui savoura les acclamations, la foule debout applaudissant dans les tribunes – c'était là l'unité à laquelle son père avait cru –, mais l'autre part ne parvint pas à se débarrasser de l'haleine brûlante du gars de Kigali qu'il sentait encore sur son cou.

Jean-Patrick monta les marches deux à deux. L'excitation de la victoire, qui plus est en ayant battu son propre record, continuait à bourdonner dans sa tête. Debout sur la dernière marche, Daniel et Isaka lui crièrent quelque chose qui se perdit dans le tumulte. « J'arrive ! » répondit

Jean-Patrick. Il entendit des pas derrière lui et s'écarta pour laisser le passage. Les gars de Kigali l'entourèrent.

« Tu crois que tu peux juste gagner comme ça ? lui lança Nez Tordu.

— Je crois que c'est ce que je viens de faire », répliqua Jean-Patrick en cherchant une brèche. Le flot poussait la foule vers le haut de l'escalier. Il mit son sac de sport sur l'épaule pour s'en servir comme d'une arme au cas où ce serait nécessaire. Daniel et Isaka faisaient des pieds et des mains pour venir le rejoindre en luttant contre la marée montante. Jean-Patrick savait qu'il valait mieux rester calme. Un Tutsi ne devait pas se faire remarquer et se bagarrer au milieu d'une telle cohue. Il avait appris la leçon à Gihundwe, mais il ne pouvait pas non plus ne rien faire.

« Hé… on ne veut pas d'ennuis », dit Daniel, une marche au-dessus de lui.

Nez Tordu l'agrippa par son maillot. « Tu m'as l'air d'un Hutu, toi. Tu es hutu ?

— Je suis rwandais, rétorqua Daniel.

— Tu es un *icyitso*, oui – un traître ! » Nez Tordu le poussa de toutes ses forces contre Jean-Patrick. La violence du choc le fit tournoyer sur lui-même. Daniel le rattrapa par le poignet sans arriver toutefois à le retenir. La joue de Jean-Patrick heurta la marche en ciment. Avant que les ténèbres l'engloutissent, il éprouva une dernière sensation, mélange de sang tiède et d'éclats de dent sur la langue, suivi d'un vertigineux soulagement à la seconde où le coach le souleva dans ses bras comme un petit enfant. Il disait quelque chose à propos du championnat, des mots qui s'envolèrent aussitôt. Jean-Patrick se laissa sombrer dans les eaux noires du lac Kivu au-dessus duquel luisait le visage de son oncle, semblable à une lune sombre en pleine noyade.

1992

9

Bien qu'on fût au milieu d'*itumba*, la saison des pluies, les nuages ne s'étaient toujours pas accumulés et la terre demeurait aussi sèche et ridée que la peau d'un grand-père. Le lac Kivu s'était retiré, laissant un ruban de sable noir là où les vagues étaient venues lui chatouiller les pieds l'année précédente. Les poissons avaient disparu, emportant avec eux le rêve de son oncle d'acheter un bateau à moteur.

Certains jours, avant l'aube ou tard dans la soirée, des orages éclataient sur les crêtes, et les gens se reprenaient à espérer. Mais quand le soleil était haut dans le ciel et qu'aucune pluie n'arrivait, les femmes soupiraient de dépit et repartaient sarcler la terre assoiffée. Une poussière rouge s'accrochait à leur pagne et s'étendait sur toute la campagne tel un voile.

De retour chez lui pour les vacances de Pâques, Jean-Patrick était avec Mathilde dans les champs de haricots. De maigres gousses pendouillaient entre les feuilles. Pili, couchée dans le peu d'ombre qu'elles offraient, chassait des lézards en rêve. « Comment dit-on *inyanya* en français ? demanda-t-il.

— Tomate.

— Et c'est un fruit ou un légume ? »

Mathilde plissa le nez. « La tomate est un… légume. Non, attends… c'est très sucré. Un fruit, peut-être… » Elle grogna. « Je ne crois pas que j'aie besoin de savoir ça pour passer l'examen d'entrée à l'école secondaire.

— Tu es tutsie. Tu dois tout savoir. Et être la première. » Deux corbeaux pies gloussaient dans le jacaranda. Jean-Patrick leur lança un caillou ; ils s'envolèrent avec force lamentations.

« *Ko Mana !* J'oubliais… Ça a un rapport avec les graines. » Mathilde soupira. Elle prit une mangue dans le panier de fruits et de légumes qu'ils venaient de cueillir, arracha la peau d'un coup de dent et mordit dans la chair. « Celle-là a un goût aigre… » Elle fit la grimace et la recracha par terre.

« Il faut que tu la termines. Personne n'a envie d'une mangue avec tes dents plantées dedans », dit-il en lui relançant le fruit.

Mathilde examina l'endroit où elle avait mordu en riant. « Je vois aucune dent ! »

Jean-Patrick ramassa les derniers haricots avant de passer au rang de petits pois. Il agita une gousse desséchée vers Mathilde. « Quel est le système de classification ?

— Règne, embranchement, classe, ordre, genre, famille, espèce, énuméra Mathilde, accompagnant chaque mot d'un coup de houe.

— Qu'est-ce qui vient d'abord, le genre ou la famille ? Tu t'es emmêlée. »

Un lézard s'enfuit entre les plants. Mathilde le poursuivit. « Je suis trop fatiguée… Et puis il me reste encore trois semaines avant l'examen. Tu n'auras qu'à me faire réviser ce soir.

— Paresseuse ! Encore une question. À quel genre appartient notre tilapia ? »

Mathilde ne répondit pas. Jean-Patrick suivit son regard. Quelqu'un grimpait le chemin en courant – Roger !

Il poussa un cri et s'élança vers lui. « Aucune nouvelle de toi pendant des jours et des jours, et tu débarques comme ça en te dandinant ? » En le serrant dans ses bras, il sentit son corps svelte et musclé. Il portait un jean, et ses cheveux coiffés à l'afro dépassaient d'un béret.

« Regarde-toi ! » Roger s'épongea le front en le toisant ostensiblement. « Tu n'es plus mon *petit* frère que de nom… »

Étonné, Jean-Patrick réalisa qu'il avait les yeux à la hauteur de son front. Six mois plus tôt, ils étaient encore de la même taille.

Mathilde les rejoignit. « Tu es de retour de Ruhengeri ! Justement, j'ai rêvé cette nuit que tu revenais. »

Jean-Patrick sourit en la voyant courir d'une longue foulée fluide et musclée. « Et voici Mathilde Kamabera, notre nouvelle héroïne olympique ! »

Roger la tourna face à lui. « Est-ce que tu travailles dur, petit oiseau ?

— Bien entendu ! répondit Mathilde en dansant. Si je ne le fais pas, Jean-Patrick me bat… Je passe l'examen d'admission après les vacances. »

Roger mit la main en coupe sur son oreille. « Qu'est-ce que j'entends ? Le vent me souffle que tu vas te classer première. » Puis il tapota la tête de son frère. « Et toi, prêt pour les jeux Olympiques ? J'ai dit à tout le monde que tu étais le meilleur coureur du Rwanda. »

Une barbe naissante ombrait son menton. Jean-Patrick l'effleura du bout du doigt. « Pas pour les jeux, pour le championnat national à Kigali, au mois de juin. Tu n'auras qu'à venir. Tu verras comme je file, avec ou sans toi à mes trousses. »

Le regard de Roger s'assombrit. « Je ferai de mon mieux. » Puis son inquiétude se dissipa, et il prit Jean-Patrick d'un bras par l'épaule, Mathilde de l'autre. « Allons à la maison. Il fait chaud et j'ai marché longtemps. J'ai soif. »

En fin d'après-midi, les nuages de pluie s'amoncelèrent au-dessus des collines. De l'autre côté du lac, le tonnerre gronda. Adossés à l'eucalyptus, Jean-Patrick et Roger attendaient le retour de leur mère.

« Ça ne me plaît pas qu'elle fasse le ménage chez des gens », dit Roger.

Jean-Patrick haussa les épaules. « La pêche est mauvaise, Jacqueline est déjà à l'école secondaire et Mathilde y partira l'année prochaine... Qu'est-ce qu'on peut faire ?

— Pourquoi devrait-on souffrir davantage au prétexte qu'on est tutsis ? Jacqueline est arrivée dans les premières de sa classe, et pourtant, elle n'a pas eu de bourse. Pourquoi ce serait les Hutus qui les décrocheraient toutes, de même que les meilleurs emplois ?

— Tout le monde souffre. Ni les Tutsis ni les Hutus ne peuvent faire venir la pluie...

— Notre gouvernement ne souffre pas, lui ! Tu as vu comme Habyarimana a grossi ? » Roger se donna une tape sur le front. « Zut ! J'ai oublié de te donner ton cadeau. » Il rentra en vitesse dans la maison d'où il rapporta son sac à dos. « Regarde... tu peux presque le tenir dans ta main. » Il sortit une boîte dans laquelle se trouvait un transistor.

Jean-Patrick déplia l'antenne. « Il est super ! Mais on a déjà une radio...

— Celle-là, c'est pour toi tout seul, tu pourras l'écouter n'importe où. La nuit, tu devrais pouvoir capter Radio Muhabura, la station du FPR. Je me suis branché dessus à Ruhengeri, mais il faudra sans doute que tu règles la fréquence. »

Des tourbillons de poussière balayèrent le sol. Le tonnerre gronda au-dessus du Zaïre, sur la rive opposée du lac. « Pourquoi je voudrais l'écouter ? Radio Rwanda est assez épouvantable comme ça ! »

Roger se pencha vers lui. « Si je te confie un secret, tu promets de le garder pour toi ?

— Promis juré !

— Je vais rejoindre les troupes du FPR. »

Jean-Patrick se plaqua contre l'arbre. Il effleura le poignet de son frère pour sentir le contact familier de sa peau. « Les rebelles ? Pourquoi ? »

Roger sortit de son sac un journal roulé et le tapa contre sa paume. « Après tout ce qui s'est passé, tu penses toujours que les membres du FPR sont des semeurs de troubles ?

— C'est à cause d'eux, si le pays souffre... et j'en ai marre qu'on me le reproche. Toute la journée je me fais traiter d'*icyitso*, d'*inyenzi* – traître, cancrelat... Des types m'ont déjà tabassé deux fois. » Il lui montra sa dent ébréchée.

« Quels types ? Je les connais ? demanda Roger en tapant le journal plus fort.

— Peu importe... Je me suis débrouillé. Mais comme je suis tutsi, je ne peux pas me défendre. Je risquerais de perdre ma bourse, ou de me faire esquinter et ne plus pouvoir courir. Moi, je n'ai pas le droit de prendre de risques. J'aimerais bien que les gars du FPR retournent en Ouganda et nous laissent tranquilles !

— Ce pays leur appartient autant qu'à toi ou moi ! L'exil, ils ne l'ont pas choisi... et la seule chose qu'ils demandent – la seule qu'*on* demande –, c'est que soit mis un terme à la corruption et le droit de revenir, de participer au processus politique ici, dans notre mère patrie. »

Jean-Patrick sentit bouillonner en lui une colère sourde, comme chaque fois qu'ils parlaient politique. « Je ne te comprends pas. Oncle Emmanuel m'a dit la même chose, mais je ne comprends pas. Ces types du FPR, ils sont nés en Ouganda, non ? Le Rwanda n'est pas leur pays, alors pourquoi est-ce que tout à coup ils viennent nous envahir ?

— Certains sont nés ici, d'autres sont des enfants de réfugiés, nés en Ouganda ou en Tanzanie. Chaque fois que des Hutus massacrent des Tutsis, de nouveaux Tutsis fuient le pays. Et ça ne s'est pas produit seulement en 1973, quand nos grands-parents ont été tués. Ça a démarré en 1959 avec le premier soulèvement hutu, à l'époque où le *mwami*, le roi Kigeli V, a pris la fuite. Et de nouveau en 1963 et en 1967. Personne n'a envie de vivre indéfiniment en exil... Et si tu ouvrais les yeux, tu verrais que ça peut recommencer, que d'ailleurs ça recommence. » Il déroula le journal et le donna à Jean-Patrick.

Le titre ressemblait à *Kanguka*, à une lettre près : *Kangura* – « Réveillez-les » au lieu de « Réveil ». À côté du dessin d'une machette et d'une photo de Kayibanda, le premier président du Rwanda, le gros titre annonçait : ÉDITION SPÉCIALE. QUELLES ARMES UTILISER POUR VAINCRE LES *INYENZI* UNE FOIS POUR TOUTES ?

« C'est donc à ça que ressemble le journal, dit Jean-Patrick.

— C'est malin, hein ? rétorqua Roger en l'observant avec attention. Au début, les gens l'ont acheté en croyant que c'était *Kanguka*. »

Lentement, Jean-Patrick hocha la tête. « J'en ai entendu parler à cause des Dix Commandements. Mais si je voyais quelqu'un avec, je lui tournerais le dos immédiatement. Je me suis retrouvé avec un pied cassé à cause de ces commandements débiles ! »

Un éclair décrivit un arc au-dessus des crêtes et le courant électrique grésilla entre les hautes branches. Les pages de *Kangura* se froissèrent comme si le vent voulait les lui arracher des mains.

« Il est temps d'arrêter de tourner le dos, petit frère. J'ai longuement étudié la question et j'ai découvert que l'histoire qu'on nous enseigne à l'école est en grande partie un mensonge. C'est en écoutant ce qui se raconte dans la rue qu'on apprend la vérité. » Il sortit de son sac un livre en anglais : *Decolonising the Mind*[1].

« Tu arrives à lire ça ?

— C'est difficile, mais j'y arrive. » Roger sortit une photo glissée entre les pages. « Elle s'appelait Anastase. On avait le projet de se marier…

— Mon frère qui se marie ! Tu ne m'en as jamais rien dit. » Jean-Patrick observa la jeune femme, sa peau ocre

1. « Décoloniser l'esprit. » (Toutes les notes sont de la traductrice.)

satinée. Son maquillage et ses vêtements à l'occidentale lui plaisaient. « C'est prévu quand ? »

Roger recueillit les premières gouttes de pluie dans le creux de sa main. « Je crois qu'on va finalement avoir un orage... » Il observa les nuages de plus en plus noirs. « Tu as entendu parler du Bugesera ? » Jean-Patrick fit signe que non. « Après que Kayibanda a eu pris le pouvoir, de nombreux Tutsis ont été entassés dans des camions et débarqués là-bas au milieu des marécages, où ils ont dû se débrouiller pour survivre, pour la seule raison que le gouvernement voulait donner leurs terres à des Hutus.

« La famille d'Anastase en faisait partie. Ils se sont installés à Nyamata. Le mois dernier, le gouvernement a fait savoir que des membres du FPR complotaient en vue de tuer les dirigeants hutus de là-bas. Ils ont diffusé ces ragots sur Radio Rwanda, en braillant qu'il était temps de tuer ou d'être tué, et ils ont si bien échauffé l'esprit des Hutus qu'ils ont pris des gourdins et des machettes. Le lendemain, des cadavres de Tutsis gisaient au milieu des rues. Quelques jours avant les tueries, des exemplaires gratuits ont été distribués au Bugesera, dit-il en montrant le journal. Et ce n'était pas par hasard... » Une lueur brilla dans ses yeux. « Anastase était partie voir sa famille. Je suis allé la rejoindre, sans être au courant de ce qui s'était passé. J'avais l'intention de demander sa main à son père. Mais j'ai trouvé leur maison incendiée. Personne n'a survécu. C'est là, devant ces morceaux de bois carbonisés, que j'ai pris la décision de me battre dans les rangs du FPR. »

Poussé par l'orage, un héron blanc fendit le ciel. Jean-Patrick imagina s'élancer vers la liberté, s'affranchir de la pesanteur de son pays en s'élevant dans les airs. « Qu'est-ce que tu es en train de me dire ? Que le gouvernement avait tout planifié ?

— Ce n'est pas la première fois. Anastase m'a raconté que c'était déjà arrivé au Bugesera quand elle était enfant. Deux ou trois morts une année, quarante ou cinquante une autre... Peut-être qu'un animateur de Radio Rwanda a mis le feu aux poudres, ou que du bétail tutsi a piétiné un champ hutu. La paix entre les Hutus et les Tutsis a été fragile depuis le début et, dans ces marais, il y a toujours eu des conflits au sujet des terres. Le gouvernement a su comment les exploiter. Ce que je te dis, c'est de réfléchir à la situation. Tiens-toi prêt. »

Jean-Patrick regarda de nouveau la photo d'Anastase. Ses cheveux relevés dégageaient de fins sourcils arqués. Ses lèvres s'entrouvraient sur un demi-sourire timide, comme si elle s'apprêtait à prendre la parole. « Elle est très belle… Je suis désolé. »

De grosses gouttes éclatèrent au sol, brisant l'immobilité étrange de l'air. Leur mère apparut au bas du chemin et remonta vers eux.

« On ferait bien de courir à sa rencontre », dit Roger.

Ils n'avaient parcouru qu'une brève distance lorsque le ciel se déchira dans un grondement de tonnerre accompagné de violents éclairs. L'écorce de l'eucalyptus explosa, et des morceaux voltigèrent avec une telle force qu'ils furent projetés à terre. De la fumée jaillit du tronc. Jean-Patrick eut l'impression qu'une cloche résonnait sous son crâne. Roger se retrouva sur le dos, son sac tordu sur le côté.

« Ça va ? » Jean-Patrick sentait sa langue épaisse dans sa bouche. Quand il voulut toucher l'épaule de son frère, une décharge électrique grésilla au bout de ses doigts. La pluie se mit à tomber à seaux.

« On dirait deux veaux stupides, dit Roger. Couchés là sur le flanc la gueule ouverte. » Jean-Patrick l'aida à se relever, et ils partirent d'un grand éclat de rire. Leur mère les appela, d'un air affolé. « Si on regarde bien, tu paries combien qu'on voit nos âmes gravées dans l'arbre ? »

Jean-Patrick jeta un coup d'œil vers le tronc balafré. À Noël, Roger évoluait encore à l'intérieur du cercle familial, son identité mêlée à la leur. Désormais, il avait fait un pas hors de ce cercle. Et il avait pris Jean-Patrick par la main pour l'emmener avec lui vers sa nouvelle vie. Mais quand Roger le quitterait, ce serait tout seul qu'il explorerait cette possibilité vertigineuse. Très bientôt, il suivrait son propre chemin – une piste ovale de quatre cents mètres, où qu'elle le menât. En attendant, cet arbre serait la preuve que ce jour avait réellement existé. Il n'aurait qu'à poser la main sur l'écorce pour sentir l'âme de Roger, les battements d'amour réguliers de son cœur.

Le lendemain matin, Jacqueline rentra de l'école de Gitarama, et la famille se retrouva une fois de plus au complet pour les fêtes de Pâques. Jean-Patrick s'extasia sur ses longs cheveux raides et brillants. Alors qu'elle montait le chemin, le vent ramena des mèches sur ses joues telles de fines pattes de mouche. Comme Anastase, elle portait un pantalon et un élégant chemisier à l'occidentale.

Le dimanche de Pâques, ils passèrent l'après-midi à manger et à blaguer, à se raconter les dernières nouvelles dans un brouhaha incessant. Un défilé de voisins et de cousins envahit la maison. Emporté par les effluves qui s'échappaient des plats épicés, tous ceux qu'il préférait, Jean-Patrick remonta dans le temps. Soudain, ses soucis lui semblèrent aussi dérisoires que lointains. Il repensa à ce premier matin où Roger et lui s'étaient arrêtés sur la colline qui dominait la propriété et avaient plaisanté sur la famille d'Oncle Emmanuel. Comme le livre de la vie peut changer ! songea-t-il. Et ce n'est pas nous qui en écrivons les pages.

Le mercredi, Roger avait fait son sac à l'aube, prêt à partir. « Reste un jour de plus ! l'implora Jean-Patrick. Maman est tellement contente que tu sois là ! »

Roger mit son sac sur l'épaule. « Ce sera seulement encore plus dur quand je m'en irai. »

Jean-Patrick avait remarqué que son frère traînait à table en tenant le bras de leur mère comme s'il avait peur de ne plus jamais le toucher. Le matin, il sortait sur le seuil et respirait profondément en contemplant le lac. Jean-Patrick l'imaginait s'appliquer à absorber la terre dans chaque fibre de ses poumons, afin que, quand il crapahuterait dans les montagnes, transi de froid et affamé, il en retrouve la chaleur à son gré.

« Tu lui as dit que tu rejoignais le FPR ?

— Cette nouvelle était destinée à tes oreilles, et à elles seules.

— Et qu'est-ce que tu leur diras le jour où tu t'évaporeras dans la nature ?

— Que je pars travailler au Kenya avec un ami. Pour gagner de l'argent.

— Je vais t'accompagner jusqu'à la route et attendre le car avec toi. Ça ne dérangera pas Oncle Emmanuel. Il n'y a plus rien à remonter dans les filets. »

Sur le chemin, ils croisèrent Mukabera, une machette posée en équilibre sur sa tête couverte d'un foulard. « Je vais récolter mes trois haricots ! s'esclaffa-t-elle d'un rire rauque et généreux qui découvrit ses immenses dents tachetées de brun. Je vous souhaite la paix du Seigneur ! » Elle leur fit un signe de la main et s'éloigna en laissant un tourbillon de poussière derrière elle.

À l'arrêt du car, Roger acheta deux épis de maïs à un vendeur penché sur un gril au charbon de bois. Ils s'installèrent un peu plus loin à l'ombre pour les manger. « Tu vas aller aux Virunga ? demanda Jean-Patrick. Tout le monde sait que c'est là-bas que se planque le FPR.

— Tu serais étonné... Nous sommes partout.

— Tu comptes terminer d'abord ton année scolaire ? Si tu ne le fais pas, on ne te le pardonnera jamais...

— Ne t'inquiète pas. Je la terminerai.

— Et pour le championnat national ? Tu viendras me voir gagner à Kigali ? »

Roger retira un grain de maïs coincé entre ses dents. « Ça fait beaucoup de questions... » Il sourit en fronçant le nez, comme à son habitude. « J'essaierai. »

Une crampe tordit le ventre de Jean-Patrick. Il serra son frère dans ses bras une dernière fois. « Je ferais bien de rentrer… au cas où Oncle Emmanuel aurait besoin de moi. »

Une civette surgit des fourrés, une mosaïque d'ombre et de lumière tombant sur son pelage en dessinant le même patchwork insensé. Aussi flegmatique qu'un chien, elle se figea, les poils du dos tout hérissés. Son odeur de musc tenace flotta dans l'air. Roger s'avança comme s'il voulait la frapper, et l'animal montra les dents. « C'est ça, l'idée : être brave et entêté », dit-il. Il tapa du pied sur le sol, et la civette battit en retraite dans la brousse. « Ne t'en fais pas pour moi. Je lui ressemble. Écoute Radio Muhabura et pense à ton grand frère. » Il sortit son béret de son sac à dos. « On est plus forts de jour en jour. » Il lui fit un salut militaire et courut vers le car qui arrivait. De son abri, la civette observa la scène d'un œil circonspect, l'air de juger elle aussi l'instant digne de le graver dans sa mémoire.

10

Le jour du championnat national, Jean-Patrick se sentait fort et confiant, quoique, autant l'avouer, un brin nerveux. Il posa son magazine d'athlétisme et se tourna sur le dos, la tête pendant d'un côté du lit, les pieds de l'autre. Il toucha le tibia de Daniel du bout de son orteil.

« Il faut combien de temps pour aller à Kigali ?

— Le même temps que quand tu m'as posé la question hier, la semaine dernière et il y a moins de dix minutes... Environ six heures. Et je ne pense pas que ça va changer.

— Tu ne vas pas en cours ?

— Il n'y a rien à faire à part réviser pour les examens. J'aime autant rester avec toi. »

Jean-Patrick regarda par la fenêtre. « Tu crois que le coach a une femme ?

— Le coach ? Une femme ? *Mama weh !* – Seigneur ! Il est bien trop méchant !

— Peut-être qu'il en a eu une et qu'il l'a tuée. »

Daniel immobilisa la cuisse de Jean-Patrick qui n'arrêtait pas de gigoter. « Tiens-toi tranquille, tu veux ? Si le championnat national te fait cet effet, tu ferais peut-être mieux de ne pas y aller. »

Jean-Patrick repoussa sa main en riant. « Pourquoi tu ne viens pas avec moi ?

— Si ç'avait été dans trois semaines, je serais venu. Et après, tu aurais pu passer chez moi faire la connaissance de ma mère et de mes sœurs. » Il pointa son doigt sur un oiseau derrière la fenêtre. « Mon père pourrait t'apprendre à tirer.

— *Aye-yay*… Qu'est-ce que je ferais d'une arme ? Moi, je me bats avec mes jambes.

— Quand le Pouvoir hutu aura des armes, tu feras bien d'en avoir une aussi… et de savoir t'en servir !

— Toujours les mêmes discours… », maugréa Jean-Patrick en se bouchant les oreilles. Et maintenant, laisse-moi dormir, d'accord ? » Il lança son magazine à la tête de Daniel, puis se tourna vers le mur et ferma les yeux.

Il dormait encore lorsque le coach entra en trombe en agitant ses clés.

« Prêt ? » Un appareil photo était suspendu à son cou. « On a une longue route devant nous. »

Jean-Patrick montra son sac de sport. Ses Nike, dont la couleur était à présent plus rouille que vert, dépassaient de la poche latérale.

Daniel l'agrippa par le cou en lui coinçant la tête sous son bras. « Fais comme si je te poursuivais et que tu courais à toute allure.

— Quoi ? Si toi tu me poursuis, il me suffit de marcher ! » Il sortit derrière le coach.

Dans le couloir, ce dernier s'arrêta brusquement et entraîna Jean-Patrick dans une salle de classe déserte. « Va devant le tableau », dit-il. Jean-Patrick eut la fugace vision d'une exécution. Le coach le prit en photo. Le flash l'éblouit quand il appuya sur le déclencheur.

« C'est pour le journal ? »

Ignorant sa question, le coach s'éloigna vers la voiture à petites foulées. Il lui montra quelque chose de brillant sur le siège. « Pour toi. »

C'était une tenue d'athlétisme, avec GIHUNDWE écrit en grosses lettres sur le blouson. Jean-Patrick passa sa main sur le tissu satiné. Il enfila le blouson, ravi du bruissement qu'il faisait dès qu'il bougeait. Il monta et abaissa la fermeture Éclair deux fois de suite. « Me voilà paré pour les jeux Olympiques ! »

Le coach regarda à travers le pare-brise en plissant les yeux. Le moteur crachota, puis démarra en gémissant. « Pas encore. »

Le moindre nid-de-poule propageait une onde de choc jusque dans son crâne. N'ayant pas assez d'espace pour allonger ses jambes, Jean-Patrick s'agita pour trouver une position confortable. Le coach klaxonnait les paysans, les voitures trop lentes à son gré, les camions qu'il doublait en prenant les virages sans visibilité. Au bas de la vallée, une femme se retourna pour leur faire signe. Le linge qu'elle accrochait sur les buissons évoquait une tapisserie aux fleurs éclatantes. Le vert éblouissant des plantations de thé disparut dans le rétroviseur tandis que se levait devant eux la brume bleutée de la forêt de Nyungwe. Sur fond d'arbres chatoyants apparut le premier barrage routier.

Un soldat à l'air blasé s'approcha de la voiture d'un pas nonchalant. « *Indangamuntu* », dit-il. Un billet de cinq cents francs que lui avait donné sa mère tomba de la poche de Jean-Patrick au moment où il sortit ses papiers. Le soldat regarda la photo, puis Jean-Patrick. « Descendez de la voiture. » Un deuxième soldat ouvrit la portière et demanda à voir ce qu'il y avait dans le coffre. Pendant qu'il retournait les sacs et les couvertures, le chef examina leurs papiers. « Quelle est votre activité, Mr. Rutembeza ?

— Nous nous rendons au championnat national d'athlétisme à Kigali. Je suis l'entraîneur de ce garçon. Retenez bien son nom, sergent… C'est le meilleur du Rwanda ! Avec un peu de chance, c'est lui qui nous représentera aux jeux Olympiques. » Le sourire du coach aurait pu fendre une pierre.

Le sergent émit un sifflement qui découvrit plusieurs dents en or. Du coin de l'œil, Jean-Patrick vit le soldat empocher le billet de cinq cents francs.

« Vous pouvez y aller, dit le sergent. Et faites en sorte que cet *inyenzi* gagne… Je vais parier sur lui ! »

Le coach démarra et accéléra doucement. Les rires des militaires laissèrent un goût amer à Jean-Patrick.

« Le Rwanda va bientôt gagner la guerre, dit l'entraîneur en remontant sa vitre. C'en sera alors fini de ces absurdités. » Il regarda intensément Jean-Patrick. « Tu ne rêves jamais d'avoir une carte d'identité hutue ? »

Jean-Patrick transpirait dans son blouson, mais il n'avait pas envie de l'enlever. Il ferma sa fenêtre, puis la rouvrit. Que répondre à pareille question ?

« Tu vas attraper la malaria, observa le coach en pointant son cure-dent dans sa direction.

— Comment ça ?

— À cause du vent. » Il coinça le bâtonnet entre ses dents. « Ce n'est pas ce que croient les gens du village ?

— Je n'en sais rien. » Jean-Patrick laissa sa vitre ouverte et se concentra sur la rivière bleu-vert qu'ils longeaient. « Ce soldat m'a piqué mon argent C'était tout ce que j'avais pour m'acheter à manger.

— Une telle chose ne serait jamais arrivée à Butare ou à Kigali. Je suis connu, là-bas… Mais ne t'inquiète pas pour l'argent. Je te nourrirai. » Il écrasa le klaxon en dépassant un vieux paysan qui poussait une charrette rem plie de sorgho. « Par ici, il n'y a que des citrouilles… » Il abaissa sa vitre et lança son cure-dent sur le paysan. En une seconde de révélation, Jean-Patrick comprit que lui aussi s'était senti humilié, et que c'était à cause de la honte qu'il s'en prenait à tout le monde – à lui, au vieil homme et à toute la campagne.

« Demain, je veux que tu te méfies de deux coureurs – seulement deux », reprit le coach tandis qu'ils gravissaient la colline. Il sourit de nouveau, comme s'il avait déversé toute sa hargne sur la carriole du paysan. « Ils font partie de l'équipe nationale du Burundi. Colle-les comme une tique… si tu peux ! »

Jean-Patrick passa sa langue sur sa dent cassée. « Et les gars de Kigali ?

— Leur nouvel entraîneur saura les tenir, répondit le coach avec un sourire en coin. Il est tutsi. »

Jean-Patrick sourit en imaginant Nez Tordu et ses copains recevoir des ordres d'un Tutsi. « Et pour l'épreuve ? Je n'ai pas couru avec eux depuis un bon moment...

— Tu as déjà explosé leurs temps, répondit le coach sans cesser de sourire. Demain, tu seras sacré meilleur coureur de huit cents mètres du Rwanda... Le meilleur qu'on ait jamais eu ! » Il le regarda et prit un virage un peu trop vite. Ce ne fut que lorsque Jean-Patrick poussa un cri qu'il aperçut les branches en travers de la route signalant un accident. De l'écorce et des feuilles voltigèrent jusque sous les pneus qui dérapèrent. Ils évitèrent de peu le camion renversé au milieu de la chaussée, les roues tournant encore dans le vide, les montants en bois de la benne brisés.

Jean-Patrick essaya en vain de détourner le regard. Une tache sombre s'étalait sur l'asphalte. Une foule s'était déjà rassemblée, les uns faisant de grands gestes, les autres ramassant des débris et le chargement éparpillé. Il soupira de soulagement en apercevant le chauffeur du camion titubant au bord de la route, pieds nus, le bras ramené contre lui, la main pendant dans un angle bizarre. L'homme laissa échapper un chapelet de jurons.

C'était ainsi que les choses avaient dû se passer pour son père, songea Jean-Patrick. S'efforçant de calmer les battements de son cœur, il pensa que la vie dépendait parfois des décisions les plus futiles : une seconde ici pour boire un verre, l'autre là pour faire une pause et se dégourdir les jambes, et soit on abordait le virage au moment où le chauffeur perdait le contrôle du camion, soit on voyait les branches et on s'arrêtait, la catastrophe déjà derrière soi.

Le soleil avait entamé sa descente rapide à l'horizon lorsqu'ils entrèrent dans les champs de canne à sucre et les marais le long du fleuve Nyabarongo. Jean-Patrick remonta sa vitre pour ne pas respirer l'air fétide. Des oiseaux volaient entre les papyrus et les *umunyeganyege.* Dans la lueur du crépuscule, les collines qui entouraient Kigali ressemblaient aux plis évasés de la jupe d'une danseuse.

À la limite de la ville, le coach s'arrêta devant l'une des multiples échoppes installées en bordure de route pour acheter deux Fanta. La boisson glacée et sucrée fila directement dans la dent ébréchée de Jean-Patrick et dans son œil. Le coach s'en amusa, et toute tension disparut soudain de son visage. « Les yeux écarquillés comme ça, on dirait que tu n'as encore jamais quitté ton *rugo* ! »

Ils étaient coincés dans les embouteillages de Kigali. Un mélange de sons agressait les oreilles de Jean-Patrick : les klaxons, les radios, des cris et des sifflets. Les odeurs de gaz d'échappement, du charbon de bois et des ordures pourrissantes lui piquaient les narines. Néanmoins, par-delà le tumulte et la puanteur, il se sentit gagner par une sorte d'excitation et s'émerveilla que Daniel ait grandi en ressentant les vibrations d'un endroit pareil.

« On est arrivés… Voici l'École technique officielle. Tu veux voir la piste ? » Le coach klaxonna ; aussitôt, un homme aux yeux chassieux vint ouvrir la grille. Très maigre et tout courbé, on aurait dit un vieil arbre dont le tronc ne supportait plus le poids des branches.

L'entraîneur prit Jean-Patrick par le bras et le guida vers l'allée. Un groupe de filles qui sortait d'une salle de classe se sépara et marcha à leurs côtés. Jean-Patrick leur dit bonjour. Elles se retournèrent en riant.

Les deux athlètes du Burundi étaient les seuls sur la piste. Sur le dos de leur maillot rouge, vert et blanc aux couleurs du pays était imprimé leur drapeau. Ils se déplaçaient ensemble à très longues foulées, comme s'ils avaient été façonnés dans une même pièce d'argile qu'on aurait ensuite séparée en deux. L'un était au moins aussi grand que Jean-Patrick, l'autre, plus petit, un paquet d'os et de muscles sec et nerveux. Ils parlaient tout en courant, riaient et faisaient de grands gestes. Jean-Patrick s'imagina en train de courir avec eux. S'il comparait leur allure à la sienne, ils ne devraient pas être trop difficiles à battre. Le goût de la victoire lui picotant les lèvres, il accéléra le pas.

« Tu vas où ? s'écria le coach en le retenant par le bras.

— Les saluer.

— Reste plutôt ici et observe-les. Laisse-les s'interroger.

— Qu'est-ce que vous voulez dire ?

— Question de psychologie. Pour toi, ils sont devenus des êtres humains, mais pour eux, tu es encore un total mystère. Reste ici et regarde bien. Imprègne-toi de leur foulée, de leur cadence. Et laisse-les s'inquiéter de toi.

— Mais… je n'ai jamais couru avec eux. Comment est-ce qu'ils me connaissent ? »

Dans la lumière déclinante, le coach suivait les mouvements des athlètes d'un œil attentif. « Les nouvelles sur quelqu'un comme toi circulent vite. Crois-moi… ils savent ! »

Les premiers athlètes que Jean-Patrick aperçut le matin étaient les gars de Kigali. Assis sur un banc, il les regarda s'échauffer pendant qu'il enfilait ses baskets. Ses orteils touchant au bout, il desserra les lacets afin de gagner quelques millimètres. Nez Tordu le montra du doigt en tapant sur l'épaule de son copain. Jean-Patrick leur fit un signe de la main et ils se retournèrent tous les deux en rigolant.

« Jean-Patrick ? » La voix le fit sursauter. « On est très contents de pouvoir enfin te rencontrer… On a beaucoup entendu parler de toi ! » Les deux Burundais lui tendirent la main. C'était le plus grand des deux qui parlait. « Je m'appelle Gilbert. » Son crâne rasé luisait de sueur.

« Et moi, Ndizeye. Viens t'échauffer avec nous… »

Jean-Patrick démarra lentement et résista à l'envie de les tester en forçant l'allure. Alors qu'ils bavardaient de choses et d'autres, il fut surpris d'apprendre que l'athlétisme était très encouragé au Burundi – contrairement au Rwanda, où il fallait se battre pour obtenir la moindre miette de reconnaissance. Un bref instant, il imagina abandonner sa vie pour aller en commencer une nouvelle dans ce pays. Nombre de Tutsis l'avaient fait, il le savait.

Lorsqu'il revint sur le banc, Rutembeza marchait de long en large, l'air contrarié. « As-tu oublié ce que je t'ai dit ? Tu viens de te priver d'un sérieux avantage. » Jean-Patrick relaça ses baskets avec une concentration exagérée. « Pendant les préliminaires et les demi-finales, je veux que tu restes à cette distance d'eux, ni plus, ni moins, dit le coach en écartant les mains d'une largeur d'épaules. Tu m'entends ?

— Et les gars de Kigali ?

— Tu pourrais m'écouter, pour une fois ? Ne t'inquiète pas des gars de Kigali, ils n'en valent pas la peine. »

Jean-Patrick suivit des yeux Gilbert et Ndizeye. Sous le soleil éblouissant, on aurait dit deux nageurs glissant sur le lac. « Et s'ils ne sont pas près de moi ?

— Ne te tracasse pas... Ils seront là ! »

Dans la demi-finale, aucun des athlètes de Kigali ne se classa dans la série de Jean-Patrick. Au moment où les Burundais bouclèrent le premier tour, ils se rapprochèrent de lui ; le coach avait eu raison. Dans la dernière ligne droite, il ne resta plus qu'eux trois dans le peloton de tête.

Jean-Patrick avait été trop fatigué pour manger, et le voyage lui avait laissé les muscles raides et ankylosés. Pendant les préliminaires, il se sentit déséquilibré – ses pieds frappaient lourdement le sol, son timing était légèrement décalé –, mais maintenant qu'il courait avec Gilbert et Ndizeye, ses jambes fonctionnaient comme une machine parfaitement huilée. Ils franchirent la ligne ensemble et continuèrent sur le dernier tour, Jean-Patrick prenant la tête peu à peu. Les deux Burundais se fondirent en une seule ombre derrière lui. Sa dernière accélération ne rencontra aucune résistance.

« Je peux les battre ! déclara-t-il en revenant sur le banc. Vous avez vu ma dernière foulée ? Je me suis senti en pleine forme, comme si je n'avais même pas à faire d'effort. » Il tapa du pied en rythme sur le sol. « Et j'ai amélioré mon temps de… de combien ?

— Une demi-seconde. » Le coach lui tendit une bouteille d'eau, le visage impassible derrière son masque habituel. « Dans la finale, je veux que tu restes derrière eux. Que tu leur souffles sur la nuque. Que tu leur fasses perdre leur cadence. Ne les dépasse pas avant les deux derniers mètres. Et là, mets la gomme ! » Il lui décocha son sourire narquois. « Si tu en es capable…

— Quoi ? Je peux les exploser… Mais laissez-moi courir librement.

— Tu ne comprends pas… Cette fois, fais ce que je te dis. » Il lui frictionna le mollet. « L'enjeu est plus important que tu ne l'imagines. » En voyant son expression, Jean-Patrick comprit qu'il était inutile de poser d'autres questions.

Jean-Patrick courut la finale dans le couloir numéro cinq, encadré de chaque côté par les Burundais. Nez Tordu et un autre gars de Kigali restèrent cantonnés sur l'extérieur. Bouillant d'énergie et de nervosité, Jean-Patrick prit un faux départ en s'élançant avant le signal. Nez Tordu se moqua de lui. Prenant une profonde inspiration, Jean-Patrick marcha en rond en secouant ses jambes avant de revenir se mettre en position – le corps recroquevillé, le poids bien réparti. À la seconde où l'arbitre frappa les blocs en bois, il s'élança. Le temps qu'il atteigne sa pleine vitesse, Gilbert et Ndizeye avaient déjà parcouru la moitié d'un tour. Il sprinta comme un fou pour les rattraper, mais sa foulée était trop courte, trop longue ou trop désordonnée. Ses concurrents, il avait l'habitude de les avoir dans le dos, pas l'inverse. Ses Nike lui comprimaient tellement les pieds qu'il finit par ne plus sentir qu'une pulsation au niveau des orteils.

Le gros du peloton désormais trop loin derrière pour le stimuler, Jean-Patrick courut en solitaire. Les deux drapeaux burundais flottaient devant lui, s'éloignant à chaque foulée. Il balança ses coudes le plus loin possible. Encore quatre cents mètres... Il n'aurait su dire où il puisa la force de les garder en ligne de mire. Des petites taches noires dansaient devant ses yeux, le sol tanguait sous ses pieds. Un bref instant, il crut qu'il allait s'évanouir, mais l'espoir continua à le pousser de l'avant. Jamais encore il n'avait éprouvé pareille souffrance. Néanmoins, par gains infinitésimaux, il commença à rattraper les Burundais.

À la sortie du dernier virage, il aurait quasiment pu toucher les drapeaux. Une fois de plus, la victoire flotta devant ses yeux. Et soudain, les deux coureurs allongèrent leur foulée, mais lui n'avait plus rien pour répondre. Exténué, il franchit la ligne d'arrivée. Il eut à peine la force de serrer la main à Gilbert et à Ndizeye. La foule exultait, mais il n'y prêta pas attention. Il n'avait qu'une envie : s'asseoir et enlever ses Nike trempées de sang pour libérer ses orteils de cette prison.

« Gilbert et Ndizeye sont dans l'équipe olympique du Burundi, et vous ne m'en aviez rien dit ? » Jean-Patrick était avec Rutembeza au café *Karibu* devant un buffet proposant d'innombrables plats. C'était la première fois depuis qu'il avait quitté Cyangugu qu'il se sentait une faim de loup. Il empila des petits pois, du riz, des bananes plantains grillées, des brochettes de poulet et de chèvre sur son assiette.

« Il vaut mieux que certaines choses soient une surprise.

— Pour une surprise, c'en est une !

— Ils participent à ce jeu depuis un peu plus longtemps que toi. » Le coach se dirigea vers une table près de la fenêtre et fit signe à un serveur pour commander à boire. « Comment va ton frère Roger ? Ça fait un bout de temps qu'on n'a pas de nouvelles. Il joue toujours au football ? »

La question, inattendue, fit palpiter le cœur de Jean-Patrick. Il essaya de se concentrer, de calmer le tumulte dans sa tête de façon à ne rien trahir. « Il est au Kenya, il travaille dur. Il joue là-bas pour un club, mais je crois qu'il n'a pas beaucoup de temps libre. »

Le coach mordit dans un dernier morceau de viande et pointa sa brochette vers Jean-Patrick. Celui-ci sursauta. « Tu n'as pas entendu le temps que tu avais fait ? Tu as filé bouder avant que j'aie pu te rattraper.

— Je n'ai pas besoin de chiffres pour savoir que j'ai été nul. » Le serveur vint vers leur table, décapsula les bouteilles et les servit. Jean-Patrick regarda la mousse se former dans son verre de Coca. Son rêve olympique s'était évaporé aussi facilement que ces bulles. Ça, il s'en rendait compte.

Rutembeza sortit le chronomètre et le posa sur la table. Jean-Patrick y jeta un coup d'œil. Puis il le prit dans sa main, le secoua et le reposa. « Il ne marche plus.

— Qu'est-ce qu'il y a ? Ce que tu vois ne te plaît pas ?

— Il a dû se passer quelque chose. Ça dit une quarante-cinq quatre-vingt-dix-sept. » Il secoua encore une fois le chronomètre. « Mon temps a dû s'effacer... Une chance pour moi !

La chance n'a rien à voir là-dedans. C'est bien ton temps... je te le promets. »

Jean-Patrick lâcha le chronomètre comme s'il venait de le mordre. « *Mana yanjye !* Mais c'est en dessous du temps exigé en catégorie A, non ? Est-ce que ça veut dire ce que je crois ? » Il arrivait à peine à respirer, l'agitation dans le restaurant lui brouillait la vue. Peu à peu, il comprit ce que ce temps impliquait.

« Félicitations ! Oui... tu t'es qualifié pour les jeux Olympiques. »

Jean-Patrick caressa le cadran du chrono comme s'il tenait là un talisman. « Quand même... j'ai laissé deux types me battre. Je suis arrivé seulement troisième. » Il but son Coca en savourant les bulles fraîches qui pétillaient dans sa gorge et ressentit un léger vertige, comme s'il venait de boire de la bière. Il se jura que, la prochaine fois, il ferait tout ce qu'il faudrait pour terminer premier.

L'excitation dura pendant tout le trajet pour sortir de Kigali. Sous le soleil à son zénith, le fleuve Nyabarongo scintillait comme de l'ardoise. Le coach freina à l'approche d'un barrage et tendit la main pour que Jean-Patrick lui donne ses papiers. « Relax », lui dit-il en le voyant se crisper. La file de voitures ralentit. Rutembeza tambourina des doigts sur le volant. Une chaleur lourde et étouffante s'abattit, le soleil tapait sur le pare-brise. Jean-Patrick s'éventa.

Au barrage, une famille attendait avec anxiété à côté d'une carriole. L'homme tenait un bâton de berger et était coiffé du feutre traditionnel des paysans tutsis. La femme portait un bébé attaché dans le dos, dont seule la petite tête crépue dépassait du tissu aux couleurs vives. Les petits enfants se précipitèrent derrière un chevreau qui bêlait. Un militaire leur cria dessus. Les gamins fondirent en larmes.

« Pourquoi ils doivent les traiter comme ça ? »

Le coach détourna brusquement la tête. Jean-Patrick regretta de ne pas pouvoir reprendre sa question et l'avaler. « Ils pourraient très bien cacher des armes sous ce tas de légumes… ou même être des *inkotanyi* ! »

Jean-Patrick s'étonna de l'entendre employer un terme aussi respectueux. Roger lui avait expliqué que c'était ainsi que se désignaient les partisans du FPR, du nom que l'on donnait aux guerriers *mwamis*.

Une explosion retentit au loin – un pneu de camion ? un tir de mortier ? – et fit sursauter le paysan qui renversa sa carriole branlante. Des tomates, des choux et des oignons s'éparpillèrent sur la route. Jean-Patrick ressentit la honte qu'éprouvait le berger. Il aurait voulu empoigner les militaires et les secouer de toutes ses forces. « Ça m'étonnerait qu'ils soient du FPR. La mère a un bébé dans le dos.

— Tu ne comprends rien à ces choses… Ces *inkotanyi* n'hésiteraient pas à attacher des grenades sur un bébé ! »

Jean-Patrick revoyait Roger soulever Zachary, prendre Pauline et l'embrasser… Des grenades sur un bébé ! Fallait-il rire ou pleurer ? Les militaires rendirent les papiers à la famille en lui faisant signe de déguerpir. Le paysan se pencha comme pour baiser la main du soldat.

Le coach posa son sourire moqueur sur Jean-Patrick. « C'est comme au foot… La partie est nettement plus facile quand on joue dans la bonne équipe ! » La voiture avança de quelques mètres. La famille de paysans s'égailla en s'empressant de ramasser les derniers légumes. Le bébé se mit à pleurer et la petite fille lui caressa la tête pour le consoler. Le coach agita la main comme s'il chassait une mouche. « Qu'est-ce qu'on peut espérer accomplir, quand votre vie se résume à ça ? »

D'un geste lent et méthodique, Jean-Patrick lissa le tissu de son survêtement en songeant : *Ça,* c'est ce que je suis *moi.* Le militaire examina leurs papiers d'identité et leur fit signe de passer en portant la main à sa casquette pour saluer le coach. Alors qu'il se forçait à inspirer un peu d'air, Jean-Patrick se demanda si cette sensation de peur aiguë qui le tenaillait s'émousserait jamais. Il aurait bien voulu savoir à quoi ressemblerait de jouer dans la bonne équipe.

« Tu as un esprit fort, dit Rutembeza après que les militaires eurent disparu dans la brume. Comment vont tes pieds ?

— Il va encore falloir que je crève les ampoules…

— Il te faut des nouvelles baskets ? Tu les as méritées. Pourquoi tu ne me l'as pas dit ? »

Jean-Patrick haussa les épaules. Il ne lui serait jamais venu à l'idée qu'il lui suffisait de réclamer des nouvelles Nike pour en avoir…

« J'ai parlé au bourgmestre. Un coureur olympique ajouterait une belle plume à son chapeau. Dis-moi, ça te plairait de faire partie des élus ? »

Ce fut comme si un livre rédigé en symboles indéchiffrables devenait clair d'un coup – les photos faites avant de partir de Gihundwe, les questions et les commentaires appuyés… Rutembeza lui proposait une carte d'identité hutue. Jean-Patrick avait de la peine à le croire. « Mais tout le monde sait que je suis tutsi. »

Le coach balaya sa remarque d'un geste de la main. « Ce n'est pas très difficile de t'inventer un lointain ancêtre hutu dans le passé… Tu crois que ça ne s'est pas déjà fait ? » Jean-Patrick avait entendu des histoires de ce genre. « J'ai accepté un poste à l'université nationale. Personne d'autre au Rwanda ne peut t'entraîner pour t'amener à ton potentiel, aussi je voudrais que tu me rejoignes là-bas une fois que tu auras passé ton diplôme. L'année prochaine, tu viendras t'entraîner avec moi le week-end. Que tu aies une carte hutue mettrait de l'huile dans les rouages.

— Je vais aller aux jeux Olympiques, ça ne suffit pas ?

— Pas si vite… Il faut d'abord que tu fasses un temps de catégorie A sur une piste homologuée et avec un système de chronométrage approuvé entre janvier 1995 et les jeux. Et aussi que tu passes devant le Comité olympique national qui sélectionne les athlètes rwandais. S'ils te choisissent, ils peuvent très bien écarter un Tutsi qui s'est classé en catégorie A pour lui préférer un Hutu en catégorie B. »

Jean-Patrick se tassa sur son siège. Il avait cru qu'il lui suffirait de courir vite pour aller aux jeux Olympiques. *On ne peut jamais oublier qu'on est tutsi*, lui avait dit sa mère. Alors qu'ils remontaient en haut d'une colline, les papyrus et les *umunyeganyege* firent place aux pins et aux eucalyptus. Le coach klaxonna une bande de gamins qui tiraient un veau sur la route. Ils s'écartèrent en vitesse. Les nuages recouvraient les collines du Bugesera parsemées d'ombres. Des tourbillons de poussière s'élevaient au fond de la vallée. Un camion de militaires excités les dépassa. Entassés à l'arrière, ils chantaient et criaient en brandissant leurs fusils.

Le coach sourit. « Leur équipe a dû gagner ! » Il les suivit du regard un instant avant de se tourner vers Jean-Patrick. Son sourire avait disparu. « Un de ces jours, une carte hutue pourrait avoir plus d'importance que les jeux Olympiques. »

Jean-Patrick observa une spirale ocre avaler les enfants et leur veau. La poussière avait presque une odeur humaine, celle de la sueur et de la terre qui fermentent dans les plis de la peau. Mais il y avait en plus autre chose, qui évoquait le fer et la rouille, comme l'odeur de sang séché qui demeurait sur ses Nike telle une blessure de guerre.

À son réveil, le dortoir était encore plongé dans une obscurité lourde de sommeil. Jean-Patrick se leva sans bruit et enfila son nouveau short. Mathilde le lui avait confectionné en vue du championnat national, mais il n'avait pas eu le cœur de lui avouer qu'il ne pourrait pas le porter dans une rencontre officielle. Ses muscles étaient ramollis et tremblants, mais trop de cris lui déchiraient la tête. Il fallait qu'il bouge pour avoir les idées plus claires.

Daniel se retourna. « Tu vas où, superstar ? J'ai entendu Rutembeza te dire de prendre une journée de congé.

— Si je ne cours pas, j'ai mal aux jambes. » Le ciel s'éclaircit derrière la fenêtre. Les oiseaux emplirent l'aube de cris et de sifflements.

« Alors je viens avec toi… pour être sûr que tu ne vas pas à une allure de cinglé ! »

Devant la porte, Daniel le retint pas le bras. « Tu as tes papiers ?

— On ne sera pas partis longtemps… Pour une fois, je n'ai pas envie de me demander si je suis hutu ou tutsi. »

Ils démarrèrent en douceur. Jean-Patrick pensait à Gilbert et à Ndizeye en train de parcourir la piste comme s'ils la frôlaient. Des chants religieux du dimanche résonnaient joyeusement dans les églises.

« Le coach m'a proposé une carte d'identité hutue.

— Marchons une minute. Je ne peux pas suivre ton rythme et parler en même temps, dit Daniel en s'arrêtant de courir. Mais oui, si tu as cette possibilité, ne la laisse pas passer.

— Et ma famille ? Comment je pourrais être le seul Hutu ?

— Si tu as une carte qui dit que tu es hutu, qu'est-ce qu'on pourra y faire ?

— C'est ce que dit le coach. Quand même... j'aurais l'impression d'être un traître.

— Hier, j'ai reçu une lettre de mon père. » Daniel ralentit encore le pas et tripota la verrue au-dessus de sa lèvre. « Le commandant leur a donné l'ordre d'établir des listes.

— Comment ça ? Quel genre de listes ?

— Des listes de Tutsis. Ils doivent passer dans tous les quartiers pour identifier chaque hutte tutsie, chaque maison tutsie, chaque commerce tutsi.

— Et ton père l'a fait ?

— Qu'est-ce qu'il pourrait faire d'autre ? Il est militaire. »

Jean-Patrick repartit en courant et se faufila entre un groupe de filles qui bavardaient et un homme sur un vélo instable. Sur les hautes falaises creusées de rigoles qui encadraient la route se dressaient de maigres arbustes, comme si seul l'espoir leur permettait de tenir debout. Le soleil brillait sur les collines, une brume bleutée montait des eucalyptus. Une cigogne, surprise, s'envola d'un champ en contrebas. Daniel essaya de le rattraper. Jean-Patrick accéléra pour le distancer. S'il ne continuait pas à courir, il allait empoigner son ami par la chemise comme si tout était sa faute : les barrages et les militaires, les insultes horripilantes du coach, sa défaite de la veille, les listes… Il le secouerait jusqu'à ce qu'il avoue comment réagirait son père si on lui ordonnait de pointer son arme sur un Tutsi et de tirer.

Au moment où Jean-Patrick arriva aux confins de la ville, les fidèles sortaient de l'église et se dispersaient sur la route. Une petite fille endimanchée qui portait un enfant presque aussi grand qu'elle sur le dos le montra du doigt en riant. Il réalisa tout à coup qu'il était en short et en maillot trempé de sueur. Il bifurqua sur un sentier en courant le plus vite possible. La colère qui lui nouait la gorge ne s'apaisa pas avant de voir le ruban de terre poussiéreuse qui montait vers chez lui. Là, un homme en complet-veston descendait sur le chemin d'un air guilleret. Un attaché-case marron se balançait au bout de son bras et ses lunettes scintillaient comme deux étoiles jumelles.

« *Mwaramutseho* », l'interpella Jean-Patrick.

L'homme lui fit un signe et se passa la main sur ses cheveux semblables à du coton. Immédiatement, ce geste lui fit penser à son père. Ses cheveux à lui aussi auraient blanchi. Quand il était mort, Jean-Patrick lui arrivait à peine à la taille. À présent, sans doute auraient-ils été *amaso ku maso* – les yeux dans les yeux. Il s'efforça de se remémorer le visage de son père, mais il se rendit compte qu'il en était incapable.

Qu'aurait dit son père de son président bien-aimé ? Lui aurait-il conseillé d'accepter des papiers hutus ? Qu'aurait-il pensé en apprenant que les noms des membres de sa famille étaient inscrits sur une liste du gouvernement ? Jean-Patrick s'arrêta près d'un arbre pour s'étirer. Non, se dit-il. Une telle chose ne peut pas arriver à Cyangugu.

En bas s'étendait le lac Kivu, d'un noir d'acier miroitant. Plusieurs religieuses sortirent de l'église de Ntura. « Hé, Jean-Patrick ! se moquèrent-elles. Tu cours le jour du Seigneur ? Et dans un si petit short ? » Les entendre éclater de rire lui remonta le moral. Il devait y avoir une explication, raisonna-t-il. Une nécessité pour qu'on fasse ces listes à Kigali.

Il croisa Mukabera qui se rendait aux champs. « *Amakuru* – Ça va ? –, Jean-Patrick. » Olivette sourit timidement derrière sa mère.

« Oui, j'ai de bonnes nouvelles. » Il lui tardait de leur parler des jeux Olympiques, mais il se retint.

« Où sont ta mère et ta tante ?

— Je ne sais pas. J'arrive de l'école. Tu ne les as pas vues à l'église ?

— Non, elles ne sont pas venues. Tu leur diras bonjour de ma part. » Mukabera mit la main au-dessus de ses yeux et tendit le doigt. « Ah, voilà Zachary ! » En voyant son sourire s'évanouir, Jean-Patrick suivit son regard. Il comprit aussitôt pourquoi et s'élança en courant.

Zachary courait à toutes jambes sur le chemin, les pans de sa chemise flottant au vent. Il trébucha, se rattrapa et trébucha de nouveau. « Va vite chercher Angélique et Uwimana ! s'écria-t-il, hors d'haleine. Il faut qu'ils viennent d'urgence…

— Qu'est-ce qu'il y a ? Qu'est-ce qui s'est passé ? » Jean-Patrick le serra dans ses bras.

« Mathilde est très malade. On était allés ramasser du petit bois, et elle s'est écroulée en se tortillant comme un poisson. Et là, elle ne se réveille pas. Tante Esther dit que c'est la malaria. »

Jean-Patrick sentit un goût de métal sur sa langue. « Ne t'inquiète pas. Pour guérir, il suffit de prendre des comprimés. » Il empoigna Zachary par les épaules. « Je vais retourner à l'école. Toi, rentre à la maison. Tu diras à Maman et à Tata que tu m'as croisé et que je suis parti chercher Uwimana. Tu peux faire ça ? » Il lui passa la main sur le crâne. Zachary acquiesça. Dès qu'il disparut derrière les eucalyptus, Jean-Patrick partit en courant comme si sa vie en dépendait.

Pendant ces brèves minutes de pause, ses jambes s'étaient ankylosées. Il s'imposa une dernière accélération avant de dévaler la pente. Arrivé devant la grille, il heurta une pierre et s'étala par terre de tout son long.

« Ça va ? » Un homme lui tendit la main.

En se relevant, Jean-Patrick vit que la main était celle d'un jeune militaire. Il voulut sortir sa carte d'identité et s'affola en se rappelant qu'il ne l'avait pas prise. « Oui, merci. Je n'ai rien. Je suis désolé, mais je n'ai pas...

— Je m'en fiche, dit le soldat en montrant son genou dégoulinant de sang. Tu t'es blessé. » Il avait une grosse tête sympathique, des joues de bébé et l'œil ensommeillé. « Ça m'a l'air d'une vilaine entaille... » Il lui donna son mouchoir.

Ce geste faillit rompre la digue qui retenait ses larmes. Jean-Patrick le remercia et épongea sa blessure. Avec précaution, il essaya de faire un pas. Il ne ressentit aucune douleur. Il rendit son mouchoir au militaire. « Désolé, je l'ai sali...

— Ne t'en fais pas pour ça. » Le soldat remonta son pantalon sur sa bedaine et s'éloigna d'un pas tranquille, le bras levé en l'air pour lui dire au revoir. À la seconde où Jean-Patrick franchit la grille de Gihundwe, les larmes jaillirent malgré lui.

Mathilde tremblait sous un monceau de couvertures dans le lit de Tante Esther, assise à son chevet avec sa mère. Elles lui épongèrent le visage et le cou avec un linge qui sentait les herbes. Oncle Emmanuel faisait les cent pas. Ils portaient tous leurs habits du dimanche.

Jean-Patrick s'agenouilla près de Mathilde. « C'est ton frère, Jean-Patrick... Tu m'entends ? » Doucement, il lui toucha le front. Il était brûlant. Ses yeux papillotèrent, puis elle les referma. Il se livra à un troc en silence – si Mathilde allait mieux, il n'accepterait jamais une carte d'identité hutue. Il entendait la voix de son oncle résonner dans sa tête. *Imana iraguha, ntimugura, iyo muguze iraguhenda* – Dieu te donne, tu n'achètes pas ; si tu achètes, il te fait payer le prix fort. Mais aucun prix ne serait trop élevé pourvu que sa sœur reste en vie.

« On n'a qu'à prendre les couvertures pour la transporter dans le camion, dit Uwimana. Angélique est partie au dispensaire. On vous y attend. »

Tante Esther essora le linge au-dessus du bol. « Uwimana, on n'a pas beaucoup d'argent…

— Ne t'inquiète pas pour ça. Jean-Patrick, viens m'aider. On va se débrouiller tous les trois. » Uwimana enveloppa Mathilde dans les couvertures comme sur une civière de fortune. Jean-Patrick et Emmanuel la soulevèrent. Elle ne pesait pratiquement rien, pas plus que du feu et de l'eau. Le trajet pour descendre en bas du chemin ne leur parut pas moins durer une éternité. Chacun de leurs pas soulevait des nuages de poussière. Jean-Patrick couvrit le visage de Mathilde pour la protéger.

Au camion, Emmanuel fit demi-tour. Jean-Patrick le regarda s'éloigner d'un pas lent et incertain, courbé comme si le poids des ans s'était concentré subitement entre ses omoplates.

Ils se faufilèrent au milieu de la circulation. Jean-Patrick aurait voulu passer la tête dehors pour crier à la foule grouillante de s'écarter. Si seulement ils avaient eu une ambulance équipée d'une sirène… Ils étaient serrés tous les quatre sur la banquette avant, Mathilde couchée en travers sur leurs genoux, les vitres remontées pour se protéger de la poussière et du vent. Elle était brûlante de fièvre. De temps à autre, un frisson la parcourait des pieds à la tête.

Aucun d'eux ne vit le barrage avant qu'une succession de feux de position apparaisse dans un tournant. Les militaires semblaient fouiller toutes les voitures, les charrettes et même les bicyclettes. Jean-Patrick toucha la poche de son short et fut pris soudain d'une sueur froide. Cette fois, avoir oublié sa carte d'identité ne passerait pas. Au barrage, un officier réclama leurs papiers. Uwimana, sa tante et sa mère les lui tendirent. Jean-Patrick fit semblant de chercher les siens en redoutant que l'officier n'entende le sang battre dans ses tempes. « *Indangamuntu* », répéta le militaire en agitant la main sous son nez.

Incapable d'articuler un mot, Jean-Patrick secoua la tête. Il sentit l'excitation d'un lion en train de renifler sa proie. « Tu n'as pas tes papiers ? demanda l'officier en ouvrant la portière et en lui faisant signe de descendre.

— J'étais pressé », expliqua Jean-Patrick. Bien qu'il sût que ça ne servirait à rien, il se fit le plus petit possible dans l'espoir que l'homme ne le prendrait pas pour un Tutsi. « Ma sœur a la malaria... Je suis rentré chez moi en courant. Je viens juste de m'apercevoir que je les avais oubliés. »

Les militaires se massèrent autour du camion. Mathilde gémit. Derrière eux, les conducteurs penchés à la vitre les dévisageaient bêtement. « Tout le monde dehors ! ordonna l'officier. Le cancrelat aussi... Dehors ! » Il montrait Mathilde. Déjà les soldats palpaient la banquette, fouillaient la boîte à gants. La mère et la tante de Jean-Patrick se serrèrent l'une contre l'autre, immobiles, en fixant le sol.

« Sergent, la petite est brûlante de fièvre... On l'emmène au dispensaire où ma femme est médecin », dit Uwimana.

Les papiers du directeur à la main, le sergent se retourna pour lui faire face. « Qu'est-ce que vous foutez dans ce véhicule bourré de cancrelats ? Vous soutenez le FPR ? »

Un soldat attrapa Mathilde par les chevilles. Elle poussa un cri.

« Elle est très malade », plaida Tante Esther en s'avançant vers le camion. Un autre soldat la repoussa avec la crosse de son fusil en la faisant tomber sur la mère de Jean-Patrick. Un cri fusa. Il ignorait si c'était à cause du vent sur ses vêtements humides de sueur ou à cause de la rage, mais il se mit à trembler sans pouvoir s'arrêter.

Le soldat lui pointa son arme sur le cœur. « Je devrais t'arrêter, *inyenzi* !

— Sergent, je crois que j'ai la solution au problème », dit Uwimana en portant la main à la poche intérieure de sa veste.

Pendant quelques instants, personne ne bougea. La fumée des pots d'échappement, bleue et nocive, montait en volutes de la file de voitures. Jean-Patrick retint son souffle, le doigt du soldat était toujours sur la détente de son arme. Il comprit que, à cette seconde, Uwimana était le seul à pouvoir leur venir en aide. Puis l'officier hocha la tête. « Les mains en l'air », ordonna-t-il. Uwimana obéit, et il le palpa puis fouilla l'intérieur de sa veste. Jean-Patrick le vit prendre en hâte les billets.

« Vous pouvez passer », déclara le sergent.

Ils remontèrent aussitôt dans le camion. Jean-Patrick percevait la peur dans l'air, chacun d'eux priant pour que les militaires ne changent pas subitement d'avis. Uwimana enclencha la première et, quelques secondes plus tard, le barrage se retrouva derrière eux.

Comme si elle avait senti retomber la tension, Mathilde redressa la tête et les dévisagea tour à tour, le regard éteint. Les couvertures avaient glissé. La bretelle de sa robe découvrit le haut de son bras, exposant le creux délicat entre le cou et l'épaule. Jean-Patrick la remonta. « Tu es là... » dit-elle en le regardant droit dans les yeux. Elle lui sourit et appuya sa tête sur lui. « Ne me laisse pas encore une fois. »

Les doigts tremblants, il écarta une mèche sur sa tempe. À force de transpirer, ses cheveux étaient tout frisés, détruisant le carré parfait qu'elle avait eu tant de peine à obtenir pour ressembler à Jacqueline. Il l'embrassa sur le front, sentit son goût de sel. « N'aie pas peur. » Il s'efforça de calmer les battements de son cœur qui lui martelaient les côtes. « Bientôt, tu iras mieux. » C'était cependant une prière plus qu'une certitude.

Dès qu'Uwimana ouvrit la porte du dispensaire, une forte odeur de médicaments mêlée aux effluves âcres de la maladie et des corps négligés assaillit Jean-Patrick. Dans la petite salle d'attente, tous les sièges étaient occupés. Des enfants jouaient par terre, d'autres pleuraient à chaudes larmes sur les genoux de leur mère. Une grand-mère se leva en leur proposant sa chaise. « Amenez cette pauvre petite ici, qu'elle puisse au moins s'asseoir... »

Mathilde, qui s'était réveillée, remercia la vieille dame d'un sourire. Jean-Patrick s'autorisa à reprendre un peu espoir, tandis qu'Uwimana passait devant la file qui attendait à la réception pour parler à une infirmière. Très vite, Angélique les rejoignit. « Venez derrière ! » dit-elle d'une voix chantante. En l'entendant si joyeuse, Jean-Patrick se sentit pris d'une telle fatigue qu'il eut l'impression qu'il aurait pu s'écrouler.

À peine installée sur un brancard, Mathilde se rendormit. Quand Angélique lui toucha le front, elle fronça les sourcils. « Je vais lui faire un test. » Elle lui piqua le doigt. Mathilde se mit à geindre et Angélique sourit. « Bien, dit-elle en déposant la goutte de sang sur une plaque de verre. C'est très bon signe. » Elle lui prit sa température, examina ses yeux à l'aide d'une petite lampe électrique, tapa ses genoux et ses coudes avec un marteau en caoutchouc. Puis elle ausculta sa poitrine, son dos et son ventre avec son stéthoscope. Après quoi elle lui reprit un peu de sang et lui fit une piqûre. « C'est de la chloroquine », précisa-t-elle.

Mathilde rouvrit les yeux, le front plissé comme un jeune chiot. « Bonjour ! Tu peux me dire comment tu t'appelles ? demanda Angélique.

— Mathilde. »

Jean-Patrick soupira de soulagement.

« Laissons-la se reposer le temps que je vérifie les résultats. » Angélique serra Tante Esther dans ses bras. Jean-Patrick surprit le reflet de son regard inquiet sur la vitre.

Lorsqu'elle revint, Angélique rapporta une chemise d'hôpital et une couverture. « On va devoir la garder en observation, dit-elle. Elle a une forte fièvre et un taux de malaria élevé. Grâce à cette piqûre, elle devrait aller nettement mieux d'ici à quelques heures. Esther, on va te trouver un lit de camp pour que tu puisses rester auprès de ta fille. J'espère que tu pourras la ramener chez toi demain matin. » Esther serra les mains d'Angélique et les leva devant son front.

Jean-Patrick appuya sa joue sur celle de Mathilde. « À demain. *Ndagukunda cyane* – je t'aime beaucoup. » À la lueur qui passa dans ses yeux, il devina qu'elle avait compris.

L'affluence autour du marché provoquait un embouteillage dans lequel le camion avait de la peine à avancer. En fin d'après-midi, les vendeurs bradaient leurs marchandises, remballaient les outils, les vêtements ou les appareils ménagers rafistolés qui ne tenaient plus qu'avec de l'espoir et de la ficelle. Des mouches s'agglutinaient sur les carcasses de viande. Les arômes des fruits trop mûrs et la chair animale faisandée donnaient des haut-le-cœur à Jean-Patrick. Un vélo-taxi fit une embardée devant eux. Uwimana freina pour l'éviter. La femme assise à l'arrière les agonit d'un torrent d'insultes.

La radio bourdonnait ; le moteur gémissait et toussait. Les nids-de-poule les secouaient dans tous les sens. De temps à autre, sa mère faisait une remarque censée les égayer, leur montrait un homme ivre titubant, une femme pestant contre son mari en pleine rue, mais les événements de la journée avaient laissé Jean-Patrick dans une sorte d'hébétude. Il n'arrivait pas à se débarrasser de la crainte que le retard pris au barrage ait pu compromettre les chances de survie de Mathilde.

« Il faut que je vous rembourse, déclara Jean-Patrick. Je suis tellement bête d'avoir oublié mes papiers. » Ils étaient dans le camion en bas du chemin. Le soleil avait sombré dans le lac, emportant avec lui la chaleur du jour.

« J'ai un peu d'argent, dit sa mère en ouvrant son porte-monnaie. Ce sera peut-être suffisant...

— Ce n'était rien qu'une petite somme, rétorqua Uwimana. Et puis, tu avais des choses plus importantes à penser.

— Combien ça vous a coûté de faire de moi un Hutu pour une minute ? » Jean-Patrick se frictionna les bras pour se réchauffer ; il avait si froid qu'il avait la chair de poule. Combien coûterait de faire de lui un Hutu pour toujours ?

« Je n'ai pas compté, soupira Uwimana. Avant que les Belges viennent mesurer nos nez et sceller notre appartenance ethnique à tout jamais, on n'avait pas besoin d'*indangamuntu* pour savoir qui on était ! » Il prononça le mot comme s'il lui écorchait la langue.

« On ne peut passer notre vie à le reprocher aux Belges, dit Maman. Aujourd'hui, ce sont les Hutus eux-mêmes qui nous stigmatisent... Vous avez bien vu l'expression de dégoût de ces militaires ! »

Le regard d'Uwimana suivit un insecte sur le pare-brise. « Est-ce qu'ils peuvent prouver que nous sommes deux tribus différentes, comme ils le prétendent et comme on nous l'enseigne à l'école ? N'est-il pas possible que ce qui nous différencie soit dû à une question de mode de vie et de géographie ? Après tout, nous avons une langue commune et nous partageons les mêmes mythes originels. » Il sortit ses papiers. Près de la photo, il tapota l'endroit où était écrit UBWOKO. « Ce mot, là, en kinyarwanda, il signifie quoi ? »

Sa question étonna Jean-Patrick. « *Ubwoko* ? Ça veut dire ethnie.

— Ah, tu te trompes ! Ce sont les Belges qui lui ont donné ce sens-là. Avant l'époque coloniale, le mot *ubwoko* voulait dire *clan* en kinyarwanda. Nous n'avions aucun mot dans notre langue pour désigner l'appartenance ethnique. » Il mit le contact en secouant la tête. « Assez de discours… Reste avec ta famille. L'école pourra bien attendre jusqu'au retour de Mathilde. »

La mère de Jean-Patrick serra les mains d'Uwimana dans les siennes. « Rien de ce que nous pourrions dire ne suffirait à vous remercier », dit-elle.

Jean-Patrick rassembla les couvertures et s'éloigna dans la pénombre. « Cet après-midi, vous nous avez sauvés », dit-il. Puis il aida sa mère à descendre et ils gravirent ensemble le chemin.

Quoi qu'il décide au sujet des papiers hutus – si toutefois c'était à lui d'en décider ! –, il voulait que sa famille ne coure aucun risque. Rutembeza pourrait-il lui en faire la promesse ? Prenant sa mère par le bras, il sentit le rythme plein de force et régulier de son corps.

Une troupe tapageuse de colobes sautèrent l'un derrière l'autre dans les hautes branches des *umuyove* comme s'ils suivaient une route parfaitement tracée, leur crinière flamboyant tel un éclair blanc dans le ciel violet. Jean-Patrick se demanda s'il pourrait lire l'avenir dans leur trajet de la même façon que l'*umupfumu* le devinait dans la graisse animale. Le sens des envolées de ces singes lui échappait, comme lui échappait son avenir. Tout comme les mots qui sortiraient de sa bouche le jour où le coach lui demanderait de choisir entre Hutus et Tutsis.

Jean-Patrick prit sa radio sur l'étagère et commença sa recherche nocturne, déplaçant l'antenne et tournant le cadran, l'oreille collée contre le haut-parleur. Zachary était assis en tailleur à côté de lui. La lanterne projetait leurs ombres sur le mur.

« Mathilde me manque, dit Zachary.

— À moi aussi, elle me manque. Beaucoup.

— Elle va vraiment revenir demain ?

— Évidemment. » Jean-Patrick déplia l'antenne vers la gauche, puis vers la droite. Il était sur le point de renoncer quand il perçut un faible signal au milieu des parasites.

« Hé, je crois que j'ai trouvé ! » Il tapota le cadran. Sur fond d'électricité statique s'éleva une chanson. Bien que la réception ne fût pas assez bonne pour qu'on pût distinguer chaque mot, il reconnut le vieux chant à la gloire des anciens *inkotanyi* – les soldats qui avaient défendu les premiers rois tutsis.

C'était... dit une voix avant de s'évanouir. Puis il entendit : *Muhabura, la station du FPR-*inkotanyi *qui émet depuis le Rwanda libre.*

« Ce sont eux ! » Jean-Patrick sentit l'haleine de Roger dans son oreille, le bout de ses doigts sur son épaule.

L'animateur se lança dans une longue diatribe sur le sens de la lutte que menait le FPR. Sa voix était calme et posée, sans aucune commune mesure avec les vociférations débitées en permanence sur Radio Rwanda. Parce que son kinyarwanda semblait plus doux, et qu'il plaçait l'accent tonique sur les syllabes de façon légèrement décalée, Jean-Patrick devina qu'il avait dû grandir en Ouganda.

Hutus et Tutsis, écoutez-nous : nous sommes tous rwandais. Les inkotanyi *se battent dans le but de garantir la paix pour tous.* Jean-Patrick se demanda comment se battre et faire la guerre pouvait garantir la paix.

« C'est toujours eux que tu cherches ? Le FPR ? » Zachary se boucha les oreilles. « Éteins ! J'ai pas envie de mourir...

— Qu'est-ce que tu racontes ? Comment une radio pourrait te tuer ?

— La maîtresse nous a dit que tous les partisans du FPR seraient noyés dans le Nyabarongo... et aussi tous ceux qui les aiment bien.

— Elle a dit ça ? Tu en as parlé à Oncle Emmanuel ?

— Je voulais pas qu'il sache que j'avais peur.

— Ne t'inquiète pas. Personne ne te poussera dans le fleuve. »

Zachary se serra dans son pull. La voix de Radio Muhabura disparut dans un crépitement de parasites.

« Voilà… C'est fini. Endors-toi vite. » Jean-Patrick retira un brin d'herbe de son chandail et le borda dans son lit. « N'oublie jamais… je suis là pour te protéger. Je te le promets. »

Zachary se roula en boule sous la couverture. Très vite sa respiration se fit plus lente, plus profonde. Jean-Patrick demeura éveillé. Comment pourrait-il tenir un tel serment ? S'il relâchait sa vigilance, il avait peur que la main de Dieu ne lui enlève Mathilde et aussi ses frères

Fulgence et les hommes de l'équipe de nuit avaient déjà regagné le rivage lorsque Jean-Patrick et son oncle arrivèrent au bord du lac. « Des nouvelles de Mathilde ? » demanda Fulgence.

Emmanuel, le visage creusé d'inquiétude, secoua la tête. « La nuit a été bonne ? »

Fulgence se passa la langue sur les dents. La médaille de saint Christophe qui tournoyait à son cou projetait de minuscules lances de lumière. « On aurait aussi bien fait de rester chez nous… »

Jean-Patrick et Emmanuel allèrent relever les lignes. « À peine le travail d'une matinée, conclut son oncle quand la dernière remonta vide. Heureusement que, hier, en plongeant, j'ai trouvé une vieille hélice. Ça suffira peut-être à payer les frais d'hôpital… » Un milan brun fendit la surface du lac et ressortit en tenant un petit tilapia entre ses serres. « Il se débrouille mieux que nous ! commenta Emmanuel en riant. Allons faire un tour là où l'eau est profonde pour voir si on a plus de chance. »

Pendant que Jean-Patrick pagayait, son oncle agitait l'eau avec une longue perche en ramenant les poissons à la surface. Il attendrait le moment opportun pour lui parler des jeux Olympiques et des papiers hutus.

« J'ai réfléchi, dit Emmanuel. Il est peut-être temps de passer au Burundi. Ma sœur Spéciose nous aiderait. » Des gouttelettes d'eau étincelaient sur son dos comme mille diamants. « Ta mère m'a raconté ce qui s'est passé au barrage. Et les choses ne vont faire qu'empirer. »

Jean-Patrick plaça un appât au bout de l'hameçon avant de lancer sa ligne. Vers le sud, le lac se rétrécissait en formant un canal étroit qui alimentait la rivière Rusizi. Il leur suffisait de pagayer et d'attendre que le courant les entraîne. Les muscles d'Emmanuel saillaient à chaque coup de perche. Il n'y aurait pas de moment opportun pour lui parler.

« À cause de tout ça, je n'ai pas eu le temps de te le dire... Samedi, j'ai fait un temps suffisant pour aller aux jeux Olympiques. »

Emmanuel lâcha la perche. « Aux jeux Olympiques ?

— *Yego*. » On aurait cru une histoire comme on en lit dans les livres, pas quelque chose qui lui arrivait à lui.

« Tu vas aller aux jeux Olympiques et tu ne nous as rien dit ? s'indigna Emmanuel.

— Ce n'est pas encore tout à fait certain. Si je te disais qu'il me faut des papiers hutus pour faire partie de l'équipe et que le bourgmestre peut me les obtenir ? Ce serait alors plus facile pour moi d'entrer à l'université et de voyager... Qu'est-ce que tu me conseillerais ?

— Écoute, tu viens de ferrer un poisson et tu ne le vois même pas, répondit Emmanuel en secouant la ligne de Jean-Patrick. Tu dois prendre ces papiers, ça va de soi ! »

Jean-Patrick ne s'attendait pas à cette réponse. Il avait espéré que son oncle le lui interdirait, qu'il le débarrasserait du fardeau d'avoir à prendre lui-même la décision. « Comment je pourrais ? Ce serait trahir mon ethnie... vous tourner le dos.

— Nous savons tous qui tu es. Un bout de papier n'y changera rien. Si une carte d'identité hutue veut dire que tu peux aller aux jeux Olympiques, saisis ta chance... et avec notre bénédiction ! Tu emmènes tous les Tutsis avec toi, tu n'abandonnes pas ta famille. » Il reprit sa pagaie. « Rentrons ! Ces minuscules poissons sont invendables au marché, et j'aimerais bien être là quand Mathilde reviendra. »

Jean-Patrick pagaya de toutes ses forces. Il sentit la résistance de l'eau, regarda l'arc-en-ciel jaillir à la surface. Le mouvement régulier l'apaisa. Ce fut seulement lorsqu'il leva les yeux en sentant le fond de la pirogue racler le sable qu'il aperçut le camion garé sur le quai. Uwimana se tenait au bord du rivage dans son complet froissé, la main en visière au-dessus des yeux pour se protéger du soleil. Jean-Patrick comprit à la seconde même ce qu'il venait leur dire. Parfois, toutes les prières, tous les marchandages qu'on offrait à Imana échappaient à Ses bras tendus. Parfois, l'amour n'était pas suffisant pour accompagner une sœur en toute sécurité dans la vie. Uwimana était venu leur annoncer que Mathilde était morte.

Ils l'enterrèrent auprès de ses grands-parents dans le cimetière familial à la lisière de l'enclos : ses grands-parents d'un côté, sa petite sœur et son oncle de l'autre – celui dont Jean-Patrick portait le nom. Sa mère et sa tante entourèrent la tombe de fleurs. Il jeta des pétales mauves de jacaranda sur le cercueil. Emmanuel tomba à genoux en sanglots. C'était la première fois que Jean-Patrick le voyait pleurer, ce qui le mit mal à l'aise, comme si c'était seulement aujourd'hui que la fragilité humaine dont témoignait son oncle faisait de lui un être de chair et de sang. Il se rappela alors comme la dépouille de son père l'avait terrifié, et qui lui avait donné la force de lui dire adieu. Doucement, il toucha l'épaule de son oncle.

« Quand Papa est mort, Mathilde m'a obligé à lui dire que je l'aimais, pour qu'il repose en paix. » Il cligna des yeux pour réprimer ses larmes. « Et maintenant, je suis content, parce que ce sont les derniers mots que j'ai dits à Mathilde. »

Emmanuel laissa échapper un petit rire. « Mathilde a toujours été maligne. Je ne me souviens pas à quand remonte la dernière fois où je lui ai dit que je l'aimais, mais je suis sûr qu'elle le savait. » Il se releva et s'inclina sur la tombe ; Jean-Patrick vit son dos se courber en formant un arc délicat comme il l'avait si souvent vu faire à Mathilde – on aurait dit une grue cendrée penchée sur l'eau. « Elle me rendait si fier, reprit Emmanuel. J'ai toujours été convaincu qu'elle irait étudier à l'université… tout comme je le suis que tu iras. »

Soudain, alors qu'un vent léger faisait frémir les arbres, Jean-Patrick sentit les doigts de Mathilde lui effleurer l'épaule. Il sut qu'elle lui murmurait qu'elle allait bien. Qu'elle le poussait de l'avant, lui soufflait de continuer, de vivre sa vie.

Une semaine plus tard, sans que personne puisse en expliquer la raison, Zachary trouva l'*inyambo* de leur père mort près du cimetière. Ils l'enterrèrent non loin de là, avec ses perles autour du cou. Jean-Patrick s'abstint de dire tout haut ce qu'il pensait : qu'il y avait plus de chagrin dans ce monde que le vieux bouvillon ne pouvait en supporter. S'il réfléchissait, il voyait bien que c'était sans fondement, pourtant, dans son cœur et son âme, il savait qu'il en allait ainsi. Un rayon de soleil illumina la tombe de Mathilde, et il se dit que *Ukubo kw'Imana*, le Bras de Dieu, venait l'emmener au paradis. Tandis qu'il regardait danser la lumière, il ressentit un picotement sur sa peau. Il se laissa tomber à genoux en suppliant Imana de lui pardonner la pensée qui venait de le traverser. Puisque son marchandage avait été refusé, il était libre d'accepter la carte d'identité hutue.

Un jour avant la fin du trimestre, Uwimana l'appela dans son bureau. Des papiers d'identité étaient là sur la table, avec la photo que le coach avait prise avant le championnat national. Elle était tamponnée du sceau officiel. Il reconnut le front haut de sa mère, le nez fin de son père, son propre menton levé avec assurance. À la mention ETHNIE, toutes les cases étaient barrées à l'exception de *Hutu*.

Jean-Patrick prit les papiers. Le mensonge lui brûla les doigts. « Comment puis-je accepter ? » Il attendit la réaction d'Uwimana, mais comme quelque chose semblait le distraire à l'extérieur, il enchaîna : « Comment pourrais-je devenir d'un seul coup hutu alors que tous les traits de mon visage disent que je suis tutsi ? »

Le directeur se détourna de la fenêtre. « Si le bourgmestre dit que c'est comme ça, c'est comme ça.

— Et mon inscription sur le registre de la commune ? »

Uwimana feignit de froisser une feuille et de la lancer par terre. « Envolée ! Tu viens de naître une seconde fois. » Il joignit les mains et se pencha en avant. « Encore une chose... À part ta mère et ton oncle, ne parle à personne de ces papiers d'identité. Présente-les aux barrages comme si tu les avais toujours eus, même si tu tombes sur un militaire ou un policier qui te connaît depuis l'enfance. Personne d'autre ne doit être mis au courant. Et garde tes anciens papiers. Nous faisons tous des projets, mais seul Imana décide.

— Je suis quoi maintenant ? Hutu ou tutsi ?

— Tâche de voir les choses ainsi : ton identité est la clé qui ouvre la serrure. Or pour l'instant, au Rwanda, toutes les serrures s'ouvrent avec une clé hutue. »

En entendant une musique tonitruante retentir dans la cour, Jean-Patrick vit ce qui avait attiré l'attention du directeur. Un groupe d'élèves portant des casquettes du Pouvoir hutu. L'un d'eux tenait une radio sur l'épaule.

« Aujourd'hui, tu es tutsi. Quand tu iras à Butare t'entraîner avec ton coach ce week-end, tu seras hutu. C'est un pouvoir formidable que tu détiens là ! ajouta Uwimana sans quitter des yeux les garçons. Un jour hutu, l'autre tutsi… en fonction de tes besoins. » Il ôta ses lunettes et les essuya avec son mouchoir d'un geste vigoureux, comme si elles étaient couvertes de taches indélébiles.

1993

11

Jean-Patrick leva les yeux de son livre et regarda par la fenêtre du car les champs de jeunes épis de maïs assoiffés. Bien que la brève saison des pluies fût connue pour ses caprices, elle n'avait pour l'instant montré que les dents cruelles de la sécheresse. Il ferait bientôt nuit, et le car brinquebalant sur la route cahoteuse venait de gravir la colline de la forêt de Nyungwe. Rutembeza devait déjà l'attendre en faisant les cent pas d'un air inquiet. Et que Jean-Patrick souffre de son premier passage à vide ne facilitait guère les choses... Depuis le championnat national, il n'avait pas réussi à refaire le temps qui lui permettrait de se qualifier, ce qui jetait une ombre sinistre sur son enthousiasme habituel.

Il y avait déjà eu trois barrages où les militaires avaient ordonné à tout le monde de descendre. Chaque fois que Jean-Patrick montrait sa carte d'identité hutue, sa gorge se nouait d'angoisse. Mais chaque fois le soldat se contenta de jeter un coup d'œil à sa photo avant de lui rendre ses papiers.

Son voisin de siège regarda par-dessus son épaule à travers ses lunettes de guingois. « C'est quoi, ces symboles bizarres ? La *langue musulmane* ? » Il portait un pantalon marron élimé, une chemise couverte de taches qui avait dû un jour être jaune, et son haleine sentait le moût et l'*urwagwa*.

« De la physique, *muzehe*. C'est mon manuel d'école. » Un cahot le projeta brusquement contre l'homme. *Tout corps en mouvement tend à le rester. Tout corps au repos tend à le rester.* Dans l'habitacle bondé et étouffant, ses genoux étaient si coincés qu'il n'avait pas assez d'espace pour bouger sans cogner à son voisin.

Le car s'arrêta. Deux jeunes femmes maquillées et en talons hauts montèrent à bord. Elles se serrèrent sur l'unique siège encore libre. « Des Tutsies ! cracha l'homme dans l'oreille de Jean-Patrick. Tu as vu comme elles sont grandes et minces ? Et regarde ce que coûtent leurs vêtements… comme à ParisFrance », dit-il, collant les deux mots comme si pour lui ils n'en faisaient qu'un. Il tapota la couverture du manuel. « Tu savais que les gars du FPR couraient dans la forêt à poil et baisaient avec des singes ? »

Jean-Patrick toussota derrière sa main pour ne pas rire. « Non, je n'avais jamais entendu ça…

— Et c'est vrai ! s'exclama l'homme en lâchant un rot. Je l'ai lu dans *Kangura*. »

Une grand-mère assise une rangée devant eux tourna la tête. « Et si tu lisais dans *Kangura* qu'on trouve de l'or au fond d'un lac, tu plongerais le chercher ? lança-t-elle en ponctuant sa phrase d'un claquement de langue désapprobateur.

— Si je lis une prédiction dans ce journal, je sais qu'elle se réalisera dans la semaine », assura une femme au visage large et aux épaules robustes de paysanne. Pour plus d'emphase, elle donna un coup de coude à son amie, une dame arborant sur la tête un foulard aux nœuds très compliqués. Les deux filles qui partageaient le siège se rapprochèrent l'une de l'autre. L'air étouffant le devint plus encore.

L'homme aux lunettes se pencha vers Jean-Patrick. « J'ai aussi entendu dire que des cornes ont poussé aux types du FPR à cause de leurs mauvaises actions.

— Je n'ai pas de cornes, rétorqua Jean-Patrick en se touchant la tête.

— Ha, ha ! s'esclaffa son voisin. Parce que tu n'es pas tutsi », ajouta-t-il, comme s'il venait de résoudre un grand théorème de mathématiques.

Jean-Patrick se tourna en biais vers la fenêtre pour lui échapper et profita des dernières lueurs pour s'absorber dans son manuel. Sur la page figurait un graphique du temps par rapport à la distance avec des flèches rouges minuscules le long d'une courbe. *La vitesse instantanée est la limite où le temps écoulé se rapproche de zéro*. Il imagina les flèches rouges lui sortant du dos pour mesurer sa vitesse, jeta un œil sur le ciel maussade, les gros nuages capricieux qui n'avaient encore donné que peu de pluie. D'ici à la semaine prochaine, ils éclateraient avec vengeance, songea-t-il. *Tout dans ce monde a une expression mathématique*, avait écrit son père dans son journal. Jean-Patrick referma son manuel et regarda les passagers se balancer au rythme des cahots.

« Bonsoir… pour ne pas dire bonne nuit ! » Rutembeza se tenait devant la portière du car, son attitude trahissant son impatience.

Jean-Patrick se faufila au milieu de la cohue des passagers et sauta à terre. « Désolé… Les barrages, comme d'habitude.

— Des problèmes ? demanda le coach en fronçant les sourcils.

— Non, juste une perte de temps. Cette guerre rend les militaires nerveux, et c'est sur nous que ça retombe.

— Bon, allons manger ! Ça nous fera le plus grand bien. » Jean-Patrick lança son sac sur la banquette arrière. Il n'avait plus besoin de demander pour savoir qu'ils allaient dîner à *La Chouette*.

La radio hurlait derrière le bar. Rutembeza l'entraîna vers sa table habituelle et commanda de la Primus et à manger pour deux. Passa alors la dernière chanson de

Simon Bikindi, *Nanga Abahutu* – « Je hais les Hutus. Je les hais et je ne m'en excuse pas. » Le coach se mit à rire. « Il parle des Hutus de Butare… Tu l'as entendue ?

— Comment aurais-je pu ne pas l'entendre ? Radio Rwanda la passe en boucle ! »

Les plats arrivèrent et le serveur leur versa les bières. « Alors, tu vois, en tant que Hutu de Butare, même un loyaliste comme moi se retrouve au banc des accusés. Me voilà sur la liste de Bikindi ! dit le coach en découpant sa cuisse de poulet.

— Même moi je ris quand j'entends ses chansons. Elles sont tellement exagérées. »

Rutembeza pointa son doigt plein de sauce. « N'oublie pas que, désormais, tu es membre de la *Rubanda Nyamwinshi* – la grande majorité. Officiellement, tu joues dans l'équipe de Bikindi. »

Jean-Patrick sentit la colère enflammer ses joues. Pouvait-il calculer la *vitesse instantanée* de la rage ? Dans sa tête, il vit des flèches rouges jaillir de la musique de Simon Bikindi, d'autres des voix braillardes des étudiants en train de discuter à la table voisine. Il en vit même fuser du régime de bananes qu'une vieille femme qui passait devant la fenêtre portait sur la tête et des queues de billard des soldats qui s'écriaient « Touché ! » en se tapant dans la main.

Jean-Patrick s'efforça de courir un autre huit cents mètres en souhaitant que ça se termine. Ses temps ne s'amélioraient toujours pas.

« Cours à partir du ventre ! cria le coach. Du ventre ! » répéta-t-il en voyant qu'il n'avait pas compris. Il le fit s'allonger sur le dos, posa la main sur son abdomen et le fit pédaler dans le vide.

C'est idiot, songea Jean-Patrick. La frustration alimenta son mouvement. Il força la cadence au point d'en avoir mal à l'estomac. Et soudain, comme surgi de nulle part, un soubresaut d'énergie se répandit dans son ventre et dans sa main tandis que ses jambes se raccordaient à son cœur. « Ça y est, j'ai compris !

— Bien ! Alors relève-toi et va courir. Et vite, avant que ça passe ! »

La sensation n'était rien de plus qu'un mouvement au niveau de son centre de gravité, une force au flux subtil tout au fond de lui. Cependant, ça suffisait. Au moment où il franchit la ligne d'arrivée, il eut la certitude que, cette fois, le coach allait brandir le chronomètre avec un grand sourire.

En rentrant de l'entraînement, Jean-Patrick s'assit sur le canapé et observa Rutembeza qui faisait les cent pas dans le salon. Ses cuisses continuaient à l'élancer – un picotement brûlant, mais agréable. Le président Habyarimana le regardait du haut de son portrait sur le mur. Grisé par l'effort et enivré par la bière qu'il n'avait bue qu'à moitié, il leva son verre en faisant mine de lui porter un toast.

« Comment s'appelle ce gars, le Tutsi dans ta classe qui fait de l'endurance ? » demanda le coach.

Le cœur de Jean-Patrick s'accéléra. « Isaka.

— Tu cours toujours avec lui ? Il te stimule… vous vous stimulez tous les deux. »

Jean-Patrick se détourna du regard d'Habyarimana. « Il est parti. » En septembre, Isaka n'était pas revenu à l'école. Certaines rumeurs disaient que sa famille avait été tuée lors des massacres qui avaient eu lieu en août à Kibuye, d'autres qu'ils avaient fui au Burundi. Jean-Patrick ne les prenait pas au sérieux. Il connaissait la détermination de son ami. Quoi qu'il ait pu se passer à Kibuye, Isaka s'en serait sorti d'une manière ou d'une autre.

« Peu importe… Bientôt, tu seras ici de façon permanente, reprit le coach en gobant une poignée de cacahuètes. Le huit cents mètres exige deux choses : du cœur et de la tête. Le cœur, tu l'as, pas de problème, mais la tête… c'est là que j'interviens. Si tu n'as pas de stratégie, tu ne t'échapperas jamais du peloton quand tu courras avec les Ndizeye et les Gilbert ou les Sebastian Coe et les Paul Ereng de ce monde. Or, à partir de l'année prochaine, c'est ce que tu devras faire. » Il énuméra les dates des rencontres importantes et les temps qu'il lui faudrait réaliser. « De la stratégie, Jean-Patrick… Plus que toute autre épreuve, le huit cents mètres est une question de stratégie. Regarde n'importe quelle course nationale ou internationale, et tu verras que bien souvent celui qui gagne est celui qui mène au départ. »

En l'écoutant, Jean-Patrick se rendit compte que, comme Roger à Pâques, il se trouvait au bord vertigineux de son avenir. Les jeux Olympiques devenaient quelque chose qu'il pouvait toucher, sentir, goûter. Il but une gorgée de bière et fut pris d'une sensation euphorique, comme s'il tombait et volait en même temps.

« Tu m'écoutes ? » Le coach lui tira le gros orteil.

Jean-Patrick redressa la tête et le regarda dans les yeux. Puis son regard tomba sur un exemplaire de *Kangura* posé sur la table basse.

UN CANCRELAT NE PEUT PAS DONNER NAISSANCE À UN PAPILLON, lut-il sur la page illustrée d'un dessin qui représentait une Tutsie aguichant un Hutu. Une machette dégoulinait de sang dans le dos de la femme. Que verrait le monde le jour où il courrait pour le Rwanda ? Un cancrelat ou un papillon ? Le jour où sa photo paraîtrait à la une du journal, comment saurait-on qui il était ou ce qu'il était ?

Le Père Julius nota l'équation du comportement des ressorts au tableau. En ces toutes dernières minutes du dernier cours de la journée, Jean-Patrick n'arrivait plus à se concentrer. Il regarda derrière la fenêtre le ciel gris pommelé et se frotta les jambes, encore douloureuses de l'entraînement du week-end. L'air était lourd de pluie. Discrètement, il mit la main sur son ventre, leva sa jambe sous le bureau et essaya de repérer l'instant où le muscle se convertit en action.

« Voici le travail qu'effectue le ressort quand on applique une force... » Le Père Julius traça un diagramme – un ressort et une grosse flèche représentant la force –, puis écrivit la formule.

Jean-Patrick la recopia dans son cahier. Il ajouta : *Comme un ressort, si on me pousse, je pousse dans l'autre sens. Une force égale et opposée.*

Un *ping* timide retentit sur le toit métallique. Jean-Patrick se tourna vers Daniel. *La pluie ???* griffonna-t-il dans le coin de sa feuille. Son ami haussa les épaules en souriant.

Les gouttes s'intensifièrent. Le Père Julius dessina deux masses reliées par un ressort, avec des flèches de force entre les deux. Avant qu'il ait terminé, une violente averse déchira le ciel. *Oui !!! La pluie !!!* écrivit Daniel sous la question de Jean-Patrick.

La pluie dégoulina du plafond et coula en plein milieu du schéma sur le tableau. Le tambourinement de l'eau recouvrit la voix du professeur. Finalement, la cloche sonna. « Le cours est terminé ! » s'écria le Père Julius en levant sa main blanche de craie.

Tout le monde se précipita hors de la classe et enleva ses chaussures pour aller danser sous le premier orage de la saison. « *Imvura !* » – la pluie ! – s'exclamèrent les élèves, la tête levée vers le ciel, les bras écartés. Ce fut une occasion digne de la tradition ; les meilleurs danseurs *intore* allèrent au centre sauter et tournoyer, imitant les pas des héros et des femmes gracieuses de la cour des *mwamis*. « Elle est enfin venue ! » chantèrent-ils. Même les prêtres se joignirent à eux, exécutant leurs meilleurs pas, la soutane remontée sur les chevilles. La cour explosa dans une célébration marécageuse.

Jean-Patrick aurait presque pu croire qu'il n'existait ni guerre, ni sécheresse, ni *indangamuntu* pesant au fond de sa poche. Les haricots germeraient... Les poissons mordraient à l'hameçon... Roger reviendrait des montagnes sain et sauf... Tout à coup, il repensa à Mathilde le jour où son visage radieux luisait comme du cuivre poli, transformé par le simple miracle de l'arrivée de la pluie. Après sa mort, ils avaient appris qu'elle avait été reçue première à ses examens. Elle aurait commencé l'école secondaire cette année-là, cependant, aucun miracle ne la ferait se relever d'entre les morts.

Il tombait encore quelques gouttes au moment où Jean-Patrick et Daniel rentrèrent au dortoir et se frayèrent un chemin au milieu des garçons tout excités. Jean-Patrick vit immédiatement qu'on avait touché à son lit. Il le sentit sur sa peau et sur sa langue. Il passa la main sous les draps et le matelas. Quand il la glissa sous l'oreiller, il trouva ce qu'on était venu déposer là.

Un exemplaire de *Kangura*, ouvert à la page où était cité un extrait d'un discours de Mugesera. Deux phrases étaient soulignées en rouge. *Si on vous frappe une fois sur la joue, vous devez frapper deux fois en retour.* Et : *Chez vous, c'est en Éthiopie, et nous allons vous y renvoyer, très vite, par le fleuve Nyabarongo. Très vite* avait été barré et remplacé par *morts*.

Il remit le journal sous l'oreiller et se laissa tomber lourdement sur le lit. L'euphorie qu'avait suscitée la pluie s'était évanouie, remplacée par une sorte de stupeur et la curieuse impression que des yeux fixaient son dos. En promenant son regard dans la salle, il ne vit que le chaos des corps et des serviettes qui claquaient.

« Qu'est-ce qui se passe ? » Daniel, enroulé dans une serviette, vint s'asseoir à côté de lui. Des perles transparentes miroitaient sur sa peau.

« Laisse, répondit Jean-Patrick, regrettant aussitôt la dureté de son ton. Je reviens vite.

— Attends ! Où tu vas ? »

Jean-Patrick sortit sans répondre. Bien qu'il fût interdit de quitter l'enceinte de l'école, il se faufila de l'autre côté de la grille, encore pieds nus et vêtu de son uniforme trempé. De nouveau, il sentit des yeux lui vriller le dos. À la lisière de la ville, il s'arrêta dans la boulangerie préférée de son père. L'odeur du pain en train de cuire l'enveloppa. En un instant, il se revit petit garçon, tenant son père par la main en lui montrant les biscuits nappés de chocolat.

« Ah, Jean-Patrick... Tu aimes toujours les mêmes ? » Le vieux boulanger ouvrit la boîte avec ses doigts aussi tordus que des racines d'acajou. Une fine couche de farine recouvrait son visage et ses bras.

« Et vous vous souvenez desquels... » Il posa ses pièces sur le comptoir en verre. « Ceux au chocolat.

— Combien tu en veux ?

— Je crois que j'ai de quoi en payer cinq. »

Le boulanger mit sept biscuits dans un sachet en papier. Il lui faisait encore au revoir de la main quand Jean-Patrick referma la porte en faisant tinter la petite clochette. Il sauta au bas des marches. Deux garçons de Gihundwe débouchèrent d'une allée derrière la boutique. « Je ne suis pas le seul élève qui désobéit, à ce que je vois ! » leur lança-t-il par-dessus son épaule. Il les sentit se rapprocher.

Réalisant trop tard à quoi tenait son malaise, il accéléra le pas. Un garçon surgit au bout de la ruelle, lui bloquant la seule retraite possible. Il reconnut le boubou jaune et rouge. Puis il vit la balafre en zigzag sur sa joue.

« Tu te souviens de notre dernière rencontre à Gihundwe ? » Albert prit son pied dans sa main en sautillant sur l'autre. Les autres ricanèrent. « Je t'avais promis qu'on se reverrait.

— Il paraît que tu as changé de camp. T'en avais marre d'être un *inyenzi* ? » demanda l'un des élèves. Jean-Patrick le connaissait. Il était en sixième. L'autre était plus jeune d'un an ou deux.

Le plus âgé le poussa sur Albert. Une odeur fétide et pénétrante lui assaillit les narines. Calmement, il rassembla son énergie. « Qu'est-ce que vous racontez ? » Il fit un pas de côté pour pouvoir surveiller à la fois Albert et les élèves.

« *Uri umuhutu cyangwa umututsi ?* » Les trois se rapprochèrent en l'encerclant.

« Je suis Nkuba Jean-Patrick. Je n'ai pas changé.

— *Mbwira !* Réponds ! Tu es hutu ou tutsi ? » Albert le gifla. « Ces gars ont entendu dire que tu avais une carte d'identité hutue. Si tu es hutu, peut-être qu'on te laissera filer.

— Ou peut-être pas, vu que ta famille est sur la liste de *Kangura* ! » L'élève le plus âgé se passa l'index en travers de la gorge.

« Je ne connais pas cette liste et je ne lis pas *Kangura.* » Il fit basculer son poids sur son autre jambe. C'est comme pour s'échapper du peloton, se dit-il. À toi de trouver une ouverture ! Il banda ses muscles au maximum.

« Il paraît que ton frère Roger est au FPR et que ta famille est *ibyitso.* » Albert prit quelque chose dans sa poche. « Ils sont tous sur la liste, sauf toi.

— Comment ça ? rétorqua Jean-Patrick. Je parie que tu ne sais même pas lire ! » Il cherchait à gagner du temps, en priant pour qu'une sortie se présente.

« On sait lire ! se défendit l'élève le plus jeune. Voilà ce qu'il y avait d'autre dans *Kangura* : *Sachez que toute personne à qui vous ne coupez pas le cou est celle qui vous le coupera.* »

Jean-Patrick entendit le cliquetis de la lame avant même de la voir. Albert s'était accroupi, un couteau à la main. À la seconde où il plongea, toute l'énergie de Jean-Patrick se libéra. Il fendit l'espace qui se trouvait entre eux comme un nageur la surface de l'eau. La lame lui écorcha le bras, et il lâcha le sachet de biscuits.

Alors qu'il s'élançait vers le sommet de la colline, le bras dégoulinant de sang, il comprit qu'il devrait s'excuser auprès de son oncle que son nom ne figure pas sur la liste. Et auprès des enfants étant donné qu'il n'avait plus de friandises à leur offrir.

12

Sur la terrasse de l'*Hôtel du lac Kivu* un *muzungu* – un Blanc – était assis à l'une des tables dressées pour le déjeuner. Il avait disposé des cailloux tout autour. Jean-Patrick et Emmanuel l'observaient en relevant leurs lignes sous la vanne. Le *muzungu* examinait ses pierres à l'aide d'une petite loupe, puis écrivait dans un carnet. Voir au milieu de la table la corbeille de pain et une omelette auxquelles il n'avait pas touché fit saliver Jean-Patrick. Il avait depuis belle lurette brûlé le thé et la tranche d'ananas avalés au petit déjeuner.

« Bonjour*[1] ! » cria l'homme. Jean-Patrick, qui venait de sauter dans la pirogue et s'apprêtait à plonger, se retourna en s'attendant à voir un autre Blanc à qui s'adressait ce salut.

« Bonjour*, répéta l'homme en lui faisant signe. Vous parlez français* ?

— Bien sûr*. » Jean-Patrick se baissa dans l'eau pour cacher son torse nu et son short déchiré.

« Je peux vous demander une chose ? » demanda le *muzungu* en se penchant par-dessus la rambarde. Une casquette bleue brodée d'un *B* rouge dissimulait ses yeux. Une crinière de cheveux roux attachée en queue-de-cheval descendait au milieu de son dos. « On m'a recommandé de ne pas aller dans l'eau, mais je vois que vous vous

1. Les mots suivis d'un astérisque sont en français dans le texte.

baignez… Ça ne risque rien ? » Son français était teinté d'un très fort accent. « J'aimerais bien aller me tremper… Je ne m'attendais pas à ce qu'il fasse une telle chaleur au Rwanda.

— Ça ne risque rien pour nous, mais, pour un *muzungu*, je ne sais pas. » Jean-Patrick n'avait jamais vu aucun Blanc se baigner.

« Pardon ? »

Croyant avoir dit quelque chose d'impoli ou de déplacé, Jean-Patrick jeta un regard à son oncle, qui se contenta d'un haussement d'épaules.

« Je suis désolé, reprit l'homme. Je n'ai pas compris. »

Le soleil brillait de tous ses feux comme un projecteur sur le visage de Jean-Patrick. « Je disais que je ne savais pas pour un *muzungu*, dit-il en articulant distinctement chaque syllabe.

— Ah ! *Muzungu !* fit l'homme en agitant la main. Bonjour* ! Hello !

— Fais attention, murmura Oncle Emmanuel. Ce *muzungu* est peut-être cinglé. »

L'homme lui adressa alors un grand sourire, et Jean-Patrick comprit.

« Vous croyez que *muzungu* veut dire bonjour ? » Il se retint de rire.

« Ce n'est pas ça ? Partout où je vais, les gens accourent vers moi et me font de grands signes en criant "*muzungu !*". Je pensais qu'ils me disaient bonjour. » Il se gratta l'oreille. « Qu'est-ce qu'ils disent, en fait ?

— *Muzungu* veut dire Blanc. Comme on n'en voit pas beaucoup, c'est un événement inattendu. » L'homme rit amicalement. Jean-Patrick lui sourit. « En général, un *muzungu* apporte de l'argent.

— L'argent – *faranga*. Ce mot-là, il ne m'a pas fallu longtemps pour l'apprendre… » Il se pencha davantage. Jean-Patrick se demanda s'il allait sauter dans l'eau tout habillé. « Je suis Jonathan McKenzie. Puis-je vous demander votre nom ?

— Nkuba Jean-Patrick. On m'appelle Jean-Patrick.

— Ravi de vous rencontrer, Jean-Patrick ! En Amérique, on aime bien les diminutifs. On vous appellerait J.-P. » Il lui tendit la main.

Jean-Patrick avança dans l'eau. Un Américain... Pas étonnant qu'il ait des manières étranges ! Il tendit la main et lui toucha le bout des doigts. « Enchanté* !

— Et c'est votre frère ?

— J'ai donc l'air si jeune ? s'esclaffa Emmanuel, visiblement ravi. Je suis son oncle, et je lui tiens lieu de papa*.

— Vous pêchez quoi ?

— Dans la journée, ça, répondit Emmanuel en brandissant un beau tilapia. Et la nuit, on pêche les *sambaza* – les sardines – qui remontent à la surface chercher des insectes. Les grosses, on les mange, et les petites, on s'en sert comme appât. Quelquefois, si on a de la chance, on attrape un capitaine grand comme ça », précisa-t-il en écartant largement les bras.

En général, Emmanuel réservait sa verve à la politique, ou au bateau à moteur que bientôt – très bientôt –, il le jurait, il serait en mesure de s'offrir. Jean-Patrick observa Jonathan, persuadé qu'il allait juger ridicules les bavardages de son oncle, mais l'homme lui prêtait une réelle attention, hochait la tête comme s'il écoutait un cours passionnant. Un serveur s'approcha et montra la nourriture délaissée.

« Excusez-moi, dit Jean-Patrick. Je crois que le serveur veut savoir si vous avez fini.

— Oh, mon Dieu, j'ai complètement oublié... Mon petit déjeuner a dû refroidir. » « Désolé. J'arrive, dit Jonathan au serveur. Vous pourriez me rapporter du café, s'il vous plaît ? » Puis il s'adressa à Jean-Patrick et à Emmanuel. « Merci de m'avoir parlé. Ça m'a fait très plaisir. » Il retourna à sa table à petites foulées.

Alors qu'ils pagayaient vers le marché aux poissons, Jean-Patrick repensa à l'étrange *muzungu*. Il y pensait encore au moment où ils tirèrent la pirogue sur le rivage pour nettoyer le fond de la cale. Il décida d'aller faire une longue course sans forcer en passant devant l'*Hôtel du lac Kivu*. Peut-être que le *muzungu* serait encore là… Le jour où il partirait à l'université et s'entraînerait à plein temps, le plaisir de ces courses sans aucun enjeu n'existerait plus que dans son souvenir.

Au moment où il arriva sur la pelouse, il vit l'Américain au bar de l'hôtel. Il le salua de la main, et Jonathan lui fit signe de venir le rejoindre. Une Primus, un livre et les cailloux se partageaient l'espace sur la table.

« J.-P. ! Je suis allé me baigner ! Viens t'asseoir. Je peux t'offrir une bière ? Tu as l'âge d'en boire ? » Il glissa un marque-page dans son livre avant de le refermer.

Jean-Patrick lui montra son short. « Ils me mettront dehors pour mendicité. » Il jeta un œil sur le titre du livre, un ouvrage en anglais sur le mont Nyiragongo. « Qu'est-ce que vous lisez ?

— Le récit d'une expédition partie explorer l'intérieur d'un volcan. Un fou de géologue français qui s'appelle Haroun Tazieff. Tu es déjà allé là-bas ? » Jean-Patrick faillit éclater de rire à l'idée de descendre dans un volcan, mais estima que ce ne serait pas poli.

« Assieds-toi. Je ne les laisserai pas te renvoyer, dit Jonathan. J'aimerais bien y aller, seulement ce volcan menace d'entrer en éruption. Dommage… Mais j'ai ici des échantillons qui ont été prélevés sur les pentes. » Il choisit un caillou scintillant parsemé de points blancs. « Si je ne me trompe pas, celui-ci est très rare. » Jean-Patrick approcha le caillou et plissa les yeux. « Tiens, regarde avec ça. » Jonathan lui passa la loupe.

Un monde minuscule apparut sous ses yeux : les petits points et le noir de la roche se confondaient en paysages étranges aux couleurs de l'arc-en-ciel. « Vous êtes géologue ? » Il se rappela les images dans son manuel, la terre découpée comme un gâteau composé de plusieurs couches.

« Oui, c'est ce que je suis, répondit Jonathan, le visage rayonnant. Aux États-Unis, la plupart des gens ne savent pas ce que c'est. » Il retourna le caillou. « Celui-ci, c'est de la néphéline – c'est assez rare –, mais je pense qu'on trouve ici deux autres minéraux qui le sont encore plus, la leucite et la mélilite. Une combinaison qui existe uniquement sur le Nyiragongo. »

Jean-Patrick regarda de nouveau à travers la loupe. « On dirait que ça sort de la mer. »

L'expression de Jonathan lui fit l'impression d'être examiné sous la lentille d'un microscope. « Tu es étudiant à l'université ? »

Un serveur apporta une coupelle de cacahuètes et lança un regard noir à Jean-Patrick. « Tu cherches des ennuis au *muzungu* ?

— Il y a un problème ? » rétorqua Jonathan en lui décochant un sourire aimable. Le serveur s'éloigna. « Désolé, J.-P. Qu'est-ce que tu disais ?

— Je viens de terminer l'école secondaire. Dans deux semaines, je commencerai l'université à Butare. Vous êtes en vacances ?

— Oui et non. En fait, je vais enseigner la géologie dans ton université. Je suis arrivé avec un mois d'avance pour avoir le temps de voyager un peu. » Jonathan enfourna une poignée de cacahuètes. « Elles sont épicées, dit-il en devenant rouge écrevisse. À propos, j'enseignerai en français. Tu crois que je pourrais pratiquer cette langue avec toi ?

— Oui, j'aimerais bien. Peut-être que vous pourriez m'apprendre l'anglais. »

Le bar commençait à se remplir. Quelqu'un monta à fond le volume de la radio branchée sur RTLM, une nouvelle station. Sur le ton strident caractéristique des programmes antitutsis, l'animateur hurla : *Hutus, écoutez bien ! Vous êtes sur Radio-Télévision Libre des Mille Collines, FM 106*. Il passa une chanson congolaise. Du coin de l'œil, Jean-Patrick aperçut le serveur qui l'observait, la main sur le bouton du volume.

Jonathan lui tapota le bras. « Et si tu restais dîner avec moi ? On pourrait avoir notre première leçon.

— Je ne crois pas que ce soit possible. On m'attend à la maison.

— Alors... demain ?

— D'accord. »

Là-dessus, ils se serrèrent la main, puis Jonathan retourna à ses cailloux et à son livre. Jean-Patrick s'éloigna en sprintant vers la route. Il préférait filer avant que le serveur l'attrape sur la pelouse.

Il arriva à l'hôtel avec des chaussures cirées et un pantalon bien repassé. Assis près du bar, Jonathan était en train d'étudier la carte avec une extrême concentration. Il portait des sandales et une chemise imprimée de grosses fleurs vives sur un bermuda kaki tout froissé. Était-ce ainsi qu'on s'habillait en Amérique ?

« Viens m'aider à passer la commande. La seule chose que je comprends, c'est *brochettes frites*. »

À la table voisine, des hommes d'affaires zaïrois criaient et plaisantaient dans leur dialecte. Ils formaient des boules d'*ugali* entre leurs doigts pour prendre du poisson en sauce. Des hommes en *dashiki* bariolés se pavanaient autour du billard, les doigts bleus de craie, une bouteille de Primus à la main. Au plafond, les ventilateurs tournoyaient en bourdonnant.

Le restaurant n'était qu'une simple terrasse en béton surmontée d'un toit en tôle et entourée d'un muret en briques. Au-delà de la pelouse murmurait la rivière Rusizi. Les cigales stridulaient. Le ronronnement du générateur rivalisait avec le match de foot retransmis à la télévision.

Un serveur apporta deux bières, qu'il ouvrit et versa dans les verres. « Pas de problème, je vais commander pour nous », dit Jean-Patrick. Il choisit des brochettes avec des frites, du poisson grillé, des bananes et du riz aux petits pois. Puis il rappela le serveur pour demander de l'*ugali*.

On leur apporta des couverts en argent et des bouteilles d'eau minérale. Le serveur disposa les plats sur la table. Jean-Patrick coupa deux portions d'*ugali* et en déposa une dans l'assiette de Jonathan.

« Maintenant, vous allez être vraiment rwandais ! Ça, c'est de l'*ugali*, à base de farine de manioc. » Jean-Patrick façonna une petite boule entre ses doigts. « On le mange comme ça. » Il prit un morceau de poisson en le détachant de l'arête et mit le tout dans sa bouche. Les serveurs les observaient derrière le comptoir.

« Comme ça* ? » Jonathan fit comme lui. À la première bouchée, il fronça le nez. « Il manque quelque chose… Ça me rappelle la pâte à modeler avec laquelle je jouais étant gosse. Et j'en ai mangé suffisamment pour une vie entière ! » Avant que Jean-Patrick ait pu l'arrêter, il attrapa la bouteille de pili-pili et en arrosa son assiette.

« *Mana yanjye*… Vous savez ce que c'est ? » Bien que rire fût sans doute impoli, Jean-Patrick ne put s'en empêcher.

Jonathan sourit. « J'adore le piment. » Il écrasa l'*ugali* rougi de piment avec sa fourchette, mit un bout de poisson au milieu et tenta de le manger avec ses doigts. Le pili-pili et la sauce coulèrent le long de son bras. Des larmes lui noyèrent les yeux. Les serveurs se poussèrent du coude et lâchèrent une remarque cinglante en kinyarwanda. « Qu'est-ce qu'ils disent ?

— Que vous êtes un dingue de *muzungu*. »

Jonathan hocha la tête. « Et ils ont raison ! »

À la télévision, le journal d'informations du soir commença – nouvelles violations des traités par le FPR, nouvelles victoires du gouvernement, nouvelles mesures de vigilance requises à l'encontre des *inkotanyi*. L'image montra ensuite Habyarimana lors d'une cérémonie officielle.

« Ce n'est pas votre président ? » demanda Jonathan en se penchant vers Jean-Patrick.

Celui-ci acquiesça tandis qu'Habyarimana parlait des accords de paix qu'il avait signés à Arusha. « Un bout de papier sans la moindre signification », déclara le président.

« Il a l'air très populaire, commenta Jonathan. Tous les gens à qui je parle l'adorent. » Jean-Patrick suçota une arête. Jonathan termina sa bière. « Il ne vient pas de conclure un accord avec les rebelles ?

— Si, répondit Jean-Patrick en fixant les gouttelettes de condensation sur son verre.

— Espérons que votre vie reviendra bientôt à la normale. »

Un des joueurs de billard effectua un coup habile qui déclencha des acclamations déchaînées. Jean-Patrick se tourna vers eux. *Si nous ne sommes pas vigilants, les* inyenzi *feront des Hutus leurs esclaves une fois de plus*, était en train de dire le présentateur. À la normale ? Jean-Patrick ne savait plus ce que ça voulait dire.

« Alors, dis-moi, J.-P., qu'est-ce que tu as l'intention d'étudier ?

— Je voulais faire des maths et de la physique, mais ils m'ont inscrit en ingénierie. Ils doivent penser que la science pure est plus ou moins inutile.

— Inutile ? C'est la pierre d'angle du monde naturel... Et c'est qui, *ils* ? Tu n'as pas le droit d'étudier ce que tu veux ? »

Jean-Patrick jeta un coup d'œil à sa montre. S'il ne partait pas bientôt, il raterait l'heure du couvre-feu. Comment expliquer en si peu de temps à ce fou d'Américain à quoi ressemblait la vie au Rwanda ?

RTLM passa un air de Simon Bikindi, *Bene Sebahinzi.* « Plus fort ! s'exclama un joueur de billard en reprenant les paroles. *Souviens-toi de ce diable qu'il faut repousser le plus loin possible...*

— Cette musique, ça donne vraiment envie de bouger ! observa Jonathan en claquant des doigts sur les Dix Commandements du Hutu dont Bikindi chantait les louanges.

— Oui, c'est un super rythme... Désolé, mais je dois m'en aller. À cause du couvre-feu. »

Jonathan l'accompagna dehors. « Savais-tu que le lac Kivu était le plus haut d'Afrique ? » Il frappa le ciment de la semelle de sa sandale. « Et que l'Afrique se divisait en deux, là sous nos pieds ? »

Jean-Patrick n'était pas sûr d'avoir compris. « Je ne connais pas très bien la théorie », répondit-il, préférant en rester là.

13

Le dernier matin qu'il passa à Cyangugu, il se réveilla avec le cri insistant d'un loriot de Percival dans la tête. Dans son rêve, le cri sortait de la bouche d'une femme tel un avertissement dont il avait aussitôt essayé d'interpréter le sens. Zachary dormait à ses côtés, le dos arrondi comme une carapace de tortue au milieu de laquelle ses vertèbres dessinaient une échelle. Jean-Patrick effleura doucement les muscles saillants. Sans qu'il s'en rende compte, Zachary avait grandi et serait bientôt un homme. Dans un mois, il aurait treize ans.

« Je ne dors pas… Tu peux allumer la lanterne, si tu veux.

— Désolé de t'avoir réveillé. » Jean-Patrick craqua une allumette. La flamme éclaira Zachary qui s'étira de tout son long.

« Ce n'est pas toi… Ces oiseaux font trop de boucan. »

Près du lit, le journal de leur père était ouvert à la page que Jean-Patrick avait lue avant de s'endormir. *Dans ce monde complexe, c'est à nous qu'il revient en tant qu'enseignants de jeter de la lumière sur l'obscurité du malentendu.* Il referma le cahier et le rangea dans sa valise. « Je vais courir une dernière fois », dit-il. Histoire de chasser la malchance, ajouta-t-il dans son for intérieur. « Une dernière fois avant que je ne revienne à la maison.

— Et le couvre-feu ? Il ne fera pas jour avant un petit moment…

— Je serai prudent. Les militaires sont trop paresseux pour grimper jusque là-haut.

— Les gars du Pouvoir hutu traînent dans les parages. »

Jean-Patrick frotta la tête de son frère. « Parce que tu crois qu'ils peuvent me rattraper ? » Il enfila son pantalon de survêtement, ferma son blouson, puis sortit dans l'air vif du petit matin.

Un mince quartier de lune brillait au-dessus des arbres. Le premier souffle de l'aube s'accrochait dans l'air, une lueur juste suffisante pour voir où on allait. Jean-Patrick avança avec prudence en tâtant le sol sous ses pieds nus. Sur la première crête, il s'arrêta pour contempler une dernière fois le paysage – son paysage. Tout en bas s'étirait le lac Kivu, semblable à un bâillement.

Il venait d'arriver dans une clairière lorsqu'il entendit un bruissement dans la forêt. Mais ce n'était pas celui d'un animal en train de fureter, plutôt un bruit humain. Il plongea dans les fourrés. Du même endroit lui parvinrent des craquements de brindilles.

« *Yampayinka data !* » – Ne tire pas !

Jean-Patrick entendit l'exclamation chuchotée. En se plaquant au sol, il délogea un caillou qui dévala la colline en ricochant. Aussitôt, tout se figea alentour. C'est alors que, un peu plus loin, il perçut un bruit reconnaissable entre tous : celui d'un fusil qu'on arme. Son cœur s'accéléra. Et soudain, plusieurs silhouettes sortirent de l'ombre en s'avançant dans la clairière.

« Il n'y a personne ici », dit une voix. Une machette faucha une branche. « Tsst ! Hé, One Shot… les singes t'ont encore fait peur ? » Un vague rire retentit.

« C'est bon », dit un autre soldat en les rejoignant.

Il faisait à présent assez jour pour que Jean-Patrick suive leurs mouvements. Ils s'accroupirent et allumèrent des cigarettes tout en bavardant tranquillement. Jean-Patrick crut reconnaître un accent ougandais. Un des soldats se redressa pour boire à sa gourde qu'il passa ensuite à son voisin.

« Hé, capitaine ! s'exclama ce dernier en recrachant Vous avez trouvé ça où ? Dans des latrines ?

— Si mon café ne te plaît pas, rien ne t'oblige a en boire. »

Le capitaine se lança alors dans une longue tirade – mélange de kinyarwanda, de kiswahili et de luganda, l'une des principales langues parlées en Ouganda. Jean-Patrick respira à fond. C'était sûrement des gars du FPR !

Un soldat ôta sa botte et se massa le pied. Plus jeune que les autres, on aurait dit un gamin. « Je ne vais pas me plaindre, dit-il en tendant la main pour prendre la gourde. Moi, je meurs de soif. »

Il faisait encore trop sombre pour bien distinguer leurs traits, mais cette voix, Jean-Patrick était sûr de la connaître. Elle n'avait aucune trace d'accent – c'était bien du rwandais.

Le capitaine donna la gourde au gamin qui but une longue rasade. « *Mama weh !* Il est robuste !

— Comme tes femmes, One Shot, pas vrai ? Douces et robustes », dit le capitaine.

One Shot grommela dans sa barbe, puis dénoua le foulard vert qu'il avait autour du cou et en enveloppa son pied nu. Tout en grimaçant, il remit sa chaussure pardessus. « *Hey-yey-yey…* »

Cette façon de soupirer, Jean-Patrick la connaissait aussi – elle lui rappelait un souvenir. Tapi au milieu des fourrés, il imagina l'effet que lui ferait d'être un FPR, de boire et de plaisanter avec eux, de partir en patrouille. Les soldats se reposèrent en attendant que le jour pénètre au cœur de la forêt. Jean-Patrick les observa, caché dans son lit de feuillages. Puis ils se remirent en marche, et la forêt d'où ils avaient surgi les avala de nouveau. Jean-Patrick se leva sans bruit et repartit en courant, d'abord lentement, pour réfléchir à ce dont il venait d'être le témoin, après quoi il força l'allure en se concentrant sur sa vitesse et son énergie.

Arrivé dans les champs, il s'arrêta pour enlever son blouson. Le soleil avait chassé le froid ; une chaleur lourde s'étendait sur les parcelles. Les feuilles de manioc avaient commencé à se faner. Il aurait dû être rentré chez lui depuis déjà longtemps.

Mukabera l'interpella au passage. « Alors, c'est aujourd'hui que tu pars ? » Elle tassait la terre autour de ses courges à coups de houe rapides et assurés.

« Après le banquet d'adieu. Tu viens manger avec nous ?

— Comment je pourrais rater ça ? Je t'apporterai un colis de bonnes choses à manger qui t'aideront à garder tes forces pour les filles de Butare ! » Olivette, qui était en train de faire cuire des patates sur un feu de brindilles, éclata de rire.

Simon, occupé à couper des roseaux un peu plus loin, se figea sur place. « On ferait mieux d'exterminer les cancrelats, pas de les aider à se reproduire ! » Sa machette s'abaissa en décrivant un grand arc de cercle. Une gerbe de roseaux frissonna avant de tomber tranchée net.

« Dis donc, c'est comme ça que j'ai élevé mon fils ? lui lança Mukabera. Hutu ou Tutsi, tout le monde s'entraide dans ces collines. »

Une voisine se tourna vers Jean-Patrick en pointant sa houe en direction de Simon. « Ne l'écoute pas. Il parle du mauvais côté de sa bouche... Ici, on est tous amis. »

Les femmes se remirent à bavarder et à rire, mais les hommes qui coupaient les roseaux demeurèrent impassibles, observant chaque coup de machette que donnait Simon. Mukabera prit une patate à Olivette et la pela avec ses doigts couverts de terre. Elle souffla dessus, puis mordit à belles dents dans la chair. Les voisins tutsis de Jean-Patrick vaquaient à leurs tâches sans prononcer un mot, comme si se taire avait pu les transformer en arbres.

En attaquant la dernière descente, il laissa ses jambes le mener sans forcer. Des buissons de fleurs rouges jaillit un éclair bleu étincelant ; un souimanga de Hasselt s'envola, les ailes rouge feu, sa longue queue violette flottant dans son sillage. Jean-Patrick suivit sa trajectoire à travers les branches.

« C'est un signe de bon augure ! Ton voyage sera béni. » Jean-Patrick se retourna en sursaut. Roger lui sourit, puis il le serra si fort dans ses bras qu'il faillit en perdre le souffle.

« *N'umwene wanjye !* Je n'arrive pas y croire ! Tu étais là-haut avec les gars du FPR ? J'ai bien regardé, pourtant. Ça fait plus d'un an que je ne t'avais pas vu.

— Moi, je t'ai vu, rétorqua Roger en lui frottant le crâne. Et même plus d'une fois !

— Tu es fou de venir par ici ! Ton nom est sur une liste d'*inkotanyi* dans *Kangura*.

— Je sais. Tout comme celui de Maman, d'Oncle Emmanuel et de Tante Esther. » Il l'entraîna vers la forêt. « De tout le monde, sauf toi. »

Jean-Patrick se demanda si son frère allait le frapper. « Le bourgmestre m'a proposé une carte d'identité hutue. J'ai été obligé d'accepter. Je me suis qualifié pour les jeux Olympiques, mais, compte tenu de la situation, cette carte est ma seule chance de pouvoir y aller. En tant que Tutsi, même si j'ai réalisé le meilleur temps du Rwanda, le Comité national me préférera un Hutu. Il leur suffirait d'effacer mes temps de leurs registres… » Il se mordit la langue avant d'ajouter : « Je suis désolé. »

Roger le souleva du sol en le faisant tournoyer. « Dieu du ciel ! Mon frère va aux jeux Olympiques et il est *désolé* !

— Tu n'es pas fâché ?

— *Aye !* Si j'étais plus fier, j'exploserais ! » Des chauves-souris s'envolèrent des arbres, leurs ailes délicates transparentes dans le soleil. Roger se protégea les yeux et sourit. Des rides creusèrent son visage. « Tu fais ce que tu dois pour survivre. Qui serait mieux à même de le comprendre que moi ? »

Jean-Patrick se sentit soudain honteux. Ce qu'il avait imaginé de la vie des FPR là-haut dans les fourrés n'était qu'un rêve de gosse, qui n'avait rien à voir avec la réalité de la guerre faite de chair et de sang. « Je suis désolé », répéta-t-il.

Roger alluma une cigarette. Le frère dont se souvenait Jean-Patrick ne fumait pas. « Désolé de quoi ? » De la fumée bleue s'échappa de ses lèvres.

Il n'existait pas de mot capable d'exprimer le sentiment de regret qu'éprouvait Jean-Patrick. « Tu savais que je partais à l'université aujourd'hui ?

— Je sais des tas de choses... C'en est une. » Jean-Patrick le prit par l'épaule et ouvrit la bouche pour dire quelque chose, mais Roger l'arrêta. « Je sais aussi que tu veux me parler de Mathilde. »

Ils se prirent encore une fois dans les bras, et ce contact suffit à faire monter les larmes aux yeux de Jean-Patrick. « Comment tu l'as appris ?

— Par Oncle Emmanuel.

— Parce que tu l'as vu ? »

Roger l'entraîna vers un bois d'eucalyptus. « Assez de questions ! Viens... Il y a quelqu'un qui voudrait te dire bonjour. »

One Shot apparut entre les arbres. Pas étonnant que sa voix et ses gestes lui aient semblé familiers... C'était Isaka ! Jean-Patrick courut à sa rencontre. « Je n'arrive pas à le croire ! Comment as-tu trouvé mon frère ?

— Les *inkotanyi* savent se trouver. » Isaka le serra dans ses bras. Bien que toujours aussi léger et aussi maigre, la puissance de son étreinte lui fit comprendre qu'il aurait pu le jeter à terre comme un vulgaire sac de sorgho.

« À Gihundwe, on a entendu dire que tu avais été tué.

— Tué ! » Isaka cracha par terre. « Dans ma famille, on est des Abasesero. Là d'où on vient, on se bat pour la terre. Depuis 1959, on est invincibles... Tout le monde connaît notre réputation. »

Jean-Patrick comprit pourquoi Isaka lui avait plu dès ce premier jour où il l'avait entendu proclamer *Je viens de Biserero*. Bien que sa chaleur les poussât dans des directions différentes, un même feu brûlait en eux. Il repensa à la rencontre à Butare au cours de laquelle il avait battu les types de Kigali, et, d'un seul coup, il se rendit compte qu'il ne devait pas avoir honte de ses choix. Isaka et Roger avaient choisi de se battre avec des balles, lui avec ses jambes. Ainsi que le lui avait dit Emmanuel, à chaque fois qu'il gagnait, il emmenait tous les Tutsis avec lui. D'ailleurs, peut-être n'était-ce pas une affaire de choix... Peut-être que, depuis leur naissance, *Ukubo kw'Imana* – le Bras de Dieu – les avait propulsés dans telle ou telle direction.

Ils restèrent là dans la clairière jusqu'à ce qu'ils aient le visage luisant de sueur. Ils parlèrent de la guerre, de la vie avec les rebelles, de l'année de Jean-Patrick à l'école... En bas sur la route, un flot bariolé de piétons et de cyclistes allait et venait comme une rivière coulant dans les deux sens. Roger et One Shot gardèrent un œil sur la course du soleil, qui était maintenant à son zénith.

« On doit partir », dit Roger. Il alluma une autre cigarette. « Tu salueras Maman et Tante Esther de ma part. Dis-leur que je vais bien. Et dis à l'oncle que je pense tout le temps à lui.

— Au revoir, Mister Olympique. » One Shot serra la main de Jean-Patrick. « Reste fort... Il me tarde qu'on ait gagné cette guerre et de me remettre à courir pour le plaisir. Sauf que moi, je m'essaierai au marathon.

— *Ko Mana !* C'est une très longue distance. » Jean-Patrick prit Roger et One Shot par l'épaule. « Je vous souhaite à tous les deux la paix du Seigneur.

— Il y a tant de choses à souhaiter », répliqua Roger. Il serra son frère dans ses bras une dernière fois, puis exhala un ruban de fumée et s'éloigna sur le sentier.

« Attends ! s'écria Jean-Patrick. C'est quoi ton surnom ? »

Roger écrasa sa cigarette et fourra le mégot dans sa poche. « Mister Cool. » Il s'épongea le front et prit One Shot par le bras. « Je te souhaite de courir pour nous tous, petit frère ! Pour nous tous ! »

Jean-Patrick les suivit du regard jusqu'à ce qu'ils disparaissent dans la forêt et que la chemise de Roger se confonde avec le scintillement des ailes d'un touraco au milieu de la végétation. À quoi bon faire un souhait ? Au Rwanda, un souhait n'était qu'un bol retourné que rien ne pourrait remettre à l'endroit ni remplir tant que durerait la guerre.

Il était impossible de circuler dans la maison sans marcher sur une main ou un pied, il restait à peine assez d'espace pour s'asseoir par terre avec un bol d'*igisafuria* et de manger en évitant de se cogner à un coude. La mère et la tante de Jean-Patrick avaient passé toute la matinée dans la cabane-cuisine pour lui préparer son plat préféré, et les marmites de poulet aux cacahuètes disparaissaient à peine servies sur la table.

« Jean-Patrick, je t'ai gardé le meilleur… Regarde, deux cuisses de poulet », dit sa mère en posant un bol fumant devant lui. Il était assis au bout de la table, à la place d'honneur. Des gouttes d'huile luisaient à la surface du plat. Les bananes vertes charnues flottaient telles des îles dans un océan de sauce rouge. Il respira le fumet délicieux qui s'en échappait.

Tous les cousins et voisins étaient venus fêter son départ. Même des religieuses de l'église de Ntura étaient assises à la table, en train de rire et de plaisanter, suçant la moelle des os de poulet sans en perdre une seule miette. Au milieu de tout ce monde, Zachary, dans son costume bleu du dimanche, ressemblait à un prince. Si le destin avait été juste, il aurait dû entrer à l'école secondaire la semaine suivante. Il voulait étudier pour devenir prêtre mais n'avait pas obtenu de bourse. Et Oncle Emmanuel n'avait pas d'argent à lui envoyer. Les jumelles terminaient elles aussi l'école primaire, mais, comme elles n'étaient pas dans les premières de la classe, il n'y aurait pour elles ni argent ni espoir.

Jean-Patrick prit une patate douce frite qu'il trempa dans le lait frais. Les lèvres pleines de crème, il ferma les yeux de plaisir. « Tous les jours à l'école je repenserai à ce goût, Maman, et ça me rendra heureux.

— Jean-Patrick... écoute-moi ! l'interpella Mukabera du fond de la pièce en levant sa bouteille d'*urwagwa*. Quand tu en auras assez de ton école, tu reviendras épouser ma merveilleuse fille, d'accord ? »

Olivette renversa la tête en arrière en éclatant de rire. Jean-Patrick eut l'impression qu'il venait de sortir de la pénombre et d'entrer dans le jour. Il vit ses dents blanches et régulières, ses yeux pétillants, sa peau ocre polie par la lumière de l'après-midi... Comme Jacqueline, ses cheveux raides et brillants encadraient ses oreilles. La prochaine fois qu'il reviendrait à la maison, il faudrait qu'il l'emmène faire un tour.

« *Oya*, Mukabera... Jean-Patrick n'aura pas de temps pour les filles », dit Uwimana.

Angélique roula des yeux. « *Umukunzi wanjye* – pour l'amour, on a toujours du temps ! »

Se resservant une assiette d'*igisafuria*, Uwimana ajouta : « Comprends-moi bien... Jean-Patrick va devenir une célébrité de ce pays. » Il prit un morceau de poulet avec ses doigts et le fourra dans sa bouche.

Après les discours de la mère de Patrick, d'Uwimana et d'Emmanuel, celui-ci proposa de porter un toast. Tout le monde siffla en levant sa bouteille. « Jean-Patrick, un discours ! Un discours ! »

Il accepta sans se faire prier. Il avait envie de leur dire tant de choses... Toutefois, lorsqu'il voulut prendre la parole, seul un long soupir sortit de sa gorge.

Sa valise était bourrée à craquer, mais il restait encore une chose qu'il ne pouvait pas laisser. Couchée à ses pieds, Pili suivait chacun de ses gestes d'un œil méfiant. « Zachary, dis-moi quels livres de Papa tu veux.

— Seulement la Bible et le recueil de cantiques. Tu peux prendre ceux de science… Ça m'embrouille trop la tête. »

La valise refusait de se fermer. Zachary dut s'asseoir dessus pendant que Jean-Patrick l'entourait d'une ficelle pour l'empêcher de se rouvrir.

« C'est un gros poisson que tu as attrapé là ! » plaisanta Zachary.

Jean-Patrick coupa la ficelle avec son couteau. « À partir de maintenant, tout dépend de toi. L'année prochaine, tu auras une bourse pour l'école secondaire, et ce sera à ton tour de partir. »

Zachary s'appuya contre l'étagère en s'extasiant sur ce qu'elle contenait. On aurait dit saint Kizito descendu de son socle à Gihundwe pour prendre vie. « Je ne suis pas inquiet, dit-il. Imana a Son plan pour moi. »

Sur l'étagère était plié avec soin le costume qu'Uwimana et Angélique avaient offert à Jean-Patrick en vue de son voyage. Il déplia le pantalon puis la veste. Gris avec une fine rayure argentée. « Je suis un homme important, à présent, hein ? » Il enleva son short et plaça le pantalon devant lui. Quand il l'enfila, une plaisante odeur de neuf lui emplit les narines. Il mit sa chemise bleue, fraîchement repassée, et la veste. Les manches lui arrivaient pile au milieu du poignet. Il rit en imaginant sa mère prendre ses mesures en secret et les donner à Angélique pour qu'elle les transmette au tailleur. Il fit quelques pas en sautillant. « Élégant, non ? »

Zachary émit un petit sifflement. « Grand professeur, *weh* ! »

Jean-Patrick hissa la valise sur sa tête. Le poids était mal réparti, et il eut beau la tourner dans tous les sens, il ne trouva pas le point d'équilibre. Ce fut Zachary qui y arriva. « Qu'est-ce que je t'ai toujours dit ? plaisanta Jean-Patrick. Tu as beau ne pas le vouloir, tu es doué pour les sciences. »

Le cortège familial multicolore descendit vers l'arrêt du car en serpentant sur le chemin. Jean-Patrick et Emmanuel fermaient la marche, le premier tenant d'une main assurée celle du second, qu'une vie de dur labeur avait rendue calleuse, au point que, s'il fermait les yeux, Jean-Patrick doutait d'être capable de faire la différence avec l'écorce d'un arbre. Pour marquer l'occasion, son oncle avait mis son costume noir et son chapeau à large bord. Son bâton de berger frappait le sol au rythme de ses pas. La petite Pauline trottinait devant eux.

Tandis qu'ils atteignaient l'arrêt, ils aperçurent le bus de Butare qui grimpait la colline en crachant de la suie épaisse. Au petit marché installé près du stop, les clients déplaçaient des nuages de poussière rouge dans l'air chargé de la fumée des épis de maïs et des grillades. Les vendeurs ambulants se tenaient à l'affût sous les fenêtres des passagers, prêts à leur présenter des paniers débordants de sodas, de pains, de friandises et de sachets de fruits. Lorsque Jean-Patrick alla acheter son ticket, Emmanuel lui glissa une liasse de billets froissés au creux de la main.

« *Aye !* Avec ça, tu pourrais payer la moitié de ton bateau à moteur…

— Refuser un cadeau est impoli. Un bateau à moteur ne peut pas s'en aller.

— Laisse-moi au moins acheter des *intababara* pour les petits. » Jean-Patrick choisit une poignée de fruits bien mûrs sur un stand et mit le reste de l'argent dans sa poche.

Emmanuel le poussa du coude. « Si tu le laisses là, tu vas te le faire voler.

— Ne t'inquiète pas. Dès que j'aurai pris mon ticket, je le rangerai comme il faut. »

Lorsqu'il revint, il trouva sa famille et ses amis rassemblés comme s'ils attendaient d'être pris en photo. Clémence et les jumelles couraient au milieu des gens, le menton, les bras et la robe couverts du jus rouge des fruits. Clémentine et Clarisse, toujours habillées à l'identique, pouffèrent de rire quand quelqu'un les confondit. Jean-Patrick fit semblant de prendre des photos. « Ces photos, je pourrais les vendre à un magazine de tourisme de luxe ! »

Sa mère lui mit un lourd sac dans les mains. « Pour que tu n'aies pas faim. » Combien de pantalons repassés pour une miche de pain ? Combien de chemisiers pour ses biscuits préférés ? « Tu ferais mieux d'y aller pendant que tu peux encore trouver une place assise... »

Jean-Patrick appuya son front contre le sien. « *Kubana n'Imana !*

— Oui, que Dieu veille sur nous tous ! dit Emmanuel en lançant un regard noir à un groupe de militants du Pouvoir hutu. J'ai mis quelque chose pour toi au fond du sac. Tu l'ouvriras quand tu seras arrivé. »

Uwimana serra les mains de Jean-Patrick dans les siennes. Contrairement à celles de son oncle, ses paumes étaient tendres et douces. « Ce que j'ai dit tout à l'heure, c'était sérieux, tu sais. Tu vas devenir quelqu'un d'important... Je suis de tout cœur avec toi. »

Après avoir monté sa lourde valise, Jean-Patrick se retourna une dernière fois pour leur faire signe. Cette succession d'au revoir pouvait durer une éternité. Le chauffeur donna un coup de klaxon.

Il restait quelques places à l'arrière près de la fenêtre. Une grosse femme avec un panier rempli de victuailles s'installa à ses côtés. Il se tassa contre la paroi du car et sentit les vibrations du moteur contre son genou. La porte se referma. Il ouvrit la fenêtre pour avoir un peu moins chaud. Aussitôt la femme se pencha et la referma. « La poussière va tous nous rendre malades. »

Dans un crissement sourd, le car enclencha la première. Le chauffeur brancha la radio. Des minuscules haut-parleurs s'éleva un mélange bourdonnant de chanson et d'électricité statique. *365 is my number.*

« Hé, c'est la chanson de King Sunny Adé que je préfère... Monte le son ! brailla un garçon en boubou rouge et doré.

— Le volume est déjà au maximum ! » cria le chauffeur.

Le garçon se mit debout sur son siège en chantant à tue-tête.

« Dieu nous bénisse… nous avons dans ce car le King en personne ! » plaisanta quelqu'un. Des sifflements et des hululements déchaînés s'élevèrent parmi les passagers.

Le car s'ébranla au milieu de la foule et rejoignit la route en accélérant peu à peu. Les vitesses grincèrent. Le chauffeur se pencha sur son klaxon. Des animaux et les clients du marché s'éparpillèrent. À travers la pellicule de poussière qui tapissait la vitre, Jean-Patrick regarda sa famille s'éloigner et continuer à l'interpeller en faisant de grands signes incompréhensibles. Une fissure sur le carreau partageait le petit groupe en deux.

LIVRE II

UN OISEAU FAIT SON NID

Buhoro buhoro ni rwo urugendo.
Petit à petit, l'oiseau fait son nid.

14

Quand le car arriva à Butare, avec vingt minutes de retard, le coach n'était pas là pour l'accueillir. Dans sa dernière lettre, il avait expliqué qu'il ne serait pas en ville et arriverait d'ailleurs. Les gens se pressaient en bousculant Jean-Patrick. Une femme lui marcha sur le pied. Il jeta un œil à sa montre, imaginant déjà Rutembeza victime d'un accident et gisant au bas d'une falaise. Sa valise sur la tête, il partit en direction de la maison du coach. La poussière recouvrit ses chaussures et salit le bas de son pantalon. Au croisement avec l'avenue de la Cathédrale, une ribambelle de religieuses passa sous l'arche et s'égailla dans la rue. Le vent gonflait leur robe tandis qu'elles prenaient soin d'éviter les détritus et les fruits pourris éparpillés le long de la route.

Un garçon qui poussait un vélo-taxi s'arrêta à sa hauteur. « Hé, m'sieur, tu vas où ? » Il sortit un chiffon de sa poche et essuya le siège d'un geste théâtral.

« Je vais sur le chemin de terre qui se trouve juste avant l'*Hôtel Ihuliro*. Combien pour m'emmener là-bas ?

— C'est là que vivent les riches ! Cent francs*.

— C'est du vol ! Je ne suis pas riche, moi... Pour ce prix-là, j'aime autant marcher...

— Combien, alors ?

— Cinquante francs*.

— Et ça, tu l'as payé combien ? » demanda le garçon en palpant la manche de son costume entre ses doigts crasseux. Il glissa ses tongs dans les pédales et s'éloigna. Par-dessus son épaule, il cria : « Espèce de radin ! T'as un crocodile dans la poche et t'as peur qu'il te morde si t'y plonges la main ?

— Bon, d'accord... Soixante. »

Le garçon arrêta de pédaler et se retourna. « Soixante-dix ! Et payables d'avance.

— Va pour soixante-dix. Allons-y ! »

Jean-Patrick posa sa valise pour lui donner l'argent. Les billets de son oncle n'étaient plus dans sa poche. Il sentit quelqu'un le frôler et se retourna vivement pour voir trois gamins loqueteux s'enfuir vers le marché. Deux d'entre eux tenaient sa valise. Le vélo-taxi pédala comme un fou furieux au bout de la rue en hurlant des insultes par-dessus son épaule. Jean-Patrick s'élança derrière les garçons.

D'un seul coup, la valise s'ouvrit. Les vêtements et les livres se répandirent dans la poussière. Les gamins la lâchèrent et disparurent au milieu de la cohue. Jean-Patrick leur lança une pierre et se donna une tape sur la tête. Que lui avait dit son oncle au sujet des billets dans sa poche ? Époussetant ses affaires de son mieux, il les remit dans la valise, puis la tira sous un arbre un peu plus loin. Il sortit le colis de nourriture de son sac à dos et prit un sandwich à la sardine grillée et à la tomate. Il avait le goût de l'amour maternel et de la terre fertile de Gashirabwoba... Le goût de chez lui.

« Désolé », dit le coach lorsqu'il apparut dans un nuage de poussière. Elle recouvrait tout : les portières, le pare-brise, les rétroviseurs. « J'ai dû prendre par des petits chemins... et ça n'a pas été de tout repos ! »

Jean-Patrick lui serra la main, mais il l'aurait volontiers embrassé. « Je commençais à croire que vous étiez mort.

— On ne se débarrasse pas de moi aussi facilement ! » Rutembeza le toisa. « Ta famille ne t'a pas nourri ? À la première rafale de vent, tu vas t'envoler...

— J'ai très bien mangé, seulement, j'ai beaucoup grandi. » Jean-Patrick mit la valise à l'arrière du camion.

« Qu'est-ce qui s'est passé ? demanda le coach en voyant qu'elle était éventrée.

— Mon oncle m'avait donné de l'argent, mais... je l'avais laissé dans ma poche et des gamins me l'ont volé. Ma valise aussi, sauf que, comme elle s'est ouverte, ils l'ont laissée tomber.

— Je vais t'emmener d'ici avant que tu ne t'attires de nouveaux ennuis... » Il ouvrit la portière côté passager. Une fine couche de poussière rouge tapissait le tableau de bord.

« Vous étiez parti en safari ? » se moqua Jean-Patrick.

Rutembeza ignorant sa question, il abaissa la vitre pour découvrir la ville. Il respira la bonne odeur des feux de bois d'eucalyptus sur lesquels cuisait la nourriture. *Buhoro buhoro* – petit à petit –, il oublia sa colère et sa honte.

À un angle de rue, le coach lui montra une petite maison que dissimulait en partie un bosquet d'arbres feuillus. « C'est la maison de Gicanda. Ta reine.

— La femme du *mwami* ? » Penché à la fenêtre, Jean-Patrick faillit ajouter qu'elle était la reine de tous les Rwandais, et pas seulement des Tutsis, mais il ravala sa phrase et dit à la place : « Il paraît qu'elle est très gentille. Tout le monde peut aller la voir.

— À l'université, je me suis arrangé pour que tu partages une chambre avec Daniel. Pour toi, j'ai bénéficié d'un peu de piston.

— Comme au bon vieux temps à Gihundwe ! se réjouit Jean-Patrick en tapant dans ses mains.

— Oui... Comme au bon vieux temps. » Le coach avait beau sourire, on aurait dit qu'il avait l'esprit ailleurs. Peut-être encore là où il était tout à l'heure... Peut-être avec une fille, son *umukunzi* secrète.

Une nouvelle grille plus imposante se dressait devant l'allée et un haut mur entourait la maison. « Il y a trop de voyous », expliqua Rutembeza avant de donner un coup de klaxon.

Une grand-mère en pagne couvert de boue vint leur ouvrir d'un pas traînant. Elle leur adressa un sourire qui dévoila les rares dents qui lui restaient. Une forte odeur de cire et de savon imprégnait l'entrée. Dès que Jean-Patrick eut retiré ses chaussures, la vieille femme les ramassa en faisant claquer sa langue d'un air mécontent. « Elles ont besoin d'être cirées, marmonna-t-elle.

— Jolie, apporte-nous de la bière et quelque chose à manger. » Le coach se laissa tomber sur le canapé. « Jean-Patrick, va mettre tes affaires dans la chambre d'ami... On l'a préparée à ton intention. »

En fouillant dans sa valise, Jean-Patrick finit par trouver un tee-shirt et un sweat. Quand il ressortit de la chambre, Rutembeza leva le nez de son magazine d'athlétisme en fronçant les sourcils. « Tu vas devoir faire des haltères et forcer sur les protéines. Il faut que tu manges beaucoup de viande si tu veux te mesurer aux athlètes de classe internationale. » Il lui indiqua un fauteuil près du canapé.

Jean-Patrick sentit l'odeur du cuir en s'enfonçant dans les coussins. Avec tous ces nouveaux meubles, il avait du mal à reconnaître le salon. Il y avait des gravures d'art tribal sur les murs, de gros tambours de tailles et de formes diverses, et des lampes sophistiquées. Dans la bibliothèque qui occupait presque un mur entier, des livres en plusieurs langues étaient classés par thèmes. Et bien que la plupart fussent sur l'histoire et la politique, il s'étonna de voir aussi de la poésie, notamment traditionnelle, en kinyarwanda. Habyarimana continuait à dominer la pièce de sa place d'honneur au-dessus de la cheminée. Certaines choses ne changeaient jamais.

Jolie déposa une assiette de cacahuètes grillées et deux Primus sur la table basse. Elle décapsula les bouteilles, pencha le verre de Jean-Patrick, puis versa la bière. « C'est pour toi. *Muzehe* se sert tout seul.

— Jolie est la meilleure cuisinière de Butare, dit le coach. Une fois que tu auras goûté ses spécialités, tu en redemanderas tous les jours. » La vieille femme pouffa de rire. L'entraîneur prit une poignée de cacahuètes et la regarda repartir de son pas traînant en silence. Dès qu'elle eut refermé la porte, il poussa l'assiette vers Jean-Patrick. Les cacahuètes étaient encore tièdes.

« Dis-moi, tu as toujours ta carte d'identité tutsie ? » Il lui posa la question d'un ton aussi détaché que s'il lui demandait quel temps il faisait.

La main de Jean-Patrick se figea à mi-chemin de sa bouche. « Oui. Uwimana m'a conseillé de la garder.

— Parfait. J'ai une proposition à te faire. » Il essuya un peu de sel et de peaux de cacahuètes sur son pantalon. « Enfin, ce n'est pas exactement une proposition, étant donné que la décision a déjà été prise. »

Brusquement incapable d'avaler, Jean-Patrick ne sut pas quoi faire de ses cacahuètes. Les remettre dans l'assiette ? Faire semblant de les mâcher ? Il ferma son poing et le glissa sous sa cuisse.

« Si je te parle franchement, je pense que je peux te faire confiance, enchaîna le coach.

— Oui, vous pouvez me faire confiance, rétorqua Jean-Patrick, sans être certain que c'était réciproque.

— Notre gouvernement a des problèmes avec l'Occident. Des pays importants menacent de nous couper les aides si le Rwanda ne fait pas quelque progrès en ce qui concerne les droits de l'homme. » Il cracha ces derniers mots comme s'ils lui laissaient un sale goût dans la bouche. Puis il se pencha, et Jean-Patrick résista à l'envie de reculer au fond du canapé. « Certaines personnes ont décidé que *tu* allais être notre exemple. Quoi de plus progressiste qu'un Tutsi sélectionné aux jeux Olympiques ? »

Jean-Patrick repensa aux parties d'échecs que disputaient son père et Uwimana. Petit, il avait pris l'habitude de les regarder, fasciné de les voir déplacer les pièces mystérieuses sur l'échiquier. À l'instant, il se sentait comme l'un de ces pions entre des mains inconnues. « Je ne comprends pas… Vous êtes en train de me dire que vous voulez que je redevienne tutsi ? »

Un moustique se posa sur le bras du coach ; il l'écrasa et l'envoya promener d'une pichenette. « Tu es le meilleur athlète que ce pays ait jamais eu. Avec un bon entraînement, tu es capable de décrocher une médaille. Et je ne dis pas ça uniquement pour te flatter. Dans l'univers de l'athlétisme, tu es le joyau de la couronne du Rwanda. Pourquoi ne pas renoncer à faire semblant et représenter ton peuple ? »

Si son frère ou son oncle lui avaient tenu de tels propos, Jean-Patrick aurait ressenti une réelle fierté. Cependant, dans la bouche de l'entraîneur, la chose sonnait comme une révocation, une insulte. « Mon peuple, c'est le peuple du Rwanda », répondit-il en retirant sa main de sous sa cuisse. Une à une, il mit les cacahuètes dans sa bouche et les mastiqua lentement. L'idée de rejeter une identité pour en prendre une autre lui donnait le vertige. Derrière la fenêtre, la nuit assombrissait le ciel. « Si je suis de nouveau tutsi, je pourrai encore aller à l'université ?

— Pourquoi pas ? Tu as obtenu ta bourse.

— Et me rendre aux rencontres d'athlétisme ?

— Il le faut. Personne ici n'est capable de te défier, et tu dois te faire connaître. Réaliser des temps qui te qualifient dans les endroits où ça compte.

— Mais voyager est devenu très compliqué pour les Tutsis. Et si je me fais arrêter à la frontière ?

— Laisse-moi m'occuper de ça ! tonna le coach. Tout ce que tu as à faire, c'est courir. Buvons à notre avenir ! »

Tout avait été décidé dès le départ. D'une certaine façon, Jean-Patrick se sentit soulagé. Il n'aurait pas à se mordre la langue chaque fois qu'il présenterait sa carte d'identité, et, comme l'avait dit son oncle, à chacune de ses victoires, tous les Tutsis seraient fiers de lui. Néanmoins, quand il tendrait son *indangamuntu* à un militaire, il éprouverait de nouveau le sentiment de remettre son destin entre ses mains.

Il posa les yeux sur le portrait d'Habyarimana, puis sur les numéros de *Kangura* empilés sur une étagère. Bien qu'il ne vît pas encore quoi, il devrait pouvoir tirer un avantage de ce petit jeu. Il lui suffirait d'attendre son moment, de s'accrocher derrière le leader, comme le coach le lui avait conseillé pour courir le huit cents mètres. Tel un joueur d'échecs ne laissant rien deviner de sa stratégie, il sourit. « À mon avenir ! » Ils trinquèrent. « Et à ma médaille !

— Tu as apporté ta carte tutsie ? » Jean-Patrick fit signe qu'elle était dans la chambre. « Va la chercher. Ainsi que ta carte hutue. »

Jean-Patrick sortit les deux de son sac à dos. Le bout de papier sur lequel Jonathan avait noté son adresse tomba par terre. Les doigts tremblants, il le ramassa et le laissa sur la table de nuit. Cyarwa Sumo. Il faudrait qu'il demande à Rutembeza où c'était.

« À voir ta tête, on dirait que je vais te flinguer ! observa le coach au moment où il mit les deux cartes sur la table. Ne t'en fais pas, tout se passera bien. Tu dois me faire confiance. » Encore ce mot : *confiance*. L'entraîneur termina son verre. Une fine moustache de mousse s'étalait sur sa lèvre. « Il faut que je prenne celle-là. » Il s'essuya la bouche d'un revers de main, puis tapota la carte hutue.

« Pour les Tutsis, en ce moment, c'est très dangereux. » Jean-Patrick regarda Rutembeza et poussa la carte vers lui. Dans l'obscurité désormais complète, le chant des cigales résonnait telle une mise en garde.

« *Yego*. Tu as raison. » Soutenant le regard de Jean-Patrick, le coach avança la main au-dessus de la carte. Puis il la repoussa. « Je l'ai jetée au feu. Tu l'as vue brûler. Tu comprends ?

— Oui. Je comprends. » Il reprit la carte. « Merci.

— Cache-la très soigneusement. Et ne l'utilise plus jamais à moins que… » Bien qu'il n'eût pas achevé sa phrase, il n'eut pas besoin cette fois de demander à

Jean-Patrick s'il avait compris, ni ce dernier à répondre que oui.

Après le dîner, Jean-Patrick alla s'asseoir sur son lit avec le cadeau de son oncle : une photo encadrée de Paul Ereng, lorsqu'il avait remporté la médaille d'or du huit cents mètres aux jeux Olympiques en 1988. La victoire d'Ereng, un athlète kényan de moyenne distance sorti de nulle part, avait surpris le monde entier. Il n'avait aucune idée de la façon dont son oncle s'était débrouillé pour dénicher cette photo. On y voyait Ereng juste avant de franchir la ligne d'arrivée, un demi-pas devant un de ses concurrents. Son visage trahissait une douleur extatique, une expression que Jean-Patrick pensait avoir eue lui aussi lors de ses meilleures compétitions. *Tu dois souffrir jusqu'à ce que la souffrance devienne une vieille amie*, avait dit Télesphore le jour où il était venu dans sa classe, et Jean-Patrick avait enfoui cette phrase dans son cœur.

Il reconnut le savoir-faire de son oncle dans le cadre en bois de fer. Dans deux des coins, en diagonale, il avait gravé un coureur. Ce n'était qu'une silhouette, mais il reconnut sa longue foulée très étirée. Dans un troisième coin, il y avait une basket avec un minuscule logo Nike. Un mot punaisé au dos disait : *N'oublie jamais qu'on est tes fans n° 1. On t'aime*. Jean-Patrick savait à quel point Emmanuel avait dû avoir du mal à écrire ces derniers mots sur le papier.

Il retourna la photo, défit les attaches qui maintenaient le dos du cadre et inséra sa carte hutue. Le lendemain matin, il demanderait au coach de la colle pour être certain qu'elle ne glisserait pas. Si jamais les choses en arrivaient là – s'il lui fallait récupérer ses papiers à la hâte – détruire le cadre serait un moindre prix à payer.

Une lumière éblouissante le réveilla en sursaut. Le coach habillé en tenue de sport se tenait près de l'interrupteur.

une paire de Nike à la main. « Je nous ai planifié un parcours, environ dix kilomètres, avec pas mal de longues collines pour faire les exercices. Le degré de souffrance te plaira.

— Vous courez avec moi ? s'étonna Jean-Patrick en rabattant les couvertures.

— Je me suis entraîné pour ça, répondit Rutembeza en posant les baskets. Tiens, j'ai pensé qu'il t'en fallait des neuves. Avec toute la place qu'il faut pour tes orteils. » Il jeta un sac sur le lit. « Un cadeau de notre gouvernement. »

Jean-Patrick en sortit une tenue d'athlétisme d'un bleu éclatant. Il passa ses doigts sur le tissu satiné. Le dos du blouson était décoré d'un drapeau rwandais. Il laissa échapper un sifflement admiratif. C'était le plus beau blouson qu'il eût jamais vu de toute sa vie.

Le soleil se leva tandis qu'ils gravissaient la première colline, à proximité de l'école des officiers militaires juniors. Le planton qui gardait la grille les salua ; le coach lui rendit son salut. « Qu'est-ce que tu as à me regarder comme ça ?

— Il vous a fait le salut militaire et vous lui avez répondu de la même façon », dit Jean-Patrick.

Le coach chassa une mouche. « Je les entraîne un peu en leur donnant quelques cours.

— Vous êtes dans l'armée ?

— Je l'ai été pendant de très, très longues années. Plus maintenant. »

Jean-Patrick s'attendait à ce qu'il en dise davantage, mais Rutembeza se contenta d'accélérer l'allure.

En débouchant sur la grand-route, ils laissèrent la gravité les entraîner au bas de la colline. Jean-Patrick ouvrit son blouson. L'air frais du matin lui picota la peau. Ils passèrent en courant devant l'université nationale. Dans quelques jours, ce serait là qu'il vivrait.

Au pied de la colline était installé un barrage. Un groupe d'hommes portant des machettes à la ceinture traînaient autour des militaires. Dès qu'ils aperçurent Jean-Patrick, ils cessèrent de badiner pour le dévisager.

« Relax, dit le coach. Comporte-toi calmement. » Le militaire leur fit signe de passer. En sentant les regards dans son dos, Jean-Patrick se couvrit de sueur froide.

« C'est qui, ces types ?

— Des *interahamwe*. Une milice de jeunes gens pro-gouvernement. Mais je te l'ai dit... ne t'inquiète pas. » Il tourna dans un étroit chemin en terre en souriant d'un air malicieux. « Bon, c'est là que les plaisirs commencent. »

La route grimpait en pente raide au milieu d'imposantes maisons à toits de tuile à l'ombre d'immenses arbres. Jean-Patrick avait les poumons en feu.

« Avant que tu arrives, je suis venu en voiture repérer les collines les plus pentues », expliqua le coach. D'un grand geste du bras, il montra l'étendue de sommets ondulants. « Aujourd'hui, tu as une journée facile, une sorte de balade, histoire de découvrir le paysage. À partir de demain, c'est ici que tu feras tes intervalles. Les collines le matin, le stade l'après-midi. Résistance et endurance. La vitesse, ça viendra plus tard, une fois que tu auras bien consolidé tes bases.

— On est où ?

— À Cyarwa Sumo.

— Hé ! J'ai un ami qui habite ici. »

Le coach épongea son front trempé de sueur. « Un ami ? » À en juger par son expression, Jean-Patrick aurait tout aussi bien pu déclarer : C'est moi Nkuba, le Seigneur du Ciel !

« Un géologue américain. Il enseigne à l'université et a loué une maison dans le coin. » Jean-Patrick fit une pause pour reprendre son souffle. « Je me suis dit que je pourrais peut-être suivre ses cours...

— Des cours de géologie ? À quoi ça sert ? »

Quand Jean-Patrick se réveilla, le jour n'était pas encore levé. Il s'habilla dans le noir et glissa l'adresse de Jonathan dans la poche de son pantalon de survêtement. Il manqua se cogner à Jolie qui entrait dans la cuisine en tenant une bouilloire.

« Pardon, dit-elle. J'ai failli t'ébouillanter. »

Jean-Patrick prit ses baskets sur le paillasson près de la porte. « C'est ma faute, Grand-mère. »

La vieille femme fit claquer sa langue. « Tu crois que tu peux sortir comme ça sans tenir compte du couvre-feu ? Si les voyous ne t'attrapent pas les premiers, les militaires t'abattront ! » Elle rit de sa bonne blague.

« Ça ira. Je sais où me cacher. Vous pouvez m'ouvrir ? »

Jolie sortit un trousseau de clés de sa poche et déverrouilla la porte. « Imana nous bénisse ! » dit-elle. Jean-Patrick sortit dans l'air vivifiant. Elle le suivit en faisant claquer ses tongs. « Si *muzehe* se réveille avant le lever du soleil, je dirai que tu as volé les clés et que tu as ouvert toi-même. » Elle se mit à chantonner d'une voix rauque et ouvrit le portail.

« *Yego*, Grand-mère… C'est ce que j'ai fait. »

Arrivé avant l'aube au barrage de Cyarwa Sumo, il bifurqua sur un petit chemin pour attendre le lever du jour. Il s'adossa à un panneau qui indiquait les champs de l'arboretum de l'université nationale en se demandant de quoi il s'agissait. Il prit un sentier où personne ne pourrait le voir. En haut, il aperçut une petite hutte qu'il se fixa comme objectif.

Après avoir enlevé ses baskets, il grimpa d'un pas léger, le temps de trouver son rythme, puis à une vitesse plus soutenue jusqu'à ce que l'effort lui brûle les cuisses. Au moindre mouvement de ses bras, le blouson faisait un chuintement qui lui évoquait le bruit de la pluie. La raideur de la pente lui coupa la respiration. Il atteignit la hutte à l'instant où apparut le soleil. Les deux mains sur les genoux, il reprit son souffle en observant les militaires au pied de la colline, aussi minuscules que des fourmis. Dans les champs s'alignaient des plantations aux teintes éclatantes et à l'odeur âcre qu'il ne parvint pas à identifier.

« *Mwaramutse* », lança une voix. Un grand-père tout ratatiné était adossé à la porte de la hutte. La fumée de sa pipe enveloppait sa tête d'un ruban bleu. Il désigna deux chaises, sur l'une desquelles étaient posés une tasse de thé et un couteau, et un peu plus loin, un bloc de bois. « Pourquoi tu cours comme ça ? Assieds-toi, je te prie. » Le vieil homme s'assit et prit son couteau. On devinait une tête d'animal sculptée dans le bloc de bois.

« Je m'entraîne, Grand-père. Je vais courir pour le Rwanda aux jeux Olympiques.

— Aux jeux Olympiques ? Imana te bénisse ! » Le vieil homme sentait le bois et la fumée. À l'intérieur de la hutte, des casseroles s'entrechoquaient, un bébé pleurait et une femme chantait une mélodie apaisante.

« C'est votre terre ?

— Je suis seulement le gardien. » Le vieil homme gloussa. « *Aya-yay-yay !* Depuis tant d'années que je suis en vie, je n'ai jamais vu un être humain grimper une colline comme toi ! » Il tira une longue bouffée sur sa pipe. « Tu veux du thé ?

— La prochaine fois, Grand-père », répondit Jean-Patrick avant de lui serrer la main.

Comme cela aurait été bien de s'attarder là en buvant du thé ! songea-t-il alors qu'il redescendait la pente en courant. Puis il repartit à petites foulées vers le barrage en s'appliquant à respirer profondément pour calmer les battements de son cœur.

« Je me rappelle que je t'ai vu hier », dit le militaire en lui donnant un coup de coude. Il fourra un chewing-gum dans sa bouche. « D'après ton entraîneur, tu es notre prochain héros olympique… » Il examina ses papiers, puis le gratifia d'une bourrade dans le dos. « Cours avec des jambes de guépard !

— Je ferai de mon mieux, *muzehe* ! »

Jean-Patrick avait dû louper un tournant. Il monta sur un chemin qu'il ne connaissait pas et s'arrêta devant un arbre pour se repérer. Sa forme étrange avait attiré son attention : trois troncs de taille égale qui partaient d'une même base. En haut de la route, un toit de tôle bleu coiffait un long bâtiment ocre. Plusieurs petites allées serpentaient sur les pentes parsemées de maisons bien entretenues.

Une colline en vaut bien une autre ! se dit Jean-Patrick. Il noua son blouson autour de la taille et commença ses intervalles. Les passants tournaient la tête, des enfants couraient derrière lui, des chèvres s'enfuyaient sur son passage. Il effectua une série de flexions et de kicks arrière, forçant la cadence jusqu'à ce qu'il sente un goût métallique sur sa langue. La lumière qui se déversait à travers les eucalyptus se fondait dans une brume lumineuse. Au troisième intervalle, il dut grincer des dents et à moitié fermer les yeux pour tenir jusqu'au bout. Quelque part derrière lui, des chiens aboyèrent à l'unisson comme s'ils donnaient l'alarme. Son objectif était presque en vue lorsqu'un portail s'ouvrit à toute volée, le tirant de son état méditatif.

« Vite ! Viens par ici ! » Une main l'agrippa et le portail se referma en grinçant derrière lui. « Tu es blessé ? » L'intonation de la voix de la femme flotta dans l'air comme le premier accord d'une chanson. Elle verrouilla le portail et glissa la clé autour de son poignet. D'un seul coup, le monde se précisa devant ses yeux, et il fut pris d'un frisson. Aussi stupéfaite que lui, la femme avait des yeux ronds et brillants comme un animal apeuré.

« Quelqu'un t'a fait du mal ? insista-t-elle. Entre dans la maison… Personne ne viendra te chercher ici. » Ses cheveux ébouriffés cascadaient sur ses épaules, ses vêtements, légèrement de travers, comme si elle les avait enfilés à la hâte, la drapaient quasiment jusqu'aux pieds.

« Je ne comprends pas... » Jean-Patrick eut soudain l'impression d'être tout nu. « J'ai cru que c'était *toi* qui avais besoin d'aide, dit-il en triturant son blouson. J'ai pensé que ton mari... qu'il t'était arrivé quelque chose de grave. »

La femme plaqua sa main sur sa bouche d'où s'échappa un bruit entre le rire et l'éternuement. « *Mana yanjye*, c'est ce que tu as pensé ? Et moi qui ai cru qu'on te poursuivait !

— Non, madame.

— Tu avais l'air de terriblement souffrir...

— Non, madame. Je courais.

— Parce que tu le voulais ? Tu faisais du jogging ? *Ko Mana !* » Elle ramena une mèche derrière son oreille. Sous son châle, elle portait un pagne imprimé de soleils orange et de planètes nimbées de rose entre lesquels zigzaguaient des éclairs dorés.

« De la *course*, corrigea Jean-Patrick. Je *m'entraîne.* » Derrière le portail, une bande d'enfants papotait. Il apercevait le bas de leurs jambes crasseuses, leurs tongs déchirées.

— Tu as un fan-club ! observa la jeune femme. J'ai entendu les chiens aboyer et, quand je t'ai vu, j'ai pensé que des voyous te poursuivaient. » Elle resserra son châle. « Ce ne serait pas la première fois...

— Et si j'avais été un voleur ? interrogea Jean-Patrick en s'approchant. Et si tu m'avais invité chez toi et que je t'avais volé ? »

Elle montra les enfants qui s'élançaient contre le portail. « Tu ne serais pas allé bien loin... Mes voisins sont très costauds. Ils t'auraient rattrapé et ramené ici. »

Jean-Patrick ne parvenait pas à deviner son âge. Il lui avait d'abord donné vingt-quatre ou vingt-cinq ans, mais là, en pleine lumière, elle avait plutôt l'air d'une lycéenne. Il aperçut derrière elle un jardin planté d'arbres fruitiers. Sa peau dégageait un lourd parfum de fleurs. Il n'avait aucune envie de s'en aller. Il aurait voulu se reposer près d'elle et regarder son pagne glisser à ses pieds jusqu'à ce que les soleils imprimés traversent le ciel de tissu.

À l'intérieur de la maison, des plats s'entrechoquèrent et quelqu'un alluma une radio. Une voix de femme appela : « Béa, où es-tu ? » Une porte claqua. Deux enfants, une fille et un garçon, surgirent, la peau luisante de vaseline. Béa ouvrit son châle dans lequel elle les enveloppa comme un oiseau prend ses petits sous son aile. Jean-Patrick sentit son cœur se serrer.

« J'arrive ! » cria-t-elle. Elle enleva la clé de son poignet et ouvrit le portail. « Bon, fais bien attention à toi, alors ! » lui dit-elle. Elle poussa le portail, exposant un mollet joliment galbé. Le petit garçon vint se percher sur ses pieds pour qu'elle le fasse marcher.

Que pouvait-il faire à part la remercier et repartir dans le matin en se faufilant au milieu des enfants qui s'écartèrent sur son passage ? Béa… Béatrice… La bienheureuse.

Il resserra son blouson et s'éloigna à petites foulées vers la colline suivante. C'était inutile. La dénommée Béa l'avait vidé de toute son énergie. Pour la première fois depuis qu'il avait eu cette crampe le jour où Rutembeza était devenu son entraîneur, il renonça. Sur le chemin du retour, le visage de la fille ne quitta pas son esprit. Il le voyait si précisément qu'il aurait pu poser sa paume sur ses hautes pommettes, sentir sa peau tiède gorgée de soleil qui avait la couleur du thé, suivre la ligne de ses yeux en amande du bout du doigt.

La porte s'ouvrit avant même que Jean-Patrick ait frappé. « On est tranquilles, chuchota Jolie. *Muzehe* ne sait rien. » Elle pointa du doigt ses Nike couvertes de boue. Il les enleva pour les lui donner. « Qu'est-ce qui t'est arrivé ? Une sorcière t'a pourchassé dans les marais ?

— Non, Grand-mère. Je suis allé de mon plein gré courir dans les roseaux . »

Elle pouffa de rire. « Donne-moi ton linge sale... Je vais le laver. »

Ce fut seulement lorsqu'il retira son pantalon et sortit le papier de sa poche qu'il repensa à Jonathan. Il examina le plan. Aussitôt ses bras se couvrirent de chair de poule : un arbre à trois troncs, un bâtiment ocre au toit bleu en tôle... Si Jonathan lançait un caillou du haut de son toit, il était probable qu'il atterrirait dans le jardin de Béa !

Traînant le fil du téléphone comme une longe, le coach faisait les cent pas entre la bibliothèque et la fenêtre en hurlant dans l'appareil. Jean-Patrick s'attarda dans l'entrée et tendit l'oreille pour entendre ce qu'il disait, mais le coach l'aperçut et s'immobilisa en claquant des doigts. « Va manger ! » dit-il avant de lui tourner le dos. Jean-Patrick alla dans la salle à manger et prit une banane dans une coupe sur la table.

Au bout d'un moment, Rutembeza déboula dans la pièce et tira une chaise. « Comment s'est passé l'entraînement ? demanda-t-il en tambourinant des doigts sur la nappe.

— Bien. Je me suis senti en forme. »

Jolie apporta des omelettes saupoudrées d'oignons et de minuscules piments rouges. Le coach coupa deux tranches de pain dans l'assiette de Jean-Patrick et poussa le pot de margarine devant lui. « Mange ! Il faut que tu te fasses du muscle. » Il l'observa avec attention en continuant à tambouriner en rythme.

Jean-Patrick mourait tellement de faim qu'il aurait pu engloutir le contenu de l'assiette en une seule bouchée. Mais il découpa l'omelette avec soin et la divisa en portions de taille égale. Tôt ou tard, le coach finirait bien par lui dire ce qui le préoccupait.

Après qu'il eut nettoyé son assiette et reposé ses couverts, les doigts du coach se figèrent sur la table. Il regarda Jean-Patrick d'un air satisfait et amusé. « Tu fais une compétition à Kigali le mois prochain. Tu n'as pas réalisé un temps A depuis un petit moment. Tu penses pouvoir y arriver d'ici là ? C'est important. »

Jean-Patrick ressentit une chaleur intérieure, un courant d'excitation le traversa de part en part. « Je peux courir en deux semaines au-dessous d'une quarante-cinq cinquante. Je le sais. »

Le coach tapa du plat de la main sur la table. « C'est ça l'idée ! » Ses lèvres esquissèrent un demi-sourire. « Tes copains du Burundi seront là.

— Gilbert et Ndizye ? Les deux qui m'ont battu ?

— Ceux-là mêmes.

— Je n'étais pas sûr qu'ils puissent encore participer à des compétitions.

— Pourquoi ? Parce que nos frères burundais se sont débarrassés du joug tutsi et ont élu un président hutu ? » Les veines se gonflèrent sur ses tempes. « Bien sûr, qu'ils peuvent concourir ! Le Burundi est désormais une démocratie. Comme le Rwanda. La majorité a voté, et elle a choisi Ndadaye. Il n'est pas comme ces oppresseurs tutsis qui ont gouverné le Burundi depuis l'indépendance… Il autorisera les Tutsis à être libres. » Il reprit sa respiration comme s'il comptait poursuivre sa tirade et finit par se remettre à tambouriner.

Jean-Patrick se servit du thé, dans lequel il ajouta du sucre et du lait. Le parfum de Béa lui emplit les narines.

« Cette rencontre sera l'occasion de célébrer la mise en application du processus de paix. De nombreux Occidentaux y assisteront. » Il fixa Jean-Patrick. « Le championnat du monde se déroulera en Suède l'an prochain. Un temps de catégorie A te qualifierait. Je veux qu'on sache qui tu es, que les personnes haut placées de la communauté internationale te connaissent. Par conséquent, il faut que tu restes au top. Si tu te rétames, ce ne sera bon ni pour ma réputation ni pour tes chances d'aller aux jeux Olympiques. »

Le sang afflua dans la tête de Jean-Patrick. « Le championnat du monde ? » Il laissa échapper un long sifflement. « Pas de problème. Je peux y arriver. »

Le coach pointa sa cuillère vers lui. « Il faut que tu apprennes à courir de façon intelligente, aussi je veux que tu fasses le plus de compétitions possible. Souviens-toi… tu représentes le Rwanda grâce au bon vouloir du Comité national olympique et de la Fédération d'athlétisme du Rwanda. Ce sont eux qui, s'ils le veulent bien, accréditeront ta participation aux jeux Olympiques. Ou pas.

— Ça, c'est impossible… Je suis capable de courir contre n'importe qui. »

La cuillère heurta le bord de la tasse. « Après la compétition, une réception sera organisée à l'ambassade américaine. Des journalistes de la télévision et de la radio seront là. Le président Habyarimana t'accueillera. »

Jean-Patrick jeta un regard sur le portrait accroché au-dessus de l'entraîneur. À cause des lignes d'ombre que projetaient les persiennes à moitié closes, on aurait dit un prisonnier dans sa cellule.

« Le président sait qui je suis ?

— Oui, il le sait.

— Est-ce que Daniel pourra venir à la réception ?

— Naturellement. Son père sera là avec la garde présidentielle. » Il traça des cercles du bout de sa cuillère. « Et si tu invitais ton ami américain, le professeur de géographie ? »

De *géologie*, rectifia mentalement Jean-Patrick. « Ce serait super ! »

Le coach rassembla des miettes dans le creux de sa paume et les mit dans son assiette. « Je vais faire en sorte que tu suives ses cours… Ce sera bien d'avoir un Occidental qui te connaisse et qui puisse parler de tes succès.

— Vous avez bien dit que la compétition serait retransmise à la télé ?

— Oui. Ta famille pourra la regarder toute la journée. En fait, toute la ville le pourra. »

Non sans une pointe de culpabilité, Jean-Patrick réalisa qu'il n'avait pas pensé une seule seconde à sa famille. Son esprit était trop occupé par une fille au pagne parsemé de planètes et de soleils et à la peau au parfum de thé sucré.

15

Le premier jour de cours, Jean-Patrick se sentit à la fois chanceux et plein de courage. Sur le pas de la porte, Jolie lui lança un regard complice en montrant ses pieds nus. « Tu ne mets pas tes belles chaussures ?

— Non, Grand-mère. Pas aujourd'hui. »

Il s'échauffa tranquillement. En passant devant l'école des officiers, il salua les gardes, qui lui répondirent. Arrivé sur la grand-route, il effectua une série d'étirements, de kicks et d'accélérations, puis monta à un rythme régulier vers l'arboretum. Dans les arbres, des pinsons lançaient des trilles, leur plumage scintillant d'éclats métalliques.

« *Mwaramutse !* lui crièrent les militaires au barrage. Comment ça va, les jeux Olympiques ?

— Ça va bien. » Ce matin-là, il se sentait si fier qu'il aurait pu les regarder droit dans les yeux et leur dire : Je m'appelle Nkuba Jean-Patrick, et un jour, vous entendrez parler de moi !

Il passa devant l'arbre aux trois troncs, suivit les indications qu'il avait dans sa poche et trouva la maison de Jonathan, cachée derrière un mur de brique. Il avait vu juste : elle n'était qu'à un jet de pierre du jardin de Béa. Au milieu de l'épaisse verdure, il repéra un endroit d'où il pourrait y jeter un coup d'œil. Une femme était en train d'étendre du linge – le pagne de Béa semé d'un champ d'étoiles lui fit signe. Le petit garçon et la petite fille qu'elle avait serrés dans son châle jouaient à chat entre les vêtements. Fasciné, il les observa jusqu'à ce qu'il ait les muscles tout engourdis et que les enfants s'engouffrent dans la maison.

Alors qu'il se redressait pour s'étirer, une bande de gamins dépenaillés l'entoura. « Regarde-nous ! » pépièrent-ils en tirant sur son tee-shirt avant de foncer en haut de la côte, le visage tordu, les bras et les jambes s'agitant dans tous les sens.

« J'ai l'air aussi bizarre que ça ?

— Comme un type qui vient de la Lune ! » s'écrièrent-ils en dévalant au bas du chemin.

Jean-Patrick venait d'enlever un caillou entre ses doigts de pied et s'apprêtait à les suivre lorsqu'il aperçut dans le jardin un homme qui remontait l'allée d'un pas raide et s'arrêtait auprès d'un manguier. La lumière dessinait dans ses cheveux des traits argentés. Il cueillit un fruit. Même de loin, Jean-Patrick vit que ce simple geste le remplissait de bonheur. Béa sortit le rejoindre. Il l'enlaça par la taille, et ils repartirent ensemble vers la maison. L'homme brandit la mangue en l'air comme un trophée. Ce fut comme s'il tendait la main vers Jean-Patrick pour lui arracher le cœur.

« Voici Nkuba Jean-Patrick, dit le coach au gardien devant l'entrée principale de l'université. Il est inscrit ici comme étudiant. Et il court pour moi… c'est ma vedette ! Alors, traite-le bien. »

Le gardien tendit une main fripée à Jean-Patrick. « Oui… je me souviens de vous l'année dernière… C'est un plaisir de vous revoir, dit-il en soulevant sa casquette. Soyez le bienvenu, *muzehe*. »

Jean-Patrick regarda vers le bois d'eucalyptus qui entourait la piste – son monde à lui. Dès que ses pieds fouleraient la terre rouge, il parviendrait à oublier cette Béa.

Le coach se gara. « C'est là qu'est ta chambre. » Il lui montra les longues rangées de dortoirs en contrebas. Dans les allées, des femmes passaient le balai, les frottements ponctuant les cris et les voix des étudiants.

« Bon, je suppose que je devrais y aller », dit Jean-Patrick, la main sur la poignée. Il jeta un regard sur sa valise à l'arrière. Le coach avait réparé la fermeture et redressé les gonds. « Où est votre bureau ? demanda-t-il en ouvrant la portière. Au cas où j'aurais besoin de vous parler.

— Là, au rez-de-chaussée, dans le bâtiment administratif, répondit Rutembeza en tendant la main vers un édifice à un étage.

— Et le département de géologie ? »

L'entraîneur esquissa un petit sourire en coin. « Aucune idée.

— Je vous retrouve cet après-midi à l'entraînement. » Jean-Patrick attrapa sa valise et demeura près de la voiture. Il observa un groupe de filles qui descendaient bras dessus bras dessous en direction de la cafétéria.

Le coach mit le moteur en marche. « Imana te donne les vaches, mais Il ne te dit pas comment les faire brouter », cita-t-il. Il enclencha la première et démarra, laissant Jean-Patrick s'interroger sur le sens de cette phrase dans une brume bleue de gaz d'échappement.

La chambre était si minuscule qu'il avait à peine assez d'espace pour étendre ses jambes, mais, à la différence de Gihundwe, il la partagerait uniquement avec Daniel. Son ami lui avait laissé un mot sur le lit du côté de la fenêtre. *Bienvenue au palais du* mwami. *Je t'ai laissé la vue. Mon père te salue bien et dit qu'il est désolé de ne pas avoir pu t'attendre. J'ai reçu ta dernière lettre. FÉLICITATIONS !!! On a des tonnes de choses à discuter, mon ami !* Sa valise était ouverte sur le lit, les vêtements éparpillés sur la couverture.

Dans le petit miroir au-dessus du bureau, Jean-Patrick contempla son reflet. Il aimait bien la haute couronne de son front, ses yeux au regard sérieux très enfoncés, mais il trouvait son nez un peu trop long, et son visage peut-être un peu trop fin. Il remonta son pantalon, que Jolie avait repassé, épousseta sa veste et sortit vers sa nouvelle vie.

Après s'être inscrit, il s'assit sur un muret dans la cour centrale. Les étudiants allaient et venaient dans les allées, se pressaient dans l'escalier, se penchaient aux balcons. Leurs voix chantantes se mêlaient dans sa tête en un bourdonnement agréable. La chaleur le berçait, le plongeait dans une sorte d'état de transe. De temps à autre, il se réveillait en sursaut quand quelqu'un qui l'avait vu au stade le reconnaissait et venait lui taper sur l'épaule.

Alors qu'il discutait avec un coureur du cinq cents mètres, l'éclat d'un chemisier doré et d'une jupe d'un vert étincelant attira son œil. Des bracelets en or scintillaient au bras de la fille. Juste avant de s'engouffrer dans l'escalier, elle se retourna et croisa son regard. Béa ! Elle lui décocha un sourire amusé.

Le temps qu'il prenne congé de l'athlète, Béa avait disparu. Jean-Patrick s'élança derrière elle comme un fou. En haut des marches, elle s'éloigna au fond d'un couloir à peine éclairé dans un tintement de bracelets. Il s'immobilisa au milieu de l'escalier afin de retrouver la capacité de parler et de réfléchir à ce qu'il souhaitait lui dire. La porte d'un bureau s'ouvrit, et un homme en costume gris s'avança dans le couloir. Béa se lova dans les bras qu'il lui tendit et l'embrassa sur les deux joues. L'image de ce même homme en gris cueillant une mangue lui passa devant les yeux.

Jean-Patrick retrouva Daniel adossé à une bouteille en plastique de Primus géante devant la cafétéria, en train de mater les filles. Il portait un jean et une chemise à carreaux, les manches roulées sur ses bras musclés. Jean-Patrick dut y regarder à deux fois avant d'être sûr que c'était bien lui. Il essaya de le soulever de terre, mais Daniel le prit à bras-le-corps en le faisant tournoyer.

« Je crois que mon coach a raison. Je ferais bien de soulever des haltères…

— Mon père m'a fait costaud, pas vrai ? » Daniel lui sourit ; Jean-Patrick entrevit le bout de langue rose. « Je continue à croire qu'il m'a enrôlé dans l'armée en secret pour me guérir de ma paresse naturelle. »

La fumée de la cafétéria montait vers le ciel, emportant avec elle l'odeur de viande grillée. « Tu as faim ? demanda Jean-Patrick.

— Si une vache passait là devant moi, je l'attraperais et je la dévorerais ! »

Jean-Patrick le prit par le bras, et ils pénétrèrent à l'intérieur. En entendant son ami babiller à toute vitesse, il oublia peu à peu sa compagne du matin nommée Souffrance.

« Laisse-moi te dire… je suis content que tu sois là », dit Daniel. Ils se faufilèrent dans la foule et trouvèrent deux places à une longue table en bois. Ils étaient obligés de crier pour se parler. « Kigali et Butare sont plus deux pays différents que deux villes différentes. Le pays de Kigali, je ne l'aime plus. » Il arracha un morceau de viande de sa brochette. » À Kigali, tu sais à chaque seconde que c'est la guerre. Grenades, coups de feu, explosions…

— Quoi ? Le FPR se bat à Kigali ?

— Pas seulement le FPR. Tous les partis politiques rivaux. Le MDR se bat contre le CDR, le CDR contre le PSD, et tout le monde se bat contre le MRND d'Habyarimana[1]… *Aye !* Ça fait beaucoup de lettres… qui pourrait s'en souvenir ? Et puis, il y a les escrocs, qui font sauter les commerces dans le seul but de les piller. Un jour, j'ai failli trébucher sur un cadavre. Il était là, au milieu de la rue,

1. MDR : Mouvement démocratique républicain.
CDR : Coalition pour la défense de la République.
PSD : Parti social-démocrate.
MRND : Mouvement révolutionnaire national pour le développement

comme s'il dormait. Ils l'ont coupé en plein jour. » Daniel trempa une frite dans le pili-pili. « Ouah, ces piments sont forts !

— Et le cessez-le-feu ? Tu disais que les gens dansaient dans les rues. Et les Nations unies ? Elles étaient censées envoyer des troupes. » Jean-Patrick retomba dans une humeur morose. Lui qui avait espéré que Daniel lui annoncerait que la guerre s'était éloignée…

« On n'a vu la Minuar nulle part, dit Daniel plus bas. La mission des États-Unis pour l'assistance au Rwanda… Tu parles d'un nom pour une armée invisible ! Habyarimana promet des troupes de l'ONU, et on voit de plus en plus de militaires nationaux… Il promet la paix et les massacres se multiplient… Il promet d'honorer la transition gouvernementale, au lieu de quoi il resserre l'étau du MRND… Comment savoir s'il tiendra un jour une seule de ses promesses ? »

Jean-Patrick balaya ces nouvelles d'un geste de la main. « Ces choses-là prennent du temps. Mais ça finira bien par changer. Il le faut. Regarde, moi, un Tutsi, je vais concourir aux jeux Olympiques. Et Habyarimana viendra me saluer. »

Daniel tapa dans ses mains. « *Aye-yay*… J'ai oublié de te féliciter. La politique m'embrume le cerveau… »

Ils parlèrent de la compétition et de la réception. En entendant le ton insistant de sa voix, Jean-Patrick se demanda si c'était lui ou son ami qu'il cherchait à convaincre.

« Ne m'écoute pas, dit Daniel. Les prédictions aveugles de mon père ont déformé ma façon de penser. Mais maintenant que je suis à Butare, tout ce désastre qui mijote sur le charbon à Kigali est loin derrière moi. » Il se tourna vers une bande de filles qui parlaient très fort à la table voisine. « Pendant que j'étais chez moi, j'ai eu plusieurs petites amies. Et toi ?

— Trop occupé. » Jean-Patrick sortit des livres de son sac à dos et les aligna sur la table. Daniel posa une énorme pile de textes à côté. « Il y a pas mal de biologie et de chimie… Ils t'ont inscrit en prépa médecine ?

— Oui. Finalement je serai médecin, mais je dois encore m'inscrire en physique. Ce qui ravit ma mère, vu qu'elle est prof de sciences. Et toi ?

— Ingénierie mécanique. Je savais que je n'aurais pas physique ou maths, mais je vais suivre de nombreux cours, alors je suis content. » Il tendit à Daniel son livre de géologie. « Et je prends aussi ça.

— *Introduction à la géologie physique.* » Daniel fronça le nez. « À quoi ça sert ? »

Jean-Patrick repensa à l'étonnement de Jonathan quand il lui avait expliqué que, au Rwanda, les étudiants n'étaient pas libres de choisir leurs études. Il se demanda à quoi ressemblerait de pouvoir choisir des cours sur une liste comme des plats sur un menu. De dire : je choisis la géologie, ou bien la physique. Un tel monde, il ne pouvait même pas l'imaginer.

Daniel lui rendit le livre. Jean-Patrick aperçut un éclair rose entre ses dents. Pendant toutes les vacances, ce visage et ce sourire lui avaient manqué.

« J'ai vu le coach, dit Daniel. Il m'a prévenu qu'on avait un entraînement spécial, monter et descendre en courant chaque escalier du campus. Après quoi il m'a cité un proverbe, où il était question de nous accueillir à venir brouter sur ses pâturages, et il a rigolé. »

Soudain, Jean-Patrick comprit ce que l'entraîneur avait voulu dire au moment où il l'avait déposé en voiture. Imana lui avait donné du talent et une volonté obstinée. Il fallait qu'il coure le plus possible pour respirer, et il était prêt à endurer n'importe quelle souffrance en vue de gagner. Mais il voyait à présent qu'il dépendait du coach pour ciseler ses dons et en faire un joyau à l'éclat parfait. Et que ce joyau serait bien davantage que sa réussite personnelle. Son oncle et son frère lui avaient assuré qu'il courait pour tous les Tutsis, or cela lui semblait d'autant plus vrai après cette conversation sur la guerre.

Il secoua la tête. Pendant tout ce temps, il avait cru qu'il lui suffisait de faire confiance à deux jambes assez agiles pour fendre l'air. Cependant, ce n'était pas suffisant, et ça ne le serait jamais. Il devait faire confiance à Rutembeza pour qu'il le guide, à Habyarimana pour qu'il lui permette de réaliser son rêve olympique, au gouvernement pour qu'il fasse venir des troupes des Nations unies. Et si jamais on en arrivait là, il devrait faire confiance à ces troupes pour qu'elles protègent sa vie.

16

Le coach s'arrêta devant chez Jonathan en grommelant : « Regarde ce *muzungu*... On dirait un gros pouce blanc qui dépasse. »

Dans la pénombre, planté devant la grille avec sa casquette, son sac à dos et son appareil photo en bandoulière, Jonathan avait plus l'air d'un touriste que d'un professeur. Jean-Patrick avait appris que le *B* sur sa casquette était celui des Boston Red Sox, l'équipe de base-ball de la ville où était né l'Américain.

« *Mwaramutseho*, dit Jonathan en se glissant sur le siège avant. *Amakuru*, J.-P. ?

— Ça va, répondit Jean-Patrick. Jonathan, je te présente mon entraîneur, Rutembeza.

— *Mwaramutse* », dit le professeur en lui tendant la main.

L'expression de dédain du coach laissa place à un sourire, comme si une main invisible avait effacé l'une pour dessiner l'autre. « Bonjour. Jean-Patrick parle de votre cours en termes élogieux. »

Jonathan mit sa casquette sur la tête de Jean-Patrick. Il avait renoncé à ses cheveux fous pour une coupe courte impeccable. « Tu es prêt à gagner ?

— Moi, je le suis toujours !

— Aujourd'hui, il va battre l'équipe olympique du Burundi au grand complet ! » déclara Daniel.

Ressentant un premier tiraillement de nervosité à l'estomac, Jean-Patrick reporta son attention sur le temps, qui n'annonçait rien d'engageant. Des nuages de pluie masquaient le pâle soleil qui se levait avec le jour. Quand ils quittèrent la préfecture de Butare, la pluie commença à s'abattre sur le toit dans un bruit sourd.

« Jamais je n'arriverai à me qualifier dans ces conditions… Je vais déraper dans la boue… »

Daniel abaissa la vitre et sortit sa main pour attraper des gouttes de pluie. « Ça peut passer très vite. »

Jonathan montra un coin de ciel gris-bleu et un début d'arc-en-ciel. « Oui. Je pense que oui. » Il tenait son appareil photo sur les genoux, le doigt sur le déclencheur.

Près de la bifurcation en direction de Nyanza, la pluie s'arrêta. Une ribambelle d'enfants surgit au milieu des herbes en s'écriant : « *Agachupa ! Agachupa !* »

Jonathan attrapa son appareil. « Magnifique ! Qu'est-ce qu'ils disent ?

— Ils veulent ça, répondit Jean-Patrick en lui tapant sur l'épaule avec une bouteille d'eau vide. Tous les récipients sont précieux… surtout venant d'un *muzungu* ! »

Jonathan jeta la bouteille en plastique par la fenêtre. Aussitôt les enfants plongèrent dessus. Une petite fille émergea de la mêlée en brandissant son trophée et partit à toutes jambes pour distancer ses poursuivants.

« Hé, regardez-la courir… Fais gaffe, Marcianne Mukamurenzi ! s'exclama Jean-Patrick.

— Qui est-ce ?

— Je viens de lire un article sur elle. C'est l'athlète qui a représenté le Rwanda aux jeux Olympiques dans le quinze cents mètres *et* le marathon.

— Une fille », marmonna le coach en minimisant la chose d'un geste de la main.

Jean-Patrick ne se laissa pas démonter. « N'empêche qu'elle a fait mieux que Télesphore Dusabe, le type qui est venu dans mon école. Elle l'a battu d'une minute quarante. » Il agita sa jambe. « Elle était factrice et s'entraînait en courant pieds nus pour apporter le courrier de village en village. » Le coach grommela dans sa barbe. Jean-Patrick recommença à scruter le ciel dans l'espoir de voir un peu de bleu surgir de la grisaille

La ville de Kigali se matérialisa par-delà les marais du Nyabarongo. Des pans de ciel bleu apparurent tandis que la terre fumait. Jonathan se pencha à la fenêtre avec son appareil photo.

« Peut-être que la piste ne sera pas trop glissante... » La nervosité de Jean-Patrick se métamorphosa en une nuée de papillons dans le ventre.

« N'est-ce pas ce que j'avais prédit ? s'exclama Daniel.

— Oh, mon Dieu... » Jonathan se pencha plus encore en réglant son objectif frénétiquement.

Devant eux, une foule s'était rassemblée autour d'un groupe d'hommes armés de machettes. Alors que la voiture se rapprochait, Jean-Patrick vit que plusieurs d'entre eux avaient des grenades à leur ceinture.

« Bienvenue à Kigali ! lui murmura Daniel. Cette fois, tu vois nos *interahamwe*.

— Ce n'est pas bon signe », observa Jonathan avant de déclencher l'objectif. Rutembeza se tourna vers lui d'un geste vif.

« Il faut mettre votre appareil par terre, qu'on ne le voie pas. Et vite ! ordonna-t-il d'un ton glacial. Remontez la vitre et verrouillez la portière. »

Au centre de la foule, un vieux berger tout voûté était appuyé lourdement sur son bâton. Quelqu'un lui avait pris une de ses bottes en caoutchouc et la brandissait au-dessus de sa tête. Bien que ses vêtements fussent usés et tout rapiécés, Jean-Patrick vit qu'il s'était habillé avec soin. Son pantalon était taché de terre et son chapeau de feutre gisait piétiné dans la boue. Une manche de sa veste déchirée pendait dans le vide. Des collégiens ramassèrent les légumes tombés de son panier renversé. Mais, malgré sa peur, l'homme gardait un air plein de dignité.

« Pourquoi tout le monde embête ce pauvre paysan ? » Jonathan colla son front à la vitre.

« Il est tutsi », répondit Jean-Patrick, stupéfié par sa propre audace. Le coach le fusilla du regard.

La foule était de plus en plus dense. Des conducteurs abandonnèrent leur voiture pour mieux voir ce qui se passait. Certains se moquaient du berger ou acclamaient les *interahamwe*, d'autres criaient de le laisser tranquille. Quand un gamin lança une tomate qui éclata sur le dos du vieil homme, ses copains exultèrent de joie.

Le coach donna un coup de klaxon. « On peut penser qu'ils laisseront passer un étranger », dit-il en kinyarwanda en montrant Jonathan.

Un *interahamwe* ramassa le chapeau qu'il tapa contre la jambe du vieil homme, puis le rejeta par terre avec une mine de dégoût. La foule poussa des cris et des sifflements. Tête nue, courbé en deux, le berger demeura immobile. Des gosses se carapatèrent, les bras chargés de victuailles.

« Il a dû essayer de les escroquer, dit le coach en tapotant l'épaule de Jonathan comme pour consoler un enfant. Ça arrive tout le temps… Au Rwanda, les gens ne traitent pas les voleurs à la légère. »

Le sang de Jean-Patrick ne fit qu'un tour. La honte qu'éprouvait le berger lui brûlait les joues. Il avait beau savoir qu'on ne devait pas contredire un aîné, il prit la parole. « Ce n'est pas… »

Daniel lui broya la main en lui faisant signe de laisser tomber.

Un autre *interahamwe* venait d'arracher les lunettes du vieil homme. Il les mit sur son nez et agita les bras comme un homme politique en train de faire un discours. Une chaîne en or brillait à son cou. Impassible, le berger cligna des yeux. Jean-Patrick sentit la foule se resserrer comme un boa sur le point d'étouffer sa proie.

« Coupez en deux ce serpent de Tutsi ! brailla quelqu'un dans la foule.

— On ne devrait pas faire quelque chose ? murmura Jonathan d'une voix tremblante. Où est la police ? »

Jean-Patrick ne tenait plus en place. « La police est trop occupée à compter ses *contributions*, lui souffla Daniel à l'oreille.

— Ne vous en faites pas. Les gars comme ça, ils veulent seulement leur faire peur. Dans une minute, ils le laisseront filer », assura Rutembeza. Jean-Patrick se tourna vers Daniel pour qu'il confirme, mais celui-ci se contenta de hausser les épaules.

Pendant un instant, la route s'ouvrit. Le coach accéléra et réussit à parcourir quelques mètres avant que l'espace se referme à nouveau. Il appuya longuement sur le klaxon, et le berger se tourna vers eux, le regard affolé.

Jean-Patrick regarda sa montre. S'ils ne repartaient pas très vite, il allait être en retard. Il aurait voulu bourrer le siège de coups de poing, mais sa voix sortit comme un gémissement. « Il faut qu'on se dépêche… »

Le coach descendit sa vitre. « Vous tenez vraiment à ce que ce *muzungu* voie ce que vous faites ? » cria-t-il à la foule. En entendant le mot *muzungu*, Jonathan se redressa vivement.

« Au diable le *muzungu* ! riposta le type à la chaîne en or. Au diable tous les cancrelats de Tutsis ! » Il s'approcha en lorgnant Jean-Patrick, le nez collé contre la vitre. « Pouvoir hutu ! *Umuzungu subira iwanyu !* » Il donna un coup sur la vitre avec le manche de sa machette. De la salive coulait aux commissures de ses lèvres. Et soudain, il partit d'un grand éclat de rire et retourna d'un pas nonchalant vers sa proie.

« Qu'est-ce qu'il m'a dit ? demanda Jonathan en fixant Rutembeza d'un air horrifié.

— Il vous a souhaité la bienvenue dans notre pays.

— Pas du tout ! Il a dit : rentre chez toi, homme blanc », corrigea Jean-Patrick, refusant de tolérer cette dernière humiliation.

Une lueur de colère brilla dans le regard du coach qui s'abstint toutefois de réagir.

Le cercle que formait la foule se resserra. « Ne laissez pas filer ce serpent, tuez-le ! » Le chant crépita dans l'air torride.

« Il n'a rien fait de mal... laissez-le donc tranquille ! s'écria une femme. Et retournez à vos affaires. »

L'*interahamwe* ramassa le chapeau et le tendit au berger. Au moment où le vieil homme allait le prendre, un autre *interahamwe* le poussa de toutes ses forces dans la boue. Le bâton lui échappa des mains. L'homme à la chaîne en or mit un pied sur le dos du berger et se pencha en plaçant la lame de sa machette sur sa nuque. Des exclamations d'encouragement s'élevèrent de la foule.

« Pitié, non ! » murmura Jonathan.

Jean-Patrick pressa la main de Daniel. L'allée derrière la boutique du vieux boulanger, l'éclat du couteau d'Albert, les garçons l'encerclant... toutes ces images défilèrent dans sa tête. À tout instant, la balance du destin pouvait basculer dans un sens ou dans l'autre, il le savait.

La voiture s'immobilisa à la hauteur du berger, si près que Jean-Patrick aurait pu compter les rides sur sa peau burinée. Il vit le torse du voyou se soulever, l'entendit respirer d'excitation.

« Ça suffit ! tonna le coach. Vous vous êtes suffisamment amusés comme ça ! »

L'*interahamwe* à la chaîne en or fit volte-face et le menaça de sa machette. « Je me souviendrai de toi, *icyitso* ! » Néanmoins, il battit en retraite. Tant bien que mal, le berger se releva et ramassa ses affaires. Il s'éloigna en claudiquant, une botte à un pied, l'autre nu. Jean-Patrick se tassa au fond du siège, de peur que le vieil homme ne voie qu'il n'avait rien fait pour se porter à son secours.

L'incident était clos ; la file de voitures recommença à avancer. Ouvrant une bouteille d'eau d'une main tremblante, Jean-Patrick but goulûment, comme si l'eau avait le pouvoir de le purifier, d'effacer la honte qui le consumait. Mais qu'aurait-il pu faire, lui qui n'était qu'un autre Tutsi malingre, s'il s'était jeté dans la bataille alors que la violence vibrait dans l'air comme des vapeurs d'essence ? La moindre petite flamme aurait suffi à tout embraser. Sans compter qu'il devait se rendre à une compétition.

Ils roulèrent en silence. Seul le coach parlait, montrant tantôt un hôtel, tantôt un bâtiment officiel. Jean-Patrick avait les nerfs à fleur de peau. Il se sentait aussi nu qu'un ver, cloué sur une planche comme un insecte. Ce ne fut qu'en apercevant le stade de Nyarimambo et les vendeurs de cigarettes et de bonbons devant l'entrée qu'il réussit à se concentrer sur la tâche qui l'attendait. Cette rencontre ne comporterait ni préliminaires ni demi-finales. Il n'y aurait qu'une seule épreuve – et donc une seule chance.

Jonathan reprit son appareil pour photographier les enfants en haillons, les ombrelles colorées des femmes, les hommes qui balançaient des bidons d'*urwagwa* ou des sacs de sorgho sur leur tête. Il prit en photo une athlète en short argenté, coiffée d'une multitude de petites nattes, les jambes luisantes et tout en muscles. Mais lorsqu'il voulut prendre les militaires, Rutembeza l'en empêcha en s'empressant de mettre sa main devant l'objectif.

Jean-Patrick observa les athlètes tout en se décontractant sur la pelouse. « Je ne vois pas les Hutus qui m'ont embêté à Butare », dit-il. Machinalement, il passa sa langue sur sa dent cassée et revécut au ralenti sa chute dans l'escalier à l'université nationale.

« Tu risques d'en voir deux au championnat mondial, rétorqua le coach. Ils sont partis s'entraîner au Kenya. » Il montra le terrain où un garçon râblé en short rouge enchaînait des séries de kick-out et de side-to-sides. « Voilà ton lapin, la nouvelle star de l'équipe de l'école technique. Il est fait pour courir le cent mètres, seulement il ne le sait pas… Il part comme une fusée et explose avant le deuxième tour.

— Comment vous en savez autant sur lui ? s'étonna Jean-Patrick tandis que le garçon dépassait les Burundais comme une flèche.

— Mon boulot consiste à repérer tes concurrents, et le tien à les battre. » Il se lécha les lèvres. « Ha, si je pouvais mettre la main sur lui, il irait avec toi aux jeux Olympiques ! » En voyant le regard que lui lança Jean-Patrick, il se mit à rire. « Dans l'épreuve du cent mètres, naturellement ! Regarde-le… Il sera épuisé au moment où il lui faudra courir. »

Jean-Patrick remarqua l'expression de souffrance sur le visage du garçon. « J'espère qu'il lui restera assez d'énergie pour que je le poursuive.

— Au premier tour, je veux que tu le talonnes. Il prendra son rythme sous la pression, ce qui va l'anéantir. Dès que tu le verras mollir, mets la gomme.

— Je me sens en grande forme, aujourd'hui. Je pense que je n'ai pas besoin de m'accrocher à qui que ce soit. » La tension du matin avait laissé place à une envie de tout donner à fond.

Le coach lui saisit le poignet. « Quand est-ce que tu apprendras à écouter ? Je compte sur toi pour faire ce que je viens de te dire. » Il le relâcha. « Va t'échauffer avec tes copains burundais… Pour eux, tu n'as plus rien d'un mystère. »

Ndizeye fit signe à Jean-Patrick de venir les rejoindre. « Il paraît que tu t'es qualifié pour les jeux Olympiques, dit Gilbert. Félicitations ! »

Jean-Patrick s'adapta à leur rythme. « *Yego*. Si j'arrive à les battre, on se retrouvera à Atlanta. » Il observa leurs foulées de manière à les enregistrer dans sa mémoire. Comme ça, quand il se repasserait la bande dans la tête, peut-être trouverait-il une faiblesse à exploiter.

Daniel l'attendait près de la ligne de départ avec une bouteille d'eau. « Notre président attend de te rencontrer. » Il salua Jean-Patrick.

Au premier rang des tribunes avaient pris place les officiels, entourés de la garde présidentielle. Habyarimana se tenait au milieu, des jumelles pointées sur Jean-Patrick. Il eut l'impression que le président était sorti de sa photo pour prendre vie. L'espace qu'il occupait s'étendait très au-delà des limites de son corps.

« *Mana mfasha* – Dieu me vienne en aide ! » murmura-t-il.

Daniel l'emmena vers les gradins. « Les caméras de télévision sont là. Tu as intérêt à être rapide ! Elles sont venues pour toi. »

Jean-Patrick repéra le *B* rouge vif sur la casquette de Jonathan à la gauche du président. Les jambes flageolantes, il dut se concentrer de toutes ses forces pour ne pas flancher. Il inspira plusieurs fois profondément dans l'espoir de se calmer. Habyarimana lui tendit la main. Jean-Patrick s'avança assez près pour compter les gouttes de sueur qui perlaient sur son front. Les photographes les mitraillèrent.

Habyarimana lui fit signe. « Je suis un être de chair et de sang », dit-il.

Une main ferme le poussa en avant. Par-dessus son épaule, il aperçut un homme à l'expression maussade, les yeux dissimulés derrière des lunettes teintées, qui lui lança : « Il ne va pas te mordre ! »

Le président tira Jean-Patrick d'un coup sec et le tourna vers les caméras. Il plissa les yeux face au mur d'objectifs. « Ce garçon est l'avenir du Rwanda ! déclara Habyarimana, le sourire rayonnant. Nous sommes ici pour l'aider à accomplir son rêve. » Il donna une grande tape dans le dos de Jean-Patrick comme s'il venait de manquer s'étouffer.

Il lui fallut une minute avant de comprendre que l'éclair qu'il vit jaillir du coin de l'œil n'était pas le flash d'un appareil photo mais des bracelets miroitant dans un rayon de soleil. Il cligna des paupières et plissa des yeux. Béa était là, en bas sur les marches, le bras tendu pour saluer quelqu'un dans la foule. Elle portait la même jupe verte qu'il avait suivie dans l'escalier et le même chemisier doré. Elle soutenait son mari pour l'aider à monter les marches raides.

« C'est la fille que je veux épouser », décida-t-il alors qu'il s'échauffait avec Daniel au bord du terrain. Les équipes étaient en train d'installer les haies sur la piste en vue de la première épreuve. « Là-bas... avec le chemisier doré. »

Daniel recula au petit trot. « Avec les cheveux longs, à côté du vieux type ?

— C'est son mari. » Jean-Patrick regarda la fille avec les nattes et le short argenté dont Jonathan avait pris un rouleau entier de pellicule. Elle se préparait à prendre le départ de la course de haies.

« Tu es fou... Ce grand-père ? Tu en es sûr ?

— Certain.

— Peut-être qu'elle a une jeune sœur...

— Je ne veux pas de sa sœur, je la veux, elle. »

Daniel fredonna doucement. « Dans ce cas, tu vas devoir briser le cœur de son mari. »

À la seconde où le coup de pistolet retentit, Jean-Patrick se jeta à terre. L'écho se réverbéra sur les murs tandis que le stade poussait des acclamations. Lentement, il rouvrit les yeux. Les concurrentes venaient de franchir le premier obstacle. La fille au short argenté était en tête de peloton, ses nattes virevoltant au vent.

« Hé, tu n'as jamais entendu donner le départ ? » se moqua Daniel, la main sur le flanc.

Jean-Patrick retira des brins d'herbe de son pantalon de survêtement. « *Mana yanjye*... J'ai cru que cet *interahamwe* m'avait tiré dessus !

— *Wa muturage, weh !* – tu es encore un gars de la campagne ! Parce que tu crois qu'au championnat du monde ou aux jeux Olympiques, on tape deux bouts de bois ? »

La fille passa la huitième haie sans personne sur ses talons. C'était ainsi que Jean-Patrick voulait faire sa course. Mais, d'un seul coup, le bout de son pied buta sur le dernier obstacle et elle s'effondra en grimaçant de douleur. Une concurrente la doubla et fila décrocher la victoire. Jean-Patrick éprouva soudain un sentiment d'angoisse ; il était si facile que la chance tourne...

Le huit cents mètres était la dernière épreuve de la journée. Les photographes se précipitèrent sur le terrain pour prendre des photos de Jean-Patrick en train de faire des étirements.

« Tu te sens comment ? » Le coach mit le chronomètre à zéro. Le chrono intérieur de Jean-Patrick se déclencha.

« Comme si rien ne pouvait m'arrêter. »

Le garçon en short rouge arriva sur la piste en trottinant. Le coach donna un coup de coude à Jean-Patrick. « Redis-moi... C'est qui celui-là ? »

Jean-Patrick observa quelques secondes les cuisses aux muscles puissants. « Mon lapin. » Il eut beau chercher un éclair vert et doré dans les tribunes, il n'aperçut que le reflet des lunettes du président rivées sur lui. Lorsque l'annonceur appela les concurrents à prendre position, son cœur se mit à battre à toute allure.

Il courrait dans le couloir numéro cinq, flanqué de Gilbert d'un côté, de Ndizeye de l'autre. Quant au lapin, il avait le numéro sept, sur l'extérieur. Jean-Patrick se balança d'un pied sur l'autre tout en secouant ses jambes et ses bras. En voyant que Gilbert et Ndizeye se donnaient des petites claques sur les jarrets, il les imita. Le lapin sautillait sur place en boxant dans le vide.

Les coureurs prirent leurs marques. Dès que l'arbitre tira en l'air, une lumière s'embrasa dans la tête de Jean-Patrick.

Ainsi que le coach l'avait prévu, le lapin partit à fond de train en pompant des bras comme un fou. Jean-Patrick s'accrocha à lui en voguant à son rythme. Il s'attendait à voir Gilbert et Ndizeye à ses côtés, mais ils restèrent à une ombre de distance en arrière. Le lapin passa à une allure frénétique. Jean-Patrick, sur ses talons, lui rendit accélération pour accélération. Il se sentait bien, se sentait invincible.

Lorsqu'ils passèrent la ligne, la cloche signala qu'ils abordaient le dernier tour. « Les quatre premiers concurrents explosent le record du quatre cents mètres ! » hurla le présentateur.

Néanmoins, aussi vite qu'Imana lui avait tendu la main, il la lui reprit. Le lapin ne faiblissait pas. À la sortie du virage, Jean-Patrick se demanda s'il pouvait encore accélérer. Il sentait Gilbert et Ndizeye juste derrière lui. Ses poumons étaient à deux doigts de l'explosion. L'image de la coureuse de haies lui passa devant les yeux, à ceci près que ce n'était pas elle mais lui qu'il voyait s'écrouler. Et soudain, comme par miracle, dans la dernière ligne droite, la prédiction du coach se réalisa : le lapin s'effaça. Gilbert et Ndizeye bondirent en avant. À partir de là, Jean-Patrick reprit espoir, et la course commença pour de bon.

Les Burundais perdirent du terrain, le laissant courir sans aucun soutien. Il n'aurait su dire où il trouva l'énergie de se maintenir en tête. Il imagina le président l'observer à travers ses jumelles, imagina les bracelets de Béa scintiller tandis qu'elle se protégeait les yeux pour le regarder. Deux silhouettes l'entourèrent. Il allongea sa foulée, mais c'était comme si des pierres lui alourdissaient les jambes et que des barres de métal lui opprimaient la poitrine. Gilbert et Ndizeye se glissèrent à ses côtés. Il serra les dents et se propulsa en avant. Plus que cinquante mètres… Sa cadence était instable, déséquilibrée, tandis que les Burundais conservaient de longues foulées parfaitement déliées. Jean-Patrick ressentit un début de crampe dans le mollet. Il ne laisserait pas la même chose se reproduire, c'était hors de question !

Les Burundais le talonnaient comme il avait talonné le lapin, désormais oublié. Il força encore. Trente mètres…

Des taches noires dansaient devant ses yeux. La ligne d'arrivée miroitait de blancheur à une distance inaccessible. Dans les magazines du coach, il avait lu quelque chose à propos du mur qui se dresse brusquement devant vous. À l'instant, il s'y heurtait de plein fouet. Ils ne me battront pas ! se répéta Jean-Patrick. Sur les dix derniers mètres, il fit de cette phrase sa mélopée.

Il avait sa chance, il lui suffisait de tenir bon... Mais d'un seul coup il flancha, Gilbert puis Ndizeye le dépassèrent et, chevauchant la vague qui venait de le rejeter, ils franchirent la ligne. Jean-Patrick la passa à son tour, le buste désespérément penché en avant. Et soudain, vaincu même par la gravité, il s'effondra de tout son long. Ce ne fut que lorsque Ndizeye le secoua par l'épaule qu'il entendit le présentateur hurler : « Une quarante-cinq quarante-neuf ! Nkuba Jean-Patrick vient de battre son propre record ! » Le coach et Daniel fondirent sur lui, les poings levés en l'air, triomphants.

« Ils m'ont battu encore une fois ! maugréa Jean-Patrick, aplati dans l'herbe, pendant que le coach lui frictionnait les jambes. Ils m'ont fait exactement ce que j'ai fait au gars de l'école technique ! »

Rutembeza lui massa les mollets, d'abord doucement, puis avec plus de vigueur. « Tu t'attendais à quoi ? Ils lisent en toi comme dans un livre... »

Une décharge électrique fit sursauter Jean-Patrick ; le coach venait de toucher un point sensible. « J'espérais gagner...

— Tu auras une nouvelle occasion en Suède, aux championnats du monde. Tu as maintenant une idée de ce que tu dois apprendre.

— Je ne referai plus cette erreur.

— Des erreurs, il en existe des quantités d'autres possibles. Ton premier tour a été spectaculaire... je n'arrivais pas à y croire ! Mais si tu avais calé ta cadence, tu en aurais donné à ces gars pour leur argent... Travaille ta cadence et ta vitesse de rapprochement, et on verra quel drapeau flottera sur le podium à la prochaine rencontre. »

Jean-Patrick agita ses orteils. La crampe diminuait. Il observa Gilbert et Ndizeye, pieds nus, en train de s'étirer sur le terrain. Puis il adressa un sourire à Rutembeza, qui le lui rendit

Jonathan fendit la foule des reporters et des admirateurs pour venir le serrer dans ses bras. « C'était incroyable, mon vieux ! » Il le prit en photo dans différentes poses avec différents objectifs.

« Bien que je n'aie pas gagné ?

— Quelle importance ? Tu as pulvérisé ton record, non ? Et ça avait l'air tellement facile…

— Facile ? J'ai cru que ça allait me tuer !

— Pendant qu'on a une nanoseconde de libre, j'aimerais te présenter quelqu'un », dit Jonathan en le poussant vers les tribunes.

Béa se tenait sur les marches en compagnie d'une journaliste. Elle le regarda avec la même expression de surprise amusée dont il était tombé amoureux le jour où elle l'avait fait entrer dans son jardin. Elle lui tendit sa main rutilante de bracelets. « Quand on s'est rencontrés, je ne me doutais pas que j'avais affaire à une telle célébrité ! » Jean-Patrick prit sa main sèche et fraîche dans la sienne toute moite de transpiration.

« Tu connais J.-P. ? s'étonna Jonathan, l'air ravi.

— Un matin, j'ai dû le sauver des enfants… »

Ce fut seulement lorsqu'elle lui serra les doigts qu'il réalisa qu'il tenait encore sa main Il ne savait pas quoi faire – s'il la retirait, elle le jugerait grossier, s'il la laissait, elle risquait de trouver qu'il l'était encore plus. Les mots lui collaient au palais. « Je suis très heureux de pouvoir enfin faire ta connaissance et celle de ton mari. » Ce fut la seule chose qu'il trouva à dire.

« Mon mari ? répéta Béa en riant d'un magnifique rire de gorge. Ah oui… celui qui me bat !

— Qu'est-ce que c'est que cette histoire ? » intervint l'homme aux tempes grises en le fixant d'un œil étonné. Jean-Patrick se fit la remarque que son nez était légèrement tordu vers la gauche.

Béa lui effleura l'épaule. « Permets-moi de te présenter mon père, Niyonzima. »

Celui-ci serra la main de Jean-Patrick, qui fut surpris de sa force. « Merci de me rajeunir autant ! » dit-il. Il passa sa main dans le dos de Béa. Elle s'appuya contre lui. Comme il était facile de les prendre pour mari et femme... Mais puisque ce n'était pas le cas, Jean-Patrick s'autorisa à imaginer la douceur de sa peau sous ses doigts.

« Tu fais la fierté du Rwanda ! s'exclama Niyonzima. Tu enverras un message au monde. »

Jean-Patrick songea à son père, dont il revit tout à coup le visage de façon précise. Il pensa à sa famille qui devait être en train de se réjouir pour lui à Cyangugu. « Je ferai de mon mieux. »

La fanfare nationale du Rwanda entra sur le terrain en interprétant l'hymne national, *Rwanda Rwacu*. Puis le président et sa garde rapprochée les rejoignirent. Dans sa veste bleu azur, Habyarimana avait l'air d'un roi mythique descendu du ciel.

« Je crois qu'on t'appelle, dit Béa en se tournant vers le terrain.

— Pourquoi ne venez-vous pas à la réception ? demanda Jean-Patrick, espérant qu'elle allait accepter.

— Nous ne sommes pas invités chez le président ! répondit Béa d'un ton rieur.

— Mais il faudra venir dîner chez nous avec Jonathan, dit Niyonzima.

— J'en serais très heureux. »

Niyonzima le prit par le bras. « C'était un plaisir de te rencontrer. Ah, voilà ton entraîneur qui vient t'enlever... »

Le coach monta l'escalier. Il ne tendit pas la main à Niyonzima.

« Nous étions en train de dire à Jean-Patrick combien nous avons eu plaisir à le voir courir, dit-il. C'était un réel honneur. Je vous félicite tous les deux. »

Le coach claqua des talons en faisant un bref salut, puis entraîna Jean-Patrick au bas de l'escalier. Quand il se retourna pour jeter un dernier regard à Béa, la foule l'avait déjà engloutie.

Jean-Patrick sentit bourdonner la basse dans tout son corps avant même que le majordome en livrée et gants blancs n'ouvre la porte de l'ambassade. Une escouade de jardiniers étaient penchés au milieu des parterres de fleurs. Il contempla la demeure qui se dressait au bout de l'allée. En comparaison, les plus belles maisons de Cyangugu ressemblaient à de misérables huttes.

« Les Américains ont besoin de beaucoup de place, dit le coach en souriant à Jonathan.

— Attendez... Nous ne vivons pas tous dans un tel luxe ! » Jonathan ôta sa casquette et la fourra dans sa poche. « Ce n'est pas juste. » Il se passa la main dans les cheveux.

« Moi, je suis prêt pour un Coca-Cola ! » annonça Daniel. Il prit deux gobelets sur un plateau et en donna un à Jean-Patrick. La première gorgée glacée déclencha une douleur dans sa dent cassée qui se répercuta jusque derrière ses yeux.

Les invités grouillaient dans la salle en tenant de minuscules gobelets. Un babil de langues tourbillonnait dans l'air. Le président Habyarimana, les joues en sueur, circulait parmi la foule, serrait des mains, distribuait des tapes dans le dos et lançait des plaisanteries. De temps à autre, il prenait quelqu'un par l'épaule et posait pour une photo. En croisant le regard de Jean-Patrick, il s'exclama : « Voilà notre héros !... » Soudain il se figea, bouche ouverte, et Jean-Patrick comprit qu'il avait oublié son nom. Agrippant un photographe par la manche, le président prit Jonathan et Jean-Patrick sous son aile et se tourna vers l'objectif d'un air rayonnant. « Ce jeune homme incarne le nouveau Rwanda ! déclara-t-il. Un Rwanda où tout le monde peut réussir ! » Jean-Patrick attendit fébrilement la suite, mais Habyarimana se contenta de se racler la gorge.

Jonathan s'esquiva pour aller prendre des photos. Le président s'éloigna à grands pas avec sa garde. Jean-Patrick se retrouva à la merci d'une femme qui s'était accrochée à son poignet.

« Alors c'est vous notre héros ! » s'exclama-t-elle. Elle avait les cheveux d'un blond éclatant et portait un chapeau de paille rose. Il recula d'un pas pour dissiper le sentiment de panique qui le saisit en la voyant se coller à lui. « Je ne vous ai pas vu courir… Personnellement, je déteste le sport, quel qu'il soit, mais il paraît que vous êtes une sorte de prodige rwandais… » Elle lui prit la main qu'elle approcha de ses lèvres, et il comprit qu'elle allait l'embrasser. « Je vous admire, vous les Africains… » Il se raidit en sentant les lèvres tièdes et humides, et s'inclina comme il avait vu le faire des *abazungu* au cinéma. Dès qu'elle disparut dans la foule, il s'essuya la main sur son pantalon et partit à la recherche de Daniel.

Il le trouva avec son père, adossé à un arbre dont les fleurs jaunes en forme de trompette tapissaient la pelouse. « Finalement, tu vas rencontrer mon père. Il a attendu ce moment toute la journée… Je te présente Pascal. »

Le père avait une tête de plus que le fils, mais la même bouche large et la même constitution robuste. Malgré son attitude décontractée, on devinait d'emblée qu'il était militaire. Lorsqu'il lui sourit, Jean-Patrick aperçut l'écart familier entre les deux incisives.

« Après tout ce que Daniel m'a raconté, j'ai l'impression de te connaître depuis ton premier jour à Gihundwe ! » Il serra Jean-Patrick dans ses bras comme un fils.

Un serveur leur tendit un plateau où s'empilaient des boîtes jaunes. Un *M* ou un *W* rouge décorait l'emballage. « C'est arrivé en avion de Belgique, dit Pascal. Voyons un peu ce qu'il y a de si bon là-dedans… »

Jean-Patrick renifla. « Qu'est-ce que c'est ?

— Ça s'appelle un McDonald's. C'est une sorte de hamburger. Aux États-Unis, il paraît qu'ils en sont fous. »

La femme au chapeau de paille rose brandit le sien. « Oh, mon Dieu, il y a je ne sais combien de temps que je n'en ai pas mangé ! »

Pascal mordit une bouchée et secoua la tête. « Décidément, je ne comprends pas ces Américains... »

Jean-Patrick goûta la viande impossible à identifier nappée d'une sauce rouge et sucrée. Il ne voyait pas pourquoi on en faisait un tel plat. « Mieux vaut que j'apprenne à aimer ça, si je vais à Atlanta. » Il fit passer le pain mou et insipide avec une lampée de Coca.

Les premiers grondements de tonnerre retentirent au loin, rivalisant avec la musique pop américaine qui vibrait dans les haut-parleurs. De gros nuages d'orage envahirent rapidement le ciel. Le vent se leva. Jean-Patrick ferma son blouson. Une rafale de gobelets et d'emballages vides de hamburgers balaya la pelouse. Les invités dansaient. Sous un arbre, Jonathan se trémoussait sur un air disco avec une femme coiffée d'un turban vaporeux dont les cheveux avaient la couleur du cuivre roussi.

Les soldats de la garde présidentielle, la mine sombre et compassée, formaient autour des proches du président un vague cercle à la limite duquel se tenait le coach. La tête inclinée, il était en train de parler à un militaire. Pascal se pencha à l'oreille de Jean-Patrick. « À présent, tu vois de tes yeux ce qu'est l'*akazu*. »

Habyarimana claqua des doigts. Aussitôt, un soldat s'approcha. La femme du président lui dit quelque chose, et il disparut de nouveau.

« Je ne comprends pas ce que vous voulez dire. »

Daniel dit tout bas : « On les appelle la *petite maison*, parce que ce sont eux qui entourent Habyarimana – le cercle intérieur –, qui pressent les gens comme des citrons et mettent de l'huile dans les rouages du gouvernement pour être sûrs qu'ils tournent à leur avantage.

— Et c'est indispensable, ajouta Pascal. Ils font circuler l'argent, les pots-de-vin, les fonds détournés des ONG et qui sait encore quelles autres bêtises…

— Ce sont lesquels ? »

Daniel lui montra un groupe près de la femme du président. L'un d'eux était l'homme à l'expression revêche qui avait bousculé Jean-Patrick au stade.

« Mais sa femme n'en fait quand même pas partie ?

— Madame Agathe est la plus puissante de tous », répondit Pascal. Le soldat revint avec un micro que, sur un geste de Madame Agathe, il installa devant le président. « Regarde bien… Tu es maintenant quelqu'un d'important. Si tu te conduis mal, ce sont eux qui décideront si tu dois aller en prison ou mourir.

— Papa, arrête de lui faire peur avec tes catastrophes ! »

La musique s'interrompit et les haut-parleurs grésillèrent. Le coach fit signe à Jean-Patrick d'approcher. La tension qu'il ressentit dans les jambes en s'empressant d'aller le rejoindre lui confirma qu'il avait travaillé aussi dur que possible. Le plaisir d'une fatigue bien méritée se propagea dans tout son être.

Une main sur l'épaule de Jean-Patrick, Habyarimana commença son discours. Très vite Jean-Patrick renonça à compter le nombre de fois où il le cita comme un exemple de progrès. Il avait beau vouloir le minimiser, l'avertissement que lui avait donné Pascal continuait à résonner dans son oreille. Des flashes crépitèrent dans le crépuscule. Le tonnerre gronda, plus près. Une grosse goutte atterrit sur le crâne de Jean-Patrick. Le président conclut, et quelques personnes applaudirent avec enthousiasme.

Une lumière verdâtre scintillait dans l'air comme si elle jaillissait de la pelouse. Des éclairs zébrèrent le ciel au-dessus des collines, et les invités se précipitèrent vers la grille. La femme de l'ambassadeur serra des mains en prenant congé. Les serveurs en blanc s'éclipsèrent, remplacés par une ribambelle de femmes en pagne et turban qui vinrent ramasser les restes de la fête.

« J.-P. ! Une dernière photo avec ton coach et le président ! » cria Jonathan, les joues rouges et luisantes.

« Daniel, Pascal… venez vous aussi ! » dit Jean-Patrick.

Jean-Patrick se plaça entre son coach et Habyarimana, Daniel et son père de chaque côté comme des serre-livres. Derrière eux, l'immense poinsettia flamboyait. « Rapprochez-vous… que je vous aie tous dans le cadre. » Ils se serrèrent à se toucher. Jean-Patrick sentit la chaleur des corps pressés contre lui.

Le visage d'Habyarimana dégoulinait de sueur. En posant pour Jonathan, Jean-Patrick oublia les mises en garde de Pascal et retrouva sa bonne humeur. Comment le gamin gambadant dans les rues de Cyangugu aurait-il pu imaginer qu'un jour il serait là, photographié à côté du président du Rwanda ? Cependant, à la seconde où l'objectif se déclencha, un membre de la garde présidentielle attira son attention. Soutenant son regard, le militaire lui fit un grand sourire en passant lentement son pouce en travers de sa gorge.

« Ce soir, je reste à Kigali », dit Daniel en se hâtant dans l'allée avec Jean-Patrick. Ils étaient les derniers à partir. « Mon père me ramènera demain, après la messe. »

La femme de l'ambassadeur était rentrée dans son palais. Pascal se dirigea vers eux en lissant sa veste. Dans son uniforme, il était séduisant et élégant, comme le serait Daniel dans une dizaine d'années. « Tu as de la chance de l'avoir.

— Oui, je sais, dit Daniel en regardant par terre.

— Il faut que vous preniez soin l'un de l'autre.

— Jusqu'à ce que la mort nous sépare ! » rétorqua Daniel en souriant.

La pluie avançait vers eux comme un drap sombre. D'une seconde à l'autre, le ciel allait se déchirer. Près de la portière grande ouverte, le coach tapait du pied d'impatience. Pascal serra Jean-Patrick et Daniel dans ses bras pour leur dire au revoir. Une odeur d'aftershave et de tabac chatouilla les narines de Jean-Patrick, qui soudain se revit petit garçon lorsque son père le soulevait en le tenant contre sa joue à la douce odeur grisante.

« Tu as reçu un don très particulier. Tâche de t'en servir avec sagesse. Et surtout, fais bien attention à toi. »

Il y avait diverses façons d'interpréter ce souhait. « Je ferai attention… et en Suède, je vais gagner. » Jean-Patrick courut à la voiture. Dans la maison de l'ambassadeur, les lumières s'allumèrent une à une.

« Allons-y, dit le coach. Je voudrais être de retour à Butare ce soir.

— Cours comme si ta vie en dépendait ! lança encore Pascal. Comme si nos vies à tous en dépendaient ! »

Un éclair surgit tout près, suivi d'un roulement de tonnerre. Pascal et Daniel s'empressèrent de monter dans un camion militaire qui suivit la voiture du coach alors qu'il s'engageait dans la rue. La grille de l'ambassade se referma derrière eux. Au même instant, l'orage éventra le ciel dans un vacarme assourdissant.

Le coach accéléra pour doubler un car. Jean-Patrick se retourna et regarda le camion jusqu'à ce que la pluie avale tout et qu'on ne distingue plus que les phares. La dernière phrase de Pascal lui avait laissé un sentiment de malaise qu'il essaya de chasser. Habyarimana n'avait-il pas organisé cette réception pour fêter sa performance ? Ce militaire n'était qu'un imbécile, sans doute furieux d'avoir dû perdre son après-midi. Et puis, Daniel ne lui répétait-il pas sans cesse que son père voyait s'annoncer une catastrophe dans le moindre nuage de fumée ?

17

Pour se calmer, Jean-Patrick partit jogger sur le campus – ce serait l'occasion de se raffermir les jambes en effectuant quelques intervalles dans l'escalier. Depuis la compétition à Kigali, nombre de gens le reconnaissaient, de sorte qu'il passa la dernière partie de l'entraînement à répondre à des saluts. « Mister Olympique ! » criait-on sur son passage. Ce surnom, il estimait l'avoir gagné autant que Roger celui de Mister Cool ou Isaka celui de One Shot. Cependant, il était aussi à la recherche de Béa. Il l'était depuis qu'elle avait ouvert son portail pour le faire entrer chez elle.

Il l'aperçut en train de parler avec Jonathan dans une flaque de soleil, une pile de livres sous le bras. Derrière elle, les fleurs des flamboyants méritaient pleinement leur appellation. Son pied droit se souleva comme si elle était sur le point de s'en aller tandis qu'elle discutait en anglais avec aisance. Un pétale rouge orangé était collé à la semelle de sa sandale.

« J.-P. ! Tu te souviens de Béa ? » Comme s'il avait pu l'oublier… « Tu savais qu'elle allait être le prochain président du Rwanda ?

— Ça ne me surprendrait pas », répliqua Jean-Patrick avec un sourire en lui tendant la main. Se rappelant tout à coup sa dent cassée, il mit sa main devant sa bouche.

Béa éclata de rire. « Tu es devenu une vraie célébrité ! Je vois ta photo partout dans les journaux. » Elle lui serra la main et laissa tomber ses livres.

« Désolé… c'est ma faute. » Alors qu'il se penchait pour les ramasser, chaque titre lui apparut comme un autre élément du puzzle qu'elle représentait pour lui. La plupart parlaient de politique et d'histoire, comme ceux du coach, mais il y avait aussi un carnet, ouvert sur une page où figurait un dessin de fleurs élaboré. Elle se baissa pour l'aider. Il lui aurait suffi de tendre la main pour toucher sa paupière ombrée de vert émeraude.

« On va prendre un café à l'*Ibis*, dit Jonathan. Tu nous accompagnes ?

— Oui, viens. » Béa se redressa et lissa son pagne. Il imagina sa joue se poser parfaitement au creux de son sternum.

Étudiante en deuxième année, Béa s'intéressait à l'histoire et au journalisme. Elle aurait voulu être une artiste, à l'instar de sa mère, cependant l'art, comme la physique, ne servait à rien. Du coup, elle avait décidé de suivre les traces de son père. « Et c'est très bien comme ça, conclut-elle. Le journalisme, moi aussi j'ai ça dans le sang. »

Elle raconta tout cela à Jean-Patrick après que Jonathan les eut quittés, tout en sirotant une seconde tasse de thé. Elle ramassa des miettes du gâteau qu'ils avaient partagé et suça le bout de son doigt.

« Tu parles anglais couramment. Comment tu l'as appris ?

— J'ai passé neuf ans à Londres. On a quitté le Rwanda quand j'avais quatre ans pour être avec mon père pendant qu'il faisait sa thèse. Je suis revenue plus tard au moment d'entrer à l'école secondaire. » Ses mains posées sur la table dégageaient une chaleur irradiante. « Mais je suis rouillée… À moins de parler régulièrement une langue, on la perd vite. Alors je suis contente de pouvoir pratiquer un peu avec Jonathan. »

Il comprenait mieux cette façon qu'elle avait de se mouvoir dans le monde, de prendre la vie selon ses propres termes en défiant quiconque de l'en dissuader. « Pourquoi tu es revenue ?

— Je ne voulais pas du tout, au départ. En Angleterre, je me sentais comme chez moi. » Elle versa du lait dans son thé avant de le mélanger. « Là-bas, tout est tellement simple... L'eau chaude et l'électricité à volonté, la cuisinière qu'on allume en tournant un bouton, les bus et les trains qui vous emmènent partout... Et dans un bus anglais, il n'y a personne qui vous cogne la tête avec un sac de sorgho qui fuit de tous les côtés ou qui vous bouscule avec une valise répugnante !

— Je crois que je deviendrais énorme. » Le serveur apporta un nouveau thermos de thé. Trop de théine rendait en général Jean-Patrick nerveux et faisait battre son cœur beaucoup trop vite, mais, ce matin-là, il trouvait ces palpitations d'une intensité très agréable.

« Quand on est arrivés, je ne savais plus comment être africaine. J'avais la plante des pieds si tendre que je ne supportais pas de marcher pieds nus. Mais à partir du moment où je suis allée en pension, je suis redevenue rwandaise. Il a quasiment fallu me traîner dans l'avion pour repartir ! »

Jean-Patrick songea au dernier jour de la vie de Mathilde, au soldat qui avait bousculé Tante Esther et au fusil qu'il avait pointé sur son cœur. Il repensa au militaire de la garde présidentielle qui avait mimé le geste de lui trancher la gorge. « Il y a des jours où je pourrais monter dans un avion et ne plus jamais regarder en arrière. » Cependant il y avait le lac, son œil bleu sans fond. Et puis aussi son oncle, debout dans la pirogue, aussi gracieux qu'une cigogne quand il maniait sa perche pour attirer les poissons. « Et d'autres où je regarde autour de moi et ne ressens que de l'amour pour mon pays.

— *Imana yiriwa ahandi igataha i Rwanda*, cita Béa.

— C'est vrai, Dieu passe la journée partout mais rentre dormir au Rwanda. » Le soleil qui se déversait par la fenêtre dessinait des rayures sur la nappe. Jean-Patrick retira son blouson. « Je crois que je ne pourrais jamais quitter ma famille, d'autant plus que, maintenant, je représente le Rwanda aux championnats du monde.

— Tu as grandi à Cyangugu ? »

Se perdant un instant dans la lumière des yeux de Béa, il s'obligea à se ressaisir. « Oui. Mon père était préfet des maîtres à Gihundwe.

— Il y est toujours ?

— Non… » Jean-Patrick se livra à un rapide calcul qui le laissa stupéfait. « Il est mort depuis bientôt neuf ans.

— Je suis désolée. » Le regard de Béa se tourna vers la porte avant de revenir sur lui. « Quand j'étais gamine, Cyangugu était un des endroits que je préférais. On allait au bord du lac pendant les vacances, ou dans la forêt de Nyungwe. Je cueillais des fleurs que je cachais sous ma robe et, dès que mes parents avaient le dos tourné, je les lançais aux singes pour qu'ils aient autre chose à manger que mon bras… Pour une raison que j'ignore, ils me terrifiaient. »

Jean-Patrick avait du mal à l'imaginer terrifiée par quoi que ce soit…

« Tu vivais dans une de ces belles maisons au bord du lac Kivu ? » demanda-t-elle

Comment pouvait-il lui dire que sa mère lavait les sols et faisait la lessive dans ces maisons ? « Non. On habitait un peu plus loin. » Il espéra qu'elle ne devinerait pas que seuls des paysans vivaient là et qu'ils tiraient péniblement leur subsistance de la terre et du lac. La plupart n'avaient jamais lu un livre. Certains comprenaient à peine quelques mots dans une lettre.

Un mendiant vint s'accroupir devant le café, une des manches de sa chemise repliée et épinglée au niveau du coude. Deux policiers le prièrent de déguerpir, puis vinrent s'installer à la table voisine de la leur. Au moment où l'un d'eux adressa un signe de tête à Béa, il crut la voir se raidir.

« *Mwaramutse* », dit le policier en lui tendant la main. Plusieurs décorations ornaient son uniforme. « Je vois que tu connais la nouvelle célébrité de Butare… » Il se fendit d'un sourire qui révéla une rangée de dents en or.

« J'ai eu la chance de le voir courir à Kigali, dit Béa.

— On pourrait peut-être se voir la semaine prochaine… » Son regard se posa sur le tee-shirt de Jean-Patrick. « Du moins, si tu n'es pas trop occupée. »

Béa le gratifia d'un sourire qui aurait pu extraire du miel d'un rocher. « La semaine prochaine, j'ai pas mal d'examens… Peut-être après, une fois que j'en aurai terminé. »

Le policier alluma une cigarette et jeta l'allumette dans l'assiette de gâteau. Un ruban de fumée s'échappa du sucre carbonisé. « C'est bien de te rencontrer là, reprit le policier en effleurant le bord de sa casquette sans quitter des yeux Béa. Félicitations ! » ajouta-t-il à l'intention de Jean-Patrick avant de tourner les talons.

Béa se pencha au-dessus de la table. « Son aftershave empeste horriblement ! » murmura-t-elle. Jean-Patrick dissimula son sourire. Elle rassembla ses livres. « Allons-y ! »

Elle descendit la colline si vite qu'il dut jogger pour ne pas se laisser distancer. « Comment s'est passée ta réception ? demanda-t-elle d'un air un peu pincé en serrant ses livres contre sa poitrine.

— C'était super ! Une grande fête… avec musique, dancing, Coca-Cola… J'ai même goûté un MacDonard.

— Un quoi ?

— Un MacDonard. Une sorte de hamburger américain… qui a un goût de semelle de chaussure.

— Ah… McDonald's ! » Un bref instant, son humeur sombre se volatilisa. « Mon Dieu… et où avaient-ils trouvé ça ?

— Ils les ont fait venir par avion de Belgique. Rien que pour ma réception. » Il attendit sa réaction. Voyant qu'elle gardait le silence, il enchaîna : « Le président Habyarimana a été très sympathique avec moi. »

Les narines de Béa se dilatèrent légèrement. « C'est formidable », dit-elle sans le regarder.

Jean-Patrick l'arrêta. « Qu'est-ce que j'ai dit qui ne va pas ? »

Elle jeta un regard alentour. « Ça ne t'ennuie pas qu'on continue à marcher ? » Il se régla sur son pas. « Le 12 novembre 1990, un mois après l'invasion du FPR, Habyarimana a fait arrêter mon père. J'étais à ce moment-là en pension. Ma tante est venue me chercher. »

Jean-Patrick avait l'impression d'être sorti faire une balade tranquille par un beau matin calme et de foncer tout droit sur l'orage. « Pourquoi on l'a arrêté ? » Il observa un petit garçon en train de jouer avec une chambre à air.

« Tu peux me regarder, tu sais… Je ne suis pas la reine Nyavirezi. Je ne vais pas me transformer en lionne pour te dévorer. Il a été emprisonné parce qu'il a dit – et écrit – ce qu'il pensait. » Elle lui effleura le coude. « Ne prends pas cet air étonné. On a beau être hutus, nous aussi on subit la colère d'Habyarimana. D'après les calculs de mon père, plus de dix mille personnes, Hutus et Tutsis confondus, ont été jetées en prison entre fin 1990 et début 1991, et notre président ne s'est montré *sympathique* avec aucune d'elles… » Sa voix tremblota. « Mon père s'est exprimé parce qu'il aime le Rwanda suffisamment pour être prêt à mourir pour son pays, ce qu'Habyarimana a d'ailleurs bien failli l'aider à prouver !

— Je t'en prie, dit Jean-Patrick, hésitant à essuyer la larme qui coulait sur sa joue. Je suis désolé de t'avoir fait repenser à ces choses…

— C'est moi qui devrais être désolée. » Elle passa un doigt sous son œil. Son mascara s'étala comme une trace d'encre. « On ne pourrait pas parler de quelque chose de moins sinistre ? Raconte-m'en un peu plus sur cette fête. »

Il n'y avait apparemment rien de plus à en dire. Qui – ou quoi – aimait-il suffisamment pour être prêt à en mourir ? Il avait besoin de courir, et de gagner. Pour ça, il aurait sans doute été prêt à mourir. « Béa, je suis désolé de ce qui est arrivé à ton père. Je ne sais pas quoi dire, sinon que – Dieu merci ! – il n'est pas mort.

— C'est ce que je me dis moi aussi. Tous les jours. »

Lorsqu'ils arrivèrent sur le campus, Béa se hissa sur la pointe des pieds ; il crut une seconde qu'elle allait l'embrasser. Au lieu de quoi elle lui murmura à l'oreille : « Fais attention à toi, Mister Olympique ! On se verra samedi soir. » Ses sandales résonnèrent sur l'allée en brique tandis qu'elle s'éloignait en courant.

Cette nuit-là, Jean-Patrick se réveilla en voyant le visage du policier si proche et si réel qu'il le repoussa de la main. Le lendemain matin l'attendaient deux examens et, l'après-midi, un dur entraînement. Il remonta les couvertures, ferma les yeux et essaya de se rendormir. L'humidité des draps pénétrait jusque dans ses os. Une fille comme Béa pourrait épouser qui elle voulait, songea-t-il. Un Hutu sympathique, un médecin ou un juge. Pourquoi voudrait-elle d'un pêcheur tutsi ? La question lui troubla l'esprit.

Le lendemain, après avoir passé son dernier examen, il partit en ville s'acheter à manger. Dans la première boutique où il entra, une boutique pour touristes, il trouva un cadeau pour Béa. Il l'aperçut sur une étagère, entre les marmites en argile et les paniers en osier : une pirogue sculptée dans un bois tendre et doré. Lorsque le commerçant la lui donna, Jean-Patrick reconnut l'odeur de musc acidulé de chez lui. Dans la barque se tenaient deux pêcheurs en *imiseke* tressés, les roseaux qui sentaient encore la terre marécageuse. Ils lui firent penser au petit chien que lui avait fabriqué Mathilde. Penchés sur une pagaie miniature, leurs dos formaient une courbe délicate d'une parfaite symétrie. De minuscules poissons en coquillages scintillaient au fond de la pirogue. Ma vie n'est pas sans valeur, faillit-il dire tout haut pendant qu'il regardait le marchand envelopper le cadeau dans les pages jaunies d'un vieux numéro de *Kangura*.

Ébloui par la lumière du soleil, Jean-Patrick se réveilla dans un état de panique. Il se redressa en hâte et retomba tout aussi vite sur l'oreiller. La tête lui tournait. Aussitôt il regretta la troisième Primus qu'il avait partagée la veille avec Daniel. Les yeux mi-clos, il se releva, lentement, puis se frotta les tempes et chercha ses baskets.

La voix de RTLM beuglait derrière le mur de la chambre adjacente. *D'abord le Burundi. C'est maintenant là que regardent nos yeux. Les mangeurs de chiens ont mutilé...* La suite de la phrase se perdit au milieu des parasites. Jean-Patrick soupira. Cette nouvelle station de radio, les gens l'aimaient trop ; il l'entendait jour et nuit dans les chambres des étudiants, en arrière-fond dans les cabarets et les magasins, sur les épaules de types qui se pavanaient en ville... Il n'était que sept heures du matin, et le présentateur faisait déjà de son mieux pour échauffer les esprits.

« Il est l'heure de te lever, Daniel. » Ce dernier se retourna vers le mur en remontant les couvertures sur sa tête. Jean-Patrick les retira d'un coup sec. « Pas la peine de faire le mort... Bon, j'y vais ! On se verra en cours. » Debout devant le petit bureau, il se força à avaler un morceau de pain et un peu d'eau. L'oreiller de Daniel le frôla et atterrit sur le mur au moment où il ouvrit la porte.

Il n'avait pas encore plu, mais le ciel menaçant ressemblait à une serpillière prête à être essorée. Un vent froid emmêlait les écharpes noires que formaient les nuages. Jean-Patrick remonta son col et partit en courant à petites foulées. Il entendit derrière lui le programme de RTLM. *Même quand les mangeurs de chiens sont peu nombreux, ils discréditent toute la famille. Bahutus, soyez vigilants avec eux...* Comme la voix le poursuivait, il se retourna et reconnut le garçon qui trimballait sa radiocassette, ainsi qu'un ou deux autres de sa bande qui le saluaient parfois le matin lorsqu'il sortait courir. Flairant l'embrouille, il les salua d'un signe de tête et accéléra le pas.

« Voilà un de ces mangeurs de chiens ! » s'exclama le garçon à la radiocassette.

Jean-Patrick força l'allure, et le groupe resta en arrière. Il avait un tel mal de crâne qu'il n'avait qu'une envie : retourner dans sa chambre, se jeter sur son lit et s'enfouir sous les couvertures. Une pierre ricocha à ses pieds, suivie d'une deuxième.

Sur la grand-route, il s'obligea à faire quelques étirements. Ses poumons le brûlaient de façon étrange, comme s'il avait inhalé un produit toxique. Aujourd'hui, peut-être qu'il ferait une pause à la hutte du vieux gardien, le temps de boire une tasse de thé sucré bien chaud. Sans trop savoir pourquoi, alors qu'il approchait du tournant juste avant l'arboretum, il se sentit soudain oppressé. Mais à la seconde où il bifurqua sur le petit chemin, il comprit. Ce qu'il avait pris pour un nuage était en fait une colonne de fumée, au centre de laquelle s'épanouissait une fleur de flammes orangées, pile à l'endroit où aurait dû se trouver la hutte du vieil homme.

Jean-Patrick se précipita en haut de la crête, les yeux remplis de larmes et des picotements dans la gorge. Une brume épaisse d'un gris bleuté montait de la terre. D'habitude, à cette heure-là, les bavardages des femmes en plein travail lui parvenaient, mais là, il n'entendait que les bêlements aigus des chèvres broutant sur les pentes et le tintement de leurs cloches qui transperçaient le calme surnaturel.

Arrivé dans les champs, il aperçut des sacs de diverses couleurs éparpillés au milieu des plantations d'où s'élevaient des volutes de brume. En s'approchant, une odeur qu'il n'avait encore jamais sentie le fit tomber à genoux – la puanteur de la mort. Il vit alors que ce qu'il avait pris pour des sacs étaient les corps des paysans qui gisaient à terre, la tête tournée dans un angle bizarre, les bras et les jambes écartelés.

Il vomit jusqu'à ce qu'il n'ait plus rien dans l'estomac.

Il lui fallut un moment avant de faire le lien entre le son qui résonnait dans sa tête et la voix qui l'appelait. Il leva les yeux. Béa se tenait près d'une voiture garée au bord de la route, un foulard devant le nez. « Viens avec moi… Vite ! Le président du Burundi a été assassiné. Partout les Hutus accusent les Tutsis…

— Ndadaye ? Assassiné ? » Jean-Patrick frissonna en comprenant le sens des propos qu'il avait entendus : la diatribe sur RTLM, les étudiants qui l'avaient traité de *mangeur de chiens*, et, maintenant, cette scène de dévastation… Lentement, il se releva en titubant, forçant ses jambes à obéir à sa volonté réduite en miettes. Quand Béa lui ouvrit la portière, il s'effondra sur le siège.

Elle s'empressa de verrouiller sa portière. « Il y a eu un coup d'État. Ce qui s'est passé n'est pas très clair, mais dès que la nouvelle du meurtre de Ndadaye s'est répandue, le Burundi a explosé comme un volcan, et la violence déferle maintenant sur le Rwanda comme une coulée de lave. Quoi que tu voies, regarde droit devant toi comme si de rien n'était. » Elle rejoignit la route et accéléra. « D'ici à quelques minutes, on va arriver devant une bande de types ivres morts qui bloquent la circulation en harcelant tous ceux qui passent. » Sa voix trembla. « Tu as vu ce qu'ils ont fait… »

Des silhouettes se détachèrent dans la brume. Vêtues de haillons, armées de machettes, de lances et de gourdins, elles se déployèrent en éventail sur la route.

« Le bon Dieu va nous sortir de là, reprit Béa. Mais il faut que tu restes calme. S'ils sentent que tu as peur, ils vont nous dévorer. » Jean-Patrick acquiesça en s'appliquant à empêcher ses mains de trembler.

La meute les entoura. Béa descendit sa vitre. Une odeur douceâtre de vin de banane et de sang mêlée à la puanteur de la crasse s'engouffra dans la voiture. « Bonjour », leur dit-elle.

Un homme passa la tête dans l'habitacle. Son gourdin était taché de rouge, ses vêtements raides de poussière et de sang. « Vous êtes hutus ? » Jean-Patrick retint sa respiration en sentant son haleine fétide.

Béa lui décocha un sourire à faire fondre un morceau de sucre. « On est du journal *Kangura*. Tu connais ? On couvre la réaction à l'assassinat de Ndayaye. C'est un boulot important. » Elle s'exprima sur le ton doux et cajoleur qu'on réserve en général aux petits enfants. « Tu viens du Burundi ? »

L'homme grommela. « Et lui ? Il a l'air d'un mangeur de chiens. »

Un soupir exaspéré s'échappa des lèvres de Béa. « Parce que tu crois que je laisserais monter un Tutsi dans ma voiture ? C'est mon assistant. Montre-lui, dit-elle en se tournant vers Jean-Patrick qui la dévisagea sans comprendre. Tes papiers », fit-elle en claquant des doigts. Il lui donna sa carte d'identité. « Tiens, tu vois ce qui est écrit là ? » Elle tapota la page sous le nez de l'homme. « Hutu. »

Le type examina la photo de Jean-Patrick en plissant les yeux et retourna la carte dans tous les sens, le front plissé par l'effort. « Dis à ton journal qu'on va faire payer ces mangeurs de chiens ! On est burundais. Et on a fui notre pays parce que les Tutsis qui sont aux commandes ont massacré les Hutus comme des chiens ! On a vécu dans des camps infects, et maintenant qu'on est à Butare on ne trouve pas de travail, pas de nourriture, et juste au moment où on espérait rentrer dans notre pays, voilà qu'on se retrouve encore une fois bloqués à cause de ces mangeurs de chiens ! »

De loin, Jean-Patrick avait aperçu les toits en plastique bleu des huttes délabrées de Gikongoro. Le vent transportait l'odeur de la misère sur de longues distances. D'après Oncle Emmanuel, des rumeurs circulaient selon lesquelles c'était là que s'entraînaient les milices hutues.

Pointant son gourdin rougi de sang, l'homme montra les champs de l'arboretum. « Ces serpents-là, au moins, ils ne nous empoisonneront plus ! » Il agita les bras, et la meute s'écarta pour laisser passer la voiture.

La foule reporta son attention sur le coffre en tapant dessus à coups de poing et de massue. Les mains de Béa étaient crispées sur le volant. Jean-Patrick fourra les siennes dans ses poches pour qu'on ne vît pas qu'elles tremblaient. Ni l'un ni l'autre ne prononcèrent un mot.

Béa tourna sur un chemin désert, la voiture vibrant et cahotant entre les ornières.

Arrivée devant un dégagement que dissimulaient des fourrés de ronces, elle coupa le moteur. Tous deux abaissèrent leur vitre. L'air était pur, la pluie presque palpable. « Si on nous prenait en photo, on aurait le même air abruti ! » s'esclaffa Béa. Partagés entre le soulagement et la terreur, ils éclatèrent de rire.

« C'était brillant, mais d'où t'est venue cette idée de dire que tu étais du journal *Kangura* ? » Jean-Patrick agrippa le siège comme s'il était la seule chose qui le reliait encore à la terre.

« Le bon Dieu me l'a soufflé à la dernière seconde… *Imana ishimwe*. Et ça a marché, non ?

— Je n'arrive pas à croire que tu m'as regardé droit dans les yeux en me disant de donner ma carte à ce tueur… » Des larmes roulèrent sur ses joues. « *Mana yanjye*, tu es restée d'un tel calme.. aussi impassible qu'un roc !

— *Connais ton ennemi*. J'ai deviné que ce type ne savait pas lire. C'est triste, mais il faut tirer parti de ce qu'on peut. » Ses cheveux pendaient sur son visage. Sous le tissu soyeux de son chemisier, sa poitrine se soulevait au rythme de sa respiration.

Un frisson parcourut Jean-Patrick. « Si tu ne m'avais pas trouvé là-haut, ils m'auraient sûrement tué moi aussi…

— En écoutant RTLM hier soir, j'ai compris que les choses allaient s'envenimer. Je n'ai pas dormi de la nuit et, dès qu'il a fait jour, je suis partie voir comment tu allais. Daniel m'a dit où tu étais.

— C'est quoi, cette histoire de mangeurs de chiens ?

— Les médias ont martelé haut et fort que les *mangeurs de chiens* tutsis avaient torturé Ndadaye et l'avaient mutilé. J'ignore d'où sort cette expression, toujours est-il qu'ils se sont jetés dessus !

— Mais… c'est un Tutsi qui l'a tué ?

— Oui, malheureusement. Dans l'esprit de la réconciliation, Ndadaye a laissé en place la majorité des militaires tutsis quand il est arrivé au pouvoir. Ils l'ont assassiné en tentant un coup d'État. Quoi qu'il arrive à présent, ce ne sera bon ni pour le Burundi ni pour le Rwanda… » Ses doigts tambourinèrent sur le volant. « Le plus drôle, c'est que, si je vivais au Burundi, je me battrais pour les Hutus !

— Qu'est-ce ça a d'étrange ? Tu es hutue. »

Une lueur de colère passa dans le regard de Béa. « Ce n'est pas ça du tout… Hutus, Tutsis ou petits hommes verts sur la Lune, peu importe ! Je me bats contre l'injustice partout où je la vois. »

Au bas de la pente, une femme retournait un champ avant de le semer. La houe qui s'abattait entre ses pieds nus à une cadence régulière creusait un sillon de terre rouge au milieu des chaumes de sorgho. Accroupi à ses côtés, un petit garçon suçait un morceau de canne à sucre.

« Cette hutte qu'ils ont brûlée… un vieil homme y habitait, le gardien. Je passais le voir en allant courir. Il m'offrait du thé et, à chaque fois, je lui promettais *"ejo hazaza"*, demain. Ce matin, je m'étais dit que, aujourd'hui, j'irais boire le thé avec eux… » Un sanglot s'échappa de sa gorge. « Il vivait là avec sa fille et son petit-fils.

— Promets-moi une chose », dit Béa. Il hocha la tête Elle pouvait lui demander n'importe quelle étoile, il s'envolerait dans le ciel la lui chercher. « Je vais te ramener à la maison… Papa voudrait que tu restes chez nous jusqu'à ce qu'on soit certains qu'il n'y a plus de danger. Quand tu verras ma mère, ne parle pas de ce qui s'est passé ce matin. Elle s'angoisse trop.

— Même si je le voulais, je ne trouverais pas les mots pour en parler. »

Au sud et à l'est, des bancs de nuages défilaient au-dessus des montagnes du Burundi. La pluie tombait sur les hauts sommets. Les torrents gonflés allaient déferler dans les forêts et sur les pentes dénudées avant de rejoindre la rivière Rusizi qui se jetait au sud dans le lac Kivu. En classe, Jonathan avait dessiné des schémas au tableau. Jean-Patrick avait vu les montagnes former d'épaisses coulées jaunes après une violente éruption de lave. Il pensa à Spéciose, la sœur de sa mère qui vivait au Burundi, se réveillant pour aller aux champs, aux enfants partant à l'école… Il pensa à Gilbert et à Ndizeye à Bujumbura, qui réglaient leur vie sur le tic-tac d'un chronomètre, à la joie pure qui rayonnait dans leurs yeux… Hier encore, il aurait pu deviner ce que ferait chacun d'eux, mais, dorénavant, il lui serait impossible de prédire le cours que suivrait la vie au-delà de ces montagnes. Un goût de bile lui emplit la bouche. Il ne savait même pas qui était vivant ou mort, pas plus qu'il ne pouvait affirmer que la Rusizi n'allait pas se mettre à couler dans l'autre sens en inondant le Rwanda de son lit de cendres et de sang. *Imana itanga ishaka* – Dieu donne ce qu'Il veut. Et peut à tout instant le reprendre.

« Demain, il faudra que j'aille à Cyangugu, dit Jean-Patrick. Pour m'assurer par moi-même que ma famille va bien. »

Sur le chemin, les écoliers riaient et chantaient. Les chèvres bêlaient dans un tintinnabulement de cloches cristallin. La vie continuait. Béa attacha ses cheveux avec une barrette et dit : « Alors, je t'y emmènerai. »

« Je ne comprends pas pourquoi personne ne vient ouvrir. » La voiture était à l'arrêt devant le portail. Béa klaxonna une nouvelle fois.

La joue appuyée contre le verre froid de la vitre, Jean-Patrick repensa au jour où elle l'avait fait entrer de justesse dans son jardin, bouleversant de manière définitive son univers.

Elle se mordit la lèvre. « Comment sortir de cette voiture en faisant comme s'il ne s'était rien passé ? »

Jean-Patrick descendit. Il dut s'adosser à la portière pour ne pas défaillir. « Le deuxième pas sera plus facile que le premier, dit-il. Et je vais le faire tout de suite, pour que tu saches comment c'est. » Bizarrement, ils pouffèrent de rire tous les deux. Une femme vint ouvrir le portail.

Jean-Patrick suivit la voiture dans le jardin et aperçut une Béa plus petite et plus menue.

« Sois le bienvenu, lui dit-elle. Je suis Ineza, la mère de Béa. » Il se pencha pour recevoir la bise rituelle sur la joue droite, puis sur la gauche et de nouveau sur la droite. « C'est bon de vous voir sains et saufs… On était tous tellement inquiets… » Elle serra sa fille dans ses bras avant de les emmener vers la maison. « Je viens de rentrer du marché. Je dois encore ranger les courses.

— Dieu du ciel ! Tu es allée au marché, Maman ? Pourquoi tu n'as pas envoyé Claire ? » Jean-Patrick nota le frisson qui la parcourut avant qu'elle se ressaisisse.

Ineza sourit à Jean-Patrick. « Je n'ai pas encore atteint l'âge de ne plus pouvoir aller au marché, ma fille !

— Mais *aujourd'hui*, Maman… Tu aurais pu rester à la maison.

— Claire et moi y sommes allées ensemble, comme on en a l'habitude. » Derrière cette remarque en apparence anodine se devinait l'anxiété. En équilibre sur un pied, Ineza détacha la fine bride de sa sandale. Jean-Patrick pensa à un oiseau lissant ses plumes. Elle disparut dans la cuisine.

Derrière le rideau, Niyonzima regardait dans le jardin. Béa alla embrasser son père. « J'ai ramené Jean-Patrick. Il n'a rien. »

Niyonzima lui serra les mains. « Dieu soit loué ! Qu'est-ce que tu as vu ? »

Béa parla tout bas en jetant un œil vers la cuisine. « Une bande de réfugiés burundais ivres et déchaînés… Ils ont incendié la hutte du gardien et massacré des paysans dans les champs de l'arboretum. Plus près de la ville, la vie semble suivre son cours ordinaire. » Elle s'abstint de mentionner le barrage sur la route.

« C'est vraiment inquiétant, dit son père. Je viens de passer quelques coups de fil. Il semblerait que la majorité du pays reste calme.

— Et à Cyangugu ? demanda Jean-Patrick qui se faisait du souci pour sa famille.

— Je ne sais pas. Les rares contacts que j'ai là-bas ne répondent pas au téléphone… »

Brusquement, Béa posa la main sur l'épaule de son père. « Jean-Patrick, viens voir les peintures de ma mère ! dit-elle d'une voix plus forte. Maman, laisse Claire préparer le thé et viens faire le guide !

— Avec plaisir. » Ineza prit Jean-Patrick par le bras. « Tu trembles… Tu as froid ?

— Un peu. Ce blouson est assez léger

— Dans ce cas, bois d'abord du thé. Ça te réchauffera.

— Le thé peut attendre… Montrez-moi vos peintures. »

Ineza l'entraîna vers le fond de la pièce. « Comme tu le vois, la campagne rwandaise vit dans mon cœur – la campagne de mon enfance. » Jean-Patrick regarda les toiles : des danseurs *intore*, des paysans au milieu de parcelles en terrasses, des cueilleurs de thé perdus au milieu d'un océan de verdure, des oiseaux prenant leur envol, des collines verdoyantes émergeant de la brume… Il mit un moment avant de voir que la lumière dorée était un effet dû à la main de l'artiste, et non au rayon de soleil qui entrait par la fenêtre. La dernière peinture était un portrait des enfants que Béa avait serrés sous son châle. Ineza les avait peints en train de sauter pour attraper un ballon, l'illusion de leur mouvement était si intense qu'on aurait dit qu'ils allaient bondir hors de la toile. Il ressentit un pincement au cœur tandis qu'il examinait leurs traits en y cherchant ceux de Béa. Le nez du garçon, peut-être, les épaules larges de la fille… Il n'en était pas certain. « Vos petits-enfants sont très beaux, dit-il.

— *Ko Mana*… Ce ne sont pas mes enfants ! s'écria Béa.

— Ma fille n'a ni mari ni enfants, renchérit Ineza. Pas même un prétendant, que je sache… Bon, viens boire du thé, au lieu de grelotter dans ton blouson ! »

Une femme arriva du cabanon de la cuisine avec du pain et une coupe de fruits. Béa courut vers elle et appuya sa joue contre la sienne. « Voilà Claire, la mère de ces magnifiques enfants ! »

« Il fallait que je me change, murmura Béa lorsqu'elle sortit le rejoindre. J'avais besoin de me récurer la peau quitte à en raboter plusieurs couches. »

Debout dans la demi-pénombre, Jean-Patrick regardait Claire écosser des petits pois. Faire comme si de rien n'était devant Ineza avait presque fini par le persuader qu'il ne s'était rien passé. Mais pendant qu'il était là tout seul à attendre Béa, le spectacle des cadavres et des soûlards lui revint en mémoire. L'odeur du sang encore dans les narines, il se demandait s'il parviendrait à s'en débarrasser un jour.

« Je me sens comme toi, dit-il.

— Papa préférerait que tu restes ici, histoire de ne prendre aucun risque. Je n'aurai qu'à aller demander à Daniel de me donner ce dont tu as besoin, et on pourra partir à Cyangugu à la première heure demain matin. »

Les enfants en uniforme bleu arrivèrent en courant. Béa les serra dans ses bras et les embrassa sur le sommet du crâne. « Parfois, l'innocence est la seule chose qui vous ramène à la vie. »

Jean-Patrick n'aurait su dire comment il réussit à survivre le reste de la journée. Ineza lui avait apporté une brassée de livres dans lesquels il tenta de reconstituer au fil des pages un peu de Béa. Il procéda de la même façon que pour un problème de physique, glanant ici et là les variables de ses goûts, les arrangeant sous forme d'équations méthodiques. Il était occupé à essayer de comprendre quelques mots d'un roman anglais lorsqu'elle revint avec son père.

« Je lui ai tout raconté, dit-elle. Il est allé là-bas avec un photographe, mais on avait déjà enlevé les corps. Ils ont trouvé quelques survivants qu'ils ont interrogés. Il a envoyé des photos et un article à une Américaine de Human Rights Watch. Elle connaît bien le Rwanda et se bat pour nous. Ces morts ne resteront pas ignorées.

— Et le vieux gardien et sa famille ? Vous avez eu des nouvelles ?

— Aucune. Toutefois, à ce poste d'observation, les prendre par surprise aurait été difficile... Probablement qu'ils les ont vus arriver et sont allés se cacher dans la brousse. »

Jean-Patrick voulait le croire, comme il voulait croire que sa famille s'en était sortie sans dommages. Sur la carte, une ligne infime les séparait du Burundi. Planté devant la fenêtre, il regarda le jour décliner. Claire et ses enfants ramassaient des tomates et des courges dans le jardin. Un chœur d'oiseaux chantait dans les arbres. Partout alentour, la vie continuait, inchangée.

« Puisque tu es notre invité, tu dormiras dans ma chambre, dit Béa. Hé, ne prends pas cet air affolé... J'irai dormir dans le bureau ! »

Après le dîner, il se mit au lit sous une montagne de couvertures, enveloppé dans l'odeur de Béa. Il l'entendit souhaiter bonne nuit à ses parents dans l'entrée. Une porte se referma, puis une deuxième. Il ferma les yeux et se retourna dans tous les sens si bien que les draps se retrouvèrent entortillés autour de ses jambes. Inutile d'insister... Il alluma la lampe de chevet et se leva pour explorer la pièce.

Sur la porte, une serviette, le chemisier doré qu'il connaissait bien et un caleçon rouge bordé de dentelle étaient accrochés à des patères en bois. Il s'assit sur le petit tabouret branlant devant la coiffeuse et examina ce qu'il y avait sur la tablette – une brosse, une pique à cheveux, un tube de rouge à lèvres, une série de flacons... Il prit quelques cheveux sur la brosse et les enroula autour de ses doigts. Un à un, il déboucha les flacons de parfum en les respirant à en avoir le vertige.

Derrière une pile de livres dépassait le coin d'une photo encadrée. Bien que sachant qu'il n'aurait pas dû, il s'en empara. Et soudain, il se vit en train de franchir la ligne d'arrivée au stade de Nyamirambo, le visage tordu en une expression d'extase douloureuse, le buste incliné semblant défier les lois de la gravité.

Son cœur se serra, comme s'il se déchirait ; d'un seul coup, la porte qu'il avait refermée sur le souvenir de la matinée s'ouvrit malgré lui. Il reposa la photo sur la table. La tête dans les mains, il se mit à pleurer. Des larmes coulèrent sur la photo, sur la table, sur la brosse de Béa et sur ses jambes hérissées de chair de poule.

Sur la route de Cyangugu glissante à cause de la pluie, de petits affaissements de terrain avaient projeté de la boue rouge et des pierres. Béa conduisait le cou tendu en avant, le visage crispé par la concentration. « J'ai l'impression de rouler sous l'eau…

— Depuis hier matin, je suis sous l'eau, dit Jean-Patrick en regardant ses mains. Je n'arrête pas de me demander pourquoi personne n'a tenté de les arrêter… Où étaient les militaires, la police ? » Béa continua à fixer la route en silence. « Je veux dire… Habyarimana n'a pas donné l'ordre à ses troupes d'empêcher la violence ? Il ne peut pas dire à RTLM de mettre fin à ces discours grotesques ? »

Les essuie-glaces grinçaient sur le pare-brise. Béa essuya un peu de buée du plat de la main. « La réponse à ta première question est : non, il va de soi qu'il n'en a rien fait. Et à la seconde : oui, s'il le décidait, il va de soi qu'il le pourrait. »

Ils pénétrèrent dans la forêt de Nyungwe. La pluie tombait sans interruption, les cascades jaillissaient du haut des rochers. Une bande de babouins détala au milieu de la route et s'immobilisa dans les fourrés pour regarder passer la voiture avant de filer plus loin.

Jean-Patrick éclata de rire. « Tu veux que je cueille des fleurs et que je leur donne à manger ? » Dans la magie feutrée de la forêt, il sentit son cœur s'alléger.

« C'est merveilleux ! Tu te souviens de mon histoire...

— Je me souviens de tout ce qui te concerne.

— Reste au sec... J'ai fini par surmonter mes peurs enfantines.

— Tu savais que tous ces rochers provenaient de volcans ? Jonathan dit que les Virunga sont les plus anciens – dix millions d'années. Par ici, dans le Sud, ils ont seulement deux millions d'années.

— Et d'après lui, Dieu a quel âge ? Ce Dieu qui a fait tous ces jolis rochers ?

— Quand je lui ai raconté ça, mon entraîneur m'a dit la même chose.

— Alors, ça fait un point sur lequel on est d'accord ! Probablement le seul. »

Jean-Patrick repensa à l'accueil froid que Rutembeza avait réservé au père de Béa dans les tribunes de Nyamirambo. « Comment se fait-il que vous vous connaissiez ?

— Butare est une petite ville, et la communauté universitaire l'est encore plus. Disons que nous ne portons pas le même regard sur le Rwanda. »

Jean-Patrick contempla les anciennes falaises qui s'effritaient. Des lianes s'accrochaient obstinément dans le moindre renfoncement. Il se récita en silence les noms des roches en les roulant sous sa langue : granite, schiste, métaschiste, quartz, métaquartz... Obsidienne, le secret de l'éclat des yeux de Béa, il le garda pour la fin.

À la sortie de la forêt, il aperçut les premières plantations de thé scintiller telles les ailes d'un oiseau soleil au milieu des arbres. Le chatoiement se transforma bientôt en vagues ondoyantes, un océan que séparaient ici et là les veines rouges des fossés d'irrigation remplis à ras bord. Les cueilleurs de thé qui apparaissaient et disparaissaient évoquaient des nageurs, le bas du corps immergé, les énormes paniers remplis de feuilles attachés dans le dos semblables à des bouées qui les maintenaient à flot. La pluie miroitait sur les rangées en dessinant une délicate dentelle.

Cette explosion de vert était toujours le signe pour Jean-Patrick qu'il était chez lui. Le cœur battant plus fort, il éprouva soudain un sentiment de crainte. La veille, Niyonzima avait appelé un journaliste qui était passé à Cyangugu et n'y avait constaté aucune trace de violence. Jean-Patrick espérait que c'était vrai… Les plantations de thé laissèrent place au patchwork de collines en terrasses qui permettaient aux femmes de survivre en cultivant la terre. Béa s'arrêta à un barrage. Un militaire s'avança vers eux d'un pas tranquille en se grattant le ventre.

« Bonjour, dit-il avec un sourire en prenant leurs papiers. Tu es le mari ? » Il se pencha vers Jean-Patrick qui, aussitôt, sentit son cœur s'emballer.

Béa éclata de rire.

« Non, *muzehe* ! C'est une amie de l'université. Elle m'emmène voir ma famille. »

Le sergent continua à le dévisager. Jean-Patrick glissa ses mains sous ses cuisses. Brusquement, il le vit se donner une claque sur le front ; le cœur lui remonta dans la gorge.

« Mais oui, ça y est, je me rappelle ! s'exclama le militaire. Ça doit remonter à l'année dernière ou à il y a deux ans… Tu courais et tu es tombé devant moi. Je t'avais d'abord pris pour un voleur, mais j'ai vu en m'approchant que tu n'étais qu'un gamin tout maigre qui pleurait. C'était un dimanche, juste devant l'école de Gihundwe. Et comme ton genou saignait, je t'ai donné mon mouchoir. » Il leur rendit leurs papiers. « Tu es devenu un coureur célèbre, pas vrai ?

— *Yego*, sergent. » Jean-Patrick se souvenait de lui – c'était le jour de la mort de Mathilde.

« Félicitations* ! Tu avais l'air tellement déterminé que j'étais sûr que tu réussirais. » Il secoua la tête. « C'est fou comme le temps passe… » Il leur fit signe d'avancer et lança : « Bonne chance ! Le Seigneur vous bénisse tous les deux ! »

Béa remonta sa vitre. « Tu es un voleur, c'est vrai ?

— Voyons voir… » Jean-Patrick inspecta ses papiers en biffant chaque mention du bout du doigt : « Ethnie : Hutu, non ; Twa, non ; naturalisé, non ; Tutsi, oui. Mais je ne vois rien qui indique voleur. » Il les rangea dans la poche de son blouson. « Je croyais qu'Habyarimana avait promis de supprimer tout ça. »

Béa referma son sac à main. « Il l'a en effet promis. D'innombrables fois. »

Lorsqu'ils passèrent devant le panneau de bienvenue à Gashirabwoba, Jean-Patrick scruta l'horizon en s'imprégnant de la sérénité de ce dimanche matin. Il ne repéra aucun signe indiquant que les flammes des incendies du Burundi étaient venues lécher les collines et poussa un soupir de soulagement.

Il fallait cependant qu'il prépare Béa à ce qu'elle allait découvrir. Qu'il lui explique qu'il ne vivait pas dans une vraie maison, où il suffisait de tourner un robinet pour avoir de l'eau ou d'appuyer sur un bouton pour allumer la lumière. Il ne lui restait plus beaucoup de temps. Histoire de gagner quelques minutes, il la laissa rouler en direction de la ville de Cyangugu.

Au sommet d'une crête, le lac Kivu apparut, clignant de l'œil telle une créature mythique. « Tu veux savoir ce que Jonathan nous a appris sur l'origine de ce lac ? » Il étira ces quelques secondes marchandées comme s'il enfilait des perles sur un long ruban.

Béa ralentit en regardant l'eau les yeux mi-clos. « Il peut bien dire ce qu'il veut ! Le lac Kivu s'est formé le jour où Imana a puni Nyiransibura. Il l'a obligée à s'accroupir dans les champs, et elle a eu beau essayer, elle n'a pu empêcher son flot d'urine de recouvrir la terre. » Un sourire radieux illumina son visage. « C'est ce que me racontait ma mère quand j'étais petite, par conséquent, c'est la pure vérité !

— On peut s'arrêter là ? demanda Jean-Patrick en montrant une bande d'herbe boueuse.

— Ça va ? Tu as mal au cœur ? » Elle se gara sur le bas-côté.

« Non. J'ai un cadeau pour toi. »

La pluie avait cessé. Le soleil se faufilait entre les nuages, les pentes des collines du Zaïre scintillaient d'un bleu cobalt. Jean-Patrick posa la pirogue entre eux deux.

Béa laissa échapper un petit cri ravi. « Tu as finalement trouvé à faire un bon usage de ce journal ! » Délicatement, elle prit l'objet entre ses mains. Il crut un instant qu'elle allait pleurer. « C'est très beau... Je n'arrive pas à croire que tu m'aies acheté ça. »

Une délicieuse chaleur envahit Jean-Patrick. La brume se levait sur la vallée. Il descendit sa vitre pour respirer l'air frais lavé par la pluie. Et d'un seul coup, d'une traite, il raconta son histoire à Béa. La mort de son père, sa vie dans la famille de son oncle, sa passion de la course et son combat pour continuer ses études... Il lui parla de Mathilde et du chagrin qu'il avait ressenti lorsqu'il l'avait perdue. En revanche, il ne lui dit rien de son changement d'identité ni de la carte hutue cachée derrière la photo de Paul Ereng.

Sur un sentier, un peu plus haut, un petit garçon transportait un tas de fagots sur la tête en menant un troupeau de chèvres. Le châle glissa des épaules de Béa ; sa peau brilla près de sa clavicule. Elle regarda l'enfant en silence, puis caressa la pirogue. « Le bois est très doux », dit-elle. Ses yeux étincelaient. Il n'aurait su dire si c'était à cause des larmes ou du reflet du soleil. « Tu crois que je ne savais rien au sujet de ta famille ?

— Étant donné que je n'en ai jamais parlé, comment aurais-tu pu savoir quoi que ce soit ?

— N'oublie pas que mon père est journaliste… et que je fais des études pour le devenir moi aussi ! Et puis ton ami Jonathan est si fier de toi que ça n'a pas été difficile de lui soutirer quelques renseignements !

— Tu as mené une enquête ? s'exclama Jean-Patrick, le regard rayonnant.

— Les Américains ne sont pas aussi renfermés que les Rwandais. Pour eux, la vie des autres est comme un livre ouvert. » Elle tourna la clé de contact. « Tu es fâché ?

— Comment je pourrais l'être ? »

Il admira son front haut, le long cou hérité de sa mère… Il n'aurait pu imaginer un autre être d'une telle perfection.

Béa se pencha pour vérifier si la voie était libre. « Depuis le temps que j'attends de rencontrer ta famille… On y va ?

— On est allés trop loin. Il faut que tu fasses demi-tour. »

Une enivrante légèreté envahit Jean-Patrick. L'œil liquide du lac se referma derrière eux. La pirogue se maintenait à flot sur les vagues de *Kangura*. Les petits poissons coquillages au fond de la cale luisaient au soleil.

Le chemin, plus raide que dans son souvenir, était creusé par l'érosion. Malgré la pente et la boue, Béa marchait à son rythme. Elle avait enlevé ses sandales et tenait son pagne relevé pour ne pas le salir. À chaque pas, la terre les aspirait jusqu'aux chevilles avant de les relâcher avec un bruit de baiser. L'enclos à bétail apparut sur la colline. Au moment où Jean-Patrick aperçut la fumée qui sortait de la cabane abritant la cuisine, un mince ruban dans le vent, il libéra d'un dernier soupir toute la tension de son corps. En passant devant l'eucalyptus, il effleura le tronc calciné du bout des doigts. Il parla à Béa de Roger, lui raconta comme ils avaient été proches le jour où la foudre avait frappé. « Au moment où je l'ai touché, un courant électrique est passé entre nous. »

Béa passa la main sur la cicatrice de l'écorce. « Je le sens encore. » Elle laissa retomber son pagne qui virevolta autour de ses chevilles couvertes de boue.

« Et ton frère Roger, il est où en ce moment ? »

Un bref instant, sa tête se vida de toute pensée, et il dut se forcer à revenir à l'instant présent. « Au Kenya... Il a un boulot au Kenya. »

Une nouvelle structure, à moitié terminée et surmontée d'un toit en tôle, était reliée à la maison principale telle l'aile d'un oiseau. Jean-Patrick sourit en imaginant son oncle bomber le torse devant ses voisins tandis qu'il transportait les plaques comme si c'était de l'or. Des vitres miroitaient à toutes les fenêtres. La pêche avait dû s'améliorer... Ils passèrent le portail flanqué des deux cyprès et entrèrent dans la cour. Clémence, en train de jouer avec un bâton et un cerceau, releva les yeux et se figea en plein mouvement. Puis elle attrapa la petite Pauline par le bras et se précipita à leur rencontre. « Jean-Patrick est là ! s'écria-t-elle. Il y a une dame avec lui ! »

La mère de Jean-Patrick sortit en trombe de la maison. « *Imana ishimwe* ! – tu es sain et sauf ! » Elle l'embrassa, puis se tourna vers Béa, qui se jeta dans ses bras comme si elle avait attendu cet instant toute sa vie.

Jean-Patrick regarda les membres de sa famille s'éloigner à travers la vitre arrière jusqu'à ce qu'ils ne soient plus que des points au bas du chemin. Les collines en terrasses disparurent et la forêt de Nyungwe les enveloppa d'un voile bleu-vert à mesure que le jour tombait sur les pentes couvertes de végétation. Bercé par le ronronnement de la voiture, il dut lutter pour ne pas s'endormir, voulant profiter au maximum de cette journée dont la fin approchait.

Une violente secousse le projeta contre la vitre. Béa lui plaqua la main devant la bouche. « Pas un mot », dit-elle dans un murmure.

Elle s'était arrêtée à l'abri d'un fourré. Un peu plus loin dans un virage, des hommes émergèrent de la brousse, armés de machettes, de fusils et de ce qui devait être des lance-grenades. Vêtus de sombre, la casquette enfoncée au ras des yeux, ils se fondirent dans la nuit tombante comme des ombres s'évanouissant dans la brume. Lorsqu'ils eurent disparu, Béa attendit quelques minutes avant de redémarrer.

« C'était qui ? » Jean-Patrick avait le cœur qui battait à toute allure. On aurait dit que la forêt venait d'ouvrir la bouche en révélant le noir secret qu'elle dissimulait.

Béa haussa les épaules. « Le FPR ? Des *interahamwe* ? Des rebelles burundais ? Comment savoir ? » Non loin de là, le tonnerre gronda. L'orage éclaterait avant qu'ils ne soient rentrés à Butare.

Il chercha quelque chose à dire pour briser le silence. « Où sont tes frères et sœurs ? » Il essayait toujours de résoudre l'équation que Béa représentait pour lui.

Elle lui jeta un regard étonné. « Je n'en ai pas… Je croyais que tu le savais. En y repensant, je me demande si c'est une des raisons qui ont fait que mes parents m'ont envoyée en pension à Londres, à cause des autres enfants qui n'arrêtaient pas de me torturer avec ça. Un jour, un garçon m'a même jeté des cailloux en me menaçant avec un bâton. Il était persuadé que j'étais possédée par le diable parce que j'étais enfant unique !

— Désolé.

— Pourquoi ? Au contraire, ça m'a rendue plus forte. Et en plus, tout cet amour qu'ont mes parents est uniquement pour moi ! » Le vent du soir se leva, accompagné de l'odeur de la pluie.

Béa lui raconta que ses parents s'étaient rencontrés alors que Niyonzima devait faire un reportage sur la première exposition d'Ineza au Musée national – une mission qui était loin de l'enchanter ! Il rêvait de couvrir des événements politiques et des conférences, pas des soirées mondaines ennuyeuses. Cependant, à la seconde où il avait vu Ineza, sa mauvaise humeur s'était envolée. « J'ai été pour eux une totale surprise. Quand je suis née, mon père avait quarante ans et ma mère trente-six. Ils avaient depuis longtemps abandonné l'espoir d'avoir une descendance. C'est pour ça qu'ils m'ont appelée Béatrice – leur bénédiction.

— Ils n'ont pas voulu te donner un frère ou une sœur ?

— L'accouchement a été compliqué. Ma mère a failli mourir, et les médecins lui ont expliqué qu'avoir un autre enfant risquerait de la tuer. À les entendre, c'était déjà un miracle qu'on ait survécu toutes les deux !

— Magnifique comme tu l'es, j'imagine que tu as un petit ami…

— Comme ma mère te l'a dit, je n'ai ni enfants, ni mari, ni prétendant.

— Et ce policier qui est venu te parler au café ? »

Béa afficha une moue dégoûtée. « Tu tires toujours d'étranges conclusions… Il ne vaut même pas la peine que tu penses à lui. »

Le moteur ronronnait, lent et régulier. Dans la lumière pourpre, Jean-Patrick ne distinguait qu'à peine le contraste des rayures pâles et sombres sur les rochers. En cours, Jonathan avait parlé de surrection tectonique. Il disait que le Rwanda était un paysage tordu et replié qui résultait d'une histoire de pression et de chaleur. Que ses entrailles se soulevaient et s'abaissaient en déversant leur contenu en fusion.

« Arrête-toi, dit-il.

— Encore ? Qu'est-ce qui se passe ? »

Jean-Patrick renversa la tête en arrière en éclatant de rire. « Je voudrais juste rapporter un échantillon de roche à Jonathan. »

Béa se gara sur le bas-côté. « S'il y a d'autres militaires dans les parages, ils pourraient nous tuer.

— Je n'en ai que pour une minute… Viens, je voudrais te montrer. » Il courut vers un affleurement de roche et lui tendit la main.

Béa remonta le bas de son pagne. « Avec toute cette boue, Claire va me tuer ! » Elle s'approcha de la paroi humide de la falaise sur laquelle il s'était appuyé. Une odeur citronnée s'échappait des bégonias sauvages.

« Passe-moi ta clé de voiture. » Elle la lui donna, et il l'enfonça dans la veine du rocher pour en extraire un petit cristal à multifacettes. « À mon avis, c'est du quartz. Je le saurai si je le frotte sur la vitre… Le verre sera rayé, mais pas la pierre. »

Béa examina le cristal. « Je dirais que ça vient de la Lune. Je suis certaine que Jonathan sera d'accord avec moi. » Elle le tourna entre ses doigts, puis le déposa sur la paume de Jean-Patrick en laissant sa main dans la sienne.

Une goutte de pluie s'écrasa sur son blouson, puis une deuxième. Il referma ses doigts sur ceux de Béa. Les arêtes du cristal s'enfoncèrent dans sa chair. Il s'adossa à la falaise en l'attirant contre lui. L'humidité traversait son blouson. Il mit le cristal dans sa poche.

La forêt évoquait la nuit. La pluie rebondissait sur les feuillages. Il prit une mèche tombée sur l'épaule de Béa et l'approcha de ses lèvres. Ses cheveux étaient aussi doux et lisses que de la soie. Il respira le parfum de fleurs de son savon, l'huile de coco dont elle s'enduisait le crâne. En posant son front contre le sien, il sentit le lait sucré et le thé très fort qu'elle avait bus avant de quitter la maison de son oncle. Doucement, il suivit la ligne de son maxillaire et lui redressa le menton. Alors, avec plus de douceur encore, il l'embrassa sur la bouche.

18

« Encore raté ! s'exclama le coach en stoppant le chrono. Une quarante-neuf cinquante-neuf… Mais qu'est-ce que tu as ? Tu es malade ? »

Jean-Patrick secoua la tête et sentit une douleur le poignarder derrière les yeux. « Non. Je suis juste fatigué… » Il se retourna pour tousser.

Depuis près de trois semaines, il n'arrivait pas à faire le temps minimal pour se qualifier en catégorie A. La semaine précédente, alors qu'il luttait contre un rhume, les secondes étaient venues s'ajouter à ses temps et ne les lâchaient plus. Il était incapable de trouver sa zone. Ses muscles étaient comme pris de léthargie, son rythme décalé. Mais ce n'était pas à cause du rhume. La vraie raison, il la connaissait : Béa obnubilait chacune de ses pensées. Pourtant, après le baiser qu'ils avaient échangé dans la forêt, il avait tiré une force spirituelle du parfum de ses cheveux, de la chaleur qui irradiait au creux de son cou, de la manière qu'elle avait de jeter son châle sur ses épaules… Et pendant les entraînements, il s'était dépassé. Rutembeza avait même parlé de décrocher une médaille aux championnats du monde.

Le changement s'était produit du jour au lendemain, comme si les fibres de son corps avaient brusquement oublié comment s'enflammer. Comme si Béa lui avait mis les nerfs à vif en le vidant de toute énergie. Le coach, qui ignorait tout cela, lui conseillait de ne pas s'inquiéter.

« Ça arrive même aux meilleurs », assurait-il. Néanmoins, chaque fois qu'il arrêtait le chronomètre, une boule allait et venait le long de sa mâchoire. Jean-Patrick pensait à Samson et Dalila. Il se demandait si c'était ça l'effet de l'amour – un lent mais progressif engourdissement du corps et de l'esprit.

« Fais un tour sans forcer, et ensuite, on réessaiera, dit le coach en remettant le chrono à zéro. Je n'ai pas envie que ces types te bouffent l'année prochaine en Suède ! »

Rutembeza, qui essayait une nouvelle tactique, demanda à Jean-Patrick de se retenir jusqu'au moment où il lui crierait Go ! dans les quatre cents derniers mètres. « C'est exactement comme ça que les Burundais ont réussi à t'avoir… Pour le huit cents mètres, tu dois apprendre la stratégie. »

Jean-Patrick avait horreur de ça ; il ne pouvait pas courir de cette façon. La ruse n'était pas dans sa nature. Et comme si cela ne suffisait pas, il perdait la bataille contre son rhume, avait la tête pleine de coton et des brûlures dans la poitrine. Il courut encore, échoua encore, et, lorsqu'il entendit le temps qu'il avait fait, il éternua.

« *Urachire* – sois riche ! dit le coach. Tu es sûr que tu n'es pas malade ?

— *Twese* – qu'on le soit tous, répondit Jean-Patrick ainsi qu'on le faisait au Rwanda chaque fois que l'on éternuait. Non… Je ne sais pas ce qui ne va pas. »

Rutembeza l'attrapa par le menton. « Il n'y aurait pas quelque chose que tu ne me dis pas ?

— Non.

— Peut-être que tu t'entraînes trop… De toute façon, il va bientôt pleuvoir à seaux. Si tu prenais une journée de congé ?

— Non. Il faut d'abord que je fasse un temps correct pour me qualifier. Tout ce doute me pèse trop… » Il réprima une nouvelle envie d'éternuer. « Laissez-moi courir à ma manière. Si je fais une percée, ça ira. Juste un huit cents mètres… promis !

— Je crois que tu as oublié, dit le coach en lui plaquant la main sur le ventre. J'ignore où tu as la tête ces temps-ci, mais c'est de là que vient ton énergie. Je veux que tu la sentes, là, dit-il en appuyant plus fort. Et maintenant, dépêche-toi, sans quoi tu vas devoir nager au lieu de courir ! »

Jean-Patrick se donna sans retenue. Au signal, il détala comme si sa vie en dépendait. Et elle en dépendait ! En entamant le deuxième tour, il avait envie de mourir. Pour ne pas renoncer, il se récita des lois physiques dans sa tête. *Accélération proportionnelle à la négative du déplacement à partir de la moitié de son mouvement.* Il franchit la ligne d'arrivée.

« Une quarante-six trente-neuf… Gagné ! »

Jean-Patrick n'eut pas la force de lever les bras en l'air. Une violente quinte de toux le plia en deux.

« Tu es malade. Je m'en doutais. » Rutembeza l'aida à se redresser. Au même instant, le ciel se déchira en lâchant une pluie diluvienne. « Tu rentres à la maison avec moi ! Jolie te fera de la soupe, et tu la boiras. »

Jean-Patrick se tourna vers la route. « Où est votre voiture ?

— Je suis venu à pied en courant, répondit le coach en prenant un imper sous le banc. Tiens, enfile ça… » Il le déplia et le secoua pour le défroisser. « Allons-y ! »

Le sol glissait déjà. La boue collant à leurs semelles, ils coururent au bord de la route. Jean-Patrick observa l'entraîneur, sa cadence gracieuse – il aurait pu lui-même courir aux jeux Olympiques. Il ne savait pas s'il fallait qu'il l'aime ou qu'il le déteste, s'il se comportait avec lui en tyran ou en père. Sans doute un peu des deux, le tout se fondant dans la même âme endurcie.

« Tu m'as donné une leçon », déclara le coach.

Jean-Patrick secoua la tête pour s'éclaircir les idées. « Je ne comprends pas… » Il essuya son nez qui coulait d'un revers de main.

« Ton effondrement. T'obliger à changer de style, c'est comme vouloir ordonner à un fleuve de couler dans l'autre sens. » Il tira sur le blouson de Jean-Patrick. « Ralentis ! Tu plonges tête baissée dans tout ce que tu fais. C'est pour ça que je t'aime bien, seulement, dans le huit cents mètres, je te garantis que tu couleras systématiquement, dit-il, accompagnant chaque syllabe d'un coup de poing dans sa paume. Je ne sais pas comment t'en convaincre, mais il va falloir que tu apprennes à te retenir d'une manière ou d'une autre. »

Jean-Patrick eut envie d'éclater de rire, sauf que, s'il le faisait, il serait pris d'une quinte de toux. Il lui restait un long chemin à parcourir avant de retrouver les temps dont il était capable, mais, au moins, il avait rompu le sortilège. Il n'aurait pas à quitter Béa ; elle n'était pas venue couper ses cheveux invisibles au milieu de la nuit.

Ils se débarrassèrent de leurs vêtements dégoulinants dans l'entrée. En voyant une flaque se répandre sur le sol, Jolie les réprimanda d'une voix bourrue. « Jean-Patrick, pas de nouvelles de toi pendant des jours et des jours… Pourquoi es-tu comme un étranger ? » Il se baissa pour qu'elle l'embrasse sur la joue.

« Il était occupé avec une fille… et pas celle qu'il faut », commenta le coach.

Étonné, Jean-Patrick leva les yeux. Il n'avait pas dit un mot au sujet de Béa. « Ne vous en faites pas, Jolie. Elle n'est pas aussi belle que vous ! »

La vieille femme ricana. « Il n'y a de nouveau plus d'eau. J'en ai apporté pour un bain et je vais encore en faire chauffer. Vous êtes tous les deux trempés… » Elle passa dans la salle de bains avec la bouilloire. « Moi qui pensais que les choses allaient changer avec le traité de paix… J'attends et j'attends que le gouvernement répare tout ce qui ne marche pas.

— Ne t'inquiète pas ! lui cria le coach. Quand Habyarimana reviendra des pourparlers de paix à Arusha, il coulera du lait et du miel de nos tuyaux ! » Il poussa Jean-Patrick. « Vas-y, toi d'abord. Mieux vaut protéger notre avenir olympique. »

Jean-Patrick s'accroupit dans la baignoire en respirant la vapeur qui montait de l'eau bien chaude. Au-dessus de lui, du linge séchait sur un fil. Il n'y avait à présent plus de doute ; le rhume avait gagné la guerre. Il demanderait à Jolie de lui donner des herbes – les anciens connaissaient ce genre de remèdes. Il ne pouvait pas se permettre de rater un entraînement. Il devait de nouveau réaliser un temps A afin de s'assurer que ce n'était pas un hasard. Et d'être certain que Béa ne lui avait pas jeté un sort.

Rutembeza frappa à la porte. « J'ai des vêtements pour toi. Je les gardais pour Noël, mais puisque tu es mouillé, autant que tu les prennes maintenant. Il y a un tuyau qui fuit, je vais essayer de le réparer. Jolie t'apportera de la soupe.

— Je peux vous aider. » Jean-Patrick s'aspergea la tête et se passa les doigts dans les oreilles pour en ôter le savon. Quand il sortit de la salle de bains, le coach était déjà parti.

Dans la chambre d'ami, un survêtement impeccablement plié était posé sur le lit, ainsi qu'un short en satin et un tee-shirt à manches longues de la marque Nike. Le style lui plut.

Depuis la dernière fois qu'il y avait dormi, la chambre avait changé. Le lit était recouvert d'une grosse couverture qui descendait jusqu'au sol. Il se dit qu'il serait agréable de s'enrouler dedans bien au chaud et de s'endormir. Jolie avait mis son blouson sur une chaise. Il le secoua, et quelque chose tomba de la poche en roulant sous le lit. En se baissant pour le ramasser, il vit que c'était le cristal qu'il comptait donner à Jonathan. Une caisse en bois sur laquelle étaient imprimés des idéogrammes chinois l'avait empêché de rouler plus loin.

Sa curiosité l'emporta sur la courtoisie ou le bon sens. Il voulut tirer la caisse, mais elle refusa de bouger. Une substance sombre avait taché le bois, et, quand il passa le doigt dessus, un résidu huileux se déposa sur sa peau.

« *Inshyanutsi*. Qu'est-ce que tu farfouilles ? » La voix de Jolie le fit sursauter. Il se cogna la tête au cadre du lit. Elle referma la porte et lui mit une serviette fumante dans les mains. « Je l'ai trempée dans des herbes pour soigner ta gorge. Je vais t'apprendre quelque chose qu'on m'a appris, dit-elle en se penchant plus près. Tiens-toi à l'écart des endroits où on ne t'a pas invité. Sans ça, les choses tourneront mal pour toi. »

Jean-Patrick s'écarta du lit.

« Viens à table, enchaîna Jolie. Je t'ai préparé une soupe spéciale. Heureusement pour toi que je suis une vieille femme… et que j'ai la mémoire courte ! »

Elle lui toucha le front. La fraîcheur de ses doigts lui fit comprendre qu'il était brûlant de fièvre. Il sortit de la chambre derrière elle, puis elle referma la porte à clé. Quoi que contienne cette caisse, il vaudrait mieux qu'il ait lui aussi la mémoire courte.

La voix vibrante d'enthousiasme, Jonathan bondissait d'un bout à l'autre de la classe. Ses allées et venues constantes donnaient le tournis à Jean-Patrick. Malgré les herbes de Jolie et deux jours de repos forcé, son rhume persistait. Le cours avait pour thème les structures géologiques. Jonathan décrivait chacune d'elles à grands coups de craie sur le tableau. Les étudiants se poussaient du coude en roulant des yeux. « *Umuzungu yasaze !* » s'exclamèrent-ils en riant – l'homme blanc est fou !

À la fin du cours, Jonathan retint Jean-Patrick. « Tu as une minute ?

— Bien sûr », dit-il en le suivant dans son bureau.

La pièce était aussi surprenante que le cours de Jonathan ; le moindre centimètre carré était occupé par des roches et des monceaux de revues ou de livres. « Du thé ? » Jonathan retira une pile de papiers pour libérer une chaise. « Assieds-toi. Tu n'as pas arrêté d'éternuer et de tousser... Tu es malade ?

— Un peu. C'est juste un rhume. »

Jonathan mit de l'eau à chauffer dans une bouilloire électrique. « C'est ma dernière et précieuse acquisition... » Du chaos de son bureau, il sortit un aérogramme qu'il lui tendit. « Et ça, c'est mon cadeau de Noël... » Ne sachant trop que faire, Jean-Patrick le posa sur ses genoux. « Vas-y, ouvre-le. Cette lettre n'a rien de top secret.

— Elle vient de ton *umuzunki* ?

— De mon quoi ?

— Ton *u-mu-zun-ki*. Ta petite amie. » Jean-Patrick avait vu la photo de Susanne sur le bureau. Elle posait au sommet d'une montagne, les pieds écartés, les mains sur les hanches. Et bien qu'il trouvât qu'elle ressemblait plus à un garçon qu'à une jeune femme, il aimait bien son sourire chaleureux et la façon dont le vent soulevait des mèches folles autour de sa tête.

« Oui. Elle arrive le 7 janvier.

— Ce sera vraiment ton cadeau de Noël !

— Je ne pourrais pas rêver mieux. » Jonathan ouvrit une pile d'enveloppes en déchirant le rabat à l'aide d'un coupe-papier en bois au manche sculpté en forme de girafe. La bouilloire siffla. Il versa l'eau dans la théière.

« Est-ce que tu devrais la laisser venir ? »

Jonathan le regarda d'un œil éberlué. « La *laisser* venir ? En Amérique, les femmes prennent leurs décisions elles-mêmes, J.-P. » Il sortit un journal d'une enveloppe en papier kraft. « Pardon. C'était grossier de ma part, je n'aurais pas dû dire ça... Quoi qu'il en soit, Susanne me manque énormément, et la CIA, l'ambassade ou je ne sais quelle ONG qu'on a consultée, nous a assurés que la situation au Rwanda était stable. »

Stable ? Jean-Patrick contempla les nuages changeants qui défilaient derrière la fenêtre. Des pans de ciel gris ardoise les coupaient en deux. Aussi stable que le temps à la saison des pluies ! songea-t-il.

Il était évident que les agences de renseignement américaines ne comprenaient rien. Même Jonathan, après ce dont il avait été témoin à Kigali, ne comprenait pas. La réalité du Rwanda demeurait soigneusement dissimulée aux étrangers pour qu'ils continuent à flotter sur les eaux paisibles qu'on faisait apparaître à leur intention comme par magie au-dessus de la mer agitée dans laquelle se débattaient les Rwandais.

Jonathan servit le thé. Sans même lui demander, il mit trois sucres dans la tasse de Jean-Patrick. « Désolé… Je n'ai que du lait chimique. »

Jean-Patrick fronça le nez. « C'est bon. Je peux le boire sans.

— Moi, je ne suis pas assez viril », plaisanta Jonathan en ajoutant de la poudre blanche dans sa tasse. Il étala le journal sur les lettres et les papiers. « Je déteste dissiper mon attention comme ça, mais c'est un article d'une amie française de Kigali. Je voudrais le parcourir avant d'aller faire mon prochain cours.

— À propos de Susanne, je voulais seulement dire que… » Jean-Patrick chercha comment terminer sa phrase.

« Dieu du ciel !… » s'écria Jonathan en se redressant d'un geste brusque. Le cou et les joues écarlates, il dévisagea Jean-Patrick d'un air hagard. Ce dernier crut qu'il avait dit ou fait quelque chose d'épouvantable lorsque, soudain, il aperçut les larmes. « Tu es au courant de ça ? » Jonathan lui tendit le journal.

Sidéré par ce qu'il lisait, Jean-Patrick le laissa tomber sur ses genoux.

« Est-ce que j'ai bien compris ? demanda Jonathan. Quelqu'un a enterré une mine sur un chemin que des enfants empruntent pour aller à l'école ? Et les enfants ont *marché* dessus ? »

Abasourdi, Jean-Patrick se contenta de hocher la tête.

« Comment un être humain peut-il faire subir une telle chose à ses semblables ? Et à des *enfants*, qui plus est… Des *enfants* de six et sept ans. » Jonathan se prit la tête entre les mains. « Avec une brutalité froide et calculée… En camouflant le putain de machin sous les feuillages… »

Jean-Patrick aurait voulu pouvoir lui dire qu'il se trompait, qu'il avait mal traduit, que vingt et un enfants innocents n'étaient pas morts. Mais c'était impossible. Peu à peu le sens des mots apparut, et la certitude l'envahit, déstabilisante. Le drame s'était passé à Kigali, mais ç'aurait pu arriver n'importe où ailleurs. Les victimes auraient pu être ses sœurs, ses cousines… « *Iyo nyamunsi yaciye ishumi, nta mubyeyi uyihisha ikibando*, cita-t-il.

— Ce qui signifie ?

— Quelque chose comme "quand le destin coupe les branches qui tiennent la barrière, aucune mère ne peut cacher son enfant". »

Lentement, Jonathan hocha la tête. Ses larmes coulèrent sans qu'il cherche à les essuyer. Ses mains s'agitèrent dans le vide au-dessus de la pagaille qui régnait sur son bureau.

Les voix des étudiants parvinrent à Jean-Patrick. Il regarda sa montre. « Désolé. J'ai cours de physique.

— Une seconde, avant que tu partes… » Jonathan avait l'air d'un petit garçon implorant sa mère. « Tu penses que je devrais écrire à Susanne pour lui conseiller de ne pas venir ?

— Je suis sûr que ça ira. Ce ne sont pas les Blancs qui sont visés. » Comme si le rassurer pouvait faire résister la barrière aux machettes mortelles… « Il faut vraiment que j'y aille. Mais on peut en reparler tout à l'heure, si tu veux.

— Oui, j'aimerais bien. » Les mots, un à un, tombèrent de ses lèvres. « Mais qui a pu faire une chose pareille ? Les *interahamwe* ? Le FPR ? » Il soupira. « Je n'arrive pas à comprendre qui se bat pour quoi… »

Jean-Patrick s'immobilisa devant la porte. « Ces gars ne savent pas eux-mêmes pour quoi ils se battent… Mais je ne pense pas que ce soit le FPR. Ce que tu entends raconter sur eux aux informations ne correspond pas du tout à la vérité. Si tu as du temps, je repasserai après mon cours. »

Jonathan regardait fixement par la fenêtre. « Tu n'as qu'à venir dîner », dit-il sans se retourner.

Jean-Patrick avait mal partout. La seule chose dont il avait envie était d'aller se mettre au lit et de sombrer dans un sommeil sans rêves. « Ce serait super », dit-il avant de refermer la porte.

Les marches tanguaient. Il s'agrippa à la rampe pour ne pas tomber. Quel sens donner au fait qu'un enfant bavarde sur un chemin couvert de feuilles et se retrouve une minute plus tard en morceaux parmi les arbres ? Quel sens donner à une main qui creuse un trou pour y enfouir une mine et le recouvre de feuilles ? Celui qui agissait ainsi attendait-il de voir le résultat ? Est-ce qu'il souriait ? Pleurait ? Ressentait quoi que ce soit ? Si Jean-Patrick suivait cette main en remontant le bras, l'épaule et le visage, à qui appartiendrait ce visage, et que verrait-il au fond de ce regard ? Vaudrait-il mieux finalement ne jamais avoir rien vu ? Pourtant, Jonathan et Susanne étaient là à croire en l'ordre du monde. Et à y inviter l'amour. Jean-Patrick entendit retentir la dernière sonnerie et s'empressa de monter les marches deux à deux.

« J'ai cru que tu t'étais noyé ! murmura Daniel alors que Jean-Patrick se glissait sur la chaise qu'il lui avait gardée. J'ai attendu, attendu et attendu, mais tu n'es jamais revenu de ton entraînement. »

Le professeur était déjà en train de noter des équations au tableau. RÉSONANCE, écrivit-il en majuscules. Il dessina une corde vibrante avec un poids et une poulie à un bout, et animée par un moteur à l'autre bout. Il traça ensuite les flèches de force.

Toujours malade ? griffonna Daniel sur son bloc.

Jean-Patrick fit signe que oui, puis ouvrit son cahier sur une nouvelle page et recopia les équations. Des fréquences discordantes lui mettaient les nerfs à vif ; il avait besoin de les remplacer par les vibrations constantes et prévisibles de la science.

Le professeur leur demanda de donner des exemples de résonance. Jean-Patrick leva la main. « Les vagues que forme le vent sur le lac Kivu.

— Un diapason frappé par un bâton attaché à une roue qui tourne, proposa un étudiant au premier rang.

— Le Rwanda rendu dingue par les *inkotanyi* ! » lança un autre au fond de la classe. Des rires secouèrent la salle. Jean-Patrick sentit ses joues s'enflammer plus encore.

Il voulut réagir, mais ne réussit qu'à s'étouffer dans une quinte de toux. Daniel le poussa du coude en lui mettant un bonbon dans la main. *Bon pour la gorge*, écrivit-il sur le cahier de Jean-Patrick. *Une fille* muzungu *me l'a donné en cours d'anglais. Elle m'aime bien.*

La menthe éclata dans ses sinus à mesure qu'elle se propageait dans sa gorge. Le prof inscrivit au tableau une équation indiquant l'énergie, la fréquence et la densité requises pour produire une résonance. L'attention de Jean-Patrick diminua. La seule équation qu'il avait en tête, c'était celle de l'onde de choc provoquée par une mine explosant dans l'air matinal sur un chemin plein d'enfants.

L'après-midi, lorsqu'il alla s'entraîner au stade, le coach se donna une claque sur le front. « Aurais-tu perdu tout bon sens ? Retourne dans ton dortoir. Et je ne veux pas te voir demain matin ! » Derrière lui, Daniel agita un doigt menaçant en souriant.

Jean-Patrick se sentit soulagé. Il avait beau vouloir le nier, il n'avait aucune envie de courir. Tous ses muscles lui faisaient mal, et les titres lus dans le journal de Jonathan continuaient à s'afficher devant ses yeux, douloureux comme une mauvaise migraine. Le cours d'histoire de l'art de Béa devait se terminer. S'il se dépêchait, il pourrait l'attraper à la sortie et la raccompagner chez elle. Il fallait absolument qu'il lui parle des enfants. Elle seule saurait apaiser sa colère. Devant le bâtiment, il chercha l'éclat d'un chemisier doré ou un châle bleu dans la marée d'étudiants qui sortit sous la bruine, mais il ne vit aucune trace de Béa. Il attendit encore cinq minutes après la dernière sonnerie avant de partir la rejoindre à Cyarwa Sumo.

La nuit tombait sur les champs de l'arboretum. Au sommet de la crête, quelqu'un avait déblayé les décombres de la hutte et entassé des briques neuves sur le terrain. Jean-Patrick espéra que c'était le vieux gardien et sa famille. Dans ce pays, l'espoir talonnait toujours de très près le désespoir. Essayer, encore et toujours... Les Rwandais avaient ça dans le sang.

Après le massacre, Jean-Patrick avait évité les champs pendant plusieurs semaines. Chaque fois qu'il s'en approchait, l'odeur de la mort le submergeait. C'était une situation impossible ; ces sentiers, ses préférés et les plus raides pour pratiquer ses intervalles, lui offraient de quoi se distraire un peu de ses souffrances. Béa l'avait guéri. Un matin où elle était venue le retrouver à la fin de l'entraînement, il avait fait un bout de chemin avec elle sans prendre garde à la direction qu'ils prenaient. Absorbé par leur conversation, il s'était d'un seul coup aperçu qu'ils étaient au milieu des champs. Le badinage des femmes dans les parcelles résonnait à ses oreilles, comme auparavant, et il avait respiré l'air frais et transparent sans qu'aucune trace de souvenir subsiste dans ses narines. Depuis ce jour-là, il n'y était pas retourné. À l'instant même, la messe du soir venait de se terminer dans l'église qui se trouvait à l'autre bout des champs, et les fidèles se déversaient sur la route. Une jeune femme qui s'engageait sur le sentier attira son regard. Les épaules larges, la démarche gracieuse, tout en retenue... ce ne pouvait être que Béa. Il accéléra le pas pour aller à sa rencontre.

« Ça me fait plaisir de te voir », dit-elle en l'embrassant dans le vide sur la joue, comme si elle retrouvait un cousin éloigné ou un copain de fac

Jean-Patrick se régla sur son pas, se laissa réchauffer par la chaleur que dégageait son corps. Béa marchait en fixant le sol – un signe chez elle de mécontentement qu'il avait appris à reconnaître. « Je vais chez Jonathan. Il m'a invité à dîner, dit-il, espérant qu'elle voudrait venir avec lui.

— Amos est un bon cuisinier.

— Je n'ai encore jamais eu l'honneur d'être invité à manger. » Il guetta en vain une réaction sur son visage, une petite étincelle de son feu habituel. « Je t'ai attendue à la sortie des cours. Je voulais…

— Tu n'aurais pas dû te donner cette peine, dit Béa en lui coupant la parole. Dès que la cloche a sonné, je suis allée directement dans le bureau de mon père.

— Arrête-toi une minute. » Il se planta face à elle. « Je ne comprends pas ce que tu as, ce soir. J'ai fait quelque chose qui ne te plaît pas ? »

Un garçon à vélo les dépassa. Arrivé dans la partie la plus pentue du chemin, il se redressa et pédala en danseuse. La femme assise derrière lui portait un panier sur la tête. Un sourire serein illuminait son visage. « Bonsoir ! » leur lancèrent la femme et l'enfant au passage.

Béa les regarda s'éloigner d'un air affligé. « Ça n'a rien à voir avec toi…

— Avec quoi, alors ? Explique-moi. » Il aurait voulu lui relever le menton pour qu'elle le regarde en face et l'embrasser. Cependant, les bonnes manières ne le permettaient pas.

« Il est arrivé quelque chose d'épouvantable à Kigali…

— Je sais Je l'ai lu dans le journal de Jonathan. Et depuis, ça me hante. C'est pour ça que j'étais venu te voir.

— Un ami de Papa a perdu sa fille dans l'explosion. C'est ce qui explique que tu m'aies trouvée à l'église. » Elle fit un pas en avant. « Marchons… J'ai trop froid. »

Peut-être que son humeur était liée à Kigali et n'avait aucun rapport avec lui. Il s'en voulut de faire passer ses désirs égoïstes avant le respect dû à la disparition tragique des enfants, mais il laissa l'idée s'insinuer dans son esprit.

Il continua à marcher obstinément à côté de Béa, prêt à bondir sur la moindre miette d'affection qu'elle voudrait bien lui témoigner. Il avait l'impression de la tenir par le petit doigt tandis que des courants rapides l'emportaient. Et bien que la raison lui soufflât d'arrêter, son cœur le poussa à aller de l'avant. « Tu ne devrais pas te laisser affecter par des événements qu'on ne peut pas contrôler. Ça ne signifie pas que *nous* n'avons pas une chance d'avoir un avenir.

— Mon pauvre* ! s'exclama Béa comme s'il était un petit garçon à prendre sous l'aile bleue de son châle. Si ce pays malade avait un sens, nous aurions une chance… Mais, après ce qui vient de se passer, je ne crois plus en aucun avenir. Même avec toi. C'est trop douloureux. »

Ils arrivèrent au poste de contrôle de Cyarwa. Béa s'écarta de lui. Les militaires lui tapèrent dans le dos en lui souhaitant une bonne soirée. Malgré la pénombre, il vit leur regard s'attarder sur ses formes généreuses, le petit sourire de mépris qui tordait leur bouche.

Jean-Patrick disposait de toute une série d'arguments à même de balayer les inquiétudes de Béa, mais aucun ne lui vint à l'esprit. Il continua à avancer dans un silence idiot, la tête brûlante de fièvre. Il était tellement évident qu'elle était décidée à fuir qu'il doutait de chaque point qu'il pensait lui faire valoir. Ce fut seulement lorsqu'ils arrivèrent devant chez Jonathan que Béa le regarda dans les yeux.

« Je suis désolée. Tu n'as pas l'air bien du tout… J'aurais mieux fait de tenir ma langue.

— Il y a autre chose ? Ton père t'a demandé de garder tes distances avec moi ? » C'était à ses yeux la seule explication possible.

« Tu n'es *pas* le centre de l'univers, tu sais », répliqua-t-elle. Puis elle appuya sa joue contre la sienne, et il sentit sa chaleur moite sur sa peau. « C'est ridicule. Ce n'est pas ce que je voulais dire… » Ses yeux brillaient ; elle les essuya d'un revers de manche. « Nkuba Jean-Patrick. » Elle prononça chaque syllabe de son nom comme on jette des cailloux dans l'eau. « Comment peux-tu envisager un quelconque avenir dans un monde où il ne reste rien de vingt et un enfants que des morceaux dispersés dans les arbres ? Pas même un corps qu'une mère puisse enterrer…

— Mais, Béa…

— Je vais être occupée pendant un moment, aussi je ne pourrai pas te voir. » Jean-Patrick s'apprêtait à protester, mais elle lui posa un doigt sur les lèvres. « Plus un mot. Tu ne me feras pas changer d'avis. »

Elle se hissa sur la pointe des pieds et l'embrassa doucement sur la joue. Il voulut en profiter pour lui donner un rapide baiser sur la bouche, mais elle s'était déjà reculée. « Tu vas attraper mon rhume », la prévint-il, histoire de dire quelque chose.

Tandis qu'il la regardait s'en aller précipitamment, il s'obligea à croire qu'il avait encore une place dans son cœur. Il ne comprenait pas pourquoi elle se comportait ainsi. Il en vint presque à souhaiter lui avoir passé son rhume pour qu'elle garde en elle une petite part de lui.

Comme le portail de Jonathan n'était pas fermé, il entra dans la cour. Rutembeza lui avait recommandé d'être patient, de se retenir et d'attendre le bon moment pour frapper. Sur la piste, cette stratégie n'avait rien donné, mais peut-être qu'elle marcherait avec Béa. S'il attendait le bon moment, il pensait pouvoir la ramener vers lui.

Avant même qu'il ait frappé, Jonathan ouvrit la porte, le visage d'un rouge presque aussi soutenu que le verre de vin qu'il lui mit d'office dans la main. « Viens boire avec moi, J.-P… J'ai déjà bu une demi-bouteille, mais ça n'a servi à rien. Je n'arrive même pas à noyer cette journée dans l'alcool… »

Jean-Patrick aurait préféré une tasse du *cyayi cyayi* de Jolie ou une bière, mais il porta le verre à ses lèvres et but une gorgée. Il s'attendait à quelque chose de doux, comme les vins de fruits que lui faisait goûter son père étant petit, mais celui-ci avait un goût amer de moisi. Il fit une deuxième tentative. « C'est bon...

— Tu es mauvais menteur, mais ne t'en fais pas ! dit Jonathan, qui le conduisit à la table et remplit leurs deux verres à ras bord. Crois-moi... ça te paraîtra meilleur à chaque nouvelle gorgée. »

À la troisième tentative, une chaleur agréable lui picota la langue. Amos entra avec un plateau et se fendit d'un grand sourire en apercevant Jean-Patrick.

« Vous vous êtes déjà rencontrés, je crois ? dit Jonathan.

— Oui, oui. » Amos posa la nourriture sur la table et agrippa les mains de Jean-Patrick. « Je t'ai vu courir à la télévision... c'était splendide ! » Il fit claquer sa langue. « C'est un honneur de te revoir. Tu nous rends tellement fiers ! » À l'emphase de son ton, Jean-Patrick devina que *nous* voulait dire les Tutsis. Repensant à ce que lui avait dit son oncle, il sourit.

« Mangeons, dit Jonathan. Il vaudrait mieux que je me mette quelque chose dans le ventre avant de rouler sous la table... Amos, tu te joins à nous ?

— Je viens de manger », répondit le jeune homme en redressant les cuillères dans les plats. Il se tourna vers Jean-Patrick. « Bon appétit ! Je t'ai préparé une de mes spécialités. »

Amos avait concocté un festin de plats de sa région avec plein de haricots, de bananes vertes, de légumes et de sauces épicées. Jean-Patrick aurait bien voulu avoir le nez moins bouché pour en sentir les arômes.

À la fin du dîner, Jonathan termina son verre et posa les deux coudes sur la table. « J'ai parlé à Susanne. Elle était plutôt bouleversée, mais elle va tout de même venir. Il n'y a bien entendu pas eu un mot dans les journaux américains, et personne au département d'État n'était au courant... En tout cas, ils n'ont pas divulgué l'information. » Il versa ce qui restait de vin à Jean-Patrick. « Personne là-bas ne s'émeut qu'il y ait quelques enfants africains de plus ou de moins dans le monde... Pour eux, c'est seulement la routine. »

Ils restèrent à table longtemps après qu'Amos eut débarrassé et apporté du thé et des fruits. Jonathan se tapa sur le ventre. « Je n'ai pas de bière. J'envoie Amos en chercher ?

— Si je continue à boire, c'est moi qui vais m'endormir sous la table.

— Je ne pensais pas que tu rentrerais chez toi ce soir. Amos t'a déjà préparé un lit. »

Les flammes des bougies vacillaient dans les bougeoirs en argile. Ils les contemplèrent un instant en silence. Puis Jonathan soupira et croisa les mains sur sa poitrine. Sur la pointe des pieds, les fantômes des enfants allèrent s'asseoir sur les chaises vides.

« J'ai appris qu'il était grossier au Rwanda de poser des questions personnelles, reprit Jonathan. Mais nous sommes tous les deux des scientifiques... Et je n'aboutis à rien en m'escrimant à vouloir comprendre tout seul. »

Le cerveau congestionné et les pensées embrumées, Jean-Patrick avait la tête qui lui tournait. Il avait prévu de raconter à Jonathan un peu de l'histoire du Rwanda telle qu'il la connaissait. Mais quelle histoire raconter ? Il pouvait dire que les Tutsis étaient un peuple nilotique, grand et mince, aux traits fins et gracieux. Arrivés avec leur bétail, ils dédaignaient l'agriculture et vivaient de l'élevage. Les Hutus étaient une tribu bantoue, des cultivateurs, un peuple plus petit et plus robuste, mieux adapté au labeur constant qu'exigeait le travail de la terre. Les deux groupes s'étaient établis sur le territoire qui était devenu le Ruanda-Urundi et, par la suite, le Burundi et le Rwanda. Les Twas, petits et frêles, vivaient de chasse et de cueillette et avaient continué à le faire jusqu'à ce que les forêts et les animaux se raréfient. C'était là l'histoire la plus communément acceptée, celle que l'on enseignait à l'école.

Une grande partie était vraie, mais jusqu'à quel point ? Il était exact qu'un *mwami* – un roi tutsi – avait régné sur tout le monde. Cependant, Zachary revenait de l'école avec des histoires selon lesquelles les Tutsis étaient un peuple hautain, les oppresseurs impitoyables de leurs frères hutus. Un instituteur leur avait raconté que le mwami avait obligé ses serfs hutus à s'aligner devant lui et avait transpercé leurs pieds de sa lance. Mais ça, Jean-Patrick n'y croyait pas, aussi n'en parlerait-il pas à Jonathan.

Avant l'arrivée des Belges, aurait-il voulu dire à Jonathan, les Hutus et les Tutsis vivaient en bon voisinage. Peut-être, comme le pensait Uwimana, n'étaient-ils en fait qu'un seul peuple. S'il avait été encore en vie, son père lui aurait sans doute enseigné la même chose. Il aurait dit – comme Uwimana – que, avant les Belges, les distinctions entre eux étaient aussi fluides que les rivières, déterminées par le mariage, les convenances et le statut social. Et que si le nom des rivières changeait, l'eau demeurait toujours la même.

Ça, au moins, Jean-Patrick pensait que c'était vrai. Il avait passé le début de sa vie sans rien savoir de ces distinctions, or un pays sans distinctions, c'était justement ce en quoi son père avait cru, ce pour quoi il s'était battu. Et il croyait comme lui que procéder à un examen du sang rwandais au microscope aboutirait à des résultats mitigés qui rendrait impossible d'établir des catégories. La mère de Béa en était un parfait exemple. Avec sa peau dorée et son port de reine, qui, en la voyant, n'aurait pas affirmé qu'elle était tutsie ?

Par ailleurs, il voulait expliquer à Jonathan ce que signifiait être tutsi dans un monde où la croyance et l'ordre étaient chaque jour mis à mal, un monde où il était constamment obligé de naviguer sur des eaux inconnues dont les courants étaient imprévisibles. Si l'occasion se présentait, il tenterait également une défense prudente du FPR.

Mais il ne formula rien de tout cela. La seule histoire que le vin lui faisait venir sur la langue était celle de Béa, de son envie d'être avec elle qui brûlait en lui avec presque autant d'ardeur – bien que pas tout à fait – que la flamme olympique.

19

Il avait beau savoir que c'était absurde, il soupçonnait son rhume qui se prolongeait et l'absence de Béa d'être le résultat de la même graine amère. S'il parvenait à chasser la maladie de son corps, Béa lui reviendrait. Et si Béa revenait avant, elle chasserait les maux et les douleurs de ses membres, la congestion de ses poumons.

L'équipe, qui avait fini de s'échauffer – étirements, sauts et kicks arrière –, se rassembla pour regarder Rutembeza qui se débattait avec quelque chose dans le coffre de sa voiture. Il leur tournait le dos, et on ne distinguait quasiment rien entre les eucalyptus qui bordaient le stade le long de la route en surplomb.

« C'est un macchabée, suggéra Daniel. Un type qui a triché dans sa classe. »

Un coureur du quatre cents mètres tapota Jean-Patrick dans le dos. « *Oya !* C'est la femme que le coach s'est trouvée dans la brousse, et si Jean-Patrick survit à l'entraînement, il pourra l'avoir ! »

Le coffre se referma d'un coup sec. Rutembeza fit rouler un objet, puis le poussa du haut de la pente. Un énorme pneu de camion dévala le talus.

« Qu'est-ce que c'est que ça ! s'exclama Daniel avant d'émettre un long sifflement. Tous restèrent figés en suivant la trajectoire incertaine du pneu qui filait entre les arbres. À la dernière minute, ils s'éparpillèrent. Jean-Patrick fut pris d'une quinte de toux.

« Il faut apprendre à vous relaxer, les gars ! s'écria le coach. Si vous gardez votre calme, votre tête dira quoi faire à votre corps. Et ça vaut aussi bien sur la piste que dans la vie ! »

Le pneu atterrit sur le terrain en tourbillonnant, ralentit peu à peu, puis s'immobilisa. Rutembeza le tapa du bout de sa chaussure. « Qui passe le premier ? » Il sortit un harnais de son sac et le balança au bout de ses doigts.

Bien qu'abattu par le rhume, Jean-Patrick ne résista pas à l'envie de relever le défi. « Vous voulez qu'un de nous tire ce machin ? »

Le coach lui tendit le harnais. « Tu te portes volontaire, j'ai bien entendu ?

— Attendez... Vous voulez que je coure en traînant ce machin pendant que les autres courent sans rien ?

— Exactement. On va commencer par un deux cents mètres et on passera progressivement à un huit cents. »

Le coach attacha les sangles. Une foule de curieux se rassembla dans les tribunes. Les vacances de Noël commenceraient dans deux jours, et les étudiants turbulents se préparaient déjà à faire la fête. Jean-Patrick scruta les gradins en cherchant en vain Béa. Depuis deux semaines qu'il l'avait quittée devant chez Jonathan, elle avait totalement disparu de sa vie.

« Le coach va finalement te tuer, observa Daniel en venant se placer près de lui.

— C'est ce qu'on va voir... Si tu cours aussi mollement que d'habitude, ce sera toi la prochaine victime.

— Six fois deux cents ! ordonna le coach. *Tugende !* – allez-y ! »

Au début, l'inertie eut raison de Jean-Patrick. Le poids du pneu le déséquilibrait, cassait sa cadence. Toutefois, au troisième deux cents mètres, la persévérance finit par payer, et il trouva une régularité dans sa foulée qui lui permit de garder le pneu bien aligné derrière lui. C'était une question d'élan ; s'il ne s'arrêtait pas complètement et conservait le pneu dans un mouvement linéaire, il pouvait garder les autres coureurs en vue. Il ressentit la même impression grisante que lorsqu'il parvenait à résoudre une équation complexe après avoir passé toute la soirée dessus. Des tribunes montèrent des encouragements. « Mister Olympique ! » scandait le public.

Jean-Patrick alla jusqu'au bout. Lorsque le coach déclara que ça suffisait après le dernier deux cents mètres, il le supplia de le laisser continuer un peu, le temps de faire un quatre cents mètres. Sous les sifflets approbateurs, il baissa la tête comme un taureau tirant une lourde charge et frappa le sol du pied. Il démarra avec un maximum d'énergie, mais, dans la deuxième ligne droite, ses forces l'abandonnèrent et ses jambes se mirent à trembler. Péniblement, il franchit la ligne. Au moment où Rutembeza le délivra du harnais, Jean-Patrick douta de pouvoir faire ne serait-ce qu'encore un pas. Pourtant, une fois libéré du fardeau, il s'envola en ayant la sensation que ses pieds touchaient à peine le sol. C'était pareil dans la vie, se dit-il tandis qu'il flottait au-dessus de la piste. Si seulement on avait pu le débarrasser comme ça du poids de l'identité et de la politique…

À quatre heures, le coach siffla la fin de l'entraînement. « C'est bon pour aujourd'hui ! Refroidissez-vous un instant et venez me rejoindre dans les tribunes… Je veux vous parler. »

Devant les athlètes réunis au complet, il prit la parole. « On dirait que j'ai enfin trouvé le moyen de ralentir Jean-Patrick…

— Il sait maintenant ce qu'on ressent ! » s'écria Honorine, une des trois Tutsis de l'équipe qui était spécialiste de la course d'endurance. Alerte, la peau éclatante et brune comme la coque d'une noix *umushwati*, elle donnait du fil à retordre à pas mal de garçons. Plusieurs athlètes tapèrent joyeusement des pieds en signe d'assentiment.

Le coach fit taire les indisciplinés. « Alors dis-nous, Jean-Patrick, est-ce que tu as appris quelque chose ? »

La gorge irritée, la tête au carré, Jean-Patrick avait l'intention de répondre en quelques mots avant d'aller s'asseoir. Cependant, au milieu d'une phrase sur le combat entre poids et équilibre, il fut pris d'inspiration, comme si une main venait d'effacer de la buée sur une vitre.

« J'ai appris qu'on ne peut pas plus séparer la physique de la course que la course de la physique. Tout, dans ce monde, est basé sur l'élan et la conservation de l'énergie, sur le mouvement qui part d'un centre de sérénité. » Quelque part dans les gradins, il entendit des athlètes râler, certains réprimant une envie de rire, mais la conviction l'incita à continuer. « Ce que j'ai constaté, c'est que si je veux gagner, toutes les cellules de mon corps doivent se concentrer sur la plus petite distance jusqu'à la fin. On a tous entendu une ou deux fois les conseils du coach – nouveaux éclats de rire –, mais quand on tire un poids pareil et qu'on n'a pas envie de voir les dos de huit coureurs s'éloigner devant soi, ces conseils deviennent d'une parfaite clarté... Aujourd'hui, je les ai vraiment *ressentis*, et absorbés dans la mémoire de mes muscles. »

Le coach reprit la leçon à partir de là, mais l'attention de Jean-Patrick se dissipa, bercée par les rafales de vent qui balayaient la toiture au-dessus des tribunes. Il se réveilla au moment où l'équipe s'engouffrait dans l'escalier. L'anesthésie due à l'excitation était passée ; il avait la tête en feu et les jambes en coton.

Daniel le rattrapa sur la dernière marche et le prit par le bras.

« Ça va ?

— Juste fatigué. Je ne dors pas bien, ces temps-ci. Surtout avec toi qui ronfles...

— Quoi ? Ce sont tes ronflements à toi que tu entends ! » Il fit la grimace. « Mon prof d'anglais m'a sacqué... Mais je ne dirai rien à mon père.

— Si tu t'intéressais moins aux filles et davantage à tes livres, tu n'aurais pas autant de mauvaises notes.

— Hé, c'est seulement arrivé une fois ! Inutile de jouer les êtres supérieurs... Quand est-ce que tu retournes à Cyangugu ?

— Je n'en sais rien. J'ai des choses à régler.

— Béa en ferait-elle partie ? »

Les premières gouttes tombèrent en sifflant sur les arbres environnants. Jean-Patrick contempla le tremblement des feuilles. Il était trop épuisé pour s'expliquer. « J'espère juste que je me sentirai mieux avant de partir là-bas.

— Mon père pourrait t'emmener demain.

— À Cyangugu ? C'est à l'opposé de là où il va.

— Pas de problème. Il adore rouler en rond. »

L'image fit rire Jean-Patrick, qui fut alors pris d'une quinte de toux interminable. Ses yeux se remplirent de larmes.

Daniel sortit une pastille de menthe de sa poche et sourit d'un air malicieux. « J'en ai pour toi autant que tu en voudras. » Il la lança à Jean-Patrick.

« Ah ! rétorqua celui-ci en le poussant du coude. Tu as du succès avec ta *muzungu*. »

Des pas résonnèrent derrière eux. Jean-Patrick s'écarta pour libérer le passage.

« Excusez-moi, dit un jeune homme. Je cherchais les toilettes. » Il releva la visière de sa casquette et, soudain, Jean-Patrick se retrouva en train de fixer les yeux de Roger. « Vous m'avez fait l'impression de quelqu'un qui saurait me renseigner... »

Jean-Patrick plia le papier du bonbon en un petit carré. « Daniel, dit-il, mettant autant de concentration dans son ton qu'il en avait mis à tirer le pneu de camion, je vais lui montrer où c'est et je te rejoins ensuite dans la chambre.

— Je peux aussi venir avec toi...

— Ça ne t'ennuierait pas d'aller mettre de l'eau à chauffer ? Je ne me sens pas très bien. »

Daniel lui montra la pastille sur sa langue et s'éloigna à petites foulées. Dès qu'il eut tourné à l'angle du dortoir,

Jean-Patrick serra son frère dans ses bras. « Mister Cool ! Quelles sont les nouvelles ?

— Elles sont bonnes. Et toi, Mister Olympique ?

— Bonnes également. Wouah ! Si je t'avais croisé dans la rue, jamais je ne t'aurais reconnu ! » Le visage de son frère était plus émacié, ses hautes pommettes et sa mâchoire carrée plus prononcées. Une cicatrice lui balafrait la joue comme une frontière tracée sur une carte.

« Tant mieux... C'est ce que je voulais entendre. » Roger scruta les arbres du côté du terrain, puis son regard se porta une seconde à l'horizon et revint sur son frère. Rabaissant sa visière, il se remit en marche. « Viens. Tu es censé me montrer où je peux me soulager. »

Jean-Patrick tira sur les maigres poils qu'il avait au menton. « C'est supposé être une barbe ?

— C'en est une. Tu es un dur, pas vrai ? Je t'ai vu tracter cet énorme pneu sur la piste. Moi qui me souviens de l'époque où tu t'écroulais dans la poussière en essayant de m'attraper...

— Tu m'as vu ? *Mana mfasha*... Tu es toujours en train de m'épier derrière les arbres. »

Roger alluma une cigarette et jeta l'allumette qui grésilla sur la terre humide. « Et plus souvent que tu ne le crois, petit frère ! »

Ils venaient d'arriver devant les toilettes. Des étudiants se bousculaient dans l'allée. Alors que Roger se tenait tout près de lui, Jean-Patrick s'étonna de voir qu'il avait une tête de plus que son grand frère.

« Ton eau va finir par s'évaporer, dit Roger. Est-ce que tu connais le petit restaurant qui s'appelle *Aux Délices* ? » Jean-Patrick fit signe que non. « Sur un chemin en terre, juste après l'*Ibis*. Il faut bien regarder si on ne veut pas le rater. Mais l'endroit est tranquille... et discret. On pourra parler. Tu peux m'y rejoindre d'ici trois quarts d'heure ?

— J'y serai, quitte à devoir ramper ! » Jean-Patrick lui palpa les bras ; ses biceps étaient durs comme de la pierre.

« Ils te maintiennent en forme, dis-moi ! Il me tarde que tu me racontes les dernières nouvelles.

— Et moi que tu me donnes des tiennes. » Roger lui serra les bras à son tour, mais la joie malicieuse qu'avait toujours exprimée son regard s'était envolée. Il tourna les talons d'un air martial qui rappela à Jean-Patrick celui du coach et se dirigea vers les bois. Il disparut dans un sentier comme s'il était étudiant et passait là tous les jours.

Le restaurant *Aux Délices* se limitait à quelques tables au fond d'une épicerie. Devant la porte d'entrée miteuse, une chèvre attachée, probablement destinée à finir en brochettes, tournait en rond en tirant sur sa corde avec force lamentations. Jean-Patrick aperçut Roger assis à une table en train de boire une Primus. Cette fois encore, son apparence le surprit : les traits anguleux, les yeux sans cesse en mouvement à moitié dissimulés sous la casquette.

Roger le serra dans ses bras. Ici, au moins, ils pouvaient s'embrasser, se tenir joue contre joue. « Tu es brûlant, dit-il en lui touchant le front.

— C'est juste un rhume. Depuis le temps qu'il me tient compagnie, il est devenu comme un vieil ami. »

Lorsque le patron s'approcha, Roger commanda deux bières, du riz aux petits pois, des brochettes avec des frites et des bananes. Voyant Jean-Patrick hausser un sourcil inquiet, il leva la main. « Laisse… Je t'invite. Pour fêter la fin de ton premier trimestre, qui a été brillant, j'en suis sûr.

— Certaines choses se sont passées mieux que d'autres.

— Ah… On dirait qu'il y a une fille là-dessous.

— C'est fini. *Il y a eu*, mais c'est du passé. » Il débarrassa la dernière pastille que lui avait donnée Daniel du papier qui l'enveloppait et la mit dans sa bouche. Penser à Béa lui laissait un goût amer. Le patron apporta les bières qu'il versa dans les verres.

« Qui a dit au revoir, elle ou toi ? Santé ! »

Ils trinquèrent. « Santé ! C'est *elle* qui m'a quitté, mais elle reviendra. » Demander des faveurs à Imana ne se faisait pas, néanmoins il laissa sa prédiction monter vers le ciel et ses oreilles toujours à l'affût.

« Tu as l'air sûr de toi.

— Tu me connais ! »

Roger but une longue gorgée. « Oui, *murumuna wanjye* – mon frère. Je crois que oui. »

La bière lui déliant peu à peu la langue, Jean-Patrick déballa ce qu'il avait sur le cœur. « Je ne sais pas ce qui m'a fait croire qu'une fille hutue aussi magnifique pourrait s'intéresser à moi. Son père, Niyonzima, est professeur à l'université nationale, et un journaliste connu qui écrit dans de nombreuses revues. Il a fait ses études en Angleterre.

— Niyonzima Augustin ?

— Tu as entendu parler de lui ?

— Au FPR, on sait qui sont nos amis. Et Niyonzima Augustin est un excellent ami. »

Jean-Patrick savait que Roger ne lui avait pas encore dit ce qui l'avait poussé à prendre autant de risques en venant le voir. Il savait aussi que, quand son frère serait prêt, il lui expliquerait.

Des soldats entrèrent et s'installèrent à une table voisine. Ils portaient un uniforme vert. Roger les salua d'un signe de tête auquel ils répondirent. « Des FPR », dit-il. Et, plus bas, il ajouta : « Ils sont stationnés à Mulindi, comme je le suis en ce moment.

— Tu es à Mulindi et ce n'est que maintenant que je l'apprends ? » Jean-Patrick aurait pu se lancer dans une danse *intore* rien qu'à l'idée de savoir que son frère était revenu au Rwanda, et à seulement soixante kilomètres au nord de Kigali.

Roger poussa la dernière brochette vers Jean-Patrick en riant. « Ces gars sont là pour disputer un match de volleyball contre l'armée rwandaise. Une compétition amicale. La rencontre est tout ce qu'il y a d'officiel… Tu vois comme ils portent l'uniforme avec fierté sans même se cacher ? Le match a été organisé par le gouvernement. » Ses lèvres se relevèrent en un sourire. « C'est un des rares résultats positifs des pourparlers de paix d'Arusha… Les diverses parties ont décidé qu'on devait se rencontrer et démêler les choses, les yeux dans les yeux. J'imagine qu'ils considèrent le volley comme un premier pas. »

Jean-Patrick regarda les soldats rebelles comme il avait regardé Isaka et ses comparses dans la forêt à Cyangugu – avec une pointe d'envie. Roger commanda d'autres bières. Quand elles furent servies, il se pencha et croisa les mains sur la table. « Est-ce que ton coach demande où je suis ?

— De temps en temps. Il me surveille sans arrêt. Dès que je bouge un orteil, il le sait. J'essaie alors de changer de sujet pour qu'il cesse de m'interroger.

— Et il n'insiste pas ? Tu crois qu'il soupçonne quelque chose ? »

Jean-Patrick haussa les épaules. « Qu'est-ce qu'il peut faire ? » Il éternua deux fois de suite. Roger lui dit la formule habituelle – *urachire*, sois riche – à laquelle il répondit – *twese*, qu'on le soit tous.

« Tu savais que Rutembeza était dans l'armée rwandaise ?

— Il me l'a dit. C'est une des rares choses qu'il m'ait racontées à son sujet.

— Mon commandant a servi sous ses ordres. Il dit qu'il était d'une extrême dureté… qu'il a du sang-froid, mais qu'il est juste. Tu ferais bien de faire attention à toi.

— Ton supérieur était dans l'armée rwandaise ?

— Il l'a été. Mais il a vu comment tournait l'armée et a fui en Ouganda pour sauver sa peau. » Roger tapota sur la table. « Je suis sérieux. Ne dors jamais des deux yeux si Rutembeza est dans les parages. Tu m'écoutes ?

— Je t'écoute, mon frère », répondit Jean-Patrick. Néanmoins, quel choix avait-il ? Il ne pouvait pas quitter son coach pour aller s'entraîner avec quelqu'un d'autre.

« Dans ce pays, pas mal de gens ont servi dans l'armée, ça ne veut rien dire. Et de toute façon, c'est du passé. *Ejo hashize* – hier. » Il s'essuya la bouche, roula sa serviette en boule et la jeta dans son assiette. « C'est ça que tu étais venu me dire ? » La chaleur lui monta au visage. Quelque chose dans sa tête n'allait pas, et, s'il ne prenait pas garde à ce qu'il disait et à la façon dont il le disait, le ton risquait de très vite s'envenimer.

« Pas seulement. » Roger sortit une cigarette de son paquet et l'alluma en laissant brûler l'allumette jusqu'à ce que la flamme frôle son doigt. « Notre ami Isaka - One Shot – a marché sur une mine. » Jean-Patrick sentit sa gorge se nouer. Avant qu'il ait pu réagir, son frère enchaîna : « Par je ne sais quel miracle, il est en vie, mais il a eu la jambe arrachée, au-dessous du genou. » À la table voisine, les soldats du FPR rirent d'une plaisanterie en poussant des cris et en tapant du plat de la main sur la nappe en plastique. Roger leur jeta un bref regard. « Il a dit que tu allais maintenant devoir concourir pour lui aussi, et que tu ferais bien de commencer à t'entraîner pour le marathon.

— Isaka... » Jean-Patrick secoua la tête en souriant tristement. « Il aimait trop parler. Quelquefois, on allait courir ensemble, et il me racontait comment ses voisins et ses cousins de Biserero résistaient aux Hutus qui venaient les harceler avec des arcs et des flèches. Il pouvait courir sans jamais s'arrêter... Même moi, il m'épuisait. » Il termina sa bière. « Tu sais, le marathon, c'est une sacrée longue distance, mais tu diras à One Shot que je le ferai, pour lui. »

Ils sortirent des *Délices* sous des bourrasques de pluie. Ils s'étaient attardés encore un long moment après que tout le monde eut été parti. Ils se dirigèrent vers l'université en se tenant bras dessus bras dessous pour se réchauffer et ne pas perdre l'équilibre. Jean-Patrick sentait ses vêtements lui coller à la peau. Il essaya de contrôler sa démarche incertaine, mais le simple fait de bouger l'acheva. Il vomit au pied d'un arbre jusqu'à ce qu'il n'ait plus rien dans l'estomac. Il se mit à trembler comme une feuille.

Roger l'entraîna sous un porche, lui ôta son blouson mouillé et lui frotta le dos pour le réchauffer. Les phares d'un camion qui approchait les éblouirent un instant. Une bouteille jaillit par la fenêtre et explosa en mille morceaux sur le mur juste à côté d'eux. Les roues patinant dans la boue, le camion accéléra en laissant un panache de poussière rouille dans son sillage.

« Attendons un peu de voir si l'orage va se calmer, dit Roger en se mettant en chemise. Tu es vraiment malade… Serre-toi contre moi, tu auras plus chaud… Là, plus près… » Les frictions de Roger finirent par avoir raison des tremblements de son frère. « N'aie pas peur… Fais comme si j'étais cette fille que tu poursuis…

— Béa, dit Jean-Patrick en claquant des dents.

— D'accord. Alors fais comme si j'étais Béa… *Umukunzi wanjye* – viens m'embrasser ! » dit-il en imitant des bruits de baisers. Ils éclatèrent de rire tous les deux.

Jean-Patrick imagina son frère trempé comme une soupe dans les hautes forêts des Virunga, sans même un feu devant lequel se réchauffer. « Tu étais avec Isaka, quand c'est arrivé ? » Lentement, la chaleur que dégageait son frère se répandit dans tout son corps.

« On aurait dit un film au ralenti. J'ai tout vu. Sa jambe s'avancer, son pied prêt à se poser par terre, sa tête se tourner pour chasser un moustique… On pensait avoir nettoyé la zone, mais ce n'était apparemment pas le cas. J'ai été témoin de pas mal de morts, seulement, là, c'était… différent. » Tout en racontant son histoire, il lui frictionna les bras et les épaules. « One Shot était mon frère. Aussi proche que je peux l'être de toi. »

Une rivière s'écoulait au milieu de la route. S'il avait pu, Jean-Patrick aurait pleuré. Pas seulement pour Isaka, mais pour les enfants de Kigali, les femmes tuées derrière l'arboretum… Et aussi pour Anastase, la jeune femme souriante et sûre d'elle du Bugesera dont le souvenir vivait sur une photo et dans la flamme qui devait continuer à brûler dans le cœur de Roger. « Si ça m'arrivait, je préférerais mourir. Je serais incapable de vivre sans pouvoir courir.

— Ne dis pas ça. » Roger l'écarta en le tenant à bout de bras. « On ne sait jamais avant que le destin ne vous rattrape et vienne vous frapper. One Shot est un soldat. Tous les soirs il se couche en pensant à la mort ou à la blessure, et elles sont là à son réveil pour l'embrasser et lui dire bonjour. Il trouvera le moyen de surmonter cette épreuve, comme toi-même tu le ferais. » Il secoua le blouson humide de Jean-Patrick avant de l'aider à l'enfiler. « Dieu puisse ne jamais te mettre à l'épreuve... Bon, la pluie ne va pas cesser de sitôt. Allons-y. »

Maintenant qu'il n'avait plus d'alcool dans l'estomac, Jean-Patrick se sentait mieux. Roger avait raison. Bien qu'il ne pût pas se comparer à un soldat, à chaque coup qu'il endurait, il trouvait un moyen de s'adapter, un nouvel équilibre. « Tu dors où, ce soir ? » Il regarda sa montre et vit que ce serait bientôt l'heure du couvre-feu. Les lumières et les bruits de la ville s'estompèrent peu à peu. La pluie et les ténèbres s'étendaient devant eux.

Roger prit une des dernières cigarettes de son paquet. « On dirait un petit garçon : des questions, encore et toujours des questions ! Je vais te raccompagner à l'université, et ensuite je te laisserai. » Il pouffa de rire. « Hé, au fait, j'ai vu ta photo avec Habyarimana ! Tu avais l'air terrifié, mais ne t'inquiète pas... Seul ton frère peut le deviner. Je l'ai montrée à toute mon unité. Regardez la vedette qu'est mon frère ! je leur ai dit. »

Si Jean-Patrick n'avait pas vu son sourire de fierté, il aurait pu penser qu'il se moquait de lui. « Ils ont organisé une grande fête en mon honneur à Kigali, avec des hamburgers venus tout spécialement de Belgique.

— Imana nous bénisse ! » Roger jeta sa cigarette et prit le bras de Jean-Patrick. « Tu manges de la viande de luxe pendant que ton frère bouffe des rats dans la jungle...

— Des rats ? C'est vrai ?

— La prochaine fois, tu me demanderas si c'est vrai que les femmes *inkotanyi* couchent avec le diable... Tu ne devrais pas croire tout ce qu'on raconte. Il faut que tu perdes cette habitude, ne serait-ce que pour ta propre sécurité. » Roger reprit un air sérieux. « Ne l'oublie jamais quand tu es avec ton coach... et quand tu serres la main à Habyarimana.

— Qu'est-ce que je peux faire ? Je dois aller aux jeux Olympiques. Rutembeza a été bon avec moi, il me traite comme son fils. » Sa voix résonna trop fort dans son crâne. Qui cherchait-il à convaincre ? Roger ou bien lui-même ? Pourtant, à certains moments, il avait vu une lueur dans le regard du coach, et ce n'était pas l'amour d'un père, mais quelque chose qui s'en approchait, qui avait à voir avec la fierté. « Rutembeza a besoin de moi. Tout comme Habyarimana. Je suis leur exemple aux yeux des Européens. Mon coach me l'a dit.

— Le besoin est une drôle de chose... Parfois on a besoin de quelqu'un, mais, dès qu'il est fini, on le balance dans la brousse, comme un vulgaire déchet.

— Qu'est-ce que tu es en train de me raconter ? s'exclama Jean-Patrick avec rage.

— Ce que je te raconte, c'est ce que je vois avec mes deux yeux. Et en permanence. »

Ils arrivèrent à l'université. L'orage s'était éloigné et la pluie se réduisait à une bruine intermittente.

Roger lui plaça deux doigts sur la veine du cou. « Il faut que tu apprennes à prendre le pouls du Rwanda. Ces accords d'Arusha ne servent qu'à contenter l'Occident. Le gouvernement prêche la paix alors qu'il prépare la guerre. Il va se passer quelque chose d'inimaginable... J'essaierai de venir te voir si je peux, ainsi que la famille, mais si tu sens le pouls s'accélérer brusquement et que je ne suis pas là, tu devras fuir. Tout seul s'il le faut.

— Je ne comprends pas ce que tu dis. » Jean-Patrick se sentait faible et la tête lui tournait. Il n'avait qu'une envie : fermer les yeux.

« Va... Rentre vite te sécher et te réchauffer. » Roger appuya sa joue contre la sienne, puis disparut dans les fourrés. « Dieu te garde entre Ses mains ! » Sa bénédiction, désincarnée, flotta dans l'obscurité.

Jean-Patrick entendit de la musique chez le gardien Le vieil homme lui jeta un regard de sa guérite, les yeux embrumés de sommeil et de lassitude. « Pas deux minutes à perdre ! dit-il en riant lorsqu'il lui montra ses papiers. Rentre vite et qu'Imana te bénisse ! » chantonna le vieil homme en lui faisant signe de passer.

Il aurait voulu courir rattraper son frère, le retenir pour qu'il s'explique. C'en était trop. Toute cette soirée avait été trop. Les nouvelles d'Isaka, les mises en garde étranges... Et les enfants ? avait-il envie de hurler. Qui les protégera ? Qui leur dira de fuir le moment venu ? Qui protégera Isaka maintenant qu'il est fini ?

Une aube grise envahit la chambre. La pluie sifflait sur le toit en martelant la vitre. Jean-Patrick se réveilla fiévreux une fois de plus. Des éclats de verre lui tailladaient la gorge dès qu'il avalait sa salive. Le bruit que faisait Daniel l'agressait comme si on lui flanquait des coups sur la tête. Une chemise roulée en boule vola devant son nez et atterrit sur le mur. « Tu as l'intention d'accueillir Pascal ici comme ça ?

— Je crois. Je ne sais pas si j'irai mieux un jour... » Jean-Patrick se frotta les tempes. « Il te reste de ces pastilles ? » Une poignée tomba sur la couverture. Jean-Patrick haussa les sourcils.

« Je voulais qu'elle goûte à l'*urwagwa*, alors j'en ai acheté un pichet, dit Daniel.

— Et elle a bu comme une Rwandaise ?

— À la paille. Comme les vrais Rwandais. *Aye !* Elle embrasse super bien. » Daniel fit claquer son pantalon pour le défriper. « Elle est française. Mon père déteste les Français.

— Ton père ne doit pas l'embrasser, lui. »

Daniel fourra une dernière chemise dans sa valise déjà bourrée.

« S'il voyait comment tu ranges tes affaires, il te battrait, dit Jean-Patrick.

— Il est là ? » Daniel grommela dans sa barbe, mais ressortit néanmoins la chemise qu'il plia et reposa délicatement sur le reste des vêtements. Il dut forcer pour fermer la valise.

Jean-Patrick aurait tué pour un verre d'eau. « Il vient à quelle heure ?

— Je n'en sais rien. Tu as changé d'avis pour ce qui est de la balade en voiture ? »

C'était tentant. S'emmitoufler dans des vêtements bien chauds et fermer la porte à clé en laissant toutes ces pensées folles derrière lui… « Non, j'ai trop de choses à faire.

— Hier, tu n'as pas répondu à ma question au sujet de Béa. »

La confiance qui l'animait la veille au soir l'avait déserté. « Béa peut trouver un bon Hutu, un riche. Elle n'a pas besoin de moi.

— Mais toi… tu vas gagner aux jeux Olympiques. C'est rien, ça ?

— Je n'ai pas encore gagné. Vu mon état, il est très possible que je ne gagne plus jamais aucune course. »

Le costume à rayures atterrit sur son lit. « Va lui parler, insista Daniel. Mon père t'accompagnera. »

Jean-Patrick se redressa et prit sa tête fébrile entre ses mains. « Béa, c'est fini. *Kwa heri* – au revoir.

— Je t'assure… je sais de quoi je parle. Mets ton beau costume et va frapper à sa porte comme si tu étais le roi du Rwanda.

— Les *mwamis* aussi, c'est fini. Vous, les Hutus, avez mis fin à la monarchie. » Il se recroquevilla sous la couverture et ferma les yeux.

Il se réveilla dans l'après-midi. Daniel marchait de long en large dans le petit espace qui séparait les deux lits. « Tu as marché comme ça toute la matinée ? demanda Jean-Patrick. À l'heure qu'il est, tu serais déjà à Kigali… et tu aurais évité à Pascal de faire le voyage.

— Je n'aime pas que mon père soit en retard.

— On croirait l'entendre, lui, en train de prédire la fin du monde ! Comment peux-tu dire qu'il est en retard puisque tu ne sais pas à quelle heure il doit arriver ? » Il referma les yeux et recommença à somnoler. Un coup frappé à la porte le fit sursauter.

Pascal prit la parole à la seconde même où il entra dans la chambre. Il avait du sang sur son imperméable et son pantalon. « Ne vous inquiétez pas, dit-il en retirant sa veste et ses bottes pleines de boue. Ce sang n'est pas le mien. Il y a eu un accident sur la route et je me suis arrêté pour porter secours. »

Jean-Patrick frissonna malgré lui. « Il y a des morts ?

— Non, Dieu merci ! Il y a… » Son regard s'assombrit tandis que ses mains s'agitaient, comme s'il cherchait dans l'air comment poursuivre.

« Je suis content que tu n'aies rien. Je commençais à m'inquiéter… » Daniel mit la veste de son père sur le dossier de la chaise. « La police est venue ?

— Le type ne voulait pas attendre. Tu sais le temps que ça prend pour aller les chercher ! Quelque chose qui a percuté sa voiture, probablement un rocher, a déchiqueté le toit et fait éclater le pare-brise. Il a de la chance d'être encore en vie ! Je lui ai proposé de l'emmener à l'hôpital, mais il a refusé. » Pascal alluma une cigarette et souffla un long jet de fumée. « Comme il perdait du sang, je lui ai fait un bandage avec mon maillot de corps – je n'avais rien d'autre. Il a à peine attendu que j'aie terminé. Je ne sais pas comment il va arriver à conduire sous cette pluie... » Il se tourna vers Daniel, puis vers Jean-Patrick, comme s'il venait de se rendre compte de leur présence. Il les prit tous les deux par l'épaule en les serrant contre lui.

Quelque chose – sans qu'il puisse préciser quoi – fit douter Jean-Patrick de son histoire. Pascal avait l'air trop agité, trop bouleversé. Un militaire devait pourtant être habitué à la vue du sang.

« Tu es brûlant. Je sens à travers ma chemise que tu as de la fièvre, lui dit Pascal.

— Jean-Patrick est malade d'amour, expliqua Daniel. Je lui ai proposé qu'on le ramène chez lui, il ne veut pas. Je lui ai proposé qu'on l'emmène chez son *umukunzi*, il ne veut pas. Qu'est-ce que je peux faire d'autre ? » Il fit la grimace et enfila ses boots.

« Il faut qu'on se dépêche de rentrer à Kigali avant le couvre-feu, mais tu ne veux pas qu'on te dépose quelque part ? Chez un médecin ? » Pascal posa sa main sur le front de Jean-Patrick. « Tu brûles comme le charbon.

— Ça va aller, dit-il en les poussant vers la porte.

— J'ai laissé le reste des pastilles sur le bureau. N'oublie pas mon conseil... » Daniel attrapa sa valise et sortit avec son père sous la pluie.

La plupart des étudiants étaient rentrés chez eux pour les vacances. Aucune musique ne filtrait à travers les murs, aucune conversation bruyante n'interrompait ses pensées, aucune voix de RTLM ne lui remuait le sang. Jean-Patrick mit des chaussettes et enfila un pull par-dessus son sweat-shirt. Essayer de se concentrer était inutile, cependant une énergie désordonnée que décuplait la fièvre bouillonnait au fond de lui. Il prit le costume à rayures, le reposa, le reprit, le remit dans l'armoire. Il ramassa son blouson qui gisait par terre où il avait dû le jeter la veille. Un bout de tissu vert dépassait de la poche. Il en sortit un bandana dans lequel était glissé un mot.

J'ai pensé que tu le voudrais peut-être. Il appartenait à notre ami. Soudain, Jean-Patrick revit Isaka enlever son bandana et l'enrouler autour de son pied dans la forêt près de Cyangugu. Comment Roger avait-il réussi à mettre le mot et le foulard dans sa poche ? Il rangea le mot dans son manuel de physique. Après quoi, il fourra le bandana dans sa poche, mit ses chaussures, enfila son blouson et sortit.

De rares lumières éclairaient le bâtiment. La pluie avait laissé place à une légère bruine. Rester tout seul dans le dortoir en étant malade comme un chien paraissait absurde. Il y avait près de vingt-quatre heures qu'il n'avait rien bu ni mangé, et la cafétéria était fermée. Derrière ses yeux vitreux, les fenêtres de la maison de Béa lui faisaient signe telles des chandelles.

Il ressortit le costume à rayures et lissa les plis avant de l'enfiler. Il mit son survêtement par-dessus pour ne pas le mouiller. Daniel avait sans doute raison : s'il se présentait à la porte de Béa comme un grand roi, elle réfléchirait. Prenant une lampe électrique dans le tiroir, il se mit en route. Arrivé près de Cyarwa, il entendit des bêlements. En se retournant, il vit un bouc trottiner à ses côtés. Soit ce voyage était écrit, soit ma fièvre me joue un tour, songea Jean-Patrick. Voici Rugira, mon bélier, qui vient m'accompagner. Par conséquent, je dois être Gihanga, le roi mi-céleste mi-terrien, parti explorer mon domaine ici-bas.

Le front appuyé contre le métal froid du portail, il eut beau appeler de nouveau et secouer le verrou, personne ne vint. La nuit tombait. La pluie avait trempé ses vêtements. Encore trente secondes, et il s'en irait. Au bout de vingt-huit, la porte d'entrée s'ouvrit.

« Jean-Patrick, c'est toi ? »

Il laissa le son de la voix de Béa le pénétrer. « Oui, c'est moi !

— Mon Dieu… mais tu es complètement fou ! » Béa vint ouvrir le portail et le fit entrer.

« Oui, je suis fou. »

Niyonzima arriva sur le seuil, les manches roulées au-dessus du coude. « Béa… qui est là ?

— C'est Jean-Patrick. Il est venu jusqu'ici à pied sous l'orage… Il est trempé ! » Avant de refermer le portail, elle lui souffla : « Tiens bon. »

Alors qu'il se demandait ce qu'elle voulait dire par là, il aperçut une voiture au fond du jardin, le toit déchiqueté, le pare-brise et les vitres éclatés. Le cœur lui remonta dans la gorge. Était-il encore dans sa chambre en train de se débattre au milieu d'un cauchemar provoqué par la fièvre ? Pascal était-il encore en train de raconter son histoire d'accident qui était devenue réalité dans son esprit ? Le sol se mit à tanguer. Si Béa ne l'avait pas rattrapé par le bras, il serait certainement tombé.

« Je n'aurais pas dû venir », bredouilla-t-il.

Niyonzima sortit sous la pluie et le saisit par l'autre bras. « Ne dis pas de bêtises. Tu es toujours le bienvenu. Viens vite à l'intérieur… Effectivement, tu es trempé comme une soupe. » Sa chemise était tachée de sang.

Devant la table était assis un homme torse nu. Il adressa un signe de tête à Jean-Patrick et, malgré sa souffrance manifeste, lui fit un sourire. Son bras droit bandé était soutenu par une attelle ; son œil gauche, fermé, gonflé et violacé sous une blessure sanguinolente. Sa peau était criblée de petites entailles. Ineza se pencha sur lui pour retirer des éclats de verre avec une pince à épiler. Jean-Patrick faillit se pincer pour s'assurer qu'il n'était pas en train de rêver. Était-il possible que se trouve là devant lui l'homme auquel Pascal avait porté secours ?

« Félicien Gatabazi, se présenta le blessé en lui tendant sa main droite. Pardon de ne pas me lever pour vous saluer, mais sachez que je suis un de vos admirateurs. » Il plissa les yeux comme une taupe éblouie par la lumière.

Timidement, Jean-Patrick lui serra la main. « Je suis désolé… Votre nom m'est familier, mais je ne sais pas comment ni pourquoi. Est-ce qu'on s'est vus à la réception à Kigali ? » La pièce commença à tourner. De la sueur perlait sur sa peau, et il s'inquiéta que cet ami de Béa ne le jugeât sur la moiteur de sa paume.

« Félicien est le ministre des Travaux publics et le chef de notre parti social-démocrate, le parti qui mènera le Rwanda vers l'avenir », précisa Béa.

Un son semblable au bourdonnement d'un moustique emplit la tête de Jean-Patrick. Son champ de vision se rétrécit, et il sentit qu'il allait s'évanouir. S'il s'asseyait, ça irait, seulement une chemise pleine de sang était posée sur la chaise la plus proche. Il avança d'un pas vers le mur pour s'y appuyer. Brusquement, le sol s'ouvrit sous ses pieds et il s'écroula.

Il ouvrit les yeux en croyant qu'il était sous l'eau et devait nager pour remonter à la surface. À mesure qu'il reprenait ses esprits, l'eau se transforma en lit. Il sentit l'odeur de Béa sur les draps. Le visage d'Ineza décrivit une orbite avant de s'immobiliser au-dessus de lui.

« Bonsoir. » Elle tenait une tasse à la main. La vapeur qui s'en échappait sentait bon l'herbe et le citron. « Tu nous as fait peur… La deuxième peur de la journée.

— Je suis désolé. J'aurais dû rester au dortoir.

— Et être malade tout seul ? » Elle posa la tasse sur la table de nuit et arrangea l'oreiller. « Il faut boire ça. »

Le thé au citron et au poivre, sucré au miel, apaisa sa gorge en feu. « Au moment où je suis parti, je n'avais pas les pensées très claires…

— Tu as pensé avec ton cœur, mais je garderai ton secret. Tu te sens mieux ? Tu comptes rester un moment ici-bas ? »

L'intonation d'Ineza, son attention pleine de tendresse, lui fit du bien. Une sensation de chaleur se répandit dans sa poitrine. « Je pense que oui. J'ai dormi longtemps ?

— Environ une heure. »

Il changea de position, et le tissu du caleçon trop large qui n'était pas le sien se plissa entre ses jambes. Affolé, il s'assit et remonta la couverture sur sa poitrine.

« Claire est en train de remettre en état ton beau costume et ton survêtement, dit Ineza. Quand as-tu mangé pour la dernière fois ? »

La voix de Béa lui parvint depuis l'entrée. « Euh... pas depuis hier.

— Pas étonnant que tu aies tourné de l'œil ! Je vais demander à ma fille de t'apporter quelque chose. »

Il se laissa retomber sur l'oreiller et avala une gorgée de thé. Ses yeux balayèrent la pièce. Sa photo trônait sur le bureau de Béa. À côté de la pirogue dont il lui avait fait cadeau. « J'aimerais bien », dit-il.

Béa apporta de la soupe, du pain et de la margarine sur un plateau. « Tu as fait une entrée remarquée », dit-elle en approchant un tabouret près du lit.

Jean-Patrick avala une cuillerée de soupe – une soupe épaisse, crémeuse et bien relevée à base de légumes et de feuilles de cassave. Il pensa qu'il allait sans doute survivre. « C'est toi qui l'as préparée ?

— Si c'était moi, tu n'aurais pas le même sourire ! »

Il trempa le pain dans la soupe et mordit à pleines dents. « C'est le père de Daniel qui a porté secours à Gatabazi sur la route, dit-il, guettant sa réaction. Il nous a raconté une histoire bizarre... J'ai pensé qu'il cherchait peut-être à me protéger, à cause de ce qui est arrivé à mon père. »

Sans confirmer ni nier quoi que ce soit, Béa se leva et tira les rideaux. « Termine ta soupe et repose-toi un peu. » Avant d'éteindre et de refermer la porte, elle lui sourit. Un petit sourire, auquel néanmoins il s'accrocha. Il fit ce qu'elle lui avait demandé, termina le bol de soupe qu'il essuya avec un dernier morceau de pain. En retombant sur l'oreiller, il respira l'air que Béa avait respiré avant de laisser le sommeil l'emporter.

La journée lui revint par bribes. Il imagina le tableau qu'il avait dû offrir devant le portail. Il ignorait combien de temps il avait dormi. Claire avait repassé ses habits – y compris le pantalon de survêtement et le blouson – et les avait suspendus pour qu'ils finissent de sécher. Dans un flash, il se revit mettre le bandana d'Isaka dans sa poche. Il rabattit les couvertures d'un geste brusque pour aller le chercher. Il n'y était plus.

Ineza entra avec une chemise, un pull et un pantalon de survêtement. « Ça devra faire l'affaire en attendant que tes vêtements soient secs… à moins que tu ne préfères mettre un de mes pagnes ! » Elle déposa une paire de tongs sur la descente de lit. Tout serait trop petit pour lui. « Tu te sens suffisamment requinqué pour manger avec nous ?

— Je peux retourner au dortoir… Je ne voudrais pas vous déranger.

— Ne dis pas de bêtises… Chez nous, tu es le bienvenu, comme un fils. »

Quand il se présenta à table, un silence poli l'accueillit. Béa rit la première pour détendre l'atmosphère. « C'est une très nette amélioration par rapport à ton allure de tout à l'heure ! En tout cas, tu ne ressembles plus à un poulet sur le point de se noyer. »

Sa fièvre était tombée. Il fut content de voir Ineza remplir abondamment son assiette.

Les vêtements que portait Gatabazi devaient également appartenir à Niyonzima, sauf que les deux hommes étaient plus ou moins de la même taille. Une manche de la chemise pendait dans le vide ; son bras gauche était immobilisé contre sa poitrine. Bien qu'Ineza lui eût coupé sa viande, il eut du mal à piquer les morceaux avec sa fourchette. « Mon bras et mes lunettes me manquent, dit-il.

— Pour ton bras, je ne peux rien faire, mais si ta vue est aussi mauvaise que la mienne, je te prête une paire de lunettes, proposa Niyonzima.

— Mon bon ami, tu sais qu'elle est bien pire ! » Une voiture passa lentement sur la route. Ils se redressèrent tous en tendant l'oreille. Gatabazi plissa son œil encore valide en se tournant vers la fenêtre. Jean-Patrick se rendit compte qu'il devait être quasiment aveugle.

La conversation passa d'une chose à l'autre. À un moment donné, Niyonzima croiserait les mains et se mettrait à parler. Jean-Patrick pourrait alors donner un sens à cet après-midi. Depuis qu'il avait entendu parler de la mine qui avait tué les enfants à l'école, les événements de sa vie semblaient suivre un chemin bien à eux.

Claire débarrassa les assiettes, puis apporta une corbeille de fruits et un thermos de thé. Dès qu'elle eut refermé la porte, Niyonzima s'éclaircit la gorge et croisa les mains sur la table. « Ma fille n'était pas d'accord pour qu'on te parle franchement, dit-il.

— Actuellement, ne rien savoir est une bénédiction ! » Une étincelle brilla dans les prunelles de Béa. Elle jeta un regard à sa mère avant de se tourner vers son père. « Savoir peut être dangereux.

— Ineza et moi avons là-dessus un point de vue différent », dit Niyonzima.

Jean-Patrick n'arrivait pas à penser clairement. La tête continuant à lui tourner, il se laissa porter par le flot de paroles de Niyonzima. « Tu es sous les projecteurs, tu dois prendre garde à tes fréquentations… » Il posa la main sur l'épaule de Béa. « Si on te voit avec ceux d'entre nous qui s'opposent ouvertement au gouvernement, tu risques ton avenir. Béa a préféré te fermer sa porte et a pris cette décision à ta place, mais elle a reconnu qu'on devait te parler en toute franchise et te laisser décider par toi-même. Quelle que soit ta réponse, elle devra être dictée par ta raison, et non par ton cœur. »

Après des jours à tourner en rond, Jean-Patrick avait enfin trouvé l'aiguille de la boussole. « Je n'ai pas à décider, je sais déjà.

— Réfléchis bien, dit Niyonzima en levant la main. Si tu restes, sache que tu pénètres dans une pièce dangereuse, et que, une fois entré, il ne te sera plus possible de changer d'avis ni d'en ressortir.

— Et n'oublie pas qu'il y a quelqu'un d'autre à prendre en compte, renchérit Béa. Ton entraîneur tient ton avenir entre ses mains. Il surveille tes fréquentations. » Elle pointa son couteau vers Jean-Patrick, puis éplucha et coupa une mangue dans son assiette.

À la mention de son coach, la dernière variable de l'équation se mit en place. C'était lui qui avait refusé de saluer Niyonzima, lui qui avait dit à Jolie qu'il était *occupé avec une fille et pas celle qu'il faut*. Pendant tout ce temps, Béa avait essayé de le protéger. Il prit la tranche de mangue qu'elle lui tendit et la laissa glisser au fond de sa gorge.

Il ne serait pas obligé de choisir entre un avenir et un autre. Brûlant de fièvre, il était sorti sous la pluie pour dire ce qu'il pensait – et il allait le dire. Il avait deux poings ; dans chacun il pouvait saisir un rêve. « Je ne peux pas me laisser abattre par l'inquiétude, dit-il. Pas plus que je ne peux laisser un rival me battre sur la piste. Depuis le premier jour où j'ai vu Béa, j'ai su que je ferais ce qu'il faudrait pour la conquérir.

— Ce n'est pas une bonne raison, objecta-t-elle.

— C'est la seule que j'ai.

— Quand mon père est allé en prison, c'était un homme fort, dit Béa, la voix tremblante. Quand il en est sorti, j'ai cru que le grand-père aux cheveux blancs qui venait vers nous était un inconnu. Il avait l'air d'un mort vivant, au point que j'ai dit au gardien :"Vous vous êtes trompé. Cet homme n'est pas mon père." Comme tu le vois, il ne s'en est jamais vraiment remis. Voilà ce qu'Habyarimana fait à ses ennemis. Aussi ne crois pas que tu seras à l'abri. »

Ineza posa la main sur celle de sa fille. « Avant de décider d'y entrer, tu dois regarder dans cette pièce avec les yeux ouverts. »

Gatabazi rapprocha sa chaise de la table. Il était resté si silencieux que Jean-Patrick en avait oublié sa présence. « Béa m'a expliqué que c'est le père de ton ami qui m'a porté secours. Tu le remercieras de ma part. Je crois bien que c'est à lui que je dois d'être encore en vie.

— Pascal a raconté qu'un rocher avait percuté votre voiture.

— Je vois bien que tu n'en crois rien.

— En tant qu'étudiant en physique et ingénierie, j'avoue avoir été troublé, et d'autant plus quand j'ai vu l'état de la voiture. Si un aussi gros rocher avait heurté le toit, comment auriez-vous survécu ?

— Tu as raison à cent pour cent ! s'exclama Gatabazi en approuvant d'un hochement de tête. Je vais te dire la vérité. Un camion est arrivé derrière moi en roulant à fond de train. En voulant me doubler, il m'a presque frôlé, et le passager a lancé quelque chose par la fenêtre. Et bien que j'aie tout de suite compris que c'était une grenade, je n'ai rien pu faire de mieux que donner un coup de volant pour plonger dans les fourrés et me mettre à l'abri. Cette fois, ils ont raté leur coup, mais ils recommenceront. Et un jour, ils réussiront. Peu importe… jamais ils ne m'empêcheront de parler. »

Jean-Patrick repensa à la remarque de Béa la première fois qu'elle lui avait parlé de son père. Comme Niyonzima, Gatabazi aimait suffisamment son pays pour accepter de lui sacrifier sa vie. « Vous savez qui c'était ?

— Sans doute des extrémistes… ou quelqu'un qui fait partie du cercle intérieur d'Habyarimana. Je suis comme une épine dans leur flanc. Le PSD, le parti social-démocrate, essaie de libérer le Rwanda de la mainmise du président sur le pouvoir. Nous réclamons un gouvernement de coalition et le partage du pouvoir avec le FPR. Ce que refusent les extrémistes.

— J'attends que le gouvernement s'agace une nouvelle fois de mes articles et de mes discours, enchaîna Niyonzima. Même avec notre préfet tutsi, je ne suis pas sûr de pouvoir rester à l'abri, mais c'est un risque que nous avons tous accepté. » Sa peau luisait de transpiration, comme si une lumière l'animait de l'intérieur – celle de sa passion.

Maintenant que Jean-Patrick savait pourquoi Béa l'avait quitté, il allait planter ses pieds fermement et s'accrocher. À peine deux mois plus tôt, Habyarimana avait donné une fête en son honneur et lui avait serré la main. Penser que qui que ce soit lui voulait du mal était ridicule, et il aurait bien aimé que tout le monde cesse de s'inquiéter pour lui. Il ne voulait qu'une chose : courir et être avec Béa. « Je comprends... Mais, comme je vous l'ai dit, je ne suis pas venu ici par ce sale temps pour me laisser abattre par le doute. »

Seuls Béa et Jean-Patrick étaient encore éveillés. Couché dans le bureau de Niyonzima, Gatabazi ronflait doucement. La pluie frappait les carreaux et dégoulinait en minces ruisselets. Jean-Patrick observa un instant les traces sur la vitre. « Il y avait un foulard dans ma poche, un bandana vert. Tu ne sais pas ce qu'il est devenu ? »

Béa mit la main devant sa bouche. « Attends une seconde... » Elle alla dans la cuisine et revint avec le bandana. « C'est ça ? demanda-t-elle en brandissant le carré de tissu humide et tout froissé. Je l'ai trouvé dans la salle de bains, suspendu sur la corde à linge. J'ai cru que c'était un chiffon pour faire le ménage. »

Jean-Patrick le prit. « Il appartenait à un ami. » Encore une porte qu'il aurait mieux valu laisser fermée... Néanmoins il l'ouvrit et invita Béa à entrer. « Cet ami a marché sur une mine. » Béa plaqua de nouveau la main devant sa bouche. « Il n'est pas mort, mais il a perdu une jambe.

— Tu me surprends, Nkuba Jean-Patrick... Je vois que nous avons tous les deux des secrets ! » Elle regarda la pluie derrière la fenêtre. « Il est du FPR ? »

Jean-Patrick inspira un grand coup. « Oui. On courait ensemble à Gihundwe. Il était coureur de fond. La dernière année, il a disparu, il n'est jamais rentré de vacances. Les gens racontaient qu'il avait été tué, mais il m'a fait parvenir un message... Il veut que j'aille courir pour lui aux jeux Olympiques. Le marathon ! » dit-il en riant. Rien de tout cela n'était un mensonge. Il se contentait de sélectionner ses vérités – il avait vite appris la leçon. L'histoire de Roger était là sur le bout de sa langue, prête à se faufiler dans la pièce, mais il la garda pour lui. C'était un secret qu'il se devait de laisser dormir.

« Mon Dieu, mais tu vas mourir ! s'indigna Béa. J'ai vu dans quel état tu étais à la fin du huit cents mètres ! »

Le cœur lourd, Jean-Patrick songea à la photo dans sa chambre. « C'est vrai… Mais il faut que je trouve un moyen de lui faire honneur. C'est un esprit très fort.

— J'ai une idée… » Béa s'éclipsa et revint avec son carnet de croquis. Elle tourna les pages – des fleurs, le jardin, les enfants de Claire, des portraits de ses parents – jusqu'à ce qu'elle tombe sur un croquis qui représentait trois hommes sur un podium, deux Noirs et un Blanc, lors de la remise des médailles aux jeux Olympiques. Les deux athlètes noirs levaient un poing ganté de noir. Ils n'avaient pas de chaussures, seulement des chaussettes sous leurs pantalons roulés. Des badges étaient épinglés sur leur blouson. Le dessin avait pour titre *Mexico, 1968*.

« J'ai dessiné ça à partir d'une photo de journal que mon père conservait dans une chemise. Longtemps avant qu'il entende mon premier cri, il conservait des articles de journaux importants dans l'intention de les montrer un jour à ses enfants. » Ses lèvres esquissèrent un petit sourire. « Et aussi pour voir comment ils étaient écrits, bien sûr.

— C'est toi qui as fait ce dessin ?

— Oui. »

Jean-Patrick passa la main dessus comme pour en absorber l'énergie. « C'est comme dans les peintures de ta mère… il est vivant.

— Ils protestaient contre l'apartheid en Afrique du Sud et le racisme aux États-Unis. Ils auraient pu perdre leur médaille, mais ils ont voulu profiter de l'occasion pour exprimer leurs convictions.

— Pourquoi tu me montres ça ? » Jean-Patrick ressentit une pointe d'agacement. Il n'avait pas envie d'être mêlé au combat politique de qui que ce soit.

Béa posa le doigt sur la médaille d'or. « Lui, il s'appelle Tommie Smith. Et tu ne le vois pas, mais il portait également un foulard noir qui symbolisait la fierté du peuple noir.

— Un foulard ! *Mana yanjye !* Rien ne m'oblige à courir le marathon, après tout... Il me suffit de porter le bandana de mon ami pour courir le huit cents mètres ! Sauf que moi, le jour où je remporterai une médaille, je ne prendrai pas le risque qu'on me la reprenne.

— Encore une chose... »

Béa se pencha et tourna quelques pages. Il sentit sa chaleur, son souffle paisible et régulier. Et soudain, il se retrouva face à son propre visage, dessiné d'après la photo qui trônait sur le bureau. Il estima qu'elle l'avait rendu à la perfection, notamment le mélange de douleur et de joie transcendante qui brillait dans son regard.

1994

20

Jean-Patrick était rentré chez lui pour les vacances de Noël lorsqu'il entendit la radio annoncer la nouvelle : le PSD de Gatabazi allait enfin obtenir ce pour quoi il s'était battu avec tant d'âpreté : un rôle dans le gouvernement de transition. Ce serait la première fois qu'il partagerait le pouvoir et disposerait d'une véritable voix pour décider de l'avenir du Rwanda. Jean-Patrick et son oncle avaient fêté l'événement en buvant de l'*urwagwa* à la même paille. Assis dans la cour, ils contemplaient le soir engloutir le lac. « Ça ne signifie pas pour autant que les Tutsis doivent dormir des deux yeux », observa Emmanuel, reprenant la même expression que Roger avait utilisée quand il avait dit à Jean-Patrick de se méfier de Rutembeza. L'entendre à nouveau fit sortir de la brume une sorte de malaise qui l'enveloppa. Et il se prolongea le reste des vacances, y compris dans le car qui le ramena à Butare.

Le jour de l'investiture, Jean-Patrick s'efforça de chasser sa nervosité en secouant ses doigts avant d'aller s'entraîner. Ce matin-là, Béa et Niyonzima étaient partis assister à la cérémonie à Kigali. Afin d'éviter d'être obnubilé par une seule chose, il était venu au stade. Il limiterait ses exercices au strict minimum : une série de quatre cents mètres rapides, suivie d'une récupération sur deux cents mètres et de quatre fois huit cents mètres en se donnant à fond. Il venait d'attaquer son dernier quatre cents et était peu pressé de passer au huit cents. Son rhume, qui n'était pas complètement terminé, le plongeait dans un état léthargique. Pendant la plus grande partie du temps qu'il avait passé chez lui, il s'était senti trop mal en point pour aller courir. C'était le premier jour qu'il tentait de reprendre l'entraînement, et le pénible trajet en car de la veille depuis Cyangugu ne l'aidait pas du tout.

Il franchit la ligne d'arrivée et vérifia le chrono sur sa montre : pas bon. C'était une nouvelle Timex, un cadeau de Noël du coach qu'il avait trouvée dans le paquet de tenues de sport qu'il lui avait laissé, accompagné d'un mot. *Ce sera mon substitut. Les Américains ont réalisé un miracle, qui enregistre dix tours à la fois. Et que tu noteras soigneusement pendant mon absence.*

Compte tenu du temps qu'il venait de réaliser sur quatre cents mètres, Jean-Patrick aurait préféré ne pas le voir s'afficher. Il aurait préféré que le coach soit là pour le stimuler, et le reste de l'équipe pour le défier. Livré à lui-même, les muscles fatigués et ramollis après un trop long repos, il n'arrivait pas à atteindre ses objectifs. Il y avait au moins une bonne chose : le pneu de camion n'était plus qu'un vieux souvenir. Nul doute que Rutembeza le soumettrait de nouveau à cette torture lorsqu'il reviendrait, mais, pour l'instant, il en était dispensé. Jean-Patrick était allé chez lui dès son arrivée, mais Jolie lui avait dit qu'il ne serait pas de retour avant la fin des vacances. Et quand il lui avait demandé où il était, la vieille femme l'avait traité d'*inshyanutsi* – de fouineur.

Il ralentit l'allure pour récupérer, secoua ses doigts et essaya de retrouver dans ses jambes le tempo qu'il avait perdu. Au mieux de sa forme, il avait l'impression de fendre l'air. Là, il le repoussait, laissait des pans déchirés dans son sillage. Histoire de se tenir compagnie, il entama son premier huit cents en repensant au jour de l'An qu'il avait passé en famille.

« Je t'assure, dit Oncle Emmanuel. En ce moment, la prospérité me tend les bras. J'ai repéré un bateau à moteur qui sera bientôt à moi. » Les plats s'entassaient sur la table autour de laquelle se serraient la famille et les voisins. Mukabera apporta une grande marmite d'*igisafuria* – une poule bien dodue dans une sauce épicée faite avec ses propres cacahuètes moulues. La porte d'entrée était restée ouverte toute la journée et des gens des collines environnantes étaient venus leur souhaiter *umwaka mwiza* – bonne année – tout en partageant des plats et de l'*urwagwa*. Encore à présent, sur la piste, revoir la scène fit sourire Jean-Patrick.

Il avait rapporté le reste de l'*ibijumba n'ikivuguto* que sa mère lui avait préparé. Il se revit en train de boire une gorgée du lait épais sucré et de mordre une bouchée de patate douce en laissant fondre les deux ensemble dans sa bouche. Entouré de sa famille, des odeurs et des saveurs de la cuisine de son enfance, il aurait presque pu croire qu'il était revenu à sa vie d'avant, une vie dans laquelle il avait les deux pieds plantés dans le sol.

« Oncle Emmanuel, pendant des années je me suis cassé le dos à pagayer, et maintenant que je ne suis plus là, tu achètes un bateau à moteur ? lança-t-il en plaisantant.

— Ce bateau, je l'ai vu de mes deux yeux », dit Fulgence. Il aspira une longue lampée d'*urwagwa* et toucha sa médaille de saint Christophe. « Le propriétaire prétend qu'il n'est pas à vendre, mais moi je dis que, si ton oncle le veut, il l'aura. Sa parole est trop douce… aussi douce que le miel. »

Zachary, assis à côté d'Emmanuel, avait un sourire rayonnant. Une bourse lui ayant été accordée, il commencerait ses études à Kibuye ce prochain trimestre pour devenir prêtre.

Se remémorer ce moment donna une force suffisante à Jean-Patrick pour une dernière foulée radicale. En passant la ligne d'arrivée, les chiffres affichés sur le chrono lui firent entrevoir une lueur d'espoir.

Le deuxième huit cents mètres se révéla plus dur que le premier. Peut-être qu'il était parti trop vite – et que, enfin, il commençait à comprendre ce que le coach entendait par *cadence*. Pour se distraire, il se récita les noms des minéraux qu'on trouvait au Rwanda : *cassitérite*, *colombite*, *tantalite*, *wolframite*, accélérant le tempo de sa litanie à mesure que ses pieds martelaient la terre. Il réussit à réduire son temps d'un dixième de seconde supplémentaire. Au troisième huit cents mètres, il passa à la physique : *L'énergie est la propriété de la matière et du rayonnement qui se manifeste en tant que capacité à effectuer un travail. Énergie. Énergie. Énergie.* Plus lent cette fois de deux dixièmes de seconde, il dut continuer à courir encore un peu de façon à reprendre son souffle.

Dans le dernier huit cents, il convoqua l'image de Béa dans son châle bleu (*azurite, béryl, chrysocolle*), sa peau (*cinabre*) brillant dans la lumière tamisée (*serpentine, olivine, minéraux mystérieux de la mer*). Tel son lapin, elle voletait devant lui, sortant des virages dès qu'il y entrait. La ligne d'arrivée dansait devant ses yeux. Il la franchit en stoppant le chrono, puis, totalement vidé, se plia en deux. Encore trois dixièmes de seconde grappillés… Comprenant qu'il remontait peu à peu la pente, il toucha le bandana d'Isaka noué autour de son cou pour qu'il lui porte chance.

Lorsqu'il eut repris son souffle et leva les yeux vers les tribunes, Béa était là qui l'observait, comme s'il l'avait vraiment fait apparaître. Il lui fit un signe de la main en trottant vers elle et monta les marches deux à deux : « Je viens de battre mon record au huit cents mètres ! Tu as vu ? » Béa se couvrit le visage des deux mains. « Qu'est-ce qui se passe ? » cria-t-il. Il attrapa son pantalon de survêtement sur le banc et l'enfila. « Moi qui pensais qu'aujourd'hui tu serais contente… Ton souhait s'est réalisé, non ?

— Il n'y a pas de nouveau gouvernement. Habyarimana s'est lui-même investi et est ensuite parti. Cette cérémonie était une totale mascarade. »

Jean-Patrick s'assit à côté d'elle. « Je croyais que tout était décidé. Qu'est-il arrivé ? » Il repensa à la mise en garde de son oncle. La sensation de chaleur due à l'exaltation laissa place au froid mordant de l'après-midi.

Béa resserra sa veste. « Tu manges avec nous ? Inutile de te changer, on s'en fiche… » Ses larmes donnaient à ses yeux un air dur comme du métal.

« Je suis en nage… Laisse-moi aller m'essuyer et enfiler des vêtements secs. Viens dans ma chambre avec moi. » Il regarda la route au-dessus du stade. Ne voyant personne à même de le regarder ou de le juger, il la prit par l'épaule et l'entraîna au bas des marches. « Allons, ça va aller…

— Non, rien ne va », dit-elle en secouant la tête.

Ce qui restait de la chaleur de la journée avait disparu. Bientôt la lumière en ferait autant derrière les collines. « Raconte-moi, dit Jean-Patrick.

— Comme aucun d'entre nous ne croyait qu'Habyarimana avait l'intention de tenir parole, on est partis avec les yeux grands ouverts. Devant le Parlement, une foule gigantesque criait, plaisantait, se mêlait dans une ambiance de fête. Papa et moi avons commencé à être tout excités. On s'est dit qu'on s'était peut-être trompés, que notre rêve allait peut-être quand même se réaliser… » Elle s'interrompit pour s'essuyer la joue. Ses bracelets de malachite tintèrent. « Habyarimana et son escorte ont débarqué comme des gangsters de cinéma dans un concert de klaxons et se sont faufilés à une telle vitesse de dingue qu'on a tous dû s'écarter d'un bond ! Même les troupes de la Minuar, ils ont failli les écraser. La garde présidentielle a sauté des camions en brandissant fusils et machettes et s'est disséminée parmi la foule. Et ils avaient beau être en tenue civile, personne n'était dupe… » Béa tremblait comme une feuille. Il crut que c'était à cause du froid, mais, quand elle se tourna vers lui et soutint son regard, il vit sa colère. « Ils étaient là dans le seul but de verser de l'huile sur le feu. Et, naturellement, la foule s'est embrasée. »

Cette force, Jean-Patrick la connaissait – cette frénésie qui vibre telles des vapeurs chimiques, le point critique dangereusement bas. Il l'avait lui-même regardée droit dans les yeux. « Il y a eu des blessés ?

— Rien de grave, d'après ce que je sais. Mais la foule s'en est prise aux candidats modérés – le PSD et les partis alliés – au moment où ils ont voulu entrer dans le bâtiment, et ils n'ont pas pu passer. On avait prévu de suivre Habyarimana à l'intérieur, mais quand on a compris ce qui arrivait, on est restés dans la rue pour aider à protéger les délégués, parce que la police n'a pas levé le petit doigt. Et, d'un seul coup, j'ai entendu mon père crier. Je l'ai vu étendu à terre, quelqu'un l'a frappé… Finalement, des soldats de la Minuar sont intervenus et l'ont sauvé.

— Et la Minuar avant ça n'a rien fait ?

— Ils ont protégé les rares personnes qu'ils pouvaient, mais sans bouger. » Béa s'arrêta pour retirer un caillou de sa sandale. « S'il le fallait, je ne pense pas qu'on puisse compter sur eux. »

Ils venaient d'arriver devant le dortoir. Hormis deux filles qui se rendaient bras dessus bras dessous à la bibliothèque, le campus était désert ; tous les étudiants étaient encore chez eux pour les vacances. « Viens avec moi, dit Jean-Patrick. Tu n'auras qu'à fermer les yeux pendant que je me changerai. » Il ouvrit la porte et alluma.

Béa se figea comme si elle pesait les options possibles. Il crut un instant que la balance allait pencher en sa défaveur, mais elle resserra sa veste et entra dans la chambre. Il referma derrière elle.

« Et ensuite, qu'est-ce qui s'est passé ? » demanda-t-il.

Elle se tourna vers la porte et appuya son front sur le bois éraflé. « On a appris qu'Habyarimana s'était investi lui-même en grande pompe… Avec une bande de voyous du Pouvoir hutu dont les noms sont mystérieusement apparus sur la liste à la place de ceux des vrais délégués – les modérés. »

Jean-Patrick observa son dos, sa tête courbée. Ne sachant pas quoi dire, il garda le silence. Il retira ses vêtements, puis se frictionna avec une serviette. Sentir Béa si proche le fit frissonner. Une fois habillé, il s'approcha d'elle.

Elle se retourna en s'adossant à la porte, comme s'il lui fallait ce soutien pour ne pas s'effondrer. Sur ses joues luisaient des larmes. « Pour la première fois depuis que mon père est allé en prison, j'ai peur. Le pays va exploser. C'est le sentiment que j'ai eu aujourd'hui », dit-elle en se mettant à sangloter. Doucement, Jean-Patrick remit derrière son oreille une mèche échappée de son bandeau. « Le Seigneur nous vienne en aide, murmura Béa en refermant ses doigts autour des siens.

— Tu ne risques rien, là », dit-il. L'air trembla tandis que ses paroles formaient des cercles de plus en plus larges comme lorsqu'on jette une pierre au fond d'un lac. Derrière la fenêtre, un oiseau nocturne sifflait. Les teintes pourpres du crépuscule s'enroulaient autour des dernières lueurs du jour. Ils devraient marcher dans le noir. Jean-Patrick éteignit la lumière. Avant d'ouvrir la porte et de laisser entrer la nuit, il lui chantonna *Cyusa*, ainsi que sa mère le faisait quand il était petit et avait peur de l'obscurité. Une berceuse dans laquelle une mère disait à son enfant de ne rien craindre, que ses parents seraient toujours là pour le protéger. Ce fut la seule chose qu'il trouva à faire pour la consoler.

Ce vendredi soir, le *Murakazaneza* était encore plus bondé que d'ordinaire. Jean-Patrick et Béa se frayèrent un chemin à l'intérieur du café. « Susanne devrait être facile à repérer ! cria Jean-Patrick dans l'oreille de Béa pour couvrir le brouhaha.

— Qu'est-ce qui t'en rend si sûr ? » Elle se dirigeait déjà vers la table du centre où un casque de cheveux blond-blanc concentrait tous les regards dans la salle. Même le match de foot à la télé ne parvenait pas à rivaliser.

En réalité, Susanne ne ressemblait pas du tout à un garçon. Petite et toute menue, elle avait les cheveux plus courts que sur la photo, et hérissés d'épis par un courant d'air. « Ah, voilà mes meilleurs amis, J.-P. et Béa ! », annonça Jonathan à la cantonade. Susanne leva les yeux, et Jean-Patrick plongea son regard dans deux flaques de malachite.

Jonathan appela le serveur. « Brochettes et frites ? Bananes plantains ?

— Ce sera parfait, répondit Béa en s'asseyant à côté de Susanne. C'est formidable de pouvoir enfin te rencontrer… On a tellement entendu parler de toi ! » Elle l'embrassa sur les deux joues.

Jonathan passa la commande dans un mélange de français, de kinyarwanda et d'anglais. Le serveur, qui désormais le connaissait bien, se moqua gentiment en lui répondant en kinyarwanda à toute vitesse. « Et de la bière. *Inshi, inshi* Primus ! » Jonathan écarta les bras pour mimer qu'il en voulait *beaucoup, beaucoup*. Le serveur s'éclipsa vers la cuisine en riant.

Jean-Patrick comprenait à présent la flamme qui animait Jonathan, la façon dont l'amour l'éclairait de l'intérieur.

Le serveur revint avec les plats et la bière. Susanne avait le regard voilé. « Excusez-moi si j'ai l'air un peu absente, dit-elle. J'ai voyagé pendant deux jours… Un long voyage insensé. » Elle prit une brochette de gésiers dans le plat. Jonathan réagit aussitôt.

« Ce n'est peut-être pas le meilleur morceau par lequel commencer, dit-il en le lui reprenant.

— Essaie plutôt ça. » Jean-Patrick lui donna une brochette de viande de chèvre.

Elle fit glisser la viande du bout de sa fourchette. « Mmm… C'est quoi ? »

Jonathan répondit en couvrant la voix de Jean-Patrick. « Du bœuf. »

Béa se tourna vers Susanne en souriant. « Comment trouves-tu notre pays ? »

Avant que Jonathan puisse la retenir, Susanne arrosa ses frites de pili-pili. « Ouah ! s'exclama-t-elle, les larmes aux yeux. Je ne suis pas encore prête à ça... » Elle avala une longue goulée de bière et regarda Béa. « J'adore le Rwanda. Les paysages somptueux, les gens adorables... Jamais je n'ai vu autant de sourires aussi époustouflants ! Seulement, ce soir, il me faudra sans doute un peu de café pour me tenir éveillée. » Elle s'affaissa sur l'épaule de Jonathan.

Béa leva son verre. « Portons un toast pour fêter la nouvelle année. *Uzakubere uw'amata n'ubuki !* Que ce soit une année de lait et de miel ! traduisit-elle à l'intention de Susanne.

— C'est drôle, dit celle-ci avec un sourire assoupi. On dit la même chose – *halav oo d'vash* –, mais je crois que ça a plus à voir avec la terre d'Israël qu'avec le Nouvel An.

— *Ha-rav oo vache*, répéta plus ou moins fidèlement Jean-Patrick. *Vache**... comme une vache ?

— Oh, non... pardon.. c'est de l'hébreu ! s'esclaffa Susanne.

— Au lait et au miel... quelle que soit la langue ! » conclut Jonathan.

Ils trinquèrent. Jean-Patrick pria pour que ce vœu devienne réalité dans toutes les langues que comprenait Imana.

Pendant tout le dîner, Susanne et Jonathan se serrèrent l'un contre l'autre comme deux ivrognes. Jean-Patrick enviait l'audace et l'aisance avec lesquelles ils se touchaient. S'il avait vécu dans un endroit où c'était possible, il n'aurait pas hésité à enlacer Béa et à l'embrasser devant tout le monde.

Les bouteilles vides furent immédiatement remplacées et de nouvelles brochettes arrivèrent. Jean-Patrick chercha la sandale de Béa sous la table. Elle lui tapota le bout du pied. Un film américain, sans le son, vacillait dans la lueur bleutée de la télévision. Une histoire de guerre. Une brume de fumée de cigarette floutait les contours de la nuit.

Susanne parla de son ONG, de leur projet de planter des arbres sur les pentes dénudées. Elle avait étudié la sylviculture, appris le français, et, lorsqu'elle avoua avoir été l'étudiante de Jonathan, elle rougit. Elle mangea une tranche de banane plantain grillée avec ses doigts. « C'est très bon, dit-elle.

— *Biraryoshye cyane* », lui apprit à dire Jean-Patrick.

Susanne passerait deux semaines à Gisenyi, le temps de se former, après quoi elle irait travailler dans un village près de Ruhengeri, sur les pentes des monts Virunga.

« Tu n'as pas peur ? demanda Béa. C'est juste à côté de la zone démilitarisée.

— Je devrais ? s'étonna Susanne. Le ministère des Affaires étrangères nous a assurés qu'il n'y avait aucun danger.

— Non, bien sûr », dit Béa. De la lave flamba dans ses yeux puis s'éteignit.

« Il me tarde de voir les gorilles des montagnes… Que quelqu'un ait pu tuer Dian Fossey m'a sidérée. Et quand je pense aux braconniers qui massacrent ces pauvres animaux… » Elle ne termina pas sa phrase et poussa un long soupir.

Béa s'assombrit. Jean-Patrick voyait bien qu'elle bouillait de rage en se disant que dans les Virunga vivaient aussi des Rwandais. Des Rwandais innocents que chaque jour on massacrait.

Quand Susanne s'endormit sur son épaule, Jonathan demanda l'addition. Jean-Patrick jeta un coup d'œil à sa montre. Le couvre-feu débuterait dans une demi-heure. Comment était-ce de ne pas se dépêcher d'aller se terrer à partir d'une certaine heure ? Il s'en souvenait à peine. À cause de l'arrivée de Susanne, il voyait sa vie d'un nouvel œil, se rendait compte de toutes ses contraintes et ses empêchements.

Jonathan avait loué une voiture pour le week-end et il leur proposa de les raccompagner. Béa s'était calmée, tempérant son ressentiment par une bienveillance amicale. Amusée, elle regarda Jonathan se débattre avec la clé de contact. Dans la rue, la voix grinçante d'un journaliste de RTLM criait à la radio. *On attend de ce gouvernement qu'il se montre raisonnable, pas qu'il aide le FPR à créer des problèmes.*

Au moment où Béa se glissa sur le minuscule siège arrière, son pagne s'ouvrit. Un caleçon rouge scintilla dans la lumière du plafonnier. Jean-Patrick s'installa à côté d'elle, les genoux quasiment remontés sous le menton.

Jonathan conduisit avec prudence. Appuyée sur son épaule, Susanne dormait, indifférente aux cahots qui les malmenaient. Elle se réveilla plus ou moins lorsqu'ils s'arrêtèrent à un barrage et adressa un sourire angélique à l'officier.

« Bienvenue au Rwanda ! » dit ce dernier en faisant un salut militaire. Il lui retourna son sourire. Ses doigts effleurèrent les siens quand il lui rendit son passeport.

« Merci. Il se pourrait que je ne reparte plus jamais de votre pays. »

Le militaire braqua sa torche un bref instant sur Béa et Jean-Patrick avant de leur faire signe de passer. Jonathan le remercia et s'éloigna en direction de Cyarwa Sumo.

« Ça aide d'avoir une *mnyamerikakazi* dans la voiture, commenta Béa en kinyarwanda. Ce type était tellement fasciné par ses cheveux blonds qu'il nous a complètement oubliés ! » Jean-Patrick sourit. Béa était humaine, en fin de compte ; elle était jalouse.

Dès la sortie de la ville, Jonathan s'enhardit et accéléra dans les virages tel un vrai conducteur rwandais. Jean-Patrick et Béa étaient secoués dans tous les sens, comme des pêcheurs sur un lac démonté. Un croissant de lune apparut entre les nuages. Jean-Patrick colla sa bouche à l'oreille de Béa. « Tu sais ce que font les Américains à l'arrière des voitures ? » Elle fit signe que non. Il prit son visage entre ses mains et l'embrassa sur la bouche.

« Hé… qui t'a appris ça ? » chuchota-t-elle.

Alors qu'ils étaient ballottés dans l'obscurité, le moteur fredonnait une petite chanson dans la tête de Jean-Patrick. C'était comme s'ils dérivaient à vau-l'eau, le fond si loin sous eux qu'ils auraient pu sombrer indéfiniment sans jamais l'atteindre.

« Demain, je retourne à Kigali avec mon père, murmura Béa en kinyarwanda. Habyarimana va prêter serment une seconde fois devant le nouveau gouvernement. C'est en tout cas ce qu'il a dit… Pourquoi tu ne viens pas avec nous ? » Ils étaient arrêtés dans le parking près du dortoir de Jean-Patrick.

Un pied dehors, l'autre dans la voiture, il avait les yeux rivés sur sa clavicule qui montait et descendait au rythme de sa respiration. « J'aimerais bien. Peut-être que ma présence lui portera chance.

— C'est vrai, rétorqua Béa avec une pointe d'amertume. J'oubliais que tu étais un des amis du président… »

Jean-Patrick rentra dans la chaleur de la voiture et lui caressa la joue. « *Amahoro* – paix, lui dit-il tout bas. Merci à tous les deux pour ce merveilleux dîner, ajouta-t-il plus haut. Susanne, puisse ton séjour ici être productif et paisible.

— On passera te prendre à huit heures », lança Béa par la vitre ouverte.

Il regarda les phares fendre les eucalyptus et écouta la voiture s'éloigner jusqu'à ce que le grincement de la suspension fatiguée se fonde dans le chant de la nuit.

Sur la route de Kigali, les voitures se disputaient le moindre centimètre d'espace au milieu des embouteillages. L'excitation des vacances vibrait dans l'air. Partout circulaient péniblement des blindés et des camions de la Minuar dans lesquels les casques bleus observaient la foule.

« Tu vois ? dit Jean-Patrick. Il y a tous les soldats qu'il faut pour nous protéger si quelque chose ne va pas. » Béa lui jeta un regard contrarié sans répondre.

Niyonzima se gara près d'un petit marché à l'entrée de la ville et descendit de voiture. « Continuons à pied... Je voudrais voir ce qui se prépare. » Malgré sa démarche claudicante, rappel de son séjour en prison, il fila d'un bon pas.

« *Mana yanjye*, tu te prépares toi aussi aux jeux Olympiques, Papa ? » Béa rattrapa son père par la manche pour qu'il ralentisse.

Du haut de la colline leur parvint une intense clameur, comme s'il y avait là un groupe de supporters de foot agités. Jean-Patrick s'apprêtait à rire quand le tumulte où se mêlaient les sifflets, les chants et les cris se rapprocha, de plus en plus fort, emportant les passants dans son flot turbulent. À l'avant, les *interahamwe* brandissaient la flamme, balançaient des machettes et des gourdins, et frappaient le sol à coups de lance. Certains traînaient leur machette sur la chaussée d'où jaillissait une gerbe d'étincelles.

« À présent, tu comprends ce que je voulais dire... » Béa dut crier pour se faire entendre.

« Oui, je vois ! » Une peur diffuse mit toutes les cellules de son corps en état d'alerte.

« On vient d'arriver à l'Assemblée nationale du Rwanda. Tu savais que c'était là que le FPR avait établi son quartier général ? »

Jean-Patrick regarda ce qu'elle lui montrait du doigt. Il avait imaginé que le Parlement serait un édifice imposant, mais le CND[1] se réduisait à un ensemble de baraquements verts délabrés. Contre toute attente, il espéra que Roger était quelque part sur un balcon d'où il pourrait l'apercevoir et – au besoin – le protéger.

Béa tira Jean-Patrick et son père plus près d'elle. « C'est encore pire que la dernière fois ! »

Des cris se mêlèrent au vacarme assourdissant. Au centre de la foule, la fureur était comme un fil sous

1. Centre national de développement.

tension, l'explosion aussi imminente que si l'on avait approché une allumette d'un fusible. Un groupe de délégués tenta de se frayer un passage. La meute s'en prit à eux, arrachant leurs vêtements et les bourrant de coups de pied en les poussant à terre. « Ils vont les tuer ! hurla Jean-Patrick. Pourquoi est-ce que les militaires ne font rien ? »

L'indignation l'emporta sur la terreur dans le regard de Béa. « Ça, Jean-Patrick, c'est une très bonne question ! »

La foule les engloutit. Niyonzima s'accrocha à sa fille et à Jean-Patrick. « Tenons-nous par le bras ! cria-t-il. Et ne lâchez pas ! »

D'autres voitures arrivèrent avec des banderoles du parti d'opposition. À la seconde où les délégués émergèrent, ils se pressèrent en bloc, tels les vents de la tempête cinglant une mer en furie. Des sifflets retentirent. Des bouteilles se brisèrent à leurs pieds. L'une d'elles se fracassa sur un tank de la Minuar en projetant une pluie de verre sur un soldat.

Jean-Patrick scruta les visages des militaires de l'armée rwandaise au cas où Pascal se trouverait parmi eux. Il ne comprit qu'il avait eu tort de baisser la garde qu'au moment où il entendit : « En voilà un… Attrapons-le ! » Des mains l'agrippèrent, et Niyonzima et Béa eurent beau tenter de le retenir, il se retrouva projeté sur le sol. Aussitôt une avalanche de coups de pied et de coups de poing s'abattit sur lui. On lui arracha son blouson, celui avec le drapeau rwandais. Il se roula en boule pour se protéger. Brusquement, une douleur fulgurante lui déchira l'épaule. Il entendit la voix de Béa crier son nom comme si elle venait de très loin.

Sa mémoire convoqua l'image du pneu en train de dévaler la pente. *Si tu restes calme, ton esprit dira quoi faire à ton corps*, avait dit le coach. Soudain, au milieu de la forêt de jambes et de pieds s'ouvrit une minuscule clairière. Et, comme par miracle, il vit Niyonzima et Béa se précipiter vers lui. Se relevant tant bien que mal, il se fraya un chemin dans la cohue pour aller à leur rencontre.

« Ça va ? demanda Niyonzima en le saisissant par le bras.

— Oui… Je crois.

— Bon. On en a assez vu. À mon avis, on peut dire sans se tromper qu'il n'y aura pas de nouveau gouvernement aujourd'hui… Filons d'ici en vitesse.

— Attendez… on m'a piqué mon blouson ! s'exclama Jean-Patrick en repartant vers la foule.

— Tu es dingue ou quoi ? Oublie ! » s'écria Béa. Ils partirent en courant plus ou moins jusqu'au bas de la colline, loin du CND. Dès qu'ils furent à distance de la foule, l'air sembla plus pur et plus frais. Béa regarda Jean-Patrick en éclatant de rire. « Il n'y a vraiment que toi pour vouloir récupérer un blouson dans un moment pareil ! » Puis, comme si le son de sa voix avait ouvert une bulle dans l'espace, ils furent pris tous les trois d'un fou rire nerveux sans qu'aucun d'eux parvienne à s'arrêter.

« Avant de partir, je voudrais acheter des piles pour la radio, dit Niyonzima. C'est moins cher ici qu'à Butare. » Ils étaient près de la voiture et regardaient le flot bigarré ininterrompu qui se pressait aux alentours du marché. Un vendeur ambulant faisait griller de la viande sur du charbon de bois. L'odeur réveilla l'appétit de Jean-Patrick. Il n'avait rien mangé le matin, et les quelques pièces qu'il avait au fond de sa poche s'étaient envolées avec son blouson.

« Vous n'avez pas honte qu'on vous voie avec moi ? » Il montra sa chemise en piteux état. Son épaule lui faisait si mal qu'il craignait qu'elle soit luxée.

« Jamais ! répondit Béa. Au contraire, tes blessures de guerre nous rendent encore plus fiers ! » Elle avança dans le dédale de stands et de parasols aux couleurs éclatantes. Niyonzima et Jean-Patrick la suivirent.

Ils s'arrêtèrent devant des armes exposées sur un étal comme des fruits ou des appareils ménagers. « C'est incroyable ! » s'exclama Niyonzima en prenant un AK-47 qu'il brandit en l'air.

Brusquement, une explosion les plaqua au sol. Un nuage de poussière étouffante s'abattit, tandis qu'une puanteur sulfureuse emplissait les narines de Jean-Patrick, lui brûlant la gorge et les poumons. En redressant la tête, il se rendit compte qu'il n'entendait plus rien à part un battement très fort dans ses oreilles. Béa et Niyonzima, recouverts de poussière et de débris, rampèrent vers lui.

Deux hommes surgirent du nuage en courant à perdre haleine. L'un s'empara d'une télévision, l'autre d'une grosse radio encore dans sa boîte. Des pistolets et des grenades à la ceinture, on aurait dit des acteurs dans un téléfilm. Derrière eux arriva un autre homme, un bras et la chemise maculés de sang. Sa bouche ouverte semblait crier, mais Jean-Patrick n'entendait toujours rien. Alentour, les clients du marché se relevèrent en s'époussetant et retournèrent vaquer à leurs affaires, comme si ce qui venait de se produire n'avait rien d'extraordinaire.

« J'en avais entendu parler, mais même dans mes rêves les plus fous, jamais je n'aurais imaginé une scène pareille ! » dit Niyonzima.

Ils venaient de laisser Kigali derrière eux. Les eaux brunes du Nyabarongo formaient des mares entre les bosquets de papyrus qui bordaient la route. Jean-Patrick contempla le paysage dont la sérénité lui apporta un peu de réconfort. « Ils balancent une grenade dans le seul but de voler ? »

Béa conduisait et son père prenait des notes dans un petit carnet. De la poussière blanche s'accrochait encore sur leur peau et à leurs cheveux. « Pourquoi pas ? répondit Niyonzima. Avec toutes ces armes qui sont là à disposition… accessibles et pas chères. » Il alluma la radio. « Voyons si on parle des événements au CND… »

Ils n'eurent pas longtemps à attendre. *À la dernière minute, il s'est passé quelque chose,* dit le présentateur. *Habyarimana n'est pas venu et les délégués n'ont pas été investis.*

« Ils continueront comme ça jusqu'à ce qu'Habyarimana et ses acolytes foutent le feu au fusible qu'ils ont pris tant de soin à mettre en place. »

Béa grogna. Jean-Patrick n'eut pas la force de les contredire.

Niyonzima se remit à écrire, mais il releva très vite la tête en agitant son stylo tel un chef d'orchestre sa baguette. « Pour raconter cette histoire, difficile de trouver le ton juste entre le comique absurde et l'indignation… » Il raya une phrase et en écrivit une autre. « Comme de la rapporter d'une manière qui ne me fera pas aller tout droit en prison. » Il barra une deuxième phrase. « Ou pire… »

Jean-Patrick laissa la fatigue l'envahir. Il n'avait pas envie de penser à la matinée, pas plus qu'à la façon dont toute cette violence allait affecter l'avenir du pays. Il préféra se concentrer sur l'entraînement qu'il avait effectué dans la fraîcheur de la brume et les premières lueurs bleutées de l'aube, sur le bruit de ses Nike sur la route. Il avait réussi à chasser la migraine due aux trop nombreuses bières qu'il avait bues la veille et à se dépasser. Ses temps s'amélioraient, sa foulée devenait plus précise, ses efforts plus concentrés.

Le lundi, les cours reprendraient. Le coach serait de retour et le stimulerait. Même pour le pneu, Jean-Patrick était partant. Sans doute la balance de la vie retrouverait-elle alors son équilibre. Il ferma les yeux et s'abandonna à un sommeil réparateur. Lorsqu'il les rouvrit, il aperçut le panneau qui souhaitait la bienvenue à Butare. « On est arrivés », dit-il.

Niyonzima soupira et s'adossa à son siège. « Enfin ! Nous voilà de retour dans notre îlot de paix et de bon sens. » Il rempocha son stylo et son carnet.

À cet instant, le soleil perça les nuages et inonda les cheveux de Niyonzima d'un éclat argenté. Jean-Patrick vit dans ce signe le frémissement d'une promesse. Une promesse dont il s'empara pour la garder au creux de son poing.

Ce soir-là, Jonathan avait invité Jean-Patrick et Béa à dîner, mais elle n'avait pas envie d'y aller. Elle s'assit par terre pour que sa mère lui fasse des nattes. « Si tu restes à la maison à te complaire dans le malheur, tu laisses ces criminels gagner », observa Ineza. Elle plongea ses doigts dans le pot de pommade d'où s'échappait un parfum de noix de coco. De temps à autre, elle devait extraire de sa chevelure un minuscule éclat de bois qui avait résisté au shampoing.

« Maman, tu essaies de me torturer pour que j'accepte d'y aller ? gémit Béa.

— Oui, ma fille, exactement.

— Oh ! Eh bien, tu as réussi... J'irai. »

Jean-Patrick se sentit soulagé. Il était impatient de discuter de cette journée avec Jonathan, d'avoir un point de vue extérieur. Du bureau leur parvint le cliquetis régulier de la machine à écrire tandis que Niyonzima s'efforçait d'extraire du chaos un récit qui aurait du sens. Jean-Patrick était allé se doucher au dortoir et avait pris ses livres de façon à pouvoir étudier. Après ce qui s'était passé, il n'avait aucune envie de rester tout seul. Il essaya de se concentrer sur sa physique. *Un processus naturel va toujours dans le sens de l'augmentation de l'entropie.* Il reposa son livre et regarda dans le jardin. Le désordre allait-il s'accélérer jusqu'à ce qu'il ne reste plus aucune loi ? Son père avait cru que tout avait une expression mathématique. Dans le carré de légumes, Claire et sa fille cueillaient des haricots, un panier de couleur vive entre elles deux. La petite fille rit en mettant un haricot dans ses cheveux comme si c'était un nœud. Non, songea Jean-Patrick, pas l'entropie, mais l'élan : un corps en mouvement reste en mouvement. Il jeta un coup d'œil à Béa ; la tête posée sur le genou de sa mère, ses cheveux s'étaient transformés en une couronne de petites nattes. Nous continuerons à aller de l'avant comme nous l'avons toujours fait, aussi certainement que nous continuerons à le faire dans le futur.

Jonathan et Susanne dansaient le slow sur un air de jazz langoureux.

« J.-P. ! Béa ! Venez danser ! s'exclama Jonathan.

— Oui, renchérit Susanne. Dansez, dansez ! »

Jean-Patrick prit les mains de Béa en l'attirant contre lui. « Comme ça ? » Il la fit tournoyer. Aussitôt son épaule lui rappela qu'il avait été passé à tabac.

Amos arriva de la cuisine avec un plat de spaghettis. « Nkuba, te voilà sauvé par le dîner ! s'exclama Béa en riant.

— Des pâtes... comme à la maison ! » se réjouit Susanne.

Jean-Patrick était persuadé qu'il n'aurait pas faim. La foule en colère lui avait mis les nerfs à vif, et il avait encore un goût de soufre dans la bouche. Néanmoins, voir le plat sur la table lui ouvrit l'appétit, et il remplit son assiette d'une montagne de spaghettis. Jonathan leur servit du vin et ils trinquèrent avant de commencer à dîner.

« *Beer-a-joshee-cyanee !* lança Susanne. Est-ce que je l'ai bien dit ? »

Béa jeta un regard noir à Jean-Patrick. Susanne posa sa tête sur l'épaule de Jonathan. On dirait les deux pièces d'un puzzle, songea Jean-Patrick.

« Comment s'est passée la cérémonie ? s'enquit Jonathan. On a raté les infos. » Il sourit. Susanne devint toute rouge.

« Elle a été reportée une fois de plus », répondit sommairement Béa. Elle leva son verre dans la lumière. Des étincelles dansèrent sur le vin. En buvant, elle les avala. « Susanne, raconte-nous ta première journée à Butare.

— En fait, on a acheté une voiture.

— *Imodoka*, c'est bien ça ? demanda Jonathan.

— C'est bien ça. » Béa inspecta une de ses pâtes. Sentant couver sa colère, Jean-Patrick chercha du pied sa cheville sous la table.

« J'y pensais déjà depuis un petit moment. Il faut que j'emmène Susanne à Gisenyi, et ensuite dans les Virunga.

— De quelle couleur est la nouvelle *imodoka* ? demanda Jean-Patrick.

— Rouge. » Susanne tendit son verre à Jonathan pour qu'il la resserve. « La couleur du vin. » Elle but une gorgée. « Et du cœur…

— Au cœur ! s'exclama Jonathan en levant son verre

— Au cœur ! répéta Susanne. Ce solide bien que fragile organe… »

Jean-Patrick et Béa repartirent après l'heure du couvre-feu, munis d'une lampe électrique que leur avait prêtée Jonathan. Sur le chemin, les franges du châle de Béa s'accrochèrent à un buisson de ronces ; Jean-Patrick se pencha pour la libérer. « Pourquoi tu n'as pas voulu raconter à Jonathan ce qui s'était passé ? » Bien qu'il se soit retenu de lui poser la question, elle lui avait brûlé la langue tout au long de la soirée.

« Il n'a pas besoin de le savoir.

— Parce que c'est un *muzungu* ?

— Non, ce n'est pas ça. Mais on ne peut pas lui faire confiance. Il ne comprend pas.

— C'est plutôt *toi* qui ne comprends pas ! rétorqua Jean-Patrick en élevant la voix. Ton père veut s'adresser au monde entier pour l'informer de ce qui se passe, et toi tu refuses de parler à un ami qui nous est cher à tous les deux !

— Ce n'est pas pareil. Mon père connaît le Rwanda, il sait à qui écrire et quoi dire. Ce qu'il raconte au monde nous aide. Ce qui n'est en rien le cas de Jonathan. Les mots sont une arme dangereuse. Il risquerait de dire quelque chose qu'il ne faut pas à la personne qu'il ne faut pas, et mon père pourrait se retrouver en prison. Ou se faire tuer. Tu as bien vu ce qui est arrivé à Gatabazi… L'université grouille d'oreilles du gouvernement à l'affût.

— Mais qu'est-ce que tu racontes ? » Jean-Patrick accéléra le pas. Le faisceau de la lampe électrique balaya l'obscurité. « En tant qu'Occidental, peut-être que c'est justement à *lui* qu'il faut raconter notre histoire. »

Béa l'arrêta. « Tu es aveugle ? L'Occident s'en fiche ! Les troupes de la Minuar restent là à regarder les Hutus se déchaîner sans bouger d'un pouce ! Tu as vu à quelle vitesse la sauvagerie s'est emparée de la foule ? Jusqu'à quand les troupes vont-elles rester là pendant que ces mêmes Hutus s'adonnent à leurs tueries ? »

Jean-Patrick éteignit la lampe et la posa par terre. « Ne sois pas fâchée contre moi, dit-il en effleurant du doigt le contour de ses lèvres. C'est seulement que je te trouve injuste avec Jonathan. »

Béa soupira. « Ce n'est pas contre toi que je suis fâchée. Mais je n'arrête pas de repenser à cette journée... de ruminer tout ça. Je ne sais pas combien de jours encore je vais pouvoir supporter cette situation... » Elle posa sa joue sur sa poitrine. « J'ai tellement peur... pour Papa, pour toi, pour nous tous... » Elle releva le menton, et il aperçut le petit V sombre à la base de son cou. « Reste avec nous ce soir, Nkuba. »

Il déposa un baiser au creux que formait l'angle délicat de ses clavicules. « Tes parents seront d'accord ?

— Mes parents t'aiment comme un fils.

— Et toi ?

— Moi ? Non, je ne t'aime pas comme un fils ! » Elle l'enveloppa dans son châle. Il sentit la tête lui tourner, le sol tanguer sous ses pieds.

« Alors tu dormiras dans mon lit ? » Il frotta son nez contre le sien.

Béa le repoussa en riant. « *Mana yanjye !* Et qu'est-ce que je dirai à Papa et Maman ?

— Qu'on va se marier. Ce soir, là, tout de suite. » Elle baissa les yeux. « Je te parle avec mon cœur, dit Jean-Patrick. Je suis sérieux. » Il aurait aussi bien pu avoir demandé à Miseke, la Fille de l'Aube, de l'épouser !

« Écoute, ce n'est pas le moment de se marier...

— Quand alors ? » Il l'attira contre lui. « Quand est-ce que ce sera le moment ? »

Béa soupira et enlaça ses hanches. « *Ejo*, dit-elle, utilisant le mot qui signifiait à la fois hier et demain.

— Sois plus précise, s'il te plaît. Tu veux dire *ejo hashize* – hier – ou *ejo hazaza* – demain ?

— Les deux. On se mariera dans la voiture rouge de Jonathan. »

Jean-Patrick l'embrassa jusqu'à ce qu'ils n'arrivent plus à respirer ni l'un ni l'autre. Plus bas sur la route, les phares d'une jeep qui montait la colline trouèrent l'obscurité. La conversation des soldats flotta dans les buissons.

Béa se dégagea de son étreinte. « On ferait mieux d'y aller. »

Jean-Patrick ramassa la lampe sans la rallumer. Prenant Béa par la main, il la guida sur le sentier dont il connaissait chaque bosse et chaque racine. Arrivés devant le portail, ils s'embrassèrent de nouveau. À l'abri sous son châle, il déboutonna son chemisier et lui caressa la poitrine, sentit la pointe durcie de son sein. « Ton espoir est la chose la plus belle et la plus triste qui soit au monde », lui dit-elle dans un murmure.

Jean-Patrick comprit que plus jamais il ne pourrait la laisser partir. « Allons quelque part dans la brousse.

— Quoi ? Sur les orties ? » Béa reboutonna son chemisier et cria à ses parents de venir ouvrir le portail. « *Ejo*, mon Nkuba… *Ejo hazaza*. Demain. »

21

Quand on tend un ressort suffisamment fort et longtemps, le métal finit par céder et le ressort par casser net. Idem pour un corps humain. Idem pour un cœur humain. Idem pour un pays. Telle fut la réflexion que se fit Jean-Patrick dans un moment de répit au cours de l'entraînement du lundi matin. Rutembeza courait derrière lui à une cadence régulière. L'aube se levait sur les champs, les oiseaux lançaient des trilles en continu dans les arbres, l'air était assez vif pour vous cisailler les poumons.

Le coach semblait savoir exactement où se trouvait son point de rupture et le poussait à la limite. Au lieu de casser net, son corps gagnait en force, dureté et rapidité. Rutembeza avait renoncé à la technique du pneu au profit d'une nouvelle méthode tirée d'un de ses magazines, le *fartlek* – un système destiné aux coureurs de fond qu'il avait modifié de manière à torturer Jean-Patrick. « Je vais te faire souffrir sur plusieurs kilomètres d'affilée, annonça-t-il avec son éternel sourire en coin. Après ça, le huit cents mètres te fera l'effet d'être une balade ! »

Depuis le début du nouveau semestre, ils s'entraînaient ensemble tous les matins avant de rentrer soulever des poids et prendre le petit déjeuner. Rutembeza disait vouloir surveiller de plus près l'entraînement et l'alimentation de son poulain – et que, de toute façon, il était temps qu'il se remette lui-même en forme. Il était devenu aussi mince qu'un léopard, l'angle de sa mâchoire plus carré. Jean-Patrick se demandait si ce changement était à mettre sur le compte d'une femme et à quoi elle pouvait ressembler.

« Vas-y ! Le dernier et le plus rapide ! » cria le coach.

Jean-Patrick accéléra. Trois minutes de souffrance avant que Rutembeza ne dise « Stop ! ». Démarrant en trombe, il essaya de se concentrer sur la situation politique. Le gouvernement de transition n'avait toujours pas prêté serment. On annonçait que ça allait se faire quand arrivait tout à coup une nouvelle excuse : un problème de procédure, un délégué dont on avait omis le nom… Il ne lui était plus possible de dire à Béa de garder confiance et de croire qu'Habyarimana tiendrait parole.

« Je ne supporte plus cette situation, avait-elle dit un des rares jours où il avait réussi à l'enlever pour l'emmener faire un tour. Ce cycle d'espoir et de dépit me fend le cœur jour après jour. »

Jean-Patrick en savait long sur le comportement des cœurs. Le sien était en train de se briser. Béa s'était jetée la tête la première dans la politique. Elle avait fondé un club, organisait des réunions d'étudiants, écrivait des articles et des chroniques dans un journal clandestin. Il ne voyait d'elle à peine plus qu'une jupe ou les franges d'un châle disparaissant dans la cage d'escalier. Il avait de ses nouvelles par l'intermédiaire de Jonathan, allait saluer Niyonzima pour respirer de vagues effluves de son parfum. Il se demandait si toute cette passion dont elle faisait preuve n'était pas due à la peur qu'elle avait de perdre son père. Jean-Patrick regarda sa montre. Encore quarante secondes. Il laissa son émotion lui donner un dernier sursaut d'énergie.

« Stop ! » ordonna le coach, qui le suivait de près.

Jean-Patrick inspira une bouffée d'air frais, fit demi-tour et le rejoignit à petites foulées. Ses jambes tremblaient, la transpiration lui piquait les yeux. « Vous prenez de la vitesse, dites donc !

— À moins que ce ne soit toi qui ralentisses. » Rutembeza enleva son bandeau en éponge et le secoua.

« Aux championnats du monde, tu vas tourner les têtes, inscrire le Rwanda sur la carte…

— Tourner les têtes ? Je vais gagner, oui ! »

Jean-Patrick avait lancé cela plus ou moins sur le ton de la plaisanterie, mais le coach ne se dérida pas. « C'est bien possible… J'ai réfléchi. Au printemps, on devrait voyager, aller faire des compétitions dans des pays comme le Kenya, où on prend l'athlétisme au sérieux. Il faut qu'on connaisse ton nom en dehors du Rwanda, et que tu voies ce qu'est une vraie rencontre d'athlétisme. Tu devras t'habituer à te battre contre une bande de types qui ont déjà participé aux championnats une ou deux fois et qu'il ne te sera pas si facile de distancer

— Ces gars de Kigali.. vous ne m'avez pas dit qu'ils étaient partis au Kenya ?

— Ces gars, ils ne sont rien d'autre que des petites taches sous tes talons. »

Le téléphone sonna à la seconde où ils passèrent la porte, comme si leur arrivée avait déclenché la sonnerie. Le coach se précipita répondre. Il écouta un instant en silence, puis mit sa main sur le combiné en se tournant vers Jean-Patrick. « Attends-moi dans la salle à manger. J'en ai pour une minute. »

Tout en enlevant ses chaussures, il s'efforça de grappiller des bribes de la conversation. Jolie arriva du jardin, des plumes de poulet collées sur les bras et sa blouse. « Où étais-tu donc il y a cinq minutes, au moment où j'aurais eu besoin de quelqu'un qui court vite pour attraper une poule ?

— On dirait que tu t'es débrouillée sans moi… » Croyant entendre le coach prononcer le terme *icyitso*, il tendit l'oreille vers le salon.

Jolie lui donna une tape sur le bras. « *Inshyanutsi !* Occupe-toi de tes affaires, fouineur ! Je t'ai pourtant déjà averti, non ? »

Rutembeza arriva à grandes enjambées. « Jolie, apporte-nous du thé et quelque chose à manger. » Le cure-dent s'agita entre ses lèvres. « Pas d'haltères aujourd'hui... J'ai un imprévu. »

Assis à la table, Jean-Patrick l'observa du coin de l'œil. Quelles que fussent les nouvelles qu'il venait de recevoir, elles étaient suffisamment importantes pour modifier un emploi du temps aussi strict qu'inflexible. Il attendit un signe, une miette d'information, mais le coach demeura silencieux et se contenta de tapoter la nappe de son couteau.

Jolie leur apporta du pain, des fruits et un thermos de thé. Puis elle disposa des assiettes et des tasses.

« Jean-Patrick prend du lait, lui rappela le coach.

— Il n'y en a plus. Ça fait quatre jours que je n'ai pas vu cette Tutsie à qui je l'achète au marché. Elle a dû rejoindre les *inkotanyi*... »

Rutembeza poussa la corbeille de pain vers Jean-Patrick. « Mange ! Tu as travaillé dur.

— Je n'ai pas très faim.

— Tu as besoin de te refaire du muscle, tu es beaucoup trop maigre. » Il coupa une tomate en tranches qu'il mit dans son assiette. « Qu'est-ce qu'il y a ? Tu n'es pas retombé malade, dis-moi ? »

Jean-Patrick grignota du bout des lèvres. À défaut de lait, il rajouta du sucre dans le thé fort et amer. « Non, je ne suis pas malade. »

Le regard du coach fixa la route derrière la fenêtre avant de revenir sur Jean-Patrick. Il se rappela que Roger avait fait la même chose – qu'il n'avait jamais l'esprit en repos.

Laissant la moitié de sa nourriture, Rutembeza repoussa son assiette. « Je vais te déposer à la fac.

— Je peux y aller à pied. J'ai encore du temps avant les cours. »

Le coach essuya d'un coup de serviette une miette collée sur sa lèvre. « Non, aujourd'hui, pas question que tu y ailles à pied. »

Un vent glacial lui cingla le cou alors qu'il était appuyé contre la portière en attendant que le coach vienne lui ouvrir. Il dut batailler un peu pour remonter la fermeture Éclair récalcitrante de son blouson. Les nuages amoncelés sur les sommets plongeaient le Burundi dans l'ombre. Rutembeza, un paquet de vêtements sous le bras, était en train de parler à Jolie sur le pas de la porte. RTLM beuglait derrière une fenêtre ouverte et couvrait leur conversation. Jean-Patrick ne comprenait pas ce qu'il racontait, mais le ton excité du présentateur le rendit nerveux. Il se souvenait d'avoir entendu ce même débit agressif à la mitraillette le jour où Ndadaye avait été tué. Le temps que le coach le fasse entrer dans la voiture, RTLM et le froid s'étaient infiltrés jusque dans ses os.

Rutembeza jeta un journal sur le siège, puis lui tendit les vêtements. « Le jour où tu t'es écroulé sur la piste à Gihundwe, jamais je n'aurais imaginé que tu irais aussi loin… Ils t'ont donné une marque différente, cette fois-ci. »

Le paquet contenait un nouveau survêtement vert, sur le devant duquel était écrit PUMA, et RWANDA sur le dos du blouson aux couleurs du drapeau national. « C'est pour remplacer celui que tu as perdu. J'espère que tu en prendras plus soin.

— Comment vous le savez ?

— Pas la peine d'être ingénieur pour raisonner par déduction… Tu portes une loque à la fermeture cassée alors que je t'ai donné un blouson flambant neuf. Jusqu'au mois dernier, tu ne le quittais jamais. »

Jean-Patrick retira son vieux blouson et enfila le nouveau. Pliés à l'intérieur du survêtement, il trouva également un short et plusieurs maillots à rayures rouges imprimés du logo PUMA. Au milieu du paquet se trouvait une paire de baskets de la même marque. Il mit un des maillots devant lui. Pendant des années il les avait vus dans les magazines en rêvant à ce qu'il ressentirait s'il en avait un. Il y avait un petit drapeau rwandais au niveau de la poitrine et le logo – un puma bondissant – près du cœur. RWANDA s'étalait en lettres majuscules sur le devant. Son cœur se mit à battre plus fort.

« C'est pour le championnat du monde, dit le coach. Qui va arriver avant même que tu t'en aperçoives.

— Ça devient d'un seul coup très réel. » Jean-Patrick caressa le puma, effleura chaque lettre du mot Rwanda. Mais, tandis qu'il s'abandonnait à sa rêverie, il fut repris d'un sentiment de malaise. Chaque fois qu'il recevait un paquet de ce genre, on exigeait de lui quelque chose de plus. Il jeta un œil sur les titres de *Kangura*. LA MINUAR DEVRAIT PRENDRE EN COMPTE LE DANGER.

Le coach s'arrêta sur le parking de l'université en laissant tourner le moteur. « Aujourd'hui, je veux que tu restes sur le campus. Je vais être occupé. Quelqu'un me remplacera pour l'entraînement cet après-midi. Tu sais à présent ce que j'attends de toi.

— Vous revenez quand ?

— Demain. Et je suis sérieux, tu ne sors pas du campus. Compris ? » Il enclencha la première.

« *Yego*. De toute façon, je n'avais pas l'intention de partir… » Jean-Patrick pensa encore une fois qu'il avait dû se produire quelque chose de grave, quelque chose que le coach s'abstenait de lui dire. Il secoua la tête, déplia ses longues jambes et descendit de la voiture.

Il vit de loin que la porte de sa chambre était ouverte – Béa était assise sur son lit, Daniel face à elle dans un fauteuil. Il parcourut les derniers mètres en courant.

« Félicien Gatabazi est mort… Il a été assassiné hier soir à Kigali », annonça Béa dès qu'il entra dans la chambre. Il se laissa tomber lourdement à ses côtés. « Il nous a appelés alors qu'il était mourant, reprit-elle sans relever les yeux. On avait dîné tard, et on traînait à table en discutant de choses et d'autres au moment où le téléphone a sonné. »

Comme si ça se passait dans cette pièce à l'instant même, il revit Gatabazi attablé chez Béa, un œil tout gonflé, le visage tuméfié et le bras en écharpe. Il avait regardé Jean-Patrick et prédit sa mort prochaine. Puis il avait souri.

« Il va y avoir une énorme manifestation, enchaîna Béa. Les étudiants vont défiler en masse. Je suis venue vous demander si vous vouliez vous joindre à nous.

— On y va ! s'exclama Daniel en se levant d'un bond. Qu'on entende enfin dans cette ville une autre voix que celle des *interahamwe* ! »

Jean-Patrick sortit le bandana d'Isaka d'un tiroir et le noua autour de son cou. L'expression de pierre qu'avait eue son coach lui revint à l'esprit. Jamais encore il ne l'avait défié avec autant d'audace. « Je suis prêt, dit-il. Allons-y ! »

Sur la route qui menait vers la ville, il y avait à peine la place de marcher. Les manifestants formaient un mur qui s'étendait sur toute la largeur du bitume et débordait sur l'herbe. Sur les flancs des collines, des petits groupes de spectateurs arborant des casquettes du MNRD d'Habyarimana et d'autres partis extrémistes leur lançaient des insultes et des menaces en brandissant des pancartes anti-PSD.

La manifestation évoquait un fleuve chamarré sur lequel flottaient des poings levés. Jean-Patrick était maintenu à flot par la puissante marée. « Félicien peut être fier ! dit-il. Autant de Hutus et de Tutsis qui marchent ensemble pour lui rendre hommage... » Une petite flamme politique flamba au creux de son ventre.

Deux filles que Jean-Patrick avait déjà croisées à la fac portaient une banderole peinte à la main : NOUS SOMMES UN SEUL PEUPLE. Béa leva le poing en l'air, les yeux incandescents. Un éclair toucha le cœur de Jean-Patrick. C'était la première fois depuis l'émeute à Kigali qu'il retrouvait espoir, un espoir qui estompait ce mauvais souvenir comme le débit régulier d'une rivière finit par émousser les bords anguleux d'un rocher. Peut-être qu'en mourant Félicien Gatabazi avait obtenu ce pour quoi il s'était si durement battu de son vivant. Désormais, peut-être allaient-ils apprendre à marcher dans la paix et l'unité – AMAHORO N'UBUMWE – comme le proclamait une banderole.

« Regarde ! » dit Daniel. Une bande de garçons en tee-shirts FPR arrivaient de l'avenue de la Cathédrale. « S'ils osaient faire ça à Kigali, ils se feraient mettre en pièces !

— À Cyangugu aussi, probablement. » Jean-Patrick toucha le bandana d'Isaka et scruta les manifestants, les bâtiments, les arbres, croyant reconnaître Roger dans chaque silhouette.

Béa se pressa contre lui. « Qui est-ce que tu cherches ?

— Personne… Je regarde, c'est tout.

— Eh bien, j'espère que tu vas le trouver, ce Personne ! Parce que tu le cherches vraiment ! »

Jean-Patrick, Béa et Daniel avançaient sur le chemin, main dans la main. Béa les avait invités à dîner pour qu'ils puissent regarder le reportage sur les manifestations à la télévision. Tous les trois se sentaient remontés, galvanisés par une énergie vertigineuse.

Ineza ouvrit le portail. « Les nouvelles ne sont pas bonnes », dit-elle. Tels des doigts mouillés sur la mèche d'une bougie, le ton de sa voix moucha la flamme des espoirs qu'avait nourris Jean-Patrick. Elle les embrassa chacun leur tour. « Entrez… »

Sur l'écran de télévision tremblotant, les informations du soir étaient à peine audibles. Le son sifflait et grésillait de parasites. « Kigali a explosé, les informa Ineza. La violence déferle dans les rues.

— Qu'est-ce qui s'est passé ? » Toute vie sembla se retirer du corps de Béa. Elle s'assit sur le canapé et fixa l'écran d'un œil morne.

Sa mère lui prit la main. « En représailles du meurtre de Gatabazi, quelqu'un de Butare a tué Martin Bucyana, le chef d'un des partis extrémistes anti-PSD. Et ils n'ont pas tardé à venger sa mort… Les *interahamwe* ont bloqué les routes et mis le feu à la moitié de Kigali. Ils ont pris le pouvoir. »

Jean-Patrick se laissa choir dans un fauteuil. Entre les lignes horizontales qui oscillaient sur l'écran défilaient des scènes où l'on devinait des pneus et des bâtiments en flammes.

« Je suis très en colère, dit Ineza. Sur RTLM, ils n'arrêtent pas de brailler que Gatabazi était un *icyitso* et qu'il méritait de mourir.

— Tu t'attendais à quoi ? rétorqua Béa. De toute manière, pour ne pas être en colère, il faudrait être soit fou soit idiot… » Quand elle se leva pour allumer, Jean-Patrick se rendit compte qu'ils étaient restés assis dans le noir.

Daniel vint se glisser sur le fauteuil à côté de lui. « Le processus de paix est mort. Ils l'ont tué en même temps que Gatabazi.

— Sauf qu'il n'a jamais été vivant ! riposta Béa en levant soudain les yeux. Où est Papa ? Il n'est pas encore rentré ? »

Ineza jeta un regard anxieux vers la porte. « Il ne devrait plus tarder. »

Béa alla chercher de la bière et du Fanta dans la cuisine. « Il n'aurait pas dû sortir… il était à moitié mort d'épuisement. Après l'appel de Félicien, Papa est resté au téléphone toute la nuit, et il est parti à Kigali à l'aube aider à organiser les funérailles. » Une lueur de défi illumina son regard. « On va remplir un stade de foot entier… On ne laissera pas les extrémistes avoir le dernier mot ! »

Une émission sur la danse rwandaise succéda aux informations. À chaque fois que passait une voiture, Ineza se précipitait à la fenêtre. « Ne t'en fais pas, Maman, dit Béa. Il a sans doute perdu la notion du temps, comme d'habitude. »

« On va devoir manger sans lui, sinon Jean-Patrick et Daniel ne seront pas rentrés avant le couvre-feu », dit Ineza. Il était près de huit heures, et Niyonzima n'était toujours pas rentré.

Une voiture klaxonna. Claire posa le plat qu'elle venait d'apporter et courut ouvrir le portail. Ineza et sa fille échangèrent un regard. « Je vais à la porte, dit Béa.

— Il y a eu un accident... » La voix, désincarnée, s'éleva dans l'entrée. Cette voix, Jean-Patrick l'avait déjà entendue. Mais où ? L'homme s'avança dans la lumière. C'était le policier qui avait parlé à l'*Ibis* avec Béa.

« Je suis désolé de vous apporter ces nouvelles... » On aurait dit que du beurre coulait de ses lèvres. « On a retrouvé votre mari près de Murambi. Sa voiture est sortie de la route. Il avait bu. » Son air surpris se métamorphosa en sourire lorsqu'il aperçut Jean-Patrick. Il lui fit un vague signe et dit : « Bonsoir, monsieur... ?

— Nkuba. Jean-Patrick Nkuba. »

Ineza se leva en tremblant. « Est-ce que mon mari est en vie ?

— Madame, j'aimerais pouvoir vous répondre... On m'a simplement chargé de vous conduire à l'hôpital. »

Béa serra sa mère dans ses bras. « Sois forte, lui dit-elle, le visage impassible. Mon père ne boit qu'à la maison, ajouta-t-elle en s'adressant au policier. Et il n'avait pas le projet d'aller à Murambi. »

Le policier évita son regard. « Ah, c'est pourtant là qu'on l'a trouvé... »

Ineza attrapa son châle et son sac, puis enfila ses sandales. « Restez manger », dit-elle à Jean-Patrick et à Daniel. Le dos très droit, elle prit le bras que lui tendait sa fille et suivit le policier.

La voiture démarra sur les chapeaux de roue. Très vite le vrombissement du moteur se fondit dans les bruits de la nuit. « Ce n'est pas un accident, déclara Daniel.

— Je sais. » Jean-Patrick en avait assez des secrets. Gatabazi avait été assassiné. Ils ne savaient pas si

Niyonzima était mort ou en vie. C'était désormais à lui et à Daniel de faire éclater la vérité. Quoi qu'en pensât Béa, il savait qu'il pouvait faire confiance à Jonathan. Il le savait au plus profond de son cœur. « Je crois qu'on doit aller parler à Jonathan.

— Là, tout de suite ?

— Oui, tout de suite. » Jean-Patrick mit son blouson et ses chaussures. Il s'accrocha à cette petite promesse : Jonathan trouverait une voix qui serait capable de crier dans l'oreille de l'Amérique.

Le bout de langue surgit entre les dents de Daniel. « Je suis avec toi. »

22

Niyonzima était en vie – c'était déjà ça. La jambe brisée, incapable de marcher, il était resté coincé contre la portière où le choc l'avait projeté. Et, au moment où tout espoir l'avait abandonné, une voiture de police s'était portée à son secours. Quand il avait demandé à l'hôpital ce qu'était devenue sa voiture, on lui avait répondu de ne pas s'inquiéter, qu'ils se chargeraient de la faire remorquer. Toutefois, comme elle n'arrivait toujours pas, Jonathan emmena Jean-Patrick et Béa sur le lieu de l'accident, mais ils ne la trouvèrent nulle part. Ils eurent beau explorer les ravins et la brousse au-delà de Gikongoro, interroger des cultivateurs dans les champs, personne ne l'avait vue. Et lorsqu'ils se renseignèrent à la gare, l'employé au guichet haussa les épaules en se lamentant sur l'absence de respect des lois dans ces campagnes.

Il ne s'agissait évidemment pas d'un accident. Le jour de la mort de Gatabazi, Niyonzima avait trouvé une lettre glissée sous la porte de son bureau. L'expéditeur proposait de lui fournir des détails sur l'armement secret des *interahamwe* et le priait de venir le retrouver dans un restaurant près de Murambi. Ce correspondant anonyme prétendait être un ami de l'un de ses proches collègues. « Ne pas avoir vérifié si c'était vrai a été une erreur de ma part, observa Niyonzima. Seulement, ce collègue était loin, et l'appât trop alléchant. » Un camion l'avait poussé en dehors de la route. Et tout s'était enchaîné si vite qu'il n'avait eu le temps de reconnaître ni le véhicule ni ses occupants.

Dans les jours qui suivirent, Jonathan donna des coups de téléphone et écrivit des lettres au chef de la police en lui suggérant d'ouvrir une enquête. Ses demandes demeurant sans réponse, il réclama un rendez-vous avec le bourgmestre. Celui-ci le reçut avec une extrême politesse, lui offrit du thé et lui promit des résultats très rapidement avec un sourire aussi doux que le glaçage sur les gâteaux qu'il lui servit. « Le conducteur était ivre, conclut le bourgmestre en essuyant des miettes sur ses doigts. Il n'a pas pu nous dire ce qui s'était passé, ni à quel endroit il avait perdu le contrôle de sa voiture. »

« Autant demander à un lion d'enquêter sur la mort d'un veau ! dit Niyonzima lorsque Jonathan lui fit part de ses déconvenues.

— J'ai toujours droit au même sourire. Je l'appelle le sourire chasse-*muzungu*. »

En voyant l'air exaspéré de son ami, Jean-Patrick sentit son propre espoir s'amenuiser. Il le retrouva quelque peu quand Jonathan alla déposer plainte auprès de l'ambassade des États-Unis. Néanmoins, des semaines plus tard, il était toujours en attente d'une réponse. La voix de Jonathan alla simplement se perdre dans la brume où se confondait l'ensemble de leurs voix. L'Amérique fit la sourde oreille.

Au bout d'une semaine, Niyonzima put sortir de l'hôpital et rentrer chez lui. Il se remettait, reprenait du poids et du muscle. Le matin, après l'entraînement, dès que Jean-Patrick parvenait à échapper à l'œil vigilant de son coach, il allait rejoindre Niyonzima. Ensemble, ils montaient et descendaient le chemin, marchant chaque fois un peu plus loin et un peu plus vite. « Bientôt, vous allez me battre même avec vos béquilles ! plaisanta Jean-Patrick.

— Ah, ce qui ne nous tue pas nous rend plus fort ! Tu connais cette phrase ? » Honteux, Jean-Patrick fit signe que non. « Elle est de Nietzsche, un philosophe allemand. En prison, je me la répétais tous les jours.

— J'ai aperçu un livre de lui dans la bibliothèque de mon coach. » À la seconde où il prononça ces mots, il regretta de ne pas pouvoir les reprendre.

« Ça ne m'étonne pas », se contenta de dire Niyonzima. Jean-Patrick n'en perçut pas moins l'amertume dans son sourire.

Cette année-là, Pâques tombait tôt, le 3 avril – autrement dit, dans trois jours. Jean-Patrick s'étira sur son lit. Il essayait d'étudier, mais son esprit vagabondait. Le lait et le miel qu'ils avaient tous souhaités au début de l'année paraissaient aussi éloignés que la Lune. Les lettres de sa mère étaient pleines de mauvaises nouvelles. Parce qu'elle avait commis le crime d'être née tutsie, des camarades de classe avaient poursuivi Clémence jusqu'à ce qu'elle ait les pieds en sang. Les voyous du Pouvoir hutu s'en étaient pris à Zachary pendant qu'il se promenait près du séminaire un matin. *Heureusement*, avait écrit sa mère, *il a des jambes comme les tiennes pour courir.*

Jean-Patrick replongea dans son livre de géologie – un chapitre sur l'effort et la tension des roches. Si on impose un effort trop brusque, lut-il, la tension est insupportable de sorte que la roche éclate. C'était ainsi que se formaient les failles. En revanche, si le même effort était imposé *buhoro buhoro* – petit à petit –, la pierre s'ajustait. Et il se formait alors des plis et non des failles. « Comme le dentifrice qui sort d'un tube », avait expliqué Jonathan à la classe.

Et si la pression continuait à s'accentuer, qu'adviendrait-il du Rwanda ? Allaient-ils casser ou bien plier ? Écœuré, Jean-Patrick reposa son livre en songeant : Je vais mourir dans les décombres de ce chaos.

Du bruit retentit derrière la porte. Daniel entra en trombe d'un pas dansant en exultant de joie. Il retira sa veste dégoulinante de pluie et s'ébroua. « Finis les cours ! Plus de devoirs !

— Hé, tu ne pourrais pas faire ça dehors ? » Jean-Patrick le repoussa sur le palier et attrapa une chemise sale pour essuyer par terre.

« Tu me laisses entrer ? » Daniel enleva ses chaussures et sauta sur Jean-Patrick encore à quatre pattes. Ils se bagarrèrent en roulant sur le sol.

« Plus de vaches massacrées dans tes devoirs ?

— Juste quelques gouttes de sang. » Daniel se releva d'un bond en ondulant des hanches comme un chanteur de rock.

La basse d'un air qui passait à la radio fit vibrer les murs. Il se mit à tournoyer et à se balancer en rythme dans le petit espace entre les deux lits. Jean-Patrick l'imita.

« Quand est-ce que tu pars à Cyangugu ? demanda Daniel.

— Samedi matin. Après l'entraînement. Le coach veut m'anéantir une dernière fois avant que je m'en aille. Il est trop fâché. Il aurait peut-être besoin d'une femme pour lui changer les idées…

— Ouah ! Tu imagines un peu ? s'exclama Daniel en le prenant par le bras. D'ailleurs, j'ai appris qu'il en avait une.

— Jamais de la vie !

— Elle s'est tirée en Tanzanie parce qu'elle ne voulait pas être sa deuxième épouse, la première étant l'armée

— À voir son comportement, je crois qu'il est toujours marié avec l'armée ! »

Daniel sortit deux bonbons de sa poche, en donna un à Jean-Patrick et fourra l'autre dans sa bouche. Ils étaient rouges – une explosion sucrée de cannelle et d'épices sur la langue.

« C'est ta chérie *muzungu* qui te les a donnés ?

— Je suis amoureux ! » Daniel sourit jusqu'aux oreilles en montrant le bonbon sur sa langue. « Allons déjeuner ! Je pourrais dévorer une vache à moi tout seul… »

Le vacarme les agressa à la seconde où ils poussèrent la porte de la cafétéria. Les étudiants criaient et se bousculaient pour se partager les chaises qui étaient toutes occupées. Après avoir pris un plateau, Jean-Patrick et Daniel attendirent à l'entrée de la salle. Daniel attaqua ses frites avec les doigts en les trempant dans une montagne de mayonnaise.

« Psst ! Psst… Venez partager nos sièges. » Deux étudiantes assises à une table dans un coin se levèrent en leur faisant signe. Jean-Patrick reconnut les filles qui avaient brandi la banderole NOUS SOMMES UN SEUL PEUPLE le jour de la manifestation. Ils se serrèrent sur une des chaises, les filles sur l'autre.

« Tu ne serais pas ce célèbre athlète ? Mister Olympique ? demanda l'une d'elles en pointant sa fourchette sur Jean-Patrick.

— Oui, c'est moi. » Il lui tendit la main.

« Je m'appelle Valérie. » Elle portait un béret du Parti libéral sur ses cheveux coupés très court. « Vous êtes des amis de Béa… Pourquoi vous ne venez pas à nos réunions du PL ?

— Je ne pensais pas que les Tutsis avaient le droit de venir…

— Tout le monde a le droit ! rétorqua Valérie en roulant des yeux. On ne croit pas à l'exclusion. »

Daniel leva la tête de son assiette. « Dis-moi quand a lieu la prochaine réunion et j'y viendrai. » Il lui serra la main. « Mon ami n'a pas de temps à consacrer à la politique. Il est trop occupé à s'entraîner.

— Pas de temps pour la politique alors que partout on nie la justice ? »

Aussitôt, comme si quelque chose de trop chaud ou de trop froid avait déclenché une douleur dans sa dent abîmée, la question agaça Jean-Patrick – réveillant ces mêmes nerfs à vif sur lesquels Béa avait le don d'appuyer. Il coupa sa viande en petits carrés réguliers. Dans deux jours, il serait chez lui en train de manger du ragoût et des boulettes d'*ugali*, et toute discussion politique serait oubliée pendant un temps – à l'exception de son oncle, bien sûr. Daniel et Valérie discutèrent des problèmes du Rwanda et, plus ils s'échauffaient, plus ils se rapprochaient l'un de l'autre. La politique n'était pas la seule chose qui bouillait dans le sang de son ami.

« Je vais me marier avec elle ! » chantonna Daniel tandis qu'ils retournaient au dortoir, main dans la main. La pluie n'était plus qu'une légère bruine. La lune, presque pleine, brillait d'une lueur fantomatique derrière les nuages.

« Tu crois pouvoir épouser une militante ? Elle te brisera le cœur.

— Béa aussi est une militante.

— Tu vois bien ? Elle me brise le cœur jour après jour.

— N'empêche que tu vas quand même l'épouser.

— Elle ne court pas assez vite pour m'échapper éternellement ! » Réglant son pas sur celui de son ami, Jean-Patrick songea au jour où ils s'étaient rencontrés. Le garçon aux dents écartées était si différent du jeune homme long et mince qui marchait près de lui en parlant de se marier… « Tu devrais préparer ta valise, lui dit-il. Ton père va venir de bonne heure, et il n'aura pas envie que tu le fasses attendre. »

Daniel s'arrêta au milieu de l'allée. « Je me demande pourquoi Jonathan et Susanne ne se marient pas.

— Les Américains ne sont pas comme nous. Ils ne se marient pas et ne font pas d'enfants. Du moins, pas avant d'être déjà vieux.

— Je t'ai dit que ma sœur Rosine allait se marier ? »

Jean-Patrick compta sur ses doigts. « Euh… seulement neuf fois ! »

La pluie tambourinait sur le toit. Daniel lança des vêtements dans sa valise, puis les ressortit et les plia avant de les remettre. Très excité, il n'arrêtait pas de plaisanter – sur ce que racontait la radio, sur Jean-Patrick, sur lui-même. En entendant une chanson de Bob Marley, il se mit à danser en chantant à tue-tête : *Them belly full but we hungry*[1]. « Après les vacances, on ira danser. Toi avec Béa, moi avec Valérie. Et tant pis pour le couvre-feu ! On dansera jusqu'à l'aube… » *A hungry man is an angry man*[2].

« Et ta chérie *muzungu* ? »

Daniel balaya d'un geste la question. « Avec Valérie, c'est le véritable amour. » Tournoyant entre les lits, il dansa le slow avec la chemise qu'il s'apprêtait à ranger dans sa valise. « Mais je vais retrouver la *muzungu* à Kigali. Elle passe les vacances de Pâques à l'*Hôtel des Mille Collines*. Ses parents débarquent de Paris.

— Ouah… les *Mille Collines* ! se moqua Jean-Patrick. Avant de décider laquelle choisir, tu ferais peut-être bien d'y réfléchir à deux fois. » Il s'approcha du bureau en dansant et prit des livres qu'il donna à Daniel. « Et n'oublie pas d'emporter ça. Je te rappelle qu'on a des examens à passer le lendemain de notre retour. »

Un rire aigu de fille résonna dans l'allée. Daniel écarta le rideau pour jeter un coup d'œil dehors. La tête inclinée, il resta planté devant la fenêtre en caressant le tissu. La lumière du plafonnier éclairait son visage à contre-jour. Comme toujours quand il était concentré, le bout de sa langue dépassait. Si Jean-Patrick avait eu un appareil, il l'aurait pris en photo. Histoire de lui rappeler le bon temps lorsqu'il serait plus vieux et aurait des enfants.

1. « Eux ont le ventre plein, nous on a faim. »

2. Littéralement : « Un homme affamé est un homme en colère. »

23

Jean-Patrick arriva au dîner en avance, vêtu de son beau costume. Déjà trop petit pour lui, on apercevait ses chevilles et ses poignets dès qu'il faisait un geste. Ses jambes tressautaient de nervosité. Il avait quelque chose à demander aux parents de Béa, et il tenait à le faire avant que Susanne et Jonathan ne soient arrivés. L'idée de parler de ses tourments de cœur le mettait mal à l'aise. Si Daniel n'était pas parti, il lui aurait demandé son aide. En matière de sentiments, Daniel savait se montrer persuasif.

Dans un moment d'inspiration, Jean-Patrick avait pensé à son père. S'il avait été en vie, il serait allé lui demander conseil. Le seul moyen qu'il avait de se sentir proche de lui était de lire son journal. Il analysait les tournures de ses phrases et se les répétait à haute voix. Cependant, au moment où il se retrouva devant la fenêtre à côté d'Ineza, il ne savait toujours pas ce qu'il allait dire, cherchait comment remplacer des mots banals par d'autres plus convaincants. Ils étaient en train de regarder les ouvriers qui consolidaient le mur d'enceinte du jardin. Béa et son père bavardaient avec eux tout en surveillant l'avancée des travaux. Niyonzima avait laissé ses béquilles et s'appuyait sur un solide bâton, l'autre bras soutenu par sa fille.

Le mur avait été rehaussé de sorte qu'on ne voyait plus de la forêt que le haut des arbres. Les tessons de verre répartis au sommet transformaient la maison et le jardin en une forteresse imprenable. C'était en tout cas l'idée...

« Après ce qui s'est passé, on n'a pas le choix », observa Ineza.

Les lueurs du couchant piégées dans le verre se réfractaient en une ribambelle de flammes bleues, vertes, rouges et ocre. « Vous trouverez sûrement un moyen de peindre ce mur pour en faire quelque chose de beau », dit Jean-Patrick.

Niyonzima vint les rejoindre, faisant entrer avec lui une bourrasque de vent. Il serra la main de Jean-Patrick avec chaleur. « Que penses-tu de notre nouvelle construction ? Tu as vu ? Tous les voisins nous ont copiés. » Et c'était la vérité. Chaque jour on voyait surgir de nouveaux murs de ciment et de brique hérissés de dents acérées ou de barbelés. Pour un pays en marche vers la paix, on avait plutôt l'impression qu'on préparait la guerre…

« On a de l'*urwagwa* ! annonça Béa en arrivant de la cuisine avec deux grandes bouteilles de vin de banane. Jean-Patrick… regarde-toi ! » Elle effleura sa joue brûlante de sa joue toute fraîche et passa la main sur la manche de sa veste. « On dirait une star de cinéma ! Et cette fois au moins, ton costume est bien sec… » Elle se tourna vers son père appuyé sur sa canne au manche sculpté et le prit dans ses bras. « Quant à toi, avec ton bâton, on dirait le *mwami* !

— Ah, tu l'as finalement remarqué ! s'exclama Ineza en aidant son mari à s'asseoir. Je l'ai su au premier regard, le jour où il est entré à mon exposition et a levé son stylo comme pour donner sa bénédiction. »

Jean-Patrick médita sur la joie de Béa. Elle lui faisait penser à une flamme dans le vent : il ne savait jamais dans quelle direction elle allait se consumer. Ineza remplit les verres. Une odeur acidulée flotta dans la pièce. À la première gorgée, Jean-Patrick sentit le vin lui monter à la tête. Ce soir-là, il aurait grand besoin de l'aide de l'alcool pour parvenir à dire ce qu'il voulait… Seulement, dès la troisième gorgée, le breuvage puissant avait déjà englouti la moitié des phrases préparées avec tant de soin.

Il avait l'intention d'attendre un peu de manière à ne pas paraître impoli, et dès qu'il jugerait le moment opportun, il parlerait avec franchise à Niyonzima et à Ineza. Béa était assise à côté de lui sur le canapé ; la proximité de sa cuisse faisait bouillir la casserole que l'*urwagwa* avait mise sur le feu. Ils parlèrent de la pluie, du gouvernement qui n'avait toujours pas prêté serment, de la foule impressionnante venue assister aux obsèques de Gatabazi et de l'éloge émouvant que lui avait rendu Niyonzima, debout en équilibre sur ses béquilles. Mais, à l'instant même où il inspira à fond avant de prendre la parole, Jonathan et Susanne crièrent « *mwiriwe !* » derrière le portail, de sorte que l'occasion lui échappa.

Claire empila les plats traditionnels sur la table : des bananes vertes et des haricots, des carottes cuites avec du chou et des oignons dans une sauce à la tomate, du chevreau nageant dans un épais bouillon. Béa apporta un plat de pâtes qu'elle posa devant Susanne d'un geste théâtral. « Spécialement pour toi ! » lui dit-elle.

La jeune femme éclata de rire en tapant dans ses mains. « *Murakoze cyane !* » s'exclama-t-elle, remerciant Béa comme une vraie Rwandaise.

Ils commencèrent à manger et burent davantage d'*urwagwa*. Ni Jonathan ni Susanne n'en ayant encore goûté, Ineza insista pour leur montrer comment le boire selon la tradition en partageant la même paille. « Bien entendu, à la campagne, on utilise un roseau, pas une paille en plastique… » À chaque bouchée et à chaque gorgée, le discours que comptait prononcer Jean-Patrick reculait plus loin dans un coin de son esprit.

Susanne avait apporté des photos. Après le dîner, elle les étala sur la table. Béa les regarda avec elle, et très vite elles furent aussi proches que deux sœurs. Susanne avait les joues toutes roses et la tête lui tournait d'avoir trop bu.

Béa prit une photo où l'on voyait des enfants en haillons faire des signes de la main. « Ils sont beaux. Qui est-ce ?

— Ils sont adorables, n'est-ce pas ? Ils vont à l'école primaire à côté de l'endroit où se fait mon projet. Du moins, quand ils ne sont pas trop occupés à donner un coup de main dans les champs… Je voudrais pouvoir les adopter tous autant qu'ils sont. »

Béa se raidit. « Ils sont probablement heureux là où ils sont. » Susanne venait de commettre un nouvel impair, ce dont elle ne sembla pas se rendre compte. La colère de Béa s'évanouit en voyant la photo suivante – les sourires éclatants des enfants remplis d'espoir.

« Je ne sais pas comment ils font, dit Susanne. On est juste au-delà de la zone démilitarisée, et, certains jours, les pilonnages n'arrêtent pas. Je croyais pourtant qu'il devait y avoir un cessez-le-feu…

— Il y en a un », confirma Béa.

Susanne désigna du doigt un des garçons. « Son cousin a été tué par un tir de mortier. À quoi bon ? À la fin de la première semaine, j'étais prête à demander à Jonathan de venir me sortir de là. Mais je suppose que je me suis habituée. C'est ce que vous faites, non ? Je veux dire… vous habituer.

— Oui, répondit Béa en enlevant un grain de riz sur sa paume. Sans doute. »

Susanne montra la photo d'un chiot noir malingre au pelage tacheté. « Voilà notre nouvelle petite chienne. Elle s'est aventurée dans ma hutte un matin, du coup j'ai partagé mon petit déjeuner avec elle ! Et une fois qu'elle m'a eu repérée en tant que main nourricière, elle ne m'a plus quittée d'une semelle… On l'a baptisée Kweli, comme l'un des gorilles qu'adorait Dian Fossey. Les enfants ont failli mourir de rire quand je leur ai dit qu'on avait donné un nom à un chien. »

Ineza prit Susanne et Jonathan par l'épaule. « Pourquoi vous ne passeriez pas les fêtes de Pâques avec nous ? Au Rwanda, c'est toujours un moment magnifique. Les gens vêtus de leurs plus beaux atours se rendent en longues processions à l'église, tout le monde chante... C'est un des rares moments où nous pouvons oublier nos problèmes. »

Jean-Patrick termina son verre d'*urwagwa*. L'instant qu'il attendait était enfin arrivé. Bien qu'il eût plus ou moins la sensation d'être sous l'eau, il se força à respirer. « Demain, je pars à Cyangugu, dit-il en s'adressant à Niyonzima et Ineza. Et je voudrais que Béa vienne avec moi. » Il lui jeta un regard en biais. « Mon plus grand désir est qu'elle vienne fêter Pâques avec ma famille.

— Impossible, déclara Béa. Je dois rester ici pour aider mon père.

— Allons, ne sois pas sotte ! rétorqua celui-ci. Tu oublies ces derniers temps que c'est toi mon enfant, et non l'inverse. Je suis parfaitement capable de prendre soin de moi, et si jamais je ne l'étais pas, ma femme est là. »

Ineza enveloppa sa fille dans son châle. « Il faut que tu y ailles... On peut se passer de toi une journée.

— Et je rentrerai comment ? Je suis sûre qu'aucun car ne circule à Pâques...

— Tu n'auras qu'à passer la nuit chez nous. Tu dormiras avec ma sœur Jacqueline. » Jean-Patrick ne lui laisserait aucune issue. « Il y a un car très tôt le lundi matin. »

La mâchoire de Béa se détendit, et il comprit qu'il avait gagné. « Tu aurais pu m'en parler d'abord... Ici à Butare, nous vivons une époque moderne.

— Je savais que tu aurais refusé », dit-il en lui souriant.

Béa porta son verre à ses lèvres. Les veines de son cou saillaient comme des cordes tendues. Il imagina les escalader de ses doigts pour sentir battre son pouls.

« On pourrait vous emmener là-bas en voiture, proposa Jonathan. On avait prévu d'aller séjourner dans une cabane à Nyungwe et se balader dans le coin si le temps le permet. Mais maintenant, on a ce chien, et Amos est rentré fêter Pâques dans sa famille. Comme ça Susanne verra la forêt, et on sera de retour à temps pour nourrir Kweli.

— Profitez donc de vos vacances, dit Ineza. Je m'occuperai de Kweli jusqu'au retour de Béa, et elle s'en chargera en attendant que vous soyez revenus. Il suffit de nous expliquer ce qu'il faut faire. »

Béa faillit protester, mais l'expression de sa mère l'en dissuada.

« On pourrait être de retour mardi, dit Jonathan. Est-ce que ce serait trop long ?

— Parfait, répondit Ineza. Alors nous fêterons Pâques mercredi, une fois que tout le monde sera revenu.

— *It's a deal* », conclut Jean-Patrick en anglais.

Voyant Jonathan froncer les sourcils, il crut d'abord qu'il l'avait mal dit, mais il comprit en suivant son regard que ce qui l'inquiétait n'avait rien à voir.

Susanne tenait une photo d'écoliers dont elle fixait d'un air intense les visages. Ils étaient alignés sur les marches de l'école et riaient en regardant l'objectif. Des larmes roulèrent sur ses joues. Quand Jonathan lui adressa la parole, elle ne réagit pas tout de suite. Elle était encore là-bas avec les enfants, en train de les prendre en photo et de les aimer.

« Vous savez ce que quelqu'un m'a dit ? Du moins, je crois avoir bien compris… » La porte s'ouvrit sur Claire qui vint débarrasser la table. Les bougies tremblotèrent. Susanne protégea une des flammes au creux de sa paume et attendit que Claire soit sortie. « Un biologiste du gouvernement, un de ceux qui parlent anglais, a raconté que les enseignants avaient dressé des listes de tous les enfants tutsis. Que c'était le bourgmestre qui l'avait exigé. »

Béa et Niyonzima se tournèrent vers Ineza. Celle-ci baissa les yeux.

« Et c'est pire que ça, reprit Susanne. Le bourgmestre voulait une liste de toutes les familles tutsies et de tous les commerçants tutsis de la commune avec leur adresse précise. Ce biologiste est lui-même tutsi, et je pense qu'il m'en a parlé parce qu'il a peur qu'on les tue. Il a dû imaginer que je pourrais faire quelque chose en tant qu'Américaine pour l'empêcher. » Elle laissa ses mains retomber sur la photo, paumes en l'air, comme si elle attendait qu'y tombe la bonne fortune.

Jean-Patrick avait vu juste : le samedi matin, Rutembeza sembla déterminé à l'épuiser une dernière fois avant les vacances de Pâques. Il avait renoncé à la méthode du *fartlek* et était revenu à celle du pneu. Jean-Patrick tira le poids mort sur les collines de l'arboretum, de haut en bas, puis de bas en haut. Et ce dans la brume froide sans discontinuer jusqu'à ce qu'il se retrouve plié en deux, hors d'haleine.

« Encore une fois ! » ordonna le coach. Jean-Patrick se dit qu'il en était incapable, mais, à la dernière minute, le coach le débarrassa du harnais, si bien que, libéré du poids, il flotta en sprintant vers le sommet. Il atteignit la crête où se dressait la nouvelle maison du gardien et écarta les bras. « Je suis un oiseau ! »

Le nouveau gardien était un homme revêche, solitaire et peu bavard. Le précédent, que Jean-Patrick avait cru apercevoir une ou deux fois en ville, n'était jamais revenu. Quelques semaines après l'incendie, une des cultivatrices lui avait dit que le gardien et sa famille étaient partis à pied au Burundi. Jean-Patrick priait pour que ce soit vrai.

Rutembeza monta la pente en courant avec un grand sourire jusqu'aux oreilles. « Aux championnats du monde, c'est exactement l'impression que tu auras… l'impression de voler ! » Jean-Patrick n'en était pas convaincu. Déjà la sensation diminuait, et il se demanda si le coach lui-même croyait à ce qu'il disait.

« Je vais courir tranquillement avec toi le temps que tu te refroidisses et je te raccompagnerai ensuite à ton dortoir. » Ils serpentèrent entre les parcelles verdoyantes où s'alignaient les nouvelles plantations. C'était *itumba*, la grande saison des pluies, les haricots pendaient sur les tiges, prêts à être cueillis. La brume s'évapora tandis qu'un pâle soleil perçait les nuages.

« Je suis content, dit le coach. C'est un bon moment pour partir en congé. » Il s'arrêta de courir et se tourna vers Jean-Patrick. « Tu as dit que tu revenais mardi ?

— Oui, mais seulement pour quelques jours. Après, je repartirai à Cyangugu jusqu'à la fin des vacances. Mon oncle va acheter un bateau, un bateau à moteur, et il a besoin de mon aide. »

Rutembeza prit un cure-dent dans la poche de sa chemise et le coinça dans sa bouche. « Il n'en est pas question. À partir de mardi, tu restes à Butare. »

C'était un ordre, pas un conseil. Et ça n'avait aucun sens, étant donné que Jean-Patrick était certain que le coach lui avait dit que lui-même ne serait pas là. Arrivé devant la voiture, il voulut lui demander ce qu'il en était, mais le coach n'était plus d'humeur à discuter. Ils chargèrent le pneu dans le coffre. Rutembeza regarda au loin du côté de la forêt, comme s'il était déjà parti.

De retour au dortoir, Jean-Patrick empaqueta ses affaires, ses livres et les cadeaux destinés à sa famille. Il prit la photo de Paul Ereng, sa carte d'identité hutue toujours bien cachée derrière. Sa conversation avec Rutembeza l'avait ébranlé ; ce serait le bon moment d'avoir cette carte avec lui. Il s'apprêtait à la ranger dans son sac quand Jonathan frappa à la porte, et l'idée lui sortit de l'esprit.

À la seconde où il monta dans la voiture, il sentit la colère de Béa. Elle l'accueillit d'une main fraîche et d'un vague signe du menton. Il repensa à la soirée de la veille, se remémorant en vain les moindres détails pour comprendre en quoi il aurait pu l'offenser. Et brusquement, alors qu'ils parlaient de la culture rwandaise, elle dit très fort : « Et si certains d'entre nous ont adopté les manières occidentales, d'autres continuent à penser qu'une femme n'a aucun droit, pas même celui de choisir où passer une journée de congé ! » Susanne lâcha un petit *oh oh* amusé, et Jean-Patrick sourit – cette fois, les choses étaient claires ! Mais il saurait se montrer patient. Aussi sûr que l'humeur de Béa s'était embrasée, elle flamberait de nouveau, comme un feu de brousse dans les herbes sèches.

D'étranges bandes de colobes sortirent de la forêt. Dès qu'elle les aperçut, Béa se rapprocha furtivement de Jean-Patrick. Au moment où ils passèrent à l'endroit où il l'avait embrassée, elle lui effleura la jambe du bout des doigts, comme pour lui faire comprendre qu'elle lui pardonnait.

Jonathan leur montra les failles et les plis, les veines minérales qui striaient les falaises. « Tout ça hurle la surrection ! » commenta-t-il.

Le rugissement des cascades résonnait alentour. En haut de la côte, ils sortirent de la pénombre de la forêt et débouchèrent au milieu des plantations de thé, où les cueilleurs donnaient l'impression de nager, plongés à mi-corps dans un lac de feuillages vert. Aussitôt qu'il vit le paysage aux reflets émeraude, Jean-Patrick se sentit chez lui.

« C'est incroyable ! » murmura Susanne. Elle prit des photos en se penchant à la fenêtre si loin que Jean-Patrick se tint prêt à la rattraper. Un rayon de soleil transperça un nuage.

« On dirait la lumière qui auréole la tête de Jésus sur les tableaux, observa Jean-Patrick.

— Ou l'esprit divin », dit Susanne, appuyant sur le déclencheur.

Jonathan leva un sourcil. « En réalité, il ne s'agit là que d'un banal phénomène qu'on appelle le rayonnement crépusculaire.

— Oh, allez ! rétorqua Susanne. Comment pourrait-ce *ne pas* être un signe de bon augure ? »

« Je crois qu'on y est. » Jonathan se gara à côté de l'arrêt de car à Gashirabwoba. Jean-Patrick et Béa descendirent de la voiture.

« Venez saluer ma famille et manger quelque chose, proposa-t-il.

— On aimerait beaucoup, dit Jonathan. Mais on a encore un long trajet à faire sur cette route boueuse avant d'arriver à la cabane.

— Au Rwanda, refuser une invitation est impoli. On passe son temps à aller les uns chez les autres. Les portes ne sont jamais fermées.

— Surtout si on apporte de la Primus ou de l'*urwagwa* ! ajouta Béa.

— Dans ce cas, on ferait mieux de venir, rétorqua Jonathan en ouvrant la portière à Susanne. Seulement, là, on n'a pas la moindre bouteille d'alcool à offrir. On se rattrapera la prochaine fois, promis ! »

Ils gravirent le chemin, la boue collant à leurs semelles. Jean-Patrick scruta le flanc de la colline. À l'instant où ses yeux distingueraient l'enclos du bétail au milieu des arbres et la fumée sortant de la cuisine, il saurait que sa famille allait bien, et son cœur pourrait cesser de battre à toute allure. Il vit d'abord la fumée, un fin ruban bleuté, sentit le parfum puissant des eucalyptus, puis aperçut la nouvelle extension, à présent terminée et entièrement peinte. Il prit la main de Susanne pour l'aider à sauter au-dessus d'une profonde ornière. « Je peux te demander de prendre une photo de ma famille ? Je n'en ai pas eu depuis longtemps.

— Ce sera pour moi un honneur », acquiesça-t-elle en lui serrant les doigts.

Emmanuel fut le premier à les voir. Puis un jeune homme, dans lequel Jean-Patrick eut du mal à reconnaître Zachary, sortit de la maison. Emmanuel se mit à crier, Zachary à bondir de joie, et ils se précipitèrent à sa rencontre. À mi-chemin, tous les trois se tombèrent dans les bras.

Clémence et Bébé Pauline dévalèrent la colline en tirant une chèvre attachée au bout d'une corde. Fine et gracieuse, Bébé Pauline n'avait plus rien d'un bébé, mais son surnom lui était resté. Clémence se jeta dans les bras de Jean-Patrick. Elle avait des fleurs dans les cheveux, et aussitôt il crut revoir Mathilde, la peau cuivrée dans la lumière éclatante du matin, en train de réciter le système taxinomique tout en désherbant à coups de houe. Comme elle, Clémence avait de la poudre de henné dans ses cheveux duveteux, et les mêmes yeux vifs pailletés de cuivre.

Les jumelles, Tante Esther et Maman arrivèrent de la cuisine et entourèrent Jean-Patrick et Béa. À en juger par l'affection manifeste de leurs embrassades, il comprit qu'elles la considéraient déjà comme sa femme et devina à l'odeur de fumée qui s'accrochait à leurs cheveux et à leurs vêtements qu'elles avaient passé des heures à préparer le festin de Pâques.

Les filles s'approchèrent de Susanne en touchant ses cheveux et sa peau.

« Je m'appelle Clémentine, dit Clarisse en riant.

— Et moi Clarisse ! » enchaîna Clémentine, laissant le soin à Jean-Patrick de préciser à Susanne qui était qui.

Clémence apporta le poste de radio, et ils traversèrent tous la cour en marchant d'un air joyeux. Emmanuel les emmena faire le tour de la propriété, puis leur montra avec fierté la nouvelle extension.

« C'est le moment de faire un portrait de famille. Tout le monde se rassemble… » Susanne leur fit signe de se rapprocher.

« Attends… Jacqueline arrive ! » s'exclama Jean-Patrick. Il la regarda monter le chemin en sandales à talons hauts. Elle était devenue forte et robuste, comme tous les membres de la famille du côté de son oncle ; la finesse héritée de leur mère avait disparu. Il la prit par les poignets pour la faire tournoyer. « Une vraie star de cinéma ! s'écria-t-il en touchant sa manche satinée. Pourquoi ces vêtements élégants ?

— J'ai un amoureux, murmura-t-elle.

— Moi aussi… » Jean-Patrick la prit par la main. « Viens que je te présente Béa et mes deux amis. Susanne va nous prendre en photo. » Avant de rejoindre les autres, il l'arrêta. « J'ai un service à te demander... » Il lui chuchota quelque chose à l'oreille et Jacqueline hocha la tête en gloussant de rire.

Après avoir fait les présentations, Jean-Patrick alla se placer à côté de Béa. Elle rit, le menton levé vers le ciel. Susanne appuya sur le déclencheur. Zachary regardait au loin, sombre et tout raide devant l'objectif. Jean-Patrick lui donna un coup de coude, et aussitôt son air sérieux s'envola. Susanne le prit en train de rire. Maman et Tante Esther pouffèrent, timides comme des collégiennes. Susanne prit une deuxième photo, puis une autre de Jacqueline et Béa sous le jacaranda. Pili sortit de sa niche pour voir ce qu'elle ratait.

« Oh, tu as un chien ! s'exclama Susanne. Il faut qu'il soit sur la photo.

— Une chienne, rectifia Jean-Patrick. Viens toi aussi, Jonathan !

— Parfait », dit Susanne. Elle prit la photo. Puis Jean-Patrick changea de place avec elle pour en faire une avec Susanne au milieu de sa famille. Au moment où elle lui tendit l'appareil, un éclair attira son regard sur la crête, une sorte de scintillement métallique, si bref qu'il douta l'avoir vu. Il eut beau scruter le sommet de la colline, il n'aperçut rien ni personne.

« Encore une... et cette fois, une vraie photo de famille, sérieuse. » Susanne les rassembla en leur indiquant comment se tenir. « Prêts ? Un, deux, trois... *cheese !*

— *Cheese !* » Le déclencheur cliqueta à l'instant même où Jean-Patrick vit de nouveau l'éclair du coin de l'œil. Et cette fois, aucun doute, ce n'était pas un effet d'optique.

Il entra dans le magasin aussi rempli qu'une caverne d'Ali Baba. Jacqueline avait emmené Béa faire une longue promenade, comme il le lui avait demandé. La cloche tintinnabula au-dessus de la porte en émettant un son cristallin. Les étagères étaient encombrées d'appareils ménagers – fers à repasser électriques, radios de tailles et formes diverses, quelques petits postes de télévision. Il y avait même une machine à coudre électrique sur une table en bois fendue. Dans les vitrines étaient exposés des montres et des bijoux. Le joaillier redressa ses loupes et releva le nez de sa tâche.

« La dernière fois que je suis passé, j'ai regardé une chaîne avec une croix en or, dit Jean-Patrick. Vous l'avez encore ?

— Mais oui ! s'exclama le marchand, rayonnant. Et je sais maintenant qui tu es. Je me disais bien que je t'avais déjà vu quelque part... C'est le boulanger en face qui me l'a confirmé. Que le Seigneur t'aide à aller aux jeux Olympiques !

— Merci, *muzehe*. Je crois qu'il m'aide chaque jour. »

Le joaillier sortit une boîte blanche de derrière le comptoir. « En voyant ton air la dernière fois, j'ai deviné que tu reviendrais. » Il sortit une fine chaîne sur laquelle pendait une petite croix.

« C'est parfait... Merci.

— J'ai connu ton père. Il a été le professeur de mon fils. » Son regard s'égara au loin. « Et maintenant, mon fils est devenu père et professeur à son tour. » Prenant un chiffon, il fit briller la croix une dernière fois avant de la remettre avec soin dans la boîte.

« Je suis heureux que l'esprit de mon père continue à vivre en lui. » Jean-Patrick sortit une liasse de billets de sa poche et les compta. Depuis le jour où il avait présenté Béa à sa famille, il avait commencé à économiser de l'argent – en sautant des repas, en portant ses chaussettes jusqu'à ce que ses orteils passent au travers et en faisant la plonge dans un restaurant chaque fois que le garçon qui y travaillait d'habitude était souffrant. Il tenait à offrir à Béa un cadeau spécial et, dès qu'il avait vu la croix, il avait su. Emmanuel lui avait donné l'argent qui lui manquait. Il lui avait demandé de le lui prêter, mais son oncle avait refusé d'en entendre parler. Le joaillier prit une caisse en bois sous le comptoir et y rangea les billets.

« Vous n'avez pas peur de vous faire voler ?

— Imana a veillé sur moi pendant soixante-dix ans. Il peut bien encore le faire pendant le peu de temps qu'il me reste... » Il tapota les mains de Jean-Patrick comme s'il façonnait une miche de pain. « Puisse ta femme porter ce bijou en pleine santé ! Le Seigneur vous bénisse tous les deux. »

Juste avant de sortir, Jean-Patrick remarqua une fissure en forme de toile d'araignée dans un coin de la vitrine. « Qu'est-ce qui est arrivé ?

— Ah, ce sont ces jeunes gros durs ! répondit le joaillier en secouant la tête. Ils n'ont pas de boulot, pas d'avenir... Ils ne pensent qu'à une chose : faire des bêtises. Ils s'en sont pris à tous les commerces tutsis de la ville. Et en plein jour ! Ils ont aussi attaqué ton ami le boulanger. Il a dû jeter le pain et les gâteaux d'une journée entière de travail gâchés par les éclats de verre. »

En rentrant, Jean-Patrick traversa le marché. Il passa devant des stands où des femmes cousaient sur des machines à pédale. « Tu ne veux pas offrir une robe à ta fiancée pour Pâques ? » Leurs pieds actionnaient les pédales à un rythme rapide et régulier.

« J'ai déjà ce qu'il faut ! » répondit Jean-Patrick. Affamé, il choisit des fruits de la passion bien mûrs sur un étal. La marchande les lui mit dans un sac.

Derrière lui, une voix lança : « Hé, toi... *inyenzi* ! » Jean-Patrick continua à marcher. « Nkuba Jean-Patrick, je te parle. Comment ça va, ces temps-ci ? *Uri umuhutu cyangwa umututsi ?* »

La question lui fit l'effet d'une gifle. Il fit volte-face et aperçut Albert le balafré, assis au milieu d'une bande de types en train de boire de la bière. « Je ne t'ai pas oublié ! dit-il en faisant le geste de lui tirer dessus. On se retrouvera bientôt, et si j'étais toi, je choisirais les Hutus ! » Son sourire fit tourner le sang de Jean-Patrick. « Il va se passer quelque chose de terrible, et le jour où ça arrivera, t'auras pas envie d'être tutsi ! »

Jean-Patrick prit un fruit de la passion dans lequel il mordit en aspirant le jus sucré. Puis il recracha la peau et s'éloigna. Des rires d'hommes éméchés fusèrent derrière lui. Il les sentit dans son dos, mais s'obligea à ne pas se retourner. Le corps en alerte, il frissonna. Il traversa le marché en se frayant un chemin au milieu de la cohue et continua à avancer d'un pas décidé jusqu'à ce que le tumulte s'éloigne et laisse place au chant des oiseaux dans la brousse. Il sentit comme un vent glacial sur sa peau, comme si quelqu'un l'observait – une sensation familière, la même qu'il avait eue le jour où il s'était fait agresser dans la ruelle et avait vu jaillir le couteau dans la main d'Albert. Quelque part derrière lui, une branche craqua, puis une autre. Pivotant sur lui-même, il s'accroupit, prêt à bondir.

« *Yampayinka data* – ne tire pas ! » La silhouette se matérialisa de façon si soudaine au milieu des arbres que pour la deuxième fois de la journée Jean-Patrick douta de ce qu'il voyait. Puis l'homme émergea de l'ombre en riant, les mains en l'air.

« Mister Cool ! Tu me sautes toujours dessus en pleine brousse… Et si j'avais vraiment eu un fusil ? »

Roger le prit dans ses bras. Jean-Patrick le serra à son tour, respira son odeur de tabac mêlée de sueur.

« Si c'était le cas, Mister Olympique, tu serais déjà à terre en train de fixer le ciel ! » Il l'attrapa par le bras. « Restons à l'écart du chemin… Suis-moi. Il faut qu'on parle. » Il sortit un petit miroir de sa poche et le tourna vers le soleil. « J'essaie d'attirer ton attention depuis ce matin…

— *Aye !* C'était donc toi ? J'aurais dû m'en douter… » Jean-Patrick donna le sac de fruits à son frère. « Prends-en, ils sont délicieux. » Ils mangèrent debout dans la chaleur de l'après-midi. Un jus rouge teinta leurs doigts.

« On marche un peu ? Je n'ai pas beaucoup de temps. » Roger s'essuya les mains sur son pantalon et se dirigea vers les fourrés tout en surveillant les alentours. « Tu te souviens de la conversation qu'on a eue à propos du pouls du Rwanda ?

— Bien sûr », répondit Jean-Patrick. Même s'il l'avait voulu, et il le voulait, il lui aurait été difficile de l'oublier.

« Alors, tu te rappelles que je t'avais dit que je tâcherais de te prévenir ?

— Mais oui.

— Eh bien, le pouls s'accélère, et il n'y a aucune chance de le ralentir. On dit partout qu'il va se passer quelque chose de terrible. »

Jean-Patrick eut l'impression qu'on venait de le pousser du haut d'une colline qu'il dévalait en roulant de plus en plus vite sans parvenir à s'arrêter. « Je viens de croiser ce type au marché... Albert, celui qui m'a écrasé le pied à Gihundwe et qui a ensuite essayé de me poignarder. Il a employé exactement les mêmes termes, *quelque chose de terrible va se passer.*

— Celui qui vend des cochonneries avec son père au marché ? Avec une vilaine cicatrice ?

— Celui-là même.

— Je me souviens de lui à l'école primaire. Il était déjà pourri. C'est bien que tu ne m'en aies jamais parlé, sans quoi je lui aurais rendu la pareille... Mais à présent, il faut que tu m'écoutes. On a à s'inquiéter de choses plus importantes que ce péquenaud.

— Qu'est-ce qui te fait croire qu'aujourd'hui les choses sont différentes d'hier ou d'avant-hier ? » Jean-Patrick tripota le cadeau pour Béa au fond de sa poche. Ce geste lui redonna de l'espoir. « RTLM attise le feu comme à son habitude, rien de plus.

— Le FPR est bien placé pour savoir ce qui se trame. Dans toutes les communes, à tous les niveaux – enseignants, chefs de secteur, bourgmestres –, les autorités ont établi des listes de Tutsis et d'opposants hutus. Et ça vaut partout dans le pays. Or, il ne s'agit pas d'une coïncidence, mais d'un plan en vue d'un anéantissement total, et il est désormais en place. »

Un vent glacé pénétra les vêtements de Jean-Patrick. Le schéma, le trait reliant les points du graphique, était là devant ses yeux. Ça avait dû commencer à Kigali, ainsi que Pascal l'avait dit à Daniel alors qu'ils étaient encore à Gihundwe. Puis s'étendre de ville en ville, comme un cancer qui prolifère. *Les enseignants ont dressé des listes de tous les enfants tutsis*, avait dit Susanne. La crise était par trop évidente ; il ne pourrait pas en changer les variables ni aboutir à une conclusion différente.

« Qu'est-ce qu'on peut faire ?

— Le mois dernier, je suis allé recruter au Burundi, répondit Roger. J'ai été voir Spéciose, la sœur de Maman et d'Oncle Emmanuel. Elle est prête à accueillir la famille. » Il regarda vers le lac. Sous les nuages qui arrivaient à toute vitesse des montagnes du Zaïre, l'eau avait pris une teinte gris acier. « Je connais des gars, des amis à moi, qui peuvent vous faire passer. Je leur ai demandé d'être ici mercredi soir.

— Ça ne peut pas attendre ? » Jean-Patrick pensait à son dîner avec Béa. Il ne pouvait pas le manquer. Lui-même ne s'en irait pas, mais il voulait être auprès de sa famille, les aider à partir. Si toutefois les choses se passaient comme Roger le prétendait… Si cette folie n'était pas qu'une fanfaronnade dépourvue de sens… Si, si, si…

« Non, ça presse trop, répondit Roger. J'ai passé trois ans au milieu de cette guerre. Je sais faire la différence entre la fumée et le feu, dit-il en se tapotant le nez. Et ce feu est gigantesque.

— Et si c'était jeudi ? Ça ne peut pas attendre jusque-là ? » Jean-Patrick lui montra la croix en or. « J'ai l'intention de demander à Béa de m'épouser.

— *Aye !* La même fille ? La dernière fois qu'on s'est vus, tu m'as dit que c'était fini.

— Et j'ai ajouté qu'elle reviendrait.

— Alors c'est celle que j'ai vue avec mes jumelles ! s'exclama Roger en riant. Pas la *muzungu*, la belle ! »

Jean-Patrick sourit et hocha la tête.

Roger lui fit un grand sourire et le serra dans ses bras. « C'est formidable ! » Son sourire s'attarda un instant, puis il retrouva son sérieux et agita les mains comme s'il pesait le pour et le contre. « Je vais voir si c'est possible... Si tu n'as pas de nouvelles de moi, ça voudra dire que la réponse est oui. »

Jean-Patrick le remercia. « Mais Oncle Emmanuel ne voudra jamais partir... » C'était trop soudain, trop tôt. Jean-Patrick n'arrivait pas à réfléchir assez vite pour démêler les fils des questions qui l'assaillaient.

« Raison pour laquelle on ne lui en parlera pas avant.

— S'il était jeune, il se battrait dans les rangs du FPR.

— Il le fait. Je n'ai pas pu t'en parler, mais il y a des années qu'il nous verse de l'argent. Il a même fait passer des armes clandestinement du Burundi dans sa pirogue. »

Jean-Patrick éclata de rire. Bien qu'il n'eût jamais soupçonné son oncle de se livrer à ce genre d'activités, il n'était pas du tout étonné. « Pourquoi ils ne traverseraient pas avec le nouveau bateau à moteur ? Emmanuel ne l'abandonnera jamais. Il a travaillé trop dur pour se le payer.

— Non, un moteur ferait trop de bruit. Mais si ces gars débarquent sans qu'on laisse le temps à l'oncle de ruminer, peut-être qu'à nous deux on arrivera à le persuader. Et sinon, il veillera à ce que tout le monde s'en aille. On pourra au moins mettre le reste de la famille à l'abri.

— Je suis sûr que Tante Esther refusera de partir sans lui.

— C'est vrai. Raison de plus pour qu'on réussisse à le convaincre.

— Et toi ? »

Roger sortit une cigarette de son paquet. « Mon combat est ici. C'est pour ça que je me suis entraîné – ce sont mes jeux Olympiques à moi. Et toi ? Est-ce que je vais être obligé de te coller une arme sur la tempe ?

— Si tu le fais, tu devras t'en servir. Je ne partirai pas. Trop d'enjeux me retiennent ici.

— S'ils te tuent, c'en sera fini de courir. Alors que si tu es en vie, au Burundi, il te restera encore une chance.

— Ils ne peuvent pas me faire de mal. Je suis trop connu. Habyarimana ne le permettrait pas vu qu'il veut faire bonne impression sur l'Occident. Je te l'ai dit, il a besoin de moi. »

Ils accélérèrent le pas, la fumée de la cigarette flottant derrière eux. « Il est probable que ton ami Habyarimana ne sera pas là pour t'aider, dit Roger.

— Qu'est-ce que tu racontes ?

— Tu devrais lire *Kangura*, si tu veux prédire l'avenir. Ils se débrouillent pas mal, et même mieux que les *umupfumu* avec leur salive et leurs entrailles de poulet ! Ils ont dit qu'Habyarimana mourrait en mars.

— Eh bien, tu vois ? On est en avril, et il est tout ce qu'il y a de vivant ! » Malgré ses efforts pour se maîtriser, la voix de Jean-Patrick monta dans les aigus.

Son frère s'arrêta et lui prit les poignets. « Je dois te laisser ici. Si je n'arrive pas à repousser la date, tu t'arrangeras pour être là mercredi ?

— Je ferai de mon mieux », répondit Jean-Patrick, sachant au fond de lui qu'il ne viendrait pas.

Devant eux, le chemin familier arrivait à la propriété, labouré par des années de passage. Leur vie, leur monde, c'était là. Tous les matins, les pêcheurs partaient sur le lac tandis que les femmes et les enfants s'en allaient travailler aux champs. Hutus ou Tutsis, ils allaient puiser de l'eau, ramassaient du bois, transportaient des charges sur leur tête. Le soir, ils remontaient sur la crête ou redescendaient dans la vallée, les pieds nus couverts de poussière. Ils cuisinaient, mangeaient, buvaient de la bière et grondaient leurs enfants. À la nuit tombée, les hommes et les femmes s'étendaient pour s'unir et créer une nouvelle vie. Telle était la danse du Rwanda. Jean-Patrick se refusait à croire que cette danse, qui lui était aussi coutumière que ses propres battements de cœur, puisse d'un seul coup prendre fin. Comment pourraient-ils y renoncer ?

Roger écrasa sa cigarette et la lança dans les broussailles. Il prit Jean-Patrick dans ses bras et ils se serrèrent l'un contre l'autre. Comme c'était étrange d'avoir à se baisser pour regarder son frère… Son regard s'attarda sur la mâchoire carrée, la cicatrice qui barrait la joue, la barbe fine et rêche afin d'enregistrer tous ces détails dans sa mémoire.

« En attendant, prends bien soin de toi, dit Roger.

— Toujours. Et toi aussi. »

Bien que Jean-Patrick fût entraîné à repérer le moindre mouvement dans la forêt, il ne fallut pas longtemps avant que la silhouette de son frère se fonde dans la pénombre des arbres d'où il avait surgi.

Un rugissement envahit son sommeil. Il se redressa en sursaut sans plus savoir où il était. Puis il sentit Zachary à ses côtés, entendit la respiration régulière qu'il connaissait aussi bien que la sienne. Le rugissement se transforma en pluie sur le toit métallique, un chant familier. Épuisé de s'être tourné et retourné dans tous les sens, il se colla contre Zachary et replongea dans un rêve agréable du passé, au temps où il avait toute sa famille autour de lui, y compris son père.

Lorsqu'il rouvrit les yeux, la main de Zachary lui effleura l'épaule. « Tu es réveillé ?

— Oui, petit frère.

— Je vais aller prier. Tu viens avec moi ? »

Jean-Patrick lui prit la main. En silence ils allèrent dans le couloir, puis dans la pièce qui donnait sur l'avant. La porte s'ouvrit sans faire de bruit. Ils sortirent dans l'air humide qui hésitait entre bruine et brouillard ; la nuit s'était retirée du ciel sans que pointe encore l'aube. Main dans la main, ils suivirent le chemin vers la hutte où ils avaient dormi pendant toutes ces années, et avant cela Jean-Patrick avec Roger.

Zachary alluma une lanterne. Il avait transformé la hutte en sanctuaire. Sur l'étagère qui servait d'autel, deux bougies flanquaient une image de la Vierge. Un tableau était accroché au mur ; Jean-Patrick approcha la lumière pour le regarder. Deux agneaux, un noir et un blanc, se désaltéraient au bord d'un ruisseau. Des orchidées et des lys poussaient sur les berges, tandis que des créatures – oiseaux ou anges – flottaient dans un ciel améthyste. Les silhouettes primitives évoquaient la vision idyllique d'un enfant.

« C'est toi qui l'as peint ? On dirait le paradis.

— C'est ça. » Le regard de Zachary brillait d'innocence. « Il y a longtemps que cette vision s'est imposée à moi. Je crois qu'il y avait un tableau similaire à Gihundwe, là où on allait prier avec Papa. » Jean-Patrick n'en avait pas le souvenir. Sans doute n'était-il pas là à l'époque où il fréquentait l'école. « Quand je suis à Kibuye, cet endroit me manque. » Zachary parlait très bas, comme si ses paroles risquaient de déranger quelque esprit assoupi. « C'est l'endroit où je préfère venir prier, celui où je me sens le plus proche de Dieu. »

C'était étrange comme les singularités d'un être se transmettaient d'une génération à l'autre, songea Jean-Patrick. Leur père avait eu un don pour les sciences, mais il était également capable de transposer sa passion en phrases lyriques sur une page. C'était comme si ces deux moitiés s'étaient séparées pour transmettre le côté scientifique à Jean-Patrick et le côté artistique à Zachary.

Sur l'autel, la bible de leur père était ouverte sur les Actes des apôtres. Jean-Patrick lut : *Comme il se trouvait avec eux, il leur ordonna de ne pas s'éloigner de Jérusalem, mais d'attendre ce que le Père avait promis.* Non, se dit-il. Jamais Zachary ne partira d'ici, même si Oncle Emmanuel lui en donne l'ordre.

Un fleuve chamarré serpentait sur les chemins alors que les gens descendaient des collines pour se rendre à l'église. Leurs vêtements éclatants, qui pour la plupart n'étaient pas neufs, avaient été mis de côté pour Pâques ; rallongés, rapiécés, frottés à l'Omo et repassés avec un fer à charbon. La lumière du soleil miroitait sur la route, mais le sol encore humide avalait leurs pieds comme s'il ne voulait pas les relâcher. Jean-Patrick regarda Béa marcher devant avec les femmes. Les filles pépiaient en courant de-ci, de-là. Elles avaient cueilli des fleurs qu'elles avaient piquées sur des rubans noués dans leurs cheveux. Jacqueline murmura quelque chose à l'oreille de Béa. Quand celle-ci renversa la tête en arrière en riant, la plume de son chapeau tremblota.

Jean-Patrick marchait entre Zachary et Emmanuel, main dans la main. Sentir la paume calleuse de son oncle lui fit réaliser qu'il avait fini par oublier que Roger, Zachary et lui n'étaient pas ses fils par le sang. Et que lui-même avait cessé depuis longtemps de faire une telle distinction.

En revenant de l'église, Jean-Patrick demanda à Béa de l'accompagner un peu plus loin. « Je voudrais te montrer quelque chose de Gashirabwoba, quelque chose de là d'où je viens. » Ils marchèrent côte à côte sur des chemins de terre d'où partaient des sentiers qui plongeaient dans la vallée ou montaient à pic vers les collines. Il lui montra où vivaient ses cousins, où il avait fait la course avec Roger et affûté la puissance de ses jambes, son esprit de persévérance. Il s'arrêta dans la brousse près d'un chemin creusé d'ornières. « Et c'est là que je l'ai finalement battu. Tout là-haut, là-haut…

— Tu veux qu'on dresse un autel ? s'esclaffa Béa en lui caressant la main.

— On le fera après que j'aurai décroché ma médaille d'or. » Jean-Patrick avait envie de la prendre dans ses bras et de lui parler de Roger, mais ce qui lui pesait sur le cœur n'était pas un fardeau qu'il voulait partager.

Comme si elle avait lu dans ses pensées, Béa demanda : « Ce fameux Roger… il n'a pas pu revenir pour Pâques ? Le Kenya n'est pas si loin.

— On devrait rentrer, non ? »

Il s'était de nouveau arrêté pour lui montrer le bois d'eucalyptus où se tenaient les assemblées lorsque passa une bande de militants du Pouvoir hutu, l'un d'entre eux portant un énorme poste de radio dans lequel braillait RTLM. *Le 3, le 4 ou le 5, il va se passer un petit quelque chose ici à Kigali. Vous entendrez les balles siffler et les grenades exploser...* La station de radio n'arrêtait-elle donc jamais de vociférer des absurdités ? Pas même le jour de la Résurrection ?

Tous les habitants des collines environnantes vinrent festoyer à la maison. Ils se serrèrent autour de la table ou s'installèrent sur une chaise avec une assiette. Les enfants s'étalèrent sur le sol. Mukabera arriva accompagnée d'Olivette et de son nouveau mari. La jeune femme avait déjà un gros ventre ; quand Jean-Patrick reviendrait à la fin du trimestre, il participerait à la cérémonie au cours de laquelle serait donné un nom au bébé.

Angélique et Uwimana étaient placés de chaque côté de Jean-Patrick ; Fulgence et sa famille étaient assis royalement autour d'Oncle Emmanuel qui présidait la table Au centre était dressé un véritable festin : poisson grillé, *sambaza* croustillantes, ragoûts au chou et à la tomate avec des morceaux de viande de poulet et de chèvre. Il y avait également des bols d'*ibitoki bigeretse kub'isbishyimbo*, les bananes vertes et les haricots qu'Emmanuel entassait toujours en quantité dans son assiette.

Béa se mêla au brouhaha comme si elle avait toujours été là, façonnée dans la même argile campagnarde. Jean-Patrick aurait voulu l'admirer en se contentant de manger et de plaisanter avec sa famille. Mais les soucis s'accumulaient sous sa peau sans qu'il parvienne à les chasser, ne fût-ce qu'un après-midi.

Après le repas, Jean-Patrick et Béa raccompagnèrent Uwimana et Angélique à leur voiture. Les nuages s'étaient dissipés, la terre avait durci. Avec une tendresse douloureuse, Jean-Patrick observa la démarche chaloupée d'Uwimana qui lui était depuis si longtemps familière, son corps enrobé et l'expression de son visage, comme s'il était toujours à l'écoute de quelque chose d'essentiel qu'il avait peur de manquer.

Angélique murmura à l'oreille de Jean-Patrick : « La prochaine fois qu'on vous verra, j'espère que vous serez mari et femme. Il ne faut pas que tu laisses partir cette fille merveilleuse ! »

Jean-Patrick toucha la croix en or pour qu'elle lui porte chance. « C'est exactement ce que je souhaite. »

Ils se dirent au revoir près de l'arrêt de car où Uwimana s'était garé. Jean-Patrick prit Béa par la main et regarda la voiture s'éloigner en cahotant. Si Roger avait dit vrai, qui parmi eux serait en sécurité ? Uwimana le serait-il, lui qui plus d'une fois s'était fait traiter d'*icyitso* ? Et la mère de Béa, qu'on prenait si souvent pour une Tutsie ? Il attira Béa contre lui. « Tu es contente d'être venue ?

— Oui, répondit-elle en posant sa tête sur son épaule. Très.

— Tu n'es plus fâchée contre moi ?

— Fâchée ? Mais de quoi ?

— De t'avoir enlevée contre ton gré. » Béa fit signe que non. Jean-Patrick lui glissa le cadeau au creux de la main. « Ouvre-le. » Il aurait voulu qu'un rayon de soleil éclabousse l'or et le fasse scintiller comme dans la boutique, mais ce ne fut pas le cas.

Béa sortit la fine chaîne qui tournoya sur elle-même. « Tu m'offres tout le temps des cadeaux...

— Pas tout le temps. C'est seulement le deuxième. »

Elle lui tendit le bijou pour qu'il l'attache à son cou.

« Je l'ai vu le jour où je suis rentré chez moi à Noël. J'ai su tout de suite qu'il t'irait à merveille. » Il effleura le creux sombre où se rejoignaient ses clavicules. Quel miracle, cette chose qu'on appelle la vie ! songea-t-il en sentant sa poitrine se soulever sous sa main.

Il lui donna un rapide baiser. Quand elle le lui rendit, il savoura le goût de sel et d'épices de sa bouche mêlé à celui du thé sucré. Il la prit par la main et l'entraîna vers la maison.

Leurs vies ne faisaient que commencer. Comment était-il possible qu'on les arrache l'un à l'autre ? Comment envisager que l'un d'eux puisse être brusquement cueilli et jeté ailleurs à cause d'une politique qui n'aurait pas dû les concerner ? De son côté, quoi qu'il advienne, il ne risquerait rien. Il avait troqué un avenir contre ses jambes, sa sueur et sa souffrance.

Le lendemain matin, Jean-Patrick emmena Béa à l'arrêt du car sous la pluie. Il tenait le parapluie de sa mère au-dessus de leurs têtes. Béa avait pris ses sandales à la main. Pieds nus lui aussi, il s'enfonçait à chaque pas jusqu'à la cheville. La terre relâchait ses pieds dans un bruit de succion.

« Tu es fatigué ? demanda-t-elle. Tu ne dis rien... ce qui ne ressemble pas au Nkuba que je connais !

— Toi non plus, tu ne dis rien.

— Tu es allé courir, ce matin ?

— *Aye !* Sous cet orage ? » Pourtant il y était allé, dans l'obscurité, cherchant les sentiers plus secs dans la forêt, levant haut les pieds aux endroits où la boue le mordillait avec ses lèvres marécageuses. C'était seulement quand il courait, chaque fibre de son corps tendue le propulsant en avant, qu'il arrivait à démêler les problèmes qui tournaient en rond dans sa tête. « Même rien qu'une journée, tu vas me manquer, dit-il.

— Toi aussi... tu vas me manquer. »

Jean-Patrick allait l'embrasser sous le parapluie lorsqu'un puissant coup de klaxon le figea sur place. Un camion s'approcha et la tête d'Uwimana se pencha à la fenêtre. « J'espérais vous trouver ! cria-t-il. Avec cette pluie, j'ai pensé que vous pourriez attendre dans le camion. »

Jean-Patrick et Béa grimpèrent, des gouttes de pluie mouillèrent le siège. Ils se serrèrent sur la banquette. Uwimana laissa tourner le moteur, et un air moite les enveloppa. La chaleur intérieure de Béa se propagea dans la cuisse de Jean-Patrick. Il avait à peine dormi et avait du mal à empêcher ses yeux de se fermer. *Indirimbo za buracyeye*, la musique matinale apaisante du Rwanda, ronronnait doucement à la radio. Une rivière avait débordé sur la route. Les pneus des voitures qui passaient projetaient des gerbes d'eau. Le car gravit la pente comme une grosse bête, les deux yeux ronds des phares brillant derrière le déluge.

Jean-Patrick ouvrit le parapluie, et ils traversèrent la route en courant. « Je te retrouverai à l'arrêt du car demain quand tu arriveras », dit Béa. Ses doigts effleurèrent la croix autour de son cou. Il sourit.

Il retourna en vitesse dans le camion. « Je te raccompagnerais volontiers chez toi, mais je serais très vite embourbé, et on serait obligés de pousser tous les deux. » Uwimana monta le volume de la radio. « J'adore cette musique plus que toute autre… Elle me rappelle mon enfance. » Il se mit à chantonner.

« Moi aussi. On avait une radio qu'il fallait brancher sur une prise et, quand j'étais petit, je croyais que les chanteurs se cachaient dedans, qu'ils s'étaient faufilés à travers le fil, dit Jean-Patrick en souriant à ce souvenir. Cette radio, je l'ai gardée, bien qu'il n'y ait pas le courant à Gashirabwoba.

— Oui, je m'en souviens ! s'exclama Uwimana en riant.

— *Aye !* Maintenant que j'y repense, elle est toujours sur une étagère, dans la chambre de Zachary. Peut-être qu'un jour il y aura l'électricité et qu'ils pourront l'écouter. »

Aucun d'eux ne bougea. La pluie frappait le pare-brise, de plus en plus drue. Uwimana mit les essuie-glaces en marche, puis les arrêta. « Tu peux rester là en attendant que l'orage se calme, dit-il.

— Merci. Je suis content d'être avec vous. » Jean-Patrick se tourna vers Uwimana, qui le regarda à son tour, un petit sourire rêveur au coin des lèvres. Dans la bulle protectrice de l'habitacle, un fil invisible les reliait l'un à l'autre. Jean-Patrick ne voulait pas être celui qui le briserait.

Le lendemain, ce fut à son tour de faire ses adieux. Dans le car, il descendit la vitre et fit signe une dernière fois à sa famille. « À jeudi ! » cria-t-il. Puisque Roger ne s'était pas manifesté, leur plan tenait ; il n'aurait pas à choisir entre Béa et ceux qui étaient sa chair et son sang. Il était presque dix heures, et il avait beau avoir mangé du pain et des fruits, comme il était sorti faire des intervalles de très bonne heure, son estomac gargouillait. Une femme se glissa sur le siège à côté de lui, son ventre énorme quasiment dans l'allée. Elle posa entre eux un panier d'où s'échappait une bonne odeur de mangues et de goyaves qui lui aiguisa encore plus l'appétit.

Lorsque le car s'arrêta à Gikongoro, il n'en pouvait plus. Bien que manger en public fût contraire aux usages rwandais, il siffla un vendeur ambulant auquel il acheta un épi de maïs. Tourné vers la fenêtre, il mordit dedans et mâcha lentement.

« Hé ! Tu n'as donc aucun respect pour nos coutumes ? se moqua la femme. Comment un grand garçon comme toi peut-il manger ici devant nous ? »

Jean-Patrick se tassa sur son siège. « J'ai très faim, Maman… Je ne me sens pas très bien. »

De l'autre côté de l'allée, une grand-mère lança : « C'est encore un enfant… Et puis, il est si maigre ! *Ko Mana*… Laissez-le faire…

— On a tous faim ! rétorqua un vieux paysan édenté. Pourtant, il est le seul à manger ! »

La femme enceinte posa sa main sur son ventre en souriant. « Peut-être qu'il mange pour ses enfants… » Elle se tourna vers lui d'un air radieux. « C'est ça ? »

Jean-Patrick avait posé l'épi de maïs sur le siège. « Je n'ai pas encore d'enfants, mais j'espère bien en avoir. »

Une jeune femme coiffée de petites nattes se tourna vers lui. « Tu as une *umukunzi* ? » Dans le car bondé, tous les yeux se fixèrent sur Jean-Patrick.

« Oui, j'ai une fiancée, répondit-il. Et elle est très belle.

— Alors tout est arrangé ! décréta la grand-mère avant de s'adresser aux autres passagers. Il mange pour les enfants qui sont encore en lui ! s'exclama-t-elle en découvrant des petites dents très blanches.

— Oui, tout est arrangé, confirma la femme enceinte. Les enfants qu'il a en lui ont besoin qu'il se nourrisse… d'autant qu'il est lui-même à peine plus qu'un enfant ! » Elle lui tapota le bras. « Mange bien ! Personne ne te grondera plus. »

Elle remit sa main sur son ventre et inclina la tête comme si elle écoutait battre le cœur de son bébé. Jean-Patrick mordit dans l'épi de maïs, puis retira un grain tombé sur son blouson en songeant : Quelle bénédiction d'avoir une vie qui nage et se retourne en soi, prête à se lancer dans le monde !

À l'arrêt, Jean-Patrick ne vit Béa nulle part. Inquiet, il se fraya un chemin dans la foule en scrutant l'océan de foulards surmontés de bassines pleines à ras bord. Le mardi, un petit marché se tenait devant l'arrêt du car ; une rangée de couvertures et de stands était apparue devant les murs de brique ocre. Des odeurs de viande crue et de fruits trop mûrs lui titillèrent les narines. L'un après l'autre, divers scénarios catastrophes lui vinrent à l'esprit : Béa était de nouveau fâchée ; elle avait trouvé quelqu'un d'autre – un bon garçon hutu ; elle était tellement prise par la politique qu'elle avait oublié qu'il arrivait… Et tout à coup, il l'aperçut, en train de marchander tranquillement un régime de bananes vertes avec une paysanne. Toute idée sombre se volatilisa aussitôt.

Béa lui tournait le dos. Elle portait un pagne rouge et violet imprimé d'oiseaux avec un châle jaune noué sur les épaules. À ses pieds étaient posés deux des paniers d'Ineza déjà remplis. Les voix de Béa et de la femme s'élevaient et retombaient au rythme d'une très vieille chanson qui semblait les ravir toutes les deux. Béa remporta les bananes. La marchande, victorieuse elle aussi, empocha les pièces de monnaie.

Jean-Patrick aurait pu rester longtemps à les regarder, mais, à l'instant où Béa se baissa pour ramasser ses paniers, elle l'aperçut. « Ah, juste à temps ! Je ne voyais pas comment j'allais rapporter tout ça sans devoir mettre ces satanées bananes sur ma tête ! » Jean-Patrick rit à cette idée et la débarrassa de sa lourde charge. « C'est pour demain soir, dit-elle. Claire et Maman ont déjà commencé à faire la cuisine. On dirait qu'on attend une garnison entière du FPR à dîner ! » Elle agita un trousseau de clés. « J'ai emprunté la voiture d'un ami de Papa, mais il faut d'abord qu'on passe nourrir Kweli. Elle est adorable, bien qu'affreusement gâtée, comme un chien *muzungu.* »

Jean-Patrick étira ses jambes. Il avait commencé à ressentir des crampes aux mollets dans le car, les muscles endoloris après l'entraînement intensif du matin. La brûlure agréable lui confirma qu'il s'était donné au maximum. Ils se dirigèrent vers une rangée de voitures garées devant lesquelles des conducteurs de vélos-taxis faisaient sonner leurs cloches pour haranguer le client. La pluie avait lavé l'atmosphère. L'air froid lui picotait les joues. Il se sentait pleinement en vie, et, du moins à cet instant, l'espoir l'emporta sur les longs moments de désespoir de la nuit.

Béa ouvrit le portail de Jonathan, puis la porte. Les jappements plaintifs de Kweli les accueillirent. Ils ôtèrent leurs chaussures avant d'entrer dans la maison froide qui sentait l'absence et le renfermé. Jean-Patrick effectua une glissade en chaussettes sur le carrelage. « Un jour, on aura une maison comme celle-ci. Elle est aussi grande que mon dortoir… je veux dire, que l'ensemble du bâtiment ! »

Béa ouvrit les fenêtres en grand. Le soleil pénétra dans les pièces en projetant ses rayons sur le sol. Derrière une porte fermée, le chiot recommença à aboyer.

« Elle réclame sa pitance… Cette chienne ne fait que manger, manger et manger ! s'indigna Béa.

— Tu sais quand ils reviennent ? demanda Jean-Patrick, frissonnant de la sentir si proche de lui.

— Ils ont dit à Maman de ne pas les attendre avant la tombée de la nuit.

— Et Amos n'est toujours pas rentré ?

— Pourquoi tu me demandes ça ?

— Parce que je m'inquiète pour Kweli… J'aime trop les chiens, moi ! »

Kweli gémissait et grattait derrière la porte. « *Ko Mana*, arrête ! » s'exclama Béa en allant lui ouvrir. Aussitôt, la petite chienne bondit. Béa lui courut après en riant. Jean-Patrick la suivit. Avant qu'ils aient pu la rattraper, la chienne écarta les pattes et fit pipi par terre. « Oh, toi ! » la réprimanda Béa sans cesser de rire.

Elle la souleva par la peau du cou et l'emmena dehors pendant que Jean-Patrick allait chercher une serpillière pour nettoyer les dégâts. Dès qu'il eut terminé, il se rendit dans la pièce où Kweli avait été enfermée. C'était une chambre, avec un petit lit contre le mur, mais Jonathan en avait fait un bureau où les livres et les roches occupaient le moindre espace disponible. Jean-Patrick ajusta les persiennes de façon à laisser entrer le soleil et jeta un regard entre les lattes de bois. Béa était agenouillée dans l'herbe en train d'appeler la chienne, qui l'ignorait royalement et continuait à courir en rond dans le jardin. Béa roucoula en agitant un doigt d'un air menaçant. La chienne trottina vers elle, tout excitée, et elle la prit dans ses bras.

« J'ai réussi, dit-elle en la déposant sur sa couverture. Elle a fini pour l'instant. » La chienne fonça vers la porte.

Béa la referma juste à temps. « Bon, il faut maintenant que je la nourrisse.

— Viens près de la fenêtre… Je voudrais te regarder. » Jean-Patrick attrapa les pans de son châle en la tirant vers lui. À travers les lattes, le soleil dessinait des lignes de lumière et d'ombre sur son chemisier. Il lui retira son châle. La chienne mordilla un pied du lit. Béa attrapa un stylo sur le bureau et le lui lança. « *Aye-yay*, arrête ! »

Jean-Patrick l'enlaça par la taille. « Elle ou moi ?

— Tous les deux ! » répondit Béa en riant.

Jean-Patrick commença à l'embrasser sous le menton, la couvrit de petits baisers en descendant à la base de son cou. Puis il souleva la chaîne et lui mordilla la peau. Le désir lancinant qu'il ressentait redoubla d'ardeur.

« Ce n'est pas le bon moment, dit Béa. Je ne peux pas.

— Qu'est-ce que tu veux dire ? » Sa voix était rauque, comme si le désir lui coinçait le larynx.

« Je risquerais de tomber enceinte.

— Alors c'est encore mieux… » Il défit un bouton de son chemisier, puis un deuxième. « Si ton ventre s'arrondit, tu devras m'épouser.

— Je suis sérieuse… On ne peut pas faire ça. »

Néanmoins, quand il l'embrassa, elle lui rendit son baiser. Il finit de déboutonner son chemisier et le fit glisser sur ses épaules. Elle tortilla ses bras, et il tomba sur le sol dans un bruissement. Des rais de lumière striaient sa poitrine, le bout sombre de ses seins. Jean-Patrick s'agenouilla, défit son pagne et lui baissa ses leggings en dentelle. Elle fit un pas de côté pour s'en libérer. Tout doucement, il effleura les motifs géométriques sur sa peau, d'abord du bout du doigt, puis avec sa langue.

LIVRE III

LA MORT A FAIM

Urupfu rurarya ntiruhaga.
La mort mange sans être jamais rassasiée.

24

Le lendemain matin, Jean-Patrick partirait à Cyangugu passer la journée en famille. Au plus noir de la nuit, Roger arriverait avec ses amis. Ils marcheraient en silence vers le lac sous un ciel chargé de nuages, sans clair de lune pour les guider. Ils se serreraient dans les bras. Oncle Emmanuel refuserait d'abandonner sa terre, tout comme Tante Esther son mari. Jean-Patrick et Roger tâcheraient de les convaincre et, une fois tout le monde monté dans le bateau, Emmanuel demanderait à Jean-Patrick de partir avec eux. Sa réponse serait non. Bien que l'idée de défier l'homme qui avait été son père et de dire adieu à sa famille lui fendît le cœur, il ne renoncerait pas à son rêve. Emmanuel finirait par le comprendre, il le savait.

Dès qu'il fermait les yeux, Jean-Patrick imaginait la scène, si proche qu'il aurait pu prendre chaque membre de sa famille dans ses bras, sentir la pression de son étreinte et son haleine tiède sur sa peau. Ce qui l'embêtait le plus, c'était le dernier moment, après qu'il aurait dit à son oncle qu'il n'avait pas l'intention de partir. Il voyait Emmanuel, un pied déjà dans le bateau. De quel côté se tournerait-il ? Y avait-il une chance qu'il y mette l'autre pied, attrape sa femme par le bras et la fasse monter elle aussi ? Ou bien feraient-ils demi-tour et remonteraient-ils le chemin ensemble, main dans la main ?

Chaque fois qu'il essayait de penser à autre chose, cette image lui revenait. Il ne pouvait pas se résoudre à retourner à Butare à ce moment de sa vie qu'il appelait son moment à lui. Il aurait aussi bien fait de s'en tenir au premier plan de Roger et de vivre la scène pour de bon au lieu de se torturer à attendre et à imaginer, à imaginer et à attendre.

Assis à la table du dîner, il regarda le match de la Coupe des Nations du coin de l'œil. Au moins le football arrivait-il à le distraire du méli-mélo de ses pensées. Michel Bassolé, son joueur préféré, venait de marquer le deuxième but de la soirée en faveur de la Côte-d'Ivoire. La partie était encore serrée. Jean-Patrick espérait la victoire des francophones. Jusque-là, le match avait été très excitant.

La soirée était censée être une fête en vue d'initier Jonathan et Susanne à célébrer Pâques à la rwandaise, mais Jean-Patrick n'arrivait pas à se concentrer sur l'instant présent. Avant le dîner, alors qu'ils s'étaient assis tous ensemble pour regarder le match, il avait eu beau sentir la cuisse de Béa contre la sienne, il n'y était pas parvenu. Et quand Ineza les avait appelés pour passer à table, il n'avait pas eu envie de bouger.

Jonathan et Niyonzima discutaient de politique. Habyarimana était allé à Dar es-Salaam signer l'accord de paix final avec le FPR. À cette heure, il était dans l'avion qui le ramenait au Rwanda.

« Ça va être un tournant décisif, tu ne penses pas ? demanda Jonathan. Les partis de l'opposition se sont assis autour d'une même table et ont trouvé un accord. Habyarimana a tenu tête aux extrémistes en optant pour un compromis. » Personne ne réagit. Jonathan tripota sa fourchette. « Ce que je veux dire, c'est que, cette fois, la porte est ouverte à la paix, non ? Même le président du Burundi s'est assis à la table. »

Une fois de plus, Jean-Patrick s'autorisa à y croire. Si le souhait de Jonathan se réalisait, le plan de Roger serait annulé, et les Tutsis pourraient recommencer à vivre en paix auprès de leurs voisins hutus. Peut-être y aurait-il une déclaration ce soir-là à la télévision, après que le président aurait atterri.

Béa secoua la tête. « Combien de fois a-t-on pensé ça pour finalement voir nos espoirs piétinés par une meute déchaînée ? »

Jean-Patrick reporta son attention sur l'écran. Assez… C'en était assez. À cette seconde, il ne désirait qu'une chose : fuir ses pensées confuses en s'absorbant dans un match de niveau mondial. Claire vint débarasser, puis apporta des fruits, du café et du thé. Il était fatigué d'avoir couru – douze kilomètres de jogging, un aller-retour depuis le Musée national, suivi de huit tours de piste au stade. Les deux verres de vin qu'il avait bus lui étaient montés à la tête et ses paupières se fermaient malgré lui. La Coupe des Nations joua les prolongations ; il allait proposer qu'ils regardent la fin du match quand soudain l'écran devint tout blanc.

« Qu'est-ce qui se passe ? » s'étonna Niyonzima. Ce n'était pas une panne de courant. Il se leva en s'aidant de sa canne et passa dans le salon. Il tapa sur le poste de télévision, l'éteignit et le remit en marche deux fois de suite. L'écran s'alluma – il y avait bien de l'électricité –, mais il n'y avait toujours pas d'image. Le poste n'aurait pas pu les lâcher à un plus mauvais moment. « Il est cassé ? » demanda Jean-Patrick.

Béa mit la radio qui diffusait de la musique classique. « C'est bizarre », dit-elle. Elle passa de Radio Rwanda sur RTLM. La diatribe habituelle se déversa dans les haut-parleurs. Puis la même musique passa à la télévision dont l'écran demeurait obstinément blanc.

« Non, il n'est pas cassé, dit Béa. Il a dû se passer quelque chose à Kigali. »

Les inyenzi-inkotanyi *ont tué notre président bien-aimé. Et maintenant ils veulent vous tuer. Hutus, nous vous demandons d'organiser des patrouilles, comme vous l'avez déjà fait. N'oubliez pas d'utiliser vos outils habituels. Défendez-vous.*

Fouillez la brousse, les maisons et les marais, érigez des barrières pour que rien ne puisse s'échapper.

Tels furent les propos éructés sur RTLM tandis que se levaient les lueurs grises d'une aube brumeuse. L'annonce avait eu lieu la veille au soir. L'avion du président Habyarimana s'était écrasé avant l'atterrissage, il avait été abattu et il n'y avait aucun survivant. Pour la première fois au Rwanda, la radio ne s'interrompit pas à dix heures et tout le monde était resté dans le salon la nuit entière à l'écouter. Il n'avait pas fallu longtemps avant qu'on accuse le FPR, la Minuar, ainsi que l'ensemble des Tutsis. À dix heures, on déclara le couvre-feu. Toute personne qui violerait la consigne serait exécutée.

« Comme c'est commode ! commenta Niyonzima d'un air sinistre. Il suffit d'enfoncer les portes et de tirer. » Jean-Patrick devina qu'il pensait à ses amis et collègues.

Malgré l'interdiction de sortir, Jonathan et Susanne étaient rentrés chez eux à minuit, inquiets pour Amos. Il devait revenir de vacances le soir même, or ils avaient appelé à plusieurs reprises sans obtenir de réponse. Dès qu'ils furent arrivés, ils téléphonèrent pour dire qu'il était là, endormi dans sa hutte, et qu'ils n'avaient pas eu le cœur de le réveiller. Depuis, ils appelaient toutes les heures pour demander s'ils pouvaient faire quelque chose. Au milieu de ce maelström se produisaient des petits miracles : les communications continuaient à fonctionner et le courant n'était pas coupé.

La télé était allumée, sans le son, montrant des scènes que même dans ses pires cauchemars Jean-Patrick aurait été incapable d'imaginer. Sur toutes les routes avaient été mis en place des barrages, certains avec seulement trois branches ou des caisses de bouteilles de bière. Les *interahamwe* et leurs escadrons massacraient de façon méthodique et mécanique. Machettes et lances, matraques et massues s'abattaient en rythme comme pour frapper des sacs de grain. Des voitures et des camions abandonnés ou écrasés brûlaient. Les cadavres s'entassaient au bord de la route, gisant bras et jambes écartés dans un bain de sang. Des vêtements et des affaires éparpillés jonchaient les rues.

Les incantations de RTLM bourdonnaient dans son crâne. *Voici les noms des traîtres du FPR. Vous devez agir très vite ! Forcez-les à sortir !*

« On devrait partir tout de suite », dit Ineza. Pour la première fois, Jean-Patrick vit la terreur dans ses yeux.

Niyonzima s'appuya sur sa canne et se leva avec raideur pour la réconforter. Il s'agissait évidemment d'un vœu impossible. Ils n'avaient plus de voiture, et Niyonzima pouvait à peine marcher. « Ici, on est en sécurité, assura-t-il. Notre préfet tutsi est là pour nous protéger. On le connaît suffisamment… Il a souvent partagé nos repas et notre hospitalité. Jamais il ne cédera à cette folie… » Ineza lui tapota la main, un geste que Jean-Patrick jugea toutefois dénué de conviction.

Le jour se leva, humide et morne, sous une pluie grise comme un pansement. Niyonzima se tourna vers lui, le regard vitreux. « Est-ce que je peux téléphoner à quelqu'un à Cyangugu ? »

À Uwimana, bien sûr… Sauf que Jean-Patrick n'avait jamais eu de raison de noter son numéro. Rutembeza devait le connaître, seulement il était parti. En raison des vacances de Pâques, il n'y avait personne à la fac. Les pensées lui venaient par bribes, dans une sorte d'hébétude. On était aujourd'hui jeudi. Il aurait dû être à Cyangugu. Les amis de Roger étaient supposés emmener sa famille à l'abri. Trop tard, il était trop tard… Désespéré, Jean-Patrick ne pouvait que prier pour que le plan de Roger se réalise sans lui.

« Non, répondit-il. Personne. »

Brusquement, Ineza fit un geste vers la télévision avant de s'évanouir. Béa poussa un cri et l'étendit sur ses genoux. Sur l'écran, des hommes torse nu étaient penchés au-dessus d'une femme enceinte, la lame de leur machette sur son ventre dénudé.

Claire venait d'arriver de la cuisine. « On est tous morts ! » s'écria-t-elle. Elle s'agenouilla à côté de Béa et posa la main sur le front d'Ineza. « Niyonzima – *muzehe* –, je t'en supplie... Éteins ce poste pour que ta femme revienne parmi les vivants et ait quelques secondes de paix ! »

Le temps s'étira. Ils restèrent collés à la télévision comme des mouches hypnotisées par une flamme mortelle. À chaque fois que Patrick se détournait, ses yeux revenaient sur les massacres. Ineza, assise près de lui, était emmitouflée dans son châle. La tasse de thé à laquelle elle n'avait pas touché refroidissait sur la table. La pluie martelait les carreaux. Combien de temps allait durer ce cauchemar ? Jean-Patrick se leva pour se dégourdir les jambes, puis revint s'asseoir. Tous les muscles de son corps le mettant au suplice, il se releva d'un bond.

« J'ai des papiers d'identité hutus à la fac... Je vais les chercher. Il faut absolument que j'aille à Cyangugu.

— Mon pauvre* ! s'exclama Ineza. Une fois que tu auras quitté la sécurité de Butare, tu crois que tu iras jusqu'où avant qu'on ne t'attrape ? Long et maigre comme tu es, qui dans cette meute en furie te prendra pour un Hutu ? Tu n'as pas entendu ? Aux barrages, ils inspectent les doigts, obligent les gens à remonter leur pantalon pour voir leurs chevilles...

— Maman a raison, renchérit Béa en se glissant sous le châle de sa mère. Tes papiers hutus ne te serviront à rien. »

Jean-Patrick sentit la peur vibrer entre elles deux. Et d'un seul coup, il comprit : avec son front haut, ses mains fines d'artiste et sa peau dorée, sa carte hutue serait tout aussi inutile à Ineza ; son sang irait se mêler au sien dans la rue.

Il plut toute la matinée. Des flaques s'étaient formées dans le jardin, et le ciel était si bouché qu'il était impossible de dire l'heure qu'il était. En haut du mur, les dents de verre grinçaient en râpant la brume. Au début de l'après-midi, un air traditionnel entraînant interrompit les divagations vociférées sur RTLM. À la fin de la chanson, l'animateur reprit le micro. *Le Premier ministre, la traîtresse Agathe Uwilingiyimana, n'est plus en fonction. Elle a été tuée. Nous connaissons nos ennemis et nous les débusquerons.* L'armée rwandaise avait également capturé les dix soldats belges chargés de sa protection. Ils avaient été conduits dans un camp militaire où ils avaient été frappés à mort. *La Minuar fuira bientôt de terreur, la queue entre les jambes, et ensuite le reste des Blancs suivra. Bientôt, il ne restera plus personne pour nous juger. Nous accomplirons notre tâche avec leur bénédiction.*

Peu après furent annoncées de nouvelles exécutions : celles des candidats à la présidence du gouvernement de transition, des chefs de partis de l'opposition et du président de la Cour constitutionnelle qui aurait fait prêter serment au nouveau président.

« Le Seigneur nous vienne en aide ! murmura Ineza. Nous venons de plonger en enfer. » Elle se mit à pleurer sans même se cacher. Jean-Patrick eut honte de ne pas trouver à verser la moindre larme.

En fin d'après-midi, la radio rapporta que des tueries avaient eu lieu à Giyensi. À Byangabo, Busogo et Gikongoro. À Kivumu, Murambi, Mudende et Ruhuha.

« Mon Dieu... En dehors de Butare, il ne reste plus un endroit dans ce pays qui soit sans risque ou qui n'ait pas perdu la tête ! » dit Béa.

Vinrent ensuite les rapports sur les massacres perpétrés à Cyangugu. La tête dans les mains, Jean-Patrick écouta les noms jusqu'à ce que l'envie de bouger l'oblige à se lever. L'absence de sa famille sur les listes lui apporta une piètre consolation. Il s'échappa sous la pluie, courut en rond dans le jardin jusqu'à ce qu'il soit trempé jusqu'aux os, mais il n'arrivait pas à courir assez vite pour se défaire de sa culpabilité. Il rentra et se planta devant le feu en frissonnant.

Béa vint à ses côtés ; il la prit dans ses bras. « Mon frère, Roger… Il ne travaille pas au Kenya. Il se bat avec le FPR. »

Elle hocha la tête et voulut réagir, mais il posa un doigt sur ses lèvres avant qu'elle ait pu dire quoi que ce soit.

« Je te connais suffisamment pour avoir vu que tu doutais de mon histoire », reprit-il. Il lui parla de sa dernière rencontre avec son frère, de son plan d'organiser la fuite de sa famille. « Si seulement je n'avais pas été aussi égoïste, si je n'avais pas réclamé un jour de plus… Si j'avais écouté avec plus d'attention et cru à ce qu'il me racontait, j'aurais été là mercredi pour convaincre mon oncle. Et si j'avais été là, j'aurais su à l'instant même que notre famille était à l'abri. J'y aurais veillé. » *Si, si, si.* Une succession de *si* aussi interminable qu'inutile.

Béa lui prit les mains et les plaqua sur ses joues. « Tu ne peux pas te le reprocher. Aucun d'entre nous n'aurait pu prévoir *ça*. »

Niyonzima était occupé à téléphoner à des journalistes et à des amis en Europe. Il fallait qu'on leur envoie des soldats ; que quelqu'un les sauve de cette folie. Il voulut appeler à Kigali, mais n'obtint aucune réponse. Probablement aucun de ses amis n'était plus là pour répondre. Jonathan téléphona pour les informer qu'il était en contact permanent avec l'ambassade américaine, et que ce n'était plus qu'une question de temps. Le monde n'allait pas rester sans rien faire. Il rappela plus tard pour dire qu'il essayait encore et promit qu'il ne partirait pas, que, quoi qu'il advienne, il ne les abandonnerait pas.

« Il faut manger, dit Claire en apportant des plats qu'elle disposa sur la table.

— Merci. » Béa la berça doucement dans ses bras. « Tu nous sauves. »

La nuit tombait. Ineza se leva et ferma les rideaux. RTLM éructait en arrière-fond, une force trop puissante pour lui résister. *On a découvert des* ibyitso *du FPR cachés dans la maison d'un homme d'affaires tutsi. On les fait griller à l'instant même. Ils sont en train de brûler.*

Jean-Patrick se boucha les oreilles. « Je ne devrais pas rester ici. Je vous mets tous en danger. Je vais aller à l'église ou ailleurs chercher refuge. Je connais tous les petits chemins…

— Ne dis pas de bêtises ! rétorqua Niyonzima. Avec ma politique, crois-tu que je ne suis pas autant que toi un homme mort ? » Il se leva péniblement. « Mais arrêtons de parler de ça. Claire a eu la gentillesse de nous préparer un repas. » Il avança la main pour éteindre la radio, mais le message qu'était en train de délivrer le présentateur l'arrêta.

Nous vous donnerons les noms des traîtres à mesure que nous les connaîtrons. Nous vous dirons comment les trouver. Nous vous dirons lesquels nous avons déjà débusqués et exécutés.

Le présentateur énuméra ensuite des noms comme s'il donnait des résultats sportifs. Niyonzima monta le son. Il gémit en entendant citer plusieurs de ses amis. Ineza sursauta lorsque fut mentionné celui de son cousin. Puis ce fut au tour de Pascal et de Daniel.

Seul dans la chambre de Béa, Jean-Patrick n'arrivait pas à dormir. Dès qu'il fermait les yeux, il revoyait Daniel devant la fenêtre, le bout de sa langue semblable à une petite baie, l'oreille tendue vers le rire d'une femme dans la nuit.

La maison vibrait de silence. Jean-Patrick guetta un bruit sur la route, un bourdonnement d'insecte dans la brousse. Rien ne bougeait. Pas un chien n'aboyait, pas un oiseau ne chantait. Même la terre semblait retenir son souffle. Le monde tournait sur son axe, le centre de gravité faussé. Et d'un seul coup, il eut une idée : il pouvait courir. Ces longs mois passés à s'entraîner en évitant les postes de contrôle et en se cachant avant le lever du jour lui avaient appris quels chemins emprunter. Il n'aurait qu'à aller dans les marais. Se frayer un chemin dans la vase au milieu des *urubingo*, des palmes coupantes des *umunyeganyege* et de l'épaisseur étouffante des papyrus. Passer au Burundi. Prendre Béa par la main en laissant toutes ces horreurs derrière lui.

À mesure que le temps passait, Jean-Patrick se sentait comme un animal en cage arpentant les limites de son enclos. Une énergie nerveuse lui agaçait les mollets. Il fit des pompes dans la chambre de Béa jusqu'à ce que ses bras ne puissent plus le soutenir, suivies d'une série d'abdominaux à en avoir mal au ventre. Le temps ne se divisait plus distinctement entre le jour et la nuit. Avant de s'écrouler sur son lit, il alla derrière la porte de la chambre écouter la respiration paisible de Béa qui dormait à côté de sa mère, le tic-tac de sa vie lui servant d'horloge permanente.

Confiné dans son bureau, Niyonzima parlait au téléphone d'un ton bas enjôleur. Il y dormait de façon à rester en contact avec le monde à n'importe quelle heure. À Kigali, la liste de ses amis se rétrécissait. Un à un, il entendait prononcer leur nom sur RTLM. En Europe, ses contacts s'excusaient en affirmant qu'ils ne pouvaient rien faire. Ils continueraient à essayer, mais personne ne voulait les écouter. Le Rwanda n'avait ni pétrole ni intérêt stratégique, ni diamants ni or.

Niyonzima avait bien tenté d'obtenir des informations à Cyangugu, seulement aucune des personnes qu'il connaissait là-bas ne pouvait sortir. La pluie avait rendu les routes impraticables. Désespéré et impuissant, Jean-Patrick ne pouvait que prier pour qu'Imana ait eu pitié et que, d'un souffle de vent, il ait poussé les siens sur le fleuve jusqu'au Burundi.

Butare demeurait un îlot de calme précaire dans un océan de complète folie. Le préfet tutsi avait appelé les Hutus et les Tutsis à patrouiller ensemble en vue de tenir les tueurs à l'écart. *Amahoro n'ubumwe* – paix et unité –, tel était le message. Du moins pour l'instant...

Le troisième jour, Jean-Patrick se réveilla et alla s'asseoir au coin du feu, convaincu que le coach serait le seul en mesure de l'aider. Claire arriva de la cuisine et frappa à la porte de Niyonzima. « Il n'y a plus de lait, plus de margarine... Et à partir de demain, nous n'aurons plus de pain. J'ai sacrifié le coq que préférait ma fille, elle a beaucoup de chagrin. »

La porte arrière s'ouvrit à toute volée et les enfants entrèrent en courant. Le petit garçon brandit un bâton comme un fusil en s'écriant : « Serpent de Tutsi, je vais te tuer ! » Sa petite sœur éclata de rire.

« *Mana yanjye !* se fâcha Claire en donnant une tape sur la tête de son fils. Je ne veux plus jamais t'entendre parler comme ça !

— Ce n'est pas leur faute », plaida Niyonzima. Il sortit de son bureau et serra l'enfant en larmes contre lui. Le fusil-bâton tomba sur le sol. « Ils n'entendent que ça jour et nuit. » Il relâcha le petit garçon et lui remonta son short. « Ça ne peut plus durer très longtemps... Ils vont bien devoir nous laisser aller au marché. En attendant, il faut qu'on vive de ce qu'il y a dans le jardin et du peu qui nous reste. » Lorsqu'il retourna dans son bureau, Jean-Patrick le retint.

« Oui, entre, je t'en prie », dit Niyonzima.

Ils en passèrent par le rituel indispensable de la conversation courtoise. « J'ai réfléchi, dit alors Jean-Patrick. Depuis la mort de Papa, le directeur de l'école à Gihundwe a été pour moi comme un père. Il est possible qu'il ait des nouvelles de ma famille. Si j'arrivais à joindre mon coach, il pourrait sûrement me donner son numéro. Rutembeza était préfet de discipline, du temps où j'étais là-bas. »

Un voile assombrit le visage de Niyonzima. Il s'appuya sur l'épaule de Jean-Patrick, et ils allèrent ensemble dans l'entrée. « Il est très probable que ton directeur soit retourné à l'école. J'imagine que les Tutsis ont dû affluer pour demander protection, surtout si l'on sait que c'est un brave homme… Laisse-moi boire du thé et manger quelque chose. Ensuite je chercherai le numéro et je l'appellerai. »

Une minuscule graine d'espoir prit racine dans l'esprit de Jean-Patrick – pourquoi n'y avait-il pas songé plus tôt ? Oncle Emmanuel connaissait tous les sentiers de la brousse. Même s'ils n'avaient pas quitté Cyangugu, il avait pu emmener tout le monde à l'abri à Gihundwe. Ils avaient déjà vécu cette situation. Et puis ils étaient forts. Ils savaient comment réagir.

Claire se débattait avec un tas de petit bois. Jean-Patrick, qui était en train de lire en attendant que Niyonzima téléphone à Gihundwe, se leva d'un bond pour aller l'aider. Niyonzima lui avait demandé de venir, mais il avait refusé. Il préférait lui laisser le temps de se ressaisir au cas où on lui apprendrait de mauvaises nouvelles.

« Attends, laisse-moi t'aider », dit Jean-Patrick. Il se pencha pour la débarrasser de sa charge, mais Claire tremblait tellement que les branches tombèrent par terre.

« Je suis désolée, dit-elle, les joues striées de larmes.

— Pas de problème… Je vais balayer. Je suis content d'avoir quelque chose à faire, dit-il en lui touchant doucement l'épaule. Ce n'est rien… Ne pleure pas.

— Ceux qui font ça, ce n'est pas mon peuple, sanglota Claire. Le Seigneur puisse leur pardonner leur méchanceté ! »

À genoux comme un suppliant, Jean-Patrick ramassa le bois en pensant : *Imana yirwa ahandi igataha i Rwanda* – où que Dieu passe la journée, il rentre dormir au Rwanda. Mais peut-être que, comme le coach, Imana avait eu un problème… Il se demanda s'il lui arrivait encore de rentrer ou si, comme le reste du monde, il avait oublié le Rwanda. Et brusquement, comme si quelqu'un venait de lui donner une gifle, il se mordit la langue. « Imana, pardonne-moi mon mauvais esprit d'incroyant », dit-il dans un murmure.

Niyonzima sortit de son bureau. « J'ai eu Gihundwe, et, en effet, Uwimana est bien là. La femme qui a répondu m'a dit que les salles de classe étaient pleines de réfugiés et qu'il y avait de nombreux blessés. Elle était partie le chercher quand la communication a été interrompue. J'ai réessayé, mais sans succès. » Le regard dépité de Jean-Patrick n'échappa pas à Niyonzima. « Ne t'inquiète pas, ajouta-t-il. Désormais, c'est comme ça que marche le téléphone. Ne perds pas espoir. Dans les écoles, les gens ne risquent rien. Si ta famille se trouve là-bas, elle est en sécurité. »

Jean-Patrick pensa à des équations et à des démonstrations mathématiques, à des symboles tracés à la craie sur un tableau noir, à toute cette vie qui n'était plus la sienne. Était-ce *si* ou bien *si et seulement si* ?

La pluie avait cessé, mais de grosses gouttes dégoulinaient des arbres dans l'allée. Jean-Patrick transforma le bruit de la radio en bruissement de pluie, l'effaça en se concentrant sur son propre bourdonnement intérieur. Il s'assit par terre en tailleur devant le jeu d'*igisoro* posé sur la table basse. Niyonzima lui avait appris comment jouer, mais il n'était pas très doué et n'arrêtait pas de se faire piquer ses graines dans ses cases.

« Tu croyais que l'*igisoro* était un jeu pour les vieux ? lui lança Ineza qui était en train de tresser les cheveux de sa fille. Ce n'est pas si simple que ça en a l'air…

— Aïe, Maman ! Ça tire… » Une odeur de fleurs s'échappait des cheveux de Béa. La pommade à la noix de coco brillait sur les doigts d'Ineza.

Comme c'était bizarre ! songea Jean-Patrick. Si un étranger avait été soudain parachuté du ciel et avait atterri dans cette pièce, la scène lui aurait évoqué un jour paisible dans la vie d'une famille rwandaise. Sans deviner qu'ils se livraient à ces activités banales comme on s'accrocherait aux débris d'une épave au moment du déluge final.

Aux premières heures du premier jour, Jean-Patrick s'était dit que, peut-être, les massacres ne s'étendraient pas au-delà de Kigali. Puis il avait espéré, attendu et prié pour que le FPR soit victorieux ou que la Minuar prenne les armes et écrase les extrémistes. Quand des Belges avaient été tués, il avait été persuadé que l'Occident ne laisserait pas le massacre des siens impuni. Sa vision des Américains atterrissant à l'aéroport était si précise qu'elle lui procurait un sentiment de joie et de soulagement.

Aujourd'hui, les tueurs eux-mêmes étaient venus s'exprimer sur RTLM. Un homme de Nyakizu, au sud de Butare, s'était vanté que son groupe avait capturé huit Tutsis sur la route du Burundi. Ils les avaient torturés avant de les tuer et avaient laissé leurs cadavres pourrir sur place – un message adressé à tous les Tutsis qui envisageraient de fuir le pays.

Jean-Patrick rêvait qu'il pêchait en compagnie de son oncle. Le soleil se reflétait sur le lac Kivu comme des milliers de diamants. La voix qui l'appelait devint celle de Mathilde. Elle lui avait fabriqué un autre chien, pas plus gros que l'ongle du pouce. Alors qu'elle se tenait sur le rivage et le lui tendait, il prenait vie et grossissait, puis sautait en lui échappant des mains. Au moment où elle poussa des cris de joie, il pensa à Miseke, la Fille de l'Aube, dont le rire se transformait en perles. « Jean-Patrick ! » appela-t-elle.

Le petit chien aboya. Les aboiements se transformèrent en coups frappés à la porte. « Jean-Patrick, réveille-toi ! Jonathan est là… On est libres de sortir et d'aller au marché. Le préfet a déclaré que Butare était sans danger… » La voix était celle de Béa, mais, derrière la fenêtre, le délice était toujours là, sans nuances.

Jean-Patrick se frotta le crâne. Il se redressa, remonta le pantalon de survêtement de Niyonzima trop grand pour lui, puis alla à la fenêtre. Derrière les volets, les enfants de Claire couraient dans l'herbe mouillée.

« Jean-Patrick... tu as entendu ?

— Oui. J'arrive.

— La liberté ! s'exclama Béa lorsqu'il sortit de la chambre. Je vais voir si le Rwanda existe encore ou si on a été éjectés de la Terre et propulsés dans une autre galaxie... »

Jean-Patrick embrassa Jonathan. « Ça fait des jours et des jours qu'on ne s'est pas vus. » Son ami avait l'air abattu ; des cernes sombres soulignaient ses yeux.

« C'est bon de te voir, dit Jonathan en le serrant dans ses bras. Comment ça va ?

— On se débrouille... » Que dire d'autre ?

« Je suis venu voir si je pouvais vous accompagner en ville en voiture. C'est peut-être... plus sûr. »

Jean-Patrick fixa la porte comme si c'était une chose bizarre dont il ne savait plus trop à quoi elle servait. Son espoir quasi mort se réveilla. « Comment va Susanne ?

— Elle se débat un peu, mais elle est solide. Elle est à la maison avec Amos. »

Ineza entra avec du thé et un paquet de biscuits belges. « Un trésor dissimulé au fond du placard. » Béa battit des mains, et sa joie spontanée rappela à Jean-Patrick celle de la petite Mathilde.

Niyonzima sortit de son bureau et éteignit la radio. « Que diriez-vous d'un peu de tranquillité pour fêter nos retrouvailles ? »

Ils prirent place autour de la table. Le thé, allégé et saupoudré de lait en poudre, fumait dans les tasses. Jean-Patrick y trempa un biscuit croquant qu'il savoura en plusieurs bouchées. Il songea aux ours des climats froids qui sortent d'une longue hibernation et clignent des yeux en redécouvrant la lumière.

Première chose, il allait retourner au campus. Après quoi il irait voir si Rutembeza était rentré. Il dressa mentalement la liste de tout ce qui lui avait manqué : ses nouvelles baskets Puma et ses tenues de sport, son survêtement et ses livres. Des jeans et des chemises, le bandana d'Inaka, la photo de Paul Ereng avec la carte hutue glissée derrière le cadre. Il se demanda s'il était censé revenir au dortoir, si la crise à Butare était passée et s'il pouvait reprendre sa vie normale. Il aurait voulu enfouir ce cauchemar dans le gouffre de l'oubli, cependant, il savait bien que ce serait impossible. Dès qu'il entrerait dans la chambre et se retrouverait devant le lit vide de Daniel, son esprit, son *umuzimu* sans repos, l'envelopperait.

Béa ramassa des miettes du bout du doigt et les mit dans sa bouche. Ému par son geste, il repensa à la première fois où ils avaient partagé un gâteau à l'*Ibis* et où il avait observé le même rituel tandis qu'un soleil éclatant inondait la nappe. La semaine passée, la présence de Béa était devenue une partie de lui tout autant que son bras, sa jambe ou ses battements de cœur. C'était arrivé progressivement et de façon naturelle, et il ne pouvait plus imaginer s'en passer. Pas même une heure.

Jonathan le déposa sur la route de l'université. La pluie avait repris. De l'eau ruisselait des branches, des fleurs enroulées des poinsettias et des flamboyants. La route toujours si pleine de couleurs et d'animation était déserte. Jean-Patrick eut l'impression d'aborder sur un étrange rivage abandonné.

« Tu es sûr que tu veux faire ça tout seul ? demanda Jonathan.

— Oui, ça ira.

— On peut t'emmener… Il faudrait que je passe à mon bureau, et il va pleuvoir à torrents d'une seconde à l'autre. »

Jean-Patrick se tourna vers la grille. Des militaires bardés de mitraillettes étaient postés devant la maison du gardien. Il ne sut s'il devait s'en effrayer ou se sentir rassuré. « J'ai besoin de marcher. Il n'y a que comme ça que j'arrive à réfléchir. Et si jamais il le fallait, je sais où me cacher.

— Sois prudent », lui dit Béa. Ses cheveux nattés brillaient. Elle lui effleura les doigts. « Tu vas revenir, dis ?

— Tant que je serai le bienvenu.

— Évidemment que tu l'es ! Tu fais maintenant partie de la famille. »

Il essaya de ne pas trembler lorsqu'il présenta ses papiers au soldat. Le vieux gardien aux yeux chassieux n'était plus là. Des militaires gardaient la grille.

« Tu n'es pas sur la liste... Tu ne peux pas passer.

— La liste ? répéta Jean-Patrick, la gorge nouée d'angoisse.

— Ton nom n'est pas sur la liste des étudiants inscrits sur le campus », expliqua le soldat en agitant une liasse de documents.

Une main lui tapa dans le dos. « Hé, laissez-le passer ! C'est ce célèbre athlète... » Jean-Patrick se retrouva face au militaire du poste de contrôle de Cyangugu, celui qui s'était toujours montré amical. « Alors, le poulain de Rutembeza... *Amakuru* ? – quoi de neuf ? » Il se tapota le ventre et prit ses papiers au soldat. « Ce garçon est en règle. Souvenez-vous bien de lui : il va aller aux jeux Olympiques ! » Il rendit sa carte à Jean-Patrick. « Hé, mais tu es fou ! Par ce temps de chien, tu n'as que ce petit blouson ? Comment va ton coach ? Dernièrement, on n'a pas eu de nouvelles.

— Il va bien, merci. Je le saluerai de votre part. » Ses mains tremblaient tellement qu'il dut s'y reprendre à trois fois pour remettre ses papiers dans sa poche. Il remonta l'allée en joggant, mais ses jambes partaient dans tous les sens, signe d'un profond trouble. C'était à peine s'il arrivait à mettre un pied devant l'autre.

Sur le campus, aussi désert que les routes, se déplaçaient seulement des fantômes. Une fille à l'allure familière arriva de la cafétéria en marchant à grands pas. Jean-Patrick reconnut Valérie, la dernière fille dont Daniel était tombé amoureux, la dernière sur la longue liste de femmes qu'il avait eu l'intention d'épouser. Il lui fit signe. Elle le fixa d'un regard sans expression sous sa casquette au logo d'un parti extrémiste hutu.

« Comment vas-tu ? » Il lui tendit la main, mais elle refusa de la prendre. « Je vois que tu as changé de camp, observa-t-il en montrant sa casquette. Tu n'es plus au Parti libéral ?

— Les temps changent... On s'est tous rassemblés pour le bien commun des Hutus. Qu'est-ce que tu veux ? »

Jean-Patrick la dévisagea à son tour. « Mon ami Daniel... On avait dîné ensemble, avec toi et ta copine. Tu étais assise à côté de lui. Tu es au courant qu'il a été tué ?

— C'était un *icyitso*. Il méritait de mourir. Tout comme toi. »

Jean-Patrick observa son air impassible en s'efforçant d'y déceler une once d'humanité. « Il avait dix-huit ans... Il voulait devenir médecin pour aider les gens. Il n'avait pas une seule mauvaise pensée. Que sont devenus tes beaux discours sur l'unité et la justice ? »

Elle haussa les épaules. « On ne laissera plus les Tutsis faire de nous des esclaves. Et si pour ça on doit tuer, on tuera ! On s'adapte à la situation comme on estime qu'il le faut. » Elle tourna les talons et s'éloigna dans l'allée.

« *Yego*, dit Jean-Patrick dans le vide. Comme on estime qu'il le faut. »

Sur le seuil de la chambre, il contempla ce qui restait de son univers – tessons de verre, éclats de bois, quelques vêtements déchirés... La porte de guingois ne tenait plus que sur un gond et des rafales de pluie s'engouffraient par la vitre brisée. Les meubles, leurs habits, leurs livres, tout avait disparu. Par terre, au milieu de la pièce, on avait allumé un feu pour brûler ses affaires et celles de Daniel, les rares qu'on avait jugé inutile d'emporter.

Dans la cour, un étudiant passait de temps à autre. Des bribes de RTLM résonnaient dans le silence, hachées, décousues. *Les* inyenzi *disparaissent. Ils disparaissent peu à peu à mesure que les bombes continuent à tomber sur eux.* Les paroles haineuses de la chanson de Simon Bikindi firent vibrer les murs des dortoirs. Lorsque Jean-Patrick ressortit, du verre craqua sous ses pieds. Une odeur de fumée et de cendre froide imprégnait l'atmosphère. Sur le mur, quelqu'un avait écrit : *TUBATSEMBATSEMBE !* – Tuez-les tous ! La peinture avait coulé en formant une flaque rouge sur le sol.

Alors qu'il cherchait frénétiquement quelque chose à récupérer au milieu de ce désastre, il se planta un bout de verre dans la main. Sous les restes carbonisés, il aperçut un morceau du cadre de la photo de Paul Ereng et des pages calcinées du journal de son père. En retournant les débris, il trouva la carte hutue, recroquevillée telle une carapace d'insecte. Elle était ouverte sur la photo ; ses yeux tristes et noircis le fixaient. Il l'épousseta et la mit dans sa poche, ainsi que le morceau de cadre, un passage encore lisible du journal de son père et une page du manuel de physiologie de Daniel, sur laquelle il avait noté de son écriture maladroite : *Tibia = os flûte !*

Avant de sortir, il aperçut un short abandonné dans un coin de la chambre. Son short Puma blanc avec la rayure rouge, un dernier vestige de son rêve. Bien que sale et piétiné par des pieds boueux, il était encore entier – et récupérable. Il s'en servit pour se bander la main.

Jean-Patrick entendit des sifflets, un son aigu. Sa peau se glaça. Dans la cour, une fille surgit en courant à longues foulées et en balançant les bras en cadence. Avec une sensation de vide au creux du ventre, il reconnut Honorine, la coureuse de fond. Une bande de types la poursuivaient en dérapant dans l'herbe mouillée. Une bouteille l'atteignit derrière la tête, mais elle continua à courir. Parmi la bande, il reconnut plusieurs amis et coéquipiers près desquels il s'asseyait en cours. Il s'élança derrière eux tandis qu'Honorine disparaissait à l'angle d'un bâtiment. Lassés de la pourchasser, ils renoncèrent et s'éparpillèrent en direction des dortoirs.

Au bout de quelques secondes, Honorine sortit de sa cachette. « Jean-Patrick... Dieu merci, tu es sain et sauf ! » Sa poitrine se soulevait après l'effort d'avoir couru. Elle s'écroula dans ses bras, tremblante, aussi légère qu'une feuille dans le vent.

« Calme-toi... Ça va. Tu es revenue sur le campus ?

— Je n'ai nulle part d'autre où aller, dit-elle en pleurant. Et toi ? Je t'ai cherché et cherché partout... J'ai eu peur que tu... »

Les vêtements trempés de pluie, ils s'accrochèrent l'un à l'autre tels deux noyés. « J'habite chez des amis. J'étais chez eux quand... » Quand quoi ? Quand le monde a pris fin ? Lui non plus n'arriva pas à terminer sa phrase.

Honorine hocha la tête. « Tant mieux. Tu dois partir d'ici et ne plus y revenir. Les étudiants du Pouvoir hutu nous terrorisent nuit et jour. On s'est regroupés pour se sentir un peu plus en sécurité, mais je ne sais pas combien de temps ça va durer. J'ai été idiote de croire que je pouvais sortir toute seule... » Elle s'essuya la joue. « Comme tu le vois !

— Viens... Je vais t'accompagner. »

Honorine l'attrapa par le bras. « Nkuba, on est des *gupfa uhagaze* – des morts vivants. »

Il aurait voulu la réconforter, lui dire qu'il n'en était rien, mais le mensonge ne parvint pas à franchir ses lèvres. Il l'accompagna le long des dortoirs, passa devant des portes dégondées ou carrément arrachées.

Elle s'arrêta devant une chambre au fond de laquelle des étudiants se déplaçaient telles des ombres. « Tu veux venir ? On peut te faire du thé. »

Jean-Patrick appuya sa joue contre la sienne. « Il faut que je rentre. Dieu te garde ! » Ça sonnait comme une phrase vide.

Une grossière barricade de pierres et de branchages bloquait le chemin qui menait à la route, gardée par une patrouille de civils. L'un d'eux était un de ses copains étudiants qui travaillait comme serveur à l'*Ibis*. « Hé, mon ami ! Je suis content de voir que tu vas bien », dit-il à Jean-Patrick. Ils se serrèrent la main.

« Oui... grâce à Dieu ! Et toi aussi... C'est bien de voir que tu patrouilles. »

Un homme en haillons lui réclama ses papiers qu'il examina d'un air perplexe. Jean-Patrick repensa à ce jour à l'arboretum où le type avec la massue ensanglantée avait tenu sa carte à l'envers. « Ici, dit-il en lui montrant le mot *Tutsi*. C'est écrit Hu-tu.

— OK. Alors, tu peux passer.

— Le Seigneur nous bénisse ! » dit le serveur en français pour que l'autre ne comprenne pas. « Ce charmant monsieur préférerait trancher ma gorge de Tutsi, mais, en ce moment, on fait ce qu'on peut, pas vrai ? » Il fit signe à Jean-Patrick de passer.

Il vit à travers la grille que le coach n'était pas là. Une dernière fois, il appela Jolie. « C'est moi, Jean-Patrick ! Tu peux me laisser entrer ? » Les fenêtres obscures scintillaient. Le mur qui entourait la maison était à présent hérissé de tessons de bouteille.

Le sang qui coulait de sa paume blessée suintait à travers son bandage improvisé. S'il attendait assez longtemps, le coach finirait sûrement par arriver. À la seconde où il décida de renoncer, il vit Jolie remonter péniblement la route, portant deux paniers remplis de victuailles à bout de bras. Il se précipita à son aide.

« Ton coach n'est pas là, dit-elle sans le regarder.

— Laisse-moi porter ça. » Il la débarrassa de ses paniers. « Je ne peux pas te laisser entrer.

— Grand-mère, quand est-ce qu'il sera de retour ?

— *Inshyanutsi !* Un jour, ta curiosité te perdra... » Elle ouvrit la grille, puis se retourna et lui sourit. « On dirait un rat de brousse qui s'est noyé... Entre te sécher une minute.

— Tu es fâchée ? demanda Jean-Patrick en la suivant dans la cour.

— Je suis furieuse contre tous les Tutsis parce qu'ils ont tué notre président. Vous avez détruit tout ce qu'il y avait de bien dans ce pays.

— Grand-mère, je ne suis pas un tueur. Je suis le même qu'il y a deux semaines, qu'il y a un mois et qu'il y a un an. » C'était cependant un mensonge. Il avait été retourné, secoué, vidé. En entrant dans la maison, il lui redonna les paniers ; l'anse de l'un des deux était tachée de sang.

« Qu'est-ce qui t'est arrivé ? » Jolie retira le bandage et examina sa main entre ses doigts noueux.

« J'ai glissé. Sur le campus, il y a du verre cassé partout. »

Après avoir allumé le feu, Jolie le fit asseoir à la table et lui apporta une serviette. Puis elle alla dans la cuisine d'où elle revint avec un bol fumant rempli d'une potion à base d'herbes. Après avoir nettoyé la blessure, elle l'entoura d'un linge trempé dans le liquide odorant. « Je vais te chercher des vêtements. » Elle prit le trousseau de clés accroché sur le mur et ouvrit la porte de la chambre qui avait été la sienne. Elle en ressortit quelques secondes plus tard avec un short, un survêtement, une vieille paire de baskets, un tee-shirt et un pull devenu trop petit pour lui. Elle referma la porte à clé. « Va te changer dans la salle de bains, dit-elle tout bas d'un ton de conspiratrice. Tu prendras un des vieux ponchos de ton coach pour rester au sec. Il ne s'apercevra même pas qu'il a disparu. »

En sortant de la salle de bains, Jean-Patrick vit sur la table des fruits, un bol de soupe, du pain et de la margarine, ainsi qu'une tasse de *cyayi cyayi*, le bouillon citronné que Jolie lui préparait chaque fois qu'il se sentait malade ou fatigué. « Dépêche-toi de manger... Il faut que tu partes d'ici en vitesse », lui dit-elle.

Il mangea goulûment. « Jolie, ta cuisine fait toujours fondre mon cœur ! » Il regarda le ciel par la fenêtre en guettant le bruit de la voiture de Rutembeza. Pas même un sifflement d'oiseau ne venait rompre le chant monotone de la pluie.

Rassasié et réchauffé, il laissa ses paupières se fermer. Il somnola en rêvant qu'il entendait la grille s'ouvrir, le cliquetis d'une clé dans la serrure… Il se réveilla en sursaut, un sourire aux lèvres.

« Il vaut mieux que tu t'en ailles. » Jolie lui tendit un poncho vert et un sac dans lequel elle avait rassemblé ses vêtements mouillés. « Mets le reste de tes affaires propres là-dedans, dit-elle en lui tendant un autre sac.

— Quand est-ce que je peux revenir ? Quand est-ce que le coach sera rentré ? »

Elle le poussa vers la porte. « Je n'en sais rien. Je ne l'ai pas vu depuis… » Sa phrase flotta dans l'air en suspens.

« Il faut absolument que je lui parle. Il est mon seul espoir de sauver ma famille. Le seul à pouvoir m'aider.

— Il te trouvera quand il le pourra. Il tient à toi.

— Et il me trouvera comment ? » Il ne voulait pas lui dire où il habitait. « Ma chambre au dortoir a été saccagée. Je ne peux plus y retourner.

— Fais-lui confiance, dit Jolie en ouvrant la porte d'entrée. Il viendra te chercher. »

Jean-Patrick appuya sa joue contre la sienne avant de sortir sous la pluie. Faire confiance au coach ? S'il lui avait dit que demain le soleil se lèverait à l'est, il aurait parié qu'il y avait une chance sur deux pour qu'il se lève à l'ouest.

25

Le ventre de Béa était doux et chaud. Allongé sur le canapé, Jean-Patrick y colla son oreille en écoutant les bruits mystérieux. La voix de RTLM qui venait du bureau de Niyonzima lui évoquait des griffes raclant un tableau noir.

« Tu crois qu'il y a un bébé dedans ? »

Hutus, quand vous voyez des gens se rassembler dans les écoles et les églises, ce n'est pas bien du tout, car il y a des inyenzi-inkotanyi *parmi eux. Vous devez agir contre eux.*

« Hé, je n'en sais rien ! » répondit Béa en posant sa tête sur la sienne.

Il enroula une de ses nattes autour de son doigt. « Moi, je dis que oui. Et même que c'est un garçon. » Il examina l'entaille sur sa paume qui commençait à cicatriser.

Béa le repoussa. « Tsss... et pourquoi pas une fille ? Qu'est-ce que tu as contre les filles ? »

Pourchassez ces inkotanyi. *Le sang coule dans leurs veines comme il coule dans le vôtre. Tous ceux qui sympathisent avec les deux camps sont des* ibyitso. *Ils paieront pour ce qu'ils ont fait.*

Elle se boucha les oreilles. « Combien de temps encore va-t-on devoir endurer ça ? » Elle se leva et se mit à marcher de long en large.

Jean-Patrick ignorait la réponse. Un laps de temps uniquement scandé par le comptage des morts sur RTLM.

Niyonzima avait fini par joindre Uwimana, avec lequel Jean-Patrick avait pu parler. Les yeux fermés, il imagina la vie et l'amour s'enfuir à travers les fils du téléphone. Bien que Niyonzima appelât tous les jours, les connexions demeuraient aléatoires, et la distance qui séparait Butare de Cyangugu n'était plus mesurable par une méthode que comprît Jean-Patrick. Sa famille n'étant pas allée à Gihundwe, il ne pouvait qu'espérer qu'elle était à l'abri au Burundi. Les Tutsis réfugiés à l'école mouraient de faim. Plusieurs étaient décédés. Angélique ne parvenait plus à s'occuper des innombrables malades et blessés qui continuaient à arriver au fil des heures.

Le ciel gris ardoise annonçait la pluie. Les enfants de Claire jouaient dans le jardin et riaient. Jean-Patrick tendit les bras à Béa. « Reviens ici... Je veux encore te toucher.

— Je ne peux plus tenir en place. »

Qui l'aurait pu ? Mais que faire, à part rester immobile ? Aller courir, lire un énième livre, jouer à l'*igisoro*, écrire une lettre... Bientôt, il ne resterait plus personne à qui écrire. Jean-Patrick entendit citer les noms du boulanger et du joaillier de Cyangugu sur RTLM. Puis celui d'un enseignant de l'école primaire. *Tous les Tutsis périront. Ils disparaîtront de la surface de la terre. Nous les tuerons comme des rats.* Il enfouit son visage entre ses mains.

Ineza entra dans le salon. Elle tricotait un châle bleu et vert pour une de ses nièces qui vivait à Londres. Elle s'assit près d'eux. Lentement, le châle avalait les pelotes ; Jean-Patrick l'imagina s'allonger et devenir un chemin de laine de couleur éclatante sur lequel ils marchaient pour traverser l'océan.

La lumière s'évanouit du ciel. Une nouvelle voix remplaça la précédente sur RTLM, celle d'une animatrice connue pour son débit effréné. Comment, sinon, aurait-elle pu tout faire tenir, laisser du temps pour la musique et les reportages en direct sur les barrages routiers ? Au moins la mort de sa mère, de son oncle et de sa tante, de ses frères et sœurs ne lui était-elle pas parvenue par la bouche du Pouvoir hutu. C'était déjà ça.

À présent, les *interahamwe* mettaient le feu aux églises où se réfugiaient les Tutsis. Niyonzima secoua la tête. « La planification cynique de ces extrémistes me glace les os. Ils envoient tout le monde dans les églises et dans les... – il avala un mot –... comme on balaye des feuilles mortes de bananiers pour les mettre en tas et les brûler plus facilement. » Jean-Patrick savait quel mot il s'était abstenu de prononcer. *Écoles.*

Muhutus, voici encore des ibyitso *qui aident les* inkotanyi *: Uwimana et sa femme, Angélique. Il dirige l'école de Gihundwe. Ceux qui n'ont pas encore été éliminés ont rampé là-bas. Son école grouille de serpents. Faites votre travail. Nettoyez la maison.*

Avant même que l'animatrice ne soit parvenue à la fin de sa liste, Niyonzima avait décroché le téléphone.

« Je suis ici, dit Jean-Patrick dans le combiné.

— Ah, c'est bon d'entendre ta voix ! » rétorqua Uwimana. Cette phrase, il l'avait entendue pendant toute son enfance. « Je te résume rapidement la situation. Hier, les *interahamwe* sont venus en disant que les Hutus étaient libres de partir. Ils m'ont demandé de les renvoyer en m'assurant qu'ils ne courraient aucun risque. J'ai laissé le choix à chacun. Bon nombre ont refusé de partir. Ils disent : "On a vécu ensemble, on mourra ensemble." Je ne peux pas jouer à Dieu et décider qui va vivre et qui va mourir... J'ai supplié Angélique de s'en aller, mais elle a refusé. » Dans le fond s'élevèrent des sifflets et des chants frénétiques. Des parasites brouillèrent la communication. « Jean-Patrick... tu es là ? Ils ne vont pas tarder à enfoncer la porte...

— Oui, je suis là...

— Je n'ai pas de nouvelles de ta famille... Désolé. J'ai prié en espérant qu'ils allaient venir ici, mais vu la tournure que prennent les choses, je n'aurais pas été en mesure de les protéger... Angélique veut que tu saches qu'elle t'aime beaucoup. Tu as été pour nous un fils.

— Et vous avez été pour moi un père et une mère... » Des cris terrifiés résonnèrent en arrière-plan.

« Ils viennent d'entrer. Laisse-moi entendre ta voix encore une fois...

— Dieu vous garde ! *Ndagukunda cyane* – je vous aime beaucoup.

— Puisse Imana marcher toujours avec toi... et courir avec toi ! Nous nous retrouverons.

— Oui. »

Un sifflement retentit, comme si la communication avait été coupée, mais, brusquement, Jean-Patrick entendit : « Tu es encore là ? Tu m'entends ?

— Oui, je suis là ! Je vous entends...

— N'oublie pas... Ils peuvent tuer nos corps, mais jamais ils ne tueront nos esprits. » Et soudain, plus rien.

Jean-Patrick mit le combiné sur sa poitrine. Il n'arrivait pas à se résoudre à raccrocher, à entendre le dernier déclic. Il se souvint de son premier jour à Gihundwe, lorsqu'il avait contemplé saint Kizito et s'était senti transporté de joie. « *Ndishimye* – je suis heureux », avait-il murmuré. Il se rappela que le reflet du soleil sur la statue lui avait donné l'impression qu'une lumière jaillissait des bras du saint, comme si de sa peau noire luisante émanait la bénédiction d'Imana.

Il se réveilla en poussant un cri, le mollet tétanisé par une crampe. La douleur lui déchira la jambe, mais, quand il voulut se redresser, ses muscles refusèrent d'obéir. Il se mordit le poing pour ne pas hurler. C'était comme si ses muscles, restés plusieurs jours sans courir, s'étaient rebellés, avaient trouvé une vie à eux. *Respire par le ventre. Envoie ton souffle dans tout ton corps*. Dans une autre vie, c'était ce que lui disait le coach. Doucement, il se massa le mollet, comme Rutembeza le lui avait appris. Personne ne bougea dans la maison. La pluie, violente et éternelle, frappait le toit.

Il devait fuir. La décision s'imposa à lui avant même qu'il en ait pris conscience. Tant que les communications avec Cyangugu seraient coupées, il n'aurait aucune chance de retrouver sa famille au Rwanda. S'il essayait, il serait sûrement pris et abattu. Au sud, les montagnes du Burundi se dressaient tel un phare. Si le plan de Roger avait marché comme prévu, il retrouverait sa famille chez Spéciose. Et sinon, au moins, il survivrait. Cette pensée le fit frémir. Toutefois, se sauver lui-même était dorénavant le seul moyen d'aider ceux qui lui étaient chers.

Il allait partir. Ce matin. Il demanderait à Béa de l'accompagner, et, si jamais elle refusait, il partirait tout seul. Puisqu'elle était hutue, elle ne serait pas en danger. Néanmoins, les massacres étaient une tumeur cancéreuse qui gagnerait bientôt Butare. Les machettes ne tarderaient pas à s'abattre sur sa tête. Mieux valait courir comme un chien que mourir comme un chien. Mais… et si Béa était enceinte ? Il ne pouvait pas la laisser porter son enfant sans être mariée. Aussi attendrait-il encore une journée. Peut-être deux ou trois. Il pouvait bien patienter jusque-là. Sûrement que, d'ici là, l'Occident fournirait aux troupes des Nations unies l'aide et les armes dont elles avaient besoin.

Ils étaient à table dans la salle à manger – Jean-Patrick, Béa, Niyonzima et Ineza – devant un thé fumant. Le jour s'était encore une fois arraché au ventre de la nuit. *Ce sont les Tutsis qui brûlent leurs propres maisons ! Ils cherchent à attirer les Hutus par la ruse. Pour ensuite les prendre au piège et les tuer.*

« J'ai décidé d'essayer de passer au Burundi », annonça Jean-Patrick. Il se tourna vers Niyonzima. « Autoriserez-vous Béa à venir avec moi ?

— Nous sommes des gens modernes, rétorqua celle-ci. Tu peux me poser la question directement, et d'ailleurs, la réponse est non. Je n'irai pas ramper dans les marais comme un animal... et je n'abandonnerai pas ma famille. »

Jean-Patrick n'avait pas refermé l'œil après que la douleur l'eut réveillé. Seule une énergie en zigzag, et pas vraiment utile, lui permettait de tenir. Avant que l'aube se lève, il était sorti courir afin de se libérer la tête, avait parcouru la brousse, pieds nus, comme le *muturage* – le gars de la campagne – qu'il était. Plusieurs fois il avait dû s'arrêter pour se frictionner le mollet. La réponse qui lui était venue dans la nuit n'avait pas changé. Que ce soit avec ou sans Béa, il devait fuir. À quoi leur servirait-il à elle et à l'enfant à naître s'il était mort ?

« Ne sois pas bête, Béa. Tu dois partir », dit Ineza. Ses aiguilles à tricoter cliquetaient. La vague bleu-vert du châle déferlait vers le sol.

Niyonzima ôta ses lunettes pour se frotter les yeux, puis les remit sur son nez. « Peut-être que je peux faire quelque chose, dit-il en se tournant vers sa femme. Si je vous obtiens des permis de circuler à tous les trois, partiras-tu ? »

Les aiguilles se figèrent. « Voilà une question stupide, mon mari !

— Et toi, Béa ? demanda Niyonzima d'une voix caressante. Ce ne sera pas pour très longtemps. Ce n'est pas possible. Cette folie devra bientôt cesser. Le Burundi n'est pas très loin. Ou la Tanzanie. »

Béa alla à la fenêtre et tira le rideau, comme si elle allait trouver la réponse écrite dans les motifs que la pluie dessinait sur les vitres. Elle leva les yeux vers le ciel détrempé. Puis elle revint près de la table et enlaça son père et sa mère. « Tu ne viendras pas, toi, Papa ?

— Je suis trop vieux et trop fatigué pour courir, répondit-il en brandissant sa canne. Et puis on a besoin de ma voix ici... si tant est qu'elle serve à quelque chose !

— Maman ? Tu ne viendras pas avec nous ? »

Ineza reposa son tricot et prit les mains de sa fille dans les siennes. « Ce sera juste pour un petit moment. S'il te plaît, pars, fais-le pour nous. »

Pendant une minute, Jean-Patrick crut que Béa allait de nouveau refuser. La douleur qu'exprimait son visage lui fit regretter de lui avoir demandé de l'accompagner. Mais soudain, elle dit : « D'accord. Je partirai. »

Niyonzima applaudit et se leva de table. « Demande à Claire de m'apporter du café, je te prie. J'ai besoin de m'éclaircir les idées. » Il s'éclipsa dans son bureau.

Béa erra quelques secondes dans le salon avant de se laisser tomber dans un fauteuil. Un sanglot secoua ses épaules. « Viens ! lui dit sa mère en s'approchant. Allons voir notre magnifique jardin.

— Maman, il pleut…

— On restera sous le toit. » Elle aida Béa à se lever. Bras dessus bras dessous, elles s'éloignèrent vers la porte. À l'instant où Ineza l'ouvrit, Jean-Patrick sentit l'odeur de l'herbe mouillée dans l'air vif du matin.

Ineza avait mis sa tenue de peintre – une immense chemise maculée de taches de peinture dans laquelle elle paraissait perdue. Béa sortit de sa chambre vêtue de son pagne avec les planètes et les étoiles, des bracelets de malachite aux poignets. « Maman veut faire notre portrait. » Elle griffa le mur de ses ongles dans un cliquetis de bracelets.

Niyonzima ouvrit la porte de son bureau. « Il n'y a plus de liaisons longue distance, et on ne délivre plus aucun permis de voyager. À partir de maintenant, aucun Rwandais n'est autorisé à sortir du pays. » Il alla s'asseoir en boitillant. « Mais si je vais au commissariat et propose au chef un très gros pot-de-vin, je pense qu'il le prendra. Je le connais depuis longtemps… » Il se pencha et croisa les mains sur sa canne. « Je vais appeler Jonathan pour voir s'il peut m'emmener en voiture. »

Adossé à la grille, Jean-Patrick regarda la voiture de Jonathan patiner dans la boue avant de s'éloigner. Les quatre silhouettes derrière les vitres embuées donnaient l'impression de pousser pour l'aider à avancer. Jonathan et Niyonzima étaient assis à l'avant, Claire et Ineza à l'arrière. Lorsqu'ils eurent disparu, il resta sous la pluie en laissant l'eau ruisseler sur sa peau – une douche de baptême.

Cette fois, Imana les entendrait, se dit Jean-Patrick. Niyonzima connaissait bien le jeu de la politique rwandaise. Il n'aurait pas demandé à Jonathan de sortir par ce temps s'il n'avait pas été certain de réussir.

« Tu as perdu la tête ! s'exclama Béa en le voyant rentrer trempé comme une soupe.

— Redis-moi ça. » Il l'attira contre lui et sentit son cœur battre contre sa chemise mouillée.

« Hé, tu as vraiment perdu la tête ! dit-elle en se dégageant. Me voilà trempée moi aussi !

— Je veux juste entendre le son de ta voix. » Il lui embrassa le sommet du crâne, les yeux, le nez et ensuite la bouche. « Viens t'allonger avec moi. Qui sait quand on aura de nouveau l'occasion d'être seuls tous les deux.

— Rien qu'une minute. Je me sens incapable de rester en place. »

Jean-Patrick emmena Béa dans sa chambre. Son désir de sentir sa peau contre la sienne était si fort qu'il avait de la peine à respirer. Il referma la porte. La pluie tambourinait sur le toit. Le vent bruissait dans les arbres en produisant un son qui évoquait la corde pincée d'un *inanga*. Il posa sa main sur son ventre. « Est-ce qu'il y a un bébé dedans ?

— *Ko Mana*... tu me demandes ça toutes les dix minutes ! soupira-t-elle. Je n'en sais rien... Tout va de travers. Même mon corps n'a plus de sens pour moi...

— Non. À part toi, plus rien n'a de sens. » La pièce respirait doucement autour d'eux. Il l'entraîna vers le lit, déboutonna son corsage et lui embrassa les seins. « Est-ce qu'il a mal, quand je fais ça ?

— Je ne crois pas… Si *elle* est là, c'est une costaude. »

Béa se déshabilla. Les planètes et les soleils glissèrent sur son corps en tourbillonnant. Puis elle s'allongea et les recouvrit de son pagne. Lentement, tendrement, ils firent l'amour sous cette galaxie étincelante. Jean-Patrick se déroula dans sa terre noire. La corde tendue de la mort se relâcha dans son ventre. Enfouie en elle, il chercha la lente et régulière pulsation de la vie, sa semence perpétuelle.

Le bruit d'une clé dans l'entrée les tira du sommeil. Béa se rhabilla et l'embrassa en hâte sur la joue. « Laisse-moi voir si j'arrive à me reboutonner. » Jean-Patrick renfila son survêtement. Il aurait pu mourir de honte. Elle sortit de la chambre avant qu'il ait pu déposer un baiser sur son dos.

Quand il les rejoignit, Niyonzima et Ineza étaient assis à la table. Ils levèrent les yeux en même temps et, en voyant leur expression, il devina qu'Imana était une fois de plus resté sourd à leur requête.

« Tout se passait très bien, raconta Niyonzima, le regard affligé. J'ai eu une bonne conversation avec le chef de la police – on a ri et plaisanté un peu. Je lui ai montré l'enveloppe bien épaisse. Il était sur le point de la prendre, mais il m'a prié d'attendre. Quand il est revenu, il m'a dit qu'il lui était impossible d'accepter de l'argent. » Il se racla la gorge et croisa ses mains l'une sur l'autre. « Je suis certain qu'il est allé consulter une liste… et qu'il a vu nos noms. »

26

Il y eut une accalmie. Le soleil se leva dans un ciel pur et clair. Vaincues par la fatigue, Béa et sa mère dormaient encore. Niyonzima tapait à la machine dans son bureau. Jean-Patrick entendait crépiter les touches au rythme de la voix de RTLM. *Il n'y aura plus d'*inkotanyi *; il n'y en aura plus un seul dans ce pays. Quand on voit combien d'entre eux sont morts, on penserait qu'ils sont revenus à la vie. Eux-mêmes croient qu'ils reviennent à la vie, mais ils se trompent. Ils sont en train de disparaître.*

Jean-Patrick se faufila dans l'entrée sur la pointe des pieds et enfila ses baskets. « *Kare kare mu museke* », fredonna-t-il, comme il avait l'habitude de le faire dans sa vie d'avant pour saluer l'aube. Un voile bleu masquait les collines. Les montagnes du Burundi flottaient sur un océan de brume. Sur les chemins, des paysans montaient vers les champs. Il se sentait comme Rutegaminsi, un des héros du livre de légendes de son père, qui emprunte un tunnel sous la terre avec la taupe qui lui sert de guide et débouche à l'autre bout du monde dans une beauté extraordinaire. Il se rappelait avoir lu cette histoire à Mathilde d'innombrables fois et remercia le ciel qu'elle n'ait pas à vivre dans un monde tel que celui-ci.

Après avoir vérifié une dernière fois que ses papiers d'identité étaient bien dans sa poche, il partit vers la ville à petites foulées. Il effectua les mouvements que ses jambes avaient si douloureusement réclamés. Avec ses Nike, il se sentait aussi puissant que Nkuba, le dieu du Tonnerre dont il portait le nom. Il s'imagina prendre dans ses bras tous ceux qu'il aimait pour les emmener dans les marais d'Akanyaru et rejoindre le Burundi, loin du Rwanda, loin de cette guerre dans laquelle ils allaient sans doute tous mourir.

Butare demeurait pour l'instant un abri sûr. Peu à peu, les femmes retournaient cultiver leurs parcelles, les hommes réapparaissaient sur les chemins à bicyclette ou tirant des charrettes. Des flots de Tutsis sales et en sang arrivaient de partout pour chercher refuge dans les églises ou les hôpitaux. Ils déferlaient tels des morts vivants. Hébétés, traumatisés. Certains semblaient avoir basculé dans la folie. Derrière eux, des gamins armés de bâtons couraient aux postes de contrôle, impatients que l'action commence.

Jean-Patrick repéra le convoi de loin. Puis il reconnut le drapeau qui flottait sur les véhicules des Nations unies. Son cœur s'emballa. Il faillit sauter de joie… Ils étaient sauvés ! Il courut vers eux en priant de toute son âme. Il se demanda pourquoi la foule ne se pressait pas dans les rues pour les acclamer.

Le convoi descendit la colline en trombe. Il distinguait maintenant les visages des soldats, leur mine renfrognée. Redoutant de s'approcher, il s'arrêta un moment pour les observer. Entre les blindés des Nations unies défilait une procession de voitures et de camions arborant des drapeaux de leur pays d'origine. À l'intérieur, des Blancs contemplaient le paysage, le regard morne et consterné. Il comprit alors que les secours étaient seulement pour eux. Ils prenaient la fuite, abandonnaient le navire qui sombrait à toute vitesse. L'excitation qu'il ressentait s'envola avec eux. Soulagé, il vit que l'*imodoka* de Jonathan ne faisait pas partie du convoi. Un groupe de réfugiés en guenilles surgit de la brousse et courut derrière les véhicules en criant et en suppliant qu'on les emmène. Au moment où la colonne s'arrêta à un barrage, d'autres réfugiés sortirent en masse. Quelques-uns réussirent à s'accrocher aux pare-chocs.

« Pourquoi vous ne nous emmenez pas avec vous ? implora une femme. Vous ne voyez pas qu'ils vont tous nous tuer ? » Elle tenta de mettre son bébé dans les bras d'une femme dans l'un des camions. « *Mana mfasha* – prenez au moins mon enfant ! »

Un soldat de la Minuar la repoussa avec la crosse de son arme. Un deuxième tira en l'air.

À l'arrière du dernier camion était assise une jeune fille, deux couettes brunes dressées sur la tête. Elle pleurait en serrant sur sa poitrine une caisse grillagée derrière laquelle pointait le museau d'un petit chien. Elle croisa le regard de Jean-Patrick et le fixa droit dans les yeux. Le convoi redémarra. « *Imbazazi* – pardon ! » murmura plusieurs fois la fille avant de disparaître au loin. Jean-Patrick se demanda si c'était le seul mot qu'elle connaissait en kinyarwanda.

La brume se déchira peu à peu. Jean-Patrick s'engagea sur le chemin de l'arboretum. Arrivé au niveau de la première parcelle, il se mit sur la pointe des pieds et piqua un sprint jusqu'au sommet de la colline, redescendit et remonta encore plus vite. Puis il recommença une deuxième fois. Et une troisième. Il se récita les noms des minéraux qu'il avait étudiés en cours de géologie, ces noms qu'il aurait dû écrire ce jour même à l'examen si le Rwanda n'avait pas dévissé de l'axe de la Terre.

Béryl. Cinabre. Lépidolite. Il continua jusqu'à ce qu'il n'ait plus d'air dans les poumons et n'ait d'autre choix que de s'écrouler. Il frotta son visage dans l'herbe en humant le parfum chocolaté de la terre. Puis il se retourna sur le dos et contempla les nuages éparpillés dans le ciel. Le soleil lui caressa le visage. Il rêva à la paix.

Un camion qui passa sur la route dans un grincement d'essieux le réveilla en sursaut. Il roula sur le ventre et se plaqua au sol. Le moteur se rapprocha en gémissant. Des voix désinvoltes lui parvinrent par la vitre ouverte. Le camion, rempli de soldats, s'arrêta juste au-dessus de lui. À l'arrière était entassée une cargaison de Tutsis. Jean-Patrick se tortilla de manière à s'enfoncer le plus possible dans l'herbe et retint sa respiration. Des portières claquèrent. L'arrière du plateau s'abaissa.

« Descendez, *inyenzi* ! *Tugende !* »

De sa cachette, il entendit des pas sourds résonner sur le sol. Quelqu'un gémit en tombant. Il compta neuf détonations, chacune résonnant dans l'écho de la précédente. Un oiseau s'envola des broussailles, un oiseau soleil à tête verte, rare dans cette région du Rwanda. Fasciné, il se tourna pour suivre son vol. L'oiseau fila vers le soleil dans un scintillement métallique d'ailes et de plumes. *Pyrite. Chalcopyrite*. L'or des fous.

À son retour, Jonathan l'accueillit sur le seuil, des cernes noirs comme de l'encre sous les yeux. « Viens, lui dit-il. Il faut qu'on parle de quelque chose. »

Niyonzima leva la tête de son thé. « Jonathan a un plan pour nous aider. Notre préfet a été démis de ses fonctions aujourd'hui. Je suis sûr qu'il va être tué, si ce n'est pas déjà fait. » Il versa du thé à Jean-Patrick et lui fit signe de s'asseoir. « Un homme qui soutient le programme du gouvernement a pris sa place, la situation devient urgente.

— Ça expliquerait le convoi que j'ai aperçu ce matin…

— Susanne est malade, dit Jonathan. Elle ne peut pas rester ici plus longtemps. Le dernier convoi partira demain. Il emmènera un personnel réduit, ceux qui ont tenu bon et avaient l'intention de rester mais ont fini par renoncer. »

Jean-Patrick revit la procession de visages sombres, la petite fille suppliant qu'on lui pardonne. « Je comprends… Vous allez nous manquer.

— Attends, dit Niyonzima. Écoute ce qu'il a à dire.

— On veut vous emmener avec nous, toi et Béa. »

Les Blancs partiront, la queue entre les jambes, avait dit l'animateur de RTLM le jour de l'assassinat du Premier ministre. Tout se passait comme l'avait prédit la radio.

« Merci de ton offre, mais les militaires n'accepteront aucun Rwandais dans le convoi, dit Jean-Patrick. Je les ai vus tout à l'heure repousser les Tutsis avec leur arme. »

Un petit sourire remonta le coin des lèvres de Jonathan. « Je vais fabriquer un compartiment dans le coffre de l'*imodoka*. Ce sera serré, mais si Béa et toi ne vous battez pas, vous tiendrez.

— Non, dit Béa. J'ai changé d'avis. Je ne peux pas partir. Si on meurt, on mourra ensemble. » Elle prit les mains de Jean-Patrick. « Mais vas-y, toi… Le dernier espoir qui nous restait ici s'est envolé. »

Ineza la berça dans ses bras en lui caressant les cheveux. « Ma fille, te rappelles-tu ce que tu as dit le jour où je t'ai demandé qui poursuivrait le combat si Papa et moi venions à disparaître ?

— Oui, Maman, je me le rappelle très bien. Seulement c'était il y a longtemps.

— Je te repose la question. Si on meurt tous, qui racontera au monde ce qui est arrivé ? Qui réclamera justice pour toutes ces morts injustes ? » Elle mit la main de Béa sur sa joue comme pour rafraîchir sa fièvre. « Tu es notre voix… notre avenir. Ton père et moi ne voulons rien de plus que tu témoignes de notre vie. Tu dois partir avec Jean-Patrick. »

La bouche entrouverte, Béa se tourna vers ses parents, et ensuite vers Jean-Patrick. Le silence était si lourd qu'il aurait pu le toucher à pleines mains.

« D'accord, Maman. Je vais faire ce que tu me demandes. Je partirai. »

Ineza insista pour qu'ils fassent un dernier dîner ensemble, le repas traditionnel qui précédait toujours un voyage. Elle avait passé une bonne partie de la journée dans la cuisine à préparer de l'*igisafuria*, le ragoût de poulet qu'adorait Jean-Patrick. L'arôme lui avait chatouillé les narines chaque fois que s'ouvrait la porte, ce plaisir éphémère apaisant un instant ses pensées confuses.

L'électricité étant coupée depuis le matin, ils mangèrent à la lueur des lanternes. Quelques étoiles scintillaient autour de la lune plus qu'à demi pleine. Jean-Patrick et Béa devraient rester dans la brousse pour aller chez Jonathan sans se faire repérer. Béa mangea en tenant la main de sa mère, ni l'une ni l'autre ne pouvant se résoudre à se lâcher. Une cassette de musique rwandaise passait en sourdine sur l'appareil portable de Niyonzima. Quand un cri retentit dans la cuisine, Jean-Patrick mit quelques secondes à réaliser qu'il ne faisait pas partie de la chanson. Le cri se transforma en gémissement, puis en lamento funèbre.

Claire entra en trombe dans la pièce. « La reine Gicanda a été assassinée... Des soldats ont forcé sa porte et l'ont emmenée au Musée national... » Son visage se décomposa. « Dans un camion, comme un chien... Ils viennent de l'annoncer sur RTLM. »

Niyonzima repoussa son assiette. « Il faut que vous partiez en vitesse, dit-il. S'ils ont été capables de tuer cette femme, aucun de nous n'est en sécurité. Ils vont bientôt passer de maison en maison, comme ils l'ont fait partout. »

Vidé de ce qui lui restait encore de volonté, Jean-Patrick lâcha sa fourchette. Imana les avait abandonnés pour de bon. Assassiner l'épouse du *mwami*, une vieille femme qui n'avait été que gentillesse, était une chose impensable, même dans un monde qui avait perdu la tête. Entendant des coups de feu sur la route, il se leva d'un geste brusque et renversa son bol. Une tache s'étala sur la nappe. De la sauce de viande dégoulina par terre.

« C'est trop tard ! » s'écria Ineza.

Ils perçurent des détonations, des cris, puis des coups de feu en continu déchirèrent la nuit. Un tir de grenades fit exploser les vitres.

« Partez ! Ineza, je t'en prie, pars avec eux ! » Niyonzima sortit un couteau de poche du tiroir de son bureau. « Prends ça. » Il le donna à Jean-Patrick et souffla la lanterne. « Claire, va vite leur chercher la machette et enferme-toi ensuite dans ta hutte avec les enfants.

— Je reste. » La voix d'Ineza flotta dans l'obscurité. « Jean-Patrick, emmène Béa… Et ne discute pas ! » Dehors, par-delà la clameur des tambours et des sifflets, ils entendirent retentir le chant *Tubatsembatsembe* ! – Exterminez-les tous !

« Maman ! Papa ! » Dans la pénombre, Jean-Patrick vit Béa aller vers ses parents. Il eut peur qu'elle ne tombe à genoux. Les sifflets étaient de plus en plus proches.

« Il n'y a plus de temps… », murmura Ineza. Elle embrassa sa fille et se retourna. « Le Seigneur veille sur vous deux ! »

Jean-Patrick tira Béa vers la porte. Dans l'obscurité, il trébucha sur le chevalet d'Ineza qui se renversa. « Il faut qu'on passe par-dessus le mur et qu'on aille dans la forêt. Ils nous tueraient à la seconde où on franchirait la porte. »

Le bruit devint un flot continu de cris, de coups de feu, de chants et de sifflets mêlés. Des camions montaient sur la colline – les vitesses grinçaient, les soldats aboyaient des ordres. Dans la salle à manger, Ineza et Niyonzima parlaient tout bas. Les doigts de Jean-Patrick se refermèrent sur la poignée de la porte, et il entraîna Béa dans le jardin. Des flammes orange éclairaient le flanc des collines. Dans toutes les directions, des maisons brûlaient. Il sentit l'herbe froide sous ses pieds et réalisa qu'ils étaient tous les deux en tongs. Il retira sa chemise, arracha les manches et la déchira en deux, puis en donna deux morceaux à Béa. « Entoure tes mains avec ça… Vite ! »

Les camions s'arrêtèrent une ou deux maisons plus loin ; suffisamment près pour que Jean-Patrick distingue les paroles du chant des tueurs. *Umwanzi wacu n'umwe tura-muzi n'umututsi* – Notre ennemi est un, nous le connaissons, c'est le Tutsi. L'odeur suave des fleurs d'oranger toutes proches lui transperça les poumons.

Béa lâcha la chemise tandis qu'un cri d'angoisse s'échappait de sa gorge. « Je ne peux pas les laisser... je ne peux pas ! » Soudain, des cris s'élevèrent devant la maison voisine, puis des coups de feu auxquels succédèrent les sifflets et les tambours. Elle repartit en courant vers la maison.

« Béa ! » Aussitôt Jean-Patrick se rua derrière elle, mais il se tordit la cheville en glissant sur l'herbe humide. Elle disparut derrière la porte.

Les moteurs des camions redémarrèrent et s'arrêtèrent quelques mètres plus loin. Ils étaient là, devant le portail. Ramassant les morceaux de chemise que Béa avait laissés tomber, il les fourra dans la poche de son survêtement. Le portail grinça tandis qu'on l'arrachait de ses gonds.

Il se précipita vers le mur du jardin en s'enveloppant les mains. Une lumière de cendre éclairait les tessons de verre. Il respira à fond, prit son élan et sauta. Le tissu sur sa main gauche résista. Du verre s'enfonça dans sa main droite jusqu'à l'os, à l'endroit où la chair tendre était à peine cicatrisée. Il entendit des coups de feu à l'intérieur de la maison, puis le hurlement d'une femme, qui brusquement fut réduite au silence. Ineza ? Béa ? Impossible de savoir. Il se mordit la lèvre et passa une jambe pardessus le mur, sans atteindre tout à fait le haut. Du verre lui lacéra la cheville lorsqu'il réussit à se hisser et retomba de l'autre côté. Il se réceptionna de travers et atterrit de tout son poids sur sa jambe blessée.

« Un cancrelat se cache par là... Rattrapez-le ! » s'écria une voix.

Jean-Patrick se repéra et essaya de courir se réfugier dans la forêt, mais son pied droit se tordait comme s'il n'était plus complètement relié à sa jambe. Il glissa sur la pente abrupte en s'emmêlant dans les broussailles.

Derrière lui, la terre explosa. La vibration de l'onde de choc se propagea jusque dans ses tympans.

La cheville en sang, il rampa à quatre pattes. Une fois dans la forêt, il se redressa et se retourna vers Cyarwa. Des flammes s'élevaient au-dessus des maisons, avec autant d'éclat que les planètes et les étoiles – on aurait dit un ciel à l'envers. Il se força à détourner le regard. La fumée âcre lui entra dans la peau, les yeux et les poumons. Près d'une souche d'arbre pourrie, il commença à creuser en raclant la terre avec une rage qui lui montait du fond des entrailles. La terre, les feuilles, le sang, tout se mêlait. Il s'enfouit dans le trou comme un rat en attendant le silence de la tombe.

Lorsqu'il en émergea, la lune brillait encore, masquée en partie par les nuages qui défilaient à toute allure. Sous la lumière aqueuse, l'ombre des feuillages et des branches évoquait des coulures de sang. Du sang coagulé collait son pantalon sur ses jambes et recouvrait ses bras. Il en releva le bas pour examiner sa cheville déchirée – le tendon à vif, d'un blanc nacré. Avec ce qui restait de sa chemise, il banda ses plaies.

Marcher était difficile. Sa cheville enflée ne lui était d'aucun soutien, et il ne pouvait pas s'appuyer sur son pied droit. Il trébucha sur un tronc et tomba. Non, ce n'était pas un tronc… c'était un corps, les yeux écarquillés dans une ultime terreur. La main près de la tête, les doigts écartés sur son crâne défoncé, le garçon était entièrement nu à l'exception d'une chaussette. Jean-Patrick se releva péniblement. Le sol était jonché de cadavres, comme s'ils étaient tombés subitement dans un sommeil cauchemardesque. Pris de vertiges, il s'enfonça d'un pas chancelant dans l'épaisseur des eucalyptus et des pins. Tantôt marchant, tantôt rampant, il se dirigea vers ce qu'il pensait le mener au sud de la frontière, vers le Burundi.

Les étoiles clignotent, pas les planètes, se répéta Jean-Patrick, s'efforçant de se concentrer sur n'importe quoi pour ne pas penser à Béa. La lune brillait derrière les nuages. Il n'avait ni étoiles ni planètes pour le guider. Son oncle lui avait appris à reconnaître les constellations, lui avait montré les corps célestes qui se déplaçaient dans le ciel nocturne pendant qu'ils pêchaient. Il essaya de se les rappeler, de les exhumer de son enfance. Seul apparaissait le chasseur, couché sur le flanc dans sa paresse équatoriale. *Dans d'autres endroits, il traverse la nuit en chassant l'ours. Ici, comme il fait trop chaud, il se contente de dormir.* C'était ce que lui avait expliqué son oncle. Cependant, dans cette épouvantable obscurité, même le chasseur paresseux avait fui.

Le temps se replia sur lui-même. Aller dans telle ou telle direction n'avait plus le moindre sens. Il entendit un oiseau nocturne, un potamochère, un singe lancer un cri d'alerte, un rat détaler sur une litière de feuilles. Plus rien ne bougeait. Plus rien ne respirait. Il frissonna, transi de froid. L'odeur des pins lui agressait les narines. Ses pieds écrasèrent un tapis d'aiguilles de pins, de lianes et de bégonias sauvages. La douleur lui déchirait le crâne.

Il repéra la trace d'un sentier, mais comme la lune venait de se coucher, il dut le suivre en rampant. Des arbres alentour surgirent des trilles surexcités. Il crut d'abord que c'était des pigeons ramiers troublés qui chantaient à contretemps. Et soudain, des cris et des chants s'élevèrent au-dessus du tumulte des sifflets. *Tubatsembatsembe !* entonnèrent-ils en un chant sauvage triomphant.

Tant bien que mal, il se hissa dans les branches touffues d'un arbre. L'écorce rugueuse écorcha sa paume meurtrie. Plus haut se trouvait un nid de singes abandonné dans lequel il se recroquevilla. Lové dans le berceau de brindilles enchevêtrées, il observa en silence. Muets et en loques, des Tutsis couraient devant leurs poursuivants, tirant des jeunes et des vieux par une main ou les abandonnant à leur destin. Des femmes serraient dans leurs bras des bébés, dont certains étaient manifestement déjà morts. La lueur des torches transformait la nuit en un jour surnaturel.

Les tueurs avaient des feuilles de bananiers autour du cou et des capes de feuillages sur les épaules. De la peinture grise, de la cendre et de la boue masquaient leur visage. Malgré cela, il reconnut un gardien de l'université, un paysan qu'il avait pris l'habitude de saluer dans les champs et le commerçant qui lui avait vendu la pirogue. Ils étaient armés de massues hérissées de clous, de machettes et de lances ; les *interahamwe* avaient des fusils et des grenades, des bidons d'essence attachés dans le dos.

Jean-Patrick voulut fermer les yeux, mais chaque coup porté le faisait les rouvrir. Il n'avait pas de main libre pour se boucher les oreilles. Certains Tutsis hurlaient, suppliaient qu'on les laisse en vie ; d'autres mouraient en silence, sans même lever la main pour se protéger des coups. À force de retenir sa respiration pour ne pas sentir les relents de sang, d'essence et des déjections fétides des singes, il faillit s'évanouir. À la seconde où il aspira une bouffée d'air, il vomit sur lui. L'arbre se mit à trembler, une pluie de brindilles et de feuilles dégringola sur le sol. Entre les branches enchevêtrées, deux tueurs le regardèrent droit en face.

« Hé, ce n'est qu'un singe... Laisse-le !

— Faisons-le descendre... On va le faire griller !

— On a le ventre rempli des vaches des Tutsis, et tu veux faire griller un singe ? *Muturage !* Allons-y !

— Moi, je vais l'attraper ! » L'homme prit une grenade à sa ceinture, la dégoupilla et brandit le bras. À la lueur de la torche, son visage barbouillé de cendre luisait comme celui d'un fantôme, transformé en une forme profane par la soif de sang. Jean-Patrick s'enroula sur lui-même comme un ressort. *Si tu restes calme, ton esprit dira quoi faire à ton corps.*

« *Igicucu !* Tu es dingue ou quoi ? Ne bouge plus ! » Le deuxième tueur immobilisa la main de son comparse. « C'est nous que tu vas tuer... Oublie donc ce satané singe ! » Il lança la grenade au loin sur un enfant et une femme qui fuyaient entre les arbres. L'explosion les envoya voltiger dans l'étreinte de la nuit.

Les arbres plièrent et tremblèrent. Une avalanche de feuilles, de bois, de terre et de chair s'abattit alentour. L'univers se dilata puis se contracta en vibrant. Jean-Patrick eut l'impression que sa tête résonnait comme une cloche qu'on frappe à toute volée.

Le silence retomba. Les attaquants se précipitèrent derrière les rares Tutsis qui avaient réussi à se sauver. Peu à peu, les sifflets stridents diminuèrent. Les cadavres gisaient sur le sol, surpris dans le dernier instant médusé de leur fuite. La vie, douce et obscure, s'écoulait sous eux en cherchant la terre. Jean-Patrick attendit pour descendre que ses bras soient trop las de le tenir. Ne sachant de quel côté aller, il partit au hasard. Lorsqu'un survivant l'implora de lui donner une goutte d'eau, il continua à marcher sans même se retourner.

27

Une pluie diluvienne se mit à tomber tandis qu'il avançait péniblement dans les marais. Dès que les tueurs arrivèrent, il plongea dans la vase au milieu des papyrus. Il sentit plus qu'il ne vit d'autres fugitifs se cacher derrière lui. Chasseurs ou chassés, ils étaient tous pareils à des fantômes, invisibles aux yeux des vivants.

Ses bandages étaient imbibés de sang. Il avait attaché son pied pour le maintenir dans l'axe de sa jambe, mais le bandage était trop serré et sa cheville l'élançait en gonflant à vue d'œil. Des vautours tournoyaient dans le ciel, des nuées de mouches volaient autour de lui. Les palmes des *umunyeganyege* dégageaient une vapeur mièvre et onctueuse de mort qui s'accrochait dans ses cheveux et sur sa peau.

Il avançait dans la vase, nageait, se cachait, puis rampait de nouveau jusqu'à ce que la fatigue et les vertiges l'obligent à se reposer. La nuit venue, quand les tueurs rentraient chez eux, il entrait furtivement dans la forêt pour se mettre au sec. Quelques réfugiés se rassemblaient parfois pour partager le peu de nourriture qu'il leur restait. Perdant la notion du temps, Jean-Patrick ne savait plus quand se terminait un jour ni quand commençait le suivant. Seuls les chants des tueurs qui allaient et venaient le renseignaient. Il léchait des gouttes sur les feuilles, buvait l'eau des marais polluée par les cadavres en décomposition. Il cueillait des fruits sauvages, arrachait des racines et attrapait des vers qu'il se forçait à manger. Désormais, seule la mort était affamée. *Urupfu rurarya ntiruhaga* – la mort mange sans être jamais rassasiée.

Les tueurs repérèrent un groupe de Tutsis qu'ils obligèrent à sortir des roseaux ; une mère et ses enfants, parmi lesquels un bébé. Jean-Patrick était si près qu'il lui aurait suffi de tendre la main pour les toucher. Ils se laissèrent tomber en silence dans l'attente des coups. Même le bébé s'abstint de pleurer. La mort avait depuis longtemps avalé leurs voix.

À un moment donné, pendant qu'il dormait, la pluie avait cessé, et les étoiles sortirent de leur cachette. Jean-Patrick devina à la lueur tremblotante que l'aube approchait, mais, dans le ciel, aucun oiseau ne chantait. Il examina sa cheville. La veille, une grand-mère s'était reposée à côté de lui. Avant de s'allonger, elle avait cueilli des feuilles dans la brousse et les avait écrasées avec une pierre pour les étaler en cataplasme sur sa blessure. Ça avait dû lui faire du bien. En tout cas, la douleur avait diminué, et l'écoulement opaque s'était arrêté. Au loin, un chien aboya, puis un deuxième. Après avoir serré le bandage, il repartit en boitant vers le marais. Alentour, d'autres fugitifs sortirent d'entre les arbres, telle une procession d'ombres.

Un jeune garçon arriva à sa hauteur. « *Mwaramutseho* – bonjour, murmura-t-il.

— *Mwaramutse* », répondit Jean-Patrick. L'enfant glissa sa main dans la sienne. « Tu es tout seul ? »

L'enfant acquiesça d'un signe de tête, puis il disparut. Bientôt le soleil se leva, brillant avec une parfaite indifférence sur les tueurs et ceux qui attendaient qu'on les tue.

Il n'aurait pas pu emmener Béa ; elle ne l'aurait pas supporté. Il songea à ses yeux, à leur éclat d'obsidienne. Comment s'appelait ce minéral basaltique vert ? Ah oui !

L'olivine, le minéral de la mer. Jean-Patrick n'avait jamais vu la mer, mais il imaginait des vagues vertes venant lécher un chaud rivage. Quelque chose au fond de son cœur lui disait que Béa était en vie. Cette pensée l'aidait à continuer. S'il n'avait tenu qu'à lui, il aurait pu se laisser glisser dans la crasse et s'endormir à tout jamais.

Il repensa à une photo. Il devait avoir trois ans. Ses parents avaient l'air aussi grands que des arbres. Jacqueline était tout bébé dans les bras de sa mère, un ruban rose dans les cheveux – un petit paquet rose et blanc, la peau couleur bois de fer, des petits souliers rouges… Une cérémonie à l'église ? Probablement. Les filles en robe de dentelle blanche, les voiles blancs flottant sous les couronnes de perles… Tous ces cousins qu'il était incapable de nommer, et qui étaient maintenant sans doute morts, se serraient les uns contre les autres. Roger et lui, en petit costume, se tenaient par la main, avec un air sérieux d'adulte. Leur mère portait un collier de perles et un long châle en satin, leur père une cravate décorée de lunes argentées et d'éclairs dorés. Jean-Patrick ne se souvenait pas de ce qu'était devenue cette photo. S'il l'avait eue à l'instant même, il l'aurait avalée. Un morceau de braise scintillante, un signe de vie.

La nuit tombait. Il rampa hors de l'eau telle une créature préhistorique à laquelle auraient poussé des terminaisons préhensiles. Il tituba en direction de la brousse, trouva un trou au fond duquel se cacher. À l'aube, il ne retourna pas dans le marais. En plein jour, la forêt était dangereuse, mais il ne supportait plus la puanteur de la boue, les feuilles de palmes au bord tranchant, les cadavres en décomposition aux chairs molles et enflées sur lesquels il trébuchait. Il avait envie de rester au sec rien qu'encore une heure. De nouveau il se laissa sombrer dans le sommeil des morts.

« Lieutenant, regardez le serpent qu'on a surpris en train de ramper dans la brousse ! » L'arrachant au sommeil, des mains agrippèrent Jean-Patrick sous les aisselles et l'extirpèrent de son trou. Il se débattit et leur échappa un instant, mais les mains le rattrapèrent en le forçant à se mettre debout. Le jour était levé ; il tombait une légère bruine. « Il est grand… et costaud ! » Les soldats le tenaient fermement.

Un gradé s'approcha, la chemise sortie du pantalon, une énorme bedaine pointant en avant. Jean-Patrick n'en crut pas sa chance… Le soldat du poste de contrôle de Cyarwa ! « Lieutenant, c'est moi… Mister Olympique… » Il lui tendit la main, mais le militaire refusa de la prendre. « Vous vous rappelez ? Rutembeza est mon entraîneur. »

Le lieutenant lui saisit le menton et lui tourna le visage d'un côté puis de l'autre. « Hé, regardez un peu qui on vient de capturer ! » Ses yeux vides semblaient dépourvus de toute humanité. « On ne peut pas abattre ce cancrelat ici… Je vais l'amener au major. » Il le bouscula en riant. « Ton coach olympique… Ton cher Rutembeza ! »

Jean-Patrick secoua la tête pour y voir plus clair. Il lui manquait un lien, une conclusion à laquelle il fallait qu'il parvienne.

Le lieutenant le poussa vers le camion avec la crosse de son fusil. « Si tu cours, je te rattrape immédiatement. Et sinon, je pourrai toujours t'abattre ! » dit-il en riant. Il le fit grimper à l'arrière puis remonta le rabat. Jean-Patrick resserra le bandage autour de son pied. S'il arrivait à sauter du camion, peut-être parviendrait-il à courir…

« Hé, Mister Olympique, tu as presque réussi, pas vrai ? » Le lieutenant montra les montagnes toutes proches d'un bleu scintillant. « La frontière n'est qu'à quelques kilomètres. Oh, j'allais oublier… » Il sauta à l'arrière du camion, d'un mouvement leste et gracieux compte tenu de sa corpulence, et lui attacha les mains dans le dos.

Ils cahotèrent sur la route boueuse parsemée de cadavres. Des femmes nues à partir de la taille, un homme avec une chaussure à un pied, l'autre près de lui, deux petits enfants dans les bras l'un de l'autre. Des affaires éparpillées au vent s'accrochaient dans les arbres. Des papiers d'identité voletaient tels des papillons moribonds. Les *interahamwe* étaient assis dehors sur des canapés et des fauteuils. Des femmes marchaient chargées de télévisions, de chaînes stéréo, de vêtements et de marmites. Des hommes transportaient des plaques de tôle sur la tête. Un enfant courait en serrant contre lui une girafe en peluche. Des chiens errants déchiquetaient les cadavres. Jean-Patrick n'arrêtait pas de se cogner la tête au pare-brise arrière. C'en est fini des jeux Olympiques, songea-t-il. Et d'un seul coup, sans même savoir pourquoi, il éclata de rire. Puis il s'endormit.

Il se réveilla en sursaut à la seconde où le camion s'arrêta. En ouvrant les yeux, il vit son coach le dévisager. Sa cheville l'élançait sous le bandage.

« Je m'occupe de lui. » Rutembeza abaissa le rabat, l'aida à descendre, puis l'emmena vers une jeep et le poussa sur le siège.

« Hé, major, pourquoi vous ne le laissez pas dans le camion ? Il pue !

— C'est bon. J'ai l'habitude. » Le coach s'installa derrière le volant, mit le contact, passa la première et rejoignit la route. « Jean-Patrick, *amakuru* ? »

La question le fit sourire malgré lui. « Oui, ça va. Et vous ?

— Moi ? Pas très bien. » Il avait le visage dur, les traits tirés. Son uniforme taché de sang empestait. « Tu aurais mieux fait de m'écouter. Pour une fois, tu aurais dû faire ce que je t'avais dit. » Que lui avait-il dit ? Jean-Patrick n'en avait plus aucun souvenir. « Je suis allé te chercher dans ta chambre pour t'emmener ailleurs, mais tu avais disparu. Jolie m'a dit que tu étais passé à la maison. Et j'avais beau savoir où tu étais, je ne pouvais pas aller te chercher là-bas. » Il le regarda dans les yeux. « Pourquoi m'as-tu désobéi ? »

Jean-Patrick crut voir de la tristesse dans les rides autour de ses yeux. De la tristesse et de la lassitude. « Vous saviez que Daniel était mort ?

— Je l'ai entendu dire à la radio.

— Cette maison où j'étais… » Il se refusait à prononcer le nom de Béa devant lui. « Vous savez ce qui s'y est passé ?

— Oui.

— Est-ce que vous étiez là quand… » Il ne put terminer sa phrase. Ne put affronter la réalité.

« Non. Mais je leur ai donné l'ordre de te ramener si jamais ils te trouvaient. À ce moment-là, j'aurais encore pu t'aider.

— Seulement, ce n'est pas vous qui…

— Non.

— Ils ne m'auraient amené nulle part. Ils m'auraient abattu sur place. » Il souleva sa cuisse pour bouger sa jambe ankylosée. « Vous croyez que quelqu'un a réussi à s'échapper ?

— Non. Pas possible. »

Tout était possible. Jean-Patrick se refusait à croire le contraire.

« Je vais devoir te tuer, ajouta Rutembeza.

— Je sais. »

Le coach le conduisit à l'arboretum. Avec les pluies, les cultures avaient poussé. Dès qu'il ouvrit la portière, l'air pur et parfumé l'assaillit, si vif que c'en était douloureux.

« Qu'est-ce que tu t'es fait au pied ? demanda Rutembeza en s'agenouillant pour resserrer son bandage.

— Je me suis esquinté en escaladant un mur. Sur des tessons. » Il se tortilla pour montrer sa paume. La corde lui brûlait les poignets. « Et aussi à la main.

— Les stigmates.

— Oui.

— Tu es capable de courir ?

— Je crois… Je ne me sens pas très solide, mais s'il le faut, je courrai. » Il esquissa un sourire. « Vous me connaissez…

— Oui, Jean-Patrick, je te connais. » Il laissa sa main sur son pied. « Je vais te donner une chance. Si tu réussis, tu devras de nouveau te débrouiller tout seul.

— Vous n'allez pas me détacher ?

— Non. Si on te rattrape, je n'aurais pas de justification à donner. » Un camion poussif gravissait la route en patinant dans la boue. « Descends… Il va falloir te dépêcher. » Le camion se rapprochait. S'il échouait, au moins quitterait-il ce monde en courant… Le coach le sortit de la jeep et le poussa en avant. « Go ! Go ! Go ! »

Jean-Patrick dut faire un effort pour se tenir debout. Le camion était si près qu'il entendait les propos des soldats. Et il n'avait pas besoin de se retourner pour savoir ce qu'il transportait… S'arrachant de toutes ses forces, il s'élança d'une étrange démarche empotée. S'il faisait abstraction de la douleur et courait en zigzag, il y parviendrait peut-être…

« La prochaine fois qu'on se verra, ce sera à Atlanta ! lui lança le coach. Aux jeux Olympiques ! »

La détonation résonna à la fois très loin et à l'intérieur de son crâne. Il mit une éternité à tomber, en proie à une sensation de soulagement. Il eut le temps de s'étonner du trajet que suivit la douleur qui irradia simultanément dans sa cheville et dans sa tête, d'imaginer les deux parcours se rejoindre telles deux rivières. L'espace d'une seconde, il eut l'impression de nager. Puis de se noyer.

LIVRE IV

L'AUTRE BOUT DE LA TERRE

Umuntu asiga ikimwirukaho
ariko ntawusiga ikimwirukamo.
On peut distancer ce qui court après soi,
pas ce qui court en soi.

28

Gihanga, Burundi

Dans le matin étincelant, l'homme était visible de très loin. Il montait sur le chemin d'un pas alerte, la tête baissée, le visage dissimulé sous une casquette de couleur foncée. Il portait un gros paquetage, et on devinait à sa façon de balancer les bras en cadence qu'il s'agissait d'un soldat. Sa façon de se mouvoir avait quelque chose d'étrangement familier, même si, à cette distance, il était difficile de dire quoi. Jean-Patrick sentit son cœur s'accélérer, cependant, après tant de déceptions, il était las de s'emballer. Dans le sillage du soldat se soulevait un tourbillon de poussière rouge.

Au moment où il attira son attention, Jean-Patrick travaillait dans le jardin. À cause des heures qu'il venait de passer à désherber, sa cheville l'élançait. Il alla en boitillant au bout du terrain à l'affût du moindre geste lui confirmant que, cette fois, il avait eu raison de croire qu'Imana lui avait enfin prêté l'oreille.

Le soldat parcourut encore quelques mètres avant de se tourner vers la maison. Il s'arrêta, avança un peu, puis s'immobilisa de nouveau en regardant vers Jean-Patrick. Celui-ci l'encouragea d'un signe de main. Sans doute était-ce l'ami de Tante Spéciose, inquiet de voir un inconnu dans son jardin. La guerre qui avait éclaté au Rwanda comme une explosion nucléaire et s'était éteinte avec la victoire du FPR continuait à couver interminablement au Burundi.

Le soldat accéléra l'allure. Les bras en l'air, il cria quelque chose qu'emporta le vent. Au bout de quelques pas, il se mit à courir. Jean-Patrick l'entendit crier son nom. Il observa la mâchoire carrée, la foulée familière qu'il avait mis tant de temps à rattraper. Après avoir passé tous ces mois à s'interdire le moindre espoir, il comprit qu'il lui était possible de laisser battre pleinement son cœur. Jetant sa houe par terre, il ramassa sa canne et s'avança sur la route.

Jean-Patrick et Roger se tenaient dans les bras en plein soleil en se balançant en silence. Le seul bruit perceptible était celui de leur respiration. Les mots qui leur permettraient de repasser de l'autre côté de l'abîme où gisaient tant de morts restaient encore à inventer.

« Tu es en vie ! » finit par murmurer Jean-Patrick. Il recula pour regarder son frère. La guerre avait taillé une ère géologique dans sa chair.

« J'étais certain moi aussi que tu étais en vie… et que si je ne te trouvais pas au Rwanda, je te trouverais ici. Tout de même, je n'arrive pas à croire que je suis là en face de toi… » Roger l'empoigna par les épaules. « Il ne nous reste plus personne… »

Jean-Patrick prit sur lui pour ne pas défaillir. Au fond de lui, il l'avait su. Si qui que ce soit de sa famille avait survécu, il ou elle aurait trouvé un moyen de prévenir Tante Spéciose. Cependant, avant que les paroles de Roger ne viennent l'éteindre, il n'en avait pas moins conservé une infime lueur d'espoir. « Viens à la maison. Tata est partie au marché et Oncle Damien est à son travail. » Il essuya des traces de terre et de sueur sur ses joues en esquissant un sourire. « Il est enseignant, comme Papa.

— Oui, je me souviens. Il me l'a dit quand je suis venu… *avant*. » Les mots qui divisaient le Rwanda en deux : *avant* et *après*. Cet *après* qui remontait seulement à un mois.

« Quand j'ai aperçu de loin Tante Spéciose, mon cœur a fait un bond. Elle ressemble tellement à Maman que j'ai cru que c'était elle. Ce n'est qu'en arrivant à un mètre que j'ai vu que je m'étais trompé. » Une main sur l'épaule de son frère, l'autre sur sa canne, Jean-Patrick se mit en marche vers la maison.

« Hé, qu'est-ce qui t'est arrivé ? » Accroupi dans la poussière, Roger examina la peau enflée et violacée, la cicatrice qui s'étirait en zigzag entre la cheville et le mollet. « Tu connais celui qui t'a coupé ? S'il est encore en vie, je te promets qu'il devra en répondre devant la justice ! »

La justice ? Qu'est-ce que c'était ? « Tu l'as devant toi, mon frère. Je me suis esquinté en sautant par-dessus un mur. » Il ôta le feutre qu'Oncle Damien lui avait donné et passa sa main sur une ligne de peau rose au-dessus de son oreille. « Cette blessure par balle, par contre, je n'y suis pour rien !

— Quoi ? Une balle ? *Mana yanjye !*

— *Yego.* C'est une longue histoire, mais nous avons tout le temps... Viens boire et manger quelque chose. D'où que tu arrives, le voyage a dû être éprouvant. »

Ils s'installèrent autour de la petite table que Damien avait fabriquée et burent du Fanta. Jean-Patrick coupa des mangues et des papayes, puis éplucha un concombre et une tomate qu'il saupoudra de gros sel. « Si tu es prêt à me raconter, je suis prêt à t'écouter. »

Roger s'essuya les doigts sur son pantalon. « Je suis prêt.

— Tu es allé là-bas ?

— Oui.

— Et tu es sûr que... ?

— Oui. J'ai parlé à Mukabera. Elle est la seule de nos voisins hutus à ne pas s'être enfuie au Zaïre avec les *interahamwe*. Si je ne l'en avais pas dissuadée, ma compagnie l'aurait abattue. Après toutes les horreurs qu'on a vues, pas mal de gars étaient très remontés. » Il regarda alentour. « Il y a de la bière ?

— Spéciose va en rapporter du marché.

— Pour ce qui est de Maman, Jacqueline et les filles, je ne suis pas certain, poursuivit Roger. Oncle Emmanuel a dit à Mukabera qu'il les emmenait à l'église à Ntura. Une fois que les tueurs ont eu fait leur boulot, les *interahamwe* ont verrouillé les portes et mis le feu. Il n'y a eu que très peu de survivants. J'ai inscrit leurs noms sur tous les panneaux d'affichage dans les camps et étudié chaque photo qui y était punaisée. Mais je n'ai eu aucune nouvelle. Je ne pense pas qu'ils marchent encore parmi les vivants.

— Et le reste de la famille… ils sont à la maison ? »

Roger posa sa main sur la sienne, une main rêche et calleuse, comme celle de leur oncle. « Oui. Mukabera m'a dit qu'Oncle Emmanuel était mort en se défendant. Elle l'a trouvé la hache à la main. Et elle la lui a laissée – c'était la seule marque de respect qu'elle pouvait lui témoigner. Les tueurs ont dû l'abandonner là pour les mêmes raisons, mais quelqu'un l'aura sans doute vite emportée… » Une mouche se posa sur la table. Roger la chassa de la main. « Ils ont même tué ta petite chienne. Mukabera a vu le cadavre de Pili sur la poitrine de Zachary.

— *Mana yanjye*… ils ont laissé les corps comme ça par terre ? »

Jean-Patrick ressentait un tel chagrin qu'il aurait pu remplir tous les océans du monde, pourtant il ne trouvait pas une seule larme dans son cœur. Tout en lui s'était desséché, ratatiné. « Tu les as enterrés ?

— Au moment où on est arrivés là-bas, ce qui restait avait été éparpillé par les animaux – je t'épargne les détails. On a creusé une fosse commune pour tous les gens de la colline, mais on n'a pas été trop minutieux. J'espère seulement que, un jour, on retrouvera toi et moi leurs ossements pour que les nôtres puissent reposer en paix, selon la coutume. On leur doit bien ça… » La lumière pâle et poussiéreuse qui pénétrait par l'étroite fenêtre tomba sur le visage de Roger en parant ses yeux de reflets topaze. Il avait les mêmes yeux que Mathilde. Jean-Patrick ne l'avait encore jamais remarqué. « Tu vas rentrer au Rwanda avec moi ?

— Je ne peux pas. J'attends un visa pour les États-Unis que mon professeur américain m'aide à obtenir. Étant donné que j'ai demandé le statut de réfugié, si je rentre pour une raison ou une autre, ils me le refuseront. » Jean-Patrick agita les mains. « Mais ça fait partie de ma longue histoire... qui peut attendre. Spéciose ne va plus tarder, et elle va vouloir t'entendre raconter les nouvelles. Mon récit à moi, elle le connaît déjà. » Du moins l'ossature, ajouta-t-il dans son for intérieur, pas la chair à vif.

Roger sortit une cigarette de son paquet et se leva. « Tu peux fumer à l'intérieur, dit Jean-Patrick. Oncle Damien le fait tout le temps. » Il alla chercher un cendrier en argile au milieu duquel courait une fente. Son regard s'attarda sur la flamme de l'allumette que craqua son frère, la lueur de la braise, les deux rubans de fumée qui sortirent de ses narines. Alors seulement il demanda : « Tu es allé à Butare ?

— Oui. Je pensais par je ne sais quel miracle que peut-être je t'y trouverais. » Roger fixa le bout de sa cigarette. « Je suis désolé de devoir te dire ça, mais j'ai vu la maison de Niyonzima... Ce n'était plus qu'un tas de cendres. C'est là que tu étais ? »

Jean-Patrick avait beau le savoir, l'entendre de la bouche de son frère lui fit l'effet que s'ouvrait devant lui une tombe dans laquelle il risquait de basculer. « Oui. Quand les militaires et les *interahamwe* ont débarqué, j'ai sauté par-dessus le mur, et c'est comme ça que je me suis bousillé la cheville. Béa était avec moi, mais, à la dernière seconde, elle a fait demi-tour. » C'était la première fois qu'il extrayait ces mots de sa mémoire pour leur donner forme et substance. « Ce que je me demande, c'est s'il y a une chance, même infime, que quelqu'un ait pu en réchapper. » D'après la théorie de la physique quantique, il l'avait lu, une personne adossée à un mur pouvait se retrouver de l'autre côté si les molécules se réalignaient simultanément comme il le fallait.

Roger souffla un rond de fumée bleue. « C'est possible. » Jean-Patrick comprit toutefois à son expression qu'il n'y croyait pas. Elle disait qu'il y avait autant de chances qu'ils se réveillent un beau matin dans leur maison de Gihundwe en voyant leurs parents près de leur lit et que ces dix dernières années de leur vie n'aient été qu'un horrible cauchemar.

« J'ai entendu annoncer leurs noms sur RTLM – à tous les trois –, mais il est vrai que j'ai aussi entendu le tien.

— Quoi ? Ils ont cité mon nom ? » La possibilité frémit, effleurant de son doigt osseux le bord de la tombe.

« Ils s'en sont même vantés ! On se battait à proximité de Kigali. Je venais de retourner au camion et d'allumer la radio quand ils ont dit qu'ils t'avaient pris à un barrage routier. J'ai donné un coup si violent sur le tableau de bord que ma main est restée enflée une semaine ! » Il lui montra la cicatrice sur son poing. « Mais, une fois le choc passé, une petite voix m'a soufflé que ce n'était pas vrai. Mon frère, il est trop fort, je me suis dit. Et depuis, je savais que je te retrouverais.

— L'idée de te revoir m'a aidé à tenir le coup », avoua Jean-Patrick. Ça, et le fragile espoir que Béa était toujours en vie.

Le soleil avait entamé sa descente et n'éclairait plus la fenêtre. Les reflets topaze avaient disparu des yeux de Roger. « C'est drôle, dit-il. Quand ils ont donné le nom de la femme de Niyonzima, ils ont prétendu qu'elle était tutsie. Tu étais au courant ? »

Jean-Patrick secoua la tête. « On aurait facilement pu la prendre pour une Tutsie – d'ailleurs, c'est souvent arrivé –, mais elle était hutue. »

Dans la soirée, les deux frères allèrent s'asseoir à l'extérieur. La pleine lune éclairait la brousse comme un projecteur. Spéciose leur avait apporté une petite table et deux bouteilles d'*ikigage*. Bien que Jean-Patrick n'ait bu que la moitié de sa bouteille, la bière de sorgho très forte lui fit tourner la tête. Des volutes de fumée s'élevaient de la spirale antimoustiques. De temps à autre, une salve de détonations retentissait dans la forêt. La guerre, semblait-il, ne s'éloignerait jamais.

« Tu te rappelles le toit qu'Oncle Emmanuel avait fait pour nous à l'époque où on est allés vivre chez lui ? demanda Roger.

— Comment je pourrais l'oublier ? Quand je pense à quel point il était fier de sa tôle ondulée et comme on s'en est moqués, je pourrais ramper sous terre de honte !

— Les tueurs l'ont volée, jusqu'au dernier bout de métal. Pendant qu'on avançait, on voyait plein de Hutus s'enfuir avec des toitures empilées sur la tête. Si lourdes qu'ils arrivaient à peine à marcher ! »

L'image fit sourire Jean-Patrick. Une danse de pilleurs et de tueurs fuyant vers la frontière en titubant… Il demanda à son frère s'il était allé à Gihundwe. Il y était passé, mais il ne restait plus rien de l'école, et les survivants se comptaient sur les doigts d'une seule main.

Spéciose leur apporta deux autres bouteilles. Elle caressa la joue de Roger. « Tu as le beau visage de ta mère, dit-elle en retenant ses larmes. Il va falloir rentrer. C'est bientôt l'heure du couvre-feu.

— Les combats ont lieu tout près d'ici ? s'enquit Roger en se tournant vers la brousse.

— Ça dépend… Ici, ce n'est pas comme à Bujumbura, où on craint pour sa vie rien qu'en allant au marché. Mais, à la nuit tombée, ça devient dangereux partout. » Jean-Patrick esquissa un sourire. « En tout cas, maintenant, je suis du bon côté !

— Du bon côté ? Parce qu'il y en a un ? » Roger alluma une cigarette. La flamme de l'allumette éclaira son visage. « Je t'ai apporté quelque chose… » Il sortit de son sac un paquet enveloppé dans du papier journal. À l'intérieur se trouvait la bible de Zachary, les pages cornées et couvertes de traces de sang séché. « C'est Mukabera qui l'a sauvée. Il la serrait dans ses bras. Les tueurs devaient savoir qu'ils avaient commis trop de péchés mortels pour ne pas s'attirer les foudres du Seigneur s'ils la volaient. »

Jean-Patrick respira la bible imprégnée du sang de son frère ; il sentit une odeur de pourriture, l'odeur ferrugineuse de la mort. Brusquement, il se retrouva accablé de chagrin.

« Elle a aussi trouvé ça, dit Roger en ouvrant le poing. Tu la reconnais ? »

Jean-Patrick examina la médaille de saint Christophe. « Ce n'est pas celle d'Oncle Emmanuel, mais je l'ai déjà vue…

— Pense à la pêche. »

D'un seul coup, il revit la pirogue, la lueur de la lanterne sur le torse nu, la médaille tourner et scintiller… « Fulgence… Le voir remonter les filets me fascinait…

— Il faisait partie des tueurs. Mukabera l'a vu.

— Qu'est-ce que tu vas en faire ? » Jean-Patrick lui rendit la médaille.

« La garder, répondit Roger en la mettant dans sa poche. Pour la lui montrer avant de l'abattre. »

L'inquiétude s'empara de Jean-Patrick. À l'instant, il se sentait trop épuisé pour songer à la vengeance. Plus tard, cependant, tout pourrait changer.

« Je partirai à Boston dès que j'aurai reçu mon visa. » Il but une longue goulée de bière. « Pourquoi tu ne viens pas avec moi ?

— Mon frère *muzungu* ! s'esclaffa Roger en lui tapant sur la cuisse. Pourquoi pas ? Ici, il n'y a rien pour moi. Je ne crois pas qu'on m'élise président dans un proche avenir.

— Tu pourrais t'engager dans l'armée américaine.

— Le combat, pour moi, c'est terminé.

— Et One Shot ? Tu sais ce qu'il est devenu ? »

Roger sourit. « Il travaille pour une ONG qui s'occupe d'enfants soldats. C'est un homme important, qui va faire des conférences un peu partout. Ils lui ont offert une jambe toute neuve – peut-être qu'il pourra encore courir le marathon. *Mana yanjye*, il a été si brave.... On a toujours pu compter sur lui. » Il se pencha et toucha la plaie encore tendre sur le crâne de Jean-Patrick. « Et ça, c'est quoi ? »

De la forêt monta le cri d'alerte d'un singe. Jean-Patrick prit une autre gorgée de bière et attendit que la douleur dans sa cheville se soit apaisée. « Le coach... » Lentement, il se força à décrire un cercle avec son pied. « Il m'a emmené à l'arboretum dans l'intention de me tuer, mais il m'a laissé une chance de m'échapper. En réalité, j'aurais dû mourir, mais mon corps s'est cramponné à la vie. J'ai entendu le coup de feu et ressenti une douleur déchirante dans la tête. Ma dernière pensée a été : je suis foutu. Mais ensuite, je me suis réveillé dans ses bras. » Il plongea dans la terre noire du tunnel de sa mémoire en se demandant s'il parviendrait jamais à ressortir à l'autre bout du monde. « Je ne sais toujours pas s'il est un excellent tireur ou s'il m'a raté par inadvertance... » Il laissa échapper un petit rire. « Peut-être que j'aurai l'occasion un jour de lui poser la question ! »

Roger sortit de son sac une feuille de papier qu'il lança sur la table. « Des mauvaises nouvelles, encore et toujours », dit-il.

Jean-Patrick prit la feuille froissée et lut : *Iyo inzoka yizilitse ku gisabo ugomba kikimena ukabona uko uyica* – Quand on tue un serpent enroulé autour d'une calebasse, on casse la calebasse s'il le faut pour le tuer. C'était un vieux dicton rwandais, et il n'y avait aucun doute qu'il avait été écrit par le coach. « Qu'est-ce que c'est ?

— On l'a trouvé dans sa poche le jour où on est allés chez lui. Il était dans le jardin. Il s'était tiré une balle dans la tête, en vrai soldat. »

Jean-Patrick ressentit un vide au creux du ventre. « Qu'est-ce qu'il voulait dire par là, d'après toi ?

— La même chose que d'habitude, sans doute... Que nous les Tutsis on est des serpents et le Rwanda la calebasse.

— Je ne vois pas quel autre sens ça pourrait avoir. »

Jean-Patrick se dit qu'il aurait dû ressentir... quoi ? De la rage ? Du chagrin ? Béa mise à part, personne n'avait eu autant d'influence sur sa vie, pourtant il n'arrivait pas à démêler l'écheveau de la longue histoire qu'ils avaient partagée. Le moment venu, il savait qu'il éprouverait de la rage, et aussi du chagrin. Mais, à l'instant, il ne ressentait qu'une douleur sourde à cet endroit que Rutembeza lui avait appris être la source de toute son énergie.

Il se tourna vers son frère. « Qu'est-ce que tu peux me dire aujourd'hui que tu n'aurais pas pu me dire avant ? Si je n'avais pas été dans l'incapacité de ressentir quoi que ce soit à l'époque où on m'a confié à lui, voir cet homme en uniforme militaire avec son arme qui empestait le sang m'aurait fait un tel choc que ça m'aurait tué.

— Pendant qu'il t'entraînait, il entraînait aussi des milices dans la forêt. Et il les armait. Raison pour laquelle j'ai essayé de te mettre en garde le jour où je suis venu te voir à Butare. Les massacres n'ont en rien été une surprise pour lui. Il a contribué à les planifier. »

Les disparitions constantes du coach... La chambre d'ami fermée à clé, la lourde caisse sous le lit... Tous ces signes murmurés que Jean-Patrick avait refusé d'entendre et de voir.

« Et Jolie, sa domestique... tu l'as retrouvée ?

— Elle a dû partir au Zaïre, répondit Roger en haussant les épaules.

— Je ne peux quand même pas oublier que, à la fin, c'est lui qui m'a sauvé. Je me revois à moitié inconscient dans ses bras, et après dans la jeep... J'ai pensé qu'il m'emmenait ailleurs et qu'il allait me tuer, mais je n'arrivais pas à rester éveillé. Je n'étais plus en état de m'inquiéter. Et ensuite, je me suis réveillé dans un lit chez mon ami Jonathan. Il était censé partir au Burundi avec son *umukunzi*, Susanne, et ils devaient nous cacher, Béa et moi, dans le coffre, mais, ce soir-là, les massacres ont commencé. Et après, ils ont refusé de fuir. C'est ce qui explique que Rutembeza les ait trouvés chez eux. Quand j'y repense, il devait savoir qu'ils étaient là... » Il rit. « Le coach avait le don de toujours tout savoir !

« Leur cuisinier, Amos, était tutsi lui aussi, et ils le protégeaient. » Jean-Patrick essuya un peu de mousse sur ses lèvres. Demain, il aurait la migraine. « Le coach a promis à Jonathan une escorte militaire pour qu'il puisse finalement mettre son plan à exécution. Sauf que ce n'est pas Béa mais Amos qui s'est roulé en boule contre moi dans le coffre. »

Jean-Patrick se leva péniblement. « On ferait mieux de rentrer avant que les rebelles rappliquent... Ça suffit comme ça. » Sur le seuil, il retint Roger par la manche. « J'ai une chose à te demander...

— Ce que tu voudras.

— Est-ce que tu vas retourner à Butare ? Peut-être pourras-tu me donner des nouvelles...

— C'est comme si c'était fait. »

Spéciose et Damien dormaient. Roger et Jean-Patrick gagnèrent le fond de la maison obscure sans faire de bruit. Ils se couchèrent côte à côte sous les couvertures. Jean-Patrick se serra contre son frère pour se réchauffer, comme il l'avait fait toutes ces nuits du temps où ils étaient enfants, du temps où le monde paraissait être encore solide sous leurs pieds.

1995

29

Au moment où il attacha sa ceinture et vit la brume de chaleur qui vibrait sur le tarmac, Jean-Patrick prit conscience qu'il avait peur. Son corps tremblait de plus en plus à mesure qu'augmentait le bruit des moteurs, et il se sentait aussi coincé que dans un car Onatracom. Comme l'exigeaient les consignes, il glissa le sac à dos que Jonathan lui avait envoyé des États-Unis sous son siège qu'il remonta en position verticale. Il se fit la réflexion que les Rwandais faisaient toujours ce qu'on leur disait. Ses genoux se cognaient au siège de devant.

Sa voisine resserra le châle dans lequel elle tenait un bébé qui hurlait. D'humeur enjouée et très grande, elle avait une beauté délicate. À l'instant où elle lui sourit, la vie frémit dans le cœur de Jean-Patrick.

« C'est une fille ou un garçon ?

— Un garçon », répondit la jeune femme en dégageant la petite tête de son cocon. Voir l'enfant sans dents aux yeux écarquillés de peur fit rire Jean-Patrick.

« Je comprends très bien ce qu'il ressent…

— C'est la première fois que tu prends l'avion ? » Elle frotta le nez du bébé contre le sien en roucoulant. Des bracelets dorés étincelaient sur son poignet.

« Oui, c'est la première fois. Je viens du Rwanda. De Cyangugu. » L'avion s'ébranla sur la piste dans un vacarme assourdissant.

« Je suis désolée... *Imana ikurinde !* » soupira la jeune femme en s'adossant à son siège. Puis elle se redressa et lui tendit la main. « Je m'appelle Eugénie. Je viens de Bujumbura. »

Le fait de mentionner le nom de son pays de naissance et de recevoir à chaque fois des excuses ou une bénédiction lui faisait un effet curieux. « Je vais vivre à Boston, dit Jean-Patrick en lui serrant la main.

— Nous aussi, on va à Boston. Mais pour aller ensuite à Montréal. Tu auras au moins le temps de t'habituer au climat avant qu'arrive l'hiver... La différence de température est un vrai choc. » Elle lui sourit de nouveau ; une sensation de chaleur l'envahit.

L'avion accéléra, la piste devint noire et floue. Il y eut un dernier cahot, et ils se retrouvèrent en l'air. La ville de Bujumbura s'éloigna, semblable à un tapis. Le lac Tanganyika scintillait comme un diamant noir. Qu'avait dit Jonathan ? Que c'était le deuxième lac le plus profond du monde ? L'endroit le plus bas en Afrique ? Il se rappelait que, comme le lac Kivu, le Tanganyika faisait partie de la vallée du Rift de l'Afrique de l'Est, et que le continent africain se déchirait par à-coups le long d'une couture en zigzag sous la croûte brûlante de plus en plus mince.

Jean-Patrick prit son sac et en sortit sa bible – une nouvelle bible, cadeau de départ de Tante Spéciose. Celle de Zachary était dans sa valise, enveloppée dans des journaux et des sacs en plastique. Il n'avait pas eu le cœur de la laisser derrière lui.

La vie avançait toujours en forme de cercle, songea-t-il tandis qu'il cherchait un passage à lire. Il avait passé des années à tenter d'extraire la vie de son père des mots qu'il avait écrits, mais son journal avait été détruit avant qu'il y soit parvenu. Il avait maintenant la bible que leur père avait transmise à Zachary, et, quand il en trouvait le courage, il essayait de se confronter à la dernière chose que son frère avait lue, de découvrir de quel passage il avait tiré consolation dans l'attente de la mort.

Il laissa le livre s'ouvrir au hasard et tomba sur Isaïe. *Car les étoiles des cieux et leurs astres ne feront plus briller leur lumière, le soleil s'obscurcira dès son lever, et la lune ne fera plus luire sa clarté. Je punirai le monde pour sa malice*... Il ne put aller plus loin. Il imagina son frère se réconforter plutôt avec le Cantique des Louanges. *Car le Seigneur est ma force et ma gloire, et il est devenu mon salut. Vous puiserez de l'eau avec joie aux fontaines du Sauveur.*

Il se souvenait de Zachary le jour de Pâques, le visage en extase tandis que des rubans de lumière tombant des vitraux se répandaient sur sa chemise blanche. Il se rappelait le trajet jusqu'à l'église – le soleil qui jouait dans les cheveux de Jacqueline, les fleurs qui dansaient sur les pagnes de sa mère et de sa tante –, un souvenir encore assez intense pour le bouleverser.

La lecture le plongea dans une sorte de torpeur. Il posa la bible sur ses genoux. Prudemment, il ferma les yeux. Parfois, des images surgissaient malgré lui, et il revoyait ces jours comme des échardes de verre qu'on arrachait une à une de sa chair. Cette fois, seule la lumière déversée par le hublot joua derrière ses paupières closes. Il se laissa flotter dans le ronronnement des moteurs en se demandant s'ils avaient survolé le Rwanda, cette plaie infectée dans l'oreille d'éléphant de l'Afrique.

C'était à présent *iki*, la longue saison sèche qui s'étendait de juillet à août. S'il avait pu effacer cette blessure, s'insinuer dans le passage normal du temps, sa mère et sa tante auraient été en ce moment même dans les champs en train de récolter le sorgho et le maïs ; Clémence, Clémentine et Clarisse assises par terre, les jambes étendues, les baies rubis du sorgho se déversant entre elles sur une couverture ; Oncle Emmanuel une cigogne qui se balançait dans sa pirogue en frappant la surface du lac de sa longue perche. Et Daniel ? Il revoyait le sourire de son ami, le bout de langue rose entre ses deux dents écartées.

Il se serait préparé à entrer en troisième année à l'université et serait tombé amoureux tous les jours d'une fille différente... Jean-Patrick enfouit sa tête au creux de ses bras et sombra dans un sommeil agité.

Quand il se réveilla, la cabine était plongée dans l'obscurité. Eugénie lisait, éclairée par le halo de la veilleuse. Son bébé jouait sur les genoux d'une grand-mère de l'autre côté de l'allée.

« J'ai mis ta bible dans la poche de ton siège pour qu'elle ne glisse pas par terre. » Elle retira une photo entre les pages du livre et la lui donna. « Il en est tombé ça. »

C'était une photo de lui et Béa que Susanne avait prise la veille de Pâques et lui avait envoyée au Burundi, enveloppée dans un papier violet – violet, la couleur du génocide, désormais – glissé dans une longue lettre. *Au début, je ne voulais pas te l'envoyer, et plus je la regardais, plus je savais que je devais le faire.*

Sur la photo, ils étaient appuyés l'un contre l'autre et regardaient l'appareil avec le plus grand sérieux. Sans doute était-ce un effet d'optique dû au manque de lumière, mais il crut voir Béa lever la tête en lui souriant. Il prit sa bible et l'ouvrit sur l'Épître aux Romains. *Ne te laisse pas vaincre par le mal, mais surmonte le mal par le bien.* Il feuilleta un peu plus loin. *Car il est le serviteur de Dieu, vengeur pour exécuter la colère sur celui qui fait le mal.* Alors qu'il feuilletait les pages, il eut l'impression que, quel que fût le passage qu'il lirait, il serait libre de choisir entre la vengeance et le pardon. Il était incapable de dire ce qu'il ferait. Il arriva finalement à l'Épître aux Éphésiens : *Marchez dans l'unité, marchez dans l'amour, marchez dans la lumière et la sagesse.* Le jour où il parviendrait à vivre en se conformant à ce message n'était pas encore arrivé.

Si son avenir avait suivi le chemin prévu, il serait en route pour la Suède et les championnats du monde. Quelques mois plus tôt, il s'était suffisamment réconcilié avec le sort pour contacter Gilbert et Ndizeye après avoir vu leurs noms dans un journal. Ndizeye était passé à l'épreuve du dix kilomètres et s'entraînait en vue des jeux Olympiques. Gilbert approchait du record du monde au huit cents mètres. Au Burundi, tous deux étaient des idoles. Jean-Patrick était allé les voir à Bujumbura, mais était resté à distance du stade. Poser le pied sur une piste aurait rouvert une blessure plus profonde qu'il n'aurait été capable de le supporter – un peu comme s'il avait sauté une seconde fois par-dessus le mur hérissé de tessons et s'était ouvert le ventre. Néanmoins, il n'était pas encore prêt à renoncer à l'idée qu'il allait guérir et recommencerait à courir. C'était cela, ainsi que la voix qui ne cessait de lui murmurer que Béa était en vie, qui permettait à son cœur de continuer à fonctionner, à enchaîner un battement après l'autre.

Il remit la photo de Béa dans la bible. Il avait fait tout son possible pour retrouver sa trace, avait demandé à Roger d'aller voir tous ceux qui l'avaient connue et de parler à Claire, bien qu'il n'eût pu lui préciser ni où elle habitait ni comment la trouver. Il avait écrit des lettres aux professeurs à Butare, mais l'université n'avait pas encore rouvert ses portes.

Et finalement, une semaine avant son départ, Roger était venu passer un dernier moment avec lui. Ils s'installèrent autour de la table avec des bouteilles d'*urwagwa*.

« J'ai retrouvé un oncle de Niyonzima à Kigali et je suis allé le voir. » Avec une lenteur délibérée, Roger tapa la cendre de sa cigarette dans le cendrier. La fumée stagnait dans la pièce étouffante. « J'ai bien peur que RTLM n'ait dit la vérité. Personne dans la maison de Niyonzima n'a survécu.

— Est-ce qu'il était là-bas ? Est-ce qu'il a vu les corps, les a identifiés ? »

Roger le supplia de renoncer. « Arrête de creuser ce chapitre de ta vie ! On ne peut rien faire de plus. Il faut maintenant que tu enterres cette histoire… pour ton bien. »

Je l'enterrerai, mais toujours j'arroserai cette graine, se dit Jean-Patrick. Avant de refermer la bible, il suivit du doigt les contours de la silhouette de Béa en songeant à la douceur de sa peau, à la chaleur de son haleine sur son cou… *Marchez dans la lumière et la sagesse*, murmura-t-il. *Marchez dans l'amour.*

LIVRE V

LES CHOSES DE DEMAIN

Iby'ejo bibara ab'ejo.
Les choses de demain seront racontées
par les gens de demain.

30

Derrière les danseurs *intore*, les musiciens sautaient en l'air, tapaient sur les tambours à mains nues ou avec des bâtons. Les projecteurs captaient la sueur sur leur front en projetant des lances roses et bleues sur leur *ikindi* à taches de léopard. Les danseurs jetaient en avant leur *imigara*, leur coiffe qui flamboyait telle une queue en forme d'arc.

Jonathan et Susanne savaient organiser une soirée. À près de onze heures, la fête battait son plein en attendant de célébrer la nouvelle année. Tous les Rwandais qui vivaient à moins de cent miles de Boston étaient présents dans la salle, ainsi que tout le département de géologie du MIT, étudiants et enseignants. La directrice était là, et même elle dansait. Il y avait de multiples choses à fêter. Dans deux semaines, Jonathan et Susanne se marieraient.

Adossé à un mur, Jean-Patrick observait l'assistance en songeant : *Un corps en mouvement tend à rester en mouvement*. Autour des chevilles des danseurs, les cloches en forme de coquillage oscillaient au rythme de leurs pieds qui frappaient le sol. La porte s'ouvrit au fond de la salle, et un des étudiants de Jonathan entra, la peau rosie de froid. Il mit quelques dollars dans la grande bouteille marquée POUR FORA. Une énième fois, Jean-Patrick vérifia s'il n'avait pas un message.

Le téléphone portable était une nouveauté qu'il détestait ; il n'aimait pas son poids ou la façon dont il se baladait dans la poche de sa veste. Mais Roger venait de repartir au Rwanda, et ils voulaient rester en contact. Il passerait les fêtes de Noël à Kigali avec sa femme et sa fille. « Je veux que ma petite Mathilde voie le pays où sont nés ses parents », avait-il dit. Entre-temps, ils avaient retrouvé une poignée de cousins qui avaient survécu, une tante de leur père, plusieurs neveux et nièces revenus d'Ouganda ou du Burundi pour vivre au Rwanda. Roger et sa famille rencontreraient ceux qui avaient pu faire le déplacement jusqu'à Kigali. Le reste du pays se remettait encore de la guerre. Et comme il ne voulait pas exposer sa fille à cette situation, ils n'iraient pas à Cyangugu.

Jean-Patrick ne se sentait pas prêt à retourner là-bas. Il n'arrivait à rien imaginer au-delà de l'instant où il atterrirait : l'odeur du kérosène, les vapeurs d'essence, le bruit sur le tarmac. Il n'arrivait pas à dépasser la peur que, dès qu'il ferait un premier pas, il ne tombe dans la rivière des morts.

La fille qu'il avait invitée à la soirée avait promis de le rejoindre à dix heures. Étudiante en physique en troisième cycle, d'origine ougandaise, Leslie était une fille bien, vive et joyeuse. Ils étaient allés au cinéma et avaient ensuite dîné en discutant jusqu'à quatre heures du matin. Devant sa porte, il l'avait embrassée – un long baiser avide. En sentant la chaleur de son corps, son parfum entêtant, il avait cru pouvoir lui ouvrir un coin de son cœur. Il regarda sa montre et soupira ; elle avait dû rester à l'heure africaine.

Les musiciens annoncèrent qu'ils allaient prendre une pause. Le *No Woman No Cry* de Bob Marley se déversa dans les haut-parleurs. Jonathan et Susanne dansèrent, lui imitant les danseurs *intore* en balançant sa tignasse de cheveux roux, sans être entravé par une queue-de-cheval ou une natte. Il prit une coupe de champagne et but. Susanne ondulait des hanches en exposant son ventre rond. Le bébé naîtrait en mars.

À la fin de la chanson, Susanne apporta une bière Mutzig à Jean-Patrick. « Ce soir, on a dû recueillir quelques centaines de dollars pour l'association des Amis du Rwanda, dit-elle. L'équivalent d'une bourse pour deux étudiants et demi. »

Il lui donna un billet de cinq dollars. « Tiens, voilà qui en fait maintenant pour deux et neuf seizièmes ! »

Une énième fois, la porte s'ouvrit. Deux professeurs rwandais entrèrent dans la salle. « Leslie m'a sans doute posé un lapin », marmonna Jean-Patrick.

En entendant passer la chanson de Paul Simon *Graceland*, Jonathan cria au DJ de monter le volume. La joie mêlée de tristesse des paroles toucha Jean-Patrick droit au cœur.

« J.-P. ! Viens danser ! cria Jonathan en lui tendant les mains.

— Oui, viens ! » renchérit Susanne.

Jonathan l'entraîna au centre de la piste, et elle tira Jean-Patrick. En dehors de Roger, ils étaient sa plus proche famille. Tous les trois se balancèrent au rythme de la musique. Cet après-midi-là, il avait passé trop de temps sur le tapis de course – sa cheville le lui faisait savoir. Pris d'une nostalgie indicible bien que familière, il songea : Nous sommes toujours une nation en exil, une diaspora.

Les musiciens venaient de reprendre leurs instruments et n'avaient pas encore commencé à jouer lorsque son portable sonna. Il lui fallut un moment avant de reconnaître la voix de son frère au milieu des parasites.

« *Umwaka mwiza*, petit frère !

— *Umwaka mwiza*, Roger ! – Bonne et heureuse année ! Tout va bien ? » Jean-Patrick se rendit compte qu'il hurlait dans le téléphone et que la panique faisait vibrer sa voix. Il continuait à se sentir en permanence au bord de la catastrophe, comme si à chaque instant la terre risquait de s'ouvrir sous ses pieds.

« Est-ce que tu es assis ? Si tu ne l'es pas, je pense que tu devrais t'asseoir. » Roger avait l'air bizarre… Éméché ou perturbé.

« *Mana yanjye*, qu'est-ce qui se passe ? Il est arrivé quelque chose à Marie ? À Mathilde ?

— Non ! Tout va très bien… Je suis avec quelqu'un qui voudrait te parler. Ne quitte pas… »

Jean-Patrick attendit. Des parasites brouillèrent la ligne, suivis de murmures en arrière-fond.

« *Uraho ?* Jean-Patrick ? » C'était une voix de femme – de femme ou d'enfant, il n'en était pas sûr.

Jonathan s'empara du micro. « Il est minuit moins une minute à ma montre… Réglez les vôtres ! Compte à rebours dans cinquante secondes !

— *Muraho ?* C'est qui ? Une minute… je n'entends rien. » Jean-Patrick mit une main sur son oreille et pressa l'appareil contre l'autre.

« Tu es là ? Est-ce que tu m'entends ? » C'était bien une femme, mais ce n'était pas Spéciose.

« Dix… neuf… huit… » La salle entière rugissait.

« Je suis là. Il faut que tu parles plus fort…

— C'est vraiment ta voix que j'entends, Jean-Patrick Nkuba ? »

Il se fraya un chemin vers le mur et s'y adossa. La lumière dans la salle prit une couleur surnaturelle. Ses lèvres n'arrivaient pas à articuler son nom ; s'il le prononçait, il craignait que ce ne soit pas vrai. Il ferma les yeux et plaqua le téléphone sur son cœur.

« Trois… deux… un… »

Il remit le téléphone devant sa bouche. « Béa ? » Il essaya de reprendre ses esprits. De respirer. « Béa ! répéta-t-il, plus fort, en savourant le son musical sur sa langue. Oui, c'est moi ! J'ai toujours su qu'un jour je t'entendrais à nouveau. »

Des vagues d'exclamations déferlèrent dans la salle. « Bonne année ! »

« C'est juste le Nouvel An, là-bas ? C'est bien ce que j'entends ? »

Jean-Patrick hocha la tête avant de réaliser qu'elle ne pouvait pas le voir. « *Uzakubere uw 'amata n'ubuki.* » La dernière fois qu'il lui avait souhaité une année de lait et de miel, c'était en 1994, au café *Murakazaneza*.

« J.-P… Qu'est-ce qu'il y a ? s'inquiéta Susanne en se plantant devant lui.

— C'est Béa. » Il lui tendit le téléphone et, d'un seul coup, le barrage qui s'était rempli pendant quatre ans et demi sur le lac céda.

Jean-Patrick était assis dans le noir. Son lit n'était pas défait, le drap impeccablement rabattu sur la couverture. La lumière d'un réverbère éclairait son bureau. Dans la grisaille de l'aube, les bâtiments se découpaient sur le ciel. Dans quinze minutes, son réveil sonnerait. Il ouvrit la fenêtre et laissa l'air froid lui fouetter le visage. Le sifflement de la neige lui emplit les oreilles.

C'était complètement fou. Roger regardait la télévision au bar de l'hôtel à Kigali lorsque le visage de Béa était soudain apparu sur l'écran. On l'interviewait sur le travail qu'elle menait auprès de femmes survivantes atteintes du sida. Roger avait su tout de suite, et avec certitude, qu'il s'agissait bien de la même femme que celle qu'il avait vue en photo sur le bureau de Jean-Patrick. Au moment où son nom s'était s'affiché sur l'écran, il avait crié si fort que tous les clients du bar s'étaient retournés, bien que la folie fût une chose à laquelle ils étaient habitués. Du coup, il avait offert une tournée générale. Jean-Patrick voulait croire qu'il ne s'agissait pas seulement d'une coïncidence. Il essaya de se convaincre que c'était la destinée.

« Mais de quoi elle avait l'air ? » avait-il demandé à son frère quand il le rappela pour lui donner plus de détails. Jean-Patrick était assis à son bureau, les yeux fixés sur ceux de Béa. Il avait eu le temps d'encaisser le choc, de s'extraire des eaux fangeuses de la spéculation.

« Magnifique… Je comprends que tu sois tombé amoureux d'elle !

— Mais… elle avait l'air d'aller bien ? Elle n'était pas amaigrie ou je ne sais quoi ? Béa n'a jamais été maigre. »

Il n'arrivait pas à prononcer le mot sida. Arrivait à peine à le penser.

« Elle n'avait pas l'air malade, si c'est ce que tu veux savoir.

— Tu en es sûr ? » Roger devait bien comprendre ce qu'il voulait dire.

« *Yego*, petit frère. Oui, oui, oui. »

À côté du bureau, la corbeille débordait de lettres qu'il avait écrites avant de les déchirer. Toutes ses tentatives pour exprimer sa tendresse à travers des mots aboutissaient à des fadaises dignes d'un collégien. Encore et encore, il essaya de s'arracher de l'abîme où il avait plongé après avoir sauté le mur. Encore et toujours, ses pensées le ramenaient à cette seconde que jamais il ne parviendrait à effacer. Il ignorait quel prix Béa avait dû payer pour survivre, mais il était convaincu qu'il ne pouvait qu'être élevé. Reprenant son stylo, il écrivit les seuls mots qui lui paraissaient avoir encore un sens : *Pardonne-moi.*

31

Jean-Patrick se tenait dans le hall de son immeuble, la lettre de Béa à la main. Contrairement aux deux premières, courtes et enjouées, celle-ci avait de l'épaisseur et du poids. Même le timbre semblait avoir été choisi avec soin : un paysage du lac Kivu. Un courant d'air glacé s'engouffra par la porte ; malgré ses vêtements humides après avoir couru sous la neige, il demeura immobile.

Il n'avait rien dit à Béa du temps qu'il avait passé dans les marais, rien de la façon dont son coach l'avait sauvé. Il avait simplement expliqué qu'il devait d'être en vie à Jonathan et à Susanne, et mentionné au passage le voyage dans le coffre, recroquevillé contre Amos comme deux jumeaux dans un utérus.

De la même manière, ce qu'il savait de la vie de Béa sautait directement des ombres menaçantes au pied du mur aux trois années qu'elle avait passées à Londres, où elle avait obtenu un diplôme d'assistante sociale. Elle était rentrée au Rwanda depuis moins d'un an. Et elle ne lui avait pas précisé à qui elle devait d'être en vie. Dans chacune de ses lettres pesait tout ce qui restait non dit – mais par où auraient-ils pu commencer ? Comment enfoncer la lame des questions dans une plaie qui n'avait même pas commencé à cicatriser ? Ni l'un ni l'autre n'avait envoyé de photo.

Après avoir reçu sa deuxième lettre, il n'avait plus pu le supporter. *Je voudrais venir te voir*, lui avait-il écrit. *Je n'ai aucun moyen d'avancer en restant ici.*

Jean-Patrick frissonna. Lorsqu'il lirait la lettre, il y verrait le mot *yego*, oui, ou *oya*, non. Il ne pensait pas pouvoir supporter un *non*, supporter de la perdre encore une fois. Fourrant la lettre dans la poche de son blouson, il monta les marches deux à deux jusqu'au troisième étage.

Arrivé dans l'appartement, il s'obligea à attendre encore un peu. Il sortit du placard une boîte de thé burundais – un cadeau de Spéciose – et se prépara un breuvage bien fort. Il ajouta du lait, trois cuillères de sucre roux, et mélangea le tout. Alors seulement, il prit un couteau, décacheta l'enveloppe et alla s'asseoir pour lire la lettre.

Cher Jean-Patrick,

Je ne saurais te dire combien de fois j'ai commencé à t'écrire, constaté que je ne trouvais pas les mots et recommencé. Je sais qu'il en est de même pour toi. Nous marchons au milieu d'un champ de mines. Je me demande si nous serons un jour capables de nous reparler comme avant, de vivre d'un jour à l'autre sans que les souvenirs nous saisissent à la gorge.

Son sang se figea. Il continua à lire, à l'affût des descriptions de la vie à Kigali, où les décombres avaient été déblayés et remplacés par des bâtiments modernes. Béa lui avait joint une photo découpée dans un journal de celui où elle travaillait ; c'était ça, et non ses pensées, qui avait rendu l'enveloppe aussi volumineuse. On y voyait un groupe de femmes sous une banderole violette – COMBATTRE LES STIGMATES DU SIDA. Il regarda la photo de plus près en observant les visages émaciés. Béa n'était pas parmi elles, il en était sûr.

Je n'arrive pas ne serait-ce qu'à commencer à exprimer à quel point ces femmes sont courageuses, pas plus que le chagrin que je ressens quand je perds l'une d'entre elles. J'ai réfléchi longuement afin de rapiécer ma mémoire pleine de trous. Je ne pense pas que nous devrions nous voir. En tout cas, pas maintenant. Je ne supporte pas l'idée de prendre dans mes bras une autre vie que je risquerais encore de perdre.

Jean-Patrick replia la lettre et la posa à distance des gouttes de thé qu'il avait renversées pour ne pas la mouiller. Il emporta sa tasse dans l'évier, la vida, puis revint s'asseoir et prit sa tête dans ses mains. De quelque part lui parvint le rire d'un petit enfant. Le jour laissa place à la nuit, mais il n'alluma pas la lumière.

Trois jours plus tard arriva une nouvelle lettre. Une mince enveloppe carrée en fibres de roseaux, avec dans le coin l'image gravée d'une cigogne. Jean-Patrick faillit ne pas la voir au milieu des factures et du tas de prospectus. Cette fois, il n'attendit pas. Il déchira l'enveloppe pour la lire en montant l'escalier. Le parfum de Béa l'enveloppa, l'odeur familière des fleurs et du thé parfumé comblant la distance entre eux comme s'ils n'étaient restés séparés qu'une journée, une heure ou une minute.

La carte postale était en roseau tissé, comme l'enveloppe. Susanne avait une boîte de cartes similaires qu'elle envoyait à ses plus proches amis. Celle-ci représentait une cigogne et un pêcheur dans sa pirogue qui lançait sa ligne. Aussitôt, il eut les larmes aux yeux. À l'intérieur était pliée une lettre.

Cher Jean-Patrick,

Quand j'ai trouvé cette carte dans une boutique, le passé m'est revenu si distinctement que mes forces m'ont abandonnée. Je me suis d'un seul coup retrouvée dans la voiture de mon père, sur une crête au-dessus du lac Kivu, alors que le soleil tapait sur le pare-brise. C'était le jour où tu m'as raconté ta vie. Tu te rappelles ?

Comme s'il avait oublié un seul instant…

Tu m'as offert une petite pirogue en imiseke *avec deux pêcheurs que tu as posée sur le siège comme si c'était une couronne de joyaux. C'est seulement aujourd'hui que je réalise que, en effet, c'en était une.*

En tenant cette carte, il m'est apparu que la véritable raison pour laquelle je te repousse n'a rien à voir avec ce que je t'ai écrit. Je t'en prie, pardonne-moi. Je n'aurais jamais dû t'adresser cette lettre. Je t'écris à mon bureau au-dessus duquel est suspendu un oiseau en verre teinté. Pour je ne sais quelle mystérieuse raison, il vient de se mettre à se balancer en projetant des arcs-en-ciel sur ma feuille. J'aimerais pouvoir te les envoyer. Mais ce que je veux te dire, c'est yego – *oui, s'il te plaît, viens ! Je vais glisser cette carte dans son enveloppe et la lécher en vitesse avant de changer une nouvelle fois d'avis.*

Doucement, Jean-Patrick déposa sur l'encre un baiser. Bien qu'il n'eût aucun souvenir de l'avoir fait, il s'aperçut qu'il était assis sur une marche de l'escalier. La faible lumière du palier tremblotait sur les plis de sa parka. Un bruit de pas lui parvint, un pas lent, régulier et musical – *clop*, pause, *clop*.

« Mon petit, vous allez bien ? »

Sa voisine du dessus, Mrs. Greenbaum, le dévisagea. Il lui suffit de lever à peine la tête pour faire face à ses yeux noisette. Elle portait deux gros sacs de provisions. Bien qu'elle dût avoir environ quatre-vingts ans, elle allait encore tous les jours faire ses courses et remontait ses trois étages.

« Oui, Mrs. G., ça va bien. »

Elle posa un de ses sacs et lui tapota le bras avant de poursuivre sa montée. Le chant de ses bottes diminua, puis le silence retomba.

Jean-Patrick contempla sa valise grande ouverte. Il avait neigé toute la soirée et, à bientôt minuit, la neige tenait toujours. Ses vêtements étaient impeccablement pliés, les cadeaux pour Tante Spéciose, Oncle Damien et les petits cousins protégés par les sweat-shirts et les pantalons.

Il emportait un album de photos qu'il donnerait à Béa de la part de Jonathan et Susanne. Rien que des photos de sa nouvelle vie. En train de sauter du haut d'une dune à Cape Cod, d'agiter la main devant le Green Building du MIT, sa première neige, son premier match des Red Sox, sa casquette de l'équipe enfoncée sur l'œil, une bière et un hot dog à la main. Susanne et son ventre rond.

« Qu'est-ce que tu en penses ? lui avait demandé Susanne.

— Je pense que ça va… qu'elle voudra les avoir. » Mais il s'était alors demandé si ce n'était pas lui qui le voulait – qui voulait s'imposer dans sa vie.

Le Rwanda – toutes les photos prises à Pâques – avait été soigneusement tenu à l'écart. Lui-même n'avait trouvé la force de les regarder que depuis l'an passé.

Il rangea son livre de géologie économique dans son sac à dos. Les examens semestriels auraient lieu une semaine après son retour. Avec ses gros pulls et toutes ses tenues de sport, il craignait que son sac ne soit trop lourd. Il ressortit l'album. En le feuilletant, il s'arrêta sur une photo de lui et de Jonathan se tenant la main et la brandissant en l'air alors qu'ils terminaient un cinq kilomètres. Il lui avait fallu du courage pour participer à la première course de sa nouvelle vie, du courage pour courir sans rien attendre. Sur la ligne de départ, en voyant tous ces gens rassemblés, il avait paniqué et failli s'en aller. Et d'un seul coup, sans qu'il sache d'où elle avait surgi, il avait entendu la voix de son coach : *Ton esprit dira quoi faire à ton corps*. Un mélange de chagrin et de nostalgie qui ressemblait presque à de la joie l'avait alors envahi. Il avait réussi à se détendre, s'était répété qu'il était là pour s'amuser. Néanmoins, dès que le signal avait retenti, ses muscles s'étaient animés du fol élan que son instinct transmettait à ses jambes, au point que Jonathan avait dû le retenir.

« Hé, ho ! On a bien dit qu'on courait ensemble, J.-P., non ? » Ils avaient passé un pacte.

Loin derrière les rares coureurs qui tenaient à finir en bonne position, il avait ressenti une impression étrange : il n'y avait pas de peloton de tête jouant des coudes pour la première place, pas de visage exprimant une réelle rivalité ; rien qu'un joyeux tumulte, au lieu du silence seulement rompu par le claquement de huit paires de baskets. Du coup, Jean-Patrick avait couru tranquillement à côté de Jonathan en se laissant gagner par l'humeur festive des autres concurrents. Tant et si bien qu'il avait même oublié la honte de terminer dans sa classe d'âge en milieu de peloton.

Cette course lui avait semblé beaucoup plus facile que de regarder ces premiers jeux Olympiques à la télévision alors que ses blessures, physiques et émotionnelles, étaient encore à fleur de peau. Blotti entre Jonathan et Susanne, il avait agrippé le bord du canapé si fort qu'il avait eu de la peine à déplier les doigts au moment où s'était terminée la finale du huit cents mètres. Bien que Gilbert ne se fût pas qualifié, un Kényan était arrivé troisième, et Jean-Patrick avait été sincèrement heureux de voir l'Afrique remporter une médaille.

La photo suivante, de Kweli, avait été prise peu de temps après le retour de Jonathan et Susanne aux États-Unis. Elle bondissait au milieu de hautes herbes. Brusquement, les aisselles ruisselantes de sueur froide, Jean-Patrick se revit en train de supplier à côté du lit.

Il se revoyait dans le bureau de Jonathan, le nez collé à la vitre, en train d'observer Béa jouer dans l'herbe avec le chiot, puis torse nu dans la lumière de la fenêtre, des ombres dessinant des tatouages sur sa poitrine. Avec une acuité aussi intense que douloureuse, il sentit son goût de sel sur sa langue, la chaleur qui l'avait envahi tandis qu'il était en elle.

Et puis soudain, plus rien. Il rangea l'album, se leva, sécha ses joues avec le bas de son sweat-shirt et essuya ses mains moites. Près de la valise était posée une petite boîte blanche. Dans la boîte, une croix en or, qui ressemblait de façon troublante à la première – la chaîne, très fine, était presque identique. L'idée de glisser ce cadeau dans la main de Béa le terrifiait. Il était possible qu'elle croie que le Seigneur l'avait abandonnée. Ou que, elle, L'ait abandonné.

Dans l'avion, Jean-Patrick ouvrit les yeux et les laissa s'accoutumer à la pénombre de la cabine. Il était incapable de dire s'il avait dormi. Derrière le hublot, des lumières défilaient à toute allure dans l'obscurité. Le vrombissement rassurant des moteurs bourdonnait dans sa tête. Il alluma le plafonnier pour regarder sa montre ; dans cinq heures, il la verrait.

Pour la énième fois, il sortit les lettres et la carte postale de son sac. Il les avait relues si souvent qu'il avait peur qu'elles ne se désagrègent sous ses doigts. Chaque fois qu'il les lisait, il décortiquait les phrases une à une en s'efforçant de les réinterpréter. Cependant, il n'arrivait pas à trouver celles qui auraient pu être dissimulées et lui auraient soufflé : *Je suis en bonne santé et il n'y a personne d'autre*. Et bien que la première fût la plus importante, il ne pouvait s'empêcher de se poser ces deux questions. Il avait l'impression de marchander. Toutefois, s'il ne pouvait avoir que la seconde de ces réalités – à Dieu ne plaise ! –, il saisirait cette chance. Il recueillerait dans ses mains le moindre instant passé avec Béa comme un cadeau précieux.

Que personne n'ait voulu d'elle lui paraissait improbable. Dans ses moments de doute, il se reprochait d'avoir décidé trop vite d'entreprendre ce voyage. À plusieurs reprises, il avait décroché son téléphone pour annuler sa réservation. Cependant, même si Béa s'avérait un rêve impossible, il était temps qu'il retourne sur la terre où avait vécu sa famille et qu'il entende lui-même les histoires que racontaient les os. Et cette impulsion lui avait suffi pour dépasser ses craintes.

Il lui avait écrit qu'il avait l'intention de se rendre à Cyangugu, sans lui suggérer de l'accompagner, car il ne voulait pas la mettre dans la situation désagréable de devoir refuser. Quand il lui avait demandé le nom d'un hôtel où il pourrait réserver une chambre à Kigali, elle lui avait répondu qu'elle s'en occuperait. Elle ne lui avait pas proposé de l'accueillir chez elle. Il remit les lettres dans son sac et palpa la paire de chaussettes afin de vérifier que la croix était bien toujours là. Au bout du compte, il fallait qu'il aille de l'avant, qu'il mette un pied devant l'autre.

Il se leva dans l'allée pour se dégourdir les jambes. Lentement, il fit tourner son pied ; d'abord dans le sens des aiguilles d'une montre, ensuite dans le sens inverse. Rester longtemps assis le faisait se sentir comme un vieillard ; sa cheville en permanence raide avait tendance à enfler. Après ce que lui avaient expliqué les médecins, il s'estimait heureux de pouvoir encore courir. Ils lui avaient dit que, s'il avait consulté tout de suite, ils auraient été en mesure de réparer les dégâts. Il aurait même pu se remettre complètement et reprendre la compétition. *Si ma grand-mère avait des roues, ce serait un tramway,* comme aimait à le dire Susanne. Jean-Patrick massa son tendon d'Achille et alla au fond de l'avion. Il se demandait si Béa remarquerait d'emblée qu'il traînait légèrement la jambe droite.

Une hôtesse était en train de mettre des boissons sur un chariot. Il lui demanda de l'eau. Il prit la bouteille et l'appuya un instant sur sa joue pour se rafraîchir. Quand il but, la décharge électrique qu'il ressentit le fit grimacer. Deux semaines auparavant, en mordant dans un bagel, un autre petit bout de sa dent abîmée s'était cassé. Il avait voulu aller la faire soigner, en avait eu l'intention depuis des années, mais le son strident de la fraise du dentiste le laissait au bord de la syncope – le bruit lui rappelait trop celui des sifflets. Si bien qu'il trouvait toujours une excuse pour reporter le rendez-vous. Au moins, dès qu'il sourirait, Béa le reconnaîtrait…

Lorsque la lumière éclatante de l'Afrique pénétra ses paupières en le réveillant, c'était déjà le matin. Des vêtements de rechange roulés sous le bras, il alla se laver et se brosser les dents. Au moment où il ressortit des toilettes, le signal « Attachez vos ceintures » était allumé. Il se glissa dans son siège et respira à fond en essayant de se relaxer pour lutter contre la sensation de vertige tandis que l'avion amorçait sa descente.

Un paysage verdoyant se déployait en biais sous l'aile. Bientôt, son pays cesserait de n'être que cette géologie brouillonne et les collines en terrasses apparaîtraient. À cette période de l'année, le vert était assez intense pour lui être douloureux. Il se demandait ce qui restait de Cyangugu, si les enfants barbotaient dans l'eau, si les femmes emportaient le linge au lavoir dans des bassines, si les pêcheurs chantaient toujours de vieilles rengaines au retour de la pêche. Jean-Patrick redressa son siège et se prépara à l'atterrissage. En bas, le lac Kivu balayé par le vent scintillait, comme incrusté de joyaux. La nostalgie qu'il avait de sa famille laissait en lui un vide semblable à un gouffre. Il avait entendu dire que, pendant le génocide, les cadavres flottaient sur le lac en si grand nombre qu'on aurait pu marcher dessus pour se rendre au Zaïre.

Dès qu'il eut passé la douane, Jean-Patrick regarda la salle des arrivées noire de monde derrière la vitre. Après avoir scruté trois fois la foule, il paniqua. Béa n'était pas là. Se disant qu'il n'aurait jamais dû venir, il mit son sac à dos sur son épaule, alla récupérer sa valise, puis se dirigea vers le bureau d'accueil. Sa cheville lui faisait mal, sa tête était pleine de coton. Il décida de se rendre directement à Cyangugu.

« Nkuba Jean-Patrick, dites-vous ? »

Il hocha la tête, trop tremblant pour prononcer un mot.

« Attendez… Je vais regarder s'il y a un message pour vous. »

L'employée derrière le guichet consulta rapidement une liasse de fiches. « Oui… Vous devez attendre dehors. Votre amie a été retardée à cause d'un accident. Mais ne vous inquiétez pas, s'empressa-t-elle d'ajouter avec un sourire. Elle n'a rien ! »

Jean-Patrick se fraya un chemin au milieu de la cohue des passagers chargés de bagages et prit place dans la longue file devant le bureau de change. Il attendit son tour avec impatience, son pied tressautait avec nervosité. Je suis devenu un vrai Américain, songea-t-il. Toujours pressé !

Il venait de ranger les billets multicolores dans sa poche lorsqu'il entendit sa voix. « *Mana yanjye !* Nkuba, tu n'as pas changé du tout ! Pas même tes baskets ! »

Son timbre de voix éclatant transperça les années de temps perdu. Jean-Patrick serra sa valise pour se ressaisir. Puis il se retourna vers Béa.

On aurait dit un flamboiement de teintes matinales : un pagne jaune pâle imprimé de roses rouges, un chemisier orange chatoyant, des sandales à fine bride à paillettes dorées. Le col de son chemisier montait trop haut pour qu'il voie si elle portait une chaîne. Ses cheveux lissés étaient coupés au carré et les boucles d'oreilles en or qu'elle ne quittait jamais se balançaient au rythme de ses pas. Bien que mincie, elle n'avait pas l'air en mauvaise santé. À la vérité, elle était radieuse, encore plus belle, si c'était possible, que dans son souvenir. Comme si chaque instant qui s'était écoulé depuis la dernière fois qu'il l'avait vue n'avait fait que rebondir sur le bouclier cuivré de sa peau.

« Tu es fatigué ? » Béa ouvrit le coffre de sa petite voiture – une Toyota, nota Jean-Patrick. Il y mit ses bagages.

Depuis qu'il avait atterri, le temps avait changé. Un soleil anémique perçait à travers les nuages couleur charbon. L'aéroport était situé sur une colline au pied de laquelle Kigali se déroulait tel un écheveau multicolore.

« Comment je pourrais l'être alors que je te regarde ? répondit-il.

— Tu pourras bientôt aller dormir, mais je voulais d'abord t'accueillir comme il faut et je ne suis pas très bonne cuisinière… Je n'ai pas hérité ce don de ma mère. » Elle lui ouvrit la portière. Il s'installa dans la voiture, dans les effluves de son parfum. « Ça ne te dérange pas si je t'emmène déjeuner ? L'endroit n'a rien de sensationnel, mais, chaque fois que j'y vais, ça me rappelle le *Murakazaneza*. »

À la mention du restaurant où ils avaient dîné ensemble, Jean-Patrick éprouva soudain du désir. Timidement, il avança un orteil dans le fleuve du passé. « J'aimerais beaucoup, dit-il. À Boston, il n'existe rien de comparable. » Il plongea sa main dans son sac à dos comme pour prendre son portefeuille ou un chewing-gum et toucha la paire de chaussettes. Du bout du doigt, il sentit le coin de la boîte qui contenait la croix.

À l'heure du déjeuner, le restaurant était bruyant et pris d'assaut. Sur la petite table couverte d'une nappe blanche sans éclat s'entassaient les plats de brochettes, de frites, d'*isombe*, de bananes vertes et de haricots. Jean-Patrick respira les puissants arômes et s'adossa à sa chaise. Il ne savait pas quoi faire de ses longues jambes ni de ses mains, ne savait pas quoi dire.

Béa servit l'*isombe*. À la première bouchée, Jean-Patrick ferma les yeux. Son enfance lui revint en mémoire dans toute sa richesse olfactive. Aux États-Unis, il avait acheté des feuilles de cassave séchées qu'il avait essayé de préparer, mais ce n'était pas la même chose. Même chez ses amis rwandais qui faisaient bien la cuisine, il manquait toujours le goût essentiel. « *Biraryoshye cyane* », dit-il. C'est très bon. Il eut beau observer son expression, sa tentative d'explorer leurs souvenirs communs demeura sans réponse. Il ne parvint pas à déchiffrer le masque de son visage.

Pendant le déjeuner, Jean-Patrick lui parla un peu de sa vie à Boston, de ses études et de son envie de faire une thèse. Béa lui raconta son travail auprès des femmes et lui fit part de son projet de reprendre l'université. Les assiettes, les couverts et les plats s'entrechoquaient dans le flux et reflux incessant des conversations. Il avait l'impression qu'ils étaient deux bateaux en train de voguer sur les eaux de l'Antarctique tandis que des icebergs dérivaient autour d'eux.

Dès qu'elle eut fini de manger, Béa plia sa serviette en papier et la posa près de son assiette. « Je suis très heureuse d'avoir la chance de déjeuner avec toi, étant donné que notre dernier repas ensemble a été brusquement interrompu. »

Jean-Patrick, qui était en train de boire de l'eau, eut de la peine à déglutir. Par où commencer ? « Oui, c'est vrai. » Il reposa son verre. Les glaçons tintèrent.

« Je t'ai réservé une chambre dans un hôtel à côté de chez moi. C'est un bel endroit et ce n'est pas très cher. »

Il hocha la tête, la peau d'un seul coup glacée puis brûlante.

« Je serai ravie de t'y déposer, néanmoins, si tu veux venir chez moi, tu es le bienvenu. » Béa reprit sa respiration. « J'ai une chambre d'ami, seulement ma cousine et sa fille sont venues vivre chez moi pendant que mon cousin fait ses études à l'université. Elles sont parties chez des amis, mais le lit est petit. » Elle sourit. « À mon avis, tes pieds dépasseront au bout…

— Sachant que tu es dans la chambre d'à côté, je ferais mon lit à même un sol glacial. *Rock was my pillow, too* », rétorqua-t-il, reprenant la chanson de Bob Marley, histoire de garder l'humeur légère.

Ils se levèrent de table. Leurs bras se touchèrent. Béa ne retira pas le sien. Dehors, derrière une boutique, il la prit dans ses bras, et elle se serra contre lui. Le son agressif d'une radio dans une voiture qui passait le fit sursauter.

Mais ce n'était pas RTLM, et personne ne surgit d'un coin sombre dans l'intention de le tuer.

Debout devant la fenêtre, Jean-Patrick contemplait la nuit de Kigali. Des lumières clignotaient comme des étoiles sales dans l'horizon obscur. L'*Hôtel des Mille Collines*, toutes les chambres éclairées, se dressait tel un flambeau rempli de promesses face au fantôme de la guerre. Des voitures klaxonnaient, des pneus crissaient sur le bitume défoncé. La plupart des décombres avaient été déblayés ; partout ce n'était qu'échafaudages et chantiers tandis qu'une nouvelle ville sans histoire surgissait de la destruction de l'ancienne.

Dans la chambre où Béa l'avait laissé se reposer, il s'était senti comme un géant au milieu de meubles miniatures : un petit bureau avec des stylos, des crayons et du papier bien rangés ; une chaise assortie ; une petite commode sur laquelle s'alignait une collection de parfums, de pommades et de crèmes, seule indication qu'une femme adulte occupait la pièce. En voyant des dessins d'enfant punaisés au mur, il se demanda quel âge pouvait avoir la petite fille ; outre que les couleurs étaient éclatantes, ils possédaient un sens raffiné de la composition. Un sourire aux lèvres, Jean-Patrick repensa aux peintures d'Ineza ; ce devait être une cousine de ce côté-là de la famille. Et comme une vraie artiste, la petite fille avait signé ses œuvres : Gabby.

Il avait dormi d'un sommeil agité dans le lit étroit en s'étonnant qu'une mère et son enfant arrivent à dormir ensemble nuit après nuit dans si peu d'espace. En se réveillant, il avait sorti la boîte avec la croix et l'avait mise dans la poche de son sweat-shirt à capuche. Il était là devant la fenêtre en train de la tripoter tandis qu'il regardait de loin les Rwandais continuer à vivre.

Béa vint le rejoindre, assez près pour qu'il sente sa chaleur. « Est-ce que tu as faim ? demanda-t-elle.

— *Aye !* Je n'ai pas encore fini de digérer le déjeuner. Et toi ?

— Non. Tu veux du thé ? Un jus de fruits ?

— Je n'ai besoin de rien. Je t'ai apporté un cadeau. »

Il lui glissa la boîte au creux de la main. Elle portait toujours son chemisier à col montant, et, quand il voulut l'écarter pour caresser sa peau, elle eut un mouvement de recul. « Qu'est-ce qui ne va pas, Béa ? » Il la sentit trembler, un léger frisson d'air passa entre eux. « Qu'est-ce qu'il y a ? »

Elle lui attrapa les mains et les lui remit le long du corps. Puis, d'un geste lent, elle déboutonna le haut de son chemisier. Passant de l'ombre à la lumière, elle ouvrit son col et redressa légèrement le menton. Jean-Patrick aperçut la cicatrice sombre qui s'étirait comme un sourire en travers de sa gorge. Brusquement, il eut de la peine à respirer.

« Viens... Je vais te raconter mon histoire, dit-elle. Et tu verras ensuite si tu veux toujours me raconter la tienne... » Elle l'entraîna sur le canapé au tissu chatoyant dans lequel il s'enfonça. Il lui prit les mains pour résister à l'envie de se boucher les oreilles.

« Quand je suis rentrée en courant dans la maison, les soldats et les *interahamwe* venaient d'enfoncer la porte. Maman et Papa étaient déjà morts, ils gisaient par terre dans les bras l'un de l'autre. Égoïstement, je regrette de ne pas avoir pu leur dire au revoir, mais je suis contente de savoir qu'au moment de mourir ils ont pensé que je m'étais enfuie avec toi, que j'avais une chance de vivre... La suite, je m'en souviens assez peu, même si ça me revient ces temps-ci par bribes, comme des petits éclats de projectiles qui me remontent à la surface de la peau. La plus grande partie de cette histoire, je la tiens de Claire, qui est venue à mon secours et m'a ramenée à la vie alors que j'étais à moitié morte. »

Béa s'interrompit pour boire de l'eau. Du coin de l'œil, Jean-Patrick aperçut l'oiseau en verre dont elle lui avait parlé dans sa lettre. Il tournoyait lentement en dansant au bout de son fil. Le silence dans la pièce vibra dans ses oreilles.

« J'étais comme folle. Je suis ressortie en courant dans le jardin. Sans doute pour te rattraper... je ne sais pas. Les *interahamwe* m'ont empoignée et m'ont arraché mes vêtements. »

Jean-Patrick leva la main sans même s'en rendre compte. Il allait la supplier d'arrêter, mais elle le fit taire d'un doigt sur les lèvres.

« Un officier de police est arrivé et a tiré en l'air. Quelqu'un que je connaissais. Il leur a dit qu'il me voulait pour lui tout seul et les a envoyés à ta recherche pendant qu'il me sautait dessus. » Un vague sourire releva les coins de sa bouche. « Claire dit que je me suis défendue comme une lionne, que je me suis emparée de sa machette et que j'ai failli le tuer. C'est à ce moment-là qu'il m'a coupée.

— Ma Béa... » Il lui embrassa les mains. « Je peux imaginer comment tu t'es débattue... » Il lui caressa les cheveux. Elle s'effondra sur son épaule. « Ce policier, je le connaissais ?

— Quelle importance ? dit-elle en se redressant. Il est sans doute mort... Je ne ressens plus aucune haine à son égard... Je ne ressens plus rien. »

Qu'elle lui réponde était inutile. Jean-Patrick revoyait les dents dorées, revoyait l'homme écraser sa cigarette dans le gâteau à l'*Ibis*, l'entendait dire à Béa que Niyonzima avait eu un accident. Si à cette seconde il était entré dans la pièce, il l'aurait tué à mains nues.

« Avant de partir, les *interahamwe* ont répandu de l'essence dans la maison et ont mis le feu. Par je ne sais quel miracle, Claire s'était cachée dans le noir. Ils lui avaient ordonné de s'en aller, mais elle est restée. Elle a emmitouflé ses enfants dans des couvertures, les a fait s'allonger sous son lit pour qu'ils n'entendent rien, puis elle a attendu. Dès que les tueurs sont partis ailleurs continuer leurs horreurs, elle m'a traînée dans la cabane de la cuisine et a posé des cataplasmes sur mes blessures pour stopper l'hémorragie. Après quoi, elle m'a mise sur une charrette comme un sac de sorgho en me recouvrant de tissus et de bâches, et elle et ses deux enfants m'ont emmenée chez sa sœur. J'y suis restée jusqu'à la fin de la guerre, cachée dans la remise à grains. Si le mari de sa sœur m'avait découverte, il nous aurait tuées toutes les trois. Tous les matins, je l'entendais s'en aller à son travail, à ses tueries...

— *Mana yanjye*, ce petit bout de femme t'a traînée en pleine nuit ? Au milieu de ces meutes imbibées d'*urwagwa* ?

— Elle a risqué sa vie pour moi, et je lui dois la mienne. Elle m'a arraché aux bras de la mort plus d'une fois. C'est elle qui m'a donné le courage de continuer, de sortir à l'air libre rejoindre les vivants...

— Qu'est-elle devenue ?

— Elle et ses enfants sont venus avec moi en Angleterre. Ma tante – la sœur de ma mère – nous a trouvé l'argent qu'il fallait. Elle fait des études d'infirmière.

— Et toi, Béa... » Jean-Patrick bredouilla, cherchant ne serait-ce que quelques mots à aligner l'un derrière l'autre, mais en vain.

« C'est le deuxième miracle, dit-elle en volant à son aide. Si c'est au sida que tu penses, sache que j'ai été testée et retestée. Je m'en sors indemne. » De nouveau, elle eut ce sourire, à peine plus qu'un semblant de lumière. « Enfin... aussi indemne qu'on peut l'être ! »

Béa reposa la tête sur son épaule. Jean-Patrick sentit couler ses larmes tièdes. « Il y a encore une chose que je veux te demander, une chose idiote, dit-il.

— Je te répondrai. Je suis désolée d'avoir dû te dire la vérité. Tu ne m'en veux pas ?

— Chut... C'est toi qui devrais m'en vouloir. » Elle leva la tête pour réagir, mais il la fit taire d'un baiser. Après une si longue sécheresse, il savoura le sel de ses lèvres. « Mon frère m'a dit que, le jour où RTLM a ajouté vos noms sur leurs listes, ils ont annoncé que ta mère était tutsie.

— Oui… Claire me l'a dit, rétorqua Béa en soupirant. Combien de temps et d'efforts il a dû falloir pour découvrir une information aussi ridicule et insignifiante…

— C'est vrai ?

— C'était un secret que notre famille était seule à connaître. Avant sa naissance, son père s'était vu remettre une carte hutue à titre de faveur. Mais, oui… ma mère était tutsie. »

Jean-Patrick demeura un moment sans bouger en sentant la poitrine de Béa se soulever contre la sienne. Il était totalement abattu. Que représentaient ses souffrances comparées à ce qu'avait vécu Béa ? Il avait beau retourner les mots dans sa tête, les extirper de la terre, aucun ne convenait. Les lumières tremblotèrent, puis s'éteignirent. Derrière la fenêtre, il vit Kigali se noyer dans l'obscurité.

« Certaines choses ne changent jamais, murmura-t-il. À ce que je vois, même le général Kagame est impuissant à ramener la lumière dans ce pays.

— Il n'est pas Dieu tout-puissant !

— J'ai encore une question, dit Jean-Patrick, l'obscurité lui donnant du courage.

— Et j'ai encore une réponse.

— Ce qui est arrivé, est-ce que tu penses que c'est à cause de moi… parce que j'étais chez vous ? »

Béa répondit sans hésiter. « Même si tu n'étais jamais entré dans nos vies, il se serait passé la même chose. » Elle se leva pour allumer une bougie. « Et maintenant, tu vas me raconter ton histoire ? Ou bien t'en ai-je dissuadé ?

— Ça fait combien de temps que tu cherches à m'effaroucher ? Est-ce que pour autant je suis parti ? » Ils rirent tous les deux, un rire qui sembla les ramener parmi les vivants. « Si tu veux entendre mon histoire, je te la raconterai *ejo*.

— *Ejo hashize* ou *ejo hazaza* – hier ou demain ? Tu te souviens du jour où tu m'as posé cette question ?

— C'était le jour où je t'ai demandé pour la première fois de m'épouser. Et je crois bien que j'attends toujours la réponse. »

Béa approcha la bougie. « Demain, nous avons une longue route à faire, et je crains que tu n'arrives pas à fermer l'œil dans ce petit lit. Tu veux dormir dans ma chambre ? » Elle lui tendit sa main. Il la prit.

Jean-Patrick émergea d'un lourd sommeil sans plus savoir où il était. Le brouillard blanc d'une moustiquaire l'enveloppait. Il roula sur le flanc et sentit une délicieuse chaleur : la chaleur de Béa. Lentement, péniblement, le monde retrouva sa réalité. Il lui caressa le bras, la jambe. Dressé sur le coude, il embrassa les cicatrices sur sa poitrine et sur son ventre. Il souleva la croix en or pour déposer un baiser sur celle qui dessinait comme une corde sur sa gorge. Béa se réveilla. Ils s'enlacèrent. Sans rien faire de plus. C'était tout ce dont il avait besoin.

« En allant à Cyangugu, je voudrais m'arrêter quelque part, dit Béa en lui prenant le menton. Quand je suis allée fouiller les décombres de la maison, j'ai trouvé des ossements et quelques objets : une cuillère fondue, un bracelet de Maman, un stylo à encre de Papa, des morceaux de tableaux et de livres… En avril dernier, en allant me recueillir à Murambi, j'ai tout emporté pour l'enterrer dans la fosse commune. J'ai du mal à passer devant sans m'arrêter. »

Les mains moites, Jean-Patrick laissa échapper un long soupir. Lui qui avait cru qu'une bonne nuit de sommeil l'aiderait à avoir les idées plus claires… Dès son arrivée, il avait été précipité dans un courant rapide, et il avait l'impression de ne plus savoir nager. « D'accord. J'imagine que d'autres personnes que j'ai connues sont enterrées là-bas. Je pourrai leur rendre hommage »

Béa se gara au pied du Mémorial du génocide de Murambi. Il avait plu, mais on distinguait un soleil fantomatique derrière les nuages en train de se dissiper. Jean-Patrick contempla les collines en terrasses, le sommet plat des acacias. Des allées de gravier montaient vers un ensemble de bâtiments qui avaient abrité une école avant les événements. Béa lui raconta que plus de quarante mille personnes avaient été rassemblées ici dans le but d'être protégées. La plupart n'avaient pas survécu. Les Français chargés d'assurer leur protection n'avaient rien fait pour les sauver. « Ça va ? lui demanda-t-elle en lui effleurant le bras.

— Oui, oui, ça va. »

Il la suivit sur le chemin. « On restera à l'extérieur, reprit-elle. Ils ont exposé des corps dans l'idée de rappeler ce qui s'est passé. Des salles entières de corps momifiés. C'est très dur à voir. » Le vent courait dans l'herbe épaisse fertilisée par les ossements. Une forte odeur emplit les narines de Jean-Patrick. Il huma l'air.

« Tu la reconnais ?

— Oui. » Il la reconnaissait. L'odeur de la mort.

Ils s'arrêtèrent devant une série de pierres. « La première fois que je suis venue ici, l'odeur m'a épouvantée. Et maintenant, je ne peux plus vivre sans. Je viens la respirer, et après, pendant un moment, je sais que, oui, je fais encore partie des vivants. C'est comme si je respirais le sang de mon pays, ce pays que j'aime toujours autant. »

Jean-Patrick ne comprenait pas, mais il resta près d'elle. Au bout de plusieurs minutes, l'odeur se fondit en lui, devint une part de lui également. Ils contemplèrent l'herbe, le champ d'un vert claquant. « *Umukunzi wanjye* – ma chérie, dit-il en lui prenant la main.

— C'est beau de réentendre ces mots… C'est comme ça que mes parents s'appelaient, même au bout de longues années de mariage.

— Je ne sais pas combien de fois je t'ai demandé de m'épouser. »

Le regard de Béa suivit l'herbe ondoyante. « Dix-sept fois, je crois.

— Avant, je pensais que je te le demanderais toujours, jusqu'à ce que tu dises oui. À présent, je ne te le redemanderai qu'une seule fois. Veux-tu devenir ma femme ? Je savais alors, comme je le sais aujourd'hui que, quelle que soit ta réponse, il n'y aura jamais personne d'autre pour moi. »

Béa posa ses mains à la base de son cou, là où la croix en or brillait sur sa cicatrice. « Jean-Patrick... j'ai un enfant.

— C'est merveilleux ! Un garçon ou une fille ?

— Une petite fille. Gabrielle Miseke. Gabby. Elle est née le 15 janvier 1995. Je ne sais pas si elle est de toi. »

Une idée qui n'arrivait pas vraiment à prendre forme lui traversa l'esprit tandis qu'il prenait conscience de ce qu'elle venait de dire. « Miseke, la Fille de l'Aube qui rit des perles, dit-il pour gagner du temps. Mathilde adorait cette histoire. On la lisait sans arrêt. » L'idée se précisa. « Gabby ! Le nom sur les dessins... Mais alors, c'est sa chambre...

— Je voulais attendre de savoir si je pouvais te le dire, si c'était une chose qu'on pouvait partager. Tu me pardonnes ?

— Comment peux-tu penser que j'aie quoi que ce soit à te pardonner ?

— Il s'est passé beaucoup de temps avant que mon enfant reçoive son nom rwandais. Au moment où elle est née, ma vie n'était que ténèbres... Plus d'une fois, alors que je la baignais dans le lavabo, je me suis dit : comme il serait facile de la tenir sous l'eau jusqu'à ce qu'elle cesse de respirer. Mais, dans mon cœur, j'ai toujours cru qu'elle était ta fille, et je n'arrivais pas à étouffer la dernière lumière de ta vie. Pas plus qu'à l'abandonner. » Béa prit un Kleenex dans son sac et se tamponna les joues. « Dès que je me suis autorisée à être émue par le sourire de Gabby, comment l'appeler est devenu une évidence. Elle a chassé la nuit de ma vie comme l'aube chasse la nuit du monde. »

Béa regarda vers les collines, les pentes lointaines tapissées de forêts. Si son regard se posait un peu plus loin, elle verrait les marais où il s'était caché. Une petite fille fit rouler un cerceau de métal sur le chemin ; aussitôt, une paix sublime illumina le visage de Béa. Jean-Patrick comprit que ce qu'elle voyait, c'était Gabby Miseke.

Il l'attira contre lui. S'il avait pu s'ouvrir la peau pour la serrer sur son cœur, il l'aurait fait. Il appuya son menton sur ses cheveux. « Tu ne m'as pas répondu. Tu ne m'as pas dit oui ou non. »

Les joues de Béa étaient mouillées de larmes, ses yeux brillaient d'un noir minéral. « C'est que... je ne peux pas quitter mon travail. Au Rwanda, les assistantes sociales sont rares, et les femmes de mon groupe sida sont devenues ma famille – mes sœurs. Jamais je ne les abandonnerai.

— Naturellement.

— Et je ne m'attends pas à ce que tu reviennes vivre ici. Le Rwanda n'a ni Harvard ni MIT – pas encore –, aussi je ne vois pas comment ce serait possible.

— Tout ça n'a aucune importance. Si on cherche, il existe toujours une solution. Nous avons appris tous les deux cette leçon, il me semble. »

Une ombre douloureuse passa dans le regard de Béa. « Il y a encore une chose... Depuis qu'on s'est retrouvés, je sais que j'aurais pu faire passer un test ADN à Gabby. Je pourrais alors savoir. Et ce doute a beau être comme un fer retourné dans mon cœur, la réponse est toujours la même. Je n'y arrive pas. Je n'arrive pas à me résoudre à voir ma vie dévastée encore une fois.

— Il n'y a aucun doute. Gabrielle Miseke est ma fille. »

32

Jean-Patrick se réveilla dans un autre lit inconnu et céda un instant à la panique. Dans son rêve, il était à table en famille. Quelque chose dans la pièce, dans la maison, n'allait pas. Les proportions n'étaient pas les bonnes, les distances entre lui et les membres de sa famille trop grandes pour être comblées. Quand il essayait de les toucher, sa main ne rencontrait que de l'air, et il ressentait un malaise proche de la terreur. Ce rêve, il le faisait souvent.

Le jour n'était pas encore levé ; une bougie était allumée sur la table de chevet. Avait-il été assez imprudent pour la laisser brûler toute la nuit ? Le lit craqua, et Béa se redressa près de lui. Peu à peu, il réalisa où il était – à la *Peace Guest House*, à Cyangugu. Les chambres venaient juste d'être terminées ; les murs aux couleurs pimpantes sentaient encore la peinture.

« Il vaut mieux que je retourne dans ma chambre avant que quelqu'un m'aperçoive et décide de me noyer dans le lac pour me punir de mes péchés.

— Hé, je crois que dans ce pays ces vieilles coutumes n'ont plus cours… même ici à Cyangugu ! »

Jean-Patrick souffla la bougie et prit Béa dans ses bras. Ainsi arrimé, il s'autorisa à replonger dans un sommeil sans rêves, comme s'il flottait sur l'eau. Le cri plaintif d'un milan qui planait au-dessus du lac Kivu le réveilla. La lumière du jour morne et humide pénétrait dans la chambre entre les rideaux orange. Il alla à la porte-fenêtre et sortit sur la terrasse, sentit le ciment glacé sous ses pieds nus. La pluie tombait tel un écran de gaze sur la pelouse plantée d'arbres, mais, là, sous le porche, il était à l'abri.

« Vous avez de la chance, leur avait dit le réceptionniste. La semaine dernière, c'était le déluge, mais à présent, tout est en train de sécher. »

Assis dans le fauteuil en rotin, Jean-Patrick contempla le jardin délimité par les touffes d'herbes et de roseaux. Des plantes en pots encadraient les portes des chambres ; plus loin, des parterres de fleurs en forme de demi-lune parsemaient la pelouse. Une profusion de fleurs orange semblables à des coupes renversées dégoulinaient sur de hauts buissons. Béa avait trouvé la maison d'hôtes et fait une réservation – ce dont il lui était reconnaissant. Les anglicans qui l'avaient construite avaient réussi à arracher un petit morceau de l'ancien paradis à la dévastation qui s'étendait encore alentour.

Une pente abrupte plongeait vers le lac, où les silhouettes des pêcheurs se découpaient sur fond de brume – un spectacle à la fois étrange et familier. Il avait de la peine à réaliser qu'il était là en train de revoir tout cela. Soudain, un sentiment de manque l'envahit ; il aurait pu tomber à genoux sous le poids de tout ce qu'il avait perdu. Il rentra dans la chambre et referma la porte derrière lui.

Béa était devant le lavabo dans la salle de bains qui séparait leurs chambres, en train de se laver les dents avec de l'eau en bouteille. « Il n'y a pas d'eau », marmonna-t-elle, la bouche pleine de dentifrice. Elle actionna l'interrupteur. « Et pas de courant non plus. »

Jean-Patrick se plaça derrière elle en la prenant dans ses bras. Puis il se brossa les dents à ses côtés. Béa lui donna un baiser au goût mentholé.

« Je vais y aller », dit-il. Il enfila un tee-shirt et des leggings, puis décida de se changer et mit un short avec un pantalon de survêtement par-dessus. « Je ne sais pas si Cyangugu est prêt pour des choses aussi modernes...

— Ça va aller ?

— Oui. Je me sens prêt.

— Tu vas courir sous cette pluie malgré ton pied ?

— Ce n'est que de la bruine… Et puis bouger un peu me laissera le temps de me préparer.

— *Ko Mana !* Tu ne renonces jamais… »

Pour se donner du courage, il l'enlaça une dernière fois. Il respira à fond. Il avait l'impression que c'était un miracle. L'impression qu'il allait se réveiller et qu'elle ne serait plus là.

Jean-Patrick descendit à longues foulées jusqu'à l'*Hôtel du lac Kivu*. Il fut surpris de constater qu'il était sale et décrépit, en rien comparable au palace dont il avait gardé le souvenir. On distinguait encore des traces de balles sur la façade. Il traversa la pelouse où autrefois étaient installées des tables, là où il avait rencontré Jonathan la première fois devant son trésor de roches. La rivière Rusizi, dans laquelle il avait relevé ses lignes et plongé en remontant des objets rouillés, clapotait derrière lui. Une foule de gens allaient à pied sur le pont délabré qui reliait Cyangugu et la République démocratique du Congo, le pays qu'il avait jadis connu sous le nom de Zaïre. Les *interahamwe* continuaient à franchir la frontière clandestinement pour venir semer le trouble au Rwanda. Béa lui avait raconté que, encore l'an dernier, cinq personnes qui travaillaient pour les droits de l'homme avaient été tuées à cet endroit.

Une pirogue transportant un vieil homme et deux jeunes garçons s'approcha du rivage. Quand Jean-Patrick leur fit un signe de la main, ils lui répondirent. Les paroles de leur chant dérivaient au fil de l'eau. Il aurait pu les chanter avec eux ; c'était toujours les mêmes. Il aurait pu être en train de se regarder lui-même avec Zachary et Oncle Emmanuel. Il dut faire demi-tour.

Sur le quai du vieux port, une coque repeinte de frais reposait sur un châssis en bois – comme une fleur renaissante s'épanouissant au milieu des carcasses rouillées. Il y avait par ailleurs de nouvelles constructions en brique au toit en tôle d'un bleu éclatant. À la fourche que formait la route, il tourna à droite en direction de sa maison. Son cœur battait à tout rompre, sans qu'il sache s'il fallait le mettre sur le compte de l'altitude, de l'effort fourni pour grimper la côte ou d'un mélange des deux. Sur les pentes des collines, les anciennes maisons avaient toutes disparu. Il ne restait que des murs en ruine, des fenêtres sans vitres, des jardins envahis par les ronces. Le chemin était plus raide que dans son souvenir – à moins que ce ne soit lui qui ne fût plus aussi en forme. Des fantômes couraient à ses côtés. Et il eut beau accélérer, les *abazimu* réglèrent leur pas sur le sien.

Plus haut, des parcelles de forêt avaient été défrichées. De nouvelles constructions émergeaient des amas de briques, de ciment, de boue et de tôle. Serrées et carrées, elles étaient disposées dans un alignement parfait. Des *imidugudu*, comme les avait appelés Béa, ajoutant aux multiples sens de ce mot celui de logement subventionné. Il s'arrêta pour frictionner sa cheville douloureuse avant de continuer à grimper la côte.

Au loin, Jean-Patrick apercevait les crêtes de Gashirabwoba. Il avait dû parcourir des milliers de kilomètres à les monter et à les descendre. Il se rappelait ce que son oncle avait dit à sa mère le premier soir où ils s'étaient installés dans sa maison. *Tu es de retour à Gashirabwoba. Ici, nous vivons en faisant honneur au nom de notre village : Peur de rien.* Et, pendant le génocide, il en avait été ainsi. Roger lui avait raconté que des Tutsis regroupés dans le bois d'eucalyptus où se tenaient les assemblées avaient combattu les *interahamwe* pendant près d'une journée entière, armés seulement de pierres. Ils avaient tenu bon jusqu'à ce que les *interahamwe* battent en retraite et reviennent avec des grenades.

Sur la route en terre où il venait prendre le car, Jean-Patrick s'arrêta. Il ne parvenait pas à distinguer un chemin d'un autre. Lentement, il tourna en rond, désorienté et confus. Les maisons qui lui avaient servi de repères n'étaient plus là, d'autres avaient surgi à la place. C'est alors qu'il aperçut un eucalyptus en forme de fourche d'un bleu scintillant au-dessus de la canopée. Le sentier, envahi de ronces, apparut comme un léger trait de crayon au milieu des broussailles – ce sentier où il avait fait la course avec Roger et avait fini par gagner. Il commença à monter. La terre était glissante, mais pas assez molle pour aspirer ses chaussures ; il se rappelait ces jours où la boue avalait tout. Il s'agenouilla et toucha la terre. En se relevant, il vit ses doigts tachés de rouille ainsi que le cercle qui marquait son genou. Il était chez lui.

Le paysage de son enfance apparut devant ses yeux. Cependant, comme dans son rêve, il semblait décalé, disjoint, envahi par de hautes herbes sauvages. La clôture que formaient les cyprès avait disparu sans laisser de trace. Lorsqu'il passa à l'endroit où elle aurait dû se trouver, il frissonna. Terrifié à l'idée de marcher sur les ossements d'un être cher.

Mettant un pied devant l'autre, il gravit la pente. Un manguier tout tordu chargé de fruits minuscules pas mûrs avait survécu, mais le jacaranda qui procurait autrefois de l'ombre était incliné dans un angle bizarre et privé de feuilles. La maison familiale n'était plus qu'un squelette noirci dans lequel se faufilaient les ronces. Aucun bâtiment n'était resté debout. La bruine avait cessé, mais une brume épaisse s'accrochait, donnant au silence un côté surnaturel.

Au milieu de tout ce désastre, quelqu'un avait sarclé une nouvelle parcelle dans leur ancien jardin. Du maïs et du sorgho, quelques plants de tomates, des petits pois et des choux grêles poussaient entre les décombres et les pierres. Jean-Patrick réprima un frisson. Un *umuzimu* – un fantôme – vivait-il ici au milieu des ruines ? Une sensation de profanation puis de colère lui oppressa la poitrine.

Une vieille femme appuyée sur une canne s'approcha, suivie de deux jeunes enfants qui tiraient une chèvre au bout d'une corde. Elle s'arrêta pour saluer Jean-Patrick. « *Mwaramutse* », dit-elle. Les enfants, serrés l'un contre l'autre, le dévisagèrent de leurs yeux chassieux, l'air triste.

La vieille le regarda intensément. Jean-Patrick avait l'impression de l'avoir déjà vue, mais il ne savait plus où. Brusquement, elle mit la main sur son cœur en s'écriant : « *Ko Mana !* Ce n'est pas possible ! On a entendu dire que tu étais mort... » Elle lui tendit ses bras maigres et lui sourit de son sourire édenté. « Tu ne me reconnais pas ? »

De nouveau mal à l'aise, la soupçonnant d'être un *umuzimu* sorti de terre, il fit signe que non.

« C'est moi, Mukabera... ta voisine. » Elle se couvrit le visage de ses mains et se mit à pleurer.

« Mukabera ! » Jean-Patrick se pencha pour la serrer contre lui, les mains posées sur les ailes anguleuses de ses omoplates. Une odeur de crasse et de musc l'enveloppa. « Roger m'a dit que tu nous avais aidés... Je t'ai gardée dans mon cœur pendant toutes ces années. » Son rire guttural, les plaisanteries osées, les présents d'œufs bleutés et de canards bien gras, son humeur joyeuse et son courage, tout était encore là sous la peau flétrie, il voulait le croire. « Je suis béni de pouvoir te remercier en face ! J'ai toujours la bible de Zachary, celle que tu as sauvée.

— Il faut que tu viennes prendre le thé », dit Mukabera en soupirant d'un air affligé. Ce n'est plus comme avant... nous n'avons plus rien. Mais je peux t'offrir à boire.

— Oui, volontiers. »

Mukabera éclata de rire, laissant jaillir une petite étincelle de son énergie d'autrefois. « De loin, je t'ai pris pour un dingue de touriste égaré... Un *muzungu* noir ! »

La hutte était plus petite que dans son souvenir. « Sois le bienvenu », dit Mukabera. Les enfants attachèrent la chèvre à un arbre avant de se précipiter à l'intérieur. Jean-Patrick se baissa sous la porte étroite et pénétra dans un nuage de fumée froide et humide, les murs étaient maculés de suie. Les enfants touchèrent son pantalon de survêtement en riant.

Jean-Patrick enleva ses baskets. Ils tripotèrent les lacets. « Ce sont des chaussures pour courir. Soulevez-les… on dirait qu'on a de l'air dans les mains. » Il fit une boucle avec les lacets et la passa sur leurs paumes retournées. Les gamins poussèrent des cris de joie.

Une femme et deux petits enfants étaient accroupis par terre, en train d'écosser des haricots sur un tapis défraîchi aux motifs bleus, roses et violets. La femme se redressa, essuya sa main sur son pagne déchiré et la lui tendit. Bien qu'on devinât en elle une jeune beauté rugueuse, elle se déplaçait avec la lassitude et la raideur d'une grand-mère.

« Olivette, c'est Jean-Patrick… Il est revenu !

— Comment c'est possible ? » s'écria la jeune femme. Elle mit son bras devant elle comme pour cacher sa semi-nudité. « Oui… je le reconnais… c'est bien lui ! » Elle se mordit la lèvre d'un air timide, un geste dont Jean-Patrick se rappela en éprouvant de nouveau un sentiment de perte. « Dieu soit loué ! »

Mukabera apporta un thermos et trois tasses ébréchées décorées de roses. Elle versa le thé et donna une tasse à Jean-Patrick. Stupéfait, il réalisa que c'était le service de sa mère, celui qu'elle avait emporté le jour où ils avaient déménagé de Gihundwe à Gashirabwoba. La tasse qui lui réchauffait les mains était peut-être la même que celle qu'il avait tenue lors d'une occasion spéciale. Il but une gorgée. Le thé était à peine plus que de l'eau et le lait avait tourné.

« On est désolées de ce qui est arrivé », dit Mukabera. Olivette acquiesça d'un signe de tête. Le lait rance souleva l'estomac de Jean-Patrick. « Ton oncle était un brave homme, fort et courageux. Ta mère et ta tante étaient mes meilleures amies – *ego ko Mana*, on a travaillé si dur dans les champs… Tant travaillé et tant ri… »

Ce mot *était* reléguait sa famille à un temps passé. « Le mari d'Olivette est mort au Congo dans les camps, enchaîna Mukabera. Et Simon est mort d'un cancer. On a dû vendre les vaches, les chèvres et la plupart des poules pour payer les opérations, mais ça n'a pas suffi. »

Fallait-il voir là le courroux de Dieu ? Son châtiment ? Jean-Patrick ne voulait pas le savoir. La plus jeune des enfants s'avança vers lui d'un pas chancelant et se jeta sur ses genoux. Agrippant son blouson à deux mains, elle frotta le tissu satiné contre sa joue en battant des pieds d'un air ravi. Voir sa joie innocente le ramena à la vie. Il la chatouilla sous le menton. Son rire tintinnabula comme une clochette.

« C'est la fille de Simon, dit Olivette. Après sa mort, sa maman est partie au Congo et nous l'a laissée.

— Mon fils a sans doute fait de vilaines choses, mais il était à Kigali, dit Mukabera. Il n'était pas parmi eux. »

Les murs noirs de suie, la fumée de la cuisine qui entrait dans la hutte, la terre humide, tout l'oppressait. Il réussit à terminer son thé. Puis il sortit une poignée de billets de la ceinture qu'il portait sous son pantalon. Trop éprouvé pour calculer le taux de change, il aurait pu avoir là l'équivalent de cinq dollars comme de cinquante. Mukabera laissa échapper un cri de surprise et joignit les mains pour le remercier. « Que Dieu te bénisse ! À tout jamais.

— Toi aussi. »

Elles l'accompagnèrent jusqu'au domaine familial, Mukabera et Olivette marchant en tête dans la brume qui tourna à la bruine en susurrant tristement. Le cortège des enfants se cramponna à ses mains. Ils s'arrêtèrent sous ce qui restait de la clôture envahie de végétation. Mukabera planta sa canne dans la boue. « Mon mari a eu de la chance de mourir jeune, de ne pas avoir vécu assez longtemps pour voir tout ça. » Puis elle écarta les bras en embrassant d'un geste la lumière nacrée, le silence et la campagne désolée.

Jean-Patrick savait qu'elle ne parlait pas seulement de la pauvreté de sa famille et du Rwanda, mais du choix terrible qu'aurait dû faire son mari en 1994. Comme tout eût été plus simple si les armées d'un pays hostile les avaient envahis pour les tuer au lieu de ces massacres entre voisins... Il prit les mains de Mukabera dans les siennes et lui souhaita une dernière fois de bien se porter.

« *Nkwifurije amahoro*, dit-elle en repartant vers sa hutte.

— *Yego. Amahoro.* » La paix. Alors qu'il les regardait s'éloigner, il trébucha sur une racine et s'étala de tout son long. Sa paume toucha quelque chose de pointu – un morceau d'os en forme de triangle. Un sacrum de vache, songea-t-il tout d'abord. Il le soupesa dans sa main ; non, la forme ne correspondait pas à celle d'un bovin. À genoux dans la terre humide, il creusa et racla l'argile rouge. Il découvrit un fémur, un fragment de pelvis et un morceau de crâne, rassembla les perles calcifiées d'une dentition.

Délicatement, il retourna les restes, chercha un signe qui lui permettrait de les identifier, un détail unique qui lui révélerait à qui appartenaient ces ossements. Il y avait bien un petit morceau de tissu encore attaché au fémur et une touffe de cheveux sur le crâne, mais rien qui vînt confirmer qu'il s'agissait bien de son oncle, de sa tante ou de son frère. Les os dégageaient cette odeur musquée qu'il avait reconnue à Murambi. Pendant quelques minutes, il resta accroupi à la respirer comme s'il voulait s'injecter sa famille dans le sang. Il comprenait mieux ce que Béa avait voulu lui faire comprendre en disant que c'était comme si elle respirait son pays à pleins poumons.

Jean-Patrick décida de réciter une prière. Pendant un instant, aucune ne lui vint à l'esprit, mais il repensa alors au verset préféré de son père dans l'Ecclésiaste, celui qu'il n'avait pas pu se résoudre à prononcer jusqu'au bout devant son cercueil.

Quoi que ta main trouve à faire avec ta force, fais-le ; car il n'y a ni œuvre, ni pensée, ni science, ni sagesse dans le séjour des morts, où tu vas.

Il le récita tout en creusant un trou dans lequel il plaça les ossements. Il garda les dents au creux de sa paume, laissant leurs dernières paroles traverser sa chair et entrer dans son cœur.

C'est l'amour qui ressuscite la vie de la mort, lui dirent les dents. Laisse-nous ici. Tourne-toi vers les vivants.

Jean-Patrick les déposa à côté des ossements en les enfonçant comme des graines. Puis il les recouvrit d'un monticule de terre sur lequel il disposa un tas de pierres de manière à retrouver la tombe. Il devait bien exister une procédure officielle, seulement il ne pouvait pas y penser pour l'instant. Mukabera veillerait sur le site en attendant qu'il revienne avec Roger pour donner à sa famille le repos qu'elle méritait.

Mais là, il était temps de rentrer. Béa l'attendait.

REMERCIEMENTS

Je suis très honorée d'avoir été sélectionnée par Barbara Kingsolver pour le Bellwether Prize et lui suis reconnaissante du dévouement qu'elle témoigne à la fiction en vue de faire changer la société. Akil Pinckney, administrateur de la National Writers United Service Organization, a toujours fait preuve de gentillesse et de patience, et son aide s'est avérée extrêmement précieuse. Mon éditrice, Kathy Pories, a été pour moi un professeur, une oreille, un guide, et bien plus encore. Rachel Careau, qui a revu le manuscrit, a porté sur mes phrases un regard attentif. Je remercie toute l'équipe d'Algonquin pour sa bienveillance, son temps et son travail acharné, notamment Ina Stern, Sarah Rose Nordgren et Megan Fishmann. Je remercie particulièrement mon managing editor Brunson Hoole pour sa patience devant mes éternelles modifications. Mon agent, Daniel Lazar, m'a apporté des conseils très utiles et beaucoup de sagesse.

Lorsque j'ai commencé à écrire ce livre, j'ai découvert le site du Dr Alexandre Kimenyi. Je lui ai écrit, il m'a immédiatement répondu, et c'est ainsi qu'a débuté une précieuse amitié avec lui et sa femme, Mathilde Mukantabana. Ce livre n'aurait jamais existé sans le temps qu'ils m'ont consacré, leur avis, leurs recommandations et leur amour. Kimenyi et Mathilde ont tous les deux travaillé infatigablement à expliquer ce qu'a été le génocide et à faire de ce monde un endroit où plus jamais rien de tel ne se reproduira. Kimenyi est décédé brutalement le 11 juin 2010. Sa disparition laisse un vide dans d'innombrables vies, mais son œuvre continue à vivre en chacun de nous. VCCA m'a procuré un lieu magnifique pour terminer ma version finale, ainsi que le temps nécessaire pour y parvenir. Mark Bizimana a partagé sa vie avec moi, répondu à toutes mes questions et m'a appris que l'espoir est toujours possible. Patrick Nduwimana, coureur du huit cents mètres dans l'équipe olympique du Burundi, m'a appris à apprécier cette épreuve, ce que je n'aurais pas cru possible. Jean Nganji m'a apporté des conseils, une aide à la traduction, des histoires personnelles et des éclats de rire lorsque j'en avais le plus grand besoin. Euthalie Nyirabega a été mon roc rwandais. Elle m'a offert son appui, sa sagesse, et m'a fait découvrir l'*urwagwa*. Tate – Julienne Nkundabiga – et Sophie Kantengwa m'ont permis de me sentir chez elles comme chez moi. Beatrice Ufutingabire a prêté son nom à mon personnage et s'est assurée que les femmes sur lesquelles j'écrivais étaient fortes. Derick Burleson est l'auteur du livre de poésie qui m'a mise sur ce chemin et a eu la gentillesse de me laisser utiliser l'incident survenu au McDonald's à Kigali. Rosamond Carr a nourri mon corps et mon esprit. Sa mort en 2006 a laissé un vide dans le monde. Les enfants de son orphelinat d'Imbabazi m'ont donné de l'inspiration et de l'amour. J'ai passé de longues heures à traverser le Rwanda avec Danny Bizimana ; je le remercie de m'avoir conduite, de ses histoires et de sa compagnie. Sa femme, Kayitesi Médiatrice, m'a accordé son hospitalité et m'a appris à manger l'*ugali* avec les doigts. Jean-Marie Kiguge m'a emmenée à Nyamata, en dépit de toutes les difficultés. Noheli Twagiramungu a lu mon manuscrit et a révisé les expressions en kinyarwandais. Merci à Uwamahoro Jean-Claude, qui m'a guidée sur les pistes difficiles dans la forêt de Nyungwe. Pendant que je faisais des recherches en vue d'écrire ce livre, je me suis largement appuyée sur le travail d'Alison Des Forges. Je lui suis reconnaissante pour son livre et ses remarques personnelles. Elle aussi a quitté ce monde prématurément. En ce qui concerne les coutumes rwandaises et les histoires transmises oralement, je me suis documentée sur le site web *Gakondo: The Royal Myths*, de Rose-Marie Mukarutabana, ainsi qu'en lisant les textes académiques du Dr Alexandre Kimenyi. Les citations de *Kangura* et RTLM sont extraites de *Leave None to Tell the Story* et *Genocide Archive Rwanda.* Le commandant Tom Coulter m'a renseignée sur les grenades, les lance-roquettes et les tactiques de combat. Merci à Mary Brown, Barrie Ryan et Gayle Brandeis, qui ont lu mes brouillons avec un soin minutieux, et à Emmanuel Sigauke, qui a suffisamment cru en moi pour publier un chapitre de ce roman. Merci à Maureen et Noheli Odenwald de m'avoir ouvert des portes, et à ma famille d'adoption, Halima Kasimu et Jaffar Mugaza, de m'avoir ouvert leurs bras et leur cœur. Merci à mes mentors d'Antioch : Frank Gaspar, Dana Johnson et Susan Taylor Chehak. Je suis infiniment redevable à Meg Files, mon premier professeur de fiction, et à Lorian Hemingway, qui a été la première à mettre un n° 1 en rouge sur mes écrits. Ainsi qu'à mon mari, Dan Coulter, qui m'a accompagnée quelles qu'aient pu être la dureté du voyage et la pente.

Les ouvrages suivants m'ont été d'une aide précieuse au cours de mes recherches :

Aucun témoin ne doit survivre – Le génocide au Rwanda, Alison Des Forges, Karthala, 1999.

J'ai serré la main du diable, Roméo Dallaire, Libre Expression, 2003.

Dans le nu de la vie et *Une saison de machettes*, Jean Hatzfeld, Seuil, 2000 et 2005.

L'Ombre d'Imana, Véronique Tadjo, Actes Sud, 2000.

Miraculée : une découverte de Dieu au cœur du génocide rwandais, Immaculée Ilibagiza, J'ai lu, 2007.

Nyiragongo ou le volcan interdit, Haroun Tazieff, Flammarion, 1975.

Murambi, le livre des ossements, Boucabar Boris Diop, Stock, 2000 ; Zulma, 2011.

Résistance au génocide, Biserero, avril-juin 1994, African Rights, Témoin n° 8, 1998.

Ejo, Derick Burleson, University of Wisconsin Press, 2000.

Season of Blood, Fergal Keane, Penguin Books, 1997.

We Wish to Inform You That Tomorrow We Will Be Killed With Our Families: Stories from Rwanda, Philip Gourevitch, Farrar, Straus and Giroux, 1998.

Justice on the Grass: Three Rwandan Journalists, Their Trial for War Crimes, and a Nation's Quest for Redemption, Dina Temple-Rasten, Free Press, 2008.

Killing Neighbors: Webs of Violence in Rwanda, Lee Ann Fujii, Cornell University Press, 2009.

GLOSSAIRE

Abazimu : fantôme
Abazungu : Blancs (pluriel de *muzungu*)
Agachupa : bouteille d'eau en plastique
Akazu : petite maison – expression qui sert à désigner les proches du président
Amakuru : comment ça va ?
Cyayi cyayi : bouillon citronné aux herbes
Dashiki : tunique traditionnelle à motifs colorés
Ego ko Mana : oh, mon Dieu !
Ejo hashize : hier
Ejo hazaza : demain
Faranga : argent
Ibyitso : complice
Icyitso : traître
Igicuba : cruche de lait
Igicucu : dingue, fou
Igisafuria : marmite de poulet aux cacahuètes
Igisoro : jeu africain traditionnel. Une planche de bois creusée de trous où les joueurs déposent des graines.
Ignata : couronne de brindilles qui sert à porter une charge en équilibre sur la tête
Ikigage : bière de sorgho
Imbazazi : pardon
Imiseke : roseaux
Imodoka : voiture
Inanga : cythare en forme de bouclier

Indangamuntu : papiers, carte d'identité
Inkotanyi : « Invincible ». Nom donné aux rebelles du FPR.
Intababara : fruit de la passion
Interahamwe : « ceux qui visent le même but ». Désigne la jeunesse du parti MRND et les milices opposées au FPR
Intore : danse des héros
Inyambo : vache noble aux cornes en forme de lyre
Inyanya : tomate
Inyenzi : cancrelat
Isombe : bouillie de manioc aux légumes
Kwa heri : au revoir
Kwassa kwassa : rythme inspiré de la musique cubaine des années 50
Mana yanjye : mon Dieu !
Mnyamerikakazi : Américain, Américaine
Muraho neza : bonjour à tous
Murakoze cyane : merci beaucoup
Muturage : paysan, péquenaud
Muzehe : monsieur
Muzungu : Blanc
Mwami : roi, chef traditionnel local
Mwaramutse, mwaramutseho : bonjour
Mwirime : bonsoir
Oya : non
Rugo : case, maison traditionnelle
Sambaza : sardine
Soukous : style de musique d'origine zaïroise
Tugende : allons-y
Ugali : farine de manioc ou de maïs cuite à l'eau et agglomérée en boules
Umukunzi : amoureux, amoureuse
Umunyeganyege : palmiers nains
Umupfumu : sorcier
Umushwati : arbre d'essence ligneuse
Umuzimu : fantôme
Umuyove : arbre à feuillage dense vert clair

Urubaho : camion, voiture – bois, planche
Urubingo : sorte de roseaux
Urugo : mur de rocailles et de branchages
Urwagwa : vin de banane
Yego : oui

Composé par Nord Compo
à Villeneuve-d'Ascq (Nord)

Cet ouvrage a été imprimé en France par

CPI
BUSSIÈRE

à Saint-Amand-Montrond (Cher)
en juin 2013

Dépôt légal : août 2013
N° d'édition : 05899/01 – N° d'impression : 2003561
X05899/01